홍신선 시전집 II

폐허와 전율
홍신선 시읽기

□ 필자 소개

공광규 시인 · 『불교문예』 부주간
김강태 시인 · 작고
김명리 시인 · 동국대 강사
김수이 문학평론가 · 경희대 교수
김춘식 문학평론가 · 동국대 교수
김 현 문학평론가 · 작고
박진환 시인 · 『조선문학』 주간
송희복 문학평론가 · 진주교대 교수
안수환 시인
오형엽 문학평론가 · 수원대 교수
유성호 문학평론가 · 한양대 교수
유임하 문학평론가 · 한국체대 교수
유정이 시인 · 홍익대 겸임교수
이경수 문학평론가 · 원광대 교수
이경호 문학평론가 · 『작가세계』 주간
이승하 시인 · 중앙대 교수
이숭원 문학평론가 · 서울여대 교수
이홍섭 시인 · 강원대 강사
장석주 시인
전해수 문학평론가 · 동국대 강사
정효구 문학평론가 · 충북대 교수
조 정 시인
진순애 문학평론가 · 성균관대 강사
채 은 시인 · 동국대 강사
하현식 시인 · 문학평론가
허혜정 시인 · 한국싸이버대 교수
홍용희 문학평론가 · 경희대 교수
황동규 시인 · 서울대 명예교수

폐허와 전율 — 홍신선 시 읽기

지은이 황동규 · 이경수 외/**인쇄일** 초판1쇄 2008년 3월 25일/**발행일** 초판1쇄 2008년 3월 25일
발행처 국학자료원/**등록일** 제324-2006-0041호/**발행인** 정구형
편 집 박지혜, 김나경, 김숙희, 노재영/**총 무** 한미애/**물 류** 김종효, 박종일
서울시 강동구 성내동 447-11 현영빌딩 2층/**Tel** 441-1762, 442-4623,4,6/**Fax** 442-4625
www.kookhak.co.kr/kookhak2001@hanmail.net
ISBN 978-89-6137-351-7 *03810/**정 가** 34,000원/저자와의 협의하에 인지는 생략합니다.

홍신선 시전집 II

폐허와 전율
홍신선 시읽기

국학자료원

답사 기행중, 2008

근본 한미한
선비는 다만 적막할 따름이다
이따금
무료를 간 보나니

──홍신선 시 「가을 맨드라미」 중에서

학처럼 세상을 살아오신 분의 아름다운 퇴임에 부쳐

홍신선 시인은 지난 2008년 2월 29일 모교 문예창작학과에서 퇴직하셨다. 시인은 원래 1944년 2월생이므로 2009년 8월 31일 정년이 되나, 일년 반 먼저 용퇴하신 것이다. 흔히 '철밥통'이라 일컬어지는 대학사회에서 정년을 채우지 않고 먼저 퇴임하는 일은 그리 흔하지 않다. 이름 그대로 늘 '착[善]'한 미소를 지으며 세상과 군이 충돌하지 않으며 살아왔던 시인의 조기퇴임은 '신선'한 충격이 아닐 수 없다.

홍신선 시인은 1970년부터 지금까지 교단에서 시를 쓰며 제자를 육성해 왔다. 1979년, 잠깐의 외도(동대신문사)를 제외한다면 교단 경력이 37년에 이르고, 대학교수로 지낸 세월도 29년이나 된다. 그 긴 세월 동안 홍신선 시인은 시인 겸 학자로 자신만의 세계를 단단히 구축했다. 그러니, 이제 1년 정도 먼저 퇴임하는 것도 그리 섭섭하지는 않으실 게다.

나는 홍신선 시인과 같은 해에 동국대학교에 부임하는 인연을 맺었다. 시인과 띠동갑이라는 것도 내게는 특별한 인연이라 생각되어 나름대로 성의껏 모셔왔다. 대학사회란 곳이 겉보기완 달리 대단히 번다한 곳인데, 이제 모든 잡사를 떨쳐버리고 후련하게 귀향하시는 시인의 뒷모습이 무척 아름답게 보인다.

이 책에 실린 글들은 『서벽당집』부터 『홍신선 시전집』까지 홍신선 시인의 시 세계를 다룬 해설과 서평 혹은 시인론 등의 구고와 이 논집을 위해 특별히 청탁한 글로 이루어져 있다.

그러므로 이 한 권의 책에 실린 글들은 이제까지 홍신선 시인의 시 세계를 다룬 모든 글들의 집적이라 할 수 있다. 이 책 한 권으로 홍신선 시인의 넓고 깊은 시 세계를 완전히 알게 되었다고 하기는 불가능하겠지만, 홍신선 시인의 정신을 이해하고 공감하는 데 하나의 길잡이는 될 수 있을 것으로 생각한다. 귀한 원고의 재수록을 허락하고 심지어 개고(改稿)의 수고도 마다하지 않으신 분들, 그리고 짧은 시간에 새로운 원고를 써주신 모든 분들께 이 자리를 빌어 다시 한 번 감사드린다.

이 책은 전적으로 홍신선 시인의 제자들의 수고와 정성으로 만들어졌다. 동국대학교 대학원의 전영주·남진숙 박사와 채은 시인, 문예대학원의 오성희 시인과 김선영 씨, 그리고 인사동 시모임의 한영숙 시인 등이 스승의 퇴임을 아쉽게 여기며 기꺼운 마음으로 온갖 궂은 일을 자청했다. 물론 여기서 이름을 거론하지 못한 더 많은 제자들의 스승에 대한 존경과 관심이 없었다면 이 책은 묶여지지 않았을 것이다. 나는 그저 이 책을 만드는 일에 몇 마디 말만 보탰을 뿐이다. 그러므로 이 책의 가치와 성과는 모든 필자와 제자들의 몫이고, 오류는 내 것이다.

이제 학의 걸음으로 겅중겅중 남산을 걷던 홍신선 시인의 모습을 자주 보기 어렵게 되었다. 부디 건강히 백수를 누리시면서 전업시인으로서 보다 완숙한 작품을 쓰시기 바란다.

2008년 3월
동국대학교 문예창작학과 장영우

차례

1부 총론

홍신선 시의 창작방법 특징

공광규

1. 서론

홍신선(1944~)의 문학 연보[1]에 의하면 그는 경기도 화성군 동탄면 석우리에서 태어나서 어린 시절을 보냈다. 만일 창작자의 삶과 시 속에 드러나는 화자의 삶이 어느 정도 일치한다면(꼭 일치하는 것은 아니다) 그는 순전히 농업을 전업으로 하는 부모 아래서 자란 것으로 보인다. 대신에 초등학교를 졸업하고 서울에 유학을 할 정도로 부농이었던 것으로 추정된다.

그러나 논농사 위주의 농촌이었던 그의 고향인 화성군 동탄면은 현재 '동탄신도시'라는 이름으로 첨단도시가 되면서 지형과 인물이 완전히 바뀌었다. 신도시로 확정되기 전부터 산업화로 인한 농촌인 고향의 이농과 도시화 과정을 홍신선은 시 속에 고스란히 담아내기 시작한다.

---

1) 홍신선, 『홍신선 시전집』, 산맥, 2004, pp.655~657. 이후 『홍신선 시전집』은 전집으로 표시함.

그의 첫 시집 『서벽당집』(한얼문고, 1973)에 나타나는 고향은 "개발만 마시는 고향"[2]인 것이다. 1960년대부터 시작된 개발독재로 농촌의 풍경과 정서, 농촌에 사는 인물들의 삶은 대부분 가난, 죽음, 적막, 고단으로 대표된다. 홍신선은 이렇게 개발독재 하에서 해체되어가는 농촌의 정경을 사실적으로 시에 진술하고 있는 것이다.

우리의 전통적 농경사회의 틀을 유지하던 이념은 유교였다.[3] 전통적인 농경 환경에서 자란 홍신선은 어려서 마을의 종조부에게서 한학 수업을 하였으며, 대학 입학 후 낙향하여 다시 한학을 한 것으로 연보에 기록하고 있다. 홍신선의 이러한 성장 배경은 시 창작의 원초적 모태가 되었으며, 실제로 그의 시에는 농경적이면서도 유교적인 사고들이 확연하게 드러난다. 유교는 정치는 물론 교육, 관혼상제, 인간관계 등 전 생애를 이념과 관습으로 지배하였다. 농경사회에서는 씨족마을 단위와 대가족 가구가 일반화 되었으며 당연히 혈통·혈연중심의 사회가 되었다. 이러한 혈통과 혈연 중심의 사회는 산업화와 도시화에 따른 농촌사회의 붕괴와 함께 와해되기 시작했다. 홍신선의 시에는 이러한 와해되어가는 혈연에 대한 안타까움이 진술된다.

또한 그의 시에는 전래가 오래되어 민족종교가 된 불교에 대한 이해의 폭도 깊다. 그의 문학 연보를 추적하면 아마 불교 종립대학인 동국대학교에 진학을 하면서 접한 인연이었을 수도 있다. 그러나 대부분의 우리 민중은 생활 철학으로써 유교를, 신앙으로써 불교를 가지고 있었다. 홍신선

---

2) 「능안동리―서벽당에서」, 전집, p.544.
3) 유교(儒敎), 유학(儒學), 유가(儒家): 유교와 유학은 공자(기원전 552~479)를 중심으로 한 교학사상으로 구별 없이 혼용되어 사용된다. 굳이 차이를 논하자면 유교는 하, 은, 주 삼대의 선왕으로부터 공자에게 전승되어 정립된 유가의 가르침을 말하고, 유학은 유교 사상의 체계가 학문적으로 정립된 것을 말한다. 그러나 교와 학은 엄격하게 양립되지 않으며 하나의 사상체계를 이룬다.(최영성, 『한국유학통사』, 심산, 2006, p.23 참조) 그리고 유가는 유교의 학자나 학파를 가리킨다. 필자는 본 글에서 유교, 유학, 유가를 혼용하여 그때그때 문맥에 맞추어 사용하며 불교나 기독교와 같은 종교가 아닌 보편적 생활이념으로 사용한다.

의 첫 시집에는 불교관련 어휘가 서너 편 나타나고 있는 것으로 시작해서 최근에는 불교사상을 폭넓게 담아내는 「마음經」 연작에 이르는 지속적인 시 창작을 전개하고 있다.

필자가 『홍신선 시전집』의 정독을 통하여 추출한 창작 방법의 특징을 거칠게 대별하면 농경적 공동체의 해체 진술, 유가적 혈연의식과 지사정신 진술, 불교 제재의 차용과 선적 상상, 육체적 비유와 관능적 상상일 것이다. 그 가운데 최고의 특징은 이농과 도시화에 따른 농경 공동체의 해체 상황을 보여주거나 말해주는 것이다.

그러나 이 글에서는 홍신선의 유가적 혈연의식과 지사정신, 불교 제재의 차용과 선적 상상을 가진 시를 유형화하여 살펴보려고 한다. 그리고 흥미롭게도 홍신선의 시에는 육체적 비유와 관능적 상상이 의외로 많이 나타나지만[4] 지면상 다른 곳에서 기회를 보기로 한다.

2. 유가적 혈연의식과 지사정신의 진술

홍신선은 지난 개발독재기 한국사회의 농촌 붕괴와 함께 유교적 관습주의의 쇄말적 풍경을 시에 담고 있다. 그는 문학연보에서 1948년에서 1950년 사이에 마을의 종조부에게 한학을 수업하였으며, 1950년 동탄초등학교를 입학한 뒤에는 조부가 읽던 세창서관본 『삼국지』 5권을 비롯하여 고

---

4) 홍신선의 시에서 육체적 비유와 관능적 상상은 주로 후기 시집인 『다시 고향에서』(문학아카데미, 1990)부터 나타나기 시작하며 관련된 시는 다음과 같다. 「나의 농업」(전집 p.44), 「춘분날에」(전집 p.65), 「냉면을 먹으며」(전집 p.74), 「비행운」(전집 p.77), 「다시 벚나무 아래서」(전집 p.81), 「늦여름 오후에」(전집 p.82), 「봄날」(전집 p.85), 「벚꽃 두 장」(전집 p.86), 「공중전화기」(전집 p.114), 「세기말을 오르다가」(전집 p.125), 「마음經 15」(전집 p.166), 「마음經 19」(전집 p.170), 「마음經 20」(전집 p.171), 「마음經 21」(전집 p.174), 「마음經 22」(전집 p.174), 「마음經 23」(전집 p.176), 「마음經」(전집 p.25면), 「비, 가을밤에 듣다」(전집 191면), 「이달 무덤을 옮기다」(전집 196면), 「명당을 찾아보니」(전집 237), 「겨울과 겨울 사이」(전집 p.252), 「내 죽은 누이에게」(전집 p.264), 「봄 하늘」(전집 p.265), 「서화리에 가서」(전집 p.324), 「장산과 이사들에 대하여」(전집 p.359).

소설을 탐독하였다고 기록하고 있다. 그리고 1962년 동국대학교 국어국문학과에 입학하였으나 1년 뒤인 1963년에 휴학을 하고 낙향하여 간재(艮齋)문하의 매곡 김학렬(金學悅) 선생에게 한학을 수학하였다고 밝히고 있다.

작가가 연보에 이러한 한학 수업의 경험과 계보를 밝히는 것은, 자신의 문학적 뿌리가 유교에 토대를 두고 있음을 의식적으로 내보이려는 심리가 짙게 깔려있다고 볼 수 있다. 홍신선의 이러한 유교 수업의 가풍과 학풍, 거기서 습득된 관습은 그의 시에 빈번하게 나타난다. 그러나 그의 시에 나타나는 혈연주의와 지사주의로 수렴되는 유가적 전통주의는 "지난 시절 통강하던 한문처럼/ 입고 온 삶이 외려 낯설다"(「나의 대가족주의」)라고 하듯 산업화로 인한 농촌의 폐허화와 함께 낯선 세계 속으로 사라져가고 있다.

그의 첫 시집 제목인 『서벽당집』에서 이미 우리 유가의 선조들이 '~집'으로 문집을 엮어내는 관습이 감지되지만, 시집 안에 있는 「한낮이여」 「만천집(滿天集)」 「연희」 「유두」 「출정」에서는 유교의 서책에서 출현하는 어휘와 관습이 뚜렷이 드러난다. 비가 온 뒤 한낮의 정경을 묘사하고 있는 시 「한낮이여」에서는 "국궁하는 산맥들도 등 두드리려 옆에 앉히고/ 미움도 옆에 앉히고/ 누구를 또 기다리는가/ 너 있는 데서/ 훤히 두루마기 차림으로 모습을 뵈이던"이라고 하여 위패 앞에서 공경의 뜻으로 몸을 굽히는 '국궁'과 제사 때에 예복으로 입는 '두루마기 차림'의 어휘를 통해 유가의 제사의식을 떠올리게 한다.

두 번째 시집 『겨울섬』(평민사, 1979)에 실린 「추석날」 「뽕밭이야기」 「용서하는 법」에서도 유교적 관습이 적극적으로 수용된 흔적이 보인다. 「추석날」은 추석에 종가에 모여 차례를 지내고 다시 헤어지는 현대화된 혈연공동체의 유가적 풍습을 사실적으로 보여준다.

추석秋夕엔 다 내려왔다 어디선가 기별도 없이 못 오는 아우
오는 길도 기다림도 모두 치우고
고만고만 쭈그리고 앉아 큰방에서 차례를 기다렸다.
눈이 작아 겁이 없던 아우를

깊은 어둠 속에 잘 숨던 그를
이야기하고 불편하나 한결같은 오와 열에, 한결같은 무언無言에
키 맞추고 있는 이 고장 논들도 이야기하고

마루에는 종가의 늙은 형이 제상을 보고 있다
깎아서 문중처럼 괴인 사과, 배, 감, 식혜, 산적 ……
우리는 개기開器에 앞서 서로의 형편 갈라서
시저 구르고 엎드렸다
숙이면 들리지 않는, 웬지 과거뿐인 큰 절.
축祝을 읽고
아헌과 종헌을 끝냈다.

(중략)

음복술에 취해 우리는 산을
가까운 선산을 돌았다
성미 빠른 밤나무들이 아랫도리를 벗어던진 채 있었다
그 나무들 사이 밤가시에 찔린 공기들이
딱딱 입 벌린 채 소리 없이 지르고 있다.
(기침해 발소리 좀 울려 너무 무기력뿐이야)

산소山所몇 군데
남양홍공지묘南陽洪公之墓로
편안하게 끝이 나 있는 이들
얼마를 더 걸어가야 끝이 나는가
떠돌던 가이없음, 떠돌던 비겁함이
끝나서 이렇게 임야 몇 평으로 돌아오는가

－「추석날」부분

1연에서는 추석을 기하여 고향에 내려온 혈연과 기별도 없이 내려오지
못한 아우가 빠진 채 큰 방에서 차례를 기다리고 있는 혈연들의 모습을

서술하고 있다. 2연에서는 차례를 지내는 구체적인 풍경이 서술되고 있다. 중략된 3연에서는 차례를 지내고 있는 장소 바깥의 까치집을 이고 있는 마당가 대추나무와 늙은 사촌형들의 근황을 텃논들과 비유하고 있다. 4연에서는 차례를 끝내고 음복술에 취한 채 밤나무가 있는 선산을 도는 모습을 그리고 있다. 5연은 씨족의 산소를 돌아다니며 느끼는 죽음에 대한 감회를 서술하고 있다. 생략된 마지막 6연은 산소에서 돌아오며 다시 생활 터전을 찾아 떠날 일을 생각하고, 형과 누이가 떠났다고 한다. 결국은 모두 떠났으니 고향에 남은 밀잠자리들의 추석이라고 한다. 위 시는 추석에 고향에 모여 차례를 기다리는 모습 → 차례 진행과 끝 → 마당가 대추나무와 사촌형들이 살아가는 모습 → 선산 산소 참배 → 산소를 돌면서 느끼는 죽음에 대한 소회 → 산소에서 돌아오며 고향을 떠날 일을 생각하는 것으로 흐름을 진행시킨다.

버려진 뽕밭을 통해 해체되어가는 농촌의 비감을 형상화한 「뽕밭이야기」에서는 "어느 빗줄기는 똑바로 서서 배운대로 꺾이기도 하고"라거나 "선대와 나 사이의 그 넓은 밭 비 들이쳐 젖고"라는 표현을 통해 유가적 지사의식과 혈연의식을 동시에 표출하고 있다.

시 「용서하는 법」 역시 비를 맞고 있는 논들을 바라보며 느끼는 만감을 추상화하면서 "덧없다/ 누가 정신 하나로 이들을 견디는가/ 한마디 기개로/ 이 산들과 마주 견디는가/ 쉽게 용서하는 나를 견디며 나는/ 들과 산을 안고 살았을 뿐이다"라고 한다. 이 시의 후미에서도 "겨울 발 시린 농민학교 교실에 앉았던/ 재종형도 이제는 늙었다"라고 쇠락해가는 농촌을 늙어가는 재종형과 등가로 비유하고 있다.

시집 『우리 이웃 사람들』(문학과지성사, 1984)에서는 「임동댁」 「위토말 김서방」 「영천뜸 경식이」 「비, 네 개의 현장」 「경복궁 타령」에서 유교적 혈연의식과 구체적 관습 어휘들이 나타난다.

생질甥姪 당질堂姪들과
낡은 효열각孝烈閣 한 채

마음에 사진 찍어두고 들여다보는 일,

—「임동댁」 부분

대물림 임천각臨川閣이었다.

찬루饌樓 근처의 아이들

(중략)

형제 셋이 바람 빠지듯 흘러나가
풍편에도 소식 없었다.
풍 맞은 주인 어른이 석삼 년 누워 있다.
중문中門 안에 갇힌 뜰이
푸석푸석 삭아
내려앉고

삼우제三虞祭 지나 빨아서 넌
묵은 빨래들이 앞날처럼 펄럭였다.
하늘 가까이
더 가까이
갓 이룬 봉분들이
바람에 활개 뒷덜미를
말리는
부석부석 삭는
절손의 집안이 펄럭였다.

—「위토말 김서방」 부분

그 사람
종중산 팔았어
골프장 한다는 사람한테
일억인가 얼만가 받았대
조상 팔아

제 목 때 벗기구
대처大處에 집두 마련했대
이래저래
본 바닥 출신들 다 삭히는 게지

—「영천뜸 경식이」 부분

육군 상병 정동렬의 묘 1932~1950
시인 김수영, 1921~1968
파평 윤씨지묘
남양 홍공지묘

—「비, 네 개의 현장」 부분

「임동댁」은 옛날에 농촌의 뼈대가 있는 가문으로 유가적 혈연을 이루고 살았을 마을 여성의 현재적 삶, 즉 토목공사장에서 밥을 팔고 있는 몰락한 가문의 임동댁이 겪고 있는 지난한 삶을 진술하고 있다. 「위토말 김서방」 역시 "왜정말 상해나 그 언저리에 가 닿"을 정도로 번성했던 유가적 집안의 건물들이 촉루처럼 낡아있는 정경을 형상화하고 있다. 임천각의 "풍 맞은 주인 어른이 석삼 년 누워 있"다가 죽었다는 표현과 "중문 안에 갇힌 뜰이/ 푸석푸석 삭아/ 내려앉"았다는 표현이 조응하면서 절손과 멸문의 풍경이 비유적으로 드러난다. 「영천뜸 경식이」는 농촌이 도시화되면서 일어나는 반농반도 인물의 특징을 진술하고 있다. 종중산을 팔아 부자가 된 경식이가 농사를 건성건성 지으면서 자전거를 끌고 면으로 군으로 다니고, 고스톱을 치고, 가래질도 남의 품을 사서 하고, 영농교육을 받으러 다니고, 집권당 정당인 민주공화당 면책을 하며, 찻집이나 복덕방으로 다니는 행위를 한다. 창작자는 화자의 입을 빌어 영식이의 이러한 행위를 "돈 노릇이지/ 사람 노릇이 있나"라고 한다. 위 시집에서는 이렇게 폐허화되어가는 농촌의 풍경과 인물의 행위를 통해 와해되어가는 농경적이고 유가적인 공동체의 실상을 구체적으로 보여주고 있다.

시집 『다시 고향에서』(문학아카데미, 1990)는 「김구장의 축문」「다시 고향에서」에 유교적 관습 어휘가 뚜렷이 보인다.

공장 부지로 선산 평坪당 삼만원씩 팔고 자식놈는 대처 어디론가 떠돕니다
(중략)

칠대조 오대조는 무혈무맥無血無脈한 밭두둑에 면례하고 가승家乘 어디다 이
을까, 끊긴 마음 몇 겹으로 처매고 뒤척입니다
(중략)
집안붙이들 이해득실에 발길 끊고 근동近洞에서 돌려 세웁니다
－「김구장金區長의 축문祝文」 부분

소대렴小大殮 끝낸 옷가지 밥그릇들 타다가 꺼져서
시퍼런 쑥대들로 떠오른다
(중략)

산 팔고 산소山所 면례緬禮하고
가승家乘도 다 태우고
질러다니던 샛길 농토들 다 내던져버리고
－「다시 고향에서」 부분

「김구장(金區長)의 축문(祝文)」은 시의 주인공인 김구장이 살고 있는 농
촌의 선산이 공장 부지로 팔리면서 대처로 떠돌거나 부동산 브로커를 하고
망하여 공사장으로 떠도는 상황을 제사 때 읽는 축문 형식으로 보고하고
있다. 공장 부지로 팔린 선산의 산소, 도시화로 파헤쳐져서 땅의 혈맥이 끊
긴 밭에 산소를 옮기는 면례, 한 동네에 혈연을 이루며 살던 집안붙이들이
땅값이 오르면서 돈이 많아지자 이해득실에 발길을 끊거나 일손이 없어 폐
농을 하는 구체적 사례들을 진술하고 있다. 「다시 고향에서」 역시 땅을 가
지고 다투다 농약을 마시거나 도시에 이농하여 월부책 장사를 하다가 연탄
가스를 마시고 죽은 농촌 출신의 젊은 두 죽음을 통해 쇠락해가는 농촌과
혈연공동체 해체의 운명을 진술하고 있다. 두 젊은이의 비극적 죽음은 농

촌의 도시화와 관련되며, 도시화가 불러온 농촌의 비극적 상황은 산을 팔고 산소를 면례하고 가승을 다 태워 끊기는 것으로 결말이 난다.

시집 『황사 바람 속에서』(문학과지성사, 1996)에 나타나는 유교적 관습은 「세계의 한 모퉁이에서」 「나의 대가족주의」 「겨울꽃」 「소나무, 송화를 피우다」 「여름, 책을 읽다」 「늦가을 월곶리」 「거리」 등에 적극 수용된다.

> 내 이제는 곁방 사는 시간이 씻겨주는 대로
> 식은 약쑥물에 굳은 안면 씻고
> 습襲과 염殮 개운하게 끝내고
> 단잠 한 숨
> 소스라쳐 깨어나리, 저 삶 밖 나서서 가는
> 황천길 질러가는 둑방쯤에서
> 깨어나 뒤돌아보리
>
> ―「세계의 한 모퉁이에서」 부분

> 참사參祀를 끝내고 긴 목상木床에 둘러앉아 음복을 하고
> 새우젓 국물에 편육을 찍었다
> 헐하고 헐거운 시간만을 등뼈로 박은 사람들
> 부조의 묏가에 와서 묻힌 듯
> 둘러앉은 재당숙 삼종제
> 혹은 대부의
> 등솔기 터진 양복이
> 터진 실밥들이 파국처럼 소슬하게 빛난다
> 문중일가라지만
> 왠지 낯선 서먹서먹한 얼굴들
>
> ―「나의 대가족주의」 부분

> 조부 제삿날 읍내 큰댁으로 들어간다.
>
> (중략)

합문闔門 뒤에 바라보는
하늘은 왜 저리 차가운가, 어두운가
(중략)
종형들과 종헌하고 소지
그리고 음복한다
탕국에 말없이 밥을 마는 동안
장에서부터 솟아오르는 이 따뜻함은 무엇인가

－「겨울꽃」부분

건 쓴 복쟁이 몇이 곡소리 잠긴 근처 하늘 속에

(중략)

제기祭器 행주질 하는 소리
부산하기가 꼭 함남 이원의 시골 소상날인,

－「소나무, 송화를 피우다」부분

위에 인용한 시들에서는 유교적 장례의례, 제사의례, 혈연의식이 수용되
고 있다. 농촌공동체의 파괴로 문중간에 드나듦이 적어지면서 종형제간 서
로 서먹해지기도 하고 오랜만에 제삿날에 모여 혈연의 따뜻함을 느끼기도
한다. 홍신선은 시집 『자화상을 위하여』(세계사, 2002)에서도 「한식날에」
「강원도 시편」「세기말을 오르다가」「무궁화 떨어지다」「아우를 묻으며」
등의 시에 유교적 혈연의식과 제사의례 등 유교적 관습 어휘를 다량 수용
하고 있다.

남양읍 종중산
벌목 끝낸 굴헝에
부관참시당한 듯 토막난 십 몇 대째의
생참나무 괴목들 수십 구가 널렸다.

(중략)

시간 몇 마리는 큰 둥치 어느 적장자 가계들을
좀먹어 쓰는지

(중략)

절손의 적멸들을 만들고

— 「한식날에」 부분

칠대조 주柱자 상相자
오대조 술述자 행行자
조부
당숙 고종 이종
이 따위 할아버지와 일가는 알지도 못하는
숱한 나는 누구인가?
너는?

— 「세기말을 오르다가」 부분

현조비유인 밀양박씨密陽朴氏
골다공증으로 허리 반 꺾인
우리 할머니,

— 「무궁화 떨어지다」 부분

사십구재날 상돌만한 구름장 머리 돌려 낮게 뜨고

(중략)

주과포酒果脯 제물 풀고 찬술 뿌리고
생전의 입성들, 산역 때 베어넘긴 생나무불에
살았던 날들 고비고비 되찾아 내던지듯
한벌 한벌 태우고

내려왔다. 각자 가슴에
끝내 메우지 못한 생흙구덩이 하나씩 묻고
외로 틀고 바로 비틀려 쓸모없는 자귀나무들이
무심히 분복分福 누리는
선산을 내려왔다.

　　　　　　　　　　　　　　　　　　－「아우를 묻으며」 부분

　위에 인용된 시에서도 농경적이고 유가적인 혈연의식과 제사의례가 어휘를 통해 다분히 나타남을 알 수 있다. 그런데 이러한 의식들은 하나같이 몰락하는 농촌의 정경이나 인물들과 같이 진술되면서 비극화된다. 『허기놀』(2003)[5]에 실린 「돌모루 마지막 이장의 편지」 내용은 고향 마을이 동탄 신도시로 수용되면서 마지막으로 마을 대동회를 갖는 마을 사람들의 행위와 폐허가 된 땅의 모습을 진술하고 있다.

　　조상 대대로 내려온 정든 고향을 떠나며 손때 묻은 가재도구들을 버리고 산 설고 물 설은 곳으로 우리는 각자 살 곳을 찾아 뿔뿔이 흩어지고 말았습니다.
　　　　　　　　　　　　　　　　　－「돌모루 마지막 이장의 편지」 부분

　홍신선의 시에 나타난 유가적 혈연의식과 관습의 수용은 전 시창작 기간을 통해서 표출되며, 산업화·도시화로 인한 농촌의 해체와 함께 짝을 이루어 비극적으로 묘사되고 있다. 농촌공동체의 해체는 곧 유가적 혈연의식의 와해를 동반하는 것이다.
　또 홍신선의 시에는 유교적 혈연의식과 관습의 진술뿐만 아니라 유가적 지사정신이 곳곳에 드러난다. 광활한 자연의 심상과, 죽음의 심상, 그리고 시대성이 드러나는 「만천집」은 시의 제목에 유학적 관습을 드러내고 있으며, 「연희」에서 보여주는 "미리내 속에서 낡은 도포자락을 휘날리며/ 뛰어나오는/ 유성아/ 그걸 뛰어넘으며/ 소멸한 내 정신을 일으켜 세우며"는 유

---

5) 전집, p.31 참조.

가적인 지사정신을 보여주는 사례이다. 「출정」에서는 "조국이여 나는 떠나왔구나"라며, 왜 떠나는지 구체적인 상징을 해독하기는 어렵지만, 소의를 지양하고 대의를 지향하는 자아의 의식을 관념적으로 보여주고 있다.

> 당연한 것들 가운데 당연하지 않게
> 저 혼자 삐끗
> 몸 뒤틀어 나온
> 읽다 만 한비자韓非子 한 줄이 푸르다.
>
> —「여름, 책 읽다」 부분

> 구석구석 깊이 쓸린
> 매천집 속 절명시의 행간 자간은
> 얼마나 푸르고 맑은가
> 얼마나 차가운가.
>
> —「늦가을 월곳리—梅泉家에서」 부분

> 울 뒤 텃밭의 쑥갓과 상추들이
> 새까맣게 마른
> 똥덩이 사이에서
> 싱싱하다 두루마기 벗고 선
> 동저고리 바람의 몇 줄
> 조선의 기개들.
>
> —「거리」 부분

위에 인용한 「여름, 책 읽다」는 여름날 오이덩굴을 걸쳐주고 한비자를 읽으며 느낀 소회를 시로 형상화하고 있다. 나름대로 자신의 처지와 현실을 당연하게 받아들이며 사는 오이덩굴같은 생을, 한비자의 글과 대조를 통해 "저 혼자 삐끗"하게 사는 지사적 정신으로 표현하고 있다. 「늦가을 월곳리—梅泉家에서」 역시 구한말에 나라가 패망하자 「절명시」를 남기고 스스로 죽은 황매천의 절개를 월곳리의 푸른 물에 비유하고 있다. 「거리」

는 싱싱한 텃밭에서 나는 쑥갓과 상추를 통해 두루마기 벗고 선 선조들의 기개를 상상해내고 있다. 그의 유교적 지사정신은 현실비판의식, 민족의식, 민중의식은 물론 전통의례에 대한 멸실의 안타까움과 함께 정신적 재생의 지향으로 시의 어휘반복과 행간의 의미를 통해서 나타나는 것이다.

3. 불교 제재의 차용과 선적 상상

홍신선은 시에 불교적 제재를 차용하거나 선적 직관을 통해 대상을 포획한다. 불교 제재의 차용은 초기시에서는 드물게 나타나나, 최근에는 많은 시에 불교 제재의 차용과 선적 직관으로 불교적 상상력의 진가를 발휘한다. 특히 그는 1991년부터 「마음經」 연작을 통해 한국 현대불교문학의 지평을 확장하고 있다.[6]

홍신선은 첫 시집 『서벽당집』에 수록된 시 「유두」에 "무문관의 구름들 사이로/ 또 몇 섬의 햇빛을 져다 부리는/ 나무여"라고 시에 불교용어를 처음으로 수용한다. 유두는 음력 6월 15일에 궂은 일을 덜어버리기 위해 동쪽으로 흐르는 물에 머리를 감고 잔치를 베푸는 민속 명절의 하나이고, 『무문관』은 송나라의 무문(無門) 혜개(慧開)라는 승려가 옛 스님들의 공안에서 48칙을 가려 뽑고 평창과 계송을 붙인 책이다. 이 책은 종교철학적인 면모가 두드러져 선을 수련하는 스님들의 나침반이 되고 있다. 이 시는 유두 민속의 심상(토탄불, 강물)과 불교 관련 어휘(무문관, 오뇌, 인욕)를 잘 교합하고 있다. 이 시집의 다른 시 「회귀」에서도 "윤회의 너겁을 들치다"라고 하고 있고, 「노자」에서는 "정토의 어둠을 나는 쓴다"며 첫 시집에서부터 불교적 어휘를 등장시키고 있다.

그의 최근 『허기놀』(2003)에 실린 「봄노래」에서 화자는 봄 햇볕을 "서

---

6) 최동호는 「마음經」 연작에 대하여 "고심에 찬 연작시로서 일관된 주제의식, 깊이 있는 시적 통찰, 섬세한 언어적 형상력 등이 돋보이는 역작이다"라고 하였다.(최동호, 「현대불교문학상 심사평」, 『불교문예』, 2006, 봄, p.234.)

너 품짜리 산일된 지장경(地藏經)"을 뿌려주는 것으로 묘사한다. 오랜 불교적 상상력의 단련과 숙성을 통한 비유의 폭발인 것이다. 「불사를 하는 절에 가서」는 고기를 좋아하는 어머니를 공양하기 위해 개구리를 잡은 사냥꾼의 이야기를 시로 구성하고 있다.

> 그 자리에서 마음에다 부처님 새기는 길로 나섰습니다.
>
> 오늘도 그 절 뒷산의
> 대소의 오리나무와 상수리나무들이 제가
> 마음에다 새기고 깎은 부처님들을
> 만불전처럼 모셔 내놓고 있습니다
> 감출 것 없이 있는 그대로
> 이내빛 부처들을 내놓습니다
> 무량의 기쁨들을 오월 햇볕들을
> 다포계 지붕 위에 수수천 장씩 기왓장들로 쌓아놓고 섰는
> 그 절 뒷산에 ……
>
> — 「불사를 하는 절에 가서」 부분

1연에서는 무논의 개구리들을 잡아서 감춰 두었다가 깜빡 잊고 이듬해 무논에 다시 갔더니 개구리 울음소리 대신 적막만이 있어서, 그 자리에서 마음을 바꾸어 부처님을 마음에 새겼다는 이야기를 하고 있다. 2연에 와서는 절 뒷산의 크고 작은 "오리나무와 상수리나무들이" 자기 "마음에다 새기고 깎은 부처님들을/ 만불전처럼 모셔 내놓고 있"다고 한다. 시 「나의 농업」에서는 맹독성 제초제에 맞은 풀의 모습을 "오직 사지 오그라든 채/ 고행의 끝판에 온 해골부처처럼 철퍼덕 주저앉은/ 감각의 바깥에 독좌한 보물"이라고 묘사한다.

시집 『자화상을 위하여』는 시 「기도」 「철원행」 「봄비 개인 뒤」 「아우를 묻으며」에 불교 제재의 채용을 통해 그 나름의 인식에 다다른다.

고두정례로
합장 푼 양손에다 누군가의 두 발바닥을
나주녘 흰 햇볕들을
나즉이 받들어 올리는
무릎 관절 모두 깨진 남루한 아낙네,
명부전 뜰 앞에
제철 모르고 핀 몽환꽃 허리 굽힌 채 섰다.

―「기도」 부분

선방 뒤꼍
면수건 쓴 아낙 서넛이 둘러 앉았다.

(중략)

앓은
도피안사 녹낀 검은 비로자나 철불로 몸을 얻어 입고 있지만
누옥 같은 감각에 세들어 사는
콩댐칠한 방바닥처럼 티끌도 없는 빈 것을
주야로 닦고 닦는
마음은 새 한 마리로
문득 민통선 휑한 하늘을 두 어깨에 얹고 있다.

―「철원행」 부분

「기도」는 머리를 조아리며 공손한 기도를 하는 아낙네와 명부전 뜰 앞
에 허리를 굽히고 피어있는 몽환꽃을 서로 비유하고 있다. 「철원행」은 철
원 도피안사 구경 도중 선방 뒤꼍에서 고추꼭지를 따고 있는 아낙네들의
행위를 서술하는 것으로 시를 도입하여 앎에 대한 인식에 이른다. 「봄비
개인 뒤」는 "서산 마애불의 퇴락한 몸 파고들어간" 실금을 통해, 현실에
골똘하여 현실을 잊어버리는 순간의 밝은 내부의 깨우침을 형상화하고 있
다. 「아우를 묻으며」는 일찍 죽은 아우의 죽음을 통해 자신의 "삶이 죽음

위에 대웅전마냥 슬그머니 주저앉아 있는 것을/ 대웅전 빈 방이 넓고 큰
텅 빔을 가두어 기르는 것을 보면서/ 사랑하는 여자의 귀라도 후벼주듯이/
하릴없이 나는 삶에 더욱 다가앉는다 마음 쏟는다"라고 한다.

「마음經」 연작시 안에는 여러 가지 불교적 형이상학과 농경적 사건, 혈
연적 인물이 교합된다. 더하여 유교적 제재와 육체 및 관능의 어휘는 물
론 선적 직관도 드러낸다.

> 아들이 죽은 뒤
> 홀어머니는 절에 다니기 시작했다.
>
> 텅 빈 내부가 무시로 털썩털썩 떨어져 내리는
> 대문 닫힌 집에는
> 저 혼자 섬돌가로 주저앉은
> 핏기 얇은 입술 꼭꼭 다문 채송화의
> 검은 씨앗들 속에 핵이, 뉘만한 무덤들이 차오르느라 부산한 소리
> 투명한 가을볕 속의
> 누군가 오랫동안 은밀히 마련해온 이별 같은
> 먼 독경.
>
> -「마음經 13」 전문

화자는 1연에서 홀어머니가 절에 다니게 된 계기를 이야기한다. 2연에
서는 홀어머니가 사는 대문 닫힌 집안의 풍경을 묘사한다. 화자는 집안의
섬돌가에 피어 있는 채송화의 씨앗들이 내는 소리를 '독경'으로 듣고 있
다. 아들을 잃은 홀어머니의 마음과 내부가 텅빈 집, 핏기 얇은 채송화,
그리고 "이별 같은/ 먼 독경" 등이 어울리면서 비극성을 강화시키고 있다.

> 절 아랫동네
> 밭두둑가에서 대나무 장대로 감을 따고 있다.
> 가지 뒤 허공 속에
> 숨어 있던 햇볕들 여러 마리

입 벌려 깨갱대며 튀어나온다.
없었던 낡은 경經 한 토막씩 덥썩 물고
도로 들어간다.

누가 사자후 긴 고함을 치며 지나갔는가
낙지落地한 것들
한결같이 뇌와 고막이 폭파되어 있다.

-「마음經 26」 전문

불교 소재가 수용된 위 시는 화자가 감을 따면서 일어나는 일을 감각적
으로 심상화하여 독자에게 즐거움을 준다. 1연에서 감나무 가지가 젖혀지
면서 드러나는 하늘에서 "햇볕들 여러 마리/ 입 벌려 깨갱대며 튀어나온
다"라고 음성과 운동 감각으로 표현한다. 그리고 튀어나온 햇볕이 경전을
덥썩 물고 들어간다고 다시 감각화한다. 2연에서는 떨어진 감을 "뇌와 고
막이 폭파"된 것으로 표현하고 있다.

시집 『황사 바람 속에서』에는 「비, 가을밤에 듣다」「칠장사 혹은 임꺽
정에게」「감자를 캐며」「시누대 옆에서」「어느 원효」「이름이 불당골이라
는」「겨울과 겨울 사이」「홍법사 터」「관악산 가서」 등의 시에 불교적 상
상력과 제재를 수용하고 있다. 「비, 가을밤에 듣다」의 도입부는 "탕, 탕,
탕/ 누군가/ 어느 죄 없는 사내 손바닥에/ 못 박은 소리"라며 예수의 죽음
심상을 가져오나, 후반에 와서는 "들어살던 무간 지옥을/ 마음을/ 죄다 허
물고 나서야/ 황황히 내쫓긴/ 너/ 내쫓겨 비로소/ 한가롭게 빈 걸망으로 제
몸을 내다 걸었구나"라고 한다. 「칠장사 혹은 임꺽정에게」는 안성 칠장사
"철주 당간에 세월은 목 매달린 개처럼 높이 걸렸다"라고 하여 비극적인
역사적 시간을 심상화하며, 「감자를 캐며」에서는 "굴러다닌다 웃음 몇 통
(桶) 이게 어찌 감자들인가 지눌의 쪼그라든 해골바가지거나 무명 두타승의
생각 환한 골통인 것을"이라고 감자의 외형을 승려의 머리통으로 비유하고
있다.

「시누대 옆에서」는 "팔척의 풀들"이 "바람소리를 깔고 누워/ 골빈 돌중처럼 누워/ 살 씻어 내리고 살의 피도 씻어 내"린다며 누워있는 시누대를 돌중으로 직접 비유한다. 「어느 원효」는 화자가 북경 서안을 여행하고 돌아오면서 깨달은 자신을 구법 여행을 했던 신라의 승려 원효에 비유하고 있다. 화자는 비행기가 돌아오는 길에 "통, 반, 번지수도 없는 검푸른 항하사의 허무에 배"를 슬쩍 붙이는 순간 "귀가 폭발"하면서 시간과 죽음의 본래처가 없음을 깨달은 것이다. 이외에 불교 관련 어휘와 인식이 수용된 시의 부분은 다음과 같다.

이름이 불당골이라는
오래전에 절 뜬
내 시골 마을이기도 한 산골짝엘 갔습니다.

(중략)

'허허 참
마음이 있으면
너 어디 보여주려무나'
문득 내려오다 뒤돌아본 하늘엔
섬유가 올올이 삭은 천처럼
너덜너덜
고함[喝] 한 폭 펄럭이는 것을 보았습니다.
오래 전
혼 뜬 절 한 채
그냥 거기 있는 것을 보았습니다.
칠성각도 대웅전도
죄다 버리고
자유롭게 뜬.

―「이름이 불당골이라는」 부분

귀양 사는 듯
돌탑이 쇠울 속에 아직도 가부좌로 앉았다.
일념대로 삭았다.

—「흥법사터」 부분

보아라, 너에게 올라서서 보면
저 아래대 말법세에는
이 악물었던 얼굴 풀고
제 몸 속에
누운 환한 미륵
늦가을 달이 늦가을 달 밖으로 뛰쳐나간다.

—「관악산 가서」 부분

　그의 시집 『다시 고향에서』에서는 「우리동네 1-龍珠寺에서」 「부도」 「부도 다시 한 채」 「허공을 쳐부수니 안팎이 없고」 등과, 『우리 이웃 사람들』에는 「어떤 가야산」 「여름 통도사」 「정토사 지」, 첫 시집 『서벽당집』에는 「유두」 「회귀」 「노자」 등이 불교 제재, 불교적 상상력, 선적 인식이 뚜렷이 드러난다.

　「우리동네 1-龍珠寺에서」은 화자가 고향과 가까운 수원의 용주사에서 만난 "묵은 부모은중경 몇 줄이 삭아서 날리"는 초겨울 살풍경을 통해 쇠락한 과거 왕조의 정쟁과 비기도참, 현대의 이념에서도 소외된 자아의 내면풍경을 진술하고 있다. 시 「부도」는 죽어서는 아무것도 남기지 말아야 하며, 부도조차 남기지 말아야 하는 것이 불교의 세계임을 다소 비판적으로 진술하고 있다.

죽으면 어디 강진만 갈밭쯤에나 가서
육괴肉塊는 벗어서
시장한 갯지렁이 시궁쥐들의 뱃속이나
소문 없이 채워주고
그래도 남는 것이 있으면

찬 뼈 두 날 정도로 걷다다가
언젠가는
그것도 다아
이름 없는 불개미 떼나 미물들에게
툭툭 털어
벗어줄 일이지

쇠막대 울 앞
애꿎은 시누대들만 수척한 띠풀들 사이 끌려 나와서
새파랗게 여우눈 맞고 있다.

─「부도浮屠」 전문

그럴 것이다. 진정한 무욕의 죽음은 부도가 되어 서 있을 것이 아니라, 갈밭 같은 곳에서 죽어 갯지렁이나 시궁쥐들의 뱃속을 채워주고 불개미나 미물들에게 몸을 벗어 주는 것일 것이다. 그렇지 않고 죽은 후에 부도로 남아 있으니 쇠막대로 만든 울 안, 띠풀들 사이에 끌려나와 춥게 여우눈을 맞고 있는 것이다. 무욕의 삶을 살던 승려가 죽은 후 부도가 된 것은 완전한 무욕의 삶이 아니라는 창작자의 불교적 공사상의 인식이 엿보인다.

「부도 다시 한 채」는 "안팎이 없는 독에/ 갇힌 사람이 보인다"며 안팎이 있는 부도의 물리적 성격을 안팎이 없는 독으로 비유하고 거기에 사람이 갇혔다는 비논리의 선적 화법을 구사한다. 「허공을 쳐부수니 안팎이 없고」는 "행복경/ 행간 사이 없는 길 찾은 마음아"라며 공사상을 펼치고 "너는 닥치는대로 물어박지르는/ 미친 개이고/ 너는 무엇에나 땟국 낀 손 내미는/ 거지"라며 선가 승려들의 선문답 방식을 시에 수용한다.

시집 『우리 이웃 사람들』에서 「어떤 가야산」은 팔만대장경이 보관되어 있는 해인사 장경각을 대상화하여 "장경각 판목의 경은 보이지 않고/ 삭아서 시간이 되어/ 뚜껑 없는 천 공간을/ 이곳에/ 비워놓았다"고 한다. 이러한 가야산은 화자가 익숙한 해인사가 있는 가야산이 아니라 낯선 '어떤 가야산'인 것이다.

아침 공양 후에 천일기도도량 앞뜰을 쓸었다. 큰절하는 등[背]만 몇 쓸려 모이고 삭은 옷가지에 사지의 힘 부풀리며 사천왕들 끊임없이 떠받쳐 메고 섰는 극락암 네 귀 추녀 위로는, 그렇다 가뭄에 물은 모두 말랐는데 누가 그동안 빨고 빨아서 넌 새하얀 마음들이 바래서 펄럭인다

우리는 갈아입은 팬티, 갈아입지 못한 색, 성, 향, 미, 촉 무엇 하나
빨지 못한 생각들만 각자 가방 속에 챙겨 넣었다.

　　　　　　　　　　　　　　　　　　　　　-「여름 통도사」 부분

1연에서 화자가 삼박사일 동안 통도사에서 묵다가 아침 공양 후 절 마당을 쓸고 난 후 하산을 하면서 일어나는 시선의 이동을 진술하고 있다. 큰 법당에 모여 절을 하는 사람을 등으로 대유하거나 극락암을 사천왕들이 떠받쳐 메고 있다고 의인화 한다. 암자 추녀 위로 보이는 맑은 하늘을 그동안 내가 아닌 '누가' 빨아서 넌 마음으로 비유한다. 그러면서 2연에서는 그동안 절에 머물며 팬티는 갈아 입었으나 육근이 청정해지기는커녕 서울서 가져온 자기 마음대로 채점을 한 답안지를 가방에 쑤셔 넣고, 사하촌의 싸구려 작부의 취한 목소리를 쑤셔 넣는 것이다. 그러나 이렇게 떠나오는 화자를 바위들은 모른 체 하고 있고 남아있는 것은 비움으로 가득 찬 사찰일 뿐이라고 한다.

고행의 끝판에 온 해골부처처럼 철퍼덕 주저앉은

(중략)

그 하복부인가 옆구리께인가
얕은 은회색 외음순들 쩍 벌어진
암꽃 자궁 속에서

　　　　　　　　　　　　　　　　　　　　　-「나의 농업」 부분

몸 열어 아프게 받아들이는

늙은 작부인
지상
오늘은 이 폐허가 화엄이구나.

―「마음경 15」 부분

구름 산 두세 채를
사타구니 속 깊이
감춘

―「비, 가을밤에 듣다」 부분

피골이 상접한 채 가부좌를 튼 겨울 쑥대.
가장 섹시하게
가랑이 벌린
화엄아

―「겨울과 겨울 사이」 부분

위의 시 「나의 농업」 「마음經 15」 「비, 가을밤에 듣다」 「겨울과 겨울 사이」에서 보듯이 그의 불교적 상상은 때로는 한 편의 시 안에서 관능적 상상과 만나기도 한다. 유가적 상상력과 잘 만나지지 않는 육체와 관능의 언어가 불교적 상상력에 와서는 육체와 관능의 언어가 잘 교합하는 것이다.

이처럼 홍신선은 첫 시집에서부터 불교적 제재를 시에 수용하기 시작하여 근래에 와서는 한층 폭이 넓고 깊으며 다량의 불교적 사유의 시를 창작하고 있다.

4 · 결론

그동안 홍신선의 시를 일괄해보면 초기시 중심의 산업화로 인한 이농과 도시화로 농촌공동체 해체 현상을 다룬 시가 광범위하게 창작되었으며, 유가적 혈연의식과 관습 및 지사정신을 다룬 시 역시 광범하게 창작되었음을 알 수 있다. 그리고 초기에는 비교적 적게 나타나지만 중·후기에 와서 불교적 제재와 선적 상상력을 구상화한 시를 다량 생산하고, 동시에 육체적 관능적 상상을 구상화한 시가 상당히 많이 나타나는 현상을 목격할 수 있다. 그 가운데 홍신선 시의 창작방법 특징을 유가적 혈연의식과 지사정신의 진술, 불교 제재의 차용과 선적 상상으로만 갈래지어 검토하였다.

마침 홍신선은 2006년 현대불교문학상 수상소감에서 "우리의 큰 스승이신 부처님과 제대 조사님들께 다시 한 번 합장을 올린다"[7]라고 썼다. 불교의식과 유가의식이 그의 내부에 단단하게 뿌리박고 있음을 시사해주고 있는 요긴한 대목이다.

그의 유가정신은 어려서부터 한학을 수업하고 이후 관습을 통해 체득된 것으로 시창작에서 혈연의식과 지사정신으로 표출된다. 농경적 사회경제 체제 하에서 명맥을 유지해오던 유가적 혈연의식은 산업화로 인한 농촌으로부터의 이농과 도시화로 농촌공동체가 해체되면서 와해되기 시작한다. 창작자는 이러한 농촌의 해체과정을 유교적 관습, 제재, 사건과 인물의 행위를 통해 비극적으로 형상화하고 있다.

중요한 것은 그의 유교적 상상력은 농촌공동체의 해체과정과 밀접하게 진술되고 있다는 데 그 특징이 있다. 농경적 사회체제 유지 이념으로 견고하게 자리를 잡았던 유가주의와 유교의례들도 가족이 이산하고 씨족이 이주하고 종중산이 팔리면서 서로 갈등하고 파괴되는 것이다. 창작자의 현실에 대한 비극적이고 비판적인 진술은 농촌공동체와 혈연정서를 회복하고자 하는 의지를 반영하는 것일 수도 있다.

홍신선의 불교적 제재와 선적 상상의 수용은 창작 초반기부터 나타나기 시작하며, 최근에 들어 더 깊고 넓어지는 불교의 세계를 「마음經」에 담아내고 있다. 그의 초기시에 나타나는 불교적 제재와 상상력은 농촌공동체의 파산과정과 맥락을 같이 한다. 그러나 후기시로 갈수록 불교적 세계가 깊어지

---

7) 『불교문예』, 2006, 봄, p.238.

면서 농촌공동체 해체의 내용들은 탈색되고 일상의 제재로 돌아온다.

오히려 그의 시 「나의 농업」 「마음經 15」 「비, 가을밤에 듣다」 「겨울과 겨울 사이」에서 보듯이, 그의 불교적 상상은 때로는 한 편의 시 안에서 육체적 비유나 관능적 상상과 자주 만나기도 한다. 유교적 관습의 제재들이 관능적 상상들과 만나지지 않는 것과 대조된다.

결론적으로 홍신선의 시는 첫째 이농과 도시화로 인한 농경 공동체의 해체 모습을 진술한 시, 둘째 유가적 혈연의식과 지사정신을 진술한 시, 셋째 불교 제재의 수용과 선적 상상력을 수용한 시, 넷째 육체적 비유와 관능적 상상을 수용한 시로 유형화할 수 있다.

계보사적으로는 농촌공동체의 해체 상황 진술은 신경림, 유가적 혈연의식과 지사정신은 유치환, 불교제재의 수용과 선적 상상은 한용운, 육체적 비유와 관능은 서정주에서 영향관계가 나타난다는 인상을 갖게 한다. 이는 홍신선이 한국문학사의 도저한 주류를 부지런히 두루 섭렵하면서 창작을 하고 있다는 것을 의미한다.

더하여 그의 시에서는 또 다른 묘한 유형별 친소관계를 만날 수 있다. 농촌공동체의 해체와 유가적 혈연주의의 와해가 궤를 같이하며, 불교적 제재를 차용한 시들이 많아지면서 농촌 제재가 탈색되고 있다는 것이다. 또 불교적 제재의 차용과 상상력의 빈도가 높아지면서 육체와 관능의 상상력의 시들이 많아진다는 것을 알 수 있다. 그리고 농촌 제재와 불교 및 육체의 어휘가 비유로 만나기도 한다. 다만 유교적 제재를 사용하는 시에서 육체와 관능의 어휘가 드물게 나타나는 사례를 볼 수 있다.

'어둠'과 '허공'을 응시하는 자기 인식의 시선

―초기시를 중심으로

유성호

1.

홍신선 시인은 1965년 『시문학』에 김현승·이형기 시인의 추천으로 등단하여, 그동안 『서벽당집』(1973, 한얼문고)을 시작으로 『겨울섬』(1979, 평민사), 『우리 이웃 사람들』(1984, 문학과지성사), 『다시 고향에서』(1990, 문학아카데미), 『황사 바람 속에서』(1996, 문학과지성사), 『자화상을 위하여』(2002, 세계사) 등의 시집을 상재한 바 있다. 최근 그는 『홍신선 시전집』(2004, 산맥출판사)을 출간함으로써 자신의 시력(詩歷) 40년을 집약하고 갈무리하는 작업을 하기도 하였다.

그의 전(全) 시 세계는, 폐허와도 같은 이 비극적 세계를 견디면서, 자기 인식과 초월의 방법을 탐색하는 데 바쳐졌다고 해도 지나친 말이 아닐 것이다. 그 가운데 『서벽당집』을 주요 자료로 하는 초기 시 세계는 반성적 지식인의 자기 인식과 현실 읽기를 그 서정적 기조로 삼고 있다. 가령 그는 '어둠'으로 표상되는 비극적 세계 속에서 견인과 초월의 시 정신을 줄곧 내보이는 데, 자연스럽게 그의 현실 읽기는 현실과 날카로운 대결을 취하는 것이 아니라 현실의 소용돌이에서 일정하게 비켜섬으로써 일종의 주변인의 형상을 띠고 있을 때가 훨씬 많다. 그 점에서 그는 현실에 대해 맞서는 태도보다는 자기 자신까지 반성의 대상으로 포함하는 자성적(自省的)인 자아를 줄곧 내세우는 시인이다. 그만큼 주체와 세계가 적대적 관계를 형성하지 않는 그의 시법(詩法)이, 그의 시로 하여금 내밀하고 단단한 성찰적 세계를 만들어내게 한 것이다.

또한 그의 시에 등장하는 사물들은 구체성과 역사적 의미보다는 원형성과 실존적 의미를 훨씬 강하게 띤다. 그 역시 어떤 강력한 하나의 주제나 미적 원리에 의해 시 세계를 구성하는 것보다는, 그때그때의 시적 감성에 의탁하는 경우가 훨씬 빈번하다. 이처럼 그때그때의 '몸의 기억'에 충실한 한 편 한 편의 시를 쓰고 있는 그의 시적 실천은, 실감 있는 시간의 깊이를 응시하는 데서 발원하고 완성되고 있다 할 것이다. 이 길지 않은 글은, 이처럼 '어둠' 속에 서성이는 지식인의 고통이 감각적으로 잘 드러나 있는 『서벽당집』을 중심으로 하고, 『겨울섬』과 『우리 이웃 사람들』에 실린 몇몇 가편(佳篇)들을 추가하여 그의 초기 시 세계의 외관을 그려보려 하는 것이다.

2.

기본적으로 서정시는 자기 표현 발화를 통해서 시인의 자의식(自意識)을 첨예하게 드러내는 양식이다. 이때 시인의 자의식을 구성하는 직접적인 질료는 구체적 경험에 대한 '기억'이고, 그 경험에 대한 기억을 표현하는 원리가 바로 생을 순간적으로 파악해내는 다양한 '감각'일 것이다. 홍신선의 초기시에는 이러한 다양한 감각적 표상들이 매우 민활한 물질성을 띤 채 펼쳐져 있다. 예컨대 그의 초기 시편들은 '어둠'과 '허공'이라는 실물적 기표에 자신의 감각을 전적으로 의탁하여, 청년기의 고통과 방황을 노래하고 있다. 첫 시집 맨 앞머리에 실린 다음 시편은 그러한 속성의 출발점을 예고하는 대표적 사례일 것이다.

　　허위허위 달려서 한동안도 끝나는가
　　지나온 어스름 속에는
　　땀 흘려 퍼내버린 하늘이며 절망이며
　　갈대의 얼굴이
　　사위어버린 한 마지기 시간으로 떨어져 있다.
　　광대한 어두운 입으로 땅거미들도
　　허망을 울고 있다.
　　이제 앞에는
　　귀때기 하얀 달빛들이 쓸다 놓은
　　한두 마당의 허공이 희부옇게 걸려 있다.
　　마저 쓸어가야 할
　　희뿌연 죽음만이 보인다.

－「서른 나이에」 전문

　　고단하게 "지나온 어스름" 속에서 시의 화자는 절망과 소멸을 감싸고 있는 "사위어버린 한 마지기 시간"을 응시하고 있다. 그 시간의 어스름에 비치고 있는 땅거미에는 '허망'의 기운이 짙게 내려앉아 있다. 이제 서른 살을 맞은 젊은이의 눈앞에는 "귀때기 하얀 달빛들이 쓸다 놓은/ 한두 마당의 허공"만이 걸려 있다. 그 '어둠'과 '허공' 속에서 화자는 천천히 "쓸어가야 할/ 희뿌연 죽음"만을 바라보고 있는 것이다. 시편 전체를 물들이고 있는 '절망'과 '어둠'과 '허망'과 '죽음'의 감각들은, 홍신선 시의 원체험을 반영하면서 『서벽당집』 전체에 펼쳐지게 될 세계에 대한 선명한 예기(豫期)를 부여하고 있다.

　　원래 시인의 '원체험(原體驗)'이란, 가장 오랜 기억 속에 머무르면서 지속적으로 주체의 행위나 의식에 영향을 준다. 모든 시인은 이러한 원체험을 '기억'의 작용을 통해 부단히 변형하여 자기동일성을 점진적으로 획득해간다. 그 점에서 원체험은 현재의 '기억'에 의해 선택되고 재구성되고

1부 총론　45

재배열되는 어떤 것이다. 홍신선 시인은, 생의 불가피한 고단함과 그것을 물질화한 '어둠'과 '허공'을 통해 자신의 원체험을 적극적으로 표상하고 있다. 그것은 한결같이 "까만 털투성이의 어둠"(「밤」) 속에서 "건너다보이는 허공"(「이제는 다」)을 바라보면서, "지워도 지워지지 않는/ 제 허무와 꿈을 들여다보고"(「협곡」) 있는 화자에 의해 구성되고 있는 어떤 것이다. 그렇게 '어둠'과 '허공'을 응시하는 시선이 그의 초기 시편을 온통 구성하고 있다고 해도 좋을 것이다.

> 골짜기 건답배미에 적막이 하나 와서
> 죽은 듯이 떠 있다.
> 적막이여
> 너는 이맛전이 허옇게 벗어진
> 가난이 되어
> 마른 논틀로 여러 산천으로
> 웃고 다니더니
> 돌아왔구나
> 논물에 뒤척이던 내 어린 날을
> 집어다 시장기처럼 세상에 두고
> 말로도 가본 적이 없는
> 어느 햇볕 밖에 두고
> 오늘은 돌아와
> 저 건답배미에
> 다 삭은 재로 제 홑몸을 놓고서 떠 있다.
>
> ─「논─내 아버지께」 전문

'논'이라는 표상은 우리 시의 전통적 맥락에서 보면, 사람들에게 생명을 제공하는 농토이거나 전원적 시선에 의해 채택된 자연 현상의 일부로 활용되어왔다. 그런데 홍신선 초기 시편에서 그것은 '적막'과 '가난'이 되어 떠다니는 '허공'과 등가를 이룬다. 그래서 그것은 시적 화자의 실존을 선명하게 환기하는 어떤 비극적 원형(archetype)의 상태로 끌어올려지고 있다.

가령 "골짜기 건답배미에 적막이 하나 와서/ 죽은 듯이 떠" 있는 스산한 풍경은, 그 자체로 뒤척이던 지난 날들을 상상적으로 구체화하고 있다. 그 러니 자연스럽게 화자의 기억 속에 '논'은 "다 삭은 재로 제 홀몸을 놓고 서 떠" 있는 공간이 되고 마는 것이다. 그만큼 홍신선 초기시의 화자들은 "눈 멀었던 허공과 배고픔을/ 눈 띄어 데리고/ 허옇게 내려앉는"(「논―내 아버지께」) 황량한 공간에서 "아픔 하나로 밝혀 든 이 세상에/ 아픔 말고 또 누가 오는가"(「한낮이여」)라고 외친다. '어둠'과 '허공'을 응시하면서 자 기 인식의 과정을 상상적으로 치러내고 있는 것이다. 이처럼 고통을 자발 적으로 승인하고 맞아들이는 '자기 인식'의 한 정점을 그의 초기시는 한결 같은 지속성으로 보여주고 있다.

> 보이는 길목마다 화등잔만한 불을 쓰고
> 어둠들이 앉아 있다.
> 달리고 뛰어오는 십 년의
> 저 앞에 앉아서 소리도 없이
> 온몸으로 막는다.
> 뼈가 허옇게 들어나뵈는
> 그의 정강이를 걷어차며
> 한 줄기 어린 나무의 혼으로
> 달려오는
> 허공의 샛길에 그 큰 허무를 등에 지고
> 한두 구軀의 욕망이 쓰려져 있다. 어둠이 뒹굴고 있다.
>
> ―「만천집」 부분

시의 화자는 길목마다 '어둠'들이 앉아 있는 모습을 바라보고 있다. '어 둠'은 소리 없이 완강하게 온몸으로 길을 막아선다. 그래서 "뼈가 허옇게 들어나 뵈는" 어둠의 상황에서 "한 줄기 어린 나무의 혼"이 달려오고 있 는데, 어느새 그것은 "허공의 샛길에 그 큰 허무를 등에 지고/ 한두 구(軀) 의 욕망"으로 치환된다. 그 순간 다시 편재(遍在)하는 '어둠'이 여기저기 뒹굴고 있음을 화자는 목도한다. 이처럼 "유유히 돌아가는 허공의 뒷모습"(「달빛」)과 "허공의 긴 목덜미"(「장마」)를 바라보면서, 홍신선 초기시의 화자들은 '어둠'과 '허공'의 단단한 결속을 집중적으로 표상한다. 그 '어둠'과 '허공'에 깃들이지도 못하고, 그것들을 극복하지도 못하는 경계인으로서, 그의 화자들은 "허공에 허옇게 들린/ 산꿩 소리나/ 받아들고/ 누가 묵묵히/ 공허가 되어 와 섰느냐"(「산꿩 소리」)라고 외치고 있을 뿐이다.

우리가 잘 알듯이, '기억'이란 시간의 물리적 흐름을 역류하는 역동성을 지닌다. 멕시코의 유명한 시인 파스(O. Paz)는 이를 두고, 가장 원형적인 '기억'의 시간이 시적 시간을 구성한다고 밝힌 바 있다. 그래서 그 '기억'은 인간의 자기동일성에 지속적 영향을 끼치면서 시인의 원체험을 다채롭게 변형하게 마련이다. 홍신선 초기 시 세계에 나타난 원체험은, 어떤 역사적 구체성보다는 원형적 '어둠'과 '허공'의 기억을 반영한다. 그 핵심적 기표로서, 시인의 기억 속에 밀도 있게 들어서 있는 '어둠'과 '허공'이 서로를 감싸안고 있는 것이다.

3 .

우리가 잘 알듯이, '시간'이란 누구에게나 공평하게 주어진 물리적이고 객관적인 것으로 여겨지기 쉽지만, 사실 그것은 주체의 내면 안에서 지속되는 어떤 흐름으로만 경험되는 심리적이고 주관적인 실체이다. 따라서 모든 사람은 자신만의 시간 단위를 갖고 있으며, 그것은 주체가 처해 있는 실존적 상황에 따라 끊임없이 감각적으로 현재화된다. 홍신선 시인에게 '시간'이란, 자신의 자기 실현을 끊임없이 유예시키면서 몸 속에 수많은 흔적들을 새기고 있는 어떤 파문과 같은 존재로 나타난다. 그래서 그의 시간은 과거를 미화시키는 '기억'의 원리나 미래를 밝게 앞당기는 '전망'의 원리로 나아가지 않고 오직 자신의 '현존'을 이루는 흔적들로 나타날 뿐이다. 그만큼 그는 자신이 처해 있는 현재적 조건에 육체를 입히는 형식으로 '시간'을 형상화함으로써, 개인적 기억으로서의 나르시스적 퇴행 (regression)을 넘어 보편적 실존형에 대한 형상화로 나아가고 있는 것이다.

> 삼경三更이면
> 마을 뒤 그대 꿈속에서
> 푸드득이며 뻐꾸기들은
> 흰 별똥들로 갈아입고 나와
> 잠시
> 중천에
> 저 오동꽃 얼굴을 한 미리내 앞의
> 내 시름을 쓸더니
> 보라, 언약의 검은 밤 요 닢을 개켜 말아
> 허리에 끼고
> 아득한 성운 너머
> 사라진다
> 이승 밖에
> 한 허공을 가지러 들어간다
>
> —「오월 어느 날」 전문

가장 어두운 삼경(三更)에 꿈 속의 뻐꾸기들과 별똥들과 오동꽃을 그리고 있는 이 시편은, "미리내 앞의/ 내 시름"을 쓸어내면서 "언약의 검은 밤"으로 다가와 사라지는 허공을 형상화한다. 이때 "이승 밖에/ 한 허공"은, 화자가 '어둠'과 '죽음' 의식에 집중적으로 착목하는 이른바 묵시록적 글쓰기를 하고 있음을 알게 한다. 시의 화자가 이제는 현실 속에서 가 닿을 수 없다고 생각하고 있는 그러한 순수 세계가, 온몸의 직접성으로 겪었던 시간에 대한 기억을 낳고 있는 장면이 아닐 수 없다. 순간 화자에게 '시간'은 몸 속에 수많은 흔적들을 새기고 있는 어떤 파문으로 생성되고 번져간다. 이때 그가 기억해낸 시간은, 개인적 기억으로서의 나르시스적 퇴행을 넘어서 보편적 실존형에 가 닿는 것이다.

이처럼 동일성의 감각에 의해 구축되는 시적 언어의 한 원리로서 시인의 기억과 감각은, 사물을 해석하고 형상화하는 과정에서 사물의 이면에 존재하는 오랜 시간의 파동을 세밀하게 포착하여 그것을 순간의 형식으로 복원해낸다. 홍신선 시인이 그 작업을 수행하고 있는 공간은, 감각적 현존들이 쓸쓸하게 저물어가고 있는 '어둠'과 '허공'의 풍경들인 것이다.

> 상징이여
> 자네와 헤어진 뒤로
> 나는 보았네
> 서른 번째의 어둠을 밀고
> 들어선 나는 보았네
> 황량한 어느 늪가에서
> 윤회의 너겁을 들치다
> 문득 보았네
> 수궁 천 길의 깊이에서
> 무언의 산맥들을 등에 지고
> 헤엄쳐 나오는
> 거북이 낯바닥을 한 구름과
> 그 삐걱이는 길마질 소리.
> 길마 위에 앉아 끄덕이는
> 산맥을 어거하며
> 자욱한 풍경이 떠오르고
> 나는 보았네
> 그 너머
> 어둠에 매달려
> 타오르는 말, 최후의 나의 말.

—「회귀」 전문

벌써 서른 번째의 어둠을 밀고 살아온 화자가 "황량한 어느 늪가에서/ 윤회의 너겁을 들치다" 문득 "수궁 천 길의 깊이에서/ 무언의 산맥들을 등에 지고/ 헤엄쳐 나오는/ 거북이 낯바닥을 한 구름과/ 그 삐걱이는 길마질 소리"를 만나게 된다. 순간 화자는 "어둠에 매달려/ 타오르는 말, 최후의 나의 말"을 강렬하게 희구하게 된다. 여기서 '타오르는 말'과 '최후의 말'은 그 자체로 시인의 본래면목(本來面目)이거니와, 화자로서는 그러한 원초적 언어의 세계에 대한 강렬한 '회귀'의 열망을 보이고 있는 것이다. 이는 그가 얼마나 자신의 '기원'에 대해 깊은 애정을 갖고 있는지를 보여주는 대목이 아닐 수 없다.

물론 이러한 회귀 본능은, 후기 시편으로 올수록, 타자(他者)를 향해 아득히 번져가려는 '사랑'의 원리로 확장되어간다. 홍신선 초기시의 '회귀'의 열망과 후기시의 '사랑'의 마음은 그래서 원환적(圓環的)인 동일성을 보인다. 이처럼 본래적 언어를 통해 스스로가 '타오르는 자신의 최후의 말'로 귀환함으로써, 홍신선 시편들은 '어둠'을 적극적으로 견인하고자 하는 것이다. 그래서 '어둠'과 '말'은 그의 생의 보편적 근거(ground)가 되면서, 시인으로 하여금 자신의 생의 형식을 적극적으로 탐색하고 발견하게끔 하고 있는 것이다.

우리가 잘 알거니와, 삶의 중요로운 경험의 일부를 자신만의 언어 방식을 통해 세상에 남기는 일은 시인들에게 부여된 남다른 특권일 것이다. 홍신선 시인은 이러한 특권을 성실한 '자기 인식'과 강렬한 '근원 지향성'을 통해 일관되게 표현함으로써, 자신의 실존을 부조(浮彫)하고 그것으로부터의 견인과 초월을 기도하고 있는 것이다. 이처럼 언뜻 보아 다양한 경험과 주제로 짜여져 있는 듯이 보이는 그의 첫 시집은, '자기 인식'과 '근원 지향성'이라는 강력한 구심적 원리에 의해 응집되어 있다. 결국 충실한 '자기 인식'이 자신의 뿌리가 되는 '근원'에 가 닿고자 하는 불가능한 꿈과 곧장 연결되어 있는 것이다. 그의 초기시는 바로 이 같은 꿈의 불가능성과 강렬함 사이의 모순에서 발원되고 완성된 세계인 것이다.

　두루 알다시피, 서정시의 가장 근원적인 창작 동기는 일종의 자기 확인 욕망에 있다. 따라서 누구나 시를 쓰면서 혹은 시집을 묶으면서 느끼게 되는 것은, 자기 확인에 따르는 일정한 두려움과 설렘 그리고 그에 따르는 부끄러움일 것이다. 우리가 살폈듯이, 홍신선 첫 시집은 그러한 설렘과 부끄러움이 깊이 착색되어 있으면서, 동시에 그것들을 뚫고 삶의 소멸과 격정의 에너지를 아름답게 토로하고 있다. 그러다가 두 번째 시집 이후에서 그러한 격정의 에너지는, 선명한 묘사의 힘과 성찰의 품을 통해 한결 그 세계를 넓혀가게 된다.

　원래 '묘사(描寫)'는 사물의 외관을 감각적으로 재현하는 행위를 일컫는다. 따라서 묘사를 통해 우리는 사물의 가장 감각적인 직접성과 만나게 된다. 그러나 묘사가 건조하고 사실적인 렌즈를 통한 감각적 재현에만 그친다면, 그러한 서경(敍景) 편향의 소품은 주체의 개입이 최소화되면서 한 편의 산뜻한 풍경첩에 머물게 된다. 따라서 묘사와 함께 그 안에 주체의 세계 해석이나 판단이 자연스럽게 덧입혀지는 것이, 우리가 한 편의 시 안에서 주객간의 대화를 경험할 수 있는 방편이 된다. 홍신선 시인은 사물의 외관을 감각적으로 재현하되 거기에 주체의 해석을 덧보탬으로써, 삶의 성찰의 한 진경(進境)을 선보이고 있다.

> 대교大橋를 건넜다 피난민 몇이 과거를 버린 채 살고 있다.
> 마을 밖에는
> 동체뿐인 새우젓 배들
> 빈 돛대 몇이 겨울 한기에 가까스로
> 등 받치고 기다리고
>
> 물 빠진 갯고랑, 삭은 시간들 삭은 물에 이어져 잠겨 있다.
> 일직선, 버려진 마음들로 쌓아올린 방파제까지

나문재 나물들 줄지어 나가 있다
뻘에 두 발 내리고 붙어 있는 목에 힘준 저들
쓸리지 않으면
개흙으로 삭는 일
더러 쓸리면
닻으로 일생 내리는 저들의 일.
힘 힘 풀어놓고
공판장 매표소 횟집들로 선착장에 힘 풀어놓고
두어 걸음 비켜서서
말채나무 오그라든 두 손에
저보다 큰 겨울하늘 든 채 있다
사는 일이 사는 일로 투명하게 보이고 있다.

-「겨울섬」 전문

시의 화자가 바라보고 있는 '겨울섬'은 대교(大橋)를 건너 피난민 몇이 살고 있는 외딴 곳이다. 동체뿐인 새우젓 배들이 버려져 있고, 겨울인지라 빈 돛대만 가까스로 겨울 한기(寒氣)를 떠받치고 있는 스산한 풍경이 아닐 수 없다. 그 황량한 겨울섬의 풍경 속으로 "삭은 시간들"이 잠겨간다. 이 '삭은 시간'이란 화자가 지나온 시간을 물질적으로 치환한 표현일 것이다. "버려진 마음들로 쌓아올린 방파제"라든가 "쓸리지 않으면/ 개흙으로 삭는 일" 또한 겨울섬의 남루한 모습을 한층 감각적으로 북돋워준다. 하지만 "닻으로 일생 내리는 저들의 일"을 향해 시의 화자는 역동적 속성을 부여하기 시작한다. "큰 겨울하늘 든" 모습이 그것을 증언한다. 그 순간 "사는 일이 사는 일로 투명하게 보이"는 장면이 다가오는데, 이처럼 홍신선 시인은 대상의 생생한 묘사와 그것의 이면에 깃들여 있는 생의 현장을 해석함으로써, '어둠'과 '허공'을 응시하는 자기 인식의 시선을 타자들의 모습으로 전이하는 상상력을 새롭게 보여준다. 이 또한 그의 초기 시편들이 보여주는 귀중한 음역(音域)이 아닐 수 없다.

우리는 홍신선 시인의 이 같은 묘사와 성찰의 세계를 통해, 그의 시편들이 시적 대상을 향한 한없는 매혹과 그리움을 가진 채 씌어졌다는 점을 발견하게 된다. 그 가운데서도 우리는 자신의 '기원(origin)'으로 끊임없이 회귀하려는 강한 열망과 만나게 되는데, 그 매혹과 그리움의 일차적 대상은 지나온 시간에 대한 기억을 향한다. 우리는 이러한 시인의 각별한 경험을 통해 자신의 삶을 반성적으로 반추해보기도 하고, 새로운 세계에 대한 간접 경험을 풍요롭게 하기도 한다. 이제 그의 고향에 대한 기억의 시편을 한 편 읽어보자.

> 소리 죽인 것들
> 소리 죽인 것들
> 소리 죽이는 일만을 몸에 하나 가득 기르며
> 남수원 땅이
> 소리 죽여 있다.
>
> 어쩌다 까치들이 입산금지의 산에서 깍깍 소리들로 사라지고 용수정 둑 부들 풀들이 몸을 뒤척이며 소리내지 않는다. 머리서 발끝까지 소리 가득 담은 몸 뒤척이며 소리를 보이지 않는다. 고통 칠한 얼굴만을 돌린 채 띄엄띄엄 서 있다. 말해질 수 없는 말들이 되어 막막한 공간을 등진 채.
>
> 말짱한 대낮뿐
> 앞개울도 돌려놓고
> 물소리도 안 보이는 곳으로 돌려놓고
> 부르짖음도 다 다른 곳으로 돌려놓은
> 소리 소리 다 지워놓은
> 말짱한 대낮뿐이었다. 가도가도
>
> —「고향」 전문

화자의 고향에는 "소리 죽인 것들/ 소리 죽인 것들"로 넘쳐난다. 가령 "소리 죽이는 일만을 몸에 하나 가득 기르며" 있는 고향 땅은 소리가 죽어 있는 '침묵'의 땅일 뿐이다. 어쩌다 까치들도 소리내다 사라지고 초목도 소리내지 않고 서 있다. 이러한 소리의 절멸 속에서 화자는 "말해질 수 없는 말들이 되어 막막한 공간을 등진 채" 서 있는 것을 경험한다. 그래서 "물소리도 안 보이는 곳으로 돌려놓고/ 부르짖음도 다 다른 곳으로 돌려놓은/ 소리 소리 다 지워놓은/ 말짱한 대낮뿐"임을 실감하는 것이다. 이렇게 소리가 다 지워진 공간으로 "말해질 수 없는 말들"이 가득 채워진다.

이때 그 "말해질 수 없는 말들"의 형상은, 『우리 이웃 사람들』에 오면, 현저하게 대상을 바라보는 관점이 확장되면서 타자들로 흘러 들어가게 된다. '멈춤/흐름'의 경계선을 오가는 '물'의 자재로움을 통해 삶의 근원적 이법(理法)을 은유적으로 매개하고 있는 다음 작품은, '흐름/멈춤' 그리고 '솟구침/낮아짐'이라는 대위적(對位的) 이미지를 주축으로 하여 생의 여실한 국면을 형상화하고 있다.

> 흘러, 멈춘 것들 사이에서
> 공사장 철주 H빔보다 깊이 삭아 멈춘 것들 사이에서
> 혼자 흘러, 안 보이게
> 뒤 끊고 좌우 끊고 혼자
> 숨어 숨어 흐르다 보면
>
> 늙은 회양목들 길 죄어 가는
> 단양, 낯모르는 남한강 지류에
> 그는
> 당도해 흐른다
> 눈도 귀도 아예 내놓지 않고
> 복면覆面으로 엎드려 흐른다.
>
> 흐르다 갈라지는 마음 몇 굽이째 돌려 합치며,
> 혼자 행복하리라고 행세하리라고
> 기어오르다 쉬임없이 미끄러져 내리는,
> 다 닳은 손톱으로
> 돌아선 이 사람 저 사람 공간의 등 밀치고 할퀴어

멍도 내비치게 하는 나를
지명도 없이 떠도는 나를
웃으며 돌려 합쳐 주며
혼자 흘러 그는

귀때기 때리는 모랫바람
덤덤히 낡은 깃 올려 막고 섰는
담배밭 담배줄기 옆에
모습 드러낸다, 같이 어깨 대고 서기도 한다.
침묵 부수고 더 큰 침묵으로 솟는
빙폭氷瀑 같은 대머리의
고요
마주 보고 선다.

이윽고 아래로 아래로
발과 발, 다리와 다리 서로 부딪치며
몰려 내려가, 몰려 내려가다
무슨 신바람 만들어 뛰고
솟구치는지

뉘었던 소리, 감추었던 힘,
고요에서
그는 일제히 일으켜 끌고 나온다.
돌밭 나루에
남은 침묵 횃불 잡고 도리깨 들고 달려가던
그 침묵
먼저 떠올라 간 저들은 어디서 무엇이 되어 살아 있나.

솟구치기 위해 얼마나 더 낮추어야 하는지.
힘없는 자갈돌 하나로 누군가
눌러놓은
그의 잇새로 낮아지는 소리

신음처럼 낮아지는 소리
멈춘 것들 사이에서
혼자 흘러
더 낮추고 낮아지기 위해
상동上東서 단양까지 침묵으로
누워 있는 그는
솟구치고 뛰기 위해
얼마나 더 낮추어 가야 하는지
연안의 싸리꽃들
섭섭한 생각에 외면한 채 지고 있다.

-「물」 전문

시의 초입에서 화자는 "멈춘 것들 사이에서" "숨어 숨어 흐르는" 물의 형상을 제시한다. 이때 멈춰 있는 것들은 "공사장 철주 H빔보다 깊이 삭아" 있는 인공과 문명의 후예들이다. 그것들만이 멈춰 있는 것이다. 그 멈춤(죽음)들 '사이'로 물은 흐른다(따라서 살아 있다). 하지만 그 흐름은 "뒤 끊고 좌우 끊고 혼자" 흐르는 것이다. 그것은 물이 아직은 고립적으로 "혼자" 흐르고 있는 것임을 암시한다. 이어서 물의 흐름의 생리가 지속되는데 그것은 "낯모르는 남한강 지류"로 흐르기도 하고, "복면(覆面)으로" 흐르기도 한다. 여기서 물은 "엎드려" 흐르거니와, 그것은 오연히 저립(佇立)해 있는 문명의 마천루 같은 것과는 역(逆)의 생리를 갖는다. 바슐라르(G. Bachelard)의 물질적 상상력에 의하면, '물'의 이미지는 밑으로 낙하하려는 힘 자체이고, '빛'은 위로 상승하려는 이미지이다. 따라서 '물'은 분명한 한계를 망각한 비관론이며, '빛'은 초월적 절대성의 이상주의를 상징한다. 이 시편에서 '물' 역시 일단 이러한 비관론적 하강의 이미지를 갖는다. 그러나 이 같은 분명한 경계는 다음 장면에서 복합성을 띠며 전환되어 다의성(多義性)으로 증폭된다.

그 다음에는 처음으로 '나'라고 하는 화자의 모습이 나타난다. '나'와 '그(물)'의 관계는 물론 우의적(寓意的)으로 얽혀 있다. '물'은 흐르면서 갈라지다가 또 합쳐지며 "다 닳은 손톱"으로 "멍도 내비치게 하는 나를/ 지명도 없이 떠도는 나를/ 웃으며 돌려 합쳐"준다. 그러나 아직도 그는 "혼자" 흐른다. 그 다음 혹독한 외적 조건이 제시되는데, "귀때기 때리는 모랫바람"이 그것이다. 그러한 조건에 처해 있는 내 곁에 물은 "같이 어깨 대고 서기도 한다." 이제 나와 그의 연대가 시작된다. 이어서 "아래로 아래로" 하강하던 물의 흐름이 "무슨 신바람 만들어 뛰고/ 솟구"친다. 그것은 드디어 '물'의 역동적 형상으로 나타난다. 그것은 "뉘었던 소리, 감추었던 힘"의 폭발로 나타난다. 고요에서 역동성으로의 전환은 그동안 침묵 속에 이루어진 일관된 흐름의 솟구침으로 나타난다. 그것은 자연스럽게 "돌밭 나루에/ 남은 침묵 횃불 잡고 도리깨 들고 달려가던/ 그 침묵/ 먼저 떠올라 간 저들"에 대한 연상을 불러오는데, 이제 물의 솟구침은 혼자의 흐름이 아니라 집단적이고 역사적인 상징과 연합하는 것이다. '물'이 혼자 흐르다가 '나'와 연합하다가 이제 집단적인 어떤 역사적 장면과 결합하고 있는 것이다.

다음에 나타나는 "솟구치기 위해 얼마나 낮추어야 하는지"라는 역설이 그같은 전언을 함축한다. "솟구치고 뛰기 위해/ 얼마나 더 낮추어 가야 하는지"라는 깨달음은 이 시가 최근 범람하는 자연 시편들처럼 물을 자연의 유기체적 일부로 다루지 않고, 인생론적 지혜를 우의적으로 환기하고 있음을 강력히 일러준다. 결국 이 작품은 홍신선의 초기시 문법인 '어둠'과 '허공'의 물질성을 서서히 벗어나 인생론적 지혜를 역설적으로 드러내주는 성찰과 사색의 시편이 되고 있다. 하지만 홍신선 시인이 집단적 가치를 우선적으로 옹호하고 있는 것은 아니다. 그보다는 자기 반성적 사유를 더 중요시하는 시인임을 이 시편은 선명하게 보여준다.

결국 이 작품은 "상승을 예비하는 하강의 시학"(장석주)을 통해 결국 인간의 고통스런 현실적, 역사적 삶에 대해 근원적 긍정을 부여하고, 나아가 세상의 허위와 맞대결하는 가열한 정신을 보여준다. 또한 그것은 실천의 당위보다는 자아의 반성과 존재의 탐구를 우선시하는 홍신선 시학의 한 구체적 양태이기도 하다. 그래서 그것은 '자기 인식'의 한 정점을 선명하게 보여주는 것이다.

5 ·

말할 것도 없이, 서정시는 '말' 자체에 대한 탐색에 그 무게중심을 현저하게 할애하는 예술 양식이다. 그 점에서 서정시는 '언어(에 대한) 예술'이다. 여기서 시인은 언어적 자의식으로 충만한 사람이라는 자기 규정성을 뛰어넘어, 언어를 찾아 헤매고 궁극에는 사물들 속에서 언어를 발견하고 경험하려고 하는 존재로 바뀌게 된다. 다시 말해 언어의 도구적 기능을 넘어서 언어 자체에 대한 메타적 탐색에 공을 들이는 이가 시인이라는 뜻이 된다. 홍신선 시인이 보여준 '최후의 말'과 '말해질 수 없는 말'은 모두 이러한 메타적 탐색의 간단없는 의지를 보여준 셈이다.

결국 우리는 그의 텍스트들이 내지르는 전언이 소멸해가는 사물들의 이미지 뒤편에 꼭꼭 숨어 있고, 그의 언어가 드러내고 있는 외연이 시인의 의도를 어슴푸레하게 그려 보이고 있을 뿐이라고 말할 수 있다. 불우하고 어두운 생애를 지탱하고 견디는 주체와, 그 주체의 경험과 기억 속에 긴장과 균형으로 존재하는 소멸해가는 사물들, 그것들이 갈등하고 화창(和唱)하는 풍경이 말하자면 그의 초기 시 세계이다. 이렇듯 홍신선 초기시의 미학은, '어둠'과 '허공'을 응시하는 자기 인식의 시선을 완강한 지속성으로 보이면서, 끝없이 그 관심의 대상을 확장해간다. 그 후 그의 시선은 천천히 이 폐허의 시대를 살아가는 삶에 대한 시적 원심(遠心)을 부여하면서, 높고 깊은 성찰의 시선으로 나아가게 되는 것이다. 그 따뜻하고도 넓은 시적 전회(轉回)가, 그의 후기 시편들로 현저하게 이월되어 갔음을 우리는 이미 잘 알고 있다.

은근과 끈기의 현대성

이경수

1.

홍신선의 은퇴 소식을 들으면서, 나는 전통적인 의미에 있어서의 그의 '은근'과 '끈기'가 본격적인 결실을 맺기를 기대해 본다. 피차 늘그막에 접어든 요즘도 나는 홍신선이나 그의 주변 시인들과 자리를 함께 했던 젊은 날의 시간이 떠오를 때마다, 우정을 가장한 주위의 온갖 타박과 기고만장을 어쩌면 그처럼 묵묵히 견뎌낼 수 있을까, 그저 신기할 따름이다. 어쩌다 그의 산문에서 전날 밤의 술자리에서의 언쟁을 되새김하는 대목을 읽노라면, 그 자신도 새벽녘까지 숙취의 속쓰림과 더불어 말다툼의 씁쓰레한 찌꺼기 때문에 잠 못 이루고 뒤척이던 흔적을 엿볼 수 있었다. 그러나 소갈머리 없는 우리 같으면 다시는 꼴을 못 볼 예의 그 술친구들과의 여전한 술자리에서 그는 또 기꺼이 맞아주는 슬픈 타지인의 역할을 묵묵히 수행하곤 했다.

그러니까 홍신선은 참는 데 있어서 만큼은 일가견을 이룬 도사였던 셈이다. 기억력과 감수성이 가장 예민했던 중학 생활을 함께 보냈다가 나이 서른이 넘어 다시 만났을 때 그가 제일 먼저 나에게 실토한 바에 따르면, 중학교 입학 직후에 처음 맞이한 체육 선생이 경기도 화성 출신의 홍신선에게 내린 '도민증(道民證)'이라는 칭호가 중학교 3년 내내 입을 봉하고 지낸 계기가 되었다는 것이다. 체육 교사치곤 신장이 160센티 근처밖에 안 되는 그였지만, 초등학교를 갓 졸업한 우리 신입생에게 신화적인 존재로 군림할 수 있었던 것은 '유도 5단'이라는 초인적인 완력의 상징 덕분이었다. 신입생 중에서도 홍신선과 내가 소속되었던 1학년 6반은 끝 반이었던 관계로 중학교 건물을 벗어나 있었다. 우리에게는 어른이나 다름 없던 고등학교 3학년 형님들과 복도를 사이에 둔 우리 교실은 그야말로 외톨이가 된 병아리 교실이었다. 첫 시간에 컴컴한 복도를 걸어오는 그의 모습을 복도 쪽 창가에서 이미 알아본 동무들이 "체육 온다! 체육 온다!" 하고 웅성거렸던 모양이다. 간첩 같은 색안경을 쓴 그 교사의 첫 공갈은 당신더러 "체육 온다"고 당신의 인격을 감히 모독한 녀석들은 자수하라는 것이었다. 말하자면 첫 시간부터 당신의 귀 밝음을 과시하려는, 일제 말기부터의 군국주의적 교사의 겁주기의 전형적인 과시였다.

자수할 병아리가 있을 턱이 없었다. 그랬더니 그 체육은 당신은 뒤통수에도 눈이 있기 때문에 혐의자들을 똑똑히 기억하고 있지만 자수하지 않으니 반장을 대표로 희생양으로 삼겠다고 선포했다. 우리 또래에서는 키와 덩치가 제법 컸기에 반장을 맡았던 친구는 불려나와, 두꺼운 골판지 뚜껑으로 철한 기다랗고 검은 출석부로 무려 50대 넘게 뺨을 양쪽으로 난타 당한 나머지, 보수수한 솜털이 갓 벗어난 두 뺨이 벌겋게 부어올랐다.

체육의 폭력은 거기서 끝나지 않았다. 특유의 색안경을 낀 그는 '컨닝' (그 당시의 발음은 일본어식 외래어의 발음대로 '칸닝구'였다) 예비동작에 몰입한 녀석의 반대 방향을 향해 "지금 '칸닝구' 하려고 준비하는 놈 있다"라고 예비 경고를 일단 띄웠다. 그 눈초리의 방향 때문에 안심하고 '칸닝구'에 돌입했다간 어김없이 불려나온 녀석은 어김없이 두 뺨이 열 대 이상씩의 어른 손바닥 무늬로 물들곤 했다. (유도복의 옷깃을 잡아당기는 것으로 젊음을 보낸 그 교사의 손바닥은 키에 비해, 솥뚜껑만큼이나 컸던 것으로 기억된다.)

6·25 동란이라는 미증유의 전쟁을 여덟 살의 나이에 영문도 모른 채 겪은 우리 동갑내기들이 6·25 전 해에 초등학교에 입학했을 때는 천연두의 흔적이 남은 곰보를 심심치 않을 정도로 목격할 수 있었고, 콧물을 하도 흘려서 아예 콧물 자국이 기찻길처럼 두 줄기로 뻗어 있는 동급생들이 헤아릴 수 없이 많았다. 공출이 극심했던 일제 말기에 태어난 우리 동기들은 인생의 출발부터 어른들에 의한 전쟁의 폭력과 궁핍을 업보처럼 지고 태어난 세대였다. 후생 복지의 결여와 영양 부족으로 형성된, 그 당시의 우리 또래의 불길한 관상 자체가 미증유의 전쟁의 예고편이었다는 사실은, 성년이 되어 읽은 이병주의 대하소설 『비, 바람, 구름』이라는 대하소설의 주인공 점쟁이의 소회를 통해 깨닫게 된 사실이었다.

폭력에 의해 구축된 신화적인 카리스마는 허무하게 무너진다는 사실을 깨닫게 해준 당사자도 역시 아까 소개한 그 체육 교사였다. 어느 날 조회를 위해 운동장에 정렬해 있던 우리 쪽을 향해 시멘트 계단으로 내려오고 있었던 그의 얼굴 거의 전체가 색안경으로 가려져 있었지만, 그 날만큼은 유달리 시뻘겋게 물들어 있었다. 그의 손에 들려 있었던, 새로 사 입은 게 틀림없었던 푸른색 점퍼 위에 어른 주먹만큼의, 싯누런 정도가 아니라 시커먼 가래가 얹혀 있었다. 담배를 피울 리 없는 우리 또래의 상급생이 2층에서 내뱉은 가래였지만, 그 당시의 교실에서 무쇠 난로에 쓰이는 조잡한 조개탄의 연기 때문에 겨울철의 그런 식의 가래는 흔한 일이었다. 체육은 여느 때처럼 교실에 남아 있는 몇 안 되는 당번들을 수색해서 범인을 색출할 엄두를 못 내고, 가래로 얼룩진 새 점퍼를 든 채 교문 밖의 세탁소로 초라하게 걸어가고 있었다. 그의 뒷모습에서, 뒤통수에도 눈이 달렸다던 그의 허세는 찾을 길이 없었다. 오히려 우리가 그동안 속았다는 고소함을 즐겼다기보다는, 정확하게 점퍼 뒤쪽을 조준해서 포물선의 곡선으로 그 허세에 복수할 수 있었던 상급생 형님의 가래 뱉는 솜씨에 혀를 내둘렀다. 어렸을 때의 혹은 어리석었을 때의 상상력에서는 카리스마의 시효가 끝난 영웅이 물러가면 새로운 영웅이 등장하는 법이다.

그 당시의 국어 교사도 우리 또래의 문학적 감수성에 하등 도움이 못 되기는 마찬가지였다. "내 벗이 몇이나 하니"로 시작되어 "동산에 달 오르니 더더욱 반갑고야"로 이어지는 윤선도의 「오우가」를 달달 외워 왔는가를 확인해서 점수를 매기는 교육 방법도 지겨웠거니와, 댓돌에 놓였던 여인의 고무신에 대한 회상에서 연인을 그리워하는 옛 선비의 음풍농월 식의 감정에 흥분과 몰입을 강요하는 감정이입에 이르러서는 지금 생각해도 가당치 않았다. 홍신선과 나는 기억한다. 그 당시에 교문 앞에서 군것질을 아낀 용돈으로 거의 매일 한 권씩 빌려다 읽은 우리 세대의 감수성이 중·고등학교의 교육을 일본어로 이수한 그 당시의 국립사범대의 국어교사들의 그것보다 한결 윗길이었다는 것을.

어린 시절의 독서라는 것이 흔히 그렇듯이 성(性)에 대한 호기심에서 비롯하는 것이기에 중학 시절의 우리의 독서는 비록 방인근의 『번지 없는 주막』이나 최인욱의 『벌레 먹은 장미』에서 시작했지만, 『삼국지』나 『수호지』의 호방한 역사물을 지나서 김내성의 『애인』이나 『청춘극장』이라는 대하 연애소설 혹은 『백가면』의 유불란 탐정을 거쳐 『아르센 루팡 전집』에 이르게 되면, 매일 한 권씩 읽어 제끼지 않고서는, 안중근 의사의 표현대로 그야말로 "혀에 白苔가 낄" 정도였다.

그런 왕성한 독서력을 좀 더 수준 높은 독서로 이끌어주는 것이 국어 교사의 임무일진대, 그 당시의 국어 교사들은 자신들의 기본 실력과 교육 방법의 미흡함을 반성하기는커녕, 당신들의 지루하고 따분한 수업을 벗어나기 위해 책상 밑에 몰래 숨겨놓고 읽는 책을 빼앗거나, 걸핏하면 가방 조사를 해서 통속물의 독서광들을 색출해내곤 했다.

이 대목에서 홍신선과 나는 헤어졌다. 그는 신당동의 동일계 고교로 진학했기 때문에, 근처에 있는 광무 극장과 동도 극장에서 여러 날에 한 번 꼴로 바뀌는 박단마 무용단이나 임춘앵이나 김경희 국극단과 미국 영화의 내용을 예전과 다름없이 간판에 그려진 그림이나 귀동냥만으로도 그 전체를 유추했을 테고, 나는 거기서 몇 마장쯤 떨어진 신설동에 있는 미션 스쿨로 진학해서 동보 극장의 간판의 변화에서 대중문화의 흐름을 호흡처럼 흡수했다.

고교 시절의 그와 내가 몸담고 있던 교실 사이의 공간에는 그 당시에 군용 비행장으로 바뀐, 몇 마장에 걸친 논밭과 예전의 경마장이 가로놓여 있는 것에 불과했지만, 그를 다시 만나는 데 15년 이상의 세월이 필요하게 될 줄은 꿈에도 몰랐다. 따라서 그 무렵 내가 하굣길에 전찻값을 아끼느라고 신설동에서 청량리까지 걸어가는 길에서 붙박이로 전개되는 '형제 추어탕'과 '김영희 대장간'의 간판들에 대한 뚜렷한 추억은 그와 더불어 공유하지 못했다. 그러면서도 우연히 입수한 그 친구네 학교의 교지 목록에서 그의 소설 제목을 확인할 수 있었다. 중학생 때는 한 번도 입을 떼는 모습을 본 적이 없었던 그 친구가 소설을 발표할 정도로 적극적으로 바뀐 게 신기하기만 했다.

읽은 지가 어언 반세기가 다 되어가지만, 아마 고향 마을에서의 '우울한 귀향'이 그 주제가 아니었던가 싶다. 하여튼 그 친구가 글쓰기의 세계로 들어선 걸로 보아서 화성 출신의 국회의원 홍응선이라는 이름과 유추되면서 그 친구의 고향이 화성 근처의 남양 홍씨의 집성촌이라는 사실만큼은 어렴풋이 짐작되었다. 그 당시의 『새벗』이나 『학원』에 자주 등장했던, 그 친구와 같은 항렬의 이 동화작가가 그곳의 국회의원인 걸로 보아서는 그 자신도 그냥 단순한 시골 무지렁이로 끝날 운명은 아니었던 모양이다. 그래서 농사꾼이었던 그의 부친은 올망졸망 태어난 여러 남매의 장남이었던 홍신선을 어떻게 해서라도 선비의 반열에 올려놓기 위해 서울로 유학을 보냈을 테고, 그의 운명은 '도민증'이라는, 요즘은 수도권의 공동체에 편입된 삶의 터전 사이의 차별에서 받은 문화적 충격에서 한평생 벗어나지 못하는 시인의 운명으로 귀결되었던 것 같다.

활자를 사랑하는 선비 기질을 타고난 친구 사이에는 그 어떤 공간과 시간의 간격이 놓여 있더라도 운명적으로 해후하게끔 우리의 국토는, 더구나 반 토막 난 우리의 국토는 좁디좁았다. 농사꾼 부친이나마 생존해서 아들의 뒷바라지를 해주는 자체가 선망의 대상이 될 정도로, 어릴 적부터 아예 부모가 부재한 가운데서 힘겹게 학창 생활을 마친 나는 1970년대 초반 어느 유수한 출판사의 편집국에서 매일 남의 글을 읽고 뜯어고치는 편집 직원으로 그야말로 연명하고 있었다.

그러나 가끔 신문의 월평을 통해 그의 이름이 오르내리는 걸로 봐서, 더구나 그의 시가 너무 모범적일 정도로 깔끔한 게 아쉽다는, 그 당시의 중진 시인 김춘수의 촌평까지 접하고 나서는 그가 기본기는 확실히 다진 신진 시인의 대열에 끼어 있는 걸 알아차릴 수 있었다. 그래도 동명이인일 수도 있다는 나의 의구심은 사진까지 실린 『현대 시학』지에서의 젊은 시인들의 좌담회의 지면에서 쉽사리 해소되었다. 나는 그 당시 무명의 문학 청년으로 그 잡지에다 미국 비평의 번역을 실었던 관계로 그 잡지사를 드나들 기회가 있었다. 서대문 우체국 뒤로 꼬불꼬불한 골목길을 따라 한참 올라가서야 찾을 수 있었던, 허름한 이발소 2층으로 삐걱거리는 계단을 거친 다음에 들어설 수 있었던 편집실, 6·25때 피난지 부산의 그 유명한 '밀다원' 찻집에서 고전 음악을 감상하면서 극약을 복용하고 자살했다는 전설적인 전봉래 시인의 아우임을 익히 알고 있었던 전봉건 주간의 야윈 모습 따위에서 모두, 나는 가본 적도 없었던, 2차 대전 직후의 프랑스의 실존주의자들의 살롱을 연상할 정도로 순진한 신비주의자였다.

그도 그럴 것이, 그 잡지의 재정 상태가 엉망이어서 때로 가난한 시인들의 원고료도 지불하지 못해서 가끔 말썽이 나기는 했지만, 거기에 실린 시인들의 수준만큼은 전봉건 주간의 안목에 신뢰가 갈 정도였다. 이론과 실천에 있어서 왕성한 실험 정신을 유감없이 발휘하고 있었던 이승훈, 나에게는 오히려 생소했던 동양 정신의 한 모서리를 밝혀준 박제천이나 윤상규 등의 세계를 접할 수 있었던 것이 그 잡지를 통해서였기 때문이다. 멀쩡한 직장에서 나온 다음의 가난 가운데서 오히려 시가 원숙해지고 있는 정진규 시인이 그 잡지를 떠맡은 지도 어언 20년이 넘은 것 같은데, 고생스러운 가운데서도 잘 꾸려가고 있는지.

전봉건 주간의 알선으로 다시 만난 실물의 홍신선의 모습은 당연하게도 20여 년 전의 숫기 없는 소년의 모습이 아니었다. 영등포에 있는 어느 야간 고등학교에서 교사로 근무하고 있어서 낮 시간에 오히려 나의 직장 근처의 다방으로 자주 찾아올 수 있었던 그는 수척하기는 해도 키만큼은 훌쩍 커서, 우리 세대의 변두리 인생의 공동의 아픔이었던 영양 부족만큼은 그럭저럭 이겨낸 것 같았다. 내가 대학 시절에 제일 존경하고 따랐던, 또 그만큼 내 눈곱만한 재주를 아껴주셨던 김현승 시인의 추천을 통해 그가 시단에 나왔고, 더구나 그 분의 소개로 여류 시인 노향림과 결혼해서 자식까지 둔 그동안의 그의 내력을 통해 나는 다시 한 번 인과 관계를 끌어대고 싶은 연분의 거미줄을 느낄 수 있었다.

그 당시 내 생활은 낮과 밤의 생활의 영위가 그야말로 전혀 딴판이었다. 근무 시간인 낮에는 교열을 위해 원서와 대조해서 읽을 수밖에 없는 귄터 그라스의 주인공 오스카가 되었다가, 이론적으로는 후고 프리드리히의 『근대 서정시의 구조』에 의해 보들레르 이후의 유럽 서정시의 지도를 더듬는, 그야말로 지적 탐구의 흥분으로 하루를 보냈지만, 저녁에는 미래를 설계조차 할 수 없는 암담함에 절망해서 폭음으로 통금 직전까지의 시간을 죽이는 생활의 반복이었다. 그 즈음 내가 읽고 있는 서양 문학의 최고봉들을 내가 흥분해서 중계 방송하듯이 읊어대노라면, 홍신선은 그때도 지금처럼 그저 담담하게 "넌 뭐가 그렇게 좋은 게 많니?" 하고 세상 물정 모르는 내 호들갑스러움을 무안하게 일깨우곤 했다. 그러니까 기질상으로는 창작인과 이론가의 역할이 서로 뒤바뀐 셈이었다.

그래도 홍신선이 아니었더라면, 오늘날 내가 평론가로서 누리는 손톱만한 기득권은 어림도 없었을 것이다. 그를 통해, 그저 막연하기만 했던 한국 시단의 현 주소를 읽을 수 있었고 문제의식도 파악할 수 있었다. 그리고 해마다 가을이 오면, "야, 너 이번 겨울도 그냥 술만 마시고 보낼래?"

라고 나를 채근한 것도 그랬다. 연탄불을 늘 꺼먹기 일쑤인 단칸방에서의 자취 생활이 하도 지겨워서, 학력과 인물을 불문하고 장가가게끔 혼처를 소개하라는 나의 부탁은 들은 척도 않고, 그는 해마다 찾아오는 신춘문예의 응모를 놓고 나를 그런 식으로 채근한 것이다. 숙제같은 그의 성화 덕분에 1970년대 중반에 나는 어느 중앙 일간지의 신춘문예에 응모했고, 내 평생에 단 한 번의 시도에 의해 뜻을 이룬 것은 그때가 처음이었다.

2 .

지금까지 나는 한 시인의 거의 평생에 걸친 시 세계를 논하기에 앞서, 우리 세대의 공통된 시대적 상황과, 한 개인의 사적 아픔을 너무 장황하게 늘어 놓았는지도 모른다. 그러나 한 시인의 작품 세계를 제대로 이해하고 파악하기 위해서는 시인이 처했던 환경과 상황에 대한 전기적 및 사회적 접근이 유효하다는 방법론적 타당성을 나는 여전히 신뢰하는 편이다. 더구나 시인의 억눌린 성적 욕망이 꿈에서와 다름없이 이미지를 통해 표출된다는 전통적인 프로이드의 정신분석학적 접근 방식의 환원주의의 한계를 넘어서서, 시인의 내상(內傷)이 반복되는 언어로 표출된다는 라캉의 네오 프로이디아니즘(neo-Freudianism)이 포스트모더니즘의 한 유파로서 자리잡고 있는 최근의 추세로 볼 때, 홍 시인의 내상의 흔적을 소년 시절로까지 거슬러서 더듬어본다는 것은 그다지 무리한 접근은 아닌 듯싶다.

앞에서 우리는 중학 시절의 홍 시인의 어쩔 수 없는 침묵을 강요한 계기가 체육 교사의 언어폭력에서 비롯된 것임을 살펴보았다. '도민증(道民證)'이라는 별 의미 없는 언어가 그에게는 자신이 농촌 출신임을 환기시켜 주었기 때문이다. 따라서 그에게는 '농촌', '시골', 혹은 '가난'은 그의 시 전반을 구성하는 핵심 단어들이다. '농촌'은 곧 '가난'이라는 간단한 등식은 시인의 첫 시집 『서벽당집』에서부터 가장 최근 『허기놀』에 이르기까지 발표 순서를 역순으로 묶은 전집에서 한눈에 알아볼 수 있다. 첫 시집에서

'내 아버지께'라는 부제가 붙은 「논」에서부터 그 실마리를 찾아보자.

> 변변한 이웃들은
> 타관으로 모두 빠져나가
> 저희들 세상에서
> 끝없는 등을 보이더라만
> 그렇다 아직도
> 지평에
> 허리 동아리 퍼렇게 드러난
> 허공으로 서서
> 퍼 던지겠다.
> 대대로 쓰러진 가난을 퍼 던지겠다.
>
> ─「논─내 아버지께」 부분

이 가난한 농촌이 2000년대 초에 어떤 과정을 거쳐 수도권에 수용되고 편
입되었는지는 마지막 시집의 「시위 현장에서」라는 시에서 확인될 수 있다.

> 경기 화성시의 외곽도로변
> 주민들 시위가 끝났다 몇 시간 동안의 마이크 소리와 구호, 시위용품들이
> 다시 버스들 통로에 일회용 소모품들로 타악, 탁
> 툭 내던져 쌓이고
> 그렇게 허물어지는 시위대들 속에서
> 결사반대의 붉은 머리띠 푼 늙은 당숙모와 사촌형수의
> 봉두난발 머리칼, 나주볕 속에 새치 몇 오라기가
> 반짝반짝 예정된 패배의 싸움을 창검처럼 뻗치고 섰다.
> 조카도 어한 삼아 한 잔 해여
> 소주병 바닥에 웅크리듯 깔린 투명한 소주가 마지막
> 몸 떨며 체념하듯 쏟아진다.
> 명색이 법이고 정부지 왜 애꿎은 사람들을
> 대대로 잘사는 고장에서 내쫓는 거여
>
> ─「시위 현장에서」 부분

말하자면, 홍 시인의 일대기는 산업화를 통해 근대화를 달성하느라고 지역적으로나 경제적으로 가장 희생이 컸던 농촌의 딱한 사정에서 벗어난 적이 별로 없다. 그런데 대상을 바라보는 시인의 시선에서는 육친 혹은 가까운 인척과 시인 자신의 동일시가 별로 두드러지지 않는다. 예컨대 위에 인용된 「논」이라는 시의 부제가 '내 아버지께'라고 돼 있는 걸로 보아서는 시인이 말을 거는 대상이 시인의 가장 가까운 육친인 부친임을 쉽사리 알 수 있지만, 그 음성은 "대대로 쓰러진 가난을 퍼 던지겠다"에서 볼 수 있듯이 일종의 항변의 음성임을 볼 수 있다. 이 점은 1960년대 후반에 전라도라는 농촌 혹은 '민중'이라는 그 당시의 사회학적인 계층과의 동일시 덕분에 각광을 받았던 이성부 시인의 명편 「전라도 7」에서의 다음과 같은 대목과 날카롭게 구분된다.

> 노인은 삽으로
> 榮山江을 퍼올린다 바닥이 보일 때까지
> 머지 않아 그대 눈물의 뿌리가 보일 때까지
> 노인은 다만
> 성난 사랑을 혼자서 퍼올린다

"노인"을 "그대"라는 추켜진 2인칭으로 미화하고, 그 대상의 고독한 작업을 "성난 사랑"으로 빗대는 걸로 보아서는, 시인은 늙은 농부와 자신을 동일시하고, 그 동일시의 밑바탕에 깔려 있는 감정은 시대에 대한 혹은 환경에 대한 분노의 감정임을 알 수 있다.

그러나 홍신선에게 있어서는, 그 밑바탕에는 역시 분노의 감정이 깔려 있지만, 그 분노는 막연한 시대 혹은 환경의 탓이라기보다는, 그저 무의미하게 뻗어 있는 "지평"에 대고 "허리 동아리 퍼렇게 드러난" 채 "허공에 서서" 부질없이 주먹질하는 분노이다. 따라서 이 "허공"이라는 단어는 농촌을 대상으로 하는 그의 시 도처에서 맞닥뜨리는 단어이다. 이 "허공"과 "공허"가 자리바꿈을 반복하면서, 스산한 들판에 대한 의미를 박탈하는 데

적절하게 이바지하는 시가 바로 「산꿩 소리」라는 시이다. 그리고 그 자리 바꿈을 제대로 음미하기 위해서는 미상불 시의 전문을 인용하는 수밖에 없다.

누가 죽어서
저 들판의 대머리 빗기며
묵묵히
공허가 되어 와 섰느냐.

이제 이 세상에서
자네의 꿈은
저 들보리밭에 우는 산꿩 소리에나
남아서
꿔구엉 꿔구엉
제 속의 제 속의 멍을
속속들이 다 뒤집어
허공에 허옇게 주느니

허공에 허옇게 들린
산꿩 소리나
받아들고
누가 묵묵히
공허가 되어 와 섰느냐.

─「산꿩소리」 전문

전통적으로 상상력의 화려한 채색의 이미지로 작용하는 "산꿩"이 여기서는 "묵묵히/ 공허"로 축소되었을 뿐만 아니라, 전통적으로 풍요를 기약하는 "들판"이 여기서는 무의미한 "대머리"로 축소되었다.

그러니까 홍신선은 그가 활발하게 활동했던 1960년대 혹은 1970년대에 시대의 압력으로 작용했던 '농촌' 혹은 '민중'의 집단적인 상상력에서 비켜나서, '들판'을 그의 개성으로 파악했기 때문에 그의 시 세계는 훨씬 더 실존적이다. 그리고 오늘날에 와서 보면, 그가 묘사한 농촌의 세목들이 의외로 더 정확했음이 드러난다. 그러므로 시간을 거꾸로 돌려 그의 첫 시집 『서벽당집』을 살펴보면, 그 고풍한 제호와는 반대로 그의 내상(內傷)의 실존주의적인 현대성이 고스란히 드러난다. 이 첫 시집의 첫 번째 시 「서른 나이에」에서 엿볼 수 있는 사실은, 시인이 들판이라는 공간뿐만 아니라, 그의 앞에 놓여 있는 시간마저 죽음을 향한 무의미한 반복으로서 파악했다는 사실이다.

> 허위허위 달려서 한동안도 끝나는가
> 지나온 어스름 속에는
> 땀 흘려 퍼내버린 하늘이며 절망이며
> 갈대의 얼굴이
> 사위어버린 한 마지기 시간으로 떨어져 있다.
> 광대한 어두운 입으로 땅거미들도
> 허망을 울고 있다.
> 이제 앞에는
> 귀때기 하얀 달빛들이 쓸다 놓은
> 한두 마당의 허공이 희부옇게 걸려 있다.
> 마저 쓸어가야 할
> 희뿌연 죽음만이 보인다.
>
> ─「서른 나이에」 전문

시인의 나중 시집들 전반을 통해 반복될, "허위허위", "사위어버린", "허망", "허공", "희부옇게", "희뿌연" 따위와 같은 무채색의 언어들은 삶의 전반적인 과정 자체에 대한 시인의 허무 의식을 그대로 드러내는, 또 한 무리의 내상(內傷)의 언어들이다. 특히 "땀 흘려 퍼내버린 하늘이며/ 갈대의 얼굴"로 은유화한 시간의 추상적인 단위는 "사위어버린 한 마지기 시간"이라는 구체화한 공간의 단위로 치환된다. 삶이 예술과 같은 기승전결의 구조를 지녔을 거라는 소박한 낙관론을 "서른 나이"에 이미 불신했을 뿐만 아니라, 이러한 주제를 수식하는 부사와 형용사들이 화사하기보다는 은근하면서도 끈질긴, 무채색의 언어들로 꾸며졌기에, 홍신선의 시 세계의 언어들은 앞으로 시간의 시련을 견뎌내는 데 있어서도 오랜 끈기를 발휘할 거라고 나는 믿고 싶다.

어둠과 죽음 사이에서, 현실과 마음 사이에서

─홍신선의 시 세계

이경호

홍신선의 시편들은 정치적 억압과 가난의 질곡에 시달리는 고향의 삶을 돌아보는 작업으로 1973년에 펴낸 첫 시집 『서벽당집』에서부터 시 세계 전반의 중요한 방향을 드러낸다. 그의 고향은 경기도 화성군 동탄면. 지금은 동탄 신도시로 상전벽해가 되어버린 그 곳에서 그는 초등학교에 입학하기 전 2년 동안 종조부에게 한문을 배우고, 동국대학을 휴학하고 낙향하여 한학을 배우는 경험을 쌓았다. 농촌을 고향으로 거느린 자의 한학 공부가 그의 시 세계에 일정한 영향을 미쳤으리라는 점을 부인하기는 어렵다. 더구나 대학 휴학 중이던 1963년의 한학 수학 경험은 1965년의 등단과 시간상으로도 근접해 있기 때문이다. 그가 첫 시집의 제목을 『서벽당집』으로 정한 사실도 참고 삼을 만하다. 이백의 시에 나오는 구절 "棲碧山(푸른 산중에 살다)"에서 따온 그 명칭은 번잡한 속세로부터 물러앉은 청빈한 마음가짐을 일컫고 있는 것이다. 그의 등단작품이 이런 한학의 기풍과 유관해보이지는 않는다. 그의 등단작품 세 편은 1960년대를 풍미하던 서구 모더니즘의 현란한 감각적 이미지들에 휩싸여 있다. 다만 「희랍인의 피리」라는 작품의 "얼마나 가혹한 굽이 이룬 연대를/ 건너야 하는가"

에서 그의 시 세계가 맞이해야 할 시대의 어두운 현실을 예감할 수 있을 따름이다. 그의 첫 번째 시집에서 그의 한학 수학에 대한 경험이 미친 영향은 무엇보다도 가혹한 시대의 현실에 대한 지사적(志士的) 윤리정신과 연계시킬 만하다. 그의 고향체험이 농경생활의 서정과 가난의 질곡을 그의 시 세계에 끌어들였다면, 그의 한학 공부는 농촌의 서정과 가난의 질곡을 삶의 가열한 윤리의식으로 무장시켜 놓는 데 이바지하고 있는 것이다. 그의 첫 시집에서 '어둠'이라는 낱말이 시대의 정치적 억압과 삶의 궁핍을 대표하는 상징으로 자주 반복되고 있는 사실도 그 점과 긴밀하게 연루되어 있다. 그 '어둠'이 시인의 젊은 생을 대학의 배움으로부터 고향의 현실에 이르기까지 철저하게 짓누르고 있는 것이다.

어둠 속에 눈이 내린다.
무수히 번득이는 그 허무의 칼날 아래
시든 언어들은 잘려 떨어지고
어딘가 빈 의자들 사이 참혹히 죽어 떨어진
연대를 휩쓸어
텅 비어버린 나의 강의실엔 눈이 내리고

−「겨울 강의실」 부분

건답에 까만 틸투성이의 어둠이 와서 어슬렁거린다.
내다버린 폐기된 사랑들이
잿가리처럼 그 바닥에 시대의 뚝에 쌓여 있다.

(중략)

우리가 뼈로서 곳곳에 뒤벼놓은
침묵을
공기들이 어석거리며 밟히는 소리를.
밤이 더욱 까만 틸투성이의 몸을 뒤설렌다.

−「밤」 부분

등단작품에서 "가혹한 굽이 이룬 연대"로 표현되었던 시대의 '어둠'은 "참혹히 죽어 떨어진 연대"로 심화되었다. 이때 주목할 사항은 '눈'의 역할이다. 시인은 '눈'을 "허무의 칼날"이라고 묘사하며 그것의 역할에 의해 "시든 언어들은 잘려 떨어"진다고 규정하고 있다. 앞에서 한학으로부터 전수받은 자세를 "지사적 윤리정신"이라고 일컬었거니와 이 작품에서 그러한 정신은 '눈'의 속성과 역할로 표현되고 있기 때문이다. 이렇게 '언어'를 칼질하는 결기야말로 그러한 윤리의식을 대표할 만한 것이다. 그리고 그러한 결기는 「밤」에서는 '뼈'의 역할로 묘사되고 있다. "뼈로서 곳곳에 뒤벼놓은/ 침묵"이라는 표현이 그것이다. "침묵"을 "뒤벼놓"다니 무슨 말인가? '뒤지다'의 방언에 해당되는 낱말이 '뒤비다'인 바, '침묵'을 뒤지려는 '뼈'의 결기란 침묵의 감추어진 면모를 들춰내려는 의지를 말한다. 이때 '눈'과 '뼈'의 역할이 모두 '언어'에 대한 결기를 지시하고 있는 점을 눈여겨 볼 필요가 있다. '언어'에 대한 결기를 통해 그는 첫째로 그의 등단작품에서 노정했던 모더니즘 풍의 현란한 감각적 수사를 떨쳐내고, 둘째로 가혹한 시대적 현실과 응전하는 삶의 자세와 시 쓰기의 자세를 모색하게 되는 것이다. 첫째 사항은 첫 번째 시집에서부터 뚜렷하게 나타나고 이후의 시 세계에서 지속되는 특징이기에 별도의 분석이 필요 없을 것이다. 우리가 예의 주시해야 할 사항은 바로 두 번째 사항이다.

가혹한 시대의 현실과 응전하는 삶의 자세와 시 쓰기는 무엇보다도 고향 농촌의 '어둠'을 구성하는 구체적인 정황을 주목하고 실감하려는 의지에서 비롯된다.

마을에 남은
움쩍도 않고 쌓인 위토 지기
논밭의 어둠·
텃밭 두둑의 대추나무가 굽은 등을 돌리고 섰다·
날품팔이 상사람들도 모두 떠났다
그들이 저다 내놓은 헐벗음과 노여움이

깨진 채 널리고
암담한 장래를 성깔을 죽이며 지내던 겨울과
사나운 머리채를 흔들며
언덕에서 소리치던 닫아건 불들의 붉은 입
이제 모두가 흩어지고
누가 말하랴
이 완전한 적멸을.
바른 소리 하나 들이대질 못하고
우람한 몸집 채로
하늘은 벌떡지에 드러누워 있다.
비겁하게 시간들만이
이 땅에 깊이 가라앉아 있다.

─「폐촌에 서서」 전문

1979년에 펴낸 두 번째 시집 『겨울섬』의 주제와 정서를 가장 잘 대변하고 있는 이 작품은 1970년대 농촌의 현실과 정치적 현실을 전형적으로 형상화하고 있기도 하다. 김지하의 「황토」와 신경림의 「농무」를 계승하는 자리에 놓여있는 이 작품에서 가장 주목해야 할 특징은 피폐한 농촌의 모습이 외면당하거나 잊혀져버리고 있는 정황이다. 그리고 그러한 외면과 망각의 주체가 농촌을 억압한 정치세력뿐만이 아니라는 점에 있다. 그 주체는 시인 자신은 물론 농촌에 거주하는 농민을 포함하여 우리 모두에게로 확산된다. 두 번째 시집이 첫 번째 시집보다 비극적인 정황으로 일깨우는 것은 이러한 외면과 망각의 실상이다. 첫 번째 시집에서 억압의 주체와 궁핍의 주체가 비교적 선연하게 분리되는 반면에, 두 번째 시집에서는 억압과 궁핍을 외면하고 망각하려는 소시민의 부끄러운 마음가짐이 반복해서 확인되고 있기 때문이다. 첫 번째 시집에서는 억압의 주체와 궁핍의 주체가 분리됨으로써, 시인은 궁핍의 주체 편에 서서 억압의 주체에 대한 분노를 확인하고 일깨울 수가 있었다. 그 분노가 바로 '어둠'에 대한 지사적 결기이며 '언어'적 결기이기도 했다. 그러한 결기가 "쑥대밭 머리에/ 앉아서/ 논바닥 검불더미에 쓰러진 가난을 퍼 던지겠다"(「논」)와 같은 외침을 이끌어낼 수도 있었다. 그런데 위에 인용한 두 번째 시집의 작품에서는 그러한 분노의 자취를 무력하게 만드는 외면과 망각의 자세가 지적되고 있는 것이다. 외면과 망각의 첫 모습은 "텃밭 두둑의 대추나무가 굽은 등을 돌리고 섰"는 풍경 속에 암시되어 있다. 마치 농촌 촌로의 자포자기한 자세를 연상케 하는 이 풍경은 "날품팔이 상사람들"의 일탈로 이어지고 "헐벗음과 노여움이/ 깨진 채 널"려 있는 모양과 "불들의 붉은 입/ 이제 모두가 흩어지"게 만들어 "완전한 적멸"을 초래한 상황으로 이어진다. 외면과 망각의 풍경에 대한 시인의 주체적 개입은 "비겁하게 시간들만이/ 이 땅에 깊이 가라앉아 있다"는 선언으로 이루어질 따름이다.

이렇듯 홍신선의 첫 번째 시집이 정치적 억압과 농촌의 궁핍을 '어둠'과 같은 상징이나 삶의 보편적 정황으로 표현하는 데 치중하였다면, 그의 두 번째 시집은 그러한 억압과 궁핍의 구체적 일상을 묘사하고, 그런 일상에 안주하려는 부끄러운 마음가짐을 찾아내는 일에 주력하는 차이점을 보여준다. 「폐촌에 서서」에서 일깨워지고 있는 '침묵'에의 반성은 고향 농촌의 삶에 대해서는 "소리죽인 것들/ 소리 죽인 것들/ 소리 죽이는 일만을 몸에 하나 가득 기르며/ 남수원 땅이/ 소리 죽여 있다"(「고향」)로 이어지며, 그의 소시민적 일상에 대해서는 "차라리 곳곳엔 밤이 가득하므로 편안하다/ 터놓았던 마음 식고 이제 식는 일 같은 것들이 우리의 살로 남았다"(「작별」)는 처세의 방편을 이끌어낸다. '어둠'에 길들여지려는 자의식의 방편이다. 그러나 그러한 방편의 몸짓조차 '어둠'을 떨치려는 또 다른 자의식과 마주친다.

등화관제의 어둠이 몇 길씩 깊었다.
불쑥불쑥 어둠 밖으로 솟는 머리 찍어 누르며
새어나는 의견들 꼭꼭 가리며
어둠 단색만을 칠한 것들·

그때 만난 불 몇 송이의 아름다움처럼
초겨울 어둠 속에
문득 문득 얼굴 켰다 꺼뜨리며 날으는 눈
눈들 사이 환한 행간에도 꺼지려는 마음들 보이지 않고
위로 아래로 팔방으로 날린다.

가다보면 방죽 뚝에 살 붙이고 선 것들
흘러가는 추위 더듬더듬 더듬어 만지며 끌어안는
추위에 붙어있는
아름다워라, 윤곽 죽이고 이름 죽이고 떠는
몇 명의 풀들.

―「등화관제의 눈 몇 송이」 부분

‘어둠’에 순응하거나 저항하려는 자의식들은 ‘등화관제’와 ‘눈’의 길항관계로 실감나는 구체성을 확립하고 있다. ‘등화관제’는 ‘어둠’에 순응하려는 자의식을 지시한다. 반면에 ‘눈’은 ‘어둠’을 떨치려는 자의식을 환기시킨다. ‘눈’의 “팔방으로 날”리는 역동성에 의하여 ‘어둠’에 순응하려던 자의식은 새로운 삶의 가능성을 찾아낸다. 그것은 바로 “추위에 붙어 있는”, 그러면서도 “윤곽 죽이고 이름 죽이고 떠는” 모양을 보여주는 “몇 명의 풀들”이다. ‘눈’에 의해 발견된 이 “풀들”의 가능성은 단연코 예사롭지 않다. 현실을 망각하고 외면하게 만드는 ‘어둠’에 저항할 삶의 가능성을 잉태하고 있기 때문이다. 가혹한 현실로부터 일탈하지도 않으면서(“추위에 붙어 있는”) 생명의 “떠는” 몸짓을 보여주고 있기 때문이다. 그 몸짓이 “윤곽 죽이고 이름 죽이고”라는 점에서 우리는 홍신선의 세 번째 시집에서 전개될 시의 행로를 예감하게 된다. 그가 두 번째 시집의 「들오리 떼」에서 “나의 사랑, 나의 그리운 시간/ 참나무 우죽들로 잘려서/ 이곳엔 없고/ 떠나기로 마음먹는다”고 고백했을 때의 자세도 그러한 행로와 겹쳐진다. 그리운 농촌의 따뜻한 삶의 풍경이 사라져버린 ‘이곳’이 아니라 다른 곳을 기약하는 ‘들오리’의 비상은 ‘눈’의 휘날림과 포개지며 “몇 명의 풀들”이 살아있는 곳을 찾아

내는 것이다. "몇 명의 풀들"이라니? 그러한 호명이야말로 새로운 풍경의 속성을 정확하게 규정해준다. 그곳이 바로 변화된 고향의 풍경과 민초들의 삶인 까닭이다. 그리하여 세 번째 시집에서 네 번째 시집에 이르기까지 지속적으로 전개되는 삶의 풍경은 다음과 같다.

물들이 단련된 근육을 불끈거려요
그 속 캄캄한 어디
떠내려가다가 겨우 걸린 함석지붕 위,
호박고지는 남아서 마르는지
마르는 몸에서 실타래처럼 냄새를 뽑아 섞는지
불끈불끈 도지는 거친 노여움이
물살이 넓직한 등줄기 근육으로 이어지고

(중략)

애터진 마음 달래고 미래를 달래지만
서로 더듬어 미래 어디선가 확인할 거야요,
숨긴 것들
떠오르지 않는 흉터를
캐다 옮겨 심은 나무가
칼 끝만한 푸른 잎 붙이고 선 것을
안 내킨다는 듯이 선 것을.
                                    ─「이주민촌 병철이」 부분

이러한 삶의 풍경에서 주목해야 할 특징은 수몰지역에서 고향집이 떠내려 가는 정황을 떠돌이 이주민의 강인한 삶의 자세와 유기적으로 어울리게 표현해 놓은 장면 속에 있다. "물들이 단련된 근육을 불끈거려요"란 표현 속에서 떠내려가는 고향집과 떠돌이 이주민의 상처가 구체적으로 확인되고 다스려지는 과정을 실감할 수 있기 때문이다. 시인이 새로 찾아 나선 농촌의 풍경은 이렇게 도회지 변두리로 편입된 모양을 보여준다. 그곳에서 자연의 풍경은 삶의 일상과 하나로 결합되면서 '어둠'의 현실을 극복하는 과정을 연출하는 것이다. 이러한 연출과정에서 돋보이는 것은 풍경과 일상을 구체적 질감으로 버무려 놓는 상상력의 솜씨이다.

> 바퀴 갈고 체인 감았다
> 바퀴 헛돌아
> 눈의 살 깊이 금속을 박으며
> 기우뚱기우뚱
> 공중에 걸린 이화령 길 넘으며,
>
> 기어 좀 바꾸어 넣어
> 미끄러지면 저 아래 어디선가
> 용서 없이 박살이 날거야
>
> 굴러내리다 발 멈춘 낙석落石들 질려 있는,
> 흙빛으로 면상面相 언 채 질려 있는,
> 시간들이 시간들 속에 질려 있는,
> 고개를 넘으면서
>
> 고개를 넘으면서
> 소금이나 생선 또는 새우젓 지고 넘던
> 장돌뱅이 할아버지, 그의 발밑에 허청거리던 시장한 하늘
> 멋대로 꾸르륵꾸르륵 흘러내린 하늘에
> 주저앉던, 끈 떨어진 연처럼
> 사흘 닷새 장으로 떠돌던
> 그는,
>
> ─「우리 홍씨 1」 부분

이 작품에서 첫째 연의 움직임을 만들어내는 트럭과 셋째 연의 표정을 만들어내는 사물들은 위태로움과 허기의 상태로 의인화되면서 긴밀하게 조응하는 효과를 연출해낸다. 장돌뱅이가 영위하는 삶의 속성이 트럭과 자연

의 풍경에 겹쳐지면서 그것들은 모두 연합하여 이 시편의 후반부에 제시되는 "작은 것들 온몸으로 안으면/ 작은 것이 얼마나 큰 것인가"의 연대의식과 "내려가면서 더 내려가/ 바닥에 두 발을 내려놓기 위하여/ 체인 감고 헛바퀴 돌며/ 미끄러지는 나는 얼마나 큰 것인가/ 눈과 바퀴들이 박고/ 박히며 속삭이는 소리로/ 어두워가는 공간을 울린다"라는 깨달음의 튼실한 토대를 마련해 놓는 역할을 수행한다. "어두워가는 공간을 울"리는 효과란 연대의식으로 밑바닥의 고통과 위기를 극복해내는 마음가짐을 일컫는 바, 추상적 깨달음의 밑천을 구체적 일상에서 길어내는 솜씨야말로 1970년대와 1980년대의 현실참여시들이 주목하고 모범으로 삼을 만한 성과인 것이다.

1990년대와 2000년대에 들어서 펴낸 다섯 번째 시집 『황사 바람 속에서』에서부터 여섯 번째 시집 『자화상을 위하여』에 이르기까지 홍신선의 시 세계에 일어나는 변화는 현실세계의 '어둠'으로부터 '마음'을 응시하는 시선의 이동이다. 이러한 시 세계의 변화는 일단 1990년대를 전후한 정치현실의 변화와 연루되어 있는 것으로 보인다.

> 왜 유토피아들은 난파하는가
> 시간의 거함들이 거짓말같이 주저앉은
> 뱃길에는
> 표지등標識燈이 죽고 자욱한 익명의 눈발들이
> 항구 밖으로
> 남부여대의 난민처럼 새어나갔다.
>
> ─「마음일기」 부분

정치적 '유토피아'의 소망이 사라지는 세기말에 시인은 또 다른 여행의 예감을 갖는다. '마음'으로의 여행, "표지등이 죽"어 버린 삶의 현실에 새로운 이정표를 예비해야 하는 그 여행은 풍경 속에 마련된 삶의 이치를 찾아나서는 길 위의 여행이기도 하지만 마음속으로 나 있는 길 위의 여행이기도 하다. "익명의 눈발들이/ 항구 밖으로/ 남부여대의 난민처럼 새어나"가는 움직임이 그렇다. "새어나"가는 움직임이 다음과 같은 '물'의 '유적'을 남기는 것이다.

> 생수통 남은 물을 딜컥 쏟았다.
> 두개골부터 확실하게 깨고
> 물은
> 옥쇄하듯 뒤이어 곤두박히는
> 하반신도 남김없이 산산조각으로 깨어 없애더니
> 이내 비실비실 잦았다.
> 메마른 콘크리트 바닥을
> 등밀이로 기어가다가 몸 뒤집어 낮은
> 포복으로 먹어나가다 숨었다.
>
> 그러나 보라
> 제도가 아닌 마음속에 유토피아가 슬래브를 치고 있다는 걸
> 붕괴된 유적들로 그렇게 웅장하게 파헤쳐놓은
> 물을
> 그 내막을·
>
> ─「유적」 전문

깨진 '생수통'의 모습을 통해서 시인은 "제도가 아닌 마음속에 유토피아가 슬래브를 치고 있다는" 사실을 깨닫는다. '마음'에도 '제도'처럼 억압과 가둠이 존재한다는 것을 발견한 것이다. '마음'의 바른 속성은 구속받지 않는 자유로움이기 때문이다. 그리하여 자유로운 '마음'의 '내막'을 찾는 여정이 그의 「마음經」 연작시편들을 이끌어낸다. 이 연작시편들 속에서 눈에 띄는 주제는 '죽음'이다. "나에게서 몸을 왼통 독채로 빌려쓰고 있는 너는 누구냐/ 이제는 마모된 장기들 틈에서/ 부패도 묵은 눈 녹은 물처럼 스미고 스며서/ 비어져 나오는/ 늙은 질병, 죽음아"(「마음經 24」)라고 외치는 시인의 목소리는 삶의 현실로부터 삶의 내부로 스며드는 방향을 뚜렷하게 노정하고 있다. 이러한 시의 방향에서는 '어둠'의 현실에 응전했

던 '눈'의 결기마저도 "눈 녹은 물처럼 스며"드는 속성을 보여준다. 현실에서 "난민처럼 새어나"간 '물'의 '유적'이 스며드는 곳은 '마음' 속 '죽음'의 자리였던 것이다. 그런데 '죽음'의 자리는 시인에게 중요한 비밀을 엿볼 권리를 허락해준다.

> 이제 수시로 썩는 시간을 육신 깊이 수납하면서
> 파멸의 고요한 한복판 들여다보면서
> 그러나 유심론자처럼
> 나는 먼저 나를 반쯤 드러내면서
> 남은 죽음은 시멘트 파일처럼 깊이 박아두면서
> 삶이 죽음 위에 대웅전마냥 슬그머니 주저앉아 있는 것을
> 대웅전 빈 방이 넓고 큰 텅 빔을 가두어 기르는 것을 보면서
> 사랑하는 여자의 귀라도 후벼주듯이
> 하릴없이 나는 삶에 더욱 다가앉는다 마음 쏟는다
>
> -「아우를 묻으며」부분

아우의 죽음을 겪어내며 시인은 '유심론자'의 태도를 맞이한다. 그 태도는 "삶이 죽음 위에 대웅전 마냥 슬그머니 주저앉아 있는 것"을 응시하는 것이다. '죽음'을 터전으로 삼아 존재하는 '삶'의 특징이 "대웅전 빈 방(의) 넓고 큰 텅빔"이라는 것, 그리고 그것이 "삶에 더욱 다가앉는" 효과를 마련해주는 것이 바로 시인이 엿본 '죽음'의 비밀이다. 그렇게 '죽음'의 비밀을 찾아 나서는 여행은 생의 또 다른 가혹함을 체험해야 하는 "겨울 들길"에서 "적동색 휑한 찔레덤불 속에 오그라든 불알쪽만한/ 손때에 길든 반들거리는 바알간 열매 서너알"의 생명력과 "어느 논물꼬 혹은 여울에서 암몸과 숫몸을/ 빈틈없이 꽉 짜맞춘/ 결빙 그 깊은 속에서/ 사소한 균열이 되어 부스스부시시/ 비집고 나오는/ 가는 물/ 몇 방울"(「겨울 들길에서」)의 흐름을 찾아낸다. '겨울 들길'로의 여행은 그의 '마음' 속 '죽음'의 세계에 대한 명상과 겹쳐지고 있는 것이다. 그런데 '죽음'의 터전에 자리잡은 '삶'은 그렇게 절실한 생명의 흐름을 찾아내는 보람을 선사하기도 하지만 "넓고 큰 텅

밤"의 속성을 이용하여 다음과 같은 존재의 풍경을 마련해주기도 한다.

> 피서객 모두 빠져나간
> 민박집 평상 위에서
> 젊은 일꾼 몇 웃고 떠든다
> 그들의 목통에서는 물나무 장작 패는 소리들이 툭툭 튀어나오거나
> 지저깨비들 쏟아지고
> 참, 으늑한 어느 개역취꽃 도랑 속에 잦는
> 애꿎은 물 한 줄기.
> 일상이 뒤얽혔다가 풀리느라
> 그을고 찌그러진 냄비 안의 맹탕 시간이 설설 끓기 시작하는
>
> 초가을 입구
> 하늘 푸르름이
> 생각을 파옥破獄한
> 누군가의
> 마음 안뜰같이 드넓다
>
> —「9월 하늘에는」 전문

　'죽음'을 터전으로 삼은 '삶'의 처소가 절실한 생명의 흔적을 기리는 용도만 갖지 않는 까닭은 시인의 시선이 '존재 순환'의 풍경에 사로잡혀 있기 때문이다. 그 풍경 속에서 특정한 사물은 스스로 돋보이는 존재 가치를 간직하고 있기보다 다른 사물과의 관계 속에서 하릴없거나 부질없는 존재의 아름다운 기미를 드러낸다. "민박집 평상"이나 "개역취꽃 도랑"에 전개되어 있는 존재의 기미들이 모두 그러하다. "민박집 평상"의 떠들썩한 활력과 "개역취꽃 도랑"의 "잦는" 물은 서로 대조적인 존재의 속성을 연출하면서도 화합한다. 시인은 그렇게 대조적인 존재의 속성을 "뒤얽혔다가 풀리느라" 그렇다고 규정한다. 그러한 존재의 속성은 '순환'의 이치에 따른다. '순환'의 이치에 따라 어느 쪽으로도 쏠림이 없는, 그야말로 "맹탕 시간"에 존재하는 사물들은 별다른 존재 가치가 있어 보이지도, 없어 보

이지도 않는다. 다만 그것들을 통해서 우리의 '마음'은 자유롭고 넓어지는 느낌을 맛볼 뿐이다. 시인은 그러한 '마음'의 속성을 "초가을 입구/ 하늘 푸르름"에 비유하고 있다. "생각을 파옥(破獄)한/ 누군가의/ 마음 안뜰같이 드넓"은 그 "푸르름"이야말로 최근 홍신선의 시 세계가 지향하는 삶의 처소 같아 보인다. 그 처소에 이르기까지 그의 시 세계는 '어둠'의 '현실'에 대한 윤리적 결기에서 '마음'의 '죽음'을 성찰하는 여정을 연출해 보였다.

이웃 사람들과 고향에 대한 가슴 아픈 사랑

— 1980년대 시를 중심으로

이승하

1. 들어가는 말

홍신선 시인은 1965년 『시문학』지에 추천이 완료됨으로써 등단했으므로 시력 40년이 넘은 중견 시인이다. 그러나 지금까지 간행한 시집은 6권밖에 되지 않는다. 시집 이외에 시선집과 시론집, 에세이집 등이 10권에 달하지만 정작 시집은 6권밖에 되지 않으므로 문단 활동을 한 기간에 비해 시집 출간 권수는 적은 편에 속한다. 시인은 1970년대에 2권, 1980년대에 1권, 1990년대에 2권, 2000년대에 1권의 시집을 냈다. 드문드문 시집을 냈던 것인데, 1990년에 낸 시집은 1980년대의 산물로 보아야 할 것이다. 그럼 1984년에 간행한 제3시집 『우리 이웃 사람들』과 1990년에 간행한 제4시집 『다시 고향에서』가 시인의 1980년대 활동을 증거할 수 있는 시집이라고 할 수 있다.

1980년대에 낸 시집에 대해 '증거' 운운하는 것이 잘못된 일일까. 그렇지 않다고 생각한다. 1980년대는 1980년 5월에 일어난 광주민주화운동이 야기한 파장이 워낙 커 시인이 서정시의 순수성을 옹호하든 민중시의 참

여정신을 부르짖든 '광주'라는 진원지로부터 벗어나기가 무척 힘든 시절이었다. 그래서인지 시인 중 상당수가 시대의 증언자 역할을 하였다. 신경림과 고은, 김지하와 김남주의 시는 두말할 것도 없고 해체시니 형태파괴시니 하는 비평적 용어를 낳게 한 이성복·박남철·황지우의 실험적인 시들도 시인 나름의 정치의식의 산물이었다. 1980년대 후반기를 대표할 수 있는 박노해와 백무산의 시는 노동 현장에서 나온 시였지만 광주에 대한 부채의식이 없었다고 볼 수는 없다. 5·6공화국의 민주 탄압은 박정희 대통령의 유신 시절에 못지않게 폭압적이었다. 제3공화국은 국가 경제의 개발과 한국적 민주주의의 실현이라는 지향점이라도 있었지만 3저의 호황을 누린 제5공화국 시절에는 무조건적이고 노골적으로 민주 인사에 대한 탄압이 자행되었다. 6월항쟁에 직면한 제5공화국은 더욱 교활한 수법으로 민주 진영을 탄압하면서 제6공화국에게 배턴터치를 하였다. 군사 정권의 강압 통치가 자심했던 1980년대에는 문학의 제 장르 중에서도 특히 시가 예언자의 목소리를 대신하는 경우가 많았다. 소설가들은 한수산 필화사건 이후 숨을 죽이고 있었고, 언론인·학자·대학교수 등 지식인들은 겁이 나 필봉을 휘두를 수 없던 시절이었다.

홍신선은 민중문학이 목소리를 드높였던 1980년대를 어떤 시를 쓰면서 통과했던 것일까. 이 글은 이 의문을 풀기 위해서 씌어짐을 먼저 밝힌다.

2. 이웃 사람들의 상처에 대한 관심

필자는 1970년대의 시사를 정리하는 자리에서 홍신선의 제1시집인 『서벽당집』에 대해 다음과 같이 평가한 바 있다.

나날이 황폐해져가는 고향에 대한 시인의 애착은 "논바닥 검불데기에 쓰러진 가난을 퍼 던지겠다"(「논 1」)는 단호한 부르짖음을 토하게 했다. 시인은 한편으로 "東學年에는/ 천한 가뭄이나 까막 까치놀이 되어서/ 江湖를 붉게 밝혀서 뒤

덮어 나가던/ 너를 누가 알겠느냐"(「논 14」) 하면서 실패로 종결된 역사의 한 페이지를 향해 항의조의 질문을 던지기도 했다. 홍신선의 시집 『棲碧堂集』이 이런 세계만을 다루고 있지는 않지만 「논」 연작시 14편은 한국 근·현대사 수난의 상징으로 농투성이를 설정하여 그들의 뿌리내릴 수 없는 삶을 자못 처절하게 그려냈다.[1]

이와 같이 평을 하긴 했지만 워낙 간단하게 언급하고 말아 아쉬움이 적지 않았다. 하지만 이 시집의 의의는 소략하게나마 논했다고 생각한다. 시인은 제1시집을 한얼문고에서, 제2시집을 평민사에서, 제3시집을 문학과지성사에서, 제4시집을 문학아카데미에서 발간하였다. 제5시집을 다시 문학과지성사에서, 제6시집을 세계사에서 발간하였다. 한때 민중문학권 시인들의 아성이었던 창작과비평사, 실천문학사, 풀빛, 청사 등의 출판사에서는 한 권도 내지 않아서 그런지 홍신선은 지금까지 민중문학권 진영에서 우군으로 인정을 받은 적이 없었다. 그럼 이제부터 『우리 이웃 사람들』[2]의 시 세계를 조명해보고자 한다.

시집 제목 『우리 이웃 사람들』에 걸맞게 이 시집에는 꽤 많은 인물이 등장한다. 이웃 사람들의 갖가지 사연을 들춰보고 그들의 인간 됨됨이를 묘사함으로써 홍신선의 시는 확실하게 변신을 모색한다. 그 전에 낸 시집 『겨울섬』은 공간 연구에 치중한 시집[3]이었음에 반해 『우리 이웃 사람들』은 인물 연구에 집중한 시집이라고 할 수 있다.

    바퀴 갈고 체인 감았다

---

1) 이승하, 「산업화 시대의 시인들」, 『한국의 현대시와 풍자의 미학』, 문예출판사, 1997, p.277.
2) 홍신선의 이 시집과 그 다음 시집은 원래 출판사 간행 시집이 아닌 2004년 산맥출판사에서 나온 『홍신선 시전집』 속의 것을 저본으로 삼는다.
3) 『겨울섬』에는 제목에 지명이나 장소 이름이 들어가는 시가 대단히 많다. 예컨대 「부끄러움 또는 西五陵 내려가서」 「光化門 골목길에서」 「干拓場에서」 「뽕밭 이야기」 「水原地方」 「산판에 가서」 「往十里」 「廢村에 서서」 「옛 마을」 「퇴비 풀밭에서」 「第二漢江橋에서」 등이다.

바퀴 헛돌아
눈의 살 깊이 금속을 박으며
기우뚱기우뚱
공중에 걸린 이화령 길 넘으며,

(중략)

어디에 등 말렸는가
찬 땀 돋은 등을
날리는 눈발에 닦으며
달리는 2.5톤 리어 버스

　　　　　　　　　　　　　－「우리 홍씨 1」부분

　등장인물의 성을 구태여 홍씨로 한 이유는 시인의 일가친척을 모델로
했기 때문일 것이다. 이 시의 '우리 홍씨'는 시골의 버스 운전수다. 홍씨의
장돌뱅이 할아버지는 전국의 숱한 고개를 "소금이나 생선 또는 새우젓 지
고" 넘었는데 장돌뱅이의 손자인 홍씨는 "가늘게 코 고는 남자,/ 차멀미에
오물 쏟는 여자"를 태우고 눈발 속을 운전해서 넘는다. 승객의 몸에서는
"부패한 신 냄새들"이 나는데 때마침 눈이 내리는 날이어서 차의 바닥은
"튀는 진창"을 방불케 한다. 그런데 시인은(혹은 홍씨는) 이들을 경원시하
지 않고 "이 작은 것들 온몸으로 안으면/ 작은 것이 얼마나 큰 것인
가……" 하는 깨달음에 이르게 된다. 이 땅의 장삼이사들과의 동질성을
느끼면서 그들과의 유대감을 확인하는 것이 이 시의 주제이다.
　긴급조치 2호, 위수령 발동에 아랑곳하지 않고 모를 심는 사람들을 보
고 "동통을 키우는/ 이들을/ 거대한 책으로 읽기까지/ 나는 아직 멀었다는
생각을 한다"고 한 「우리 홍씨 2」의 경우는 지식인의 자기반성으로 읽힌
다. 이 한 편의 시에서 화자는 "나는 (아직) 멀었다는 생각을 한다"는 말
을 무려 다섯 번이나 하고 있다. 이 시의 "시멘트 바닥 깨진 금에 두 발
넣고 주저앉은/ 바랭이풀이/ 앉은 채 공간을 끌어안고 있다"는 대목은 민

초의 저항정신을 말해주고 있는데, 그에 반하여 나는 "서투른 이상주의를 털고" 시들고 있다. 그리하여 "뒤범벅으로 땅갗에 붙어/ 동통을 키우는/ 이들"이야말로 '거대한 책'으로 인식되는 것이다. 그런데 이웃 사람이 다 민초인 것은 아니다. 농촌사회에서도 부익부 빈익빈이 심화된다. 이재에 밝아 부를 축적하는 시골사람이 있는 반면 더더욱 가난해지는 시골사람이 있다. 1970년대 말과 1980년대 초 농촌의 현실을 제대로 묘사한 시가 이어진다.

> 정미소 김가도 SONATA 2.4 i를 샀다 하고 88부동산 박씨의 르망 이장 보던 이의 프레스토 하며 누구나 엔진 장착하고 관절에 타이어 끼고 달리는 그 뒤의 뒤에서 나는 웃는다.
>
> ─「우리 이웃 사람들」 부분

> 남은 것 없다.
> 빚잔치로 농협 빚, 사채돈, 일수돈,
> 다 갈라주고
> 남은 건
> 잿빛 하늘 둘러쳐놓고
> 등 박고
> 밥 팔고 밥 치우는 일로 낑겨 있는 것
> 갈라선
> 생질甥姪, 당질堂姪들과
> 낡은 효열각孝烈閣 한 채
> 마음에 사진 찍어두고 들여다보는 일,
>
> ─「임동댁」 부분

이처럼 홍신선의 시에는 빚잔치를 벌이는 농사꾼이 나오는가 하면 알부자 농사꾼도 등장한다. 우직하게 땅을 파 본들 산업화의 대열 뒤로 처지는 농사꾼이 주로 나오는 『서벽당집』의 세계에서 시대의 변화에 영악하게 적응한 농사꾼이 나오는 『우리 이웃 사람들』로의 변화는 눈여겨 보아야 할 대목이다. 홍신선 제3시집의 또 하나의 특징은 시적 화자를 종종 시인 자신이 아닌 이웃 사람으로 삼았고, 관찰자조차도 이웃 사람으로 삼 았다는 점이다. 그래서 투박한 사투리를 구사하여 실감을 드높이는 경우 가 종종 있었다.

> 어시룩한 놈 하나 엉구렁텡이 먹여야지
> 고스톱 하루 죙일 치다가
> 얘기들 나왔어유
> 서울서 온 그 사람
> 덤터기 좀 씌우자고
> 즈이들 써봤자 뻔하지유
> 옛날 마련하면 좋아졌지유
> 공장 서고 하천 정리되어 불하 받고
> 썩은 땅 썩어 있고
> 고목나무 밑에
> 통닭집 다방 새루 생겨
> 맥주 먹구
> 봉 잡아 한탕 하구
>
> —「거간꾼 이씨」 부분

이 시에는 거간꾼으로 나선 이씨가 시골의 땅을 요령껏 놀려 부를 축적 하는 과정이 재미있게 그려져 있는데 충청도 사투리가 이 시의 재미를 배 가시킨다. 촌사람인 이씨가 이재에 눈을 떠 서울 사람을 갖고 논다. 흔히 충청도 사람들은 굼뜬 사람들의 대명사로 일컬어져 왔지만 이 시를 보면 이씨는 말은 어눌하게 하면서도 서울내기 알기를 아주 우습게 아는, 시대 의 변화에 한 걸음 앞서 적응한 충청도 사람이다.

> 손님 뭘 드실까요
> 기스 안 난 아다라시 커피, 아다라시 심심함, 아다라시…… 절 드실까요
>
> —「미스 이」 부분

그 사람
종중산 팔았어
골프장 한다는 사람한테
일억인가 얼만가 받았대
조상 팔아
제 목 때 벗기구
대처大處에 집두 마련했대
이래 저래
본바닥 출신들 다 삭히는 게지

―「영천뜸 경식이」 부분

앞의 시는 시적 화자가 다방의 종업원 미스 이 자신이다. 뒤의 시는 영천뜸에 사는 경식이란 사람을 잘 아는 어떤 이가 화자이다. 화자가 자신의 처지와 생각을 직접 말하게 함으로써 사실성을 획득하는 수법을 선보인 것이 앞의 시이며 화자가 경식이라는 사람의 타락상을 시종일관 비꼬는 식으로 말함으로써 세태를 비판한 것이 뒤의 시이다. 홍신선의 인간 묘사시에서 중요한 것은 상상력이나 상징성이 아니다. 현실을 실감나게 반영했다는 점에서 그는 리얼리스트이며 현실에 대한 비판의 끈을 놓지 않았다는 점에서 그는 현실참여파 시인이다. 하지만 동시대의 여타 민중시인과 다른 점은 세계 변혁의 의지를 드러내지 않았다는 점이다. 김남주가 정치적 상황에 대한 확실한 비판의식을 무기로 삼았지만 민중의 세세한 삶의 모습을 등한시했기에 진정한 민중시인으로 부르기가 어렵다. 노동 현장의 열악함을 고발했던 박노해에게는 이 세계를 가진 자와 못 가진 자라는 이분법적 사고로만 이해했던 한계가 있었다. 이에 반해 홍신선은 민중이 누구이며 어떻게 살고 있고 어떤 꿈을 갖고 있고 그 꿈이 어떻게 좌절되는가를 잘 알고 있었다는 점에서 1980년대의 대표적인 민중시인으로 자리매김이 되어야 한다. 시인의 직업은 대학교수이지만 아래의 시는 책상머리에서 쓴 것이 아니다. 민중의 사는 곳으로 직접 찾아가서 듣고 보고 느낀 것을 썼다는 점에서 홍신선은 리얼리즘의 표본을 보여주고 있다. 이 시집이 창작과 비평사나 실천문학사에서 나왔더라면 평가가 달라지지 않았을까. 최소한 '구체성'이라는 측면에서만은 후한 평을 받았을 것이다.

> 돈 좀 돌려줘 며칠 안 쓴데이
> 몸 돌려 저곳 막고 한숨 돌려 이곳 막고
> 큰 놈 밑에 작은 놈 못 배겨난데이
> 작은 놈 더 작게 버텨야제 큰 놈 언제나 박살낸데이
> 갱목 몇 사이 광업소에 먹이고
> 벼이삭에 누른 방울 박히듯 햇살 가운데
> 누릿누릿 고함 소리 박힌
> 오후,
> 영림서 몇 군데 몇 사이 더 먹이고
>
> ─「나무쟁이 최씨」 부분

총 10연에 달하는 이 시에는 나무를 베어 갱목을 만들어 팔며 살아온 최씨라는 사람의 일생이 그려져 있다. 인용한 두 연만 보아도 부패의 피라미드 제일 밑바닥에서 살아온 최씨의 고단한 인생살이가 실감나게 그려져 있어 깊은 감동을 준다. 홍신선의 시에는 이와 같이 농투성이들만 나오는 것이 아니다. 우리 사회 주변부의 온갖 인간 군상이 등장하여 한국 현대사회의 모습이라는 큰 벽화를 그리고 있다. 이웃 사람들에 대한 꼼꼼한 묘사를 통해 1970년대와 1980년대 우리 사회가 안고 있는 문제점을 통찰하고 비판하는 것은 홍신선 제3시집의 큰 주제가 아닐 수 없다.

> 본바닥 벗어나
> 누이는 어디 살고 있을까
> 그네들 떠나고 시멘트 블록으로 방 몇 개 들이고
> 가난들만 절망들만 싣고 온
> 낯선 사람들 대신 들였다
> 품값이 올랐다. 공장 사람들만 이름 갈아입는 고장이 보였다.
> 출근 카드에 서로 빈칸으로 남아서

빈칸마다 숨어 들어가서
어딘가 살 날이 있으리라고
남아 웅크린 이들.

이 시에 나오는 '누이'와 '그네들', '낯선 사람들'과 '공장 사람들', 그리고 '웅크린 이들'은 어떤 특정한 사람을 지칭하는 것이 아니다. 그야말로 우리 시대의 보통 사람들, 장삼이사의 대명사이다. 그들은 먹고살 길을 찾아서 고향을 떠나야 했다. 농촌에 들어선 새마을 견직공장 지대는 외지에서 온 '공장 사람들'의 세상이 된다. 이 시는 제1연의 제1행이 "오후 내내 벼를 베었다. 아우도 별로 말이 없었다"이다. 시의 화자는 시인이 아니라 농사짓는 형제 중의 형이다. 이들은 농촌을 지키고 있는 농사꾼이지만 그네들이 사는 마을 근처에 들어와 있는 견직공장 사람은 이방인이다. 이방인은 붙박이 인생이 아니라 뜨내기 인생이다. 벌이가 신통치 않다고 생각되면 언제라도 떠난다. 정 붙일 수 없는 고장－바로 타향이다. 5천 년 농경사회가 순식간에 공업사회로 뒤바뀌는 과정을 홍신선처럼 실감나게 그린 시인도 없을 것이다. 시인에게 중요한 것은 이웃 사람들이 겪는 현실의 변화만이 아니다. 역사의식이 다른 민중권 시인들의 전유물이 아니었음을 증명하는 시와 종종 마주치게 된다.

벼슬 팔고 성문 출입 세금 받고 당백전 발행
쩔렁쩔렁 마음들 줄에 꿰어 들고
천지현황 꿰어 들고
검색檢索받은 이 동네 저 동네 꿰어 들고
무시로 힘들, 백성들 어울려 다니다
전신을
갈라진 목소리에 실어 아니리로 맺히는도다.

경기민요의 하나인 경복궁 타령을 원전으로 하여 쓴 시이다. 경복궁은 조선조 태조 이성계가 세운 왕궁이다. 임진왜란 때 전소되어 방치되어 있다가 대원군이 "벼슬 팔고 성문 출입 세금 받고 당백전 발행"하여 자금을 모아 중건하였다. 전국 각처에서 차출되어 온 인부들은 밤늦은 시각에 숙소 앞에 모닥불을 피워놓고 노동의 피곤함을 민요 부르기와 판소리 부르기로 달랬다. 민요의 내용은 부역의 고달픔을 하소연하고 무리한 공사를 행한 위정자를 비판하는 것인데 이 시도 그때의 일을 소재로 한 듯하다. "전신을/ 갈라진 목소리에 실어 아니리로 맺히는도다"는 의미심장한 끝처리다. 외세의 압박이 심해지고 있던 시대에 왕조의 위세를 드높이려는 대원군의 의도야 나쁠 것이 없었지만 경복궁을 리모델링하는 과정에서 부역에 가혹하게 내몰린 백성의 아픔에 대한 관심이 이 시를 쓰게 했을 것이다. 시인의 역사의식은 베트남전쟁과 1980년 광주민주화운동 및 1983년에 거국적으로 행해진 남북 이산가족 찾기 운동으로 이어진다. 베트남전쟁이 우리 민족에게 가져다준 비극은 시 「김하사」의 마지막 행인 "1945~1976. 닌호아에서 전사"가 아니면 알 수 없다. 식사 중에도 취사장 뒤꼍으로 집합시켜 얼차려를 주면서 "너희는 사람이야 사람/ 복창해 이 새끼들아" 하고 외치던 김하사는 30대 초반의 나이에 전사했다. 그 또한 하고 많은 우리 이웃 사람들 가운데 한 사람이다.

어딘가에 서서
말문 막혀서 소스라쳐서
딱딱 입 벌린
것들.
누구는 눈물과 눈물이 몸 껴안고 어울려 탄 모양이라고
누구는 살 깊이 불을 놓고 저 혼자 꺼진 어둠이라고
탄 공기들이 흐릿하게 흘리는 누린내라고
누구는 부끄럽다고
어디라고

−「어딘가에 무엇이−5·18 광주를 보며」 전문

이 시의 부제로 '5·18 광주를 보며'가 붙어 있지 않다면 독자는 시의 뜻 파악이 많이 어려울 것이다. 광주민주화운동에 대한 직접적인 묘사 대신에 시인은 은유적이고 상징적으로 실종자 문제를 거론하고 있다. 광주에서는 그때, 시체의 훼손 정도가 너무 심해 사망자의 신원 파악이 안 된 이도 많았고, 계엄군이 유족에게 인도하지 않은 시체도 부지기수였다. 그들은 어딘가에 어떤 상태로 있는 것인가. 광주항쟁의 주모자들에게 시인은 이와 같이 책임 소재를 묻고 있다. 8개 연으로 이루어진 「이력서들 씁시다」도 시의 초점은 1980년 광주에 맞춰져 있다. 살아남음의 부끄러움과 살아 있음의 기쁨을 시인은 「어딘가에 무엇이」와 비슷하게 은유적이고도 상징적으로 말하고 있다. 직접적으로 거론하지 않았지만, 그럼에도 불구하고 이 시가 주는 울림은 1980년 광주를 다룬 어떤 시에 못하지 않다.

> 1977년, 사른 태 시린 발 거듭 시리고 줄여 입을수록 말들이 아름다운 때 등 화관제로 꼭꼭 각자 의견 달을 때.

> 1980년, 그냥 살아 있음. 감격.

> 희망 사항 무無. 이후 살아 있음과 감격의 작은 징검돌들 건너뛰어 미래에 지至함.
> 　　　　　　　　　　　　　　　　　　　　　　－「이력서들 씁시다」 부분

이 시의 대상 인물은 조씨 성을 가진 사람이다. 1936년생인 그는 일제 강점기 때 신사참배를 해야만 했다. 6·25를 겪은 그는 1968년에 예비군이 되었다. 유신 말기에 입을 봉하고 살아야 했는데 광주민주운동 과정에서도 목숨을 건졌다. 광주에서 무엇을 보고 겪었는지 그의 희망 사항은 무(無)가 되고 말았다. 이웃 사람의 일상사에 대한 세심한 관찰에서 한 걸음 나아가 역사에 대한 의문 제기는 이산가족 찾기 운동을 다룬 다음 시에서도 찾아볼 수 있다.

우동 공장에 다니다 헤어졌음
퉁퉁 분 우동가락들이 퉁퉁한 손가락들로
파고 들어와 약손인 듯
아픈 속을 쓸어주었다 주저앉혔다
그때 왼손가락이 나갔다
열두 살이었어
응, 맞다 맞어
내가 죄 많다
그동안 뭐 먹고 살았냐
                - 「김철민 또는 이철민-이산가족 찾기」 부분

　1983년, 공영방송 KBS가 남북 이산가족 찾기 운동을 거국적으로 행했을 때 온 국민이 울었다. '철민'이란 꽤 흔한 이름이다. 시인은 텔레비전을 보다가 이 이름을 접했는데 성씨는 기억하지 못해서 시의 제목을 이렇게 붙인 것이 아닐까. 김철이건 이철민이건 그야말로 장삼이사인데 이런 사람이 무려 1천만이다. 인용한 부분 "내가 죄 많다/ 그동안 뭐 먹고 살았냐"에는 너를 찾지 않은(혹은 찾지 못한) 내 죄가 많았다, 그래 그동안 뭐 해 먹고 살았느냐, 배는 곯지 않았느냐란 뜻이 숨어 있다. 1천만 이산가족 누구나 만나면 하고 싶은 그 말을 한 사람들이 그때 꽤 있었던 것이다. 하지만 이 말을 해보지도 못하고 죽은, 죽어가는 사람이 훨씬 많은 비극을 우리는 남의 일인 양 수수방관해 왔다. 하지만 홍신선은 이 시를 통해 이들의 아픔을 잊지 말자고 한다. 시의 마지막 두 행은 그때 텔레비전을 통해 전국 방방곡곡에 들려진 말이었는데 지금도 가슴을 쾅쾅 치고도 남음이 있다.

　　-너두 당해보구 겪어봐라
　　-무슨 수가 있는 줄 아니

　먹고사는 일에 내몰려 6·25 때 헤어진 너를 찾을 엄두도 못 내고 살았다는 말이 이 두 행 속에 내포되어 있다. 그만큼 전후 30년 동안 우리들의 삶은 각박하고 처절했던 것이다.

홍신선은 이와 같이 지금 이 땅에서 살아가는 사람들의 삶의 이모저모를 살펴보았으며, 역사의 소용돌이 휩쓸리던 사람들의 가슴에 새겨진 상처를 은유적 형상화를 통해 시의 문면에 드러내 보였다.

3. 고향마을을 지킨 사람과 떠난 사람들에 대한 관심

시인의 고향은 경기도 화성군 동탄면 석우리이다. 전 시집에서 인물 연구에 집중했던 시인은 제4시집 『다시 고향에서』에서는 그 작업의 연장선상에서, 고향의 변해가는 모습과 고향을 지켜온 사람들에 대한 이야기를 한다.

> 그렇구나, 초겨울 숨긴 왕조의 정쟁들도 비기도참도 나자빠진 담장에
> 깔려 숨겨 있으니 시퍼렇게 얼어터진 토끼풀이 장삼과 이사로 끼리끼
> 리 옹송그리고 있구나 입 없는 안면으로 떠 있구나 그렇구나, 강경과
> 환상, 급진과 보수, 아무 이름표도 없는 우리를 무엇이라 부를까, 깃
> 들 자리 찾아 논바닥에 길바닥에 등 비비고 헤매가는 자국눈들을 무
> 엇이라 부를까
>
> —「우리 동네 1」 부분

연작시의 형태를 취하고 있는 시 가운데 첫 번째 시인데 주로 시인의 조상에 대한 이야기를 하고 있다. 고향을 누대로 지켜온 그 조상 말이다. 조상의 모습을 시인은 토끼풀과 자국눈에 비유했다. 왕조의 정쟁에 휩쓸려 죽음을 맞기도 했지만 끈질긴 생명력으로 살아남은 자들의 후예—그들은 아무 이름표도 없으니, 벼슬을 제대로 해본 조상이 없었다는 뜻으로 받아들이게 된다. 이는 조상에 대한 폄하라기보다는 시인의 마을이 집성촌이었다는 뜻이 아닐까. 아무 이름표도 없지만 "등 비비며 달리며 제 이

름 찾는 눈들"을 가지고 있었으니, 우리 동네 사람들은 그래도 까막눈은 아니었다는 것에 대해 시인은 자부심을 느끼고 있는 듯하다. 이 시의 부제가 '龍珠寺에서'이다. 용주사는 경기도 화성군 태안면 송산리에 있는 절이므로 시인의 고향 근처에 있는 것임은 알겠는데 왜 이 시의 부제가 되어야만 했는지는 의문으로 남는다. 아무튼 동탄면 석우리의 홍씨 가문에도 변화가 온 것이리라.

> 그래 걔들 떠나고 우리집두 바루 떴지
> 아버지 하던 솜틀집은 때려치웠어
> 자 한잔 해 요새 시굴서 목화 심는 사람 어디 있어
>
> (중략)
>
> 믿을 놈들이 어디 있어
> 지금 회사는 경비용역회산데 회사수입이야 뻔하지
> 거기서 보험료 떼구 웃사람들 월급 떼구 라면 값 떼구
> 그러다 뽈 떼구 가지 떼구 뿌리 떼구 뭐 남는 게 있냐 웃는 것이 살
> 아남는 거야
>
> ─「우리 동네 2」 부분

이 시는 인용한 부분에 이르면 시적 화자의 독백으로 전개되지만 1번 시에서는 "꿍꿍 앓던 물로 놀다 끝나는/ 이곳 사람들", "그들 가슴 속에는/ 없어진 화로들이" 하면서 시인이 관찰자의 입장에서 고향의 변화를 이야기하고 있다. 2번 시에서 시인은 솜틀집을 때려치우고 경비용역회사에 취직한 인물을 내세워 구체성을 획득한다. 이 인물은 세파에 시달리는 동안 목화처럼 부드럽던 성격이 굳어간다. "믿을 놈들이 어디 있어"라는 말 속에는 많은 뜻이 내포되어 있다. 그는 "이게 아닌데 이게 아닌데/ 밤낮 앞날들만 세구 있지만/ 이게 아니면 뭐겠냐/ 사는 게"라고 자조한다. 솜틀집 때려치우고 경비용역회사에 취직했다면 잘살아야 하거늘 그는 자신의 처

지를 비관하고 있으니, 시인이 보기에 참 딱한 노릇이다.

> 수몰선 밖 분교 마당에는
> 하나둘, 셋넷, 하나둘, 셋넷
> 오전 내내 제자리걸음 배우는 아이들
> 흔드는 두 날개들도
> 오전 내내 안 들리는 말없음표로
> 제자리에 찍혀 있고
>
> —「우리 동네 3」 부분

시인의 고향이 수몰지구인지는 확인을 해보지 않아 알 수 없지만 1970~80년대에는 대단위 댐 공사 때문에 수많은 집들이 고향마을을 떠나야 했다. '분교 마당'은 시인의 고향에 실재하는 공간일 것이다. "가는 치들 갔다고 우리들 빈집들이/ 한 발 더 빨리 무릎 꿇는 것 아니다"라고 화자는 항변도 해보지만 계속해서 부정하고만 있을 수는 없다. 곧바로 "제각기 깊어가는 쓸쓸함으로/ 이 고장의 보수주의를 만들고/ 수몰선 안의 폐허를 잔존한 읍내를 만들고……" 하면서 현실을 직시하기에 이른다. 우리 동네의 폐허화를 누가 막을 수 있을 것인가. 고향의 폐허화는 또 다른 비극을 낳는다.

> 간 봄에 계모와 논 두 마지기 다투다
> 농약 마신 학철이,
> 전라도 어디 월부책장사로 떠밀리다
> 연탄가스에 죽은 길웅이가 와서 묻혔다.
> 소대렴小大殮 끝낸 옷가지 밥그릇들 타다가 꺼져서
> 시퍼런 쑥대들로 떠오른다
> 남겨둔 어린 피붙이들이
> 명절이면 도둑처럼 스며들었다 가고
> 얼굴 없이 참패의 극치들로 무덤 두 점
> 박혀 있다.
>
> —「다시 고향에서」 부분

이 시에는 고향마을에 묻혀 있는 두 사람의 사연이 담겨 있다. 인용한 부분의 앞쪽 문장이 잘못되어 있는데 교정상의 실수가 아닌지 모르겠다. '길웅이가 와서'가 아니라 '길웅이 곁에 와서'가에 맞을 것이다. 아무튼 둘은 농약과 연탄가스로 죽었고, "남겨둔 어린 피붙이들이/ 명절이면 도둑처럼 스며들었다 가고" 만다. 아버지의 죽음이 이토록 남부끄러우니, 자식들인들 고향을 찾고 싶을 것인가. 시인의 귓가에 들려오는 고향의 비극적인 상황은 이런 것들만이 아니다. 농촌의 공동화 현상 외에도 농업 자체의 비생산성이 거론되기도 한다.

> "노사분규 헐껴 우리두"
> "삼칠제 병작논에 모 심어 이눔아 연년이 빚만 늘구 소출 더 빼먹는 재미 하나루 버텨"
> "뜨지 않게, 모는 너무 깊이 꽂아두 말러 죽어"
>
> (중략)
>
> "뭘 어쩐다구"
> "농사꾼 알기를 뭘로 알아"
> "자존심이 있어두 즈이들보다 윗길이여 시속이 변하는데 따라서 변해야지"
> "일터엔 젊은 놈들 씨알두 없으니"
> "그놈들 제 세상에서 뜨지 않으면
> 겨우 힘주어 뿌리내리겠지."
>
> ―「길남네 모내기」 부분

모내기하는 장소에서 오간 대화가 시의 1, 3연을 점하고 있다. 농자천하지대본이라는 구호나 농협의 존재에 아랑곳없이 이 땅의 농촌 경제는 이 모양 이 꼴이라고 시인은 농촌의 실상을 한탄조로 말해주고 있다. 연년이 빚만 늘고 있지만 농사꾼의 마음은 땅에 대한 지극한 사랑과 신뢰에 바탕을 두고 있음을 1, 3연의 마지막 말을 통해 독자에게 전해주고 있다. 두 마디 다 눈물겹다. 농사꾼이 아니면 결코 할 수 없는 말이기에 더욱 그렇다.

시인은 「세 사람 김씨」 「외톨이 김씨」 「장삼과 이사들에 대하여」 등의 시에서 익명의 인물을 내세워 고향의 변화된 모습을 들려주며 낙심하기도 하고 절망하기도 한다. "뒷전에 밀린 장삼 앞선 이사 궁둥이 발길로 걷어차고 밥상 엎고 지들끼리 대가리 터지는 이사와 장삼 코피 터지고 지들 멱살 잡는 장삼과 이사"(「장삼과 이사들에 대하여」)같은 구절을 보면 못 배우고 못 사는 사람끼리 드잡이하는 장면이 나오는데 시인은 농촌의 인심이 예전 같지 않음을 말해주고자 이 시를 썼을 것이다. 「두만네 노인」 「두만네 부자」 「고향의 이점만씨」 「두메 김민기씨」 「밤섬이 된 이수만씨」 「창식이의 드난살이」 등의 시에서 시인은 실명을 내세워 이들 각자의 사연을 들려주기도 하는 데 역시 가슴 아픈 내용 아닌 것이 없다. 두만네 노인은 추석날 아침 차례만 지내고 떠난 자식들 때문에 가슴이 아프다. 두메의 김민기 씨는 "읍내에서 교통사고로 죽은 맏아들을 끌어안고 바람 빠진 풍선 같은 빈 나이만 끌어안고" 있다. 서강에서 배를 부리던 이수만 씨는 밤섬이 폭파되자 순댓국집을 하게 되는데 6·25 때 행방불명이 된 큰아들에 대한 생각을 떨쳐버리지 못한다. 역사의 소용돌이에 휩쓸려 들어가 고통을 겪은 고향사람들 이야기가 이 시집에도 나온다. 1950년 겨울 저녁에 "누런 광대뼈에 솜털 까칠하던/ 어린 인민해방군 하나 붙잡혀서/ 즉결처분"을 당할 때 그 어린 병사의 "칠흑의 공간 속에 박힌 차디찬 두 눈"에 대한 기억 때문에 30년 동안 공포에 사로잡혀 사는 이가 나오는 시가 「어느 외삼촌」이다.

조선이 어딘지 모릅니다. 조선?
알마아타의 소련인, 밑둥이 닳아서 없어진
소련말로 조선사람들은 말했다.
1937년 어느 겨울밤 뒤엎은 장기판에서 장기알 쏟아지듯
7일 낮 7일 밤 기차에 실려 마침내는 저 화면 속에 도착했다.
화물칸 속에서

밥 지어먹으며 허기에 등 고부리며
저 TV 화면 속에,
화염병과 최루탄이 폭죽처럼 터지는
이 나라 한복판 속에.

-「역사의 변명」 부분

이 시에는 몇 가지 사연이 중첩되어 있다. 소련은 자기네 영토에 들어와
살고 있는 조선인들이 일본의 사주를 받아 반란을 일으킬지 모른다는 우려
에서 일본 영토와 접경지역인 하바로프스크·연해주·캄차트카주에 살고 있
던 조선인 18만 명을 중앙아시아의 우즈베키스탄·끼르기지아·카자흐스탄
지방으로 강제 이주시킨다. 1937년에 일어난 일이었다. 토지 보상, 가옥 보
상 따위는 소련의 안중에 없었다. 이동하는 기차 안에서, 한겨울에 당도한
중앙아시아의 벌판에서 엄청나게 많이 죽었다. 이들은 소련의 언어말살, 문
화말살 정책 때문에 조국을 잃고 모국어를 잃고 만다. 강제 이주의 사연이
텔레비전에 방송되자 시인은 이 시를 썼던 것인데 대비되는 것이 화염병과
최루탄이 폭죽처럼 터지는 한국의 현실이다. 조국은 통일되지도 않았으며
남쪽은 독재정권에 맞서 대학생들이 연일 데모를 하고 있다. 조국은 그래
서 18만 명 동포의 후손들에 대해 관심을 가질 겨를이 없는 것이고, 시인
은 이 사실에 가슴 아픈 것이다. 서해에 가서는 "철책선과/ 인적 끊긴 방파
제 뒤로/ 가는/ 외줄기 돛대에 깊이깊이 찍혀서/ 굴신도 못하는/ 한 척의/
포구"를 보고 "역사란 무엇인가 삶이란 무엇인가를"(「서해에 가서」) 하고
상념에 사로잡히기도 한다. 1983년의 데모 현장에 대한 스케치는 "큰길 위
에 머리 박살난 벽돌들// 또는 입에 거품 문 달랑게들// 바람 앞에 윗몸 잔
뜩 구부리고 기다가// 한 눈 찌그러진 채 자빠졌거나// 뇌수를 아스팔트에
바르고 묻어 있는……"(「일구팔삼」) 하면서 구체적으로 묘사한다. 한편 "식
민지 시대와 폭압의 시대에/ 시달린 사람들이" 있었다. 세월이 흘러 "생각
의 걸음 빠른/ 젊은이들이/ 시(詩)나 삶에/ OX를 치고" 있을 때 시인 자신
은 "그들이 발견한 신대륙 앞에/ 그냥/ 입 닫아걸고"(「우리 시대의 우화」)

있었다는 죄의식에 시달리기도 한다. 고향을 살펴보는 데서 멈추지 않고 고향을 떠나서 살아야만 했던 수많은 사람들에 관찰기록부가 시인의 제4시집이었다.

4. 마 무 리

제4시집을 준비하던 이 무렵에 40대 중반으로 접어든 시인은 자신의 나이를 의식하고선 "내 나이 때 김수영은 죽음 근처에 있었어/ 내 나이 때 아무개 하나는/ 넋이 흩어졌어/ 내 나이 때 조백(早白)인 마르크스는/ 굶주림에 자식 셋을 죽였어" 하면서 자책하는 마음을 가져본다.

> 80년대의 겨울을 통과한
> 풀들의
> 섬세하게 망가진
> 다면체 마음이
> 환하게 보이다 사라진다.
>
> -「나이」 부분

이 시의 첫 행은 "1990~1944"이다. 1944년생 시인이 1990년에 쓴 시임에 틀림없는데, "나는 무슨 벼랑 위에 섰는 걸까" 하면서 회의하고 반성하는 기색이 역력하다.

이상 주마간산 격으로 살펴본 바에 의하면 홍신선은 동시대 어느 시인에 못지않게 현실참여의식과 역사의식을 가지고 이 시대 이 나라 사람들의 삶의 실상을 들여다보고 그들의 아픔을 위무하고자 애쓴 시인이다. 시인이 1984년에 낸 제3시집과 1990년에 낸 제4시집을 읽고 내린 결론은 이것이다-현실과 역사에 대해 적극적인 참여를 하지는 않았다고 하더라도 적어도 방관자로 살아오지는 않았다. 아니, 현실과 역사를 전면에 내세운 어느 시인에 못지않게 홍신선은 동시대인의 고통에 관심을 기울였고, 잘못된 역사에 대해 항의 서린 질문을 했으며, 산업화 과정에서 훼손된 고향마을에 대해 가슴 아파한 이 시대의 진정한 민중시인이었다.

대하로 흐르는 도와 궁행(躬行)의 길

—후기 시 세계를 중심으로

이홍섭

1. 유장하게 흐르는 대하^{大河}

홍신선 시인이 시력(詩歷) 사십 년을 앞두고 지난 2003년에 출간한 『홍신선 시전집』은 격변의 역사를 온몸으로 통과해 온 한 시인의 역정을 생생하게 보여준다.

그 역정은 마치 깊은 산 속에서 맑은 샘물이 발원하여 골짜기를 적시며 내려오다 사람의 마을에 이르러 큰 강을 이루며 몸 뒤척이며 흐르다 마침내 대자유의 바다와 만나는 대하(大河)의 유장한 물줄기와 같다.

이 전집을 기준으로 그의 시 세계를 전기·중기·후기로 삼분한다면 이미지와 의미가 길항하면서도 이미지가 보다 승한 시집 『서벽당집』(1965~73)이 전기에, 이미지 구현 보다 시인을 둘러싼 세계, 이웃들과 몸 비비며 이들에 보다 적극적인 의미를 부여하는 시집 『겨울섬』(1973~79), 『우리이웃 사람들』(1979~84), 『다시 고향에서』(1984~90) 등이 중기에, 그리고 지난 세기를 되돌아보고 자신의 내면에 보다 침잠하는 시집 『황사 바람 속에서』(1991~96), 『자화상을 위하여』(1996~2002), 『마음經』(1991~2003) 등이 후기에 해당한다고 할 수 있다. 대하의 도정에 비유한다면 전기의 시 세계는 여기저기에서 샘물[이미지]이 뽀글거리며 올라와 의미의 세계를 밀어내는 수원지(水源池)와 같다. 수사(修辭)와 미문(美文)이 승한 이 수원지는 전반적으로 현실과 괴리되어 있는 느낌을 주지만, 시인의 맑고 투명한 내면을 보여준다는 점에서, 그리고 이후 전개될 그의 시 세계를 예비하고 있다는 점에서 주목을 요한다.

"이제 하루의 잘잘못을 헤치며/ 품꾼들이 놋대접만한 입으로/ 무안을 웃는 고향"을 노래한 「능안 동리」 「논」 등의 작품은 곧이어 본격적으로 전개될 중기 시 세계의 도입부에, "돌아가리/ 수유(須臾)의 빈집 이승도 지쳐 두고/ 이제 홀로 마음은/ 뜰 앞에 내려 들으리/ 무색(無色)하늘 속에 꿈틀대는 긴 여울"을 노래한 「마음」 「협곡」 등의 작품은 자신의 마음자리를 살펴보는 후기 시 세계의 씨앗에 해당한다고 할 수 있다.

중기의 시 세계는 시인의 개성이 가장 강하게 발현되고 있는 공간으로 마치 마을에 닿은 물줄기가 주변의 논과 밭, 그리고 인간의 살림살이를 골고루 적시며 유장하게 흘러가는 모습과 같다. 시인은 급격하게 산업사회로 진입하면서 생겨난 소외와, 우후죽순 솟아나는 자본주의의 병폐 등 1970~80년대 우리 사회 질곡을 농사꾼의 자식으로서, 그리고 정통 한학을 수학한 유가의 후예로서 바라보면서 다른 시인들과 구별되는 독자적인 시 세계를 구축했다.

시인의 문학 연보에서 가장 중요한 밑자리를 차지하고 있는 전기적 사실을 꼽으라면 그의 고향이 경기도 화성군이라는 점과, 그가 한학에 대해 큰 관심과 열정을 가지고 있었다는 점을 들 수 있다.

시인이 수원 혹은 남수원이라는 옛 지명으로 부르길 좋아하는 경기도 화성군은 지리적 특성상 우리 역사의 격변과 사회적 변화를 가장 격렬하고 예민하게 받아들인 곳이다. 서울로 진입하는 길목이기 때문에 전란의 참화가 늘 이어졌고, 수도 서울이 급격하게 비대해지면서 생겨난 산업화·도시화의 병폐를 고스란히 안을 수밖에 없었다. 이곳에서 농사꾼의 자식으로 태어난 시인은 이러한 격변 속에 얼룩진 상처와 농촌의 급격한 붕괴를 꼼꼼하면서도 정직하게 기록하면서, 우리가 잃어가는 것들에 대한 통렬한 자각과 성찰, 그리고 각성을 촉구했다. "시에도 나는 준 것이 없다/ 사랑에게도 가난에게도/ 나는 몸을 신념을 주지는 못했다/ 몸바침이라는, 늦게 만난 말만이/ 메마른 두 손에 남아 있을 뿐이다/ 쉽게 사는 법을 너무 빨리 나는 안 것 같다"고 노래한 「용서하는 법」은 시인이 전기에서 중기로 넘어가면서 치열한 고민과 각성을 선행했음을 잘 보여준다. 이 고민과 각성으로 그는 같은 시에서 "두 섬지기 논밭에 깊이/ 가라앉은/ 아비의 한"과 "겨울 발 시린 농민학교 교실에 앉았던/ 재종형"을 '발견'할 수 있었던 것이다.

어릴 때 종조부로부터 한학을 수학하고, 스무 살 무렵 대학교를 휴학하고 낙향하여 간재(艮齋) 문하의 매곡 김학열(金學悅)로부터 다시 한학을 수학했다는 그의 연보 또한 중요한 전기적 사실이다. 대학교를 휴학하고 한학을 수학했다는 것은 그가 한학에 깊이 매료되었다는 것을 의미하고, 그의 세계관 형성에 일정한 영향을 미쳤다는 것을 암시한다. 그의 많은 시편에 등장하는 '뼈'의 이미지는 사물, 혹은 정신의 골수를 그려내고자 하는 시인의 의지를 담고 있는 것으로, 이는 동양정신의 궁극과 닿아 있다.

한학에의 경도는 시인의 시어(詩語) 선택에도 큰 영향을 미친다. 앞의 인용시에 등장하는 '잠시'라는 뜻의 '수유(須臾)'나, '고깃덩어리' 혹은 '살덩어리'를 뜻하는 '육괴(肉塊)', '악착같이 이자를 받고 빚 갚기를 몹시 졸라 대는 빚쟁이'를 비유적으로 이르는 말인 '채귀(債鬼)' 등 지금은 잘 쓰이지 않는 한자어들이 그의 시에서는 자연스럽게 등장한다. 시인은 이러한 한자어와 사라져가는 농촌의 토속어들을 되살려내 동시대 다른 시인들과 구별되는 그만의 독특한 감각과 미학을 만들어 낸다. 그의 시가 지닌 깊은 매력과 웅숭깊은 맛은 이 독특한 감각과 미학을 기반으로 하고 있다.

중기에서 도드라지는 이러한 시 세계는 당대 현실을 있는 그대로 그려내면서 삶의 구체(具體)와 세계의 실체(實體)에 도달하려고 하는 시인의 노력과 자의식을 선명하게 보여준다. 서사성이 강해지고, 지식인이자 소시민으로서의 자의식이 돌올해지는 것도 이러한 노력과 자의식의 결과이다.

이 글에서 다루고자 하는 후기 시 세계는 이러한 전기·중기의 시 세계를 바탕으로 하면서 보다 총체적인 시각에서 지난 세기와 인간의 내면을 되돌아보고, 시인 자신의 마음자리를 적극적으로 살펴보는 하구(河口)의 지점이라 할 수 있다. 역사적으로는 이념의 시대가 지나간 1990년 이후의 세계이고, 시인의 생물학적 나이로는 지천명을 이년 앞둔 해로부터 시작해 현재에 이르는 시기이다.

2. 내면으로 귀환한 유토피아

시인들은 누구나 자신만의 유토피아를 창조하고자 한다. 한 시인에게 있어 평생의 시력(詩歷)은 시인이 자신만의 새로운 유토피아를 창조하고자 가슴에 품었던 열망과 싸움의 과정이자, 그 피흘림의 흔적이라 할 수 있다.

언어를 가지고 유토피아를 구축해가는 시인의 도정은 이념이나 제도를 통해 이룩하는 유토피아 건설과 달리, 시의 안과 밖에서 동시에 싸움을 진행해야 하는 이중고를 겪는다. 시인은 자신을 둘러싼 세계와의 부단한 싸움을 통해 새로운 유토피아를 창조해 나가야 하고, 시 안쪽으로는 기존의 틀과 관념을 계속 깨뜨려 나가며 이 유토피아에 부응하는 구조적이며 내재적인 유토피아를 구축해가야 하는 삼엄한 싸움을 벌인다.

시인이 후기 시 세계의 기점이라 할 수 있는 1990년부터 보여준 도정은, 넓게 보면 시의 안과 밖에서 새로운 유토피아를 구축해나가는 과정이라 할 수 있다. 그는 제도와 이념 대신 내면과 마음을 새로운 유토피아의 구축지로 설정하고, 전기에서 중기의 세계로 넘어갈 때 그러했듯 철저한 자기반성과 각성을 선행한 다음 한 발 한 발 내면으로 침잠해 들어간다. 또한 시의 몸을 만들어가는 시쓰기의 방법에 있어서도 이전의 방법에 머무르지 않고 과감히 새로운 형식, 즉 새로운 유토피아를 찾아가는 모험을 단행한다. 시의 안과 밖에서 동시에 진행된 이러한 싸움은 그의 시가 늘 긴장을 유지하고, 신선하게 빛날 수 있는 동력이 된다.

동구가 무너지고 미테랑이 죽고
김일성이 죽었다

살 빠진 목에 밧줄 걸린
세기말의
그 제단에
지난날 우리들이 헌정한 저것은 한때는 길 넘게 몸 묶어 집단으로 타오르고
이제는 변두리로 키 낮추며 낮게 기어서 잦는
식은 등걸불
이념의 숯 한 덩어리

사람들이 박살난 차유리처럼 깨어진 자신들을 거짓말처럼 들고 섰다
4중 충돌의 이성중심주의
레커차들이 경적을 울리며 넘어가고 있다.

쾌락에 모조품 쾌락을 덧댄
놀이에 플라스틱 성욕을 덧댄
젊은이들은
구원과 빛나는 넋의 일에는 등한한 채
히로뽕에 필로폰 더 덧댄
가제트 군계郡界를
넘어가고 있다
　　　　　　　　　　　　　　　－「해, 늦저녁 해」부분

　이념의 시대가 거하고 새로운 세기의 시작을 앞둔 1990년대의 내면 풍
경을 노래한 이 작품은 시인의 시들 중 가장 직설적이고, 호흡 역시 숨
가쁘고 격렬하게 전개되는 작품이다. 또한 이 작품은 1990년대에 발표된
작품들 중 당대의 현실과 세기말 의식을 가장 솔직하고 비판적으로 표현
한 작품으로 평가할 수 있다.
　시인은 작심한 듯 맹목적인 이념과 이성중심주의, 쾌락에 빠지고 물신
화된 자본주의, 텅 빈 사이버스페이스 등을 차례로 비판한 뒤, 이를 극복

하기 위해서는 처절한 뉘우침이 선행되어야 한다고 말한다. 시의 중반부에 나오는 "얼마나 아린 후회와 아픔에 울궈져야 저리 붉게 뚫어지는가"라는 탄식은 그 처절함의 밀도를 잘 보여준다.

주목되는 것은 시인이 세기말에 난파된 유토피아의 대안으로 '무지'와 '마음'을 내세우고 있다는 점이다.

> 왜 유토피아들은 난파하는가
> 시간의 거함들이 거짓말같이 주저앉은
> 뱃길에는
> 표지등標識燈이 죽고 자욱한 익명의 눈발들이
> 항구 밖으로
> 남부여대의 난민처럼 새어나갔다.
> 번다한 금세기의 지식들 대신
> 강한 너그러운 무지 몇 마장이 밀려오고
> 내가 아는 것
> 내가 할 수 있는 것은
> 고작 몇 행짜리 그 무지를 철 늦게 읽는 것
> 뒷날 흐린 물결들이 와서
> 수월하게 덮칠
> 무지를 아는 것.
>
> —「마음 일기」 부분

> 그러나 보라
> 제도가 아닌 마음속에 유토피아가 슬래브를 치고 있다는 걸
> 붕괴된 유적들로 그렇게 웅장하게 파헤쳐놓은
> 물을
> 그 내막을.
>
> —「유적」 부분

시인은 '강한 너그러운 무지'가 '번다한 금세기의 지식들'보다 힘이 세

고, 진정한 유토피아는 제도가 아닌 마음 속에 지어지는 것이라고 말한다. 지식 대신 진정한 무지로, 제도가 아닌 마음으로 지어진 유토피아란 서양과 대비되는 동양정신을 아우르는 이상향이다. 진정한 무지는 우리에게 진정한 앎이란 무엇인가에 대해 사색하게 하고, 마음은 이성중심의 사유가 쌓아올린 제도와 권력 등에 관하여 비판적으로 사유하게 만든다.

시인의 이러한 이상향은 자연스럽게 세계관의 밑자리를 이루는 고향과 한학(漢學)의 세계를 다시금 되돌아보게 한다.

후기 시 세계 이전, 특히 중기에 해당하는 7·80년대에 시인의 시 세계를 지배한 고향은 산업화·도시화가 급속하게 진행되면서 발생한 소외와 울분의 현장이었으나, 세기말에 시인이 되돌아보는 고향은 인간됨의 본성과 진정한 유토피아를 사유하게 만드는 내면으로의 귀향지(歸鄕地)에 가깝다.

시인에게 있어 고향으로 가는 길은 "내 할아버지의 할아버지, 푼수나 곰보 춘길이/ 제 마음에다 구리거울 같은 보름달 걸어두고/ 다니던 길"(「길」)이고, "한 집안의 단란과 화락을 버무려 넣어 옹동을 붙고 김장광을 짓고 머언 소도시로 쌀가마니 용달차에 실려 보내던 그 푸근한 웃음소리"(「김장」)가 살아 있는 곳이며, "토박이 북극성을 에워싼 뭇 별들이/ 머리 조아려 공수(拱手)하는/ 하늘"(「겨울꽃」)이 있는 곳이다.

「나의 대가족주의」라는 시의 제목에서도 알 수 있듯이 시인의 고향의식은 동시대의 그 어떤 시인보다도 원형적이고, 지순한 것이다. 그 곳은 '나'의 현존을 가능케 한 혈연의 맥이 이어져 내려오는 곳이고, 공동체로서의 평화와 형제애가 살아있는 곳이다. 특히 "뒷목과 괴꼴을 마지막 바수고 나면 동짓달이었다/ 윤달 들어 수의(壽衣)를 바르는 마을엔 탕약(湯藥)내가 진동했다"로 시작되는 시 「윤달」은 백석의 시 세계와 견줄 수 있을 만큼 고향의 원형적 시간들이 생생하게 살아있는 작품이다.

시인이 고향을 다룬 작품들에서 화성이라는 행정지명을 쓰지 않고, 남수원이라는 옛 지명을 고집하는 것도 유성음(流聲音)으로 이루어진 '남수원'이란 지명의 어감이 이러한 고향의 원형 속으로 시인을 데려가기 때문일 것이다. 고향의 옛 모습을 노래한 그의 시편들이 지순함으로 충만한 것도 이 때문이다.

시인의 이러한 고향의식은 여러 편의 시에서 문명비판, 자본주의 비판으로 이어진다. 그러나 중기에 비해 후기 시 세계에서는 이 고향의식이 구체적 현실보다는 삶의 본질을 드러내기 위해 발현되고 있다는 점에서 차이를 보인다. 고향 상실을 현대인들의 '나'의 부재와 연결시킨 아래 작품이 대표적이다.

> 칠대조 주柱자 상相자
> 오대조 술述자 행行자
> 조부
> 당숙 고종 이종
> 이 따위 할아버지와 일가는 알지도 못하는
> 숱한 나는 누구인가?
> 너는?
>
> —「세기말을 오르다가」 부분

천민자본주의에 대한 직접적 비판이 드러나 있는 앞의 시는, 위의 마지막 인용 부분에 이르러 조상과 일가를 알지 못하는 현대인들을 비판하는 것으로 마무리 된다. 이는 그의 귀향의식이 단순히 고향회귀나 고향예찬에서 나온 것이 아니라, 나의 실존을 증명하는 보다 원형적인 토대라는 것을 확인시켜준다.

고향과 아울러 세계관의 기반을 이루는 한학의 세계 또한 그의 이상향의 한 축을 이룬다. 매천 황현의 집을 찾아가 쓴 시 「늦가을 월곳리─梅泉家에서」나, 손곡 이달을 추모하는 「이달(李達) 무덤을 옮기다」, 그리고 "공복이 등골에 가 붙은 가난 하나/ 곁에 앉히고/ 한미한 서생처럼/ 외곬으로 제 삶에 복역 중인 이들의 죄상/ 가혹하게 이뻐라"라고 노래하는 시 「비, 가을밤에 듣다」 등의 시편에서 드러나는 그의 한학적 세계는 가난, 한미, 지조, 결기 등으로 이루어진 선비적 정신이 그 기반을 이룬다.

> 구석구석 깊이 쓸린
> 매천집속 절명시의 행간 자간은
> 얼마나 푸르고 맑은가
> 얼마나 차가운가.
>
> 이름 없이 떠돌다
> 어지러운 이마를 대고
> 식히는 것이
> 어찌 이곳 월곡리 섬진강 물빛뿐인가, 나 하나뿐인가.
>
> ―「늦가을 월곳리―梅泉家에서」

매천 황현은 1910년 나라의 치욕을 통분하며 '인간 세상에 글 아는 사람 노릇 하기 어렵다[難作人間識字人]'는 구절이 담긴 「절명시」를 남기고 자결한 학자이자, 시인이다. 시인은 이곳을 찾아 절명시의 행간을 읽으며 그 맑고, 푸른 정신을 추모한다.

시인이 문학 연보에서 '간재(艮齋) 문하의 매곡 김학열 선생에게 한학 수학'이라고 명기했던 간재(艮齋) 전우(田愚: 1841~1922) 역시 구한말의 대학자로, 임종하면서 "왜놈들이 이 땅에 있는 한 문집을 내지 말라"는 유언을 남길 정도로 결기가 있는 학자였다.

간재 문하의 스승에게 한학을 수학했음을 밝히고 있는 시인에게 매천의 「절명시」는 맑고 푸른 정신의 푯대이자, 삼엄한 정신의 한 상징으로 다가왔을 것이다. 시인이 위 시의 마지막에서 "옛 감나무/ 자기 시대가 끝난 줄 알고/ 비켜서서/ 구한말을 만들었다"고 노래한 것은 이러한 정신의 상실을 가슴 아파하는 한 편의 조곡(弔哭)이다.

고향과 한학의 세계를 기반으로 하는 시인만의 유토피아는 전통과 동양 정신을 근간으로 하는 인간주의적 면모를 지닌 이상향이라 할 수 있다. 그 이상향은 혈연과 공동체의식을 바탕으로 인간 본연의 본성과 정신을 잃지 않는 세계라는 점에서 필연적으로 현대 자본주의 사회의 여러 병폐들과 격렬한 불화(不和)를 일으킬 수밖에 없다.

시인은 인간이 꿈꾸는 유토피아는 제도나 이성, 그리고 권력으로 성취될 수 없다는 것을 20세기는 분명하게 보여주었다고 말한다. 시인은 우리가 그 실패를 딛고 넘어서 새로운 밀레니엄을 맞이하기 위해서는 우리가 잃어버린 것을 다시금 자각하고, 참된 무지에의 자각과 내면으로의 귀환을 통해 새로운 유토피아를 만들어나가야 한다고 강조하고 있는 것이다.

3. 시간의 풍화와 폐허의식, 그리고 생의 전율

시인이 새로운 세기를 앞두고 내면으로의 귀환을 꿈꾸던 시기, 시인은 시간과 죽음이라는 실존의 문제에도 부닥치게 된다.

이 실존적 문제의 근저에는 지천명(知天命)의 나이를 지나 이순(耳順)을 향해가는 시인의 생물학적 나이와, 할머니(「무궁화 떨어지다」), 아버지(「아버지」 「집에 관하여」), 아우(「아우를 묻으며」) 등 임종했거나 임종을 앞둔 친족에 관한 애절한 슬픔이 자리 잡고 있다. 시인이 오래전 젖먹이 때 하직한 어린 딸을 추모하는 작품(「개복숭아나무 밑에서」)을 쓴 것도 이러한 죽음에 관한 사유와 슬픔이 확장된 결과라 할 수 있다.

시인이 이 시간의 본격적인 풍화작용과 친족의 상실을 통해 실감한 죽음을 앞에 두고 겪는 인식의 변화는 조바심(「겨울 부들밭에서」)과 그리움(「자운영」), 상실과 폐허의식(「벚꽃 두 장」 「모과」 「노을, 비 개인 뒤」), 진저리와 전율(「전율」 「망월리 일몰」) 등으로 요약할 수 있다.

조바심과 그리움이 기억을 잡아 두려는 무의식의 소산이라면, 상실과 폐허의식은 시간의 풍화작용에 대한 자의식에 가깝다. 그리고 여기에서 파생되는 진저리와 전율은 이 시간과 죽음의 절대적 풍화작용 앞에서 한 실존적 인간이 내면 깊숙이에서 터트리는 비명과 같은 것이다.

길 넘는 풀 길 없는 목마름들이 갈아입을 헌옷들을
이제는
성가신 듯 쉴 새 없이 뒤척인다
한 마지기 부들밭 부들의 마디마디 빈 관절 속에는
우두둑 우두둑
수백 자루 백묵 부러지는 소리들이 쏟아진다
탕진한 내 지난날들이 쉴새없이 몸을 털리고 있다

이것은 때늦은 조바심이다
이것은 때늦은 ……

-「겨울 부들밭에서」 부분

뻐쩍 마른 당나귀 한 마리
햇볕 속 아득한 공중에 널브러져 죽어 있다
굶어 죽은 그의 몸에는 녹아버린 큰 창자와 허파꼬리 등속이
뚫려 있다
탄환구멍처럼.

(중략)

폐허의 뻐쩍 마른 당나귀 한 마리로 만개한 산벚꽃은
올봄의 드물게 유일한 이데올로기이다.

(중략)

장충단 공원 무료급식소 앞 몇십 년 묵은 벗나무에는
그 나무의 지하광 속에는
엘니뇨 날씨 젊은이가 들어앉아 키보드를 치고 있다.

(중략)

배식 끝내고 철수한

개숫물 자리엔 밥알 찌꺼기처럼
두셋 흩어진
평지낙상에 골반 망가진 낙화들
집나온 늙은이들
-「벚꽃 두 장」 부분

그 오리나무의 소리없는 진저리의 진앙지는 어디인가
유관부 나이테들이 우물벽인 듯 짜들어간
심부深部에서, 쿨럭쿨럭 기를 쓰고 밑바닥 욕망들을 길어올리느라
흔들리는가 고장난 양수기의 목구멍처럼 쿨럭이며 올라오는
죽음들로 경련하는가

(중략)

그래도 시동 꺼뜨리지 않고 간간히 진저리라도 쳐야 하는가
딱딱 부딪는 이빨 기슭에 몰려와 부서지는 침들이며
부유하는 언어들
선술집 안쪽에 버티고 들어앉은 단골 주정뱅이처럼
나무들 내부 깊이에 아직도 쭈그리고 있다
오래 너무 살다보면
싱싱한 생에서도 녹물이 흘러나온다 뇌우 뒤의 햇살 환한 하늘 너머 새들이
흩어진다
-「전율」 부분

「겨울 부들밭에서」는 다년생초인 부들의 외양과 생태를 빌어 풍화되는 시간 앞에서 회한과 탄식이 섞인 조바심을 그리고 있다. 시인의 이러한 '때늦은 조바심'은 먼 기억들을 되살려 내는 힘으로 작동하기도 해 「자운영」「고채」 등 연시풍의 시를 낳기도 하고, "이제는 끝난 일이다 이제는 끝난 일이다/ 식어드는 찬 생각 속에 징역 살 듯 웅크리고 풍화중인/ 열에 뜬 그리움"(「자미꽃」)과 만나기도 한다.

「벚꽃 두 장」은 시인의 상실의식과 폐허의식이 드러난 작품으로, 벚꽃을 매개로 하여 젊음과 늙음을 선명하게 대비하고 있다. 시인은 '폐허의 뼈쩍 마른 당나귀 한 마리로 만개한 산벚꽃'이라는 돌연한 이미지를 내세워 밝음과 어둠, 젊음과 늙음, 관능과 쇠락을 대비시켜 나가며 자칫 평이해지기 쉬운 소재의 한계를 극복해낸다.

「전율」은 시간 앞에서 풍화되기도 하고 저항하기도 하는 욕망과 죽음을 존재의 진저리, 전율로 묘파해내고 있는 작품이다. 시인이 다른 시에서 이 전율을 "폐업 직전 정신 영업 한 순간"(「망월리 일몰」)으로 표현했듯이, 시인에게 있어 전율은 '지겨운' 삶 앞에서 고통 받는 존재의 한 극점이라 할 수 있다.

시인의 여섯 번째 시집의 표제작인 「자화상을 위하여」는 이러한 조바심과 폐허의식, 그리고 전율을 온몸으로 받아들이고, 이를 극복하고자 하는 시인의 고통스러운 노력을 감동적으로 보여준다.

> 그는 혼자 제 등짝에 채찍질을 가한다
> 일몰과 땅거미 직전
> 박모의 때에 그는 남몰래 황금채찍을 꺼내 휘두르고는 한다.
> 사정없이 옥죄어오는 서너 가닥 새삼기생덩굴풀로
> 등이나 종아리를 철썩철썩 내려치며
> 동통을 온몸의 감각으로 수납하며
> 그가 이 시간 뒤늦게 지피려는 것은 감각의 잉걸불인가 어느 훗세상의 정신
> 인가
> 한 시절 그의 혼은 가열하게 맑아서
> 위경僞經같은 별들에 가서 진위를 뒤지듯 말곳거리거나
> 살의 죄목들을 읽으려는 듯 조도 높은 줄등들을 내걸었다.
> 이제 치켜들린 그의 겨드랑이께
> 횡한 초라한 허공이 흉갑처럼 입혀져 있고
> 힘겹게 마음에서 풀어준 숱한 말의 새끼새들
> 고작 그의 우둠지께 가서 처박혀 있다.
> 매일 그는 그 시간에

등판에 허벅지에 동통을 내리찍으며
시간들이 쉴새없이 치고 넘어간
으깨진 시신들처럼
욕망의 설마른 바늘잎들을 떨구고 섰다,
벗어 놓으면 언젠가 다시 짊어질
조막손만한 적요들·
혼신의 기를 모아 서서
장좌불와長坐不臥로 기대어 자며 깨며
생각의 새로운 수태를 기다리는
이 세속에서의 실성실성하는 숨은 어디쯤서 끝나는가
노란 새삼기생덩굴풀로 현수포를 쓴 지빵나무
고사목 한 그루,
중세 고행자같이 제 몸과 마음을 치다가 쉬다가
졸다가 깨다가……

-「자화상을 위하여」 전문

　화자는 새삼기생덩굴풀이 감기는 지빵나무 고사목의 모습을 통해 시간
의 풍화작용 앞에서 중세 고행승처럼 이를 견디며, 치루고 가는 자신의
자화상을 그려내고자 한다.
　화자는 일몰과 땅거미 직전 박모의 시간에 저 홀로 등짝에 채찍질을 한
다. 화자는 고통스러운 동통을 견디며 이 행위를 반복한다. 비록 지난 시
절의 가열하게 맑은 혼은 희미해졌지만 그는 이 행위를 멈추지 않는다·
이 행위는 눕지 않고 정진을 거듭하는 선가(禪家)의 장좌불와와 같고, 자
신의 몸과 마음을 치며 수행하는 중세의 수행자와 같다.
　이 작품에서 중요한 것은 자신을 채찍질 해가는 '행위 자체'에 있다. 비
록 한 때의 맑은 혼으로 돌아갈 수 없지만, 동통을 이겨내며 수행자의 정
진처럼 제 몸과 마음을 쳐 나가는 행위 자체가 살아있음의 근거이기 때문
이다. 마지막 행의 "졸다가 깨다가"는 앞 행 "치다가 쉬다가"의 변주이기
도 하지만, 이 자기 수행이 궁극적으로 닿고자 하는 한 경지라고도 할 수

있다. 선가(禪家)에서는 깨침 이후의 상태를 묘사할 때 이 '깨다가 졸다가' 하는 경지를 그리는데, 그것은 집착과 경계를 다 놓은 경지를 일컫기 때문이다.

이 시의 힘은 시인이 그리는 자화상이 시간의 풍화작용 앞에서도 역동적으로 그려지고 있기 때문에 배어나온다. 시의 전개방식 역시 이러한 역동성을 유지하며 반복되는 행위의 긴장감을 잘 담아내고 있다. 말하고자 하는 내용과 시의 구조가 잘 어우러져 끝까지 팽팽한 힘을 잃지 않는다.

시집 『자화상을 위하여』에 실린 작품들은 마치 제 각각 뻗어나간 가지들처럼 각자의 길을 가고 있다. 이는 시간의 풍화작용 앞에 속수무책과 혼돈을 느끼는 시인의 내면을 있는 그대로 솔직하게 보여주는 시적장치로 이해할 수 있다. 혼돈을 혼돈 자체로, 고통을 고통 자체로 그려내는 것도 시인의 선택이자, 시의 또 다른 힘이기 때문이다. 시인은 「자화상을 위하여」에서 보았듯, 밀물처럼 밀려드는 시간의 풍화작용 속에서 스스로 경계하는 자경(自警)의 몸짓을 통해 고통 속에 일그러진 얼굴이지만, 끝까지 위엄을 잃지 않는 실존의 '자화상'을 그려냈다. 이 자화상은 생물학적 나이를 떠나 21세기 세속(世俗)을 사는 인간의 고통스런 초상(肖像)이라는 점에서 큰 감동을 준다.

4. 마음, 생명, 생태를 감싸는 불교적 사유

시인은 내면으로 귀환해 새로운 유토피아를 꿈꾸던 시기인 1990년대 초, 새롭게 「마음經」 연작을 시작했다. 「마음經」이란 제목은 마음을 숭배의 대상인 경(經)의 차원까지 끌어올리겠다는 시인의 의도가 담긴 것으로 읽을 수도 있고, 마음 자체를 하나의 경전으로 읽어내 연작을 써나가겠다는 의도로 읽을 수도 있다. 또 하나는 마음을 수행과 정진의 대상으로 삼아 시인 자신의 『마음經』 한 질을 엮어내겠다는 의지로도 이해할 수 있다.

「마음經」은 불교적 사유에서 나온 제목으로, '마음자리'를 밝히는 것을 수행의 제일과제로 삼아온 불교의 정수가 담겨있다. 특히 선불교의 전통이 중추를 이루어온 한국불교에서 이 '마음'은 수행의 대상이자, 풀어야할 화두와 같은 것이다.

시인이 1990년대를 통과하면서 본격적으로 마음을 문제 삼기 시작한 것은 앞서 밝혔듯 내면으로 귀환하면서부터이다. 내면으로의 귀환은 진정한 유토피아를 내면 바깥에서 찾을 수 없다는 것을 깨달으면서 생겨난 것이다.

외면(外面)과 상대적인 말로 쓰이는 내면(內面)은, 인간의 정신적이고 심리적인 상태 일체를 가리키는 말이다. 시인이 "진앙지인 그의 내면은 들어갈수록 완전 폐허다"(「모과」) 혹은 "내면 있는 것들만이 세상을 이룩하고 있다"(「시골에 살리」)고 말할 때의 내면이란, 정신과 심리 일체를 포괄하는 존재 증명과 같은 것이다. 이 내면이 없이는 외형적으로 드러나는 모든 것은 헛것이거나, 뿌리 없는 이데올로기일 뿐이다. 시인이 "나 시골에 돌아가 살리"(「시골에 살리」)를 고집하는 것은 내면과 외면이 하나 된 세계가 거기에 있기 때문이다. 시인은 이성중심주의, 이데올로기의 과잉, 제도와 권력 등은 내면세계를 등한시 해 결국 유토피아를 만들어내는 데 실패했다고 지적하고, 이러한 근대의 사유체계를 전복하지 않고는 새로운 유토피아를 만들어낼 수 없다고 말하고 있는 것이다.

마음은 이러한 내면의 주인이자 주체로서 존재한다. 내면 없는 외면이 공허한 것이듯, 마음 없는 내면이란 존재하지 못한다. 마음이 하나의 '대상'으로 떠오르는 것은 이 때문이다.

이름이 불당골이라는
오래 전에 절 뜬
내 시골 마을이기도 한 산골짝엘 갔습니다.
(중략)

아니, 미천한 풀꽃들일수록 제각각 대운동장인 마음을
내면에 가만히

닭아가지고 숨긴 게 보였습니다.
말이 있을 때마다
말보다는 소리 없이 제 뼈에다 금을 긋는
하찮은 돌도
우주도
탐·진·치도
일체가
마음속에 있어서 마음 맨 밑바닥이 훌렁 빠지도록
그 안에서
쿵쾅쿵쾅 뛰어 달리고 뒹구는 것을 보았습니다.

'허허 참
마음이 있으면
너 어디 보여주려무나'
문득 내려오다 뒤돌아본 하늘엔
섬유가 올올이 삭은 천처럼
너덜너덜
고함[喝]한 폭 펄럭이는 것을 보았습니다.
오래 전
혼 뜬 절 한 채
그냥 거기 있는 것을 보았습니다
칠성각도 대웅전도
죄다 버리고
자유롭게 뜬.

─「이름이 불당골이라는」 부분

　화자는 불당(佛堂)이 있어서 불당골이라 불렸을 산골짝을 찾아간다. 그러나 그곳은 오래전에 절이 사라져 골짜기 이름만 흔적을 간직한 곳이다. 화자는 그곳 공터에서 미천한 풀꽃들을 발견한 뒤, 미천한 풀꽃들일수록 대운동장인 마음을 내면에 가만히 닭아가지고 숨긴 게 보인다고 말한다. 이러한 발견은 뒤이어 돌, 우주, 탐진치로 확대되어 일체가 마음속에 있다는 깨달음에 닿는다. 이 깨달음을 통해 화자는 내 마음자리를 찾게 되고, 마침내 있고 없음의 경계를 넘어선, 대자유를 성취한 절 한 채를 발견하게 된다. 따라서 시의 제목인 「이름이 불당골이라는」은, 불당골은 이름에 있지 않고 내 마음에 있다는 것을 전하는 역설적인 표현이라 할 수 있다.

이 시의 내용과 구도는 원효대사가 해골물을 마신 뒤 깨달음을 얻어 노래한 '심외무법 호용별구(心外無法 胡用別求)'한 경지, 즉 '마음 밖에 아무것도 없는데 무엇을 어찌 따로 구할 수 있겠는가'와, 이의 기반이 된 『화엄경』의 일체유심조(一切唯心造) 사상과 맥락을 같이 한다. 일체가 오로지 마음에 달려있다는 이러한 깨달음은 「마음經」 연작을 쓰게 된 밑바탕이 되고, 시인에게 불교적 상상력을 불러일으키는 동력이 된다.

이 시에서 주목되는 것은 "마음을/ 내면에 가만히/ 닦아가지고 숨긴 게 보였습니다"라는 구절이다. 시인이 마음을 일종의 닦아야 할 거울[鏡]과 같은 것으로 인식하고 있음을 알 수 있다. 마음이 내면의 주체이고, 이 주체가 거울과 같은 존재라는 인식은 마음닦기라는 불교 수행의 목표와 궤를 같이 한다. 따라서 시인의 「마음經」 연작에는 불교의 선(禪), 혹은 선적 수행의 방식을 시적 사고나 인식, 그리고 구조의 틀로 가지고 와 시의 지평을 넓히고자 하는 시인의 의도가 담겨있다고 할 수 있다.

올 겨울 제일 춥다는 소한小寒날
남수원 인적 끊긴 밭구렁쯤
마음을 끌고 내려가
항복받든가
아니면
내가 드디어 만신창이로 뻗든가

몸 밖으로 어느 틈에 번개처럼 줄행랑치는
저
그림자.
　　　　　　　　　　　　　　　－「마음經 1」 전문

내 오른손목에 박힌 먹점을
쇠고랑이라 일러주니

(중략)

이상 한파에 얼어 핀 노랑 민들레꽃처럼
어리둥절
그렇게 살 속 깊이 뜬
운명은
열 수 없는 것

　　　　　　　　　　　　　－「마음經 4」 부분

오늘부터는
단칸방에 삶과 죽음을
혼숙으로 세치는
마음이라는 가옥.

　　　　　　　　　　　　　－「마음經 7」 부분

　서문격인 「마음經 1」은 「마음經」 연작에 임하는 시인의 자세가 드러난
작품이다. 시간적 배경이 가장 추운 소한날인 것은 이 지난한 싸움에 임
하는 시인의 결연한 정신을 반영한다.
　선은 궁극적으로 마음을 항복받아 대자유에 이르는 것을 목표로 삼는
다. 해탈(解脫)에 이르렀다는 것은 마음을 벗어나 대자유를 성취한 경지를
말한다. 시인이 마음을 항복 받든가, 내가 만신창이가 되든가라고 말하는
것은 이 연작을 선적인 구도 안에서 이어가겠다고 선언하는 것과 같다.
　「마음經 4」와 「마음經 7」은 마음의 실체를 들여다보는 작품들이다. 「마
음經 4」에서 마음은 운명, 윤회, 인연 등 불교적 사유의 핵(核)들과 만나고,
「마음經 7」에서 마음은 삶과 죽음이 혼숙하는 가옥으로 묘사된다. 마음을
항복받기 위해서는 먼저 마음을 이루는 여러 실체들을 파악해야 하는 법,
따라서 연작의 전반부는 대부분 이 마음의 실체를 입체적으로 분석하는데

바쳐진다.

아들이 죽은 뒤
홀어머니는 절에 다니기 시작했다.

텅 빈 내부가 무시로 털썩털썩 떨어져 내리는
대문 닫힌 집에는
저 혼자 섬돌가로 주저앉은
핏기 얇은 입술 꼭꼭 다문 채송화의
검은 씨앗들 속에 핵이, 뉘만한 무덤들이 차오르느라 부산한 소리
투명한 가을볕 속의
누군가 오랫동안 은밀히 마련해온 이별 같은
먼 독경.

―「마음經 13」 부분

남산 순환도로의 수로 옆
골절된 억새의 마른 정강이뼈에
지난 60년대 서울역의 귀성객처럼 엎어지고 넘어진 그들의 참사 위에
바람의 앙가슴께에

(중략)

아이엠에프 홈리스도 스모그도 개인 파산도
몸 열어 아프게 받아들이는
늙은 작부인
지상
오늘은 이 폐허가 화엄이구나

―「마음經 15」 부분

위의 작품들은 「마음經」 연작이 마음의 실체를 입체적으로 찾아나가던
초기 세계를 벗어나 보다 다채롭고 활달한 불교적 상상력을 통해 확장되

어 가고 있음을 보여준다.

「마음經 13」은 「마음經」 연작 중 가장 서정적인 작품 중 하나로 이승과 저승이, 만남과 이별이, 삶과 죽음이 분리되지 않고 공존하고 있음을 서정적으로 그려내고 있다. 이러한 사유는 현세주의를 뛰어 넘어 시공이 함께 하고, 삶과 죽음이 분리되지 않는 불교적 사유의 기반이라 할 수 있다. 일찍이 서정주가 보여준 이러한 불교적 상상력은 삶과 죽음을 분리하고, 이성적이고 현재적인 삶만을 중시하는 근대적 사유의 한계를 넘어설 수 있는 탈근대적 사유의 힘으로 작동할 수 있다.

「마음經 15」는 아이엠에프, 홈리스, 스모그, 개인 파산 등 당대의 현실과 삶의 구체적 세목들 속에서 불교적 사유를 건져 올린 작품이다. 인간이 삶을 실현하는 현실은 고통의 연속이고, 따라서 그것이 펼쳐지는 지상은 고통을 끌어안는 늙은 작부와 같다. 시인은 눈 덮인 지상을 보며, 모든 것을 받아들이는 이 지상의 폐허가 화엄이라고 말한다. 이 작품에서 중요한 것은 화엄이냐 아니냐 하는 분별이 아니라, 시인이 이 현실과 삶의 고통을 화엄으로 녹여내고 있다는 점이다. 고통조차 삶의 한 부분으로, 화엄속으로 받아들이는 시인의 시선이 돋보인다.

> 혹한의 지난 겨울날
> 죽어서야 비로소 팽창한 완력으로 일도 아니게
> 틈 속을 힘껏 벌리어
> 그 자들이 깨트려놓은
> 완강한 서산석瑞山石,
>
> 선산 양달쪽 헐벗은 나무들이 아름껏 안고 선
> 누더기 허공에
> 막 안 보이게 박은 실밥이 툭툭 터져 나온다.
> 신품 재봉틀로 돌리는지
> 새 잎사귀들 꼭 실밥만큼씩만 박혀 나오는
>
> ─「마음經 27」 부분

고목이 된 아름드리 은행나무 밑둥에
움 돋는 어린 것들아
아직은 맨주먹 불끈 쥐지 말아라
활짝 편 빈 손바닥만이
세상을
미래 모든 시간을
남김없이 움켜질 수 있다.
속도에 취한 인간들만이 빠르게 곧 꺾이는 것을
땅 위에 무릎 꿇는 것을
붙잡아줄 수 있다

- 「마음經 30」 부분

소태맛은 소태나무 둥근 나이테 안에 태아처럼 웅크렸다.
그러고 보면 뭇나무들 만삭이어서 모두 안정 취하고 섰다.
가끔씩
그루 하복부에 무슨 욕망이 발길질하며 노는지
나무들 진저리치듯 몸 흔든다.
그들에게 있는 것은 시간뿐
아직은 서가에서 등표지 해진 책 뽑듯
투명한 시간들 뽑아서
읽거나 덮어두거나 하지만
저 식물 내부에서 은밀히 폭발하는 동물들,
누가 방목하듯 모는지
두, 두, 두, 떼로 달리는 목숨의 발굽소리……

봄 숲은 현장보존 잘한 피 튀기는 종축장인가.

- 「마음經 38」 부분

위의 세 작품에서 두드러지는 것은 생명의 힘이다. 「마음經 27」은 혹한
의 겨울날을 견디며 움트는 새 잎사귀들의 생명력을, 「마음經 30」은 미래
를 향해 나아가는 새로움의 힘을, 「마음經 38」은 분출하는 생명의 역동적

인 힘을 노래한다.

시인은 마음이라는 선적 화두의 틀을 가지고 「마음經」 연작을 시작했지만, 이를 통해 생명, 생태의 힘과 존엄을 그리는 데까지 나아가고 있는 것이다. 이러한 사유의 확장은 소멸에서 재생을 보고, 죽음에서 생명의 잉태를 보는 불교적 상상력이 작동했기 때문에 가능하다.

이러한 불교적 상상력은 모든 사물과 개별자들을 분리시켜 이해하고, 각각의 독립성을 강조하는 이성중심의 근대적 상상력과 배치된다. 불교적 상상력은 세상 만물의 관계를 유기적 관계로 이해하고, 더 나아가 모든 존재들이 각각의 존재가치를 지니며 평등하게 공존한다는 사유를 바탕으로 하고 있다. 이러한 불교적 사유는 생명 있는 모든 존재는 나름의 존재 의의와 가치를 지니고 있기 때문에 존엄을 존중받아야 한다는 생명주의와 닿아있고, 이들의 관계와 공존의 방식을 존중해야 한다는 생태주의와도 닿아있다.

이처럼 시인이 「마음經」 연작에서 보여준 세계는 다채롭고 활달하다. 마음이라는 선적 화두를 사유의 틀로 삼았으되, 이를 통해 이성 중심, 현세중심의 근대적 사유의 한계를 넘어설 수 있는 불교적 사유를 확장시켜 나가고, 현대 사회의 제반 문제들을 치유하고 극복할 수 있는 생명, 생태주의의 가능성을 시 속에서 모색하고 있다는 점에서 우리시의 새로운 지평을 열어가고 있다는 평가를 받을 수 있다.

이러한 점은 1990년대에 주목받았던 정신주의 시들이 삶의 구체적 세목들을 시속으로 끌어들이지 못해 추상성의 한계를 극복하지 못하고, 다채롭고 활달한 상상력을 발동하지 못해 시의 진폭과 사유의 지평을 더 이상 확장시켜나가지 못한 점과 비교된다. 시인의 「마음經」 연작은 이러한 한계를 딛고 나아가고 있다는 점에서 시사적으로도 큰 의의가 있다.

5 · 맺는 말 — 도道와 궁행躬行의 길

대하와 같이 흘러온 시인의 40여 년의 시력(詩歷)은 산과 인간의 마을 들을 지나 마침내 하구에 닿았다.

시인은 우리사회가 급격히 산업화·도시화 되면서 긴 세월 동안 유지되어오던 소중한 가치들이 뒷전으로 밀려나고 그 자리에 휘황한 물신주의가 자리잡아가던 1970~80년대에, 고향과 한학의 정신을 기반으로 잃어가고 있는 가치에 대한 인식과 각성을 촉구하며 독보적인 개성을 구축했다.

또한 새로운 세기를 앞두고 인간 내면을 새로운 유토피아로 설정한 뒤, 이의 성찰을 통해 보다 인간적인 세상을 구현하고자 했고, 내면의 주인공인 마음을 화두 삼아 불교적 사유와 상상력을 통해 생명, 생태의 존엄과 가치를 확인시켜 주었다.

시인의 시력이 무엇보다 감동적인 것은, 시인이 각 시대마다 자신에게 다가온 질문을 피하지 않고 늘 긴장을 유지한 채 창작을 지속해 나갔다는 점이다. 하구에 이른 후기의 시 세계도 마치 강과 바다가 서로를 밀고 당기는 하구의 격전지처럼, 새로운 도전과 긴장 속에서 이루어지고 있어 감동을 배가 시킨다.

이러한 도전과 긴장의 근간에는 매일 도(道)와 궁행(躬行)을 실천해 나가는 시인의 정신과 혼이 배어 있다.

> 황사 바람이여 지난 시절 그 4·19, 5·16, 5·17 속에
> 누가 장대 높이뛰기를 하였는가
> 나는 어디에 고개 묻고 있었는가
> 비닐 씌운 두둑에 고추모 옮겨 심고 멍석 딸기꽃 밑에 마른 짚 깔기
> 젖먹이 기저귀 갈아주듯 깔아주며
> 언젠가 풋딸기들이 뾰족한 궁둥이로 편히 주저앉을 것을 생각하는
> 나날의 이 도道와 궁행躬行은 얼마나 사소한가 거대한가
> 풀먹여 새옷 입듯이

마음 벗고 껴입는

－「황사 바람 속에서」 부분

이 작품은 역사의 격변 속에서 시인과 지식인으로서 자신의 참된 위치와 역할이 무엇이었던가에 대한 질문을 배경으로 깔고 있지만, 보다 중요한 것은 시인이 나날이 도와 궁행을 실행에 옮기는 실천궁행(實踐躬行)의 일상을 선취하고 있다는 점이다. 이러한 선취는 앞서 살펴보았듯 시인의 몸에 농사꾼의 피와 선비의 피가 늘 흐르고 있기 때문에 가능했다.

시인의 고향은 「돌모루 마지막 이장의 편지」에 붙은 후기 '2002년 말 돌모루의 주민이 가산 일체를 수용당하고 강제 이주하였다'에서 알 수 있듯이 이제 지도상에서는 찾을 수 없다. 또한 시인이 매천 황현이나 손곡 이달을 추모하며 기리던 한학의 정신 또한 현실에서는 절멸되어 가고 있다.

하지만 시인이 40여 년의 시력에서 보여준 나날의 도와 궁행의 실천은 "내면 있는 것들만이 세상을 이룩하고 있다"(「시골에 살리」)는 가르침과, "살아있다는 것이 얼마나 장엄한지"(「마음經 47」)라는 전언으로 생생하게 살아있다.

2부 시인론·시집 서평·해설

체험에서 우러난 정신의 해방

—선비정신, 그리고 온기溫氣 읽기

김강태

홍 신 선 시 인께

인사할 겨를도 없이 이번 탐방 기사는 우울한 이야기부터 해야겠습니다. 가끔 만나서 얘기 나누고 불콰히 젖다가 갑자기 지면에서 엄숙히(?) 대면하려니 어색하기 그지 없네요. 홍 시인님, 아니 신선이 형! 그동안의 안부를 살피기가 낯 부끄럽습니다. 허망하게도, 형이 졸지에 친제(親弟)를 잃는 횡액을 당하고 잠시 황망한 사이 삼우제가 끝나기도 무섭게 허겁지겁, 이런 만남에 응해줘서 고맙기만 합니다. 그러고 보니 올해 들어서 지인 정의홍 시인(대전대 국문과 교수)과 영원히 헤어지고 얼마 되지 않아 다시 아우마저 떠났으니, 여기 남은 사람들은 그저 안타까운 마음 뿐입니다. 그러나 형은 동생 일을 아무에게도 끝까지 알리지 않았지요. 주위에 그 점을 서운해하는 이들이 참 많습니다. 나는 이렇게 생각하지요, 형의 전형적인 내밀한 성격 탓이라고. "추석엔 다 내려왔다. 어디선가 기별도 없이 못 오는 아우./ 오는 길도 기다림도 다 치우고/ 고만고만 쭈그리고 앉아 큰방에서 차례(茶禮)를 기다렸다./ 눈이 작아 겁이 없던 아우를/ 깊은 어둠 속에 잘 숨던 그"(「추석날」)라는 구절이 눈에 들던데 형, 혹시 제2시집 『겨울섬』(평민사, 1979)에 등장하는 시적 자아인 '아우'가 '그'가 아닌지요. 이제는 '깊은 어둠 속에 잘 숨던 그'를 만날 수 없게 된 지금, 형이 '어디선가 기별도 없이 못 오는 아우'의 죽음을 이미 예견했던 건 아닌가요···. 이제부터 형이 '고만고만 쭈그리고 앉아 큰방에서 차례(茶禮)를 기다'릴 생각하니 마음이 아프기만 합니다.

더구나 장의 예식을 치르면서 내내 당신의 아버님 때문에 한이 더욱 맺혔다구요 몇 년째 치매증으로 고생하신다던데. 실상 형을 만나기 직전, 「혼자 부르는 이름 하나」라는 시와 작품 「치매」 및 감태준 시인의 해설(『좋은 詩 95』, 삶과꿈, 1995)을 읽었지요. 끄트머리 '홍신선을 보고 싶다'에서 감 시인의 후덕한 정이 넘치더군요

> 아버지 속의 생판 다른 아버지가 기웃이 내다보며 물었다
> 니가 누구냐
> 어머니가 울고
> 막내딸이 부엌 구석에서 눈가를 찍었다.
>
> ─「치매」 부분

> 헤밍웨이와 川端康成은 치매증상이 오기 전에 자살을 했다. 이런 생각을 하면서 시인은 '내 안에서 웃는 누군가의 웃음에 온몸이 흔들린다'고 말한다. 시인이 강조하는 것은 치매와 관련시킬 때 자아 속에는 또다른 자아가 있을지도 모른다는 점이다. 홍신선을 보고 싶다.
>
> ─감태준, 「치매」 '해설' 부분

응, 나 미칠 뻔 했어. 아버님이 말야, 동생 죽음 때문에 집이 시끌하니까, 내게 물으시는 거야. 얘, 집에 무슨 일이 났냐야? 예, 아버님. 둘째가 죽었어요, 둘째가. 무어? ···그거 참 안 됐구나. 그러다가 3분도 안 되서 또 물으시는 거 있지. 애야, 무슨 일이 있냐야? ···. 그래애? 그거 참 안 됐구나아.

신선이 형, 늦은 시간까지 우린 신촌 어느 집에선가 아무 말 없이 잔을 들이켰지요. 나도 할 말이 없었습니다. 그 자리가 몇 차였던가요. 그때 나는 가신 엄니를 생각했습니다. 문학이라곤 전혀 모르는 분이 아들 자취방에 오시면, 내가 버린 원고지를 빠짐없이 다림질해 차곡차곡 챙겨놓으시던 어머니. 꼭 9년 이상을 뇌졸중으로 몸부림치다가 홀연히 떠나셨지요. 엄니의 굳은 뼈마디를 다림질해 드리겠다며 그렇게도 다짐했는데―. 벌써 '88년도'의 일입니다. 모처럼 그 날은 형의 따스한, 깊고 무거운 정감을 느낀 시간이었습니다. 그래요, 형은 항상 내면에 온정이 넘치는 사람입니다. 한 가지, 형의 시집을 일독하며 얻은 착상은 '1970년대에서 1980년대 중반까지' 당신의 시를 기억해주는 이들이 매우 많다는 사실입니다.

외 마 디 論

얼마 전 일입니다. 형과 인터뷰를 약속하고 나서 저간의 사정으로 인해 여러모로 열불나서 책을 꺼냈지요. '카프카론'인 「소수집단의 문학을 위하여」(들뢰즈·가타리 공저, 조한경 역, 문학과지성사, 1992.) (나야 뭐, 문자깨나 있듯이 겁없이 혀 놀려댄 걸 들통난 지 오래지만.) 프란쯔 카프카. 지적인, 퀭한 눈동자. …우리가 모두 한번쯤은 미쳤던 남자 카프카. 그에게 코믹하고 희열에 찬 구석이 있었다니 참 놀랍지요? 그의 소설 구성 요소 중에 '어두운 경구, 경건한 잠언 형태의 텍스트들'(p.81)이 있다는 지적도.

형의 겉 이미지와는 전혀 상반된 그를 역설적으로 발견하는 동시에 나는 매천(梅泉) 황현(黃玹) 선생(허경진 역, 『목숨을 끊으며』, 동천사, 1985)을 떠올렸습니다. 화급한 판단으로 형에게서 이 둘을 읽었다는 건 어울리지 않는 발상임을 인정합니다. 그러나 이것은 내 현실적 독서 체험의 소산이지요. 들뢰즈 등이 카프카를 이야기하는 자리에서 밝힌 '외마디론'(p.16)은 특히 인상적이었습니다. 그리고 주인공 카프카에 대한 기술이 형의 작품을 이해하는 데 도움이 되었다면.

카프카의 흥미를 끄는 것은 언제나 '자기 자신의 파멸'과 관계를 맺는 밀도 높은 소리의 순수 질료이다. 그것은 탈영토화된 음악적 소리이며, 의미화·작곡·노래·말을 피해가는 <u>외마디</u>이며, 지나치게 의미화된 연결의 고리를 벗어나기 위해 몸부림치는 파열음이다. 전체적으로 단조롭고 의미 없는 소리에서 유일하게 중요한 것이 있다면 그것은 밀도(密度)이다. (밑금 : 글쓴이)

마치 에드바르트 뭉크의 그림 「절규」를 읽는 듯한 기분이 들지만, 제5시집 『황사 바람 속에서』(문지, 1996)에서 형만의 '외마디'를 접합니다. 형이 1965년 『시문학』으로 등단한 뒤, 시각적 언어를 차용한 언어 구사가 뛰어난 이번 시집은 단박에 형의 위치를 새삼 인식케 해준 귀한 산물이었다고 확신합니다. 어찌 보면 신선 형에 대한 '외마디론'은 순전히 카프카를 단적으로 지적한 들뢰즈·가타리 제씨와 나를 위해 번역해준(?) 조한경 교수 덕택이네요. (그가 번역한 죠르쥬 바따이유의 『에로티즘』도 신선하게 읽었습니다. 이성적 인간이 되기란 그만큼 어려운가 보죠.) 형의 독특한 감성성과 인간적 이성성이 돋보이는 이번 시집은 오랜 만에 후배들에게 내적인 즐거움을 준 역작입니다.

낡은 마을
설거지 끝낸 집들은
온종일 나가 떠돌던 축생畜生들
워어리워어리 불러들이고
눌은 밥 주고
대문 지치고 돌아선
내 등짝
가벼이 가벼이 치는
아직도 잰 걸음으로 울며 떠다니는
안면顔面마다 밝기 최대한 올리고 떠다니는
싸락눈

울 뒤 텃밭의 쑥갓과 상추들이
새카맣게 마른
똥덩이 사이에서
싱싱하다 두루마기 벗고 선
동저고리 바람의 몇 줄
조선 기개들.

점심에는 몇 움큼 뜯어다
무심히
적막강산을 싸서
쌈을 먹는다.

죽음과 삶이 본디 그렇게 가깝다.

－「거리」 전문

전자는 시인의 '심법 읽기'라고 생각합니다. "온종일 나가 떠돌던 축생
(畜生)들/ 워어리워어리 불러들이"는 시인의 심성이 '싸락눈'으로 형상화했
네요. 따뜻한 싸락눈? 후자는 '조선 기개들'이 돋보이는군요. 이를 "몇 움큼
뜯어다/ 무심히/ 적막강산을 싸서/ 쌈을 먹는" 시적 자아의 행위는 가히 눈
물겨울 정도로 푸근합니다. "새카맣게 마른/ 똥덩이 사이"의 '쑥갓과 상추'
에서 '조선 기개들'을 발견하는 시인의 눈을 보세요. 마지막 구절이 본색을
드러내서 좀 걸리지만 전편을 흐르는 묘사력이 놀랍습니다. 그런데 왜 '죽
음과 삶'의 거리를 생각했을까. 이것도 형의 또 다른 '외마디'인가요.

카프카에게 다각적으로 출몰한다는 '외마디'는 지은이들의 말대로 '밀도
높은 소리의 순수 질료'이며 '지나치게 의미화된 연결의 고리를 벗어나기
위해 몸부림치는 파열음'으로 충분히 이해하지만, 이를 형의 작품에 전이
시켜 생각할 참입니다. '황사'란 회오리일 것이요, 나아가 1980~90년대의

혼란한 시대 상황과도 맞물려 있을 것. 블랙홀과도 같은 혼돈기, 이 시대를 형은 누런 바람으로 몰아칠 태세를 갖춰서 믿음직하지만, 한편 그 바람 속에서 오랫동안 칩거한 채 무엇을 했는지 엄중히 되묻고 싶습니다. 원래 과작(寡作)이지요, 형은. 난 그러나 당신을 게으름뱅이로 꼽는 데 주저하지 않습니다. 아래서 언급하겠지만 「김구장의 축문」(제4시집 『다시 고향에서』, 문학아카데미, 1990)은 형의 혼재된 내면(시대 인식)을 질서롭게 그려냈다는 평가를 받았습니다. 그렇다면 벌써 그 시와 같은 '축문'이라도, 아니 선언성 주문이라도 계속 남발했어야지요. 그만큼 적당한 거리를 적당히 비켜서 있었던 것 아닙니까. 그야말로 멀리서 시위대를 바라보며 뒷짐 진 군중의 한 사람처럼 —.

> 칠대조 오대조는 무혈무맥(無血無脈)한 밭두둑에 면례하고 가승(家乘) 어디다 이을까, 끊긴 마음 몇 겹으로 처매고 뒤척입니다. 칠월비 뜯고 벌초했습니다. 남들 이삭 패어 새카만 풀씨 달 때 시절 모르는 며느리 밑씻개꽃 두엇만이 넋 놓고 피었습니다 밟힙니다. 이즈막엔 늦여름 된볕에 검은 녹두나 동부 광쟁이 따러 웃밭에 여남은번씩 올라 다닙니다 탁탁 버는 소리에 깜짝 놀라 뒤돌아 봅니다. 등 뒤에 다가와 뜬 수척한 가을하늘.
>
> —「김구장金區長의 축문祝文」 부분

1980년대 이후, 형이 문단을 버렸든 문단이 형을 도외시했든 책임은 쌍방 모두에게 있다고 생각합니다. 자기만의 정체성을 찾는다고 겨울 동면으로 오랫동안 칩거한 사실은 지탄받아 마땅하지요. 누가 형을 철저한 아웃사이더로 만들었습니까. 그중 팔 할의 많은 책임은 홍신선 시인, 당신이 져야 합니다. 그것은 당대 선의의 '문예 부흥'에 대한 직무유기죄에 해당되기 때문입니다. 내가 할 소린지 모르지만, 우리는 주변에서 괜히 고고·우아한 문인들을 많이 만납니다. 그들은 시대를 탓하고 자기 문학을 애달와 하곤 합니다. 자기 고집이나 '문학 애호'는요, 꼴값잖게도 엄청납니다. 형의 생각은? 올해가 '문학의 해'라구요. 그래서 비싼 돈 들여 호화판 행사나 하고 문인들에게 초대장이나 보내면 되는 겁니까. 그래서, 행사에 참여하는 문인이 몇이 있습니까. 그런 곳에 익숙치 못해 촌시러운 '보통 문인'들은 그저 면구스러워서……. 난 그런 걸 받을 때마다 곧바로 찢어버립니다. 오라고 해도 안 온다구요? (행사, 좋아하시네.) 개인 자격으로 말할까요. 정부가 유명(?) 문인에게 철판 훈장이나 줄 게 아니라 현실적인 여건부터 해결토록 애써달라고 엄숙히 요구합니다. 모든 작가에게 골고루 적용되는 원고료부터 현실화하고 힘든 출판사도 지원해줘야 합니다. 명망 있는 출판사나 예술을 진심으로 사랑하는 후원자(혹은 딜레탕트)가 있어, 시인이 시집 한 권 분량을 몇 년 동안 쓸 수 있도록 배려하는 문화 풍토 조성을 강력히 요망합니다. 정신과 물질을 함께 나누자는 겁니다. 예로부터 바른 문인들은 배부른 자가 없었습니다. 정신을 옳게 비워내느라고 물질을 생각할 틈이 없는 게 당연하지요. 폼쟁이들을 위한 말이 아니라 싹수 있고 진솔한 문인들을 끈질기게 도우라는 겁니다. 애초 글쟁이를 꿈꿀 때는 이미 순수한 무욕을 전제했지요. 문화 위정자들은 작가를 위해 대체 무얼 고민해주는지 모르겠네. 멍청이, 바보! 시집 한 권 제대로 사지도, 읽지도 않으면서! 이거, 모두 유배지로 보내야 합니다. 벼슬하고 임금 총애를 받다가 파쟁에 휘말려 유배당한 옛 문인들을 볼 때, 유배지에서 책 읽고 공부한 이들이 꽤 많음을 볼 수 있습니다. 형도 즐겨 얘기했던, 두륜산 일대를 배회했다는 고산 윤선도, 그리고 추사 김정희·다산 정약용·매월당 김시습 등등. 거기에 다산의 평생 저서는 1권이 모자라는 500권, 저술에 몰두할 때는 궁둥이가 짓물려 터지기도 했고 팔꿈치는 굳은살이 박히기도 했다니 그저 경악할 따름입니다. 내가 형을 좋아하는 이유는 가슴이 따뜻한 남자이기 때문입니다.

그러고 보니, 오늘날은 각자의 가슴 안에 진정한 유배지를 만들어야 하지 않나 생각합니다. 시인들도 가슴마다 감옥을 만듭시다. 쓸 때마다 신성불가침의 철감옥을 만드는 작가 이외수(!) 그의 정신처럼 어쨌든 진실한 자기에로 이르는 길, 바로 그 길을 방황해야 하지 않겠습니까. 이 글을 쓰면서 장영주의 멘델스존을 들었습니다. '빈 필'과 주빈 메타의 지휘 모습도 읽으며 움직거리는 각 연주자들의 손길도 훔쳐보았습니다. 영주의 웃음 뒤에 묻은 황홀경·무아지경과 완전히 자신의 심포니에 젖은 주빈 메타의 얼굴, 얼굴· 나는 영주의 웃음 속에 묻어있을 고통과 주빈 메타의 땀에 전 표정을 엿보면서 그들만의 '독실한 감옥'을 발견했습니다. 평범치 않은 음의 빛깔, 기교를 벗어난 무기교의 완벽한 듯한, 달콤한 애상적 울림. 정경화의 표정과 장한나의 첼로를 만날 때처럼, 누가 뭐라든 간에 문학에 있어서만은 난 영원한 열혈 청년이고 싶습니다, 신선 형. 시집『황사 바람 속에서』에서는 매천 황 현 선생을 만날 수 있었습니다. 곧 '선비정신'이지요. 사람됨이 호방하고 시원스러웠으면서도, 모가 지고 꼬장꼬장했다는 그 매천 선생 말입니다.

> 나는 (벼슬을 안했기에) 죽어야 할 의무는 없다. 그러나 조국이 선비를 키운지 오백 년이나 되었는데, 나라가 망하는 날에도 국난(國難)을 위해서 죽는 사람이 하나 없다면, 어찌 통탄할 노릇이 아니겠는가.
> —황 현,『목숨을 끊으며』, 동천사, 1985, p.8.

한국이 왜놈들로부터 망할 때 자결한 이가 매천 선생(물론 동학군에 대해 임금에 대한 반역으로 비난한 모호한 역사의식도 뵈지만)만은 아니었지만, 발문 형식의 황 현 전기를 쓴 김택영이 그의 시에 대해 '매우 맑고 굳세다'고 전제한 뒤 선생이 절개를 지키다 몸을 버린 여러 사람들을 많이 시로 읊은 점을 '천성 좋음'과 '그들의 절개를 아름답게 한 것'으로 극찬했지요. 이 글은 매천뿐 아니라 요즘 매명(賣名)하는 시인들의 '절개'를 새삼 생각케 하는 귀한 구절이기도 합니다. 그리고 보니 형의 예스러운 선비정신은 제4시집『다시 고향에서』에도 차갑게 등장하더군요.

> 죽으면 어디 강진만 갈밭쯤에나 가서
> 육괴(肉塊)는 벗어서
> 시장한 갯지렁이 시궁쥐들의 뱃속이나

소문 없이 채워주고
그래도 남는 것이 있으면
찬 뼈 두 낱 정도로 견디다가
언젠가는
그것도 다아
이름 없는 불개미 떼나 미물들에게
툭툭 털어
벗어줄 일이지

쇠막대 울 앞
애꿎은 시누대들만 수척한 띠풀들 사이 끌려나와서
새파랗게 여우눈 맞고 있다.

— 「부도浮屠」 전문

　이건 완전한 불교식 공양(供養)이지요. 황동규 시인의 「풍장」 시편과도 맥이 닿습니다. 허기야 '선비정신'을 이야기할 때는 지훈 선생을 논외로 쳐서 되나요. 그래도 이 작품을 접하면서 놀라운 가슴 쓸어내리기가 쉽지 않습니다. 세상에, 육신의 고깃덩이(=육괴)는 벗겨서 "시장한 갯지렁이 시궁쥐들의 뱃속이나/ 소문없이 채워주고/ 그래도 남는 것이 있으면/ 찬 뼈 두 낱 정도로 견디다가/ 언젠가는/ 그것도 다아/ 이름 없는 불개미떼나 미물들에게 / 툭툭 털어"준다니요. '새파랗게 여우눈 맞고 있다'는 구절 중, 눈[雪]을 노래한 대목에서는 마치 매천의 치욕의 암울한 눈[眼], 형의 치열한 시(詩)의 눈[眼]을 읽을 수 있었습니다. 그렇지만 2연이 없었다면 단순한 허무주의로 전락할 위험이 많았겠지요. 여우눈(맑은 날에 언뜻 뿌리는 눈인가요)을 '새파랗게' 맞고 있는 모습이란, 딴은 앞에서 일부 언급한 매천의 「絶命詩」(목숨을 끊으며: 허경진 옮김)와 같은 계열이 아니겠습니까.

鳥獸哀鳴海嶽嚬　새 짐승도 슬피 울고 강산도 찡그리네.
槿花世界已沈淪　무궁화 이 나라가 이젠 망해버렸어라.
秋燈掩卷懷千古　가을 등불 아래서 책 덮고 지난 역사 생각해보니,

難作人間識者人   인간세상에 글 아는 사람 노릇 어렵기만 하구나.

그리고 매천 선생은 '죽기도 쉽지 않더군. 약을 마시려다가, 입에서 약사발을 세 번이나 떼었다네. 내가 그처럼 바보같다니.'(p.7) 하며 진한 인간미를 풍기곤 숨을 거두었지요. …형의 '절명시'는 무엇입니까. 무엇이 형으로 하여금 「부도(浮屠)」나 「김구장(金區長)의 축문(祝文)」을 쓰게 했습니까. 저 앞에서 인용한 시 '축문'의 제사(祭祀) 대상은 누구이며, 또 무엇을 그토록 고하고 싶었습니까. 감히 매천 선생에게 비긴다는 것이 무례한 일이며 또 형도 원하는 바도 아니겠지만.

화제를 돌려, 이제사 형의 안방 친구 노향림 여사를 이야기 속에 끌어들입니다.
지금부터 내가 숨긴 카메라눈을 잘 살펴 보시지요.

장면 1   노향림 시인의 방. 홍(洪)이 나타난다.
장면 2   홍신선 시인의 방. 노(盧)가 나타난다.
노향림·홍신선. 둘이 키를 갖고 있다. 둘이 외출해 돌아오면서 헤어지지 않고 아파트(마포구 신수ⓐ. C동 206호) 입구를 향해 들어온다. 그들은 아파트 문(☎ 715-3240)을 열고 차례로 들어간다. 둘은 현재 같은 주민등록지 안에 거주하고 있다. 둘은, 그러므로 불륜 사이거나 동거 아니면 부부일 것이다. 둘은 문단에서도 보기 드문 부부 시인이다. 그런데 둘은 전혀 부부같지 않다. 오래 살면 닮는다던데…. 그들은 그렇지 않다. 둘의 시 역시 닮지 않았다. 둘은 하나이면서 각각이다. 자신의 행적을 잘 알려주지 않는 홍 시인. 일상의 '의리'와 '술자리'는, 홍을 가끔씩 집에서 멀리 있게 한다. 오래 전 처음에 두 사람을 대학로에서 만났을 때 부부라고 해서 나는 아니라고 우겼다. 그럴 리 없다, 그럴 리가 없다! 그런데 둘은 부부였다. 지금은 역시 부부가 맞다고(어울린다고) 생각한다. 노향림의 말투-그녀는 남에게 남편을 곧잘 못마땅해 은근짜 흥보듯 한다—에서 반어적으로 남편 홍신선을 끔찍이 생각하는 걸 느낀다. 노 씨가 홍 씨에게 프로포즈한 걸까. 그렇다. 전형적인 화성 시골 양반 홍 씨가 먼저 사랑 동냥을 한 것 같진 않다. 여자가 남자에게 먼저? 그 시대에, 세상에. 그런데 그게 아니었다. 물어보니 어림없다는 투였다. 형이 꼬였다고 쿵쿵댄다. 그를 문단에 내보내주신 김현승 시인(2차 심사는 지금 와병 중이신 이형기 시인), 그 분이 바로 홍·노 커플을 만들어주신 장본인이다. (그는 1965년에 데뷔했다.) 1969년 어느 날 홍은 김현승 시인을 만난다. 수색역 앞 '수색다방'이라고 기억. 평양 시절, 축구 선수였다는 김현승 시인은 티비를 통해서 축구 시합을 열심히 관전하고 계셨다. 그때 옆에 여류가 있었는데, 바로 노 여사였다! 서로를 소개하며 자장면을 사주신 김현승 선생과 헤어진 홍은 노를 종로로 데불고 나와, 처음 생긴 호프로 환심 사며 그녀를 유혹(?)한 것. 그러다가 와글와글, 홍이 노를 드디어 꼬인 것이다. 1970년 12월 결혼. 형은 커피를 그렇게나 좋아하시던 김현승 시인을 평생 잊을 수 없단다. 아리따운 각시를 통째로 얻었으니.

그래도 나는 궁금하다. 이쪽 여자는 능동적이고 저쪽 남자는 수동적이다. 두 시인의 일상과 시인적 삶은 어떤 모습일까. 다를까. 한동안 나는 그와 그녀가 '부부 싸움을 어떻게 벌일 것인가'에 대해 생각한 적이 있다. 홍신선 형이 양반이라서 싸움이 이뤄질 것 같지 않은데. 그렇다면 누가 이길까. 노 여사는 거침없다. 진솔하다. 남의 생각이 어떻고가 별 상관없다. 그렇다고 그녀가 별난 짓을 한다는 게 아니다. 그녀는 놀랄 정도로 진한 동심을 지녔다. 순수하다. 「압해도」의 주인공, 시인 노향림. 그녀를 기리는 시비가 압해도 주민들에 의해 얼마 전(1996. 10. 5. 토요일)에 세워진다. 그리고 홍신선 시인은 바로 전에 『황사 바람 속에서』를 펴낸다. 부부의 경사다. 시인의 『다시 고향에서』 이후 여섯 해 만이다. 『현대시사상』 1996년 가을호를 보면, "어디에 갔을까/ 맨발로 바다에 간혀 떠도는/ 그대의 혼. 누군가 자물쇠를 풀었다. 드러난 파도의 건반이 아득하고/ 햇빛들은 부서진 상념처럼 튀어오르고 있다"(「추억」)는 시구가 보인다. 이 글이 홍 시인의 냄새라고? 천만의 말씀. 또 다른 한쪽 노향림 시인의 '압해도 85'라는 부제가 붙은 작품이다. 그녀의 시는 사람의 근본적인 외로움·고독·무의미 등이 진하게 묻어 있는데, 이 작품 역시 「압해도」 연작을 마무리해 가면서 그녀의 말대로 한결같이 '시는 곧 나 자신'임을 더욱 강고(强固)히 고백하고 있다. 시의 다른 갈래를 취하면서도, 읊조림이 같은 입술 형상이다. 홍 시인은 오래 전부터 매일 수원대 국문과 연구실(☎ 0331-220-2380)로 출근한다. 곧바로 도서관장실(☎ 220-2390)로 들어간다. 강의가 없는 날에도 그는 매일 출근하고 있다. 단단히 일과 중노동에 '잡혀'있다.

이 글을 쓰면서 뒤늦게 독자에게 들려줄 고백이 있다. 이미 눈치를 챘겠지만 홍 시인은 나의 대학 선배이다. 처음엔 좀 난감했다. 독특한 기획물 「커버 스토리」는 당연히 공적인 성격을 띤다. 누구를 다룬다 해도 '공식적'일 수밖에 없다. 그런데 홍신선 형에게만은 사적인 것이 더 좋다. 왜냐하면, 가까운 사이로써 그를 더 확실히 독자에게 공개할 수 있기 때문이지만, 거저 추켜올리기는 싫다. 이건 시인에 대한 신성 모독이다.

그의 시에 대한 기억은 5년 전으로 거슬러 올라간다. 몇몇이 강화도 마니산을 찾을 때였다. 동행한 윤제림 시인이 『다시 고향에서』를 읽다가 말한다. "홍 선배의 시가 이상해졌어, 그렇지 않수?" 나도 끄덕였다. 건방진 생각으로 형의 시는 그전 것이 아니었다. '평범한 것이 가장 비범하다'는 일관된 고집(아름다운?)·주장을 지속적으로 잇는 듯이 보였다. 이러한 진리란 대체로 예술 작품의 경우, 한계가 있는 게 아닐까라는 덜 익은 후배 시인들의 넋두리였지만.

그리고 다시 6년 후. 1996년 초여름, 그새 몇 번의 만남 끝에 산정호수에서 벌어진 국문과(한국어문학부) '창작교실'에서 본격적으로 재회한다.

이런 경우는 대개 서로 마음의 문을 여는 법. 한 잔을 나누면 나도 분위기에 마구 젖는 편인데, 그는 자기나 남 애기를 거의 꺼내지 않는다. 물론 남을 흉보는 일이 전혀 없다. 내가 뭐라고 불만을 터뜨리면 기껏, '…그래서 그랬겠지 뭐.' 한다. 중요한 것은 늘 타자(他者)다. 무슨 말을 물으면 그저 듣다가 웃는 듯, 비스듬히 웃는 듯 별 말이 없다가 조용히 술만 들이키는 그는 정말 지독한 '양반'같다. 때때로 이런 태도가 싫을 때가 있다. 조용하고 밋밋하므로. 그때 형이 어수룩히 한 말, '문학은 살아가는 자의 살아감에 대한 숨김 없는 이야기'라고 했다. 정직한 삶에 관한 잠언. 이런 내음이 진한 『황사 바람 속에서』를 접하면서 그를 다시 만날 꿈을 꾸게 된 것이다. 어쩜 그동안 움막 속에서 거적 깔고 지내오면서 세사를 '바람만 바람만' 바라본 1980년대에 대한 자기 고백성 시집일 것.

> 내 이제는 목숨 밖에서 다시는 발길 돌리지 않으리니
> 단호하게 깨어서 가리니
> 새벽은
> 옆방 전세 들어온 죽음처럼
> 듣는 이 있다고 소리 죽여
> 고요들로 줄 서 있다
>
> ─「세계의 한 모퉁이에서」 부분

무엇이 그로 하여금 '단호하게 깨어서 가'겠다고 아우성치게 하는가. "새벽은 고요들로 줄 서 있다"고 응시하는 시인의 터질 듯한 가슴을 보라. 메가톤급 엄청난 열량의 침묵이 우리를 멈칫거리게 하지 않는가. 지난 어리석음에 대한 깊은 회오의 그림자가 시적 자아를 덮친다. 시인은 쉽사리 제 몸을 감추지 못한다. 숙명적인 것. 그는 혼몽 중에 깨닫는다.

> 운명은 결코 뛰쳐나갈 수 없다는 것
> 장대 높이뛰기로도 시대의 담벽은 넘을 수 없다는 것을
> 알기까지는

얼마나 오랜 시간이 걸렸는가
그렇게 생각 안채로 들여보내고 하루를 네 귀 맞춰 개어 깔고
무심히 흑백 TV의 풀온을 당기면 떠오르는 화면,
꽃발 딛고 아득히 넘겨다보는
흐린 화면 너머의 더 흐린 화면 그곳엔 무엇이 있었는가
-「황사 바람 속에서」 부분

이 '황사'는 우리 역사의 소용돌이다. 시의 대부분이 회복 불능의 모진 치욕의 과거에 물들었다. 시적 화자인 '나'는 그때 어디에 있었는가고 되묻는다. 자신을 한없이 꾸짖는다. 작품 후반 '나는 어디에 고개 묻고 있었는가', 비루하게 외면하고 있었는가 하고 '시집 해설'에서 김춘식은 "영혼의 부재'를 통해 목숨 밖의 깨달음으로까지 그 시야를 넓혀 운명, 곧 삶에 대해서 성찰하기 시작"(pp.145~146)하며 "영혼과 마음의 눈" 쪽으로 지향한다는 이상성(理想性)의 핵심을 올곧게 짚은 바 있다. 이렇게 역사와 현실을 괴로워하는가 하면 정이 많은 시인이다. 그의 흠씬 배어나는 깊은 정은 정의홍 시인이 불의의 사고로 명을 다했을 때 쓴 글에 이렇게 처연히 나타나 있다.

정의홍은 갔다. 그의 느닷없는 서거 소식에 당시 나는 일이 너무 황당하다는 느낌을 주체하기 어려웠다. 대전행 무궁화 열차에 앉아, 그가 생전에 출퇴근을 위해 수도 없이 오르내렸을 바로 그 철길을 가고 있다는 생각과 함께 나는 짙게 깔리는 차창 밖의 어둠 속에서 운명의 본모습을 새삼 만나야 했었다. 그렇다. 나고 죽는 일을 어찌 사람의 뜻과 같이 할 수 있는 것인가.
-홍신선,『현대시』, 한국문연, 1996. 7.

슬픔인 듯 슬픔이 아닌 듯, 그의 아픈 가슴을 헤아릴 길은 없으나 '그가 생전에 출퇴근을 위해 수도 없이 오르내렸을 바로 그 철길을 (나도) 가고 있다'고 생각하는 홍 시인의 깊은 정과 심성을 가누기란 그리 어렵지 않을 것이다. 한동안 그는 죽음 의식에 사로잡힐지도 모른다. 죽음이란 자

기라는 개인의식에서 벗어나는 순간이며 "새는 죽는 순간에 슬픈 소리를 내지만 사람은 가장 착한 말을 한다"는 칸트의 말처럼, 이 고통스러운 명에의 시간이 그에게 '가장 착한 말'과 좋은 시를 더 쓰는 계기가 되기만을 충심으로 간구할 뿐.

하강이나 패배의 이미지들도 아름답다

신선이 형, '하강이나 패배의 이미지들도 아름답다'. 이것은 형이 수필집(『품안으로 날아드는 새는 잡지 않는다』, 청한, 1990)에서 한 말입니다. 「눈에 관한 명상」에서였지요. 왠지 형의 시에는 그러한 애틋한 그리움과 비애가 묻어 있습니다. 초기시에는 더욱 그랬지요. 아마 이것은 어릴 때 고향을 잃은 사건으로부터 비롯한 것이겠지요. 이미 어릴 때 고향을 떠나와 서울에 혼자 살며 실어증을 경험한 형이 '도서 대여점'을 드나들면서 문학을 알게 된 계기 하며, 한때 삶을 위해 영어 번역으로 지식 품팔이를 하던 김수영의 애처러운 삶을 접하면서 이어나간 문학에로의 열병·열정 등을 어찌 글로 다할 수 있겠습니까.

그 슬픔은 형의 초기시의 대명사인 양, 우리들 가슴에 다가와 머뭅니다. 홀로 키운 문학 열병이 촘촘히 찍어낸 '그리움이 지극함에 이르면, 그 지극한 그리움은 울음으로 터지게 되고, 흘린 눈물은 진주처럼 빛나고 영롱한 것이 된다'는 말은 박재삼·박용래 시인을, 나아가 형의 동향인 눈물의 왕 홍사용 시인의 엄청난 눈물을 직접 연상시킵니다. 어린 시절, 문학적 순수성을 감안할 때 자연스레 이들에게 탐닉했으리라는 점은 충분히 이해되는군요.

그렇지요. 형과 함께 공감한 바, 우리 시사(詩史)에서 이분들을 비롯한 많은 시인들은 보들레르가 말한 '알바트로스의 새'일지도 모릅니다. 오늘날의 외골진 시인을 두고 한 말로, 세속에 묻혀 걸을 때는 기우뚱대지만 비상할 때의 우아함을 지칭하는 저 '알바트로스의 새'. 외로움, 정신의 결핍, 사고의 궁핍, 핍, 乏, 乏, 乏 저들, 영혼이 가난한 이들의 외로움의 궁극……. 형, 그러고 보니 참 요즘 내가 좀 이상해졌어요. 쓸쓸함이란 낱말, 이 관념어가 좋아진 거 있죠. 지금의 나에게 쓸모 있는 거 있죠. 투덜투덜. 그런데 형도 이날따라 웃음이 조금 쓸쓸해 뵈데요, 중년에 걸맞지 않게……. 형만의 가을 냄샌가요.

그렇지만 분명한 것은 국외자로서의 1980년대에 대해서는 형이 스스로 책임져야 한다고 생각합니다. 최근 5년 동안은 작품이 될 때까지 기다렸다고요? 아닙니다. 형은 두루뭉수리 적당히 기다린 거죠. 그때 안동대학의 큰애들에게 육두문자를 써가며 소일했던 형이 큰 사물에만 거대 담론이 있는 것이 아니고 새알 같은 미시 담론에도 도(道)가 있음을 알아챈 다음, 형이 시를 썼습니까, 연애했습니까. 이젠 서사(이야기詩) 쪽의 작품은 서안(書案)에서 물리셔야지요. 다음의 의자를 위해 빈 틈을 남겨 놓으셔야죠. 그날 형은 이런 고백을 했지요? '어떤 중압감·구속에서 벗어나 정신적인 가벼움으로 시 쓰고 싶다'고 단, '체험 속에서 우러난 작품 세계를 구축하고 싶다'고 향기 있는 꽃일수록 자기 세계를 갖고 있다, 대상이 각각 다르게 현존하므로 각기 피는 세계에 대한 아름다움을 쓰고 싶다, 특히 한시(漢詩) 쪽의 고결성·간결성을 추구하면서 가능하다면 철학 쪽으로 여운 있는 시를. 이런 말들을 분위기에 젖어 듣노라니, 나의 정신이 형의 매운 '얼차려'에 의해 깨어나는 듯합니다. 후배와의 약속이 이젠 공식사항이 됐으니 꼭 지키셔야죠.

첫 시집 『서벽당집』(한얼문고, 1973)을 펼치니 시의 처음이 오롯합니다. '서벽당'이란 '쪽빛 푸름이 깃드는 집'이 되겠는데 웬일인지 이 시집은 잔잔한 허무감이 노을빛으로 깔려 있어 좋습니다.

누가 죽어서
저 들판의 대머리 빗기며
묵묵히

공허가 되어 와 섰느냐.

이제 이 세상에서
자네의 꿈은
저 들보리밭에 우는 산꿩 소리에나
남아서
꿔구엉 꿔구엉
제 속을 제 속의 멍을
속속들이 다 뒤집어
허공에 허옇게 주느니

허공에 허옇게 들린
산꿩소리나
받아들고
누가 묵묵히
공허가 되어 와 섰느냐.

― 「산꿩 소리」 전문

형. 꿩이 '꿔구엉 꿔구엉' 운다구요! (걔들 울음소리의 형상화라니.) 그 소리가 허무 내음이 짙은데도 '공허'가 한낱 빈 것으로 다가오지 않아 신비롭습니다. 아하, 공허나 허무가 이렇게 우아하게 감지될 수도 있구나. 제2시집 『겨울섬』의 「불볕」도 흥미롭군요.

불볕들에게 허리와 궁둥이
겨드랑이
죄다 들어내주고 풀들이 소리 죽인다.
밋밋하게 등 구부려
모래둑에서
뜨거운 손으로 불볕들은 더듬는다.
마음 부릅뜨고 거듭 죽인 소리까지 더듬는다.
더듬는 손끝에도 묻어나지 않는

저 죽인 소리 거듭 죽인 슬픔만이
우리들 거예요 더듬으세요
서로 서로의 등에 숨어
코 부비는 풀들, 소리 죽이고

−「불볕」부분

나의 설익은 솜씨로 굳이 가획할 필요가 없지만, 땡볕이 "마음 부릅뜨고 거듭 죽인 소리까지 더듬는" 풀의 존재는 다분히 민중 의식의 발로로 보입니다. "저 (마지막까지) 죽인 소리 거듭 죽인 슬픔만이/ 우리들" 것이므로 한 없는 애정으로 '더듬'어보자는 희망사항이 언뜻 읽힙니다. 함부로 흉내내기 어려운, 참 너른 가슴입니다. '타는 목마름'인가요. 이 작품 끝에는 유별나게 "생활, 일상, 나를 얽어매는 정신의 자유를 묶어오는 괴물이 싫어진다. 어디 시만을 생각할 수 있는 진공은 없을까"라는 시작 노트가 실려 있더군요.

시집 해설 뒷면에서 시인 황동규의 "변화와 함께 직접적인 정황 묘사, 감각의 해부, 극적 독백 등등"(p.76)의 목소리를 들려준다는 지적에 공감합니다. 뒷이어 친구 박제천 시인(형이 소설에 젖었을 때, 시의 길로 안내해 주었다구요)의 우정 어린 글에서 "그의 시가 추구하고 천착해온 한 인간의 양심, 삶의 갈등 속에서 예리하게 추출해내는 영혼의 아픔, 이 시대의 모래바람을 등에 받는 정신의 높낮이가 한국정신사의 한 수위로 기록될 만한 가치가 있다"는 글(pp.73~74)도 소위 바둑 용어인 '비마(飛馬)'처럼 잽쌉니다. 나의 경우, 지난 1970년대 중반 "비여/ 말없이 번쩍이는 회초리 들을 들고/ 저 앞들을 만들며 서 있다"(「수원지방」)는 시구를 보고 얼마나 좋았는지⋯. 평론가 홍기삼은 이 시기의 작품 경향에 대해 "도시적인 삶을 농촌에서 보고 현실의 문제를 농촌의 풍경 속에서 거꾸로 찾아 내는 날카롭고도 근심어린 눈"이라고 언급하고, 이것이 "포에지에 의해서 훌륭히 보완"(『동아일보』, 1977. 8. 31)된다면서 무한한 신뢰를 보낸 바 있지요. 시선집 『삶, 거듭 살아도』(문학예술사, 1982)를 함께 보실까요.

물빠진 갯고랑. 삭은 시간들 삭은 물에 이어져 잠겨 있다.
일직선, 버려진 마음들로 쌓아올린 방파제까지
나문재 나무들 줄지어 나가 있다
뻘에 두발 내리고 붙어 있는 목에 힘준 저들
쏠리지 않으면
개흙으로 삭는 일
더러 쏠리면
닻으로 일생 내리는 저들의 일.

—「겨울섬」 부분

　형의 초기 시집을 구하지 못해 빈 시집의 「겨울섬」 여백에서 문득 형의 글씨인 듯한 메모를 발견했습니다. 아마 누구랑 대화 중에 황급히 쓴 듯하더군요. "체험 고통과 어둠을 감내해가는 모습/ 밝음보다는 어두운 면을 강조/ 다가올 미래보다는/ 삭은 시간을 되돌아보는 (제목의) 섬은 사람으로 쳐도 됨"이란 연필 글씨가 보입니다. 그렇다면 가난한 뻘에 두발 "내리고 붙어 있는 목에 힘 준" 저 섬들이 "쏠리지 않으면/ 개흙으로살거나" 혹간 "더러 쏠리면/ 닻으로 일생"을 지내기도 하는 저들의 일대기를 그린 거네요. 시적 자아의 견인주의, 바로 이것이 이 작품의 고갱이일까. 모두들 특별난 삶을 추구하며 살아가지만, '개흙'이나 물 속에 숨어 영원히 뵈지 않는 평범한 "닻으로 일생"을 묵묵히 지내는 생애도 가치 있는 게 아니냐는 상서로운 반문은 사욕 없는 느낌표로, 마치 겨울에 막 피어내리는 눈꽃 같습니다. 그런가 하면, "암흑의 한 귀퉁이에/ 눈을 부릅뜨고 서 있는 마음아/ 부릅뜬 두 눈만으로/ 여기 지난 날의 헛됨을, 공허를 다 지킬 수는 없다"(「옛마을」)는 시구도 우리들 가슴을 움직이는군요. 이들을 정리해 보면 꼬장꼬장한 매천 선생의 기질이 시의 터밭에 뿌리내렸음을 알 수 있습니다. 제3시집 『우리 이웃 사람들』(문지, 1984)은 단연 「어떤 가야산」과 「물」의 시구들이 돋보이네요.

　어느 길은 사람들로 하여금 자기에 닿게 하고 아직 자기에 이르지 못한 것들

로 하여금 우왕좌왕 몸 돌려 숨게 하고 어느 길은 피해 가서 등성이로만 올
라가 섰고
그 위의 잔광들, 체격 좋은 장정들은
둘러서서 메고 있다,
이 공간에
쉬임없이 침묵으로 와서 부서지고
뒹구는 죽음을
죽음 아닌 더운 삶을.

어떤 가야산.

―「어떤 가야산」 부분

솟구치기 위해 얼마나 더 낮추어야 하는지.
힘 없는 자갈돌 하나로 누군가
눌러놓은
그의 잇새로 낮아지는 소리
신음처럼 낮아지는 소리
멈춘 것들 사이에서
혼자 흘러
더 낮추고 낮아지기 위해
상동서 단양까지 침묵으로
누워 있는 그는
솟구치고 뛰기 위해
얼마나 더 낮추어 가야 하는지

―「물」 부분

'길' 모티프가 중심인 「어떤 가야산」은 '헌신성'을 주제로 합니다. 즉
길이 추구하는 세계관을 한 '공간'으로 나타낸, "자기에(게)/ 이르지 못한
것들"을 위한 시라고 할까요. 길을 한자로 '도(道)'라고 쓰는 바, 1행은 도
를 이룬 경우를 가야산의 한 정경에 기댔군요. 무엇보다 "이 공간에/ 쉬임
없이 침묵으로 와서 부서지고/ 뒹구는 죽음을/ 죽음 아닌 더운 삶을" 몹시

염려해주는 가야산의 심사야말로 곧 자비심 아닐까요. '(뒹구는) 죽음 아닌
더운 삶을' 생각한다는 결론이 휴머니스트로서의 시인을 미덥게 합니다.
……이 넉넉함. 작품「물」은 "솟구치기 위해 얼마나 더 낮추어야 하는지"
란 시구가 대단히 향기롭습니다. 특히 '힘 없는 자갈돌 하나'와 '멈춘 것
들'을 인식하는 시적 자아가 고맙고, '더 낮추고 낮아지기 위해' 머언 거
리를 "침묵으로/ 누워 있는" 물처럼, 사람들도 좀 더 겸허해지기 위해 자
신을 '더 낮추어 가'는 연습을 계속해야겠지요. 시인의 낮추기란 '솟구치
고 뛰기' 위함이므로. 그러나 나는 시「사람의 일」이 참 좋습니다.

> 굽어본다, 허름한 키다리가 저 아래 중키를
> 굽어본다, 중키는 더 작은 중키를
> 굽어본다, 다시 중키는 저 아래 앉은뱅이를
> 굽어본다, 차가운 언 살을 길게 내놓은 공기는 겨드랑이께 겨우 귀나 붙이고
> 언 앉은뱅이를.
>
> (중략)
>
> 키들댄다
> 가까이 싸락눈 몇 점 허옇게 궁둥이 까고 앉은
> 모습이나 건너다보며
> 키들댄다,
> 가득한 그 웃음소리에 울려 갈데없이 이 얽힌 꼴 드러내는
> 시든 초겨울 꽃밭의
> 꽃들의 일
>
> —「사람의 일」 전문

의미를 부여하지 말고 그냥 이 '초겨울 꽃밭'에서 벌어진 '꽃들의 일'을
감상하시지요. 그러나 사람살이가 "시든 초겨울 꽃밭의/ 꽃들"처럼 어찌
단순한 삶이겠습니까. 앞으로 엄동설한을 견뎌내기, 애상과 아름다움이 잔
잔히 교차합니다.

정 지 용 · 미 당 · 김 수 영

대담을 끝내면서 나는 형의 얘기만 잠자코 들었습니다. 정지용·김수영·미당, 그리고 서사적 삶의 깊이를 자기 방식으로 터득하기 위해 도스토예프스키를 읽어라, 김수영 그는 시적 묘사가 아닌 '진술'을 시로 만든 사람이다, 그는 자기를 글감으로 삼아서 끊임없이 싸우며 써온 시인, 그리고 반드시 미당의 아름다운 서정 미학과 정지용의 언어적 감수성을 익혀야 한다……, 형의 진술은 이 날따라 강렬했습니다. 신들린 듯했지요. 곧이어 후배들에게 걱정어린 '사금사항(四禁事項)' 전달. 1)시류 영합, 2)소설 묘사 문장이 시가 된다는 착각(오류), 3)시인들의 성급한 일확 천금·출세주의, 4)기발함을 추구하는 얄팍한 태도 등 네 가지 금기 사항들.

이 날 나는 형님과 어울려 지내면서 비로소 홍신선이란 시인과 재회한 느낌을 다시 가졌습니다. 어릴 때부터 객지에 혼자 남아 고독의 치료법으로 독서를 선택한 뒤, 너무 뒤진 고1 성적에 격노한 아버지를 설득해주신 형의 조부님, 이제 미지(未知)의 독자가 고마움을 올립니다. 좋은 시인을 가까이 해주셨으니까요. 고1때 4·19, 고2때 5·16, 험난한 청소년기를 부딪쳐 오면서 형의 삶의 단초는 이미 일정한 방향으로 예견된 것이 아니었을까……. 허지만 분명히 말하건대 정말 이제부터 시작입니다. 부디 홍신선·노향림 부부의 삶이 더욱 아름다이 영글기를 바라고, 형님의 산문집에서 얻은 귀한 글귀를 되돌리며 이만 맺을까 합니다. 행복하세요.

시는 기호이다. 사람과 사람 사이, 현실과 현실, 불가능과 불가능 사이에 끼어 있는 하나의 기호.(p.53) 그러나 시는 불가능을 꿈꾸는 것이다.(p.56) 치열하지 않은 정신이나 감각은 썩는다. 썩은 정신은 시에게 나에게 아픈 복수를 가해올 것'(p.75).

—1996년 가을녘, 김 강 태

'빈 틈'의 시학, '마음'의 현상학

김명리

1. 불교적 상상력의 실존적 변주

새로 쓰는 한 편의 시는 이전에 쓴 모든 시를 위반하는 자리에서 출발한다. 어떤 의미에서 한 권의 시집은 각각의 시편들이 개개의 시편들을 보기 좋게 위반하는 개영시편(改詠詩篇 - 먼저 썼던 시를 취소하는 시)들로 채워져 있다고 보아도 좋을 터이다. 새롭게 씌어지는 한 편의 시란, 또 다시 시인이 제 삶의 국소를 헐어내어 찍는 한 점 핏자국이다. 씌어진 시편들은 응결된 핏자국의 그 덧없는 밝기로써 시인이 뿌리내린 비루한 삶의 현재적 처소를 자진(自盡)하듯 아름답게 가열하고 있는 것이다. 그리하여, 읽는 자의 편에서는, 오늘 읽는 어떤 시편들이 과거에 읽었던 것 그것이 예전에 말하려는 것보다 훨씬 강렬한 의미를 지니며, 정신의 가파른 위험 수위까지 더 바짝 가까이 다가앉는다고 말하고 싶은 것인지도 모른다.

자신이 일구어낸 매 시편들의 시적 성취를 다음 시편들의 질료로써 연소시키며 시 언어의 심연을 겨누는 시인 홍신선이 40년 시업을 정리하는 시전집을 내놓았다. 책머리에 시인이 적고 있는 구절은 이 전집이 내장한 시적 부피가 세수 갑년 간난의 세월의 부피와 맞먹는 것임을 일러주고 있다. "마치 페니키아의 옛 뱃사람 플레바스가 익사한 뒤 그의 뼈들이 조류에 솟구치고 가라앉으며 노년과 청년의 고비 고비들을 다시 겪었던 것처럼" 이 전집을 여미며 그는 "살아온 날들의 갖가지 고비들을 되짚어 겪어야 했다"고 적고 있는 것이다. 그만큼, 전집에 수록된 매 시편들의 삶의 지표 위로 포복하듯 낮게 깔리는 비애의 문장들은 이 시인이 맞닥뜨린 비속한 삶의 더께와 시대의 고비 고비를 아프게 증언하고 있다.

1965년 스물한 살, 약관의 나이로 등단한 홍신선의 40년에 이르는 시적 여정은 1973년 간행한 『서벽당집』을 시작으로 1979년 『겨울섬』, 1984년 『우리 이웃 사람들』, 1990년 『다시 고향에서』, 1996년 『황사 바람 속에서』, 2002년 『자화상을 위하여』에 이르는 시적 결실을 이루어낸다. 이러한 결실들은 경험적 삶의 내용들을 통해 역사의 앞면과 배면을 인과의 사슬로 꿰뚫어 보려는 시적 노력들을 정교하게 언어화하는 작업이었다. 홍신선 고유의 준열한 시문법으로 완성해 낸 이번 전집은 그런 의미에서 시인 홍신선이 누구보다 앞질러 짐 진 세목화된 한국현대사의 질곡의 부피로 자리매김될 수 있을 것이다.

5~6년을 주기로 간행한 이상 6권의 시집과 근작시편을 포함 총 365편의 시를 아홉 항목으로 묶고 있는 『홍신선 시전집』은 시집 발간, 혹은 시창작의 역순으로 정리되고 있다. 현실에 대응하는 시적 자의식의 첨예함을 올곧게 드러내 보여주는 문학사적 관심이 기대되는 가운데, 최근의 한 좌담에서 언급된 논의는 파편적 접근이라는 아쉬움에도 불구하고 홍신선 시를 이해함에 있어 예의 주시해야 할 대목임이 분명해 보인다.

통상 홍신선의 이미지가 불교적인 의식 세계와 맞닿아 있다고 이야기되곤 하는데, 그보다 더 중요한 것은 역사적 삶의 이면을 꼼꼼히 더듬는 예리한 눈길과 섬세한 통찰력이라고 해야 할 것이다. 그의 시는 절제와 긴장의 응축미를 지닌 내성의 소리를 담고 있으며, 그런 점에서 충분한 흡인력으로 독자의 상상

력을 자극한다.[1]

위의 글에서도 드러나려니와 이제까지의 홍신선 시 논의의 주된 맥락은 홍신선 시 세계의 언어적 추이와 정신의 행보를 두 겹의 층위로 나누어 해석하는 일이었다. 그 층위는 뚜렷한 '역사의식'과 '불교적 상상력'으로 압축될 수 있을 듯하다. 하지만, 홍신선 시에 있어서의 불교적 상상력은 고준(高峻)한 정신세계를 지향하는 여타의 불교적 상상력의 시들과는 달리 다분히 실존적·자기 성찰적이다. 그의 시에 접근해 감에 있어 우리가 놓치지 말아야 할 것은, 현재태로서의 역사적 사실을 피상화시키지 않으면서 삶의 부박한 표층을 단숨에 뚫고 들어가는 선(禪)적 사유의 자재로운 양식을 그의 시가 힘 있게 담지하고 있다는 사실일 것이다.

다시 말해 불교적 사유는 『홍신선 시전집』 전체를 이끄는 내재된 힘의 근원이며 홍신선 시의 부단한 창조원리다. 홍신선 시에 있어서의 불교적 사유체계는 그의 시를 시적 현재에 틈 없이 밀착되게 하는 시인의 실존적 통찰력이며 그것은 다시 명쾌한 언어적 상상력에 깊게 맞물려 있다. 흔히 우리가 맛보아 왔던 대부분의 선취시와는 달리 홍신선 시를 가로지르는 불교적 사유는 시적 소재주의나 방법론을 넘어 자신의 현재적 삶과 그 삶을 포박하는 시대의 내부를 해부하는 자기성찰의 밑그림으로 삼는다. 특기할만한 것은 격렬한 현실 응전의 목소리를 띨 때조차도 홍신선 시의 내성적 자아는 어느 사이 시적 상관물로 전화(轉化)하는 상생의 원리, 물활론적 특징을 잃지 않고 있다는 사실이다.

이러한 시적 지향은 홍신선 시에 있어서의 역사적 통찰력을 굳이 불교적 세계인식과 따로 떼어서 이분화 할 필요가 없을 것임을 선명히 시사하고 있다. 시인의 시가 터 잡고 있는 곳은 "잇몸 무너지고 위벽 썩는/ 이제 수시로 썩는 시간을 육신 깊이 수납하면서/ 파멸의 고요한 한복판 들여다보면서"(「아우를 묻으며」) 살아가는 바로 이 땅이며, 이 땅의 삶의 현재적

---

1) 김유중, 「배반의 한국에서 순수의 책을 열다」(좌담), 『문학과 사회』, 2004 여름, p.786.

시간대이기 때문이다.

차꼬着錮 차고 그 자리에 무릎 꿇린
이제는 삐그덕 삐그덕 발 저린 듯
뒷엉치께를 게으르게 옆으로 뒤트는
봉두난발 잡범처럼 끌려나온
그 봄산.

질척대는 회음부 부근인가 저지대 습지인가
물오리나무 떼들이
제 둥근 속 내부에다 번민처럼 기르던 바람 맑은 소리들을
목청껏 쏟아놓는다.
오오냐 오냐 다시 일어서마
오오냐 오냐 다시 일어서마
허공에 쏟아지는
그들의 멱을 따듯 수척한 노래 소리들
지난 겨울 폭설의 천 톤 눈에
멀쩡한 팔뚝들 숱한 가지들 타악타악 부러뜨려 내리고
목숨 아픈 듯 아프지 않게 건사해온.

오늘은 또 무슨 일로 곡간 같은 하늘문 활짝 열렸는가
햇살이 수천 석 가마니짝들로 차곡차곡 들여 쌓인
그 휑뎅그렁 푸른 문이.

　　　　　　　　　　　　　　　　　　　－「봄산」 전문

　인용시 「봄산」에서도 선명히 드러나듯 시대적 강압, 문명의 황폐함과
힘겹게 겨루는 시적 자아가 마침내 도달하려는 장소 또한 어느 먼 초월의
지대, 이를테면 성소(聖所)가 아니다. 그곳은 "물오리나무 떼들이/ 제 둥근
속 내부에다 번민처럼 기르던 바람 맑은 소리들을/ 목청껏 쏟아내는" 자
리, 실존의 자리다. 홍신선 시의 존재론적 의미가 단연 빛나는 대목이 이

지점일 것이며, 우리는 바로 이 지점에서 그의 시가 경계하는 것이 현실의 세부가 사상(捨象)된 문학적 신비주의임을 확인 받는다.

서로 겹쳐지며 떠받쳐지는 시적 부피를 두 개의 층위로 가르는 것과 마찬가지로 홍신선 시의 성취를 불교적 사유의 틀로 범주화하려는 것도 위험이 따르기는 매한가지일 수 있겠다. 그러나 홍신선 시를 이끄는 불교적 상상력에 대한 시적 해명은 『홍신선 시전집』 전체를 규명하기 위해서도 반드시 선행되어야 할 우리 현대시 해석의 한 과제임이 분명하다 할 것이다.

2. '빈 틈'의 시학

불교 수행자의 선시(禪詩)와는 달리 현대시에서 표지되고 있는 불교적 사유는 시적 인식으로서의 방법론이나 시적 수사에 더 깊이 관련되어 나타나는 현상을 보인다. 선시 혹은 선취시(仙趣詩)로 일컬어지는 시에 대한 일정한 비판은 우선 이들 시에 시적 현실의 구체성이 결여되어 있다는 것이다. 그것은 선(禪)에 대한 잘못된 이해나 시적 수사의 단계를 벗어나지 못한 시편들에 한정되는 것만은 아니어서, 불교적 세계관에 바탕한 수일한 시편들이 불교 고유의 인식틀로 인해 시의 개성적 선취가 이해받지 못하는 경우도 허다해 보인다. "선은 삶이나 세계를 인식하고 해석하는 태도와 방법으로서 중국의 토착 사상인 노장 사상과 융섭하면서 철저하게 인간내면의 각성을 추구"하며, "오늘날 경직된 종교적인 맥락에서 벗어나 삶과 세계를 해석하는 유니크한 한 틀로 해석되고 있다"[2]는 시인의 말은, 비단 선취시뿐 아니라 현대시 내부의 진지한 열람을 위해서도 반드시 새겨두어야 할 지침으로 보인다.

홍신선의 시에서 노장사상(老莊思想)·선적 사유를 표상하고 있는 시의 일

---

2) 홍신선, 「우리시와 불교적 상상력」, 『한국시와 불교적 상상력』, 역락, 2004.

레로서 제3시집 『우리 이웃 사람들』(1979~84)에 수록된 「정토사 지(址)」는 홍신선 시의 불교적 사유체계를 해명해 보이는 매우 유니크한 상징적 틀을 마련하고 있다. 시 「정토사 지(址)」는 실존의 덧없음을 얘기하되, 그 덧없음의 계량할 수 없는 부피를 인식하는 것이야말로 현재적 삶을 추동시키는 욕망의 원형질임을 간파해낸다.

역광 피해 거리 맞추고
초점 잡아
한 커트에 모두 덜미 밀어
붙여 넣는다

좀더 바짝바짝 붙어 서 떨어지려는
아이와 아이 붙여서
하나 세우고 하나 앉히고
다시 미래를 과거 뒤에 앉히고
억압과 고통 일상사는 빼고

빈 틈들은 조금씩만 끼워주고
그러다보면 얼굴 부석부석한 물오리나무들 그 사이 비겁하게 주저
앉은 강아지, 양 어깨 속에 고개 묻고 잠든 건너 마을도 끼워서
뷰파인더 프레임 밖으로 다리와 목이 끊겨져나간 것들도
역광 피해 거리 맞추고
한 커트에 밀어넣으면
마침내
허물린 절 한 채가 지어져 들어찬다
밖으로 도망 나와
따로 앉은 공간이 표정 없이 힘차다
깨어져서 저 자신을 지킨
사람이 힘찬 것을 본다

　　　　　　　　　　　　　　　　　　-「정토사 지址」 전문(강조-인용자)

시 「정토사 지(址)」에서 사진을 찍는 주체는 시적 화자 자신이다. 뷰파인더 프레임 속의 피사체들은 이어지는 시행의 순차적 질서에 따라 '아이' 둘과 '물오리나무들', '주저앉은 강아지'에서 '잠든 건너 마을'까지로 확장된다. 「정토사 지(址)」 속에는 사람이나 사물, '빈 틈들'을 포함한 공간뿐 아니라, 미래와 과거, 순환하는 우주의 시간대까지가 망라되어 있다. 사람이나 사물을 포함한 일체의 공간과 시간대와의 간격 혹은 거리는 '붙여서', '끼워서', "한 커트에 모두 덜미 밀어/ 붙여 넣"었으므로 제로(Zero)에 가까울 게 분명하다.

"사진은 실존적으로 다시는 되풀이될 수 없는 것을 기계적으로 재생시킨다. 사진에 찍혀 있는 사건은 결코 그 이외의 것을 향해 자신을 넘어서지 않는다"[3]는 사실에 유의해 보면, 시적 화자가 프레임 속으로 완강히 "한 커트에 밀어넣"은 것들 역시 현상적으로는 두 번 다시 재생할 수 없는 것들임을 알 수 있다. 그러나 피사체를 향하고 있는 시적 화자의 시선은 프레임 속으로 고정되고 있으면서 동시에 프레임 밖으로 '깨어'져 나온 '초점' 밖의 나머지를 본다. 프레임 속의 나머지는 사진을 찍고 있는 순간의 시적 화자가 위치한 공간이므로 화자가 위치하고 있는 공간은 피사체의 일부와만 동일한 장소성을 띤다. 그곳은 피사체의 뒤 배경으로써의 "잠든 건너마을"이 바라다 뵈는 곳, 시의 본문에 따르면 누군가 "밖으로 도망나와/ 따로 앉은 공간"이다.

사진이 사진 찍는 사람이 보고 있는 특정한 물체로 카메라의 눈을 이끌어 간다면, 시 「정토사 지(址)」는 화자의 프레임 속 피사체들보다 프레임 밖에 남겨진 "따로앉은 공간" 속 한 점 사진 찍는 사람으로 독자의 눈을 이끌어 간다. 이때 "따로앉은 공간"의 넓이란 지금은 사라진 이상향으로서의 정토(淨土), 현실태로서의 '정토사 지(址)'가 차지하는 폐허의 넓이에 다름 아니다. 그리하여 이 넓이, '정토사 지(址)'의 넓이는, "깨어져서 저 자신을 지킨/ 사람"을 억눌렀던 "억압과 고통 일상사"의 넓이에 정확히 상응

---

3) 롤랑 바르트, 「사진의 특성」, 『카메라 루시다』, 열화당, 1986, p.12.

하고 있음을 우리는 알 수 있는 것이다.

그러나 이 시의 시적 전언(傳言)은 그것으로 그치지 않는다. 「정토사 지(址)」의 세미(細微)한 시적 의미망은 상처의 각성과 그것을 버팀목으로 일어서는 시적 화자의 생에의 의지라는 교과서적 해독을 단호히 거부한다. 시행 속의 화자는 "다리와 목이 끊겨져나간 것들도/ 역광 피해 거리 맞추고/ 한 커트에 밀어넣"었다. 하지만, 결코 프레임 속으로 밀어 넣고 싶지 않은 "억압과 고통 일상사"는 '정토사 지(址)'에 여전히 남겨져 있다.

우리가 이 시를 통해 보고 있듯 프레임 속과 프레임 밖은 상호 연결되어 있으며 서로 삼투하는 궁극적인 실재(實在)다. 프레임 속과 프레임 밖이 상호 연결되어 있음을 우리가 인지할 수 있는 까닭은 시적 화자가 의뭉스레 프레임 속으로 조금씩만 끼워준 '빈 틈들' 때문이다. 이 '빈 틈들'은 프레임 속의 시간들-과거와 미래와 '사진 찍히는 현재'가 지속적으로 흐르고 있음을 보여주려는 시공간의 연속태로서의 '빈 틈'이다. 시적 화자가 이 '빈 틈들'을 굳이 시의 프레임, 사진의 프레임 속에 끼워 넣은 이유를 짐작할 수 있어야만 이 시의 묘미를 빈틈없이 맛보았다고 말할 수 있을 것이다. 해설적 전언을 더 이상 곁들이지 않더라도 노자의 『도덕경』제11장 '무(無)의 작용'편은 이 시가 함유하고 있는 진정한 의미망이 '빈틈의 미학'을 절묘하게 입증해 준다.

> 0개의 바퀴살이 한 바퀴통에 꽂혀 있으니 그 바퀴통의 빈 것 때문에 수레의 효용이 있는 것이며, 찰흙을 빚어서 그릇을 만드나 그 가운데를 비게 해야 그릇으로서의 쓸모가 있으며, 문과 창을 뚫어서 방을 만드나 그 방 안이 비어 있어야 방으로서의 쓸모가 있다. 그러므로 유(有)로써 이롭게 하는 것은 무(無)로써 그 용도를 다하기 때문이다.

위 인용한 노자의 '무(無)의 작용'편이 예시(豫示)하고 있는 것처럼 시인은, 시적 화자가 「정토사 지(址)」에 불어 넣어준 '빈 틈들'을 통해 "자연과 인간의 비어 있음의 공용(公用)"을 역설하고 싶었던 것임이 분명해진다.

사람이나 사물뿐 아니라 미래와 과거, 순환하는 우주의 시간대가 더 잘 호흡할 수 있도록 프레임 속으로 숨결처럼 불어넣어준 '빈 틈들'은 "깨어져서 저 자신을 지킨 사람"만이 할 수 있는 세계의 실상을 향한 크디 큰 사랑의 몸짓이 아닐 수 없다.

제목 외에는 조금도 불교용어가 들어가 있지 않지만 이 시는 불교적 직관, 유기체적 사유를 정교한 밑그림으로 삼는다. "미래를 과거 뒤에 앉히고"는 우주적 순환과 연기설(緣起說)을, "빈 틈들은 조금씩 끼워주고"는 앞에서 살펴본 바 있듯 노장(老莊)의 사유를 연상시킨다. 삶의 예토(穢土)로 내던져진 사람 ("도망나온 사람")이 그 '깨어'짐으로 인해 더 큰 사랑으로 '힘'차 질 수 있음을 역설적으로 노래하고 있는 이 시는, 시인이 자신의 지적 체험을 시행 속으로 감아들임으로 해서 사유의 힘을 더없이 탄력적으로 문맥화시키고 있었던 셈이다. '정토사 지(址)' 황량한 빈 터에 하나의 기왓장, 석탑의 파편으로 남겨진 시적 자아는 이때 세계를 향해 눈 부릅 뜬 견자(見者)의 시선을 거느릴 수밖에 없다. 세상의 모든 사진가들과는 달리 이 시의 화자는 오래된 미래와 도래할 과거, 유동하는 자신의 내면을 한순간 사진 찍었다. 그렇다면, 뷰파인더 프레임 속으로 흘러드는 '빈 틈들'은 '정토사 지(址)'로 남겨진 그 '거대한 빈틈'의 시적 표지다.

1
말년을 늙은 딸네 집 단칸셋방에
얹혀 살던
욕창 난 등뒤가 움푹움푹 썩어 뒹구는
이씨 영감 같은 것
일찍이 효수되어 목 떨어지고 두 발목만 남아
평생을
같은 한 자리에 오도커니 매달려
제 속의 지옥들을 둥글게 둥글게 익혀온
석자 실에 꿰어
황금색 햇볕에 덧대어 못난 치정들을 누덕누덕 기워온

임종 뒤 비로소 평화롭게 얼굴 펴진
저 환한
순명純命 덩어리들
가을 한낮
고요 속에 만원을 이룬
떼고요들이
서로가 서로에게 옷감 구겨지는 소리를 낸다

2
진앙지인 그의 내면은 들어갈수록 완전 폐허다
부러진 빗장뼈
괴사한 섬유질이 무시로 식은 철근덩어리처럼
떨어져 내리는

안으로 안으로만 뚫린 이면도로
일부는 고가처럼 반공에 걸리고 일부는 흔적 없이 매몰된·

피난민들처럼 꾸역꾸역 몰려나오는 향기들이
저 뒤 허공에
헤어진 자신 한 채를 비워놓았다.

이제 모든 밖은 안이다.

3
리히터 규모 8.0의 지진 만나
몸뚱어리 완파 당한
모과
이씨 영감 같은

ㅡ「모과」 전문

　제6시집 『자화상을 위하여』(1996~2002)에 수록된 시 「모과」는 괴사되어
가는 육체(노인/모과)의 '빈 틈들'이 세상의 지표를 광활하게 뒤덮으며 향

기로 전신(轉身)하는 순간의 기미를 포착하고 있다. 실존의 전화(轉化) 이후의 세계를 그리고 있는 이 시에서 '이씨 영감'은 "비로소 평화롭게 얼굴 펴진/ 저 환한/ 순명(順命)덩어리들"로 묘사되며, "몸뚱아리 완파 당한 모과"는 측량할 수 없는 아득한 폐허의 향기로 "헤어진 자신 한 채"를 "저 뒤 허공"에 덩그렇게 '비워' 놓는다.

"피난민들처럼 꾸역꾸역 몰려나오는 향기들이/ 저 뒤 허공에/ 헤어진 자신 한 채를 비워놓았다"는 구절은, 앞서 「정토사 지(址)」에서 읽었듯 상처의 계량할 수 없는 넓이로 환치되는 생의 비애를 상징하고 있다. 그러나 흔히 역사적/선험적 비관주의로 읽어내기 쉬운 폐허의 정황에서마저 홍신선은 끝 모를 비애를 속속들이 내면의 공간 속으로 평정해 들인다. "둥글디 둥근 내면"(「망월리 일몰」)은 "진앙지인 그의 내면"(「모과」)과 상응하며, "소소한 꽃새끼들의 엉망으로 금간/ 내면이 깜짝쇼처럼 흘러"(「시골에 살리」) 나오는 곳은 "삶의 하릴없이 저 환한 내부"(「봄비 개인 뒤」)로부터인 것이다. 그리하여 홍신선의 시가 맞바라보고 선 생성과 소멸, 절망과 환희, 정신과 육체는 그것들이 흘러들고 흘러나올 수 있는 시간의 빈틈, 육체의 빈틈들을 통과하여 종내는 그 '빈 틈들'마저 무시무종(無始無終) 들며날 세계의 실존적 출구로서의 '무(無)의 시학', '빈 틈의 시학'을 완성해낸다.

3. '마음'의 현상학

홍신선이 보다 불교적인 사유체계를 안으로 심화시키고 그러한 사유가 홍신선 시의 전체적 지형으로 자리 잡는 것은 5시집 『황사 바람 속에서』부터다. 3시집 『우리 이웃 사람들』과 4시집 『다시 고향에서』에서 농촌 공동체적 삶의 초상(肖像)을 육친화시키며 체제의 폭력에 맨몸으로 맞서던 그의 시적 행보는 이 무렵 어떤 단호한 내적 요구와 함께 방법적 선회를 맞게 되는 것이다. 그렇다고 인본주의(人本主義)라는 홍신선의 시적 이념에 변화가 생겼다는 뜻은 아니다. 다만 이때부터 홍신선 시의 진정한 실존적 거처가 생명의 마음자리이며, 그가 도시화·자본화된 세계의 실상으로부터 발굴하듯 캐낸 "마음이란 광대무변의 황무지"가 뭇 생명의 밑자리로부터 발원되었음을 누구라도 뚜렷이 감지할 수 있게 되는 것이다.

이야기시에 물린다. 대신 마음이란 광대무변의 황무지를 얻는다. 교외의 작은
풀꽃, 두엄 자리에 뜬 하루살이들도 1GB 정도의 마음을 내면에 가지고 있다.
어디 내면 없는 놈 손 들어봐.
살아 있는 것들은 모두 내면이 있다. 내면이 있으므로 그들은 제 스스로가
목적이며 절대이다, 그리고 자유이다.
사람이 사람에게 있어
풀새끼들은 풀새끼들에게 있어
아니, 세계는 세계에 있어 목적이다.
그 세계를 여행하고 싶다.
서정시를 쓰고 싶다.

위 인용된 제5시집 『황사 바람 속에서』의 뒤 표지글에서 "세계는 세계에 있어 목적"이며 "그 세계를 여행하고 싶다"는 뜻은 그가 이제부터 써 내려가고자 하는 시작의 방향이 생명의 생명에 대한 목적성에 대한 탐구임을 선언하는 것과 같다. 그래서 그가 "서정시를 쓰고 싶다"고 말할 때, 그것은 세계를 자아화하는 서정시의 일반화된 모습에서 그 시적 양식을 구하려는 것이 아님은 자명해 보인다. 그리하여 향후 전개되는 홍신선의 대다수 시상詩想들은 현존의 시간 속을 날며 "두엄자리에 뜬 하루살이들도 가지고 있다"는 "1GB 정도의 내면"을 탐사하는 길고 오랜 시적 여로에 들어서게 되는 것이다.

"마음이란 광대무변의 황무지"를 탐사해 나가겠다는 시적 결의가 세사(世事)의 벽에 부딪쳐 흐트러질 때마다 그는 「마음經」을 적는다. 「마음經」 연작은 그런 의미에서 시작이 행해지는 매 순간 자신의 존재증명을 위해 스스로에게 던지는 시적 출사표의 성격을 갖는다. '마음'이라는 화두를 붙들고 자신과 대결하려는 자세는 불가지(不可知)에 접근하여 그것을 간파해

내고자 하는 일종의 간화선(看話禪)의 자세라고 볼 수도 있을 터이다. 그러나 방법적으로는 선의 자세를 취하고 있으되, 그가 도달하고자 하는 곳이 선의 경지, 깨달음으로 얻게 되는 정신의 어떤 영역이 아님은 분명해 보인다.

「마음經」 연작은 "우왕좌왕 내걸린 수식어들이나/ 근거없이 뜬 낱말들/ 모두 벗기거나 걷어버"(「마음經 32」)리기 위한 시인의 시를 향한 내면적 고투에 가깝다. 시에서도 알 수 있듯 시인이 내파(內破)해 내고자 하는 것들은 시라는 이름의 사원 안에 깃들인 정체 모를 불순물들이다. 다시 말해 「마음經」은 '수식어'나 '뜬 낱말들'을 걸러내고 시적 언어의 정채(精彩)를 찾아나선 시인의 고투에 가까운 정신의 행로, 시적 여정의 기록에 다름 아니다. 그럼에도 이 여정의 기록들은 본래적 방편을 찾아 헤매는 선사의 고행처럼 칼끝처럼 날카로운 시인의 결기가 시의 매 편마다 서늘히 배어나온다.

「마음經」은 모두 32편으로, 1991년부터 2003년에 걸쳐 씌어진 연작시편이다. 1999년 상재한 시집 『황사 바람 속에서』에 1~9편까지가 실렸고, 『자화상을 위하여』(2002년 상재)에 13편부터 27편까지가 실렸다. 『자화상을 위하여』 이후에 씌었을 것으로 짐작되는 다섯 편과 두 시집에 누락시킨 10, 11, 12편이 이번 전집에 함께 수록되고 있다.

「마음經」의 미적 형식은 소를 찾아 떠났다가 처음 떠난 곳으로 되돌아오기까지의 과정을 그린 십우도(十牛圖)의 마지막 장 '입전수수(入廛垂手)'편을 떠올리게 한다. 진아(眞我)를 찾아 떠난 구도의 길에서 '나'를 깨달은 이가 저자의 무수한 '나들' 속으로 들어와 손을 드리운다는 '입전수수'는 시인의 매 시편에서 방법론적 뼈대를 깊게 드리우고 있다. 「마음經」의 서시격인 「마음經 1」의 시적 화자는 흔히 불가에서 "팔만의 법문을 포용하면서 동시에 배제한다"는 '마음'을 끌고 "남수원 인적 끊긴 밭구렁"으로 내려간다.

올 겨울 제일 춥다는 소한날
남수원 인적 끊긴 밭구렁쯤

마음을 끌고 내려가
항복받든가
아니면
내가 드디어 만신창이로 뻗든가

몸 밖으로 어느 틈에 번개처럼 줄행랑치는
저
그림자.

-「마음徑 1」 전문

　「마음經 1」에 내재된 시적 자아의 자세는 "밖으로 치닫는 빛을 꺾어 자신의 내부를 비추는"[回光返照] 선적 수행의 일차적 단계로 접어든다. "올 겨울 제일 춥다는 소한날", "남수원 인적 끊긴 밭구렁"은 정신의 어떤 극한 지점을 가리키고 있다. 혹독한 추위와 사위가 캄캄한 어둠 속에서 몸 밖으로 "줄행랑치는" 건 자신의 '그림자'다. 여기서 시적 화자의 독한 결기는 마침내 육체에 들붙은 자신의 반영(反影)마저도 벗어버리는 탈각의 상태로 접어든다. "늦가을 달이 늦가을 달 밖으로 뛰쳐나간다// 죽음은 죽음 밖에 있고/ 강증산(姜甑山)은 강증산 밖에 있으니/ 나는 또 나의 밖으로 뛰쳐나가"(「관악산 가서」)에서 보이듯, 그러나 이 그림자는 '줄행랑치는' 그림자이면서 동시에 '뛰쳐나가'는 자신의 버리고 싶은 뒷모습이다. 시인은 「마음經 1」에서 '그림자/뒷모습'이 아닌 온전한 자신의 실체와 독대(獨對)하는 단독자로서, 정신의 골조(骨組)만으로 자신의 마음, 자신의 육신을 거듭 일으키고자 한다. 다음 시 「더 작은 힘을 위하여」는 스스로 거듭나기 위해 그가 버린 것들이 다름 아닌 '말'이며 그것은 "한 개의 피묻은 허공"으로 형상화되고 있다.

한 개의 피묻은 허공을 내버린다 말의 힘을 버린다
무너진 시간을 지나면
광막한 어둠만이 끝없이 자기 한 몸을 내세우며 서 있다.

끝내 남아서 근심하던 가시덤불과
산맥들도 무데기
무데기 자기를 내버리고 어둠이 된다.
버리리라, 아름다우나 보잘 것 없는
말· 말· 말·

―「더 작은 힘을 위하여」 부분

「마음經 1」에서 시의 마지막 행 "어느 틈에 번개처럼 줄행랑치는/ 저/ 그림자"는 마음의 갈등을 야기시켰던 대립적 자아가 소거되고 있음을 암시하고 있다. 『금강반야바라밀경』에서 말하는 바 "집착을 떠나 그 마음을 일으켜야 한다[應無所主而生其心]"는 구절을 연상시키는 이 대목은, 그동안 시인의 마음을 잡답하게 했던 "아름다우나 보잘 것 없는/ 말· 말· 말"이 시인의 내면에 침착되어 있던 또 한 겹의 그림자의 형태로 제시되며, 그것이 마침내 시인의 몸 밖으로 '무데기'로 배출되었음을 뜻한다고 할 수 있겠다. 그리하여 이제 「마음經 13」에서는 마음의 "텅 빈 내부가 무시로 털썩털썩 떨어져 내"리는 그 "텅 빈 자리"에 죽음이 다시 생으로 귀환하는 소리, 우주적 화음(和音)과도 같은 "먼 독경" 소리가 안으로부터 가득히 채워지게 되는 것이다.

아들이 죽은 뒤
홀어머니는 절에 다니기 시작했다.

텅 빈 내부가 무시로 털썩털석 떨어져 내리는
대문 닫힌 집에는
저 혼자 섬돌가로 주저앉은
핏기 얇은 입술 꼭꼭 다문 채송화의
검은 씨앗들 속에 핵이, 뉘만한 무덤들이 차오르느라 부산한 소리
투명한 가을볕 속의
누군가 오랫동안 은밀히 마련해온 이별 같은
먼 독경

「마음經 13」는 「마음經 1」에서 보여준 시적 결기와는 달리 자식의 죽음이라는 참척의 슬픔 앞에서 깨닫게 되는 인간의 근원적 운명을 한 폭의 담채화와도 같은 담담한 필체로 그려내고 있다. "텅 빈 내부가/ 무시로 털썩털썩 떨어져내리는/ 대문 닫힌 집"은 홀어머니의 통한의 슬픔을 정경화해내고 있으며, 홀어머니의 슬픔은, 모든 생하고 멸하는 것들의 슬픔은 이 시에서는 "투명한 가을볕" 닮은 한 줄기 엷은 수묵선으로 흘러내린다. "나는 나무와 함께 운명의 냄새를 끼쳐주는 식물을 사랑한다"[4]고 시인이 적을 때, 시인의 섬세한 귀는 "채송화의 검은 씨앗들 속에, 뉘만한 무덤들이 차오느라 부산한" 생의 소리를 듣는다. 자식의 죽음이라는 극적인 서사는 "이별 같은/ 먼 독경"의 아름다운 여음 속에서 "하늘 아래 감당할 수 없는 슬픔은 없다"는 '시에 없는' 시적 잠언을 들려주고 있다.

「마음經 13」는 「불사(佛事)를 하는 절에 가서」와 함께 시간의 본질에 도달하고픈 시인의 욕망에 의해 비껴갈 수 없는 인과적 대구(對句)를 이룬다. 어머니가 아들을 낳고 아들이 다시 어머니를 낳는, 누구도 빠져나갈 수 없는 이 인과(因果)의 드라마는 생의 격통(激痛)이 '먼 독경'으로 순화되는 순간의 인간의 시선에 겹쳐져 있다.

> 육(肉)것 좋아하는 제 어미에게
> 공양키 위해
> 무논의 개구리들 잡아 올 굵은 꿰미에 꿰어 두었습니다
> 그것도 펄쩍펄쩍 뛰는 손바닥 만한 참개구리들만 잡아서
> 논다랭이 으슥한 곳에
> 감춰 두었다가
> 그만 무슨 건망증에선가 깜빡 잊었습니다
> 이듬해 이른 저녁 어스름께

---

4) 홍신선, 「나무들이 부르는 노래」, 『사랑이라는 이름의 느티나무』, 와우출판사, 2002, p.33.

다랭이 무논에 다시 갔더니
소낙비처럼 쏟아지던 개구리 울음소리 대신
적막만이 잔등 번들거리는 은회색 논물로 일렁거렸습니다
아뿔사
몃 펜 개구리들이 그때까지 먹먹한 적막을 삐금삐금 내뱉고 있었고
그 사냥꾼은
그 자리에서 마음에다 부처님 새기는 길로 나섰습니다

오늘도 그 절 뒷산의
대소의 오리나무와 상수리나무들이 제가
마음에다 새기고 깎은 부처님들을
만불전처럼 모셔 내놓고 있습니다
감출 것 없이 있는 그대로
이내빛 부처들을 내놓습니다
무량의 기쁨들을 오월 햇볕들을
다포계 지붕 위에 수수천 장씩 기왓장들로 쌓아놓고 섰는
그 절 뒷산에……

―「불사佛事를 하는 절에 가서」 전문

　청마 유치환은 "석수장이가 돌을 쪼아 부처를 만드는 것이 아니고/ 돌 속에 있는 부처님을 찾아 돌을 쪼고 있다"고 노래했었다. 시인 홍신선은 이제 "대소의 오리나무와 상수리나무들이/ 제가 마음에다 새기고 깎은 부처님들을 만불전처럼 모셔 내놓고 있"다고 노래하고 있다. 돌 속에 든 부처를 눈으로 보는 시적 경지도, 한 점 상처 없이 그 속에 든 부처를 꺼내는 세상의 석수장이들의 손끝도 놀랍기는 매한가지지만, 그러나 홍신선의 시에 이르면 "감출 것 없이 있는 그대로 이내빛 부처들을 내놓"는 오리나무, 상수리나무는 한 그루 한 그루가 그대로 살아 있는 부처님이다. 그러나 나무의 캄캄한 내부가 토해놓은 "이내빛 부처"는 나무거죽을 스스로 뚫고 나오느라 상처가 가득한 부처일 수밖에 없다. "감출 것 없이 있는 그대로" 나무의 거죽을 열고나온 부처는 온몸의 상처를 식솔처럼 거느린

인간의 부처다.

> 우왕좌왕 내걸린 수식어들이나
> 근거없이 뜬 낱말들
> 모두 벗기거나 걷어버렸다
> 썰물 진 갯고랑
> 밑바닥에는
> 근골만 앙상한 웬 시의 해골이?
>
> 생각 열고 다시 보니
> 물은 물이고
> 해골은 해골이다.
>
> ─「마음經 32」 전문

　연작시 「마음經」의 마지막 편이다. 시적 수행기로서의 「마음經」의 마지막 일성(一聲)은 죽음을 맞이하는 선사의 임종게와도 유사한 "물은 물이고/ 해골은 해골이다". 시인 스스로는 "근거없이 뜬 낱말들/ 모두 벗기거나 걷어"내니 "근골만 앙상한" "시의 해골"이 드러난다고 적고 있지만, 앞서 살펴본 몇 편의 시를 포함해 전집에 수록된 홍신선 시의 탁월한 시적 성취는 대부분 「마음經」 연작을 경유해서 나온 것임을 우리는 익히 알고 있다.
　부처가 설한 가르침 가운데 핵심이 바로 '마음' 아니었던가. 한 바가지의 해골물을 들이킨 원효가 '일체가 마음이 짓는 것[一切唯心造]'으로 교판의 혁명을 일으킨 것은 널리 알려진 사실이다. "한 마음이 일어나니 온갖 존재가 일어나고 한 마음이 사라지니 온갖 존재가 사라진다"는 원효의 외침은 「마음經 32」의 마지막 구절과 그대로 상통하고 있다. 그리하여 "장부(丈夫)의 일대사(一大事) 이후에도 여전히 눈은 가로로 찢어져 있고 코는 세로로 뻗어 있다[眼橫鼻直]"는, 일상(日常)을 강조하는 마조 문하의 선사 백장(白丈懷海 720~834))의 말은 「마음經」 연작의 마지막 방점을 찍는 시인의 속 후련한 모습에 선연히 겹쳐지고 있는 것이다.

우리는 지금껏 홍신선 시의 미학적 화두로서의 '마음'의 행장, 그 '마음'
의 현상학을 조금쯤 들여다 보았다. 홍신선의 구도자적 시 정신은 도(道)
를 구하듯 시를 구하며, 선의 수행을 방불케 할 정도로 치열한 시 의식의
이행과정을 촘촘히 기록하고 있음을 알 수 있었다. 그런 의미에서 홍신선
의 「마음經」 연작은 내용 없는 현란한 수사적 기법으로 양적으로만 비등
해진 현대시의 반성적 성찰을 촉구하는 한 조용한 죽비소리로서 그 역할
을 기꺼이 수행해 내었다고 말할 수 있을 것이다.

잠박골 산등성이 위 하늘에는
제 몸 절반 헐어버린 삭지 못한 메아리가 묻혀 있다
얼마나 아팠을까 얼마나 아팠을까
혼자 삼켰던 생각이 인근 공기 벽 틈에 누수처럼 괜히 한 번 번져나와 있다
달창난 숟갈처럼 묻힌
메아리의 시리디시린 어깨.
누군가 후벼 캐다가 흔들어보다가
포기한.

늙음 직전 그 메아리가 반쯤 묻힌 성한 몸으로 드러내는 것은
너의 죽음인가 삶인가
잇몸 무너지고 위벽 썩는
이제 수시로 썩는 시간을 육신 깊이 수납하면서
파멸의 고요한 한복판 들여다보면서
그러나 유심론자처럼
나는 먼저 나를 반쯤 드러내면서
남은 죽음은 시멘트 파일처럼 깊이 박아두면서
삶이 죽음 위에 대웅전마냥 슬그머니 주저앉아 있는 것을
대웅전 빈 방이 넓고 큰 텅 빔을 가두어 기르는 것을 보면서
사랑하는 여자의 귀라도 후벼주듯이
하릴없이 나는 삶에 더욱 다가앉는다 마음 쏟는다.
　　　　　　　　　　　　　　　　　　－「아우를 묻으며」 부분

아우를 땅에 묻는 순간의 형으로서의 비통함을 처절하게 노래하고 있는 이 시는, 시인의 메울 길 없는 고통의 눈물조차 "인근 공기 벽 틈에 누수처럼 괜히 한 번 번져나와 있다"로 묘사되고 있다. 시인의 눈물을 가두는 것은 "인근 공기 벽"이지만, 그 눈물은 "수시로 썩는 시간을 육신 깊이 수납"한 자만이 쏟아낼 수 있는 정화(淨化)의 눈물이다. 그 눈물은 이미 기화해버린 아우의 안 보이는 몸과 영혼을 정화해 주는 형된 자의 설움이며, 이미 마음의 안쪽으로부터 몇 차례나 쏟아낸 세례수(洗禮水)여서, 인간의 동공이 아니라 "인근 공기 벽 틈"으로부터나 "괜히 한 번 번져나"올 수밖에 없다.

'메아리'는 산 자의 생과 죽은 자의 생의 대비라는 상징이다. 이때 '메아리'는 현세(現世)에서 부여잡을 수 없었던 한 인간의 가 닿지 못하는 욕망의 비유로도 읽힌다. "제 몸 절반 헐어버린 삭지 못한 메아리"는 아우가 짊어졌던 지상의 삶의 고통의 시간들이며, 남겨진 자의 앞날에 숙명적으로 예비된 마음의 폐허, 육체의 나머지 시간의 상징일 것이다. "제 몸 절반 헐어버린"과 "늙음 직전 그 메아리가 반쯤 묻힌", "나는 먼저 나를 반쯤 드러내면서"의 '반(半)'은, 흑백필름의 흑백처럼 한 통속으로 인화되는 영육(靈肉)의 반, 생사(生死)의 반, 파멸과 고요의 반을 각각 암시하고 있다.

그리하여 시의 마지막 두 행, "사랑하는 여자의 귀라도 후벼주듯이/ 하릴없이 나는 삶에 더욱 다가앉는다 마음 쏟는다"는 구절은 그 어떤 탄식의 구절보다 더욱 절절한 울림으로 인간의 흉금에 와 닿는다. 그러나 어찌된 일인지 슬픔의 극한에서 쏟아낸 마지막 구절은 '삶'에 "마음 쏟는다"에 걸리지 않고, 앞선 행 전부의 반전(反轉)으로 읽힌다. 아우의 묘혈 속으로 형의 '마음'의 전부를 '쏟'아내 버린다로 자꾸만 읽혀 오는 것이다.

시행 안에서 "파멸의 고요한 한복판"으로 비유되는 삶과 죽음의 높낮이는 기껏 "대웅전 마룻장"과 "서까래의 높이"에 불과하다. 그러나 삶과 죽음의 높낮이에 대한 이 비유는 그 안의 '텅 빔'을 울리는 공허한 '메아리'의 비유면서, 삶—"파멸의 고요한 한복판"으로 포복하듯 고요히 귀납하는 그 어떤 부활의 '메아리'이기도 할 것이다.

비 기운이
지방도의 산 옆구리께 반은 개었다.
허리 굵은 상수리나무 떼 사이로
꼬리 잘리고 허리 끊겨 도마뱀처럼 기어가는 햇볕 두어 오라기.
쓴 소주 한 모금에 씻긴 내장처럼
랜턴 불로 비춰서 들여다본
막창자 속처럼

서산 마애불의 퇴락한 몸 파고 들어간
몇 십 가닥 실금들이 문득 기어들어가다
기어들어가는 일 깜박 잊고
모두 모여 실뜨기나 뜨며 골똘히 놀고 있는

삶의 하릴없이 환한 저 내부.

― 「봄비 개인 뒤」 전문

시의 화자가 들여다보고 있는 것은 "서산 마애불의 퇴락한 몸 파고 들
어간/ 몇 십 가닥 실금들"이다. 하지만 "서산 마애불의 퇴락한 몸"에 새겨
진 균열은 대상화된 자아의 몸에 새겨진 상처의 균열과 맞먹는 것이어서,
존재에 들러붙는 비애는 쉽사리 삶의 육질을 빠져나가지 못한다. 홍신선
시편들의 대부분 은유체계가 이 시의 경우처럼 사람과 사물의 상처를 경
유해서 드러나고 있기 때문에, 그의 시가 해득하기 힘든 형이상학적 높이
를 견지하는 순간조차도 실존적이라고 할 수밖에 없다. "파멸의 고요한
한 복판"이 "삶의 하릴없이 저 환한 내부"로 환원되는 것을 보라. 홍신선
의 시 세계는, 이처럼 선적 사유를 기반으로 하되 삶의 현재적 지평을 묘
파해내는 직관의 힘에 의해 시적 높이에 도달하고 있다. 이때 홍신선 시
에 참여하는 대부분 시의 화자들은 현상의 '저 너머'를 애써 설명하지 않
으면서 언어의 벽력같은 힘을 스스로의 몸으로 삼는다.

내면의 폐허와 화엄

—시집『자화상을 위하여』(2002) 서평

김수이

　인간은 타자와 세계뿐만 아니라 자기 자신에 대해서도 끊임없이 모순적
인 존재이다. 외부 세계와 자신의 내면 세계 그 어느 쪽도 완전히 이해하
지 못 하면서 이해할 수 없는 세계를 향해 전 존재를 투신하여야 하기 때
문이다. 더 정확히 말하면, 정체불명의 모호한 세계들이 인간의 전 존재와
삶의 내용을 이루어 나간다. 존재와 삶의 모든 내용은 마침내 존재의 내
적 문제로 환원된다. 타자와 세계를 통과하면서도 인간은 결국 자신에 관
해 고뇌하고 이야기할 수밖에 없는 존재이다. 이 '자아 중심론' 혹은 '자
아 환원론'은 자아를 구성하고 있는 내용물이 타자와 세계라는 반대 논리
앞에서도 힘을 잃지 않는다. 자아의 기원이나 자아를 구성하는 물리적 내
용물보다 더 중요한 것은 자아의 실존이며, 자아의 내부에서 일어나는 복
잡하고 미묘한 화학 반응인 까닭이다.
　홍신선의 여섯 번째 시집『자화상을 위하여』(세계사, 2002)는 "내면
있는 것들만이 세상을 이룩하고 있다"(「시골에 살리」)는 대전제 위에 씌어
진 시집이다. 홍신선이 세상을 바라보는 가장 중요한 관점은 내면의 유무
이며 다함 없는 깊이이다. 시인이라면 누구든 자신의 내면의 문제를 떠나

시를 쓸 수 없는 것이지만, 이번 시집에서 홍신선은 내면 자체를 성찰하는 점에서 응시의 거울을 하나 더 마련해 두고 있다. 그리하여 '내면의 내면'을 기록하고자 하는 홍신선의 새 시집은 자화상의 결과물이 아닌, 제목처럼 '자화상을 위하여' 끊임없이 자신의 내면을 응시하는 지난한 과정으로 채워진다.

홍신선에게 내면은 삶의 기억이 응집된 고밀도의 공간이나, 타자와 세계를 수용하고 반향하는 하나의 반응점의 의미로 한정되지 않는다. 그에게 내면은 존재와 삶의 움직임이 분출하는 "진앙지"(「전율」)이자, 그 모든 움직임들이 "깊이 매장"(「고채(苦菜)」)되어 있는 거대한 무덤이다. 분출과 매장, 출현과 은폐가 동시다발적으로 일어나는 내면은 부글거리고 터지며 가라앉고 파묻히기를 멈추지 않는다. 홍신선에 의하면, 이 분주한 움직임들의 이름은 '전율'이다. 전율이란 홍신선이 느끼는 존재와 삶의 격렬한 율동이며, 그의 몸이라는 존재적 장소에서 내면 세계와 외부 세계가 충돌한 충격과 후유증을 뜻한다. 시인의 몸이 섬뜩한 전율이 흐르는 전도체로 화하는 순간은 존재와 세계가 이질적인 기운으로 터질 듯 팽창해 있는 순간이다. 홍신선은 이 기운들이 부딪치고 대립하는 속에서 힘겹게 시의 언어를 건져 올린다. 『황사 바람 속에서』(1996) 이후 6년만에 나온 시집 『자화상을 위하여』는 삶의 격렬한 불화에 대한 홍신선의 고통스러운 탐구이자, 자신의 내면의 전율에 대한 성실한 응답이라고 할 수 있다. 이에 대해 오형엽은 "운명처럼 밀려오는 시간의 풍화작용과 현실의 폐허를 텅 빈 내면의 폐허로부터 길어 올린 혼신의 생명력으로 맞서는 전율의 미학" -시집 해설-이라고 적절히 해명하고 있다.

홍신선의 온몸을 일시에 통과하는 전율, 존재적이며 생적(生的)인 이 전율은 어디에서 연유하는 것일까? 우선, 홍신선은 이 세계와 삶이 자신에게 가하는 유형·무형의 폭력으로 인해 깊은 상실과 비애를 경험한다. 갓난아기였던 딸과 동생 등 혈육의 죽음으로 인한 가혹한 슬픔(「개복숭아나무 밑에서-죽은 딸에게」「아우를 묻으며」「마음經 13」) 자신의 "마모된 장기들 틈에서/ 부패도 묵은 눈 녹은 물처럼 스미고 스며서/ 비어져 나오는/ 늙은 질병, 죽음"(「마음經 24」)과의 대면으로 인한 당혹감과 절망, "욕망 위에 욕망 옆구리 욕망 뒤에/ 앞에/ 밑에/ 붙어서/ 욕망 포식해서 떨어지는/ 천민 자본주의의/ 자본들"(「세기말을 오르다가」)이 촉발하는 내적 가치와의 깊은 괴리감 등은 개인의 실존과 일상, 시대 등의 여러 층위에서 그를 고통스럽게 에워싼다. 그러나 홍신선은 이러한 생의 사건들보다 그의 내면이 이 사건들을 통과하는 실상에 더 주목한다. 그에게는 생의 폭력을 견디는 일 자체보다, 그것을 견디는 혹은 견디지 못하는 내면이 문제가 된다. 존재에게 생이 무겁고 고통스러운 견딤의 대상이라면, 무엇을 견디는가보다는 어떻게 견디는가가 더 중요하기 때문이다. 그래서 홍신선의 시에서는 그가 겪는 현실의 상황보다는 그것을 흡수한 내부의 흥건한 상처들과 치유의 과정이 자세히 묘사된다. "내부가 내장처럼 쏟아져 나와 있"(「마음經」 20)는 그의 시에서 "미궁 같은 속상처"(「개복숭아나무 밑에서」)들은 차라리 하나의 풍경이 된다.

남양읍 종중산
벌목 끝낸 굴헝에
부관참시 당한 듯 토막난 십 몇 대째의
생참나무 괴목들 수십 구가 널렸다.
생각이 감옥이다라고 파옥 끝에 끌려나와 널린
나무등걸들 속 어딘가에는
아직도 채 발견되지 않은 내부가 남아 있다는 듯
톱날에 잘린 단면 속으로 선 굵은 나이테들
둥글게 둥글게 깊이 먹어 들어갔다.
시간 몇 마리는 큰 둥치 어느 적장자 가계들을
좀먹어 쓰는지
부러진 이빨토막들처럼 고통의 속엣말이 흘러나오다 멈추었고
그렇다, 이제 투명한 햇볕 속 여타 나무토막들은
봉인된 깊은 내부들을 텅 빈 옥방처럼 더욱 단단하게

잠그고 밀봉하며
절손의 적멸들을 만들고

황사 바람들이 먼 무봉산 저린 어깨들을 자욱하게 주무르고
겨울 난 논바닥에 매독균만한
잡꽃 두엇
감옥 농성 중인 날

-「한식날에」 전문

존재의 "속 어딘가에는 아직도 채 발견되지 않은 내부가 남아 있다는
듯", 생의 '톱날'은 존재의 "굵은 나이테들" 속까지 깊숙이 꽂히고 그 단
면을 사정없이 잘라낸다. 조금 전까지 '생참나무 괴목'으로 서 있던 존재
의 내부는 보잘것없는 '나무토막'이 되어 "봉인되"며, 작아진 스스로를
"더욱 단단하게 잠그고 밀봉한"다. 홍신선은 삶의 고통과 경험이 존재의
내부를 풍성하게 만드는 것이 아니라, 오히려 옹색하고 고립되게 만드는
일이라고 말한다. 부서지고 잘려나가는 내면의 길이란 "절손의 적멸들을
만드"는 소멸의 여정이라는 것이다. 여기에서 홍신선은 살아있는 존재의
내부를 향해 기계의 상상력을 발동한다. 이 기계는 생명체의 변화를 초월
한 부동의 존재가 아니라, 녹슬고 성능이 저하되는 훼손의 운명을 지닌
존재이다.

그 오리나무의 소리없는 진저리의 진앙지는 어디인가
(중략)
가을 찬 비 속 허리와 어깨에서 문득 고동색 녹물이 흘러나와
번진다. 내부기관의 예리했던 감성이나 기억들
관절의 물렁뼈들 이제는 개먹을 대로 개먹어
아무리 몽키스패너로 힘껏 조여도 조여지지 않는
이음새 틈새로 산화된 물질이 흘러내린다.
(중략)
나무들 내부 깊이에 아직도 쭈그리고 있다

오래 너무 살다보면
싱싱한 생에서도 녹물이 흘러나온다
                                    ―「전율」 부분

진앙지인 그의 내면은 들어갈수록 완전 폐허다,
부러진 빗장뼈
괴사한 섬유질이 무시로 식은 철근덩어리처럼
떨어져 내리는

안으로 안으로만 뚫린 이면도로
일부는 고가처럼 반공에 걸리고 일부는 흔적 없이 매몰된.
                                    ―「모과」 부분

　"내부기관의 예리했던 감성이나 기억들"은 쇠퇴하고 "싱싱한 생에서도
녹물이 흘러나오"며, "진앙지인 그의 내면은 들어갈수록 완전 폐허"가 되
어 있다. 이유는 간단하다. "너무 오래 살"았기 때문이다. 너무 오래된 삶
은 삶의 '진앙지'인 존재의 내면을 녹슬게 하고 흔적 없이 매몰되게 한다.
존재의 내부의 산화 작용은 세계와 접촉하고 시간에 노출되면서 필연적으
로 발생한다. 이것이 존재의 운명이며, 존재의 내부에서 일어나는 분출이
외부의 침투를 가로막는 데는 일정한 한계가 있는 것이다. 그러나 생의
법칙은 물리적인 것을 훨씬 뛰어넘는 곳에 위치한다. 때문에 홍신선은 존
재의 한계점에서 오히려 자신을 채찍질하면서 "중세 고행자같이 제 몸과
마음을 치다가 쉬다가/ 졸다가 깨다가……"를 쉬임없이 반복하는 '고사목'
을 자신의 내면의 형상으로 차입한다. 외형만 남고 내면은 깡그리 말라버
린 '고사목'이란, 그 자체로 존재의 역설적 비밀을 육화한 내면의 표상이
아닐 수 없다.

　그는 혼자 제 등짝에 채찍질을 가한다
　일몰과 땅거미 직전

박모의 때에 그는 남몰래 황금채찍을 꺼내 휘두르고는 한다.
사정없이 옥죄어오는 서너 가닥 새삼기생덩굴풀로
등이나 종아리를 철썩철썩 내리치며
동통을 온몸의 감각으로 수납하며
그가 이 시간 뒤늦게 지피려는 것은 감각의 잉걸불인가 어느 훗세상의 정신
인가.
(중략)
혼신의 기를 모아 서서
장좌불와長坐不臥로 기대어 자며 깨며
생각의 새로운 수태를 기다리는
이 세속에서의 실성실성하는 숨은 어디쯤서 끝나는가
노란 새삼기생덩굴풀로 현수포를 쓴 지빵나무
고사목 한 그루.
중세 고행자같이 제 몸과 마음을 치다가 쉬다가
졸다가 깨다가……

— 「자화상을 위하여」 부분

"제 몸과 마음을 치다가 쉬다가/ 졸다가 깨다가……" 하는 끊임없는 고
행과 무위, 필사적인 전진과 (예정된) 패배의 과정에서 홍신선의 자화상은
만들어진다. 이것이 곧 그의 시작(詩作) 과정이기도 한 바, 이번 시집에는
"전율의/ 폐업 직전 정신 영업 한 순간"(「망월리 일몰」)의 정점과 "살아남
기 위해 나를 버리는"(「목적」) 체념, "매일 밤 나는 나를 하관하"고 "깊이
매장하"(「고채苦菜」)는 절망들이 한꺼번에 뒤섞여 있다. 이번 시집이 다소
장황하고 현란한 수사로 치우친 것, 비약을 감수하면서도 서로 어우러지
기 힘든 상이한 이미지들을 병치한 것, 절박한 감정의 표현이 연쇄적으로
이어짐에 따라 군데군데 운율이 적절하게 제어되지 못한 점 등은 이러한
들끓는 내면의 소용돌이에서 비롯된 것이라고 할 수 있다. 그러나 시인이
아직 그리고 여전히 혼돈에 차 있다는 것은, 다시 말해 뜨겁다는 것은 한
편으로 다행스러운 일이라고 할 수 있다. 혼돈이야말로 시인이 소유한 가
장 강력한 에너지의 하나이기 때문이다.

홍신선은 이 혼돈 속에서 문득 "삶의 하릴없이 환한 저 내부"(「봄비 개인 뒤」)를 마주하며, 금이 가고 부서진 내면이 어떻게 부활하는가를 엿보기 시작한다. 존재와 허공의 내부를 단단히 박음질해 놓은 '실밥'이 터지면서 '새 잎사귀들'이 피어나는 다음의 풍경을 보라. 존재의 몸이 내면과 외부 세계가 충돌하는 '접전의 장소'에서 연두빛 생명이 피어나는 '탄생의 장소'로 바뀌는 장면은 이번 시집이 도달한 사유의 맨 윗자리라고 할 만하다.

> 단갈短碣의 거죽을 흘러내리다
> 균열진 가는 금 속으로 우연히 기어 들어간
> 찬 빗물들,
> 수십 길 갱도 속에 몰살 당하듯 모조리 얼어 죽었다.
> 혹한의 지난 겨울날
> 죽어서야 비로소 팽창한 완력으로 일도 아니게
> 틈 속을 힘껏 벌리어
> 그자들이 깨트려놓은
> 완강한 서산석瑞山石
>
> 선산 양달 쪽 헐벗은 나무들이 아름껏 안고 선
> 누더기 허공에
> 막 안 보이게 박은 실밥이 툭툭 터져 나온다,
> 신품 재봉틀로 돌리는지
> 새 잎사귀들 꼭 실밥만큼씩만 박혀 나오는.
>
> —「마음經 27」 전문

스물일곱 편에 이르는 「마음經」 연작의 마지막 시편이기도 한 이 시는 홍신선의 다음 시집의 궤적을 예감하게 만든다. 그의 표현처럼, 새로운 시작이란 "꼭 실밥만큼씩만"한 놀라운 생명의 첫 움직임에서부터 비롯되는 것일 터이다. 그리하여 우리의 삶이란 홍신선이 고통스럽게 형상화하고 있는 것처럼 내면의 '폐허'와 '화엄' 사이를 끊임없이 왕래하면서, 녹슬고 부서지는 한편 싱그러운 '새 잎사귀들'을 톡톡 피워내면서 그렇게 계속 이어지게 될 것이다. 홍신선의 『자화상을 위하여』는 이 아프면서도 따뜻한 생의 비밀 하나를 우리에게 보여 준다. 그의 존재와 삶의 자화상은 시간이 허락할 때까지 계속 그려지게 될 것이다.

세속적 운명, 운명의 폐허, 유적

―시집 『황사 바람 속에서』(1996) 해설

김춘식

1. '영혼'의 빈 자리

사람들에게는 저마다의 색깔로 그려낸 기억의 풍경이, 한폭씩, 마음 속에 담겨 있다. 기억의 원점으로부터 떠내려 온 '영혼'의 이미지가 마음 속저 깊은 곳에 뿌연 흔적을 남기고 사라져 버린 '상실의 세계'가 그곳에 존재한다. 결국, 남은 것은 영혼이 있던 '자리' 뿐이다.

홍신선의 시에는 삶의 비속성과 그 비속성이 지나간 뒤에 남은 영혼의빈 자리가 곳곳에서 나타난다. 남은 것은 속된 욕망이 스쳐간 흔적과 상실감이다. 살아간다는 것은 단지 '빚지는 일'이며 욕망이 몸 담았던 빈껍데기인 육신에 대한 미련을 빨리 청산하는 과정이다. 그의 시에서 젊은열정과 지나간 시대의 들끓던 욕망은 육신의 한계 안에 갇힌 삶으로 표현된다. 젊은 시절의 열정은 '느물느물 살아 감각의 극단을 탐험하던'(「제부도행」) 한 양식이었으며, 다시 지나간 시간을 뒤돌아보는 순간 그 열정은 결국 맹목과 어리석음이었다는 한탄으로 연결된다. '시간의 뒤통수'를훔쳐 본 뒤 모든 것은 섬뜩한 깨달음으로 바뀌고 이제까지 영혼을 "구속하던/ 관능과 앎도 벗겨져/ 싱겁게 부침한다"(「제부도행」). 결국 그의 시에서 삶이란 '관능과 앎'이라는 터울에 갇힌 시간들이다. 그것은 욕망의 또 다른 변신이었고 그것을 확인하는 순간 그는 속세로부터 일탈한다.

홍신선의 이번 시집에는 '애증'의 시간이 안고 있던 세속성에 대한 자각을 담고 있는 시가 많다. 이 점은 이전의 시들, 예를 들면 『우리 이웃 사람들』(문학과지성사, 1984)에서 보여준 '환멸과 도피', '애증과 맞섬'이라는 삶의 방식과는 다른 시인의 새로운 '내면 세계'를 보여준다는 점에서 흥미롭다. 지나간 1970·80년대의 삶 속에서 그가 보여준 시가 '환멸-도피'에서 '애증-맞섬'이라는 원인, 결과의 연쇄 축으로 이동하는 모습을 지니고 있었다면 이번 시집에는 1990년대의 현실이 내포하고 있는 세속성에 대한 통찰이 주로 담겨 있다고 할 수 있다.(『우리 이웃 사람들』「이장 김창만씨」).

또한 한 시대 전체에 대해 담담한 시선을 보내는 시들(「세상의 한 모퉁이에서」「권력에 대하여」「4·19 서른 돌」)도 포함되어 있어서 이전의 시에서 보여준 '개인들의 삶 속에 비친 세상읽기'의 방식은 이번 시집에서도 일관되게 나타나고 있다. 따라서 홍신선의 이번 시집에는 개인적인 삶과 시대의 연관이 그 이면에 숨겨져 있으며 그 위에 그의 삶 전체에 대한 '사유'가 덧씌워져 있다고 하겠다.

이번 시집은 여기에 실린 시 중 한 편의 제목이 「세계의 한 모퉁이에서」인 것에서도 알 수 있듯이 '개인과 시대'의 틀을 벗어나 '세계와 한 존재'의 관계 또는 의미에 대한 물음으로 확장되어 있다. 이 점은 그의 상상력의 폭이 이전에 비해서 그 만큼 범위가 넓어졌음을 암시하는 구체적인 증거이다. 다시 말해서 홍신선의 최근 시에는 나이가 들어감에 따라 삶을 바라보는 방식 자체가 '감각'과 '지식', '비판적 사유'에서 점차 '영혼'과 '마음의 눈'을 뜨는 쪽으로 변화해 가고 있음이 잘 나타난다. '영혼'의 빈자리에 대한 자각과 그에 대한 '상실감'이 그의 시에 반복해서 보이는 여러 중요한 이미지들의 원천인 까닭도 바로 여기에 있다.

2. 세속적 운명

인간의 운명에 대한 반응은 보통 두 가지 양상을 지니고 있다. 그 하나가 '공포'이고 두 번째에 해당하는 것이 '욕망'이다. 운명이란 일회적이고 '치명적인' 사건이며 그로부터 모든 것이 파생된다. 운명은 모든 개인적 삶의 원인이고 흉터처럼 사라지지 않는 흔적이다. 그리고 운명은 언제나 첫 번째 사건만으로 기억된다. 따라서 그것은 상처이며 불가항력적이다. 결국, 인간의 운명에 대한 공포는 '뜻대로 되지 않는 인생'에 대한 첫 번째 자각이라고 할 수 있다. 그것은 인간적인 한계에 대한 공포이며 죽음과 같은 '치명적인 사실'을 받아들일 수밖에 없는 자신의 무기력함에 대한 당혹스러움이다. 그러나 사람들은 종종 '운명' 앞에서 더욱 굳은 의지로 욕망을 불태운다. 마치 소멸을 향해 가는 '불나방'의 욕망처럼, '뜻대로 되지 않는 모든 것'을 향해 자신을 던지는 것이다. 그 순간 운명은 공포가 아닌 욕망의 색깔을 입기 시작한다.

홍신선의 시에 나타난 세속적 삶이란 바로 욕망의 두건을 쓴 운명이다. 공포의 대상이었던 운명이 어떤 '보이지 않는 힘'이었다면, 인간으로 하여금 욕망을 불러 온 운명은 사람들이 욕망과 집착 속에서 허덕이는 동안 슬며시 자리를 떠남으로써 자신의 존재를 감추어 버리는 신기루다. 결국 인간의 욕망 자체가 거짓 운명이 되고, 이렇게 타락한 운명은 비속한 삶 속에서만 거듭 확인된다. 이제 '속세의 운명은 욕망하는 것'일 뿐이고 삶은 더욱 세속화된다. 신성한 것의 이름이었던 운명은 인간의 욕망 자체로 변질됨으로써 더 이상 신성할 수 없으며 단지 구속하고 억압할 뿐이다.

홍신선의 시에서 영혼의 빈 자리에 대한 자각은 무엇보다도 먼저 운명 혹은 삶의 세속성에 대한 발견으로부터 시작된다. 그것은 영혼과 같은 '신성한 무엇'의 부재가 가져다주는 상실감을 느끼는 과정을 동반한다. 이전의 시에서 삶의 세속성에 대한 그의 치밀한 시선이 어딘가 절망적인 색채를 포함하고 있었던 까닭도 이러한 상실감 때문이라고 할 수 있을 것이다.

예를 들면, 『우리 이웃 사람들』의 뒷 표지에 실린 시인의 '자작시론'의 다음과 같은 구절이 이 점을 잘 드러내고 있다.

사람 사는 일의 나아짐이란 무엇일까. 그 나아짐은 엄밀한 뜻에서 실현될 수 있는 것일까. (중략) 그것들은 우리를 뜨겁게 그리고 들뜨게 만든다. (중략) 우리가 만든 추상적인 가치(정의나 선 등)들은 어쩔 수 없이 상대적인 것이어서, 그 가치들은 때로 맞은쪽에 선 사람들에게는 하나의 억압이 되기도 한다. 서로 상대를 갖는 현실 안의 모든 일 또한 이와 같다. 어떻게 우리는 이 상대성을 떨쳐버린 절대의 가치에 이를 수 있는가. 그와 같은 가치는 실제로 있는가. 들뜬 낙관론보다 절망 속에 나는 한길 더 깊어져야 한다.
시에서의 성급한 당위론이나 낙관론이 만들어 주는 공허함, 쓰디씀. 자신이 묻어 있지 않은 말과 론의 공허함. 말과 우리를 우격다짐으로 어딘가에 쑤셔넣으려는 안스러움. 쓰디씀과 안스러움, 부디 내 시에 약이 될진져.

세속적인 삶의 이면에는 삶에 대한 낙관적인 열정과 상대적인 억압이 함께 존재한다. 위의 인용문에서 보듯이 시인은 들뜬 낙관론과 당위론이 안고 있는 함정과 그 결핍에 대해서 일찌감치 사유해 왔음을 알 수 있다. 그것은 삶의 세속성 안에 담겨 있는 들뜬 열정과 낙관론이 또 다른 억압 체계로 바뀔 수 있음에 대한 통찰이다. 결국 삶에 대한 낙관론에는 '우격다짐으로 어딘가에 쑤셔 넣으려는' 욕망의 힘이 포함되어 있으며 그것은 삶에서 신성함을 사라지게 만드는 원인이다. 산다는 것이 물 흐르는 것처럼 자연스럽게 운명의 흐름을 따라 부유하는 것이 아니라 억척스럽게 '어딘가에 쑤셔 넣으려는' 욕망의 들뜸으로 인식되는 현실은 안쓰러운 일이며 무엇인가가 결핍된 세속적 현장이다.

4·19세대인 시인의 눈에는 지나간 한국의 근대사가 이러한 들뜬 욕망의 체계 속에서 끊임없이 무엇인가를 갈망하는 '우격다짐'의 시기로 파악된다. 그래서 그의 시 곳곳에는 근대화의 우격다짐이 남겨 놓은 흉터 혹은 상처가 그대로 드러난다. 이 점은 그의 시가 보여주는 세계가 '사라져 가는 것의 아름다움' 또는 '사라진 것에 대한 향수'를 담고 있다는 점에서

쉽게 확인된다.

홍신선의 시 속에는 이런 까닭 때문인지 세속성의 저편에서 낡아가는 '폐허'에 대한 애착이 강하게 느껴진다. 세속적인 삶의 구조와 욕망의 체계 속에서 낙오되고 일탈된 삶은 늘 변두리의 낡은 풍경 속에서 확인이 된다. 그것은 욕망이 스치고 지나간 자리에 남은 흔적이지만 그 흔적을 통해서 시인은 역설적으로 영혼이 있던 자리를 느낄 수 있는 것이다. 이제 그것은 불확실했던 영혼의 존재를 '부재증명'함으로써 확인하는 일이다. "들어살던 무간지옥을/ 마음을/ 죄다 허물고 나서야/ 황황히 내쫓긴"(「비, 가을밤에 듣다」) 삶은, 욕망의 가속성과 세속성에서 비껴나버린 시대착오적인 삶이지만 거기에는 바로 언제나 목말라 하던 결핍에 대한 '확인'이 존재한다. 그러한 결핍에 대한 확인은 곧 사라진 진정성에 대한 확인이자 '해탈'의 다른 이름이다. 거기에는 '탈욕망의 욕망'에 집착하는 '정신주의'도 더 이상 존재하지 않는다.

"어깨-허리, 허리-목뼈 숱한 잔뼈들을 우두둑 우두둑 쏟는 갈대,/ 느물느물 살아 감각의 극단을 탐험하던 생살들을 죄다 토하고/ 언제부턴가/ 자갈돌 틈에 한가롭게 떠밀리는/ 시간에 물길에 얹히고 밀리는 밀리고 얹히는/ 무심한 그네들/ 해탈의 이름없는 영혼들" (「제부도행」)이라고 노래하는 시인에게는 이미 견고한 정신주의조차 '마음을/ 죄다 허물'지 못한 집착일 따름이다. 정신주의가 보일 수밖에 없는 극도의 긴장을 벗어나서 어느덧 시인은 이완된 마음과 무심한 해탈의 경지를 추구하고 있는 것이다. '낡아가는 것', 유적(遺跡) 속에서 시인은 이제 '해탈'의 경지를 발견할 뿐이다.

3 · 유적

시인이 늘상 현실 속에서 발견하는 것은 삶 자체가 아니라 단지 삶의 유적일 뿐이다. 그것은 욕망이 스쳐간 자국이자, '느물거리는 감각의 극단'

과 '믿음과 이데올로기로 얽은 정신의 감옥'(「세계의 한 모퉁이에서」)이 모두 빠져 나가버린 '마음' 본래의 모습이다. 이제 시인에게 삶은 더 이상 '애증'으로 들끓는 '감각의 질펀이는 시장골목'(「세계의 한 모퉁이에서」)이 아니다. 그에게 삶은 모든 들끓는 열망이 빠져 나간 뒤에 보이기 시작한 무심한 존재들, '해탈의 이름없는 영혼들'이 되어가는 것이다. 낡아가는 일이 아름다운 까닭은, 시인에게 '삶의 비의'를 알려주는 '이름없는 영혼'을 볼 수 있는 눈을 주기 때문이다. 그것은 삶의 경륜이며 '마음'에 대한 눈뜸이다.

> 생수통 남은 물을 덜컥 쏟았다.
> 두개골부터 확실하게 깨고
> 물은
> 옥쇄하듯 뒤이어 곤두박히는
> 하반신도 남김없이 산산조각으로 깨어 없애더니
> 이내 비실비실 잦았다.
> 메마른 콘크리트 바닥을
> 등밀이로 기어가다가 몸 뒤집어 낮은
> 포복으로 먹어나가다 숨었다.
>
> 그러나 보라
> 제도가 아닌 마음속에 유토피아가 슬래브를 치고 있다는 걸
> 붕괴된 유적들로 그렇게 웅장하게 파헤쳐놓은 물을
> 그 내막을.
>
> ―「유적」 전문

「유적」이라는 제목에서 느껴지는 인상처럼 위의 시는 흔적이 남겨 놓은 의미에 관하여 명상하고 있는 작품이다. 결국 '유적'의 의미는 마음 속에 들어 있던 견고한 유토피아의 파괴된 '자국'이다. '생수통'으로 표현된 제도가 아니라 마음 자체가 이미 '견고한 유토피아'를 품고 있었음을 발견함

으로써 그에게 현실 속에서 유토피아는 더 이상 구조나 제도가 아닌 개개인의 욕망이 만든 거대한 허상이자 집착이 된다. 제도가 깨어진 상태에서도 물은 "메마른 콘크리트 바닥을/ 등밑이로 기어가다가 몸 뒤집어 낮은/ 포복으로 먹어나가다 숨"는 끈질긴 집착을 보인다. 그 집착된 '붕괴된 유적'으로도 끊임없이 무엇인가를 말하려고 하는 것이다.

시인이 이 시집의 맨 앞에서 "사는 것은 일장춘몽 말에 빚지는 것이니"라고 한 것처럼 유적은 붕괴된 흔적만으로도 무엇인가의 그 내막을 말하고 있는 것이다. 곧, 말과 집착은 여기서 다시 만나 시인에게 새로운 의미를 남긴다. 그것은 앞에서 인용한 '자작시론'의 "자신이 묻어 있지 않은 말과 론의 공허함"에 대한 인식이다. 흔적이 무엇인가의 부재를 증명하듯이 '손때'가 묻지 않은, 아우라가 없는 말과 삶이란 아무 것도 말해주지 못한다. 그것은 진정성이나 신성성을 상실한 결핍된 언어이며, 세속화된 언어이다.

시인이 그의 시에서 끊임없이 말하고자 하는 것도 바로 유적 또는 흔적에 관한 것이다. '깨달음'이 그에게는 사유 속에서 얻어지는 것이 아니라 발견의 양식으로 다가 온다. 그것은 체험 속에서 획득되며 낡아가는 과정 속에서 하나의 흔적으로 그의 마음 속에 남은 '자국'이다. 그 '자국'-때로는 흉터일 수도 있는-을 보는 '눈'을 갖게 됨으로써 그는 '단잠 한숨 소스라쳐 깨어나'(「세상의 한 모퉁이에서」) 세상을 새롭게 바라보는 것이다. 이런 시인의 생각은 시집 『우리 이웃 사람들』의 다음과 같은 '자서'에서도 잘 나타난다.

오래 전에 시인된 자로서의 어설픈 허영심은 다 버렸으나, 아직도 내가 무엇이고 세계가 무엇인가를 시로써 드러내야 한다는 생각에는 변함이 없다. 한때는, '시'라는 어떤 생각의 허방다리에 빠진 적도 있었고 한때는 미문(美文)의식에 사로잡혔던 적도 있었다. 또 나름대로의 '가짜의식'에 속았던 적도 있었다. 이런 저런 여러 되살핌 가운데 서서히 분명해지는 것은 몸과 생각으로 끝까지 겪은 일 아니면 믿을 수 없다는 사실이다. 내 것이라고, 내가 겪은 것이라고 믿었던 사실들이, 사실이 아닌, 관념의 허깨비였음을 깨닫는 일이 얼마나 많았던 가. 할 수 있다면 말과 사물에 자의적인 옷은 입히지 않을 일이다.

위의 인용문에서 보듯이 시인에게 시란 "자신과 세계가 무엇인지를 드러내는" 양식이다. 그래서 관념의 허깨비가 아닌 몸과 생각으로 겪은 일만이 진정한 '시'가 될 수 있다는 것이다. 앞에서도 살펴봤듯이 이 시인에게 시란 마음이 겪은 일이고 거기에 남겨진 흔적이다. 시가 흔적일 수 있는 까닭은 삶이 오직 '남겨진 자국'만으로 증명되기 때문이다. '자신과 세계가 무엇인지'를 말한다는 것은 곧 '삶'이 무엇인지를 말한다는 것과 같은 의미를 지닌다. 결국 시인의 삶에 대한 성찰은 '몸과 생각'이 하나가 된 마음의 시론으로 귀착된다.

그의 이번 시집이 지닌 의미는 바로 그러한 '마음 시편'이 이 안에 담겨 있다는 사실에 있다. 몸과 생각, 곧 감각과 정신이 제각각 떨어져 들끓던 욕망이 지나간 자리에 남은 마음의 무심한 폐허 속에서 시인은 놀랍게도 해탈의 모습을 발견하는 것이다. 곧 세계는 '감각의 질퍽이는 시장골목'과 '믿음과 이데올로기가 얽은 정신의 감옥'을 빠져 나온 뒤에야 비로소 제모습을 드러내기 시작한다. 욕망이 '玉碎하듯', '곤두박히는' 삶의 한 순간이 지난 뒤에 진정한 유토피아 의식은 마음 속에서 확인된다. 그것은 제도 속에서 들끓던 욕망이 갑자기 분출되어 '두개골[정신, 생각]'과 '하반신[감각, 몸]'을 '산산조각으로 깨어 없애드니/ 이내 비실비실 찾았다'가 잠시 후 더 끈질긴 생명력으로 바닥을 기어가는 물[마음]의 유적을 발견하게 되는 앞의 인용시(「유적」)에서도 명확하게 드러난다. 진정한 유토피아 의식은 욕망이 꺼진 뒤의 마음 속에 있으며, 욕망의 체계 안에서 꿈꾸는 유토피아에의 열망이란 단지 허상에 불과하며 욕망의 다른 이름일 뿐이다.

4. 운명의 폐허

세속적 운명이 욕망의 색깔을 입은 운명임은 이미 앞에서 말한 바 있다. 그리고 홍신선의 시에서 포착되고 있는 풍경은 '낡은 것들', '세속적 운명'의 '저편'에 홀로 떨어져 있는 폐허라는 사실도 앞에서 확인했다. 즉, 그의 시에는 '세속적 운명'의 반대편에 '운명의 폐허'가 자리 잡고 있다. 그것은 영혼을 망각한 운명의 형태를 자각하고 '영혼의 빈자리'가 느껴지는 '폐허'로 가는 시의 도정을 암시한다. '세속성'은 '몸과 생각'이 들끓는 현장이고 지나간 시대이다. 또한 그것은 시인 개인에게는 감각의 극단과 정신주의의 대립이 팽팽했던 어리석은 젊은 시절이기도 하다.

세속적 삶에 대한 자각으로부터 시작된 그의 '시적 여행'은 인생의 굽이 길고 '시간'의 뒤통수를 좇는 길이었다. 그래서 이미 넘을 수 없는 한계가 지워진 운명을 확인하는 과정에서 그의 시가 도착한 지점은 바로 '운명의 폐허'이다. '욕망'의 색깔이 지워지고 난 뒤의 '운명'은 무슨 색깔일까. 단지 영혼의 이미지만 뿌옇게 남고 빈자리가 되어버린 '폐허'에서 그는 무엇을 발견할 것인가.

폐허는 '몸과 생각이 끝까지 겪은 일들의 흔적'이 서린 곳이다. 이제 폐허 속에서 확인되는 것은 영혼의 '부재 증명'이고 동시에 마음의 확인이다. 세월 속에서 욕망 자체가 운명이었던 때를 지나 이제 체험이, 흔적이 마음을 낳는 지점에 그는 도착한 것이다. '놋요강이 구르고' '욕망 불 꺼지듯 식은 나트륨 빛줄기'가 '따뜻한 혀로 수척한 풀들을 핥아주'는(「풍경」) 폐허에서 그는 운명을 다시 발견하는 마음을 깨닫게 되는 것이다. 그리고 그 운명은 곧 지나온 삶의 흔적을 자신의 색깔로 입은 운명이다. 이제 운명은 불확실성의 앞날을 의미하는 것이 아니라 과거가 되어버렸다. 살아온 자신의 인생을 그대로 덮어쓴, 자신을 닮은 운명 앞에서 결핍이었던 영혼의 부재는 '마음의 해탈'에 의해서 극복된다. '세속적인 운명의 폐허'에서 역설적으로 확인되는 것은 바로 마음의 유토피아이고 말의 아우라, 삶의 신성성이다. 자의적인 말이 아닌 자신의 색깔을 입은 말과 시, 삶을 그는 폐허 속에서 발견한 것이다. 그리고 이러한 그의 자각은 과거의 시대와 그 시대 속에서 살아온 삶의 운명성에 대해서도 다시금 되돌아 보게 한다. 다음의 시는 바로 그러한 시인의 면모를 보여주는 좋은 예이다.

> 운명은 결코 뛰쳐나갈 수 없다는 것
> 장대 높이 뛰기로도 시대의 담벽은 넘을 수 없다는 것을
> 알기까지는
> 얼마나 오랜 시간이 걸렸는가
> 그렇게 생각 안채로 들여보내고 하루를 네 귀 맞춰 개어 깔고
> 무심히 흑백 TV의 풀온을 당기면 떠오르는 화면,
> 꼿발 딛고 아득히 넘겨다보는
> 흐린 화면 너머의 더 흐린 화면 그곳엔 무엇이 있었는가
> 황사 바람이여 지난 시절 그 4·19, 5·16, 5·17 속에
> 누가 장대 높이 뛰기를 하였는가
> 나는 어디에 고개 묻고 있었는가
> 비닐 씌운 두둑에 고추모 옮겨 심고 멍석딸기꽃 밑에 마른 짚 깔기
> 젖먹이 기저귀 갈아주듯 깔아주며
> 언젠가 풋딸기들이 뾰죽한 궁둥이로 편히 주저앉을 것을 생각하는
> 나날의 이 도道와 궁행躬行은 얼마나 사소한가 거대한가
> 풀먹여 새옷 입듯이
> 마음 벗고 껴입는·
>
> — 「황사 바람 속에서」 부분

시인은 '마음 벗고 껴 입는' 행위를 통해서 새로운 '세월'을 맞이한다. 지난 시절 '장대 높이 뛰기로도 시대의 담벽을 넘을 수 없'었음을 말함으로써 그는 이제 '시대의 장벽'을 넘으려고 하기보다는 마음의 옷을 먼저 갈아입는다. 지난 날 운명은, 삶은, '황사 바람 속에서' 앞을 내다 보듯이 흐린 상황이었고, '흐린 화면 너머의 더 흐린 화면 그곳'에 있는 무엇이었다. '운명은 결코 뛰쳐 나갈 수 없'으며 아무도 그것을 뛰어 넘지는 못했

다. 어쩌면 장대높이 뛰기와 같은 '열망'의 상승으로도 그것은 넘을 수 없었던 대상이었는지 모른다. 오히려 운명을 뛰쳐나가려고 하면 할수록 '세속적 운명'의 힘은 더욱 강해질 뿐이다.

욕망의 옷을 벗어던지고 '풀먹여 새옷 입듯이/ 마음 벗고 껴입는' 행위, 그것은 '무심한 해탈'이고 "하회탈 하나로/ 세계여 나를 사랑했던 네 마음에 가 걸려서/ 웃고 싶다 너의 전심전령을 흔들고 싶다/ 낄, 낄, 낄,/ 낄, 낄, 낄"(「치매」)하고 노래하는 시인의 자세를 그대로 압축시킨 상징적 표현이다. '멍석딸기꽃 밑에 마른 짚 깔'고 '언젠가 풋딸기들이 뾰죽한 궁둥이로 편히 주저 앉을 것을 생각하는' 나날의 도(道)이자 한편으로는 구차한 행위를 '얼마나 사소한가 거대한가'라고 묻는 시인에게는 이미 욕망이 빠져 나가고 '탈속한 삶'의 자세만이 유일한 의미로 남은 것이다. 이제 욕망이 지나간 자리에서 시인은 삶의 저편에서 다가오는 '죽음'에 대해서도 사색하기 시작한다. 한 시대를, 운명을 넘을 수 없었듯이 이제는 시간의 벽을, 그리고 죽음을 초월할 수 없음도 그는 잘 아는 것이다.

> 내 이제는 곁방 사는 시간이 씻겨주는 대로
> 식은 약쑥물에 굳은 안면 씻고
> 습襲과 염殮 개운하게 끝내고
> 단잠 한숨
> 소스라쳐 깨어나리, 저 삶 밖 나서서 가는
> 황천길 질러가는 뚝방 쯤에서
> 깨어나 뒤돌아보리
>
> (중략)
>
> 내 이제는 목숨 밖에서 다시는 발길 돌리지 않으리니
> 단호하게 깨어서 가리니
> 새벽은
> 옆방에 전세 들어온 죽음처럼

들는이 있다고 소리 죽여
고요들로 줄 서 있다

－「세계의 한 모퉁이에서」 부분

'세계의 한 모퉁이'를 차지하고 살아온 시인의 삶이란 헛된 욕망에 들 끓던 미미한 존재의 서글픔일 뿐이다. 이 시에서 "얼마나 어리석었는가/ 지난 날은 몇치 몇칸의 욕망이고 뉘우침일 뿐"(「세계의 한 모퉁이에서」)이 라고 말하는 시인의 목소리에는 세계의 거대함 앞에서 의연하지 못하고 발버둥쳐온 삶에 대한 회한이 그대로 드러난다.

1연에서 보듯이 시인은 이제 '곁방 사는 시간이 씻겨주는 대로' 운명과 죽음을 순순히 인정한다. 시간의 흐름과 인생의 순리를 인정하고 따르려 는 시인의 태도에는 이미 모든 욕망이 소진되어 사라져가는 모습만 남아 있다. 욕망의 집이었던 육신에 대하여 "식은 약쑥물에 굳은 안면 씻고/ 습 (襲)과 염(殮) 개운하게 끝내고/ 단잠 한숨/ 소스라쳐 깨어나리"라고 말하는 시인은 이미 '죽음'을 욕망의 틀로부터 해방되는 한 과정으로 순순히 받아 들이고 있는 것이다. '황천길 질러가는 뚝방쯤에서 깨어나 뒤돌아' 볼 그 의 삶이란 "얼마나 어리석었는가/ 믿음과 이데올로기로 얽은 정신의 감옥 에서/ 감각의 질퍽이는 시장골목에서/ 선불맞은 짐승처럼 너희들 다만 치 고 받고 싸워온" '욕망의 전쟁터'일 뿐이다.

삶에 대한 이러한 '탈속한 시선'은 '목숨 밖에서 다시는 발길 돌리지' 않고 '단호하게 깨어서 가겠다'는 의지적인 목소리로까지 확장된다. 이제 죽음은 운명이 아니라 하나의 의지이자 선택이고 지향점으로 바뀌게 된 것이다. 삶의 궁극적인 지향점이란 바로 '마음의 해탈'이 이르는 '죽음'이 고, 그것은 '낡아가는 모든 것'의 종착점이다. 운명의 폐허란, 결국 운명을, 삶을 마지막으로 의미있게 만드는 죽음에 대한 인식을 통해서 깨닫게 되 는 경지이며 모든 비속한 열망이 식어버린 영혼의 부재를 자각하는 자리 이다. 그리고 이러한 영혼의 부재는 죽음, 또는 목숨 밖에 나섬으로써 마 침내 사라져 버리는 것이다. 홍신선의 시는 이 단계에서 '영혼의 부재'를 통해 목숨 밖의 깨달음으로까지 그 시야를 넓혀 운명, 곧 삶에 대해서 성찰하기 시작한다. 마침내 모든 깨달음은 목숨 밖의 운명에 대한 자각으로 연결되는 것이다.

더운 삶을 위하여

—시선집 『삶, 거듭 살아도』(1982) 해설

김 현

말해질 수 없는 말들이 되어 막막한 공간을 등진 채

— 「고향」 부분

홍신선이, 그의 시작의 초기에서부터 지금까지 같이 싸워 온 시인들은 서정주, 황동규, 오규원 등의 시인들인 것 같아 보인다. 그 싸움은 그러나 지엽적인 것과의 싸움이 아니라, 그 시인들의 정신 세계관과의 싸움이어서 영향, 모방 따위와는 거리가 멀다. 그는 서정주와 인간과 자연은 과연 하나 인가라는 질문으로 싸움을 벌이고 황동규와 도피하지 않고 사는 일과 마주 서기 위해서는 어떻게 해야 하는가라는 질문으로 싸움을 벌이고 그리고 오 규원과는 자신을 어디까지 벗겨야 자신에 이르는가라는 질문으로 싸움한 다. 그 싸움의 과정에서 그는 때로 지기도 하고 이기기도 한다. 가령 그가,

나는 보겠네, 아주 어릴 때의 고향길에 가
멀리 보리밭 위로 청청한 몸을 일으켜오는 하늘에서
바람들이 해에게서 순금의 실꾸러미를 풀어오며
뻐꾸기의 울음은 이슬처럼 매달고 오는 때

나는 보겠네,
(중략)
보라 저것, 나의 많은 것들이 하나의 목숨으로 획득되는 예외를.

　　　　　　　　　　　　　　　　　　　－「이미지 연습」 부분

에서, 자연과 나의 하나 됨을 후기의 서정주처럼 인정하기도 하다가,

　　나는 보겠다. 바다들이 색색깔의 얼굴을 깨뜨릴 때 튀어오르는 물고기의 몸
　　뚱이마다 선[立] 중량들을, 저것이었을까 이승에 떨구는 발소리마다에 머무는
　　내 무거운 뜻이 내 무거운 뜻이.

　　　　　　　　　　　　　　　　－「비유를 나무로 한 나의 노래는」 부분

에서처럼, 그런 생각에 상당한 회의를 표하기도 한다. 또한 그는 황동규처럼,

　　큰 놈은 늘 뒤에 있어
　　내리는 비도 큰놈은 뒤에 내리지

　　　　　　　　　　　　　　　　　　　－「친구와 잠자며」 부분

라고 생각하며,

　　겨울, 추위에는 떠는 거야 떠는 일로 풀들이 풀들다움을 지어 입고 있다 둘
　　러보아 다 떠는 속에 더 떠는 풀은 어떻게 떠는지

　　　　　　　　　　　　　　　　　　　－「우리 시대」 부분

라고 지적하다가도,

　　소원은 없어요
　　사는 일 피하지 않고
　　사는 일 만나보고 싶어요

　　　　　　　　　　　　　　　　　　　－「삶 거듭 살아도」 부분

라고 자신의 속마음을 털어놓음으로써, 떨고, 도피하는 삶 아닌 삶에 대한
희망을 내비친다. 그런가 하면, 그는, 오규원처럼,

> 누워서 같잖은 심각함에 물 먹이고
> 같잖은 팔자에 물 먹이고
> 물 먹이는 자신에 물 먹이고
>
> — 「미스 이」 부분

하다가도,

> 솟구치고 뛰기 위해 얼마나 더 낮추어 가야 하는지
>
> — 「물」 부분

를 되묻는다. 그의 그 싸움은, 시인들과의 싸움이면서, 동시에 그 시인들
이 싸운 시대와의 싸움이다. 다른 시인들의 싸움을 그대로 모방하거나 흉
내 내지 않고, 자기 식으로 싸워나가기 위해, 그는 시대와 그 시대를 산
시인들과 다같이 싸운다. 그 싸움이 얼마나 힘든 싸움이었나 하는 것은,

> 초조한 미래 끌어다 이마까지 덮고
> 갈라서 누운
> 이 고장과
> 나,
> 차디찬 등을 등에다 마주 받쳐주는
> 그대는
> 혹시 누구?
>
> — 「하숙에서」 부분

라는 자문 속에 뚜렷하게 드러나 있다. 시작의 초기에, 그는 자연과 인간
이 순환적 하나라는 인식과 싸우고, 거기에서, 사람의 삶이, 자연처럼, 자

연스럽고, 수동적인 것만이 아니라는 결론을 이끌어내고, 그 결론 위에서, 사는 일을 회피하지 않기 위해서는 무엇을 해야 하는가라는 질문과 마주친다. 그 질문에서, 그는, 우리의 삶은 우리의 삶을 줄이고 줄이게 하는 힘과의 싸움을 포기하지 않을 때에야 삶다워진다는 인식에 다다르게 되며, 그 인식은 자기를 줄이는 것의 의미 천착으로 나타난다.

> 부귀영화에 미지에 끊임없이 물결로 떠오르는 나는, 혼신으로 떠오르는 나는
> 누구일까요
>
> -「미스 이」 부분

가 그러니까 그의 마지막 질문이다.

나는 누구인가라는 질문은, 홍신선에게 있어, 과거를 향한 질문이 아니라, 미래를 향한 질문이다. 나는 어떻게 해서 지금의 내가 되었는가가 아니라, 나는 어떻게 살아야 진정한 나에 이를 수 있는가, 그 질문의 진정한 의미이다. 그런 의미에서, 그의 시에는

> 과거로만 뚫린 길
>
> -「늦가을 벼를 베며」 부분

이 없다. 대부분의 서정 시인들이 집요하게 집착하고 있는 유년 시절보다 그에게 중요한 것은 미래를 향한 떠남이다.

> 나의 꿈 나의 조그만 유년은 보이지 않고
> 어디엔가 떨어진 물 한 줄기 찾아서
> 오늘은 떠나기로 한다,
>
> -「들오리 떼」 부분

이 시구에서의 나는, 나이면서, 물을 찾아 헤매는 들오리 떼이지만, 그는 꿈같은 유년 대신에, 물 한 줄기에 더 집착한다. 이 시구에서도, 유년

은 꿈과 결부되어 있지만, 대부분의 경우, 유년은 어머니, 누이와 같이 있는 편안한, 여성적인 유년인데 홍신선의 시에서는 유년이 환기되는 아주 드문 시구에서도, 그것은 아버지의, 가난에 찌든, 그러나 미래를 향해 열린 외침으로 나타난다. 가령,

아버지의 손가락 같은 나뭇가지들이 꿰어 들고 있는 달무리
— 「출정」 부분

같은 이미지에서, 아버지의 손가락은, 나뭇가지와 결부되어, 그 투박함, 헐벗음을 드러내고 있지만, 그 손가락이 꿰어 들고 있는 것은 환한 달무리이다. 그 아버지께, 「논」에서 시인은,

쑥대밭 머리에
앉아서
논바닥 검불 더미에 쓰러진 가난을 퍼 던지겠다.
(중략)
대대로 쓰러진 가난을 퍼 던지겠다.
— 「논 — 내 아버지께」 부분

라고 외친다. 그 외침은,

대대로 우물배미에 머리 처박고 뜨는 논물처럼
사는 것이 부끄러워.
— 「옛마을」 부분

라고 생각한 마음의 외침이어서, 그 외침은 더욱 절박하고 더욱 절실하게 들린다. 가난은 부끄러움을 낳고, 부끄러움은 가난을 퍼 던지겠다는 외침을 낳는다. 그 외침에 앞서, 그 가난을 똑똑히 눈 부릅뜨고 바라다보자는 결심이 자리 잡지만, 그 결심만으로, 자기의 외침이 이루어지지 않으리라

는 것을 시인은 알고 있다.

하늘도 분노도
마작판 노름빛으로 뗀 전답도
모두 이름뿐, 허허벌판이 되어
배 곯고 드러누워 있으니
참나무 화라지 군불에
벌겋게 녹던 겨울하늘도
오늘은 부러져 있다
밑동께서 부러져 산천들을 차갑게 덮고 있다
모두 흩어지고 난 꿈과 꿈의 언덕들이
암흑이듯 쌓여 있다
암흑의 한 귀퉁이에
눈을 부릅뜨고 일어서 있는 마음아
부릅뜬 두 눈만으로
여기 지난날의 헛됨을, 공허를 다 지킬 수는 없다.

                                          -「옛마을」부분

　부릅뜬 눈으로, 지난날의 헛됨과 공허를 지킬 수 있다면 누군들 안 부릅뜨겠는가. 그러나 부릅뜬 눈에 보이는 것은, 배곯고 드러누워 있는 허허벌판, 차갑게, 낮게 내려앉아 우울하게 산천을 덮고 있는 하늘, 그리고 흩어진 꿈과 꿈의 언덕들, 그 모든 암흑이다. 부릅뜬 눈에 보이는 것은 컴컴함뿐이다. 부릅뜬 눈은 아무것도 볼 수 없는 눈이다. 그가 다른 서정 시인들처럼 유년 시절을 부드럽게 바라보지 못하는 것은, 유년 시절이 암흑이기 때문이다. 아니다, 차라리, 유년 시절을 부드럽게 보려 하기 때문에, 그의 눈에, 유년 시절은, 잘 살아야 된다, 가난을 극복해야 된다는 달무리, 아버지의 손가락이 꿰어 든 환한 빛으로만 보이는 것이다. 그의 상상력 속에서는, 무서워라, 흰 달무리가, 컴컴한 암흑이다.
　흰 달무리가 암흑으로 보이는, 느껴지는 상상력을 무엇이라고 부를 수

있을까? 강한 의지 때문에 무기력해지는 삶의 상상력을 무엇이라고 부를
수 있을까? 『삼국유사』 속의 한 인물의 이름을 빌어, 나는 그것을, 사랑이
죽임이었던 뜻 귀신 지귀(志鬼)의 상상력이라 부르고 싶다. 그 상상력 속
에서는, 모든 것이 허구이며, 죽음이다. 껌껌한 그것들은 대개 허옇게, 희
부옇게(시인은 직관적으로 음성 모음을 사용한다. 허옇다는, 검은 하얌이
다) 나타난다. 그것의 하얌이 시인에겐 바로 의지이다.

누가 죽어서
저 들판의 대머리 빗기며
묵묵히
공허가 되어 와 섰느냐

이제 이 세상에서
자네의 꿈은
저 들보리밭에 우는 산꿩 소리에나
남아서
꿔구엉 꿔구엉
제 속을 제 속의 멍을
속속들이 다 뒤집어
허공에 허옇게 주느니

허공에 허옇게 들린
산꿩 소리나
받아들고
누가 묵묵히
공허가 되어 와 섰느냐.
　　　　　　　　　　　　　　　　　　　－「산꿩 소리」 전문

산꿩 소리라는 제목이 붙어 있는 이 시는 죽음, 아무것도 없는 들판, 소
리 없음, 공허, 꿈, 허연 꿩 소리 등을 빈틈없이 배열하여, 자연의 텅 빔,

죽음과 허연 꿩 울음소리, 그 소리를 듣는 사람의 죽음, 텅 빔을 하나로 만들어 내고 있다. 죽음은 아무것도 없고, 아무 소리도 내지 않는 들판이며, 허옇게 우는 산꿩 소리에 다름 아니다. 이 시에서 흥미로운 점은, 꿈이 그 허옇게 울리는 산꿩 소리와 같은 것으로 취급되고 있다는 점이다. 꿩 소리와 마찬가지로, 아무것도 없는 들판과 마찬가지로, 꿈도, 허연 텅빔, 허연 죽음일 뿐이다. 그 도저한 인식은,

> 광대한 어두운 입으로 땅거미들도
> 허망을 울고 있다.
> 이제 앞에는
> 귀때기 하얀 달빛들이 쓸다 놓은
> 한두 마당의 허공이 희부옇게 걸려 있다.
> 마저 쓸어가야 할
> 희뿌연 죽음만이 보인다.
>
> ―「서른 나이에」 부분

라는 절망적인 탄식을 가능케 한다. 밝게 앞을 내다보아도 보이는 것은 컴컴한 죽음뿐이다. 때로는 그 죽음이 더욱 편하게 여겨질 때도 있다. 검은 밝음, 시인의 표현을 빌면 "떠돌던 가이없음, 떠돌던 비겁함"은 얼마나 더 가야 끝날 지 알 수 없기 때문이다. 시인은 추석 때 "음복술에 취해" 가까운 선산을 돌아보고 이렇게 노래한다.

> 산소 몇 군데
> 남양홍공지묘南陽洪公之墓로
> 편안하게 끝이 나 있는 이들
> 얼마를 더 걸어가야 끝이 나는가
> 떠돌던 가이없음, 떠돌던 비겁함이
> 끝나서 이렇게 임야 몇 평으로 돌아오는가
>
> ―「추석날」 부분

죽음을 편안한 것으로 꿈꾸는 상상력은 드문 상상력이 아니며, 때로는 상투적이기까지 하지만, 홍신선의 상상력 속에서, 죽음은, 떠돌던 가없음과 결부되어, 반드시 편한 것만이 아닐지도 모른다는 울림을 울린다. 편히 눈을 못 감은 넋들만이, 가없이, 죽음 뒤에도 주검 위를 떠도는 것이 아닌가! 그래서 그의 죽음은 차라리 몸부림치며 살려는 눈물겨움에 가깝다.

> 뛰어서 이어질까, 일번국도 지나
> 가슴 한쪽 드러낸
> 구멍가게.
> 큰물져 흙물 누렁천 뒤집어쓴
> 갈대 기웃이 작은 머리 들고 선 곳,
> 사람과 흙들 살겠다고 몸 주고
> 뒤섞인 곳,
> 이어질까
> 투명하게 공기의 막 속에
> 집들
> 나무들
> 추위
> 나란히 고개 들이미는
> 이 눈물겨움에 닿을까
>
> ─「일영서 송추까지」 부분

무덤 역시 사람과 흙이 살겠다고(!) 몸 주고 섞인 곳이지만, 홍수 뒤의 흙탕 속의 집, 나무, 추위는, 삶의 눈물겨움과 이어질 사람과 흙이 살겠다고 몸 주어 섞인 곳이다. 그렇다면 그 눈물겨움은 1980년 이후에 씌어진 홍신선의 시에서 죽음과 결부되기보단, 같이 눈물겨운 삶을 이어나가는 이웃들에 대한 공감으로 변모한다. 「고향 친구 그」「미스 이」, 「우리 이모」 등을 노래한 시들은 그 눈물겨움의 실제의 모습을 보여준 시들이며, 「하숙에서」「어딘가에 무엇이」 같은 시들은 그 눈물겨움의 본질을 반성하는 시들이다. 이 세계에는 편안한 것들만이 있는 것이 아니라, 눈물겨움, 밝은 어둠을 감내해가는, 무엇이 어디엔가엔 있다.

> 누구는 눈물과 눈물이 몸 껴안고 어울려 탄 모양이라고
> 누구는 살 깊이 불을 놓고 저 혼자 꺼진 어둠이라고
> ─「어딘가에 무엇이─5·18 광주를 보며」 부분

눈물겨움, 밝은 어둠은, 드디어, 서로 껴안고 타오르는 눈물, 살 속에 불을 지핀 어둠이라는 감동적인 이미지가 된다. 그 이미지들이야말로, 그가 「어떤 가야산(伽倻山)」에서 노래한 죽음 아닌 더운 삶의 본질 그 자체이다. 나는 누구인가라는 질문은, 그 이미지를 통해, 더운 삶은 어떤 삶인가라는 질문으로 바뀐다. 그 질문의 공간이

> 말해질 수 없는 말들이 되어 막막한 공간을

등지게 되는 공간이다.

흑백법을 통한 공관空觀에의 접근

─시집 『서벽당집』(1973) 서평

박진환

홍신선의 시를 대하면서 우리가 직감할 수 있는 것은 세 개의 색감이다. 그 하나는 '어둠'이나 '어스름' 그리고 '밤'과 '끄으름' 등에서 볼 수 있는 흑(黑)의 색감과, 둘째는 '하얀' '희뿌연' '허연' '허옇게' 등에서 볼 수 있는 백(白)의 색감과, 셋째로 '허공'이라는 청(靑)과 공(空)의 색감이 그것이다. 이러한 색감의 시어는 그의 시 어느 편에서나 구사되고 있는 것들로써 이러한 시어의 색감을 통한 그의 시에의 접근은 그가 설정한 이데아에의 극지에 도달하려는 그의 노력이 무엇인가를 극명하게 암시하는 것들로써 간과할 수 없는 것들이다. 그것은 그 시어의 세 색감의 배경이 그의 시 정신과 시 세계를 형성하는 근원적인 바탕이 되면서 동시에 그의 이데아의 세계로 확대되고 있기 때문이다.

그는 어디서고 흑백(黑白)과 만나고 동시에 청공(靑空)의 허공과도 만난다. 이를 확대시킨다면 흑은 땅[地], 백은 공간(空間), 청공(靑空)은 하늘 [天]로도 대명(代名)된다. 이 세 세계의 질서와 조화를 통한 정신적 획득이 공관(空觀)에서의 입리(入理)다. 단테의 『신곡』은 기독적 삼계(三界)에 대한 순례다. 그러나, 동양정신에서 흑법과 백법을 통한 순례의 극지

(極地)는 공관(空觀)의 세계가 된다. 여기 와서야 비로소 홍신선의 시는 제 자리에 앉게 된다. 세 개의 색감의 확대를 통해서만이 그의 시는 이해될 수 있기 때문이다. 흑백과 청공의 색감의 배경이 어떻게 시로써 확대되는 가는 그의 시를 제시할 때 극명하게 나타나게 된다.

돌아가리
수유의 빈 집 이승도 지쳐두고
이제 홀로 마음은
뜰앞에 내려 들으리
무색 하늘 속에 꿈틀대는 긴 여울
어느 구비쯤
어려서 내가 쳐놓은 통발 위엔
켜켜로 얹히는 소리
물비늘로 아이 적의 얼굴이
얹히는 소리 들으리

마음은
본성의 어두운 한 채 절간에 앉아
그 뇌성 속으로
피난해 들어가는 한 떼 나무들의
영혼을 불러 내리리
불러내려
내 한 평생
님의 눈썹 사이 흩어진 어둠을 쓸리
발자국마다 청정한 뭇 별들이
뜨는 재미로 쓸리.

－「마음」 전문

그의 시 「마음」의 전문이다. 이 시에서 쉽사리 우리는 그가 암시하고 제시하는 것이 무엇인가를 알게 된다. '빈집'의 공관의식, '무색'의 백의식,

'어둠'의 흑의식 등 그의 세 개의 색감이 '절간'이라는 불교적 측면에서 파악될 때 이는 곧 땅, 공간, 하늘의 대유가 아니라 흑법(黑法)과 백법(白法)을 통한 공관, 즉 그의 이데아에의 접근에서 비롯되는 고차적인 불교적 동양정신의 구현이라는 시정신의 표출임을 알 수 있게 한다.

흑법은 불교에서 정법을 역행한 외도의 사념의 법으로 번뇌와 고(苦)를 의미한다. 이의 극복이 없이는 백법에 들어갈 수 없다. 백법은 흑법의 반대로 청정한 선법, 즉 부처의 정법으로 번뇌를 극복하는 낙(樂)을 의미한다. 백법의 득도만이 비로소 공관을 터득하게 된다.

공관은 모든 것이 인연에 의해 생성했으니 있지도 없지도 않는 불변적 실존을 부정하는 불교사상의 근본인 『반야경』의 세계에서 연유한다. 모든 현상은 연기하는 것으로 항존 불변하는 자성을 인정하지 않고 이 실상을 공이라 하고 자아 및 세계에 대한 집착의 망상에서 해탈하여 공의 이치를 터득하는 것을 공관이라 한다. 홍신선의 시는 이러한 불교적 구도로써 그의 이데아의 세계에 접근하려 하고 있음을 알게 된다. 이를 구체적으로 제시한 것이 「마음」의 마지막 연이다.

> 내 한 평생
> 님의 눈썹 사이 흩어진 어둠을 쓸리
> 발자국마다 청정한 뭇별들이
> 뜨는 재미로 쓸리.
>
> ─「마음」 부문

"흩어진 어둠을 쓸리"는 흑법의 번뇌, 즉 백팔번뇌와 고, 곧 고해를 초극하려는 작업이다. 이 작업을 통해 동시에 획득되는 "발자국마다 청정한 뭇별들이/ 뜨는 재미로 쓸리"의 백법을 통한 낙(樂)의 획득 등은 앞의 명제를 한층 뒷받침해 주고 있다. 그러나, 그가 희원하는 이데아의 극지, 곧 흑법과 백법을 통한 공관의 세계에 들어간 것은 아니다. 다만 그의 삼색의 배경이 보여주는 그의 시 정신의 바탕과 그의 시 세계가 어떻게 확대되어 가고 또, 그가 구현하고자 하는 시적 실현이 무엇인가에 대한 암시와 제시를 우리는 보았을 따름이다.

이제 우리는 그가 만나는 흑백의 본질과 청공의 본질에 대한 파악과 흑백의 갈등 속에서 그가 무엇을 노래하고 있는가를 살펴보아야 한다.

먼저 흑의 본질, 즉 '어둠'과 '어스름', 그리고 '밤'과 '끄으름' 등의 번뇌와 고의 본질은 무엇인가. 그의 시를 통해본 흑의 본질은 땅, 특히 '논'을 중심으로 한 애환과 직결되고 있다.

「논」의 시편에서 볼 수 있는 '어둠'의 본질은 가난과 성(性)과 배고픔과 눈물과 한숨, 그리고 생의 아픔이 깔려 있다. 한의 체념 아닌 본원적인 생의 아픔과의 만남이 그것이다. 이러한 아픔은 생의 번뇌요, 협의의 생활고다. 이를 확대했을 때 이는 곧 인생고해의 불교적 차원으로 이어진다. 그의 시는 이에 대한 구원보다 고에 대한 체득이다. "허연", "희뿌연" 등의 백의 배경은 번뇌의 극복과 고에 대한 정신적 득도의 극기다. 그의 시에 의하면 어둠과 아픔의 고통을 쓸어내는 작업으로부터 이를 극복, 낙(樂)을 획득하고 있다. 시름과 절망과 공허와 한 시대의 고통을 초극하는데서 획득되는 정신적 성취가 그의 백의 배경을 이루고 있다. 이는 흑백의 갈등 속에서 획득된 자아의 발견이다. 그러나 그의 이데아의 극지, 공관의 세계는 이러한 자아와 세계에 대한 집착과 해탈로써 획득되는 세계이다.

그가 도달할 극지, 그것은 곧 『서벽당집』이 끝나는 곳에서 출발한다고 볼 수 있고, 푸르름이 고이는 영세적인 세계, 달리 말하면 당대적인 것과의 대결에서 획득되는 세계가 바로 그의 시집제목 『서벽당집』이 암시하는 푸르름이 고이는 세계와 유관하다고 보아지기 때문이다.

다음 시는 한층 이를 뒷받침해 주고 있다.

> 허위허위 달려서 한동안도 끝나는가
> 지나온 어스름 속에는
> 땀 흘려 퍼내버린 하늘이며 절망이며
> 갈대의 얼굴이

사위어버린 한 마지기 시간으로 떨어져 있다.
광대한 어두운 입으로 땅거미들도
허망을 울고 있다
이제 앞에는
귀때기 하얀 달빛들이 쓸다 놓은
한두 마당의 허공이 희부옇게 걸려 있다.
마저 쓸어가야 할
희뿌연 죽음만이 보인다.

─「서른 나이에」 전문

「서른 나이에」의 전문이다. 시력 10년, 그가 "지나온 어스름"과 "땀 흘려 퍼내 버린 하늘이며 절망"과 "광대한 어둠"은 무엇인가. 그것은 흑법에서 만난 번뇌와 고행이다. 그는 이러한 외도적 입지에서 땀 흘려 검은 하늘과 검은 절망을 퍼내버림으로써 드디어 "귀때기 하얀 달빛들이 쓸다놓은 한두 마당의 허공"과 만나게 된다. 귀때기 하얀 백법의 낙(樂), 곧 그의 구도적 정법의 유년과 만난 것이다. 이제 그에게는 "마저 쓸어가야 할/ 희뿌연 죽음"이 남아 있다. 그 죽음들을 다 쓸어 냈을 때 비로소 그는 영생적인 열반, 공관에의 경지에 다다르지 않을까.

'이미지의 실험'과 '회귀'로써 상징과 결별한 시작과정(詩作過程)을 거쳐 그가 이데아의 극지, '서벽당'의 공관에 접근하고 있는 것은 그의 끊임없는 시 정신의 발현이라 보아줄 때 우리는 그의 내일을 지켜봐도 좋을 것 같다. 그것은 그의 시 정신의 궁극이 열반에의 희원, 그 득도의 입지에서 방황 아닌 구도로 일관하고 있기 때문이다. 시집 『서벽당집』의 시편이 보여주는 일체의 사물에 대한 그의 파악은 토속 아닌 공관불교의 정신적 차원에서 획득된 동양 정신의 실현이라고 보아줄 때 비로소 정당한 평가를 받게 된다고 믿고 싶다.

독창적인 성숙한 다면성

—시집『다시 고향에서』(1990) 서평

송희복

문학과지성사에서『우리 이웃 사람들』을 펴낸 후 6년만의 네 번째 시집『다시 고향에서』는 앞의 시집과 유사한 인상을 주고 있으나, 보다 무르익은 수준에서 독특한 자기 세계를 구축하고 있다. 그가 초기에 이룩했던 아름다운 율문의 세계에서부터 미문의 유혹을 거부하는 과정을 거치면서 이 시집에 이르러 일견 속되고 비루한 산문의 경지가 완성된다. 즉, 다양한 면면들이 한데 모인, 기존의 시가 지닐 수 있었던 미덕의 여러모꼴을 동시에 수용해 이룩한 경지이다. 가령, 정서면에서는 농촌 공동체의 소박한 시골 풍경 속에 구수한 흙 냄새가 배어 있는 백석의『사슴』(1936)을 연상케 하고, 형식면에 있어서는 시에 이야기가 도입된 담시의 새로운 영역을 개척한 서정주의『질마재 신화』(1975)와 다소간의 친연성을 일깨운다. 그러나 백석과 서정주가 이미 만들어 놓은 민화적인 세계에다 선미한 기법을 가미하고 또 그것을 정신의 테두리 안에 담음으로써 다면적인 총체성이라는 독창적인 재생산을 가능하게 했던 것이다. 본고에서 필자는 홍신선의 시적 다면체를 분석적인 안목에서 이해해 보고자 한다.

1. 잔존殘存에의 애착

홍신선의 시집 『다시 고향에서』는 무엇보다도 정치화된 중앙집권적인 삶으로부터 비켜서는 것을 특징으로 삼는다. 그는 도시화된 삶의 언저리에서 배회하며, 그의 관심은 산업화 과정에서 그늘지고 후미진 구석으로 기울어진다. 그것은 도회지스런 시류를 장악하는 실명(實名)의 우상으로부터 배제된 삶이다.

그렇구나, 근기近畿의 변두리로 숨어 그렇구나, 작달만한 회양목, 300년이나 조막손이 두 손으로 치받든 무성의 희부연한 공간, 묵은 부모은중경 몇 줄이 삭아서 날리고 거기 진저리치듯 살 털고 눈 몇 점이 날아오르는구나 (중략) 그 렇구나, 강경과 환상, 급진과 보수, 아무 이름표도 없는 우리를 무엇이라 부를 까. 깃들 자리 찾아 논바닥에 길바닥에 등 비비고 헤매가는 자국눈들을 무엇이 라 부를까. 자전거 타고 달리는 사람들이, 찔레 덤불로 끊기고 이어져 나간 토 성들이, 우리 미처 이르지 못한 나라쯤에서, 이름들에서 끝나는 것이 보이고 등 비비며 달리며 제 이름 찾는 눈들을 무엇이라 부를까.

－「우리 동네 1-용주사에서」 부분

그에게 있어서 이 이름 붙일 수 없는 것들이 바로 고향이다. 낙향의 현장에서 친숙한 토착적 정서를 환기하고, 비록 한잣말일망정 잊혀져 가는 친근한 토속어를 일깨우고, 또한 공동체 구성원 간에 친밀한 대면 관계를 복원한다. 시인의 마음에 자리하고 있는 고향은 "해토머리 주저앉은 논두럭을 걷어 쌓는 사람들, 밟히고 이겨진 진흙들이, 삼남과 어깨 맞댄 흙들이"(「우리 홍씨 3」) 있고, "방아 다 찧은 뒤 적두 팥 새새이 켜를 앉히고, 무와 호박고지의 시루떡을 큰 솥 오지시루에, 잘 익히던 가난한 어머니"(「김장밭에서」)가 있다. 따라서 그 고향은 전근대 공동체에 대한 따뜻한 그리움이며, 산업사회의 고독과 분열에서 벗어나 피와 땅의 연줄로 향해 안정스레 귀속되는 감정이기도 하다.

무덤 두 점이 새로 밭머리에 박혔다.
간 봄에 계모와 논 두 마지기 다투다
농약 마신 학철이,
전라도 어디 월부책장사로 떠밀리다
연탄가스에 죽은 길웅이가 와서 묻혔다
소대렴 끝낸 옷가지 밥그릇들 타다가 꺼져서
시퍼런 쑥대들로 떠오른다
남겨둔 어린 피붙이들이
명절이면 도둑처럼 스며들었다 가고
얼굴 없이 참패의 극치들로 무덤 두 점
박혀 있다,

— 「다시 고향에서」 부분

2. 사생화로 그려진 목격담

홍신선의 시는 일종의 기록적인 담시이다. 시의 화자는 대체로 능숙한 얘기꾼으로서 마치 생동적인 사생화에 담겨 있는 듯한 '있는 그대로'의 목격담을 반영한다. 목가적인 전통 사회가 몰락되고 붕괴되는 가운데에 한 시대의 처참한 사실을 전적으로 호소하지 않고, 탈중심 사회 잔류자의 비애와 그들의 삶의 애환을 그저 담담하게 스케치하고 있다. 따라서 그의 이야기시는 해석과 주관의 개입을 최소한으로 억제시킨 리얼한 보고서이다.

밀양 박씨 위답 부치던 것 떼이고 야반도주해 떠나왔어. 아랫말 골판지 공장 경비 서면서 골판지로 골 죽죽 난 밤하늘에 등 기대어서 더듬지, 마음 감고 점 자처럼 옛일들 더듬지. 한 섬지기 농사지어 섬으로 쌀 담가 느리편, 메떡, 찰떡, 누루미 부치고 코흘리개로 치마꼬리 매달려 찡찡대면 양손에 덥석 쥐어 주던 누루미 한 쪽. 살강에서 놋그릇 죄다 꺼내 닦았지 닦을수록 방짜놋대접 유난히 차게 우리네 하천배 마음 같은 슬픈 살 드러냈어 상 물린 아랫방엔 소목쟁이 김서방과 동네 장정들이 밤늦도록 꿩질 한창인데 국솥에 국 끓는 소리, 부엌에

선 이밥들 함지에 퍼서 아낙들 늦저녁을 먹었었지
　　　　　　　　　　　　　　　－「창식이의 드난살이」 부분

이처럼 「창식이의 드난살이」에서 보는 바와 같이 그는 김대중·정주영·조
용필·선동열·신은경 등과 같은 도심적 실명의 사회에 편입할 수 없는, 변두
리의 삶에 무수한 장삼이사로 버려진 익명의 존재를 가상적으로 이름 붙여
사사화(私史化, privatization)한다. 예컨대 「우리 홍씨」「길남네 모내기」「두
만네 부자」「고향의 이점만씨」「세 사람 김씨」「두메 김민기씨」「밤섬이
된 이수만씨」「외톨이 김씨」 등이 그러한 시도의 결과임은 자명하다. 이
계열의 작품에서는 소외된 삶의 고통과 시름을 행간 속에 감추고 있다. 더
욱이 드러냄을 거부하기 위해 시인은 축문이라는 낯선 대리 진술양식을 차
용하기도 한다.

　　세서歲序는 천역遷易이라 이제 헐떡증 일고 젊어서 대동보大同洑 퍼 올리던
　　삽날들 광 속에서 낯빛 죽여 삭습니다. 공장부지로 선산 평당 삼 만원씩 팔고
　　자식 놈은 대처 어디론가 떠돕니다. 어려서도 상기둥이나 잘 찍던 그 놈. 누구
　　는 부동산 브로커한다고, 누구는 무슨 사장이라고 누구는 다 들어먹어 공사장
　　으로 떠돈다고 합니다.
　　　　　　　　　　　　　　　－「김구장의 축문」 부분

이와 같은 기발함은 드러냄을 거부하는 고심의 흔적이거니와 그럼에도
불구하고 시인이 애써 시도했던 사사화에는 공분(公憤)에 대한 일정한 관
심도가 낮다는 사실이 지적되지 않을 수 없다. 그에게 있어서 익명의 군
상이란, 스스로 철저히 타버려 뒹구는, 싸늘히 식어 버린 연탄재에 불과하
기 때문이다. 그의 시집에 게재된 작품들이 1980년대 중반 이후에 씌어진
것일진대, 얼어붙은 시대에 맞설 수 있었던 최소한의 뜨거움이 아쉽다. 몇
몇의 시편에서 드러난 시인의 보수주의적 시국관도 약점이라면 약점이다.

　　체제 밖에서 혼자 삭힌

분노와 절망을 그는
매연 냄새 아릿한 이 길가에 남아
저 몸짓들로 보이는가
철저히 모두 타고
눈먼 눈으로 남 못 보는
어느 새세상을 응시하고 있는가
잔설들로 끝까지 버티는 이 중부지방 부둥켜안은 채
김모金某, 이모李某들로 뒹구는가.

— 「연탄재를 밟으며」 부분

3. 선 미禪味한 기법

한 편의 시는 리얼한 보고서에 만족할 수 없다. 그렇기 때문에 시인은 한 편의 시를 이루는 과정에서 일정한 수사를 동원하거나, 언어의 개성적인 왜곡을 일삼는다. 표현의 효과를 위해 말을 고의적으로 뒤트는 것은 어제 오늘의 일이 아니다. 홍신선은 자칫 범속한 이야기시가 범하기 쉬운 상상력의 빈곤을 극복하기 위해서 거기에 선적인 채색을 가미한다. 그의 시에서 다문다문 엿보이는 선미한 표현기법은 그가 이룩한 네 번째 시 세계 가운데 가장 개성적인 요소이며, 또 다면성의 중핵이 되기도 한다.

용용자龍龍字에서 뿔복자卜字를 떼어야 한다.
뿔 빠진 용용龍龍들

낙백한 누구나가
제 물 위에 시든 갈대의 수상기들을 설치하고
무심히 잠겨 있다

— 「우리 동네 2」 부분

오늘 역사란 것 만나서
흐리게 가는 비 뿌리는 병점餠店들을 본다

이상의 표현을 보다시피, 그의 시는 부분적으로 상당히 난해하다. 시의 언어는 숙명적으로 모순의 언어이다. 그러나 그가 추구한 개성적인 왜곡은 서구의 수사학에서 보는 논리적인 질감을 한껏 벗어나며, 이치를 어긋나게 함으로써 이치에 도달하려는 보다 생명력 있는 기호화를 보여준다. 여기에 그의 독특한 정신적 화면(畵面)이 엿보인다.

소리 없는 가운데 깊이 감추어진 소리를 듣는다. 아무것도 안 보이는 허공에서 무엇인가를 본다. 줄 없는 거문고를 뜯고 바늘 없는 낚시를 드리워 마음을 낚아 올린다. 안 보이는 꽃의 향기가 문득 흘러온다.
눈앞에 보이는 사물이나 대상들을 빌어서 안 보이는 세계를 번역해 낸다. (중략) 불가시의 세계를 들여다 볼 열쇠구멍을 찾는다. (중략) 십만 평쯤 내게 앞으로 남은 현실.

이것은 그의 시에서 따온 것이 아니라, 그의 시집 부록에 있는 일기초(抄) 일부를 훔쳐본 것이다. 선을 언어로 표현할 때 화두가 된다면, 언어가 선미를 띨 때 생명의 실상이 된다. 그의 말처럼 안팎이 없는 열쇠구멍을 통해 자신에게 남아 있는 십만 평의 현실을 바라본다. 흔히 말해지는 선이란 비논리의 논리요, 부조화의 조화이며, 무목적인 합목적성인 것이다. 선이란 산문에서는 곧이곧대로 진술되는 언어를 극단적으로 뒤트는 행위이며, 해석이나 분석이 불가능하다는 점에서 서구의 수사학과 다르다. 한마디로 말해 그것은 상식을 뒤집어 도에 이르는 일이다.

안팎이 없는 독에
갇힌 사람이 보인다.

그 사람, 마음에서 날파리 쫓듯 논리 내쫓긴 화두도 내쫓고 쓰던 밥주발과 이부자리도 죄다 태우고, 단숨에 마음 뒤집어 깔았다.

뒤집어 깐 마음에, 서녘 하늘에, 어디선가 내쫓긴 것들이 떠올라서 투덜거린
다 '안? 밖? 안팎을, 차별을 지워야 돼'……

-「부도 다시 한 채」 부분

그는 선이라는 정신적 테두리 속에 중심화된 실명의 영역에서 소외된
숱한 익명의 삶, 또는 그 언저리에 놓인 삶을 마치 사생화의 모습처럼 생
생하게 담고 있다. 그리고 도시 문명의 뒤켠, 그늘지고 후미진 구석 속에
있는 고독한 자아의 존재도 되살펴 본다. 즉, 산업화가 몰고 간 자리에 남
은 우울한 자화상을 그려 본다.

두 발 위에 익명의 몸통 싣고 서 있다
매달려 있다
무심히 박제처럼.

-「전철을 타고」 부분

뒤에 남은 시간

—홍신선론

안수환

1.

홍신선은 자연물을 그 자리에 그냥 놓아 두지 않고 어떤 규범적인 존재로 환원시키고 나서야 만족하는 시인이다. 그것은 심미적 거리감을 통해 나타나는 관찰자의 감정이 특별한 형식을 계시하려는, 즉 시를 통한 형상화 과정에서 자연의 질서와 정신 행위를 따로 분리시킬 수 없는 그 나름의 뚜렷한 이유 때문인 것으로 보여진다. 만일 자연이 수와 양에 밀착되어 있다고 한다면, 시는 당연히 시인을 통해 나타나는 절대적 증거로서의 어조(語調)와 의미를 반영한다. 시가 말하자면 심미적 투사(aesthetic projection)라고 할 때, 홍신선이 두둔하는 실체는 자연물과 맺게 되는 자기 동일성이 어떻게 변전하는 상황·사례 속에서 구현될 수 있느냐 하는 부분인 것 같다. 그때까지는 그의 자연이 가현(假現)이며 노상에서 얻게 되는 단순한 감각에 불과한 것들이다. 그렇기 때문에 그의 시에서 자연이 유기물(organic substance)이 되는 것은 조금도 이상하게 보이지 않는다.

①
나는 보겠네, 아주 어릴 때의 고향길에 가
멀리 보리밭 위로 청청한 몸을 일으켜 오는 하늘에서
바람들이 해에게서 순금의 실꾸러미를 풀어오며
뻐꾸기의 울음을 이슬처럼 매달고 오는 때
나는 보겠네,
고흐의 그림책을 가지고
치밀한 수목의 몸뚱아리가 분해당하여 빛내는
아픔을.

-「이미지 연습」 부분

②
목전의 산 뒤에선
장난질이 한창인 먼 번개들이
서로의 가슴속에서
한 마씩 역광을 개켜내고 깔아주고
몸살 난 나무들이 피차의 생각 속에
손을 넣어 더듬고
날카롭게 닮은 마음들을 서로 더듬고

-「먼 번개들이」 부분

③
비여
말없이 번쩍이는 회초리들을 들고
저 앞들을 만들며 서 있다.
가래질 논과 보리밭들
이름 없는 나의 잔등을 비비고 가는 비
오늘은 맞지 않아도 아픈 잔등으로
뒹구는
이 수원 지방을 데리고 나는 누워 있다.

-「수원 지방」 부분

①과 ②는 그의 첫 시집 『서벽당집』(1973)에 수록된 초기시이며, ③은 그의 제2시집 『겨울섬』(1979)에 올린 작품이다. 비단 인용된 시가 아닐지라도 그의 작품에는 자연 현상에 대하여 내향성적인 활력을 가미하여 주석을 달고 있음을 우리는 확인하게 된다. 이와 같은 직관적 투시력은 시인이면 누구나 다 갖추게 되는 단위로도 볼 수 있으나, 그의 입장은 우리의 삶이 불편하다는 생각을 객관적으로 투사하기 위한 방법인 것처럼 보인다. 삶의 수난을 세심하게 관찰하는 데 있어서 그의 자연은 그러므로 달리 보충할 수 없는 필수 조건이 되는 셈이다. 현상계를 쳐다보는 이와 같은 상징주의적인 수법이 그의 경우에는 시적 표현을 위한 기교에 한정되는 말이라기보다는 항용 생활의 리듬에 따라 붙은 비진정성(非眞正性)을 포착하고 또 그것을 파괴하려는 의식과 상관하고 있음을 우리는 주목해야 할 것이다. 이때 다른 범주·힘과 연계된 자아의 문제가 어떤 내면성(inwardness)으로 파악되고 있는지 살펴보자.

> 허위허위 달려서 한동안도 끝나는가
> 지나온 어스름 속에는
> 땀 흘려 퍼내 버린 하늘이며 절망이며
> 갈대의 얼굴이
> 사위어 버린 한 마지기 시간으로 떨어져 있다.
> 광대한 어두운 입으로 땅거미들도
> 허망을 울고 있다.
> 이제 앞에는
> 귀때기 하얀 달빛들이 쓸다 놓은
> 한두 마당의 허공이 희부옇게 걸려 있다.
> 마저 쓸어가야 할
> 희뿌연 죽음만이 보인다.
>
> ─「서른 나이에」 전문

"갈대의 얼굴"은 상징이다. 이 시 자체의 문맥으로 보면 "사위어 버린 시간"이고, 아직 극복하지 못한 "허망"이지만, 일찍이 그가 그렇게 느끼게 된 근원은 어디에 있을까? 나이 서른에 죽음만이 보인다면, 그것은 그의 개인 사정이 아닌 것 같다. 그의 시집 『서벽당집』을 조금만 주의 깊게 읽으면 그 "갈대의 얼굴"인 죽음이 자기 존재의 중심부─그것은 어떠한 간섭으로도 제한받지 않는 영성(靈性)이지만─에 내려앉는 불안 또는 어두움과 상당한 유비 관계에 놓여 있음을 볼 수 있다. 아마도 그것은 우리들의 집합적 실존(corporate existence)에 얼룩지는, 말하자면 상황이 부여하는 불가항력의 고통인 것 같다. 그렇다면 집단과 환경, 개인과 심성을 가로지르며 틈입해 들어오는 저러한 매질·압박에 대하여 왜 그는 역동태의 반응을 피하면서 정적인 상태로 붙잡아 두려고 하는 것일까? 그의 시의 종결어미가 대부분 "있다", "보인다"로 끝나는 것을 보아서도 그렇다. 이 점을 황동규는 그의 문학의 한 특징으로 지적하고 있는데,[1] 사실 그런 면에서 홍신선의 세계 인식은 사회 변혁을 지향하는 탈문학적 정열과 자아 형성의 시적 성취가 어떻게 다른 것인지를 분명히 구분하는 듯이 보인다. 그의 '허망(虛妄)'은 먼저 내인의 자각─단순한 패배 의식이 아니라─에 의해서 생기는 분별이다. 문학에 있어서 비록 외부로부터 다가오는 불안·압박이 아무리 막강하다고 할지라도 그에 대처하기 위한 의지의 강화를 서두르게 되면 진실을 찾는 눈이 더 경직되게 마련이다. 그가 선택한 어둠의 내화 현상, 바꿔 말하면 정물적인 관찰은 자기 방어의 수단을 떠나 문학적인 유연성을 챙겨 준다는 점에서 뛰어난 관점이라고 할 수 있다. 왜냐하면 저러한 그의 대응 방법이 우리들의 생명 의식을 객관적 사항에 통하게 함으로써 인생의 괴로움을 창조적 계기로 이끌어 가도록 안내해 주기 때문이다. 가령,

> 왕겨처럼 슬픔의 재티들이 날고
> 까맣게 허공의 몸이 끄슬려

---

1) 황동규, 「일관성과 복잡성」, 『겨울섬』 해설 참조.

시오리에 걸린다.
서산에 죽음을 지고 넘어오는 밤이 보인다.

─「어스름이 와서」 부분

오늘은
논틀에 실속은 다 떼어 먹히고
빈속이나 헹구어 넌
허공만이 지켜 앉아 쉬고 있다.

(중략)

목매임처럼 허공에 걸린
달밤만이
크고 하얀 손을 펴서 어루만지고 있다
성과 이 아픔을.

─「논─내 아버지께」 부분

달빛이여
자네가 도중에서 만난 허망함도
나뭇잎 부딪는 소리에
다 데리고 나와서
우리의 한 시대가 여기 서서 있다.

─「달빛」 부분

가도 가도 끝나지 않는 부끄러움을 벌목가리로 쌓아놓고 있다 끝나지 않는
부끄러움의 끝에 삭지 않는 그의 전신이 떠 있다 소리 없이 뜬 죽음이 그 하늘
을 헤매고 있다 주린 이 산야에 그 그림자 서넛 찍혀 있다.

─「산판에 가서」 부분

바른 소리 하나 들이대질 못하고
우람한 몸집 채로
하늘은 벌떡지에 드러누워 있다.

비겁하게 시간들만이
이 땅에 깊이 가라앉아 있다.

－「폐촌에 서서」 부분

등이 그것이다. 그러나 위에 열거한 시구에도 그 어두운 형편이 아직은
상징적으로 처리되어 있음을 볼 수 있다. 여기서 그가 사용하는 상징의
역할에 대하여 좀 더 깊이 따져볼 필요가 있다. 그의 시가 생을 지배하는
보편적 관념의 방향에 새로운 관점을 제시하는 것은 자기의 느낌으로 그
것을 수정하겠다는 판단에 기인하는 것이 아니라, 가장 미미하고 생소한
것들에 대해서까지 적절한 반응을 기울이고자 하는 그의 감성으로부터 우
러남을 알 수 있다. 그의 의도와 자연이 처음 충돌하는 지점은 생활의 보
편성에서가 아니며, 일단은 삶의 특수한 제약과 물질성이 서로 대립하는
장소에서 발생한다. 따라서 그의 상상력은 대상의 변용에 대뜸 가담하지
않고, 으레 둔감한 물질성에 붙어 다니는 말들을 천천히 개편하는 일에
가담한다. 이는, 시인이 사물들에 관한 특수한 지식마저도 거부하고 외부
의 자연이 심중으로 밀려오는 유동적인 흐름·의미에다가 상징적인 가치를
부여하고 있다는 증거로서 내게는 비친다.

그렇다면 상징이란 무엇인가? 흔히 사물의 침묵에 대하여 못 견디게 될
때 시인은 상징을 사용한다. 다시 말하면 그것은 환상이라든가 직핍한 진
술이 아닌 상징인데, 우리들의 경험과 인식 속으로 곧게 파고 들어오는
계시성을 포함한다는 점에서 보다 개괄적인 양상을 띤다. 가령 잠자코 있
는 신(神)이 현실인가 영원한 객관인가 하는 질문 따위를 묻게 될 때, 그
전체와 부분의 구별을 혼미하게 만드는 어떤 긴장이 활사(活寫)되는데, 그
것이 이른바 상징의 세계다. 그러나 상징이 언어의 옷을 입게 될 때는 대
개 시인마다 다르게 나타나는 것이 통례다. 왜냐하면 시인들은 전통적인
상징에 의지하는 대신 저마다 그것을 변안하거나 발전시키는 데 더 큰 흥
미를 갖기 때문이다. 더욱이 상징은 비언어적인 수단－예컨대 그림이나
음악과 같이－과도 관련되어 표현할 수 있다는[2] 이유에서 그렇다. 그 상

징으로 말미암아 명상적인 언표 형식을 밟지 않더라도 이미 현실에 충만한 말할 수 없는 것들의 특수성까지도 포착하려는 힘이 또 작용하고 있음을 간과해서는 안 된다. 그 상징이 침묵하지 않는 증거로는 그것이 끊임없는 사고의 내면화라는 사실이다. 홍신선의 시가 인간의 규범적 존재를 말하는 것인 만큼, 여기서 우리가 주의해야 할 점은 그의 정물 감각이 사고의 편재화(maldistri-bution)를 불러오지 않을까 하는 의구심이다. 플라톤도 말하기를 인간의 사고는 영혼이 자기 자신과 더불어 대화하는 통로라고 지적했다. 우리가 홍신선의 시에 눈길을 돌렸을 때, 인간의 규범적 존재를 규명하는 한 가지 표본이 허망 의식이라고 한다면 그 공간의 뒤에 남은 시간은 불행하게도 현실의 가혹한 수모(受侮, being insulted)와 접촉하는 경험들이다. 그렇다면 비가시적인 상징으로서의 속성을 가진 그의 주장은 어디까지 참인가? 이미지의 효능이라고도 볼 수 있는 그것은 논리의 잘못이 비칠 때 그 한계가 드러나는 것이 아니라, 경험의 조건과 부합되지 않을 때 나타난다고 할 수 있다. 그의 시에서 우리들의 경험과 부합되는 어떤 규범적인 인식을 끌어들이고 있다면, 그것은 분명 삶의 근원적인 불안·허망의 요인을 겉으로 드러나는 사물의 표상과 알맞게 연결시키고 있다는 점일 것이다. 이것이 그의 시 세계에 일관되는 강점이다.

2 .

그러면 홍신선은 순화된 현실 속에 숨어 있는 척박한 변고에 대하여 어떤 면을 더욱 애써서 변해(辯解)하고 있는지 살펴보기로 하자.

1
흐리고 개었음 그리고 흐리고 개었음을 들어다 내일의, 안 보이는 미래의 한
두 개 교각으로 잇대어 세워놓기도 하고 할 일 감추고 있는 뜻도 가만가만 벗

---

2) G.N.Leech, 『A Linguistic Guide to English poety』, London, 1969, pp.162-63.

어 버렸어. 벗어 버린 뒤의 허망함이 다시 사소한 뜻을 걸치게 만들고 되풀이
되는 생각과 싱거움을 지나서 하루의 끝에 닿았음.

2

십 년을 쓴 선풍기가 죽고 죽어서 뜻 없는 물질이 된 삭은 몸집을 쓰고 있다.
그렇게 고물 가구들이 밤 열두시 반 떠 있다. 후덥지근함에 잠 이룰 수 없음에
신경이 약한 담 밖의 나무도 팔다리 쉬고 떠 있다.

문득 보면 수색 근방엔 더 큰 어둠이 되기 위해 기척 없이 어둠이 된 몸 사
린 단층집들, 배경의 산들 더 깊어져 안 보인다. 아! 소리 없이 마음 열기 위해
지금은 누구나 꼭꼭 문들 닫고 있다. 움직이는 건 뒤로 꿈틀대는 시간뿐, 죽어
서 뜻 없는 물질들로 이 동네의 아파트와 골목길이 침묵 속에 어울려 있다. 침
묵, 작은 문 꼭꼭 닫은 자들의 거대함으로

— 「여름일기」 전문

홍신선은 예민한 감성으로 자기가 선택한 삶의 구조적인 양식에 관하여
회의하고 또 그에 대한 분석을 꾀함으로써 그 삶의 의미를 평가하려고 한
다. 특히 시인이 부대끼지 않으면 안 될 상황을 거부하는 입장에서 우리가
살아 있는 정신성(mentality)이 무엇인지 그 방위를 찾아보려는 의도에 있어
서는 더욱 그러하다. 앞에 인용한 시에서처럼, "뜻 없는 물질"의 버려짐에
"누구나 꼭꼭 문을 닫고 있"는 침묵-움직이는 건 뒤로 꿈틀대는 시간뿐이
라고 그는 말한다-이란 대체 무엇일까? 사르트르(1905~80)의 용어를 빌어
말하자면, 그 낙구의 의미는 대자(對自)적인 의식이 관계를 바꾸어 즉자(卽
自)적인 대상의 자리에 돌아가 동면을 취하려는 부자유처럼 생각된다. 그것
이 뒤에 남은 시간의 실체적인 모습이라고 한다면, 대자로서 갖는 현재의
외형적인 활동은 그 대자의 자유와 의지가 삭제된 상황이 되므로 시인이
다음 단계에서 말하고 있는 수치심이 뜻밖에 유출되고 마는 것이다.

다시 말하면 "뜻없는 물질"의 침묵은 삶의 구상성에 침투한 존재의 규
범으로서의 "허망함"-그것이 사소한 뜻을 걸치게 되면 "싱거움"이 된다

고 그는 부연한다-을 가리킨다고 보아야 할 것이다. 즉, 자기 이해를 탐지하는 데 도출되는, 이미 경화된 삶으로부터 나오는 지속적인 경험을 그는 괴롭게 주목한다. 그러한 현상을 시인은 다른 시에서 "사는 일들이 힘 빼고 모여 있고/ 사소하게 비어 있"(「광화문 골목길에서」)는 정물로서 또 간주한다. 이러한 관점은 더 근본적으로 따져 올라가면 「우리 시대」의 반어법에서 힘주어 말한 "이상 없음"으로 통하는데,

> 정신, 벌써 버렸음 배운 동작으로 시간은 철조망이 되어 녹슬기도 하고
> ─「우리 시대」 부분

이렇게 그는 죽은 시간을 제시하면서 "한쪽으로만 몸들 맞추고 모여 선 사실"에 대하여, 말하자면 사방에서 우러나는 자유·사실화(actuality)의 쇠퇴를 타진한다. 존재의 자리가 의식에 있지 않고 정열한 태도로 밀려나고 있는 이 불순한 속박을, 그는 달리 "무사함"(「들오리떼」)과 "조용함"(「이 빗속에서는」) 또는 "심심함"(「세월」)이라고 부르고 있다.

> 소리죽여
> 사라진 것들 부르면
> 할 일 없이 몇 마디 어감이 10년을 이루어준다.
> 여기저기 모래흙들 망가져 흩어져 있고
> 아직 둔덕의 무사한 풀들이
> 무사함을 몸으로 보여주고 있다.
> ─「들오리떼」 부분

> 이상해. 이 변두리에 와서 보면
> 비는 비에 젖지 않고 조용함은 조용함에 젖지 않아
> 빗속에서는 비가 되어 서 있어
> 조용함 속에선 조용함이 되어 서 있어.
> ─「이 빗속에서는」 부분

시인의 목소리가 낮아졌다고 해서 그가 평온한 질서를 노래한다고 알면 그것은 큰 오해다. 그에게 있어서 삶의 정연성이란 뒤에 남은 시간의,

눌린 채 낮은 키로만 일생을 자란 나무들 섬기다 죽고 섬기다 죽는 일로 멋대로 저무는 하루를 벗어 놓고 있다
— 「부끄러움 또는 서오릉 내려가서」 부분

와 같이 폄하된 존재로서의 자굴감(自屈感)에 시달리는 형편을 적나라하게 보여 주기 때문이다. "시간은 대전차 장애물 지나 과거 다 잘린 가시나무 사이 싫증난 표정 걸친 채 자고 있다"는 존재학적인 구조를 거느리면서 행동과 시간 사이에 분리된 제여조건(提與條件), 즉 실존적인 허망에 대하여 시인은 부끄러워하기 시작한다. 그것은 우리가 사는 일이 "사는 일로 투명하게 보이"(「겨울섬」)는, 다른 한편에서는 잠도 이룰 수 없는(「여름일기」) 신선한 자각과 깊은 관련을 맺는다. 이러한 비시간적인 추리는 「산판에 가서」에 더욱 명료하게 드러나 있는데, "가도 가도 끝나지 않는 부끄러움을 벌목가리로 쌓아놓고 있다. 끝나지 않는 부끄러움 끝에 삭지 않는 그의 전신이 떠 있다"라는 표현에서 미래의 그 현운증(眩暈症)이 붙어 있었던 것이다. 자아 소멸의 위기는 이른바 대자로서의 위신을 저버리고 즉자로 편입될 때 나타나는 법이다. 그러므로 그의 시에 끊임없이 표출되는 "침묵"이란, 시인이 뒤에 남은 시간 속에 응결되는 대자로서의 조상(彫像), 곧 묵묵한 고정성과 만나는 고통이라고 할 수 있다. 다시 말하면 대자로서의 조상 그것이 시인의 의식 속에서는 일종의 부끄러움으로 전이될 충분한 이유가 성립되는 것이다. 알다시피 사르트르의 대자는 인간이 인간다와야 하는 자유·책임을 동반하는 존재형이기 때문이다.

3 ·

지금까지 나는 홍신선의 시 세계가 허망 의식에 시달리는 시간의 정관적(靜觀的) 사항에 연루된 몇 가지 근거에 눈을 돌리고 살펴보았다. 그의 시어 가운데 자주 등장하는 "공허", "허공"이라는 무상성이 "있다"라는 대상성으로 전이되는 과정에서 그가 경험하는 고통은 언제나 자기 소멸의 풍경이 되어 왔음을 유념할 필요가 있다.

> 오르다 보면 더 멀리 깊이 보였다
> 소리 없이 떠나간 사람의 뜻,
> 떨어져 마음 죽인 나뭇잎으로 얽힌 자의
> 뿌리 가까이 얼굴 부빔도
> 더 작은 고통으로 박히던 우리도 보였다.
> 세검정 쪽 추억 몇 집으로
> 매달린 나무들
> 언제나 오를수록 낮게 깊이 뜨려던 불들,
> 전신으로 배경에 박혀 작아지고 있다.
>
> ─「작은 불─어린 친구 S에게」 부분

자기를 어떠한 대상, 또는 다른 것들 속에 있는 하나의 자아로서 객관화시키는 경우에, 그 관계의 임의적인 자발성이 불러 오는 의식이란 대개 자기중심적인 감정의 노출에 불과한 것들이다. 그러나 초월적인 자아의식 안에서는 인간의 기본 감정이 아무리 내인의 요소에 의하여 지배를 받는다고 하더라고 그것을 일단 객관화시키는 마당에는 단순히 자기적(self-regard)인 입장에 연연히 매달려 있을 수만은 없게 된다.[3] 홍신선의 시에 만일 그 초월적인 힘에 대응하는 노래가 있다면, 아마 그 점에 기인한 것이라고 보아야 할 것이다. 실제로 그는 다음과 같이 참절하지만 그러나

---

3) 존 B.콥 저, 김상일 역, 『존재 구조의 비교 연구』, 전망사, 1980, p.188.

아름답기 그지없는 시 한 편을 우리들에게 보여 주기 때문이다.

　　있는 것 사르고 남은 마지막 피도 사르고
　　오늘은 내게서
　　한 점 마른 불로 꺼져 가는 그대
　　나는 이 세상에 한 덩이 사윈 숯검댕으로
　　남아서 그대 보내노니

　　이 악물고 일어서는 불
　　더러 가늘게 숯검댕에서 두 무릎 떨며 일어서는 가는 불
　　흔적 없이 비벼 끄고
　　캄캄한 어둠으로 그대를 잊노니

　　다만 남은 것은
　　캄캄한 숯검댕이 캄캄한 죽음으로서
　　사람의 일을 식히며 그대를
　　잊는 일이노니.

　　　　　　　　　　　　　　　－「있는 것 사르고」 전문

　자기로부터 멀리 떠나 버린 보상 없는 별리, 세계의 무화(無化)에 대항해서 솟아나는 그의 부정 의식은 결코 자기 초월의 능력을 약화시키지는 않는다. 이것이 그의 '불'의 미학이다.

시간의 폐허와 전율의 미학

—시집 『자화상을 위하여』(2002) 해설

오형엽

    홍신선의 시는 집요하게 폐허의 풍경을 그려낸다. 농촌의 빈궁 체험에서 유래했던 그의 현실에 대한 부정 의식은 1970~80년대의 사회적 모순과 억압에 대한 지식인의 환멸을 경유하여, 이제 세기말과 세기초의 경계에 위치한 폐허의 시대의식으로 전개되고 있다. 홍신선의 현실에 대한 부정 의식은 저항의 차원으로 급진화되지 않고 내면 공간 속으로 역진하여 환멸의 자의식으로 전이된다. 이 환멸의 자의식은 현실의 모순과 억압에서 유래한 것이지만, 그 굳건한 폐허의식은 다시 현실을 바라보고 인식하는 하나의 비극적 세계 인식으로 자리 잡는다. 그리하여 홍신선의 시는 일관되게 현실의 어둠을 부정과 환멸의 시선으로 바라보며 그것을 폐허의 풍경으로 묘사하게 된다. 그러므로 홍신선 시의 핵심적 기법인 '풍경의 묘사'에 개입되어 있는 현실과 내면 의식의 역학 관계를 규명하는 것은 그 시 세계를 이해하는 지름길이 될 것이다.

    홍신선의 여섯 번째 시집 『자화상을 위하여』는 시작(詩作) 과정의 역순으로 구성되어 있다. 1부 '봄날'은 2000~01년, 2부 '자화상을 위하여'는 1998~99년, 3부 '세기말을 오르다가'는 1996~97년에 창작된 것이므로, 3부

-2부-1부의 순서로 작품을 읽는 것은 그 창작 과정상의 흐름과 변모의 양상을 엿볼 수 있는 하나의 방법이 될 수 있다. 한편 4부 '마음經'은 다섯 번째 시집 『황사 바람 속에서』에 9편까지 수록되었던 「마음經」 연작시의 연속편이다. 이 시들은 1996년에서 2001년에 걸쳐 창작된 것이므로, 그것이 지닌 원형질적 시의식은 시작 과정의 전체적 흐름 속에 개입되고 용해되어 있다고 볼 수 있을 것이다. 3부 '세기말을 오르다가'에 수록된 시들을 관류하는 것은 세기말로 진입하는 문명의 현실을 부정 의식으로 바라보며 그 허무의 빈틈을 열어 내면을 비우는 작업이다.

세기말을 오르다
내려다보는 골짜기 밑의
신흥 문명의 폐허들

시멘트 고층 아파트 단지와 고속도로, 프로야구 끝내고는 비디오,
혹은 마이카 뒤 트렁크에 윤락倫落과 권태들 싣고 달리다
마음 뒤집힌 전복?
혹은 택배로 줏어 싣는
관능들
수많은 박스들·

(중략)

욕망 위에 욕망 옆구리에 욕망 뒤에
앞에
밑에
붙어서
욕망 포식해서 떨어지는
천민 자본주의의
자본들
볏잎 그물맥만 남기고 갉아먹는

벼 물바구미들
　　　　　　　　　　　　　　　　　　　-「세기말을 오르다가」 부분

세기말을 오르며 시인이 바라보는 것은 "신흥 문명의 폐허들"이다. 그
것은 고층 아파트 단지와 프로 야구와 비디오로 대변되는 우리 시대 세속
도시의 현장인데, 고속도로처럼 달려가는 이 일상의 속도는 윤락과 권태
를 싣고 달리다가 마음을 전복시킨다. 여기서 "마음 뒤집힌 전복?"의 의문
형 문장은 어떤 시인의 태도를 내포하고 있을까? "이 정도에 목숨 망해?/
인류 망해?"와 함께 읽는다면, 그것은 현실에 대한 비판 의식이 아이러니
의 정신과 결합하여 나타나는 일종의 풍자의 태도임을 알 수 있다. 또 하
나 이 문장은 우리 시대의 삶이 상실하고 있는 것이 '마음'임을 단적으로
드러낸다. 그러므로 홍신선의 환멸과 풍자의 정신은 한편으로 뒤집힌 마
음을 바로잡는 대안을 추구하는 방향으로 나아가게 되는데, 그것은 이 시
의 후반부에서 "이 따위 할아버지와 일가는 알지도 못하는/ 숱한 나는 누
구인가?/ 너는?"에서 역으로 드러나듯, 가족이 중심이 된 공동체적 삶을
긍정하는 양상으로 나타난다. 세속 도시의 문명과 천민 자본주의가 낳은
개인주의적 삶에 대항하는 방식으로 가족과 친척과 조상을 중심으로 하는
유교적 전통주의를 지향하는 것은, 홍신선의 시의식에 있어서 이미 배태
되어 있었고 꾸준히 유지되어 온 것이라고 볼 수 있다. 그렇다면 홍신선
의 최근 시가 보여주는 시의식에서 새로운 점은 무엇일까?

시인은 우리 시대 현실을 지배하는 욕망의 구조를 단지 바라보는 것이
아니라 내려다본다. "세기말을 오르다/ 내려다보는"에서 여실히 드러나는
이 '내려다봄'의 자세는 홍신선이 현실을 비판적 거리를 두며 조망하는 넓
은 시야를 확보하고 있음을 보여준다. 여기서 이 조망의 시선은 다름 아
닌 "세기말을 오르"는 시대의식과 긴밀히 결합되어 있다. 즉 현실을 내려
다보는 조망의 넓은 시선은 시간의 흐름을 주시하며 그 주름을 접고 펼치
는 상상력의 역동성을 통해 가능해지는 것이다. 그리하여 시인은,

생은 낯선 물로 채워진
논둑 쥐구멍에 쉴새없이 흙물들로 새고 있는 시간인가
혹은 균열진 틈 속마다 등 구부려 온몸을 끝까지 들이민 허무들인가
그렇게 세계 갈라지고 붕괴할 때

— 「세기말을 오르다가」 부분

에서 보듯, 우리 시대 문명의 폐허를 관찰할 뿐만 아니라, 그 원인을 규명
하고자 한다. 시인이 주시하는 원인은 바로 "새고 있는 시간" 혹은 "균열
진 틈"이다. "갈라지고 붕괴"되는 세계는 이 시간의 누수와 풍화 작용에
의해 생겨난다. 시인은 욕망이 무한 증식하는 천민 자본주의의 구조적 근
거를 근원적인 시간 의식으로부터 얻어내는 것이다. 따라서 홍신선은 "마
음속에 걸어둔 기교와 이념이 너덜너덜 흔들린다", "물난리 뒤 어느 세
기가 널브러져 있다 날아간 루핑처럼/ 내막의 반이 드러났다"(「집에 관
하여」), "벗어든 생각들이 사물의 팔에서/ 제각각 20세기 빨래처럼 삭아가
고 있다"(「마음經18」) 등에서 보듯, 시집 도처에서 부정과 환멸의 시선으
로 20세기 전반을 조망하는 세기말의 시간 의식을 보여주게 된다. 그런데
시인은 이 '균열'과 '허무'를 그 자체로 인식하는 데 그치지 않고 자기 몸
의 내부로 끌어들여 균열을 극복하는 균열, 허무를 극복하는 허무를 생성
해 낸다.

어느 시간은 그 주검 벗어나 저희끼리 며칠째 희희낙락 가고 있고
어느 시간은
헌 육신 속에 둥글게 안을 파고 들어가
텅 비워지는…

내 시골에 돌아가 살리
새로 핀 앵두꽃들로 세상을 환하게 갈아 입히며
또는 폐정廢井 속 아직도 깊은 밑바닥에서 울렁이는 관능들을
서리서리 또아리 튼 새벽 물빛들을 길으며

시골에 살리.

－「시골에 살리」 부분

　"시골"은 세속 도시의 대안으로 홍신선이 추구하는 공동체적 삶과 전통주의가 가시화된 공간일 뿐만 아니라, "황홀한 쓸쓸함으로 춤동작 엮는" 볍씨들과, "까치 소리 속에/ 아직도 내 어린 날 눈물 쏟던 마음이 남아서 까작까작 꺾이고 부러지는" 유년이 보존되어 있는 공간이기도 하다. 그리고 6·25, 4·19, 혹은 6·3 등의 정치적 사건들을 겪으며 상처 입고 "박살난 생"들이 "황량한 낯선 바닷가에 돌아와서야 죽는" "떠돌이 새"처럼 회귀하는 고향이다. 그런데 시인은 이 '시골'의 공간성에 '시간 의식'을 개입시켜 내면의 텅 빈 공간을 생성시킨다. "내면 있는 것들만이 세상을 이룩하고 있다"라는 잠언풍의 구절 이후에 이어지는 위의 인용 부분은 "떠돌이 새"의 주검을 둘러싸고 두 종류의 시간이 전개되고 있음을 보여준다.

　"그 주검 벗어나 저희끼리 며칠째 희희낙락 가고 있"는 "어느 시간"이 있으며, "헌 육신 속에 둥글게 안을 파고 들어가/ 텅 비어지는" 또 하나의 "시간"이 있다. 전자가 현실에서 진행되는 객관적 시간이라면, 후자는 "안을 파고 들어가" '텅 빈 공간'을 만들어 내는 내면적 시간이다. 결국 홍신선은 내면으로 파고드는 시간을 발견함으로써 텅 빈 공간을 만들고, 그 속에서 "앵두꽃들로 세상을 환하게 갈아입히며" "깊은 밑바닥에서 울렁이는 관능들"과 "서리서리 또아리 튼 새벽 물빛들을 길"어 올리는 새 생명을 추구하게 되는 것이다. 세기말의 전환기에 처한 시인이 시간에 대한 사유를 통해 폐허의 현실과 허무를 내면의 빈 공간 속으로 끌어들여 역전시키는 이러한 내성의 상상력은 다음과 같은 구절에서 선명히 표현되고 있다.

　꽉 딛고 선 발밑이 힘쓸 수 없게 뭉텅뭉텅 패어나가는
　시간의 급류 속에

꿈 없는 흑색 잠이
중심 잃고 무슨 익사체처럼 넘어져 쓸린다
끔직한 집착 뒤에
편안한 망각처럼 식어 들어오는,
저 철근 같은 신경올 얽힌
폐허.

이 종말은 다시 어느 아름다운 세상으로의 개벽인가.

—「노을, 비 개인 뒤의」 부분

"시간의 급류"는 20세기를 마감하는 동시에 21세기를 맞이하는 세기적 전환기의 급격한 변화를 의미하는데, 시인은 이 빠른 물살에 "중심 잃고 무슨 익사체처럼 쓸"리고 있다. 그러나 시인은 비 개인 뒤의 노을을 바라보며 그 "폐허"의 종말 속에서 새로운 세상의 개벽을 예감하게 된다. 이러한 역전을 가능케 하는 것은 "끔직한 집착 뒤에/ 편안한 망각처럼 식어 들어오는"에서 드러난 '비움'의 태도일 것이다. 욕망을 낳는 집착을 버리고 생각을 비움으로써 얻어지는 "편안한 망각"은, 내면의 텅 빈 공간 속으로 현실의 폐허를 받아들여 그 어둠을 새로운 빛으로 전이시키는 방식을 의미하는 것이다. 종말을 다시 아름다운 세상의 개벽으로 인식하는 이러한 역전의 시 정신은 "몸 열어 아프게 받아들이는/ 늙은 작부인/ 지상/ 오늘은 이 폐허가 화엄이구나"(「마음經 15」)에서도 표현되는데, 이러한 시 의식을 통해 홍신선은 '봄'의 계절이 지닌 재생의 리듬에 한 발을 얹어 놓게 되는 듯하다. 이후 창작된 2부의 시들에서 때때로 등장하는 봄의 계절 감각은 최근 시들을 묶은 1부의 시들에서 전경화되어 나타난다. 2부 '자화상을 위하여'에 수록된 시들은 50대 중반에 들어선 중년의 시대 감각과 더불어 '내면의 빈 공간'을 통해 새로운 생의 열정을 되살리려는 테마가 주된 흐름을 이룬다.

암나사의 터진 밑구멍 속으로

한 입씩 옴찔옴찔 무는 탱탱한 질 속으로
빈틈없이 삽입해 들어간
숫나사의
성난 살 한 토막

폐품이 된 이앙기에서 쏟아져 나온
나사 한 쌍
외설한 체위 들킨 채 날흙 속에서 그대로 하고 있다
둘레에는
정액 쏟듯 흘린
제비꽃 몇 방울

-「봄날」 전문

봄날의 에로티시즘을 형상화한 이 시는 1연과 2연의 병치 및 대비의 이
중적 구도를 보여준다. 1연에서 암나사와 수나사의 관계로 치환된 생생한
에로티시즘에는 봄날이 가져다준 재생의 리듬 속에서 생명력과 열정을 되
살리는 시인의 모습이 숨어 있다. 50대 중반의 나이에 다시 불태우는 내면
적 생명력의 분출은 그러나 2연의 "폐품이 된 이앙기에서 쏟아져 나온/ 나
사 한 쌍"에서 퇴락한 현실적 풍경을 통해 대비적 구도가 형성되면서 가라
앉는 듯하다. 그러나 "외설한 체위 들킨 채 날흙 속에서 그대로 하고 있다"
와 "둘레에는/ 정액 쏟듯 흘린/ 제비꽃 몇 방울"에서는 그 대비를 다시 조
화의 관계망으로 전환시키며 1연의 의미망을 증폭시키고 있다. 따라서 이
시는 중년의 시인이 경험하는 새로운 열정과 퇴락한 현실의 폐허 사이에서
팽팽한 긴장을 형성한다. 새로운 생의 열정과 폐허 의식 사이에서 길항하
는 팽팽한 긴장은 다음과 같은 시에서 "살 타는 매운내"로 "진동"한다.

능지처참으로 사지 끊긴
그것으로도 모자라
부은 양 어깨와 등짝 속 깊이 깊이
새빨간 잉걸불 몇 덩이를 뜸장들로

박고 견디는
제 발원에 뜸 뜨고 섰는
강진만 길 저문 해안도로 옆
전신에 땀 비오듯 흘리고 섰는
주변에 살 타는 매운내 진동하는
늙은 동백나무 한 그루를 만났다

박모薄暮의 이십세기
어느덧 그렇게 쉰 나이 지난
나를 만났다.

―「해후」 전문

저무는 20세기의 끝자락에서 쉰 나이를 지난 시인은 자신의 모습을 "늙은 동백나무"에서 만난다. "능지처참으로 사지 끊"어진 채 "양 어깨와 등짝 속 깊이 깊이/ 새빨간 잉걸불"을 박고 견디고 있는 이 동백나무는, "전신에 땀 비 오듯 흘리"며 "살 타는 매운내"를 진동시킨다. 잉걸불을 박고 견디며 살 타는 매운내를 풍기고 있는 동백나무는 20세기가 남긴 상처와 시간의 풍화 작용을 온 몸으로 견디며 생명의 불꽃을 태우고 있는 시인의 모습이다. 이 잉걸불로 타는 몸은 홍신선 시의 팽팽한 긴장을 가능케 한 동인인데, 그것은 과거로의 회귀와 과거와의 결별 사이에서 요동치는 몸서리를 내포하고 있다.

①
그 무렵 그대와 나 목숨의 왕겨 더미 속에서 속으로 끊임없이 타드는 뜨거운 겻불이었으니
그 불 속에 묻어둔
식을 대로 식은 운명의 태반 되찾아 태우리
문 닫힌
다시는 영영 문 열고 나오지 못하는
십여 개 중대 시간들이 원천봉쇄한

현재 쪽, 소란스런 정문 밖에는
단벌의 뒷모습만 걸어두리
내 몸만 수척한 등롱처럼 부재중을 밝혀 걸어두리
그리고는
정신은 어느날 가출하여 흉가처럼 텅 빈 그 옛날 기억세포에 가서 놀리
　　　　　　　　　　　　　　　　　－「치매의 노래」 부분

②
철길이 끊겨 있다
마을 위로 남부여대 떠돌이 새들이 남루한 목숨들을
운구하듯 이고 진 채 날아간다
잊어버려라 잊어버려라
선소리 메기듯 바람은 널 앞에 서서 센 가락을 뽑고
장강틀 나누어 메듯 지난 6·25와 4·19, 5·18 황홀치 않은 시절들을 메고
날아간다
폐선로 대신 남북으로 뚫린 허공길 아래
앙장 치듯 둘러친 하늘 아래, 그래,
뒤처진 저 한 가구도 잊어버려라 잊어버려라 둘러앉아 쉬고 있다
광중壙中 짜듯
떠돌이 제 서러운 세월 묻으며
쉬고 있다
　　　　　　　　　　　　　　　　　－「철원 벌에서」 부분

　　“내 어느 날 가출하리”라는 구절로 시작하는 ①은 미래의 예감을 말하
고 있지만, 그 내용은 “텅 빈 그 옛날 기억세포에 가서 놀리”로 요약된다.
“흉가처럼”이 말해주듯, 시인에게 있어 과거는 “동학사 오르는 초봄의 추
운 길”과 “취기마저 깨기를 기다리던/ 국립묘지 앞 텅 빈 주차장”과 “죽음
위에 걸터앉아 애를 낳는/ 협착한 자궁에서 난산으로 늑장부리는 흐린 희
망들”로 대변되는 추위와 취기와 죽음의 이미지로 중첩된 폐허의 공간이
다. 그럼에도 불구하고 시인은 “시간들이 원천봉쇄한” “현재”를 떠나 과거

로 돌아가려 한다. 이 과거로의 회귀는 폐허의 공간 속에서도 "속으로 타
드는" "뜨거운 겻불"이었던, 그러나 지금은 "식을 대로 식은 운명의 태반
되찾아 태우"기 위해서이다. 그러므로 ①에 나타난 과거로의 회귀는 단순
한 과거 지향이 아니라 과거가 지닌 열정을 회복하려는 시도를 의미하는
것이다.

②에서 시인은 한국의 파행적 현대사가 낳은 정치적 사건으로 인해 남
루와 퇴락과 죽음을 겪었던 과거와의 결별을 희망한다. "황홀치 안은 시
절들을 메고/ 날아"가는 "떠돌이새들"에게 "잊어버려라"라고 거듭 외치고
있는 화자의 목소리는 바로 자신을 향하고 있다. "떠돌이 제 서러운 세월
묻으며/ 쉬고 있"는 "새"는 바로 시인 자신인 것이다. 남루하고 황량하며
고난에 찬 과거로부터 벗어나 생의 희망을 되찾으려는 이러한 시도는 과
거의 "뜨거운 겻불"을 되찾아 "운명의 태반"을 태우겠다는 ①의 의도와
역방향으로 진행하며 한 지점에서 만난다. 그리하여 1부 '봄날'에 수록된
시들은 과거로의 회귀와 과거로부터의 결별이 상충하는 지점에서 불꽃처
럼 일어나는 봄의 재생을 노래하게 된다.

지나간 일은 원인무효다
지나간 일은 원인무효다

간 겨울 혹한에 손바닥 동상이 든 시누대 잎들이
두껍지 않은 백노지색으로 마른다
서울 북쪽까지 이민 온 마른 잎들은
끊어진 철근처럼 속의 평행맥들 퉁그러져 나왔거나
영광도 굴욕도 없이 찢긴 깃발처럼
일제히 고사한 줄기 끝에 매달려 있다.
부근의
방부제 친 미라처럼 썩지 않는
몇 구軀의 폐기된 궂은 잎들 겹쌓인 속에서
그러나

온몸의 진기를 끌어 올리느라 이맛전까지 파랗게 질린
여나믄 그루의 죽순들
비밀결사하듯 막 신발끈 풀고 앉아
구호 삼키고 있다
지나간 일은 모두 원인무효다
새로운 시작이다.

―「혁명」 전문

과거와 결별하고 미래로의 시작을 선언하는 이 시의 1연과 3연은 마치 혁명의 구호처럼 들린다. 그렇다면 중요한 것은 그 혁명의 내용을 이루는 2연이 될 것이다. 2연은 "그러나"라는 10행을 중심으로 전반부와 후반부가 대비되는 구도를 보여준다.

전반부에서 관찰의 대상은 "시누대 잎들"인데, 그것은 겨울 혹한으로 인해 "백노지색"으로 말라있고, "끊어진 철근처럼 속의 평행맥들 퉁그러져 나왔거나", "찢긴 깃발처럼" "고사한 줄기 끝에 매달려 있다." 이것들은 "겨울 혹한"으로 대표되는 고난에 찬 현실에 의해 몸이 찢겨지고 생명이 고갈된 채 누추하고 퇴락한 몰골을 드러낸다. 그렇지만 "그러나" 이후의 후반부는 이러한 폐허와 죽음의 현실을 견디며 그것에 대항하기 위해 생명력을 온몸에 결집시키고 있는 "죽순들"을 형상화한다. 여기서 "온몸의 진기를 끌어올리느라 이맛전까지 파랗게 질린/ 여남은 그루의 죽순들"은 어디서 그 힘을 길어 올리는 것일까?

얼마나 지겨우면 저렇게 떼로 몰려선 오리나무들 진저리 치는가
이따금 자해하듯 부르르 부르르 사십 년생 몸을 떤다.
한여름 내 허공의 백금도가니 속에서 벼려낸
줄톱이며 삽, 식칼만한 잎들을
마른 신경들을 적막하게 툭툭 꺾어내린다.
그 오리나무의 소리없는 진저리의 진앙지는 어디인가
유관부 나이테들이 우물벽인 듯 짜들어간

심부(深部)에서, 쿨럭쿨럭 기를 쓰고 밑바닥 욕망들을 길어 올리느라
흔들리는가 고장난 양수기의 목구멍처럼 쿨럭이며 올라오는
죽음들로 경련하는가

-「전율」 부분

자해하듯 자신의 잎들과 신경들을 꺾어 내리며 진저리치고 있는 '오리
나무'가 보여주는 "소리 없는 진저리의 진앙지"는 "심부(深部)"이다. 그런
데 이 심부에서 끌어올리는 것은 "쿨럭쿨럭 기를 쓰고" 길어 올리는 "밑
바닥 욕망"인가, 아니면 "고장난 양수기의 목구멍처럼 쿨럭이며 올라오는/
죽음"인가? 오리나무의 전율은 운명의 시간으로 다가오는 죽음 앞에서 내
면의 중심에서 끌어올리는 욕망의 생명력을 맞세울 때 성립되는 진저리이
며 몸 떨림이다. 이미 3부의 시들에서부터 '빈틈의 내면 공간'으로 형상화
되었던 이 내면의 중심, 즉 심부는 이처럼 과거로의 회귀와 과거와의 결
별, 죽음과 생명, 폐허의 현실과 재생의 의지가 상충하는 지점에서 강렬한
전율을 낳는다.

이 순간의 팽팽한 긴장으로부터 생성되는 것이 바로 낯선 이미지가 충
돌하며 그로테스크한 풍경을 빚어내는 홍신선 시의 독특한 비유법이다.
오리나무의 잎과 신경을 "줄톱이며 삽, 식칼"(「전율」)로 비유하거나 마른
잎들의 평행맥을 "끊어진 철근"(「혁명」)에 비유하는 양상뿐 아니라, "대부
도 앞 서해가/ 수만 개 관짝들로 죽어 빠져나간 뒤"(「종말론」), "허공엔 시
멘트못 뽑힌 빈 구멍투성이다"(「노을, 비 개인 뒤」), "가지 뒤 허공 속에/
숨어 있던 햇볕들 여러 마리/입 벌려 깨갱대며 튀어나온다"(「마음經 26」),
"인근 갓난풀들의 목구멍 속에는/ 삼키다 만/ 잔광 몇 도막/ 생선가시처럼
아프지 않게 박혀 있다"(「마음經 19」) 등에서 보듯, 직유법을 중심으로 형
성되는 홍신선 시의 돌출하는 비유법은 시각, 청각, 촉각 등의 감각의 유
사성에 근거하는 비유의 일반 원리에서 벗어나 내용의 유사성에 근거하고
있다. 즉 그의 시는 감각하고 느끼는 시가 아니라 생각하고 사유하는 시
인 것이다. 독자들에게 그로테스크하고 생경한 느낌 속에 낯설게 하기의

효과를 가져오는 이 비약적 비유법에는 몇 겹의 전이 과정이 숨겨져 있다. 거리가 먼 두 대상을 의식 내부로 끌어들여 하나의 지점에서 충돌시킴으로써 낯선 이미지를 낳는 이 비유법은 부자연스럽고 어색한 느낌을 주기도 하지만, 사실 그것은 완강한 현실의 폐허 속에서 패배가 예정된 싸움에 임하는 홍신선의 내성의 상상력이 빚어 낸 전율의 미학을 함축하고 있다. 운명처럼 밀려오는 시간의 풍화 작용과 현실의 폐허를 텅 빈 내면의 폐허로부터 길어 올린 혼신의 생명력으로 맞서는 전율의 미학이 바로 이러한 돌출하는 비유를 낳는 진앙지가 되는 것이다. 따라서 이 비약적인 비유법에는 현실에 대한 도저한 폐허 의식과 그것을 텅 빈 내면의 허무로 대면하여 새 생명의 불꽃으로 전이시키려는 내성의 상상력이 개입되어 있는 것이다.

시간의 폐허를 견디는 내성의 상상력은 다음과 같은 시에서 내면과 현실, 빛과 어둠, 삶과 죽음이 충돌하며 화톳불처럼 타오르는 전율의 순간을 맞이한다.

두 야윈 손목의 동맥 긋고
앞바다 한가운데 혼절해 네 활개 뻗고 나자빠진
그 잘난 입양녀 노릇도 쫓겨난
오갈 데 없는 안잠자기 신세도 끝장낸
내 누이 같은 해
이제 둥글디 둥근 내면 밖은 도처에 어둠이다
그 몸의 열린 죽음의 하수구에서 쏟아져 나오는
실꾸리만한 피올들이
아프지 않은 가난과 신음들을
잔 물결들 위에
막 화톳불 모양 올려놓는
이 전율의
폐업 직전 정신 영업 한 순간.

　　　　　　　　　　　　　　　　　　　　－「망월리 일몰」 부분

이 화톳불의 전율은 "야윈 손목의 동맥 긋고" "몸의 열린 죽음의 하수구에서 쏟아져 나오는/ 실꾸리만한 피올들"이 "화톳불 모양 올려놓는" 순간에 일어난다. "폐업 직전 정신 영업 한 순간"에 비로소 생성되는 이 전율의 미학은 죽음과 소멸을 자신의 몸으로 받아들이는 허무 의식으로 인하여 비극적으로 처절하면서 아름답다. 그러나 이 비극적 허무 의식과 전율의 미학이 재생과 부활의 빛으로 나아가고 있음을 다음의 시가 잘 보여준다.

> 질척대는 회음부 부근인가 저지대 습지인가
> 물오리나무 떼들이
> 제 둥근 속 내부에다 번민처럼 기르던 바람 맑은 소리들을
> 목청껏 쏟아놓는다
> 오오냐 오냐 다시 일어서마
> 오오냐 오냐 다시 일어서마
> 허공에 쏟아지는
> 그들의 멱을 따듯 수척한 노래 소리들
> 지난 겨울 폭설의 천 톤 눈에
> 멀쩡한 팔뚝들 숱한 가지들 타악타악 부러뜨려 내리고
> 목숨 아픈 듯 아프지 않게 건사해 온.
>
> 오늘은 또 무슨 일로 곡간 같은 하늘문 활짝 열렸는가
> 햇살이 수천 석 가마니짝들로 차곡차곡 들여 쌓인
> 그 휑뎅그렁 푸른 문이.
>
> ─「봄산」 부분

"봉두난발 잡범처럼 끌려나온/ 그 봄산"의 남루하고 퇴락한 모습 속에는 "둥근 속 내부에다 번민처럼 기르던 바람 맑은 소리들을/ 목청껏 쏟아놓는" "물오리나무떼들"이 살고 있다. "오오냐 오냐 다시 일어서마"라고 외치는 결의에 찬 목소리에는 홍신선의 생에 대한 의지가 스며있다. "목숨 아픈 듯 아프지 않게 건사해 온" "물오리나무떼들"의 "수척한 노래 소리들"은 결국 하늘문 활짝 열리고 내리비치는 햇살과 만난다. 홍신선은

"봉두난발 잡범처럼" 망가진 채 폐허가 된 몸으로 "거덜난 위대한 기다림"(「동강행」)을 거쳐 "둥근 속 내부"로부터 올라오는 새로운 생명의 환희를 맞이하는 것이다. 홍신선의 전율의 미학이 남루한 폐허의 현실을 견디며 그보다 더 큰 내부의 환한 빛으로 계속 피어나기를 기대한다.

마음의 풍경

—연작시편 「마음經」의 경우

유임하

1.

불교는 눈앞에 보이는 모든 것을 마음이 만들어낸 것[일체유심조(一切唯心造)]이라고 가르친다. 불교의 이러한 인식론적 가르침은 현대문명의 황량한 마음을 가꾸는 데 요긴해 보인다. 정보화의 현실은 시공을 넘어 언제든지 동시간대에 소통이 가능하다. 그러나 이 같은 현실도 편의성의 한 편모일뿐 정작 우리 자신에 관해서는 아무것도 가르쳐주지 않는다. 오히려 정보화의 현실은 세계와 우리 자신에 대한 성찰을 방해하기 십상이다. 정보화에 침잠하는 존재들의 면모가 현실 세계에서는 불행의 징표로 보인다거나 소외를 가중시킨다는 말도 같은 맥락이다. 정보화 기기에 매달리는 현대인들의 모습이 결코 아름답지 못한 것은 편의성에 길들여지면서 자신이라는 본질을 잃어버리기 때문이다. 지상의 삶에서 펼쳐지는 온갖 것들이 오감을 현란하게 만드는 마음의 작용이라는 것이 불교의 가르침이다. 불교가 우리에게 알려주는 것은 그러한 미망에서 벗어나는 최초의 관문이자 거점이 마음이라는 것이다.

부처의 가르침은, "그러므로 아난다여, 너희는 이에 자기를 섬으로 삼고 자기를 의지처로 하여 남을 의지처로 삼지 말며, 법을 섬으로 삼고 법을 의지처로 하여 남을 의지처로 삼지 말고 머물거라"라는 말로 나타난다. '바다에 외로이 떠 있는 섬'처럼 존재의 인식은 편재하는 외부 현실에 휘둘리지 않고, 오직 자기와 진리만을 거점으로 삼으라는 것이다. 망망한 미망의 바다에서 섬과 같이 머물 중심이야말로 바로 자기 마음인 셈이다.

시인은 마음의 자욱한 풍경을 언어라는 불완전한 도구로 표현의 명징성과 불투명성을 담론화하는 문명의 파수꾼이다. 시인이 언어의 수행자라는 명제는 바로 이 지점에서 탄생한다. 그는 종교 수행자와 본질과 맞서는 실천궁행과는 달리, 일상에서 그러한 실천궁행의 묘리를 탐구하는 자이다. 그는 자신의 내면으로부터 시작된 근원적인 질문에서 시작하여 사물과 세계로 확장되는 물음에서 진리가치를 발견하여 이를 언어로 구조화해 내는 존재이다. 홍신선 시인의 「마음經」 연작은 은성한 현대의 문명에, 참된 자기에 의지하며 법을 섬으로 삼고 머물기 위한 시적 수행의 한 사례로 꼽을 만하다.

2.

홍신선은, 1965년 김현승·이형기의 추천으로 시단에 나온 시력 40년을 넘긴 중견 시인이다. 그의 시 전반에 흐르는 세대의 경험은, 유년기와 10대에는 고향에서 6·25전쟁으로 거대한 폐허와 도저한 슬픔을 겪었고, 20대에는 4·19와 5·16의 역사적 격랑과 함께 했으며, 30대와 40대에는 유신독재와 군사정권의 폭압에 고뇌했고, 50대에는 대중소비문화와 정보화사회를 관통한다. 이는 40년대에 태어난 세대가 경험한 삶의 공통분모이기도 하다. 그의 시 세계는 『서벽당집』(1973) 『겨울섬』(1979) 『우리 이웃 사람들』(1984) 『다시 고향에서』(1990) 『황사 바람 속에서』(1996) 『자화상을 위하여』(2002)에 이른다. 이들 시집은 갑년을 맞아 편찬된 『홍신선 시전집』(2004)에 모두 모아 놓았다.

첫 번째 시집 『서벽당집』은 궁상맞고 정체된 고향 공간을 배경으로 삼고 역사에 상처 입은 삶의 근원지로 떠올린다. 이 시집에는 홍신선의 시 세계가 어디에서 연유하는지를 잘 보여준다. 그 세계는 산업화와 정보화로 치달아가는 사회와 문명의 흐름에서 비껴난, 농경사회의 충만한 공동체적 정서와 감각으로 가득하다. 자기 정체성을 이루는 고향 공간에서 시의 행보가 시작된다는 것은 그의 시에서 각별한 의미를 띤다. 그의 시에서 고향은 한 개인의 정체성을 이루는 처소로만 거론되지 않는다. 고향에 대한 세밀화에는 아버지와 전답, 묵은 그루터기, 저녁 어스름, 녹슨 그네틀, 사라진 인심들이 한데 어울러져 있다. 그 풍경은 "논 귀퉁이에 터져나간 죽은 시속"(「능안 동리」)처럼 엎드려 있는 정체된 기억 속의 세계이다. 이곳은 절망, 허망, 죽음, 밤과 허공, 가난과 배고픔으로 가득한 혼곤함이 주를 이루지만, 청년의 시절에 한 시대와 겨루며 상처입은 내면을 품어 주는 회귀 공간이기도 하다. 시집 『서벽당집』은 젊은 날 시인이 보고 자란 고향에 대한 애증이 한데 어울린 세계를 보여준다. 그런 까닭에 고향은 청년 특유의 우울함으로 채색되어 있다. 바로 그 점에서 네 번째 시집 『다시 고향에서』는 『서벽당집』의 연장이기도 하다. 그러나 네 번째 시집에서는 청년기의 맵고 쓴 내면의 고통과 우울함에서 벗어나 한결 깊어진 애정으로 고향을 바라보는 시선이 독자들의 눈길을 끌기도 한다.

두 번째 시집 『겨울섬』은 '겨울하늘'로 상징되는 암울한 시대를 노래한다. 시집에는 세상 도처에 산재한 억압적인 당대의 현실과 그 아래 굴신하는 남루한 내면이 부끄러움을 주조로 삼아 유랑하는 모습이 관류한다. 그렇다고 해서 남루하고 부끄러운 감정이 윤리적인 태도라고만 치부하기는 곤란하다. 그 감정은 도시의 거리와 골목길로 찾아들고, 고향을 포함한 궁벽한 마을로 돌아가기도 하면서 넓이와 깊이를 획득하는, 마음의 수행에서 얻는 내밀한 반응에 가깝다. 그 감정은 여행길에서 마주한 가족과 이웃과 대면하고, 그리고 여행길에서 마주친 사물들에게서 발견한 사소한 몸짓에 담긴 심미적 가치들과 만난다. 남루하고 부끄러운 감정은 일상 주변을 겹고 틀면서 '자기발견적 가치'의 객관화에서 얻어지는 정서적 반응이자 시적 감수성을 유지하고 원숙하게 만드는 동력을 제공한다고 보는 편이 온당하다. 하지만 이 감정은 넓은 시야에서 보면, 중심부가 아닌 퇴락한 주변부와 고향의 공간, 여행길로 찾아드는 세계 편력의 원초적인 감정에 해당한다. 하지만 이는 암울한 시대와 관련 있어 보인다. 사이렌 소리와 대오를 맞추도록 강요하는 현실이 폭력 앞에 굴종하는 정신을 풍자하거나(「우리 시대」), 변두리의 기척 없는 아파트 단지와 골목길에 깃든 침묵을 관조하는 모습(「여름일기」)이 그 단서를 제공해준다. 굴종으로 인한 짙은 부끄러움과 침묵하는 내면의 모습은 시대의 현실과 날카롭게 맞서지 못하는 존재의 자괴감에 가깝다. 이 모습은 지사적인 열정과는 거리가 있지만 그렇다고 해서 간단히 폄하할 수는 없다. 대신 그는 이웃과 고향으로 향하기 때문이다.

세 번째 시집 『우리 이웃사람들』과 네 번째 시집 『다시 고향에서』는 장삼이사의 수많은 삶의 단면과 표정에 주목한다. 우리 홍씨, 임동댁, 둠병이 처, 거간꾼 이씨, 김 하사, 중년 누님, 우리 이모, 이주민촌 병철이, 면촌 아우 병선이, 위토말 김서방, 영천뜸 경식이, 나무쟁이 최씨, 김구장, 외삼촌, 길남네, 두만네 노인 등등, 두 시집에 등장하는 개인들은 근친을 포함한 고향의 이웃이다. 두 시집에서는 이들의 편모와 일상에서 발견한 가치들이 시적 대상이 된다. 두 시집에 관류하는 시인의 마음은 고향과 그곳에서 살아가는 사람들에 대한 관심과 애정이다. 그의 시는 고향에서의 수많은 기억을 전경화하지만, 그 저변에는 고향이라는 삶의 공간 저변에 흐르는 변하지 않은 것과 변화된 것에 주목하는 상상력이 작동하고 있다. 그러한 면모는 『우리 이웃 사람들』에 수록된 「물」에서 잘 확인된다.

> 흘러, 멈춘 것들 사이에서
> 공사장 철주 H빔보다 더 깊이 삭아 멈춘 것들 사이에서
> 혼자 흘러, 안 보이게

뒤 끊고 좌우 끊고 혼자
숨어 숨어 흐르다보면
늙은 회양목들 길 죄어가는
단양, 낯모르는 남한강 지류에
그는
당도해 흐른다
눈도 귀도 아예 내놓지 않고
복면覆面으로 엎드려 흐른다.

―「물」 부분

　물의 본질적인 속성은 높은 데서 낮은 데로 흐르는 것이다. 물은 제어하려 해도 멈추지 않는다. 앞뒤와 좌우를 끊어놓는다 해도 굽이쳐 돌고 돌아 흘러가는 것이 물의 성질이다. 땅 밑으로 보이지 않게 흐르다가 지류를 형성할 때까지 눈도 귀도 드러내지 않는 물의 형상을 떠올리며 화자는 물의 이 같은 속성을 "복면으로 엎드려 흐른다"라고 표현한다. 격랑과는 다른 지류의 생태를 관조하며 물의 성질을 헤아리는 화자는 멈추어 있는 여느 물상들과 대비되는 여러 모습들을 추출해 낸다. 물의 이미지란 멈춤과 대비되고, 단절과 대비되며 드러난 것들과 대비되는 본성이다. 이러한 이미지의 변주는 물이 가진 다양한 모습으로 통하며 시인의 상상력이 가진 유연함과 개방성에 닿아 있음을 보여준다. 화자는 "솟구치기 위해 얼마나 더 낮추어야 하는지"라고 말한다. 그 말은 시대의 암울함과 질곡을 헤쳐나오며 상처 입은 내면이 토해내는 신음에 가깝다. 달리 말해 그 탄성의 요체는 순응과 굴종을 강요하는 시대적 억압에 인고하며 살아가는 접화군생이 지닌, 삶의 아름다움과 긴장, 육화된 지혜가 엄혹한 현실과 거리를 둔 낙차에서 비롯된 정서적 반응이다.
　시집의 표제작 「황사 바람 속에서」는 시대와의 접점에 놓인 내면의 성찰이 어떤 지점에 놓인 것인지를 짐작하게 해 준다.

　　운명은 결코 뛰쳐나갈 수 없다는 것

장대 높이뛰기로도 시대의 담벽은 넘을 수 없다는 것을
알기까지는
얼마나 오랜 시간이 걸렸는가

(중략)

황사 바람이여 지난 시절 그 4·19, 5·16, 5·17 속에
누가 장대 높이뛰기를 하였는가
나는 어디에 고개 묻고 있었는가
비닐 씌운 두둑에 고추모 옮겨 심고 멍석딸기꽃 밑에 마른 짚 깔기
젖먹이 기저귀 갈아주듯 깔아주며
언젠가 풋딸기들이 뾰족한 궁둥이로 편히 주저앉을 것을 생각하는
나날의 도道와 궁행躬行은 얼마나 사소한가 거대한가
풀먹여 새옷 입듯이
마음 벗고 껴입는·

－「황사 바람 속에서」 부분

다소 우울한 분위기를 이루고 있는 작품에서, '황사 바람'은 자욱한 현
대사의 상처에 번민하는 내면의 착잡함을 함축하는 기후 상징이자 시적
상관물이다. "너와 나에게 젊음은 무엇이었는가"는 물음에서 시작되는 작
품에서 '황사 바람'은, 청년의 시절 우리가 항용 품었음직한 맵고 혹독한
시대현실에 대한 메마른 갈증을 모두 포괄한다. 4·19와 5·16과 5·17에 이
르는 현대사의 격랑이 모두 봄날에 일어난 역사적 사건임을 감안할 때,
'황사 바람'은 역사를 성찰하는 매개물로 바뀐다. "시대의 담벽"이 얼마나
아득한 장애물이었는가를 고통스럽게 절감하면서 그 장벽의 높이를 실감
하기까지의 과정은 내면의 고투와 절망으로 쓸쓸하게 귀착된다. 그러나
그 시적 성찰이 사회적 이상과 관련된 거대 이념의 자리가 아니라 고향의
낡은 집 쓸쓸한 토방에서부터 시작된다는 것은 유의해 볼 대목이다. 고향
의 남루한 토방은 그의 시적 사유가 전개되는 거점에 해당한다. 봄날에
이는 황사 바람을 바라보며 화자는, 시대를 초월한 상상이 불가능하다는

겠(이는 그의 시가 그 불가능을 추구한다는 사실을 우회적으로 보여준다)을 "오랜 시간"을 거쳐 숙성시켜 낸다. 그러한 사유의 숙성이야말로 지난 시대의 격랑을 떠올리며, 그 시대에 고개 숙인 채 침잠해온 일상의 가치를 반문하는 홍신선 시의 견고함에 해당한다. "나는 어디에 고개 묻고 있었는가"라는 발언은 내면의 부끄러움에 기반을 둔 윤리 의식을 강화하지만, 그것이 부정과 비판으로만 치닫지 않는 균형 감각을 엿볼 수 있게 한다. 화자는 일상의 가치를 두고 시대의 격랑에 비하면 미미하고, 보잘 것 없어 보일지 모르지만, "나날의 도와 궁행"으로 묵묵히 자기 수행을 진척시킨다. 자기 수행의 행보는 높지 않은 어조로 결곡하고 단단한 시적 행보를 일구는 원천에 해당한다.

여섯 번째 시집 『자화상을 위하여』(2002)는 원숙한 중년의 시선으로 일상과 여행, 고향과 문명에 관해 성찰하는 모습을 담고 있다. 이 시집은 "삼말사초(30대 후반과 40대 초반 - 인용자)의 허기와 갈증들"을 "폐기하거나 실어보내고 난" 뒤의 허허로운 심사에서 출발하여 "지난 세월의/ 문 닫는 냉정한 뒷모습"(「이사」)을 관조하는 모습을 보여준다. 또한 늦가을비 내리는 들녘을 바라보며 "세상 가을/ 상여 메듯 메고 와/ 막 내려놓은/ 비의"(「철원벌에서」)를 가늠하거나, 모과를 쳐다보면서 "제 속의 지옥들을 둥글게 둥글게 익혀온" "저 환한/ 순명(順命) 덩어리들"(「모과」)을 읽어낸다. '비의'와 '순명'은 그의 시가 고향을 보듬며 세기말의 지옥 문명에서 찾아낸 시의 열매인 셈이다.

「세기말을 오르다가」는 산행 끝에 은성한 도시를 내려다보며 문명의 폐해에 눈먼 세태를 통찰하는 시인의 날카로운 풍자와 비판이 스민 경우이다. "신흥문명의 폐허들"에서 펼쳐지는 윤락과 권태와 관능, 스모그와 욕망과 천민자본주의의 자본에 이르는 부박함을 간파하기도 한다. 화자는 문명의 이러한 천민성, 조부와 당숙, 고종과 이종 등 자신의 뿌리조차 알지 못하는 세태를 두고 "숱한 나는 누구인가?/ 너는" 하며 슬며시 반문한다.

3 ·

「마음經」 연작은 『황사 바람 속에서』와 병행해서 10여 년 동안 창작된 시편들이다. 이 연작시편은 1991년부터 2003년까지 쓰여 졌으며 모두 서른두 편으로 이루어져 있다. 「마음經」 연작을 여는 서두는 마음과의 치열한 대면과 함께 시작된다.

올 겨울 제일 춥다는 소한 날
남수원 인적 끊긴 밭구렁쯤
마음을 끌고 내려가
항복을 받든가
아니면
내가 드디어 만신창이로 뻗든가

몸 밖으로 어느 틈에 번개처럼 줄행랑치는
저
그림자.

                                                         -「마음經 1」 전문

'마음과의 대면'이란 무엇인가. 마음을 향한 홍신선 시의 행로는, 마음을 잊어버린 시대와 함께 시작된다. 그래서 그의 시적 탐구는 세기말의 황량한 시대 현실에 휘둘리지 않으려는 내면의 수행에 가깝게 느껴진다. 화자는 저며 오는 추위와 한적한 공간에서 마음과 대면한다. 그런 다음, "소한 날" "마음을 끌고 내려가" 대결한다. 시의 무대가 '문명의 한복판'이 아니라 '문명에서 떨어져 나온 한갓진 곳'이라는 것은 의미심장하다. 그곳은 마음과 알몸으로 대면할 수 있는 처소가 바로 이러한 곳임을 뜻한다. '항복을 받든가' '만신창이로 뻗'는다는 구절은 '풍자가 아니면 죽음을' 외쳤던 김수영의 결기처럼 매우 치열한 마음의 상태를 대변한다. 그럴 때,

마음은 번개처럼 줄행랑치는 그림자와 같은 거짓욕망과 미망에 빠진 존재의 "그림자"를 포착할 수 있게 되기 때문이다.

세속의 마음들은 "사전 약속도 없이" "동에서 오르고" "서에서 뛰고" "남에서 오르고" "북에서 치달린다"(「마음經 3」). 여기에서 산은 인간 존재가 함께 살아가는 세속의 공간에 다를 바 없다. 산에 오르는 것은 존재의 성취에 대한 시적 은유이다. 산에 오르는 사람들의 행색이 사방 곳곳에서 숨 가쁘게 드러나는 것은 그들의 다양한 삶만큼이나 각양각색이다. 시인의 눈은 지리산 반야봉이나 월출산 천황봉 정상에로 향한다. 산의 정상은 벼린 인식의 정상부이다. 이 정상부에서 등산객들을 보면 제각각 올라오며 "빈손의 허공들이나 쥐고 웅성"이는 허망한 놀음(「마음經 3」)에 빠져 있다. 이들은 삶이라는 산정에 오르기를 수행하는 마음으로 행하지 않는다. 이들의 미망은 "운명"(「마음經 4」)과 "욕심"(「마음經 5」)과 "생각의 시체들"(「마음經 11」)을 양산하는 "폐허"(「마음經 15」)에 가깝다. 그 마음은 정상부로만 향하는 조급증을 드러내고 욕망으로 가득한 누추함으로 얼룩져 있다.

「마음經」 연작을 추동하는 힘은 '쉰'이라는 중년의 나이에 이르러 곰삭힌 기억과 슬픔을 바탕으로 한다. 그 마음은 폐허처럼 허허로운 삶, 삶과 죽음이 한데 어울린 풍경을 날카롭게 포착하는 힘이 되기도 한다.

아들이 죽은 뒤
홀어머니는 절에 다니기 시작했다.

텅 빈 내부가 무시로 털썩털썩 떨어져 내리는
대문 닫힌 집에는
저 혼자 섬돌가로 주저앉은
핏기 얇은 입술 꼭꼭 다문 채송화의
검은 씨앗들 속에 핵이, 뉘만한 무덤들이 차오르느라 부산한 소리
투명한 가을볕 속의
누군가 오랫동안 은밀히 마련해온 이별 같은

먼 독경.

- 「마음經 13」 전문

이 작품은 아들 하나를 잃은 뒤 절에 다니기 시작한 어머니를 바라보는 다른 아들의 시선과 상황을 설정해 놓고 있다. 가을날 집안의 적요는 어머니의 산사행 때문이다. 그러나 집안의 적요는 아들을 잃은 슬픔이 깃들어 있는 처연함이기도 하다. 고향집을 찾은 아들인 화자는, 어머니의 부재를 절감하면서 봉당 주변을 배회하다가 마침내 섬돌가에 앉는다. 그는 "주저앉은 채송화"를 자세히, 그리고 한없이 오랫동안 바라본다. 채송화는 저 혼자, "핏기 얇은 입술"로 된 검은 씨앗을 품고 있다. 화자는 그 씨앗 속 핵에서 '뉘 만한' 무덤들이 앙증맞은 결실을 맺으려는 존재의 부산한 열망을 읽어 낸다. 그 독법은 삶과 죽음이 한데 어울린 순간을, 적요로 가득한 고향집 섬돌가에 사소한 존재의 충만한 몸짓을 읽어 내는 길을 열어 젖힌다.

아우의 죽음을 감상으로 채우지 않는 이 작품의 미덕은 자식을 가슴에 품은 어머니의 산사행으로 대체하면서 집안에 깃든 쓸쓸함을 채송화의 영근 씨앗으로 죽음과 삶을 하나로 읽어 낸다(아우의 죽음에 관한 시편은 『자화상을 위하여』에 수록된 「아우를 묻으며」에 잘 드러나 있다). 그런 다음 화자는 투명한 가을볕의 쓸쓸한 정경 속에서 "누군가 오랫동안 은밀히 마련해온 이별같은/ 먼 독경" 소리를 듣는다. 고즈넉한 고향집 봉당에 앉아 곱씹는 화자의 내면은 적요만큼이나 한가롭게, 그러나 자신의 감정을 선명하게 드러내지 않는 대신, 어머니의 예불을 통해서 자식 잃은 슬픔을 다스리는 행위로 자신의 슬픔을 우회적으로 담아 낸다. 그러한 증거는 화자가 채송화 꽃술 속에 영글어가는 검은 씨앗으로부터 죽음과 부재와 생명의 새로운 탄생을 예비하는 윤회의 비의를 간파하는 데서도 잘 확인된다. 아우의 죽음과 그를 잃은 어머니의 슬픔을 여과시켜 화자는, 존재의 오랜 이별 제의를 상상한다. 존재의 이별은 아들과 어머니의 사이에만 있는 게 아니라 겨울을 앞둔 시기에 부산하게 죽음을 예비하는 채송화로부터 엿본 존재 안에도 깃들어 있다.

고향집의 적요와 섬돌 옆에 단단한 씨앗을 준비하는 가을볕 아래의 채송화와 독경소리를 한데 모아, 죽은 아들을 향한 어머니의 마음과 독경소리를 병치시키면서 가을날의 슬픈 아름다움을 담아 낸 이 가편은, 홍신선의 시가 지닌 여러 특성을 잘 대변한다. 그의 시편들은 감정의 과잉 상태를 거부하며 감상을 서툰 방식으로 토로하지 않는다. 무엇보다 그의 시는 사물을 빌려 그것으로 삶과 죽음, 일상에서 발견한 미적 가치를 담아 내는 방식을 취한다.

홍신선의 연작시편 「마음經」이 추구하는 내면의 고투는 선 수행의 그 것처럼 퇴색하는 일상의 반복과 늘 긴장 관계를 형성하는 모습으로 나타난다.

정신을 선禪에
때때로 푹 절였다 꺼내 놓는다.
햇볕 속 한나절
간국은 흘러서 빠지고
비로소 후줄근히
본래의 바탕대로 비실비실 펴지는
꾸겨 던진 호적등본처럼 펴지는
내다 넌
마음
한 벌.

벗어둔 생각들이 사물의 팔에서
제각각 20세기 빨래처럼 삭아가고 있다.

－「마음經 18」 전문

그의 시에서 정신을 때대로 선에 푹 절였다가 꺼내 놓는 행위는 일상적이다. 마음의 수행은 마치 한 벌의 의복처럼, 더위에 찌든 때를 간국처럼, 세탁하여 본래의 바탕으로 되돌리는 의례로 이어진다. 수행의 의례를 거치고 나면 마음은, 구겨진 호적등본이 펴지는 것처럼, 햇볕 아래 널어놓는 빨래감처럼, 그리고 새옷처럼 새롭게 태어난다. 끝없는 퇴락과 자기 갱신의 긴장관계는 그의 시에서 마음을 다스리고 마음을 정결하게 만드는 정화의 절차를 탄생시킨다. 그런 연유에서, 허허롭게 해방시킨 마음은 저 20세기의 남루한 빨랫감처럼 삭아가는 낡은 생각에서 벗어나 본래의 바탕을 회복하게 되는 셈이다. 이는 거리두기이자 자기 성찰을 위한 비판력의 회복이기도 하다. 홍신선의 시적 사유가 마음을 치열하게 관조하는 선 수행에 닿아 있다는 것은 바로 이러한 모습에서 찾아진다.

홍신선의 시가 도달한 지점은 마음의 수행을 거쳐 이른 어떤 깨달음의 경지이다. 그 경지는 삶과 죽음이 한 깡통에 담겨 있다는 표현(「마음經 19」)에서 단적으로 잘 확인된다. 시적 각성은 음습한 욕망과 부패를 환기하며 문명의 저변을 관통하는 사유의 날카로움으로 나타난다.

1.
검은 녹錄 속을 침낭처럼 들치고 들어가 누운
갈수록 두껍게 늙음 몇 벌씩 덧뒤집어 쓰고 웅크린
아니다, 구식자판기 동전 투입구 속으로
투입되어 윈 기계
부속들을 등짝으로 떠받치고 날며
이 나라 뭇 자본들이거나 익명의 욕망들을
콸, 콸, 콸 쏟아져 내리게
속길을 튼

폐기 직전의 500원 니켈 주화에
양각된 재두루미 한 마리,
날고 있는 안색이 산화된 녹 속에 화해와 적의로
점멸하듯 느릿느릿 꺼지고 밝아오는

2.
나에게서 몸을 왼통 독채로 빌려쓰고 있는 너는 누구냐

이제는 마모된 장기들 틈에서
부패도 묵은 눈 녹은 물처럼 스미고 스며서
비어져 나오는
늙은 질병, 죽음아.

−「마음經 24」 전문

홍신선 시의 자기 발견적 모색에는 늘 '참된 나는 누구인가'라는 집요
한 마음 찾기의 시인으로서의 수행이 전제되어 있다. 이 점은 인용된 시
에서도 예외가 아니다. 화자의 문명 감각은 '검은 녹'으로 상징되는 거짓
욕망의 부패와 그것의 오랜 누적에서 오는 환멸감에 잘 응집되어 있다.
폐기되기 직전에 부유하는 익명의 욕망들은 구식 자판기처럼 절제되지 않
은 채 이 땅 어디에서나 범람한다. 그 세계는 그러한 남루한 풍경을 바라
보는 존재와 대척점을 이룬다. 하지만, 그 대척을 이루는 존재 자신마저도
성찰의 대상이 된다는 점에서 시인의 마음은 언제나 유연한 품성을 잃지
않는다. 앞서 거론했던 시구를 빌려 말하면, "정신을 선(禪)에/ 때때로 푹
절였다 꺼내놓는"(「마음經 18」) 행위는 염결성의 회복을 위한 시적 고투에
해당한다. 몸을 독채로 빌려 쓰는 존재에 대한 물음이 근본적이라면, 마모
된 장기와 오랜 부패 끝에 비어져 나오는 질병과 늙음을 절감하며 죽음을
절감하는 존재의 유한성에 대한 성찰 또한 근본적이다.

4 .

「마음經」 연작이 마련한 시의 성찬에는 생명을 예비하는 죽음과 쓸쓸한
중년의 감각이 두드러진다. 그것은 고향의 터전에서 연원하여 시대와 길
항하며 장삼이사의 범속한 개인들의 삶에 주목하면서 얻어 낸, 누추한 삶
에 대한 관심과 애정 어린 시선이 도달한 귀착점이다. 존재의 복잡성과
근원적인 가치에 착목한 그의 시가 이렇게 비의와 순명에 도달할 수 있게
된 것은 '선의 깨어 있는 정신'이 가진 날카로움과 통찰에서 연유한다.

중년의 삶이란 무엇인가. 그 삶은 살아온 날들 만큼 살아갈 날들의 무기력함을 절감한 자의 성숙해진 심성이 아닐까. 그러나 그 성숙한 심성은 늘 깨어 있는 자의 것이므로 날카롭고 서늘하기도 하다. 그 날카로움과 서늘함은 서툴게 감정을 토로하지 않고, 청년기에 깃들어 있던 내면의 부끄러움과 침묵을 관조하면서도 이를 시적 언어로 여과시킨 웅숭 깊은 지성의 양태이기도 하다. 이것은 그의 시가 지닌 예민하면서도 따스한 시선과 그의 성찰적인 기질과 관련된 것이기도 하다.

「마음經」 연작이 비상하는 것은 바로 이 지점이다. 웅숭 깊은 지성은 드디어 삶의 비의를 향한 통찰을 유감없이 드러내 보이기 시작한다. 이 경로는 고향 공간에서 시작되어 시대 현실을 거쳐 오늘의 문명에 이르러 관철시켜 온 시의 행보이기도 하다. 고향 공간에 은거하듯 침잠하며 벼려 온 존재를 향한 시선이 시대 현실의 엄혹함에 번민하는 경로를 거쳐 중년에 이르러서 떠난 '마음의 순례'가 값진 것은 세계와 문명의 저변을 이루는 존재와 사물의 마음으로 향한 올곧음에 있다. 기나긴 마음의 순례가 흔들림 없이 이루어질 수 있었던 힘은 늘 깨어 있는 자의 정신에서 연유한다. 시인 자신을 포함하여 지상의 삶을 살아가는 모든 존재와 사물에 편만한 마음의 양태와 문명 세계에 범람하는 익명의 욕망들로 향한 시선이 이를 잘 말해준다. 그러니까 이 연작시편이 시인 자신의 삶과 주변 세계, 문명의 그림자에 깃들어 있는 거처 잃은 마음들에게 그토록 오래도록 시선을 둘 수 있었던 힘은 세계와 문명의 누추한 모습을 마음이 빚어낸 풍경으로 인식한 데서 비롯된 것으로 보아도 그리 틀리지 않다.

체제의 바깥, 고향에서 부르는 노래

유정이

1. 흐리고, 깊고, 고요한 生 한 채

블록 담이 깊은 금들을 안고 섰다
버팀목에 기댄 채.
물결 드센 반세기의 시간이
휩쓸고 갔다.
흙벽 군데 군데 살 떨어지고
앙상한 삭은 수숫대 외가 드러났다
젊은이들은 불어오는 풍문 속 어둑서니같이
안 보이는 새 나라를 보러 나갔다
나이들수록
잔손과 잔일들 손에 잡히지 않고
대신 왜 굵고 흐린 먹선 속에
속으로 속으로만 혼자 치솟아 오르는
괴석처럼 웅크리는가.
지금도 시골에 오면
퇴락한 집 한 채

하릴없이 무너지다 남은
노인의 꼬장꼬장한 정신을
그 성긴 내부를 들여다본다.

－「바위 한 잎」 전문

홍신선 시인이 지은 사십 년 언어의 사원에 들어선다. 그의 사원은 화려한 외장으로 꾸며져 있지 않다. 진흙으로 지은 집, '블록 담'으로 마감한 구조물이다. '물결 드센 반 세기'의 풍화를 견디며 나이를 들어가는, '새나라'를 보러 떠난 자들이 남겨둔 농가처럼 흐리고 낡은 풍경을 보여주기도 한다. 그러나 일견 편안하게 보이는 그의 사원 어느 곳에도 쉽게 눈을 돌릴 수 없는 외경에 긴장되곤 한다. 저마다 자리를 지키고 있는 침묵, 낮고 고요하고 깊은 공기가 경내를 감싸고 있다. 다시 그 안쪽을 돌면 몇 걸음 떼지 않아 묵묵한 정신들이 큰 몸을 틀고 있음을 발견하게 된다.

퇴락한 집 한 채로 형상화되었지만 위의 시는 홍신선 시인의 내면풍경을 드러내기에 충분한 작품으로 보인다. '새' 것에 대한 풍문에 휩쓸리지 않는, 묵묵하고 그러면서도 꼬장꼬장한, 한 풍경으로서의 정신이 잘 드러나고 있다. "산업사회를 힘겹게 통과"하여 "IT사회의 변두리에 떠밀려 온" "농경문화세대의 맨 후미"(「자화상을 위하여」 자서)에 서 있는 시인의 정신적 주소를 '괴석처럼 웅크린' 내부에서 찾아낼 수 있다.

홍신선 시의 주소는 시골이다. 약력에 의하면 시인은 1944년 경기도 화성군 동탄면 돌모루라는 농가에서 태어나고 초등학교 졸업 이후 서울로 생활권을 옮긴다. 그의 타향살이는 그 후부터 지금까지 계속된다. 그러나 역설적이게도 그는 고향을 한 번도 떠나 본 적이 없다. 대학을 졸업하고 고교 교사로, 대학 강사로, 그리고 전임 교수로 삶의 형태를 바꾸지만 그의 마음의 뿌리는 늘 고향 돌모루에 박혀 있었다.

시골에서의 삶이란 제도권 안에서 얻을 수 있는 수많은 문명의 편의와 특혜로부터 변방에 있다는 것을 의미한다. 발 빠른 속도와 화려한 문명의 외곽에 있다는 것을 말한다. '불끈거리는/ 이두박근과 대흉근만을 껴입은/

근육질의 몸'(「이사」)인 '기막힌 얼굴'(「공중전화기」)의 자본을 반납하고 '어깨-머리통 머리통-어깨 맞부딪치며 떠오르는 쭉정이들/ 양 허구리 마주 달라붙는'(「시골에 살리」) 궁색한 시골 살림을 기꺼이 수납한다는 것이다.

정방형으로 구획되고 일직선으로 정돈된 분명함을 갖추고 있는 것이 도시적이라고 한다면 시골은 "보일 듯 보이지 않"고 "가는 뒷등을 보이며" "낮게 깊이 몸 숙인 것들"(「우리 홍씨 3」)처럼 불분명하고 부정확한 이미지를 갖는다. 우왕좌왕하고 갈팡질팡하는, 고만 고만한 사람들이 살림살이를 차리고 그 땅의 주인으로 모여 사는 곳이 바로 시골이다. "늦저녁 퇴근길에 경기일보를 읽는 이/ 빙판 진 싸전 골목의/ 덥썩부리 말강구들/ 거대한 삶의 뿌리를 철근처럼 내리고 있는/ 기전지방(畿甸地方)의 모든 이들"(「살맛나는 세상은 오고」)의 노래를 받아 적으면서 "흐리게 가는 비 뿌리는 병점(餠店)"(「우리 홍씨 3」) 근방 체제의 바깥에 시인은 깊이 있는 시선을 두고 있다.

그러나 그렇다고 하여 그의 시가 낡고 안일한 폐허의 밑그림으로 되어 있는 것은 아니다. 오히려 그의 고요하고 낮은 목소리는 알아듣기 "어렵고 또한 그러므로 깊은 명상이 담겨있다"(정현기), 거나 "관념적이거나 추상적이며 난해하고 어느 면에서는 현학적인 냄새까지도 풍긴다"(정효구)는 평으로 평자들의 발길을 돌려놓은 전과(?)가 있기도 하다. 그의 시는 혹은 쉽게 알아들을 수 없는 웅숭 깊은 의미를 담고 있거나 혹은 복합적인 이미지의 연쇄로 되어 있어서, 혹은 행간의 밀도가 너무 농밀하여서 매우 정밀한 독법이 아니고서는 그 안을 투명하게 들여다 볼 수 없게 만드는 묘미가 있다.

> 허공엔 시멘트못 뽑힌 빈 구멍투성이다.
> 결코 숱한 망치질에도 박히지 않던
> 완강한 빗줄기들이
> 언제 저리 박혔다 말끔히 뽑혀나갔는가
> 해골바가지의 퀭한 눈자위 같은

못구멍 몇 군데서는
아직도 뽑혀나오다 허리 절반 끊어진
화농한 남은 여우비 두어 줄기가
추깃물처럼 지르르 지르르 흘러내린다
속 깊이 박힌 채
숙주에게서 아프지 않게 삭아내린다

비 개인 서녘하늘에는
팩시밀리로 밀고 들어온
누군가의
감쪽같이 뚫어지고 해진
내면
몇 장.

―「노을, 비 개인 뒤의」 전문

완강하게 비가 쏟아지고 개인 서녘하늘의 노을은 과연 어떤 풍경일까?
이미 노을은 수많은 먼지의 집합군일 뿐 환상적인 꿈의 한 장면이 아님을
현대과학은 우리에게 알려 주었다. 그러나 아무리 그렇다하여도 완강한
빗줄기 뒤의 여우비, 그리고 그 여우비마저 그치고 난 뒤의 노을의 풍경
을 시멘트 못질과 못구멍, 추깃물, 숙주와 결합시키고 팩시밀리와 같은 현
대문명의 생경한 기계가 들이미는 몇 장의 그림으로 그려내는 것은 얼마
나 폭력적인가? 그러나 이질적인 사물이 결합하여 보여주는 그림은 또한
얼마나 밝고 통쾌한가? 이는 "시의 대상을 단순하게 구상화하는 것이 아
니라 일단 머릿속에서 해체, 추상화했다가 다시 구상화하는"(신경림) 방법
적 결과라고 할 수 있다.
  연전의 어느 문학상 수상 소감을 말하는 가운데 시인은 다음과 같이 밝
힌바 있다.

  시의 외연은 초월에서 일상까지 또는 무기에서 놀이까지 한 없이 드넓다. (중
략) 시류와 세속에 어설픈 눈치를 살피지 않고 드넓은 시의 외연 가운데 내 몫

을 챙겨 온몸으로 밀고 갈 일이다.

누구의 눈치도 살피지 않고 제 몫의 시적 역량을 고집스럽게 밀고 나가겠다는 의지를 드러내고 있다. 세수 갑년을 기해 발간된 『홍신선 시전집』은 그러므로 시인의 시력 40년의 외연을 살펴보는 유의미한 텍스트가 될 것이다. 「허기놀」(2003) 「자화상을 위하여」(1996~2002) 「마음經」(1991~2003) 「황사 바람 속에서」(1991~1996) 「다시 고향에서」(1984~1990) 「우리 이웃 사람들」(1979~1984) 「겨울섬」(1973~1979) 「서벽당집」(1965~1973) 「내가 만난 사람들」(1991~2003) 등 총 365편의 시가 아홉 개의 항목으로 묶여져 있는 시전집은 '초월과 일상과 무기와 놀이'라는 시의 외연을 망라한다. 역(逆) 배치되어 있는 대체의 시간 순서를 따라가면 과거로 반추해 내려서는 내면의 다양한 풍경들을 만날 수 있다.

2. 고향, 활물화된 주체 공간

시인이 보여주는 여러 개의 풍경을 모두 말할 수는 없다. 그들 가운데 단연 두드러지는 것은 남수원으로 명명되는 그의 고향 풍경이라고 할 수 있다. 고향이란 공간은 누구에게나 예외 없이 그들의 정신이 깃들어 사는 곳이다. 그러나 고향은 부모와 같은 존재이기도 하여서 대개 생물학적 보호가 충족이 되고 자의식이 자라게 되면서 일탈 욕구의 오브제가 되기도 한다. 그러므로 고향의 현재를 벗어나야만 미지의 미래를 보장 받을 것 같은 생각에 사로잡히는 것이다. 대부분의 지향은 고향에서의 삶의 양식과 다른 양태로 기획된다. 하여 많은 젊은이들이 고향을 벗어나고 다른 경로와 양식으로 타지의 삶을 경영하기도 한다. 그러나 그들의 경영이 성공적이든 혹은 그렇지 않든 분명한 것은 모두 회귀의 순례과정을 보이게 된다는 것이다. 이는 대체로 젊음의 시절을 모두 보낸 이후에 보여주는 의례이다. 그러나 그 회귀의 의례 역시도 심리적인 회귀에 머무는 경우가 대부분이다.

그런 차원에서 보자면 홍신선 시인에게 고향은 고향 이상의 남다른 의미를 갖는다고 할 수 있다. 그에게는 태생의 고향이라는 물리적 고향의 의미를 넘어선다. 말하자면 그의 가업과 시업은 고향을 구심으로 놓고 커다란 원을 그려왔던 것이다. 앞서 밝힌 바 있듯 시인은 중학교에 진학하면서부터 서울살이를 시작하게 되지만 고향살이와의 심리적 거리는 거의 없는 것으로 그려지고 있다. '병점에서 돌모루까지의 길'(「황사 바람 속에서」 표4) 나아가 병점에서 서울까지의 길이 사십여 년 시의 길과 일치한다고 보아도 타당하다. 시집 『우리 이웃 사람들』 『다시 고향에서』의 큰 흐름을 제외하고도 그의 시 전편에는 얼마나 오랫동안, 아니 어떻게 줄곧 고향과 고향 사람들, 고향 사이의 길 위에 있었는지를 쉽게 짐작할 수 있게 만든다. 흥미로운 점은 시인에게 고향이 관념으로서의 공간이 아니라 활물화된 주체로서의 토지에 해당된다는 사실이다. 그는 몸소 농약을 뿌리고 거름똥을 주는 몇몇 드문 지식인 가운데 하나다.

쑥대밭 머리에
앉아서
논바닥에 검불 더미에 쓰러진 가난을 퍼 던지겠다

－「논－내 아버지께」 부분

도리기 끝난 다음
머리와 내포나 얻어서 돌아오다보면
올가미 씌워 뒷간 보꾹에 매달린
흐린 비애가
입 벌려 뱉았는지
피 칠한 공기가 죽어 떨어져 있다

－「위토말 김서방」 부분

종형들과 종헌하고 소지
그리고 음복한다

탕국에 말없이 밥을 마는 동안
장에서부터 솟아오르는 이 따뜻함은 무엇인가
끊긴 술기운이 술기운들에 이어져
두레상에 우리는 둘러 앉았다

-「겨울꽃」 부분

농약 냄새 흩어진 우물 둔덕에서
양조장술 한 되를 알타리 김치에 마셨다
마을엔
취락 구조 개선으로
일자 일자로만 어깨를 관리당하는 집들
엎드려 삭는 길들도
사람들의 어리석던 마음들도 둘러 끼웠다

-「늦가을 벼를 베며」 부분

그의 정신적 주소는 "변변한 이웃들은 타관으로 모두 빠져나간"(「논-
내 아버지께」) "호막한 천지에 슬픔을 환히 불피운"(「어스름이 와서」) 고
향에 등재되어 있다. 그는 대학에 교수로 봉직하면서도 검불더미에 쓰러
진 가난한 고향의 논바닥에 모를 심고, 김을 매고 벼 베는 일을 놓지 않
았다. 더러 "지줏대에/ 어린 오이덩굴 쥐암쥔 손을/ 펴서 걸쳐주"(「여름,
책 읽다」)기도 하고 "울 뒤 보리밭둑에서 도랑물 틔워주듯 바람들 길을
열어 받아내고 또 되내 보내며 손 흔들"(「나의 대가족주의」)기도 하면서,
때마다 제사를 모시고 당숙, 재당숙, 종형제, 고종, 이종과의 '대가족주의'
를 완성한다. 대가족주의에 대한 선호는 혈연을 중심으로 한 공동체적 연
대라는 근원적 가족주의의 선호로서 그의 시 곳곳에서 고집스러울 만큼
단단하게 표출되기도 한다.

'농약 냄새 흩어진' 고향은 홍신선 시인의 시의 경전이다. '엎드려 삭는
길들' '어리석던 마음'과 함께 짓는 그의 농사는 그대로 삶의 "화엄"(「마음
經 15)이고 "독경"(「마음經 13」)이라는 소략한 규정을 가능하게 한다.

3. 사소한, 거대한 도와 궁행躬行

척추 디스크를 앓는 아내와
지방에 내려간 자식은
멀리 네 옷깃에 지워져 보이지 않는다
씨앗에서 막 발 뺀 벽오동 나무의 발뿌리에다 거름똥 채워주고
연탄재 버리고 깊은 낮잠 한 잎.
내일 모래쯤
살 속에 밤톨만한 멍울을 감춘 박태기 나무들이
종기 짜듯 화농한 꽃들을 붉게 짜낼 것이다
나이 들어 심은 어린 나무들이 한결 처연하다
낙발처럼 날리는 센 햇살 몇 올, 저녁 해가 폐광처럼 비어 있다.

운명은 결코 뛰쳐나갈 수 없다는 것
장대 높이뛰기도 시대의 담벽은 넘을 수 없다는 것을
알기까지는
얼마나 오랜 시간이 걸렸는가
그렇게 생각 안채로 들여보내고 하루를 네 귀 맞춰 개어 깔고
무심히 흑백 TV의 풀온을 당기면 떠오르는 화면,
꽂발 딛고 아득히 넘겨다보던
흐린 화면 너머의 더 흐린 화면 그곳엔 무엇이 있었는가
황사 바람이여 지난 시절 그 4·19, 5·16, 5·17 속에
누가 장대 높이뛰기를 하였는가
나는 어디에 고개 묻고 있었는가
비닐 씌운 두둑에 고추모 옮겨 심고 멍석 딸기꽃 밑에 마른 짚 깔기
젖먹이 기저귀 갈아주듯 깔아주며
언젠가 풋딸기들이 뾰족한 궁둥이로 편히 주저앉을 것을 생각하는
나날의 이 도道와 궁행躬行은 얼마나 사소한가 거대한가
풀먹여 새옷 입듯이
마음 벗고 껴입는

　　　　　　　　　　　　　　　　　　　－「황사 바람 속에서」 부분

'자갈 갈리는 목쉰 사투리들이 유난히 거친' 시끄러운 시대의 목소리들이 흘러나올 때도 시인은 '낡은 집 고향의 쓸쓸한 토방'에 있었다. 황사 바람 너머의 뿌연 시선으로 시절에 대한 담담한 태도를 지녔을지도 모를 일이다. 시인에게 결코 뛰쳐나갈 수 없었던 운명이란 무엇이었을까? "흐린 화면 너머의 더 흐린 화면으로나 바라보던 지난 시절 그 4·19, 5·16, 5·17" 앞에서 그는 왜 장대 높이뛰기를 하지 않았을까? 결국 시대의 담벽은 넘을 수 없다는 인식에 들었지만 그는 누군가 시대의 벽을 넘고자 할 때 비닐 씌운 두둑에나 고개를 묻고 있었음을 고백하기도 한다. "도핍니까 네, 도핍니까 네"(「수원 가는 길에서」) 자괴하듯 묻고 답하기도 하였다. "거름똥을 채워주고" "연탄재 버리는" 시인의 태도는 "얼어붙은 시대에 맞설 수 있는 최소한의 뜨거움"(송희복)의 요구에 대해 부채감을 느꼈을 지도 모를 일이다. 또한 시인의 이러한 소극적인 대응은 자기 방어적인 소시민의 관점에 서 있다는 평가를 비껴갈 수 없었을 지도 모른다.

그러나 진실로 장대 높이뛰기는 거대하고 고추모종과 딸기 농사는 사소한가. '깊은 금을 안고 서 있는 블록담', '퇴락한 집'의 안채에서 일구었던 '나날의 도와 궁행'은 사소함에 그치는 것인가. 시대의 담벽은 일상보다 높고 일상의 도는 시대의 담벽보다 완벽히 낮은가. 현실의 응전 방식 혹은 시적 경향에 있어 통합적이냐 개별적이냐 하는 것은 '차이'의 문제이다. 세계에 개입하는 자아의 세계화 방식은 근원적 성정의 체현을 벗어날 수 없다. '나'는 '나다움'을 체현한다. 침묵이 경우에 따라 자기 사유의 안쪽을 예리하게 겨누는 날선 용기(用器)가 될 수도 있다. 의식의 내부에 폭발하는 갈등과 분노가 누구에게나 한결같이 분사나 파열의 형태로 표출되는 것은 결코 아닐 것이다.

마지막 마을 대동회가 끝나고
무봉가든에서 준비된 삼겹살에 소주를 마신다
불판 위에서 독한 연기를 내는
지글거리는 허탈과 비애를 깻잎쌈 싸서 넘기며

갈수록 좌중은 소란스러워지고
늙은축들 자리에서는 며칠 전 받은
이 동네 마지막 이장의 편지를
육절가위로 툭 툭 짧게 자르기도 한다

(중략)

체념 급한 사람들 자리에서 빠져나가고
듬성듬성 남은 이들
여전히 포크레인에 철거되다 남은 가가호호 폐가들처럼
내부를 온통 털리고 앉아 떠든다
이미 마음속에서 말소한 지적도의 지번들을 이백 년 시간의 옹이들을
다시 직권 말소한
떠드는 속빈 허수아비가 삶이라니.
그러면 속 찬 허수아비는?
끝판에야 종형과 새해 농협 달력 한 부씩 챙기고
침묵 속에 미처 분을도 못뜬 우리 일문을
목숨의 고목을 차에 싣는다
대륙성 고기압의 가장자리에 든 뒤
모처럼 구름 없는 빈 하늘 꼭대기에서
굴러 내려오는 날 선
이 고장의 바람 소리들
침침한 내 눈앞
문득 어둠이 멀리서 오고 있다.
　　　　　　　　　　　　　－「돌모루 마지막 이장의 편지」 부분

　시인의 고향인 돌모루는 수도권에 연해있는 지리적 특성 때문에 전통적
인 농경 문화와 도시 문화가 공존하는 이채로운 공간으로의 변화 도상에
있었다. 수도권의 근대화가 점차 확대되어가던 1970년대를 넘어서면서 반
농반공(半農半工)의 기형적 농촌의 모습을 보이기 시작했으며 시인은 그곳
에서 뿌리가 뽑혀 부유하는 고향사람들의 모습을 암울하게 그려왔던 것이

주지의 사실이다. "2002년 말 돌모루의 주민이 가산 일체를 수용당하고 강제 이주하였다"고 후기된 위의 시는 '조상 대대로 내려온 정든 고향을 떠나' '각자 뿔뿔이 흩어져' 이제 고향이라는 흔적조차도 찾을 수 없게 된 심정을 '허탈-비애-분노-체념-침묵'의 과정으로 그려내고 있다. 내부를 온통 털리고 직권 말소된 허수아비처럼 시인은 어떤 심경에 있었을까? 아마도 그는 다시 "봉두난발 약쑥"(「우리 이웃 사람들」)같이 어이없는 웃음을 쓰게 웃고 침묵 안으로 문을 걸어 잠갔을 지도 모를 일이다.

4. 완료된 서사로서의 과거와 새로운 시의 영토

고향을 구심점으로 삼아 시와 생의 큰 원을 그려왔던, 그래서 유달리 남다른 고향의 의미를 껴안았던 홍신선 시인은 이제 물리적으로 고향을 잃은 이주민이 되었다. 그는 이제 나고 자란 고향에서 철거되었다. 반생을 붙여 먹던 시와 삶의 터전으로서의 고향 돌모루는 "본전 밑간 농업이 통째로 깨지는 소리"(「나의 농업」)를 내면서 시간 속으로 "흔적 없이 매몰될"(「모과」) 운명에 처하게 된 것이다.

세수 갑년을 기해 시인은 일련의 시 작업을 하나로 묶는 전집을 간행하였다. "책은 과거의 나다"라고 니체는 말하였다. 시간 단위를 작게 분절하였던 각각의 시집이 소과거의 '그'였다면 각각의 소과거가 집대성된 전집은 대과거의 '그'라고 정의할 수 있을 것이다. 크기와 부피를 막론하고 과거는 완료된 서사이다. 과거는 흘러간 것이며 그래서 만져질 수 없는 부재의 시간이라는 진부함을 더 들먹일 필요는 없으리라. 흥미로운 사실은 홍신선 시인의 내외면적 시의 토대가 되었던 고향 돌모루의 철거와 더불어 그의 기록으로서의 대과거도 부재의 영토로 이주해야만 하는 시간이 일치하고 있다는 것이다. 과거의 나를 단단히 묶고 하나의 커다란 세계를 떠나 다른 세계로 건너가야 하는 것은 불가피하게 막막함이 내재된 작업일 지도 모른다. 그래서 그는 아직도 철거가 진행되는 퇴락한 적산가옥에서서 "늦가을께나" 드러날 "숨은 현장"(「녹음, 퇴락한 적산가옥들처럼」)을 쓰디쓰게 지켜보고 있는 지도 모른다.

홍신선 시인의 시의 외연은 깊고 넓다.(고향과 농업과 대가족주의와 침묵의 양식에서 그의 시를 바라보았던 이 글의 독자들은 결국 홍신선 시의 전도(全圖)를 잘못 입수한 것이다!) 그러므로 그의 시에 층층이, 그리고 켜켜이 녹아 있는 '초월에서 일상까지 또는 무기에서 놀이'까지의 외연을 짚어보는 과제는 결국 '그대로' 남겨지는 결과가 되었다.

홍신선 시인은 이제 곧 부재의 시간을 일으켜 새로운 시의 영토로 이주를 하게 될 것이다. 그는 또다시 어느 궁벽한 곳으로 찾아들어가 아무도 돌보지 않는 시공 위에 '새로 핀 앵두꽃들로 세상을 환하게 갈아 입히'(「시골에 살리」)는 자족을 피워낼 것이다. '반반한 이웃들이 모두 타관으로 떠나는, 체제의 바깥에 우울히 서 있던' 고향에 스스로 남아 농업과 시업을 병행했던 것처럼 '폐허'가 곧 '화엄'(「마음經 15」)이라는 곡괭이로 황무지를 새롭게 일구고 뿌리 내려 정직하게 소출을 거두리라는 것을, 일찍이 땀 흘리는 농군의 묵묵한 침묵의 저력을 다시 한 번 발현할 것임을 홍신선 시의 독자들은 머지않은 날 확인하게 될 것이다.

역동적 이미지와 환멸의 자의식

—시집 『서벽당집』(2001) 해설

이숭원

    1960년대에 등단하고 1970년대 초까지 활발한 활동을 벌인 대다수의 시인들에게 공통적으로 나타나는 현상은 이미지와 메타포에 대한 강한 집착이다. 그들에게는 '시는 이미지다', '시는 메타포다', 혹은 '시는 상상력의 소산이다'라는 명제가 하나의 확고한 이념처럼 자리 잡고 있어서 그 영향의 자장권에서 벗어나기가 어려운 형편이다. 이렇게 된 데는 1950년대에 도입된 미국 신비평 이론 및 그것과 연관된 영미시 중심의 시 교육이 커다란 영향력을 행사한 것으로 보인다. 1970년대 초를 넘어서면서 산업화의 모순 및 유신 체제의 현실적 억압을 체험하게 되자 비로소 이미지와 메타포의 집착에서 벗어나려는 시도가 일군의 시인들에게서 나타나게 된다. 이미지나 메타포에 의거하지 않고 자신의 맨 얼굴을 드러내는 것도 시가 될 수 있으며 하나의 이야기를 서술하는 것도 시가 될 수 있다는 인식이 확대되면서 시 양식의 중요한 변화가 일어나게 된다.

    홍신선의 첫 시집 『서벽당집』(한얼문고)은 1973년에 간행되었다. 1944년생인 시인이 막 서른이 되는 나이에 간행한 이 첫 시집에는 1963년부터 1973년까지 10년간 써 모은 작품이 수록되어 있다. 말하자면 이 시집에는

1960년대로부터 1970년대 초까지 그의 이십대에 쓴 작품이 수록되어 있는 것이다. 앞서 말한 대로 그 당시 시단의 기류가 이미지와 메타포를 중시하는 편향을 보였고 이 시집의 전반적 성격 역시 그 테두리를 벗어나지 않는다. 이 시집의 시편들은 가만히 머물러 있는 정적인 대상들도 꿈틀거리며 유동하는 동적인 이미지로 바꾸어 표현하거나 보이지 않는 정황도 가시적인 이미지로 변환하여 표현하는 특징을 보인다. 그리고 이미지의 조성과 변용에 예외 없이 메타포가 중요한 역할을 맡고 있다.

이미지와 메타포에 대한 천착 이외에 발견할 수 있는 또 하나의 요소는 시인의 어둡고 우울한 자의식인데 이것은 이 시집이 20대의 창작물이라는 점과 무관하지 않을 것이다. 20대의 젊은 시인이라면 자신의 뿌리가 내려 있는 고향에 대해, 그리고 삶의 터전인 시대현실에 대해 애증의 이중적 감정을 가질 만하다. 『서벽당집』이라는 시집의 제목은 그의 고향에 있는 어느 고택의 당호에서 유래하였을 것이다. 그 뜻은 푸른 곳에 자리 잡은 집이라는 뜻일 텐데 그의 실제 작품을 보면 고향은 가난에 찌든 음울한 공간으로 그려져 있다. 그럼에도 불구하고 그곳은 자신의 삶의 뿌리가 드리워 있는 피하려야 피할 수 없는 근원적 공간으로 제시된다. 청춘이나 현실에 대한 인식도 이와 크게 다르지 않다. 20대의 젊은이 치고 자신의 현실적 처지에 대해 만족해하는 사람은 없을 것이다. 현실에 대한 부정의식과 함께 현실의 삶을 어쩔 수 없이 끌어안을 수밖에 없다는 이중적 애증의 감정이 이 시집에 담겨 있다.

> 건답에 까만 털투성이의 어둠이 와서 어슬렁거린다.
> 내다버린 폐기된 사랑들이
> 잿가리처럼 그 바닥에 시대의 뚝에 쌓여 있다.
> 차거운 공간으로
> 내비치는 환한 속살을 여미며
> 달밤들은 멀리 비켜서 있느니
> 꿇어 엎드린 산맥 뒤에서 허공은 멍하니 바라보고 있다.

이 밤에
우리가 **뼈로써** 곳곳에 뒤벼놓은
침묵을
공기들이 어석거리며 밟히는 소리를.
밤이 더욱 까만 털투성이의 몸을 뒤설렌다.

─「밤」 전문

시집의 앞부분에 실린 이 작품은 1973년에 발표된 것인데 이 시집의 전
체적 성격을 잘 드러내고 있다. 이미지와 메타포의 측면에서 보자면, 첫 행
의 "까만 털투성이 어둠이 와서 어슬렁 거린다"는 표현이 그 당시 시작법
의 한 전형을 보여주는 예다. 어둠이 깔리는 것은 지극히 고요하고 움직임
이 없는 정황인데 그것을 시인은 '어슬렁 거린다'든가 '몸을 뒤설레인다'고
동적으로 전환 표현하였다. 그리고 그냥 어둠이 아니라 '털투성이' 어둠이
라고 말함으로써 털 많은 동물처럼 꿈틀대는 음산하고 불길한 질감이 조성
되도록 했다. 이어서 달밤은 멀리 비켜 서 있고 꿇어 엎드린 산맥 뒤에 허
공이 멍하니 바라보고 있다고 의인화하였다. 침묵 속에 공기들이 어석거리
며 밟히는 소리가 난다고 상상하였다. 이처럼 정적인 대상인 어둠, 달밤,
산맥, 허공을 모두 움직이는 형상으로 바꾸어 배치하였으며 침묵마저 소리
가 나는 것으로 바꾸어 표현하였다. 이것이 1960년대에 이미지와 메타포
중심 시교육의 영향권 내에서 성장한 한 시인의 전형적인 시작법이다.
　자의식의 측면에서 보자면, 건답, 폐기된 사랑, 시대의 뚝, 침묵 등의 시
어에 주목하게 된다. 건답은 마른논인데 논에 물을 빼고 추수를 끝낸 논
도 건답이고 가뭄에 물이 말라 버린 논도 건답이다. 어느 것이건 황량함
을 자아내는 것은 마찬가지다. 답(畓)이라는 한자가 암시하는 것처럼 논에
는 물이 있는 것이 정상이다. 한자가 처음 생겨난 황하 유역에서는 벼농
사를 짓지 않았기 때문에 처음에는 논을 표시하는 한자가 존재하지 않았
고 밭을 나타내는 전(田)자만 있었다. 한자를 사용한 중국민족이 남방으로
세력을 확장하게 되면서 논에 물을 대고 벼농사를 짓는 것을 보게 되었고

그것을 나타내기 위해 수전(水田)이라는 말을 만들어냈다. 수전이라는 한 자가 우리나라에 들어와 논을 나타내는 답(畓)이라는 한자로 정착된 것이 다. 따라서 논에는 늘 물이 있어야 정상이며 건답이란 정상의 상태에서 벗어난 메마르고 황량한 모습을 의미한다.

시의 첫 행 첫 마디에 건답이라는 말을 배치한 것은 우연이 아닐 것이 다. 그것은 20대의 청년 시인이 목도한 당시 삶의 암유적 표현이었을 것 이다. 황량한 건답에 까만 털투성이 어둠이 어슬렁거리는 불길한 상황이 바로 그의 내면의식에 떠오른 현실의 국면이었을 것이다. 그 다음에 나오 는 폐기된 사랑, 시대의 뚝, 침묵 등의 어사 역시 시대의 질곡과 현실의 억압을 대리적 암유적으로 표현한 것이다.

이 시기 그의 다른 시에 나오는 어스름, 허망, 허공, 공허, 아픔, 노여움, 죽음 등의 시어들은 모두 그 시대의 분위기를 암유하면서 암울한 시대 속 에 20대의 젊음을 이끌어가고 있는 시인의 폐허의식, 환멸의 자의식을 드 러낸다. 현실을 부정적으로 보는 첫 번째 동인은 가난이다. 1960년대 농업 에 종사한 사람들 대부분이 가난과 배고픔을 숙명처럼 달고 살았거니와 뜸부기 울음소리에 묻어나오는 피폐한 삶의 족적이 현실을 부정하고 환멸 감을 갖게 하는 중요한 요인으로 작용하였다.

그런데 이러한 현실에 대한 환멸감을 갖고 있다 하더라도 그것이 1960 년대의 초기시에는 별로 두드러지게 드러나지 않았다. 그것은 시라는 양 식이 현실과 무관하게 이미지나 메타포만으로 존재할 수 있는 언어 예술 물이라는 인식이 1960년대 시인을 거의 지배하다시피 했기 때문이다. 1965 년에 발표된 다음의 시는 이미지의 조형성으로 시가 존립할 수 있다는 명 제의 중요한 근거가 되어줄 작품이다.

창유리를 닫으면 누런 벌레들로 굴러 떨어지는 햇볕들. 사진틀 속에 끼워 꿈 틀거리는 나를 비워내는데 더듬이로 나이를 헤집어가며 야망의 강물 바닥에 꽂 힌 흔들리는 수초의 잎 끝에 기포의 형태로 올라오는 많은 얼굴들 자꾸자꾸 잃 었던 얼굴들을 건져올리는데, 아니 정수리에서 예감의 그물을 풀어내리는 바람

들은 패각 위 나선형의 충계에 홈턱마다에 갇힌 바다를 일으키는데 아하
　나는 보겠다. 바다들이 색색깔의 얼굴을 깨뜨릴 때 튀어오르는 물고기의 몸
뚱이마다 선[立] 중량들을. 저것이었을까 이승에 떨구는 발소리마다에 머무는
내 무거운 뜻이 내 무거운 뜻이.

ー「비유를 나무로 한 나의 노래는」 부분

　사물의 개별적 이미지에 충실하겠다는 태도는 볼 수 없는 대상들까지도
복수로 지칭하는 고집으로 퉁겨져 나타났다. 우리말에서는 명사 뒤에 복
수를 나타내는 접미사 '들'을 붙이지 않는 것이 자연스러운데 위의 시에서
는 접미사 '들'이 아주 빈번하게 사용되고 있다. '벌레들, 얼굴들'의 '들'은
그래도 수긍할 수 있는데, 여기에서는 '햇볕들, 바람들, 바다들' 등 눈으로
분간할 수 없는 사물들까지 복수화하여 지칭하고 있다. 이것은 사물의 미
세한 움직임 하나하나를 포착하여 그것에 부합하는 이미지나 메타포로 직
조해 내겠다는 의지의 표현이다. 그래서 유리창에 부서지는 햇볕을 창에
부딪쳐 굴러 떨어지는 누런 벌레의 메타포로 나타낸다. 햇살 하나하나가
미세하게 번져가는 모습을 나타내려다 보니까 '벌레들, 햇볕들' 같은 복수
형 지칭이 어쩔 수 없이 뒤따르게 된 것이다. 그뿐만 아니라 의식의 내면
에 떠올라 명멸하는 영상들의 착잡하고 모호한 정황을 나타내기 위해 '패
각 위 나선형의 충계'라는 낯선 말이 선택된다. 패각은 일본식 한자어로
조개껍질이란 뜻이고 나선형이란 소리기둥처럼 둥글게 회전하는 모양을
말한다. 요컨대 이 말은 내면의 의식 속에 다채로운 영상이 떠오르는 것
을 시각적으로 묘사하기 위해 동원된 말이다. 이처럼 이 시는 의미의 맥
락보다는 이미지와 메타포로 토대가 구축된 작품이라 할 만하다.
　여기에 비해 1970년에 발표된 다음의 시는 단순한 이미지나 메타포만이
아니라 시인의 자의식이 상당히 중요한 요소로 부각되고 있음을 보여준다.

　어둠 속에 눈이 내린다.
　무수히 번득이는 그 허무의 칼날 아래

시든 언어들은 잘려 떨어지고
어딘가 빈 의자들 사이 참혹히 죽어 떨어진
연대를 휩쓸어
텅 비어버린 나의 강의실엔 눈이 내리고
빨간 불빛 속에 영그는 낱말 몇 덩이
어두운 기둥의 못에 걸려 퍼덕거리는 바람들의 질의,
습관의 의자들에 앉아
몇 가치의 경험을 불붙여 교환하며 우리는 듣는다
저 가는 연기 속에 올올이 끌러지는 믿음의 끈과
어느 한 가닥에 뛰어다니는 침묵의 발소리들을.
아 한때 거만한 말씀들이, 순금의 햇볕들이 기어다니던 이 교실
시대의 차가운 손톱 끝에 몇 덩이의 질문을 퉁겨버리고
비어 있는 공감 속의 긴 낭하를 내려오며
우리는 보았지, 실의의 휴지통 속에 구겨 던지는
이십대,

-「겨울 강의실」 부분

이 시에도 이미지의 촉수가 동물의 본능처럼 몸을 내밀고 있다. "빨간 불빛 속에 영그는 낱말 몇 덩이"라든가 "어두운 기둥의 못에 걸려 퍼덕거리는 바람의 질의", "뛰어다니는 침묵의 발소리" 등의 시구가 그것이다. 강의실에서 사용되는 언어도 열매의 이미지로 가시화하고 무형의 바람도 못에 걸려 퍼덕거리는 모습으로 이미지화하는 수법은 이 시인의 일관된 시작 방법이다. 그런데 그러한 이미지의 배면에 더욱 짙게 울려오는 것은 폐허와 같은 강의실에서 읊조리는 시인의 음울한 육성이다. 어리둥절한 시대를 만나 나약한 언어로 무엇을 어떻게 감당해야 하는지도 모른 채 어딘가로 표류해 가는 실의에 잠긴 젊은 세대의 육성이 들려오고 있다. 그가 마주한 '허무의 칼날' 앞에 대처하기에는 강의실에서 얻은 '거만한 말씀' 몇 가닥이 대처하기에는 너무나 무력하다. 시대의 차가운 손톱 끝에 언어는 참혹히 죽어 최후를 맞이할 뿐이다.

여기에는 참담한 현실 속에 공부를 하고 시를 써야 하는 젊은 시인의

자의식이 담겨 있다. 지식인으로서의 현실에 대한 환멸감은 농촌출신으로서 빈궁 체험의 토대 위에 세워진 환멸감과는 구별된다. 그러나 그 두 환멸의 축은 다른 방향에서 서로를 강화하며 현실을 암울한 폐허로 인식하도록 몰아간다. 그 폐허의식이 1960년대 이후 시 습작 교육의 결과로 정착된 이미지와 메타포 탐구의 경향과 결합된 작품이 이 글의 맨 앞에서 검토한 「밤」이다. 그 이후 홍신선의 시적 전개에 있어 환멸의 자의식은 시대 상황에 따라 변화를 보이지만 이미지, 메타포에 대한 관심은 창작의 지속적 동력으로 작용한다. 그만큼 시작 초기에 습득한 시론의 배경이라든가 작시법의 영향은 일생에 걸쳐 지속적인 힘을 행사한다는 것을 알 수 있다.

환멸의 자의식이랄까, 현실에 대한 부정의식이 시간의 흐름에 따라 변화를 보이는 것은 인간의 삶에 있어 자연스러운 일이고 당연한 일이다. 가령, 억압적 정치현실 때문에 괴로워하던 시인이 그 현실이 바뀌었을 때 괴로움과 분노가 다른 가락으로 전환되는 것은 자연스러운 일이다. 그렇지 않은 경우라 하더라도 폐허의식과 환멸감을 끝까지 유지한다는 것은 기대하기 어렵다. 일상 속에 살아가야 하는 인간의 정신이라면 부정의식의 일방적 극대화를 감당하지 못할 것이다. 그래서인지 시인은 1972년에 발표한 「가거라 이제」라는 시에서 바람을 호명하며 아픔을 다 찾아 데리고 여기서 떠나가라고 말한다. 자신은 "피냄새나/ 잘 보이는/ 여기 나는 남겠다"고 속으로 다짐한다. 이 발언은 고통의 응어리에서 벗어나고 싶어하는 마음의 움직임을 드러낸다. 그러나 아픔을 떠나 현실에 안주하기에는 그의 나이가 싱싱하게 젊었다.

따라서 펄펄 끓는 20대 청년 시인으로서 이미지의 역동성과 시대에 대한 환멸감을 정제된 언어로 펼쳐가는 것이 이 단계의 그의 방법론이 될 수밖에 없었다. 그 이후의 시에서 자의식은 깊어지고 사물을 보는 눈도 깊어진다. 그래서 내면과 외관을 대비·병치하는 방법을 통해 새로운 구도의 미학을 창출해 내는데 거기에는 성숙한 자아의 조응과 융합의 시선이 필요하다. 그러한 내적 성숙의 시간과 간격을 두고 있는 20대의 지점에서는 이미지의 역동성과 환멸의 자의식이 가공되지 않은 모습으로 돌출되었던 것이다.

이중 구도의 미학

—시집『황사 바람 속에서』(1996) 서평

이숭원

　홍신선의 다섯 번째 시집『황사 바람 속에서』(문학과지성사, 1996)를 읽는 일은 그렇게 쉽지 않다. 단일한 색조의 감정을 느슨하게 풀어가는 시집이라면 편안하게 몸을 눕히고 시어의 쓰임새나 표현의 묘미를 음미하면서 정감의 세계에 젖어들 수 있을 것이다. 이런 스타일의 시집은 우리 주위에 아주 많이 유통되고 있어서 우리는 자신도 모르게 그런 식으로 시를 읽으려고 드는 경우가 많다. 홍신선의 시집을 그런 방식으로 읽으려 하다가는 몇 페이지도 넘기지 못하고 시집의 뚜껑을 덮게 될 것이다.

　요컨대 홍신선의 시집은 치밀한 독법을 요구한다. 손에 펜을 들고 밑줄을 쳐가며 시어 하나 표현 하나를 면밀하게 검토하면서 그것이 암시하고 환기하는 제삼의 사상(事象)들을 파악해야 한다. 우리들은 홍신선의 시 세계에 뛰어들어 상상력의 날개를 최대로 벌리고 이 곳에서 저 곳으로 전환하고 비약하는 사색의 흐름을 좇아 다채로운 편력의 길에 올라야 한다. 잠깐이라도 길을 놓치면 다시 처음의 자리로 돌아와 꼼꼼히 길을 되밟아 가는 견인주의적 탐구의 자세를 보여야 한다. 길을 잃지 않기 위해서는 감각의 촉수를 곤두세우고 언어의 편린을 통하여 시인의 내면을 탐색하는

일이 필요하다. 홍신선 시인은 다행히 요소요소에 몇 개의 마음의 지도를
배치해 놓았기 때문에 우리는 그것을 이용하여 그의 마음 한쪽을 들여다
볼 수 있다. 우선 시집 첫머리에 놓인 다음 작품에서 시인의 정신의 움직
임과 시작의 기본태도를 엿볼 수 있다.

1
탕, 탕, 탕,
누군가
어느 죄 없는 사내 손바닥에
못 박는 소리
나사못 조이는 소리
그 소리들 뒤에는 장도리로 또 그 못을 뽑는 소리
탕, 탕, 탕, 탕,
그 소리들 왼쪽
그 소리들 오른쪽에도 또 못 박는 소리
한밤의 처형장
이리저리 몰리는 검정 고무신 소리
망치질 소리

그러다 한순간
비명도 없이 딱 딱 입 벌리고 자지러진 적막 적막들……

비 걷힌 새벽이면
마주치겠다
부은 발등에 뽑다 만 못 덜렁덜렁대는 다리 뻗고 앉은
마타리과의 뚝갈 약간 명,
앙상한 뒷골께 이념처럼 못대가리 까뭇까뭇 박힌
해바라기꽃,
쉽고 편안하게
그러나 쉽고 편안하지 않게
공복이 등골에 가 붙는 가난 하나

곁에 앉히고
한미한 서생처럼
외곬으로 제 삶에 복역 중인 이들의 죄상,
가혹하게 이뻐라.

2
들어살던 무간 지옥을
마음을
죄다 허물고 나서야
황황히 내쫓긴
너
내쫓겨 비로소
한가롭게 빈 걸망으로 제 몸을 내다 걸었구나

구름 산 두세 채를
사타구니 속 깊이
감춘

그렇게
배꼽도 내놓고
나자빠져 누운
길가
가을물 한 자리.

—「비, 가을밤에 듣다」 전문

이 시를 정밀하게 분석하면 홍신선 시인의 시쓰기 전략과 그 속에 담긴
정신의 기미를 포착할 수 있다. 이 시는 크게 두 부분으로 나누어져 있는
데 앞부분은 밤비가 내리는 장면을, 뒷부분은 비가 내린 다음에 물이 고
여 있는 모습을 보여준다. 그런데 두 부분 모두 독특한 묘사의 기법이 큰
역할을 하면서 시 전체를 떠받치고 있다. 그리고 그 묘사의 언어기교로
포착되는 정경들은 자아의 현재의 위상이라든가 그가 추구하는 마음의 상

태를 암시한다.

한밤 중에 가을비 오는 소리를 들으며 시인은 자의식의 동요를 일으킨다. 갑자기 쏟아져 내리는 가을밤 빗소리는 마치 죄 없는 사내의 손바닥에 못을 박고 빼는 듯한 살벌하고 음산스러운 느낌을 갖게 한다. 여러 곳에서 들려오는 그 불길한 소리는 잔혹한 처형장을 연상시키기도 하고 죽음을 피하여 쫓겨 가는 사람들의 검정 고무신 소리로 비유되기도 한다. 이것은 외부의 자극에 민감하게 반응하는 자아의 내면을 표현한 것인데 내면의 상태가 손바닥에 못을 박고 뽑는 형상으로 제시된 것으로 볼 때 시적 자아가 세상을 비관적으로 보고 고통스럽게 살아가고 있음을 확인할 수 있다. 시인은 가을비 소리를 자신을 가학하고 고문하는 죽음의 소리로 받아들이고 있는 것이다.

어지러이 쏟아지던 비가 멎자 일순간 적막이 밀려든다. 이것을 시인은 "비명도 없이 딱 딱 입 벌리고 자지러진 적막 적막들"이라고 표현하였다. '비명', '입 벌리고 자지러진' 등은 앞의 못 박는 처형의 장면과 연결된 시어로서 비가 그치고 갑자기 고요해진 상태를 죽음 뒤의 고요와 유사한 이미지로 나타낸 것이다. 그 다음 장면에서 시인은 비 그친 새벽에 대하게 될 여러 식물들의 모습을 세심하게 묘사한다. 한밤에 찬비를 맞아 초라한 행색으로 시들어 가는 식물들은 '부은 발등', '앙상한 뒷골', '공복이 등골에 가 붙는 가난' 등 부정적 형상으로 묘사된다. 그러나 시인은 "한미한 서생처럼/ 외곬으로 제 삶에 복역 중인 이들의" 모습이 '가혹하게 이쁘다'고 말한다. 앙상한 등골만 남기고 시들어가는 그들의 모습은 운명의 가혹한 시련으로 받아들여지지만 한편으로는 그렇게 생명을 유지해 가는 모습에서 생명 가진 존재의 비극적 아름다움을 보게 되는 것이다.

두 번째 단락은 앞에서 펼쳐진 고통스런 자의식의 장면에서 멀리 벗어난 듯한 장면을 펼쳐낸다. '들어살던 무간지옥'에서 내쫓겨 '한가롭게 길가에 제 몸을 내다 건' 가을물은 자의식의 번민에서 벗어난 어떤 달관, 혹은 무애(無碍)의 경지를 연상시킨다. 맑은 가을물은 '빈 걸망'처럼 길가에 걸려 있지만 그 내면에 '구름 산 두세 채를' 감추고 있고 겉으로는 '배꼽도 내놓고 나자빠져' 누워 있는 것이다.

그러면 앞의 비 내리는 장면과 비 맞은 식물들의 모습은 이 가을 물과 어떤 관계에 있는 것일까? 이 문제의 해명에 홍신선 시문법의 비밀을 푸는 열쇠가 들어 있다. 시인이 보는 현재의 세계, 현 상태의 인간의 삶은 죄 없이 손에 못이 박히거나 가난과 고독에 어쩔 수 없이 복역하는 형국이다. 가을비에 시들어가는 풀꽃들이 '가혹하게 이뻤던' 것은 그것이 우리들 삶의 모습을 그대로 반영하기 때문이다. 그런데 두 번째 단락에서 보게 되는 가을물의 심상은 무간지옥에서도 벗어나고 마음의 번민에서도 벗어난 상태로 제시되어 있다. 이것은 어떤 정신의 가치 있는 경지를 암시하는 것이다. '사타구니'라든가 '배꼽' 등의 육체언어가 등장하고 있지만 그것이 표상하는 것은 걸림 없고 자유로운 정신의 한 경지이다. 이 시의 앞부분과 뒷부분은 바로 시인이 놓인 현재의 위상과 그가 추구하는 자리를 대비적으로 보여주고 있는 것이다. 이처럼 홍신선의 시는 이중적 구도의 틀 속에서 시상을 전개하고 심상을 구성하는 특징을 보이고 있다.

물론 홍신선의 시에 자신의 내면을 다른 것에 매개하지 않고 직접 드러내는 예가 없는 것은 아니다. 예를 들어 「어느덧 아내와도 헤어지는 연습을 하며」 같은 시는 아내와 같이 지낸 시간들을 묘사하며 현재 병 중의 아내에 대한 안타까움을 드러내고 언젠가는 그들에게 찾아올 죽음에 대해 명상한다. 이 시의 초점은 아내와 내가 아픔과 인내로 보낸 과거의 시간들이 어떠한 의미를 지닌 것인지, 과연 그 시간들을 사랑의 시간들이라고 할 수 있는 것인지에 대한 질문과 탐색으로 모아진다. 따라서 이 시는 비유적 표현을 동원하고는 있지만 자신의 내면을 어떤 다른 구도를 통하여 드러내고 있는 것은 아니다.

시집의 표제작이 된 「황사 바람 속에서」 역시 거의 직접적인 언술로 자신의 생각을 토로하고 있다. 시인은 젊은 날의 열망, 목이 타는 듯한 갈망을 먼저 떠올린다. 가파른 시대의 고비마다 황사 바람 같은 세월에 부대

끼며 갈팡질팡 살아왔지만 '운명은 결코 뛰쳐나갈 수' 없으며 '시대의 담벽' 또한 넘을 수 없다는 것을 깨달았을 뿐이다. 그렇다면 젊은 날의 타오르던 열망은 철없던 한때의 감정의 낭비였던가. 결국은 모든 것이 거친 황사 바람 속에 묻히고 마는 것인가. 시인은 이러한 것들을 고민하며 자신의 일상적 삶이 어떠한 의미를 지닌 것인가를 돌이켜 보고 있다. 이런 점에서 이 시는 분명 자신의 내면을 드러내고는 있다. 그러나 그것이 어떤 대비적 구도의 틀을 통하여 제시되고 있는 것은 아니다.

여기에 비해 「치매」는 자신의 개인적 체험을 이야기하면서도 시상의 틀을 이중적으로 배치하여 시인 특유의 시문법을 여실히 보여준다. 개인적 체험의 표출에서 자아의 내면 탐구로 나아가는 과정이 이중적 대비의 양식으로 표현되어 있는 것이다. 이 시의 첫 단락은 자꾸 무엇인가를 잊어버리는 자기 자신의 무력감과 그것을 부정하고 내부의 모든 것을 하회탈 같은 웃음으로 뒤흔들고 싶어 하는 자신의 욕망을 대비적으로 보여준다. 둘째 단락은 치매에 걸린 아버지의 모습이 압축과 비유의 방법으로 제시된다. 아버지는 지나온 세월의 잔뿌리들을 잃어버린 채 시간 착오 속에서 자신의 출구를 찾지 못하고 방황한다. 셋째 단락에서는 헤밍웨이나 천단(川端)이 노망 들기 전에 자살한 것은 정신이 누더기가 되기 전에 홀가분하게 탈속해 버린 것이라고 이야기하면서 그것과 대비하여 꽃을 피우지 못한 '초겨울 장미 두어 낱'과 '내 안에서 웃는 누군가의 웃음'을 중첩시킨다. 치매에 걸려 추한 모습을 보이기 전에 세상을 버린 사람들, 겨울을 맞아 꽃봉오리에 가시만 남은 장미나무, 누군가의 웃음에 온몸이 흔들리는 나, 이 세 형상 중 어느 것이 내가 택할 길인가를 시인은 자문하고 있는 것이다. 그러나 자신의 물음을 직접 노출하지 않고 이 세 형상을 대비적으로 제시하는 데서 멈추고 있다.

그러면 그가 시를 통하여 정말로 나타내고 싶은 것, 진정으로 노래하고 싶은 것은 무엇인가? 여기에 대해 시인은 그 나름의 의사를 시로 표명한 바 있다. 역시 비유와 암시의 방법으로, 그리고 그 특유의 이중적 병치의

방법으로 나타낸 것이지만, 우리는 이 시에서 그의 의도를 조금이나마 엿
볼 수 있다.

> 겨울 들길,
> 시린 듯 따뜻한 하늘 한 자락 끌어다
> 홑겹의 비닐 바람막이로 치고는
> 힘줄 불거진 앙상한 손가락으로 지나가는 늙은 시간이
> 무시로 쓰다듬던 것,
> 적동색 휑한 찔레덤불 속에 오그라든 불알쪽만한
> 손때에 길든 반들거리는 바알간 열매 서너 알.
>
> 그렇다 어느 논물꼬 혹은 여울에서 암몸과 숫몸을
> 빈틈없이 꽉 짜맞춘
> 결빙 그 깊은 속에서
> 사소한 균열이 되어 부시시부시시
> 비집고 나오는
> 가는 물
> 몇 방울.
>
> 아직도 내 부를 노래
> 겨울의 저편에
> 이 세기의 끝에 그렇게
> 선명히 남아 있다.

> ─「겨울 들길에서」 전문

시인이 이 세기의 끝에 그가 부를 노래로 지목한 대상은 무엇인가? 그
것은 겨울바람에 씻기며 찔레덤불 속에 남아 있는 열매 서너 알과 결빙의
틈을 뚫고 나오는 가는 물 몇 방울이다. 요컨대 황량한 황사 바람 속에서
도 시들지 않는 생명의 열매, 냉혹한 결빙의 세월 속에서도 스며 나오는
생명의 물기를 그는 노래하고자 하는 것이다. 그것을 노래할 뿐만 아니라

생명의 물기가 그의 내면에까지 스며들어 생명의 열매로 맺혀지기를 그는 희원한다. 그 생명의 기미는 아무리 작은 것이라 하더라도 언젠가는 겨울의 황량함을 몰아낼 수 있는 힘으로 작용할지 모른다. 미미한 생명의 줄기가 '삶의 화엄'을 이룰 수 있음을 다음의 시는 인상적인 방법으로 보여주고 있다.

> 묵은 텃논에서 활개치며 자란
> 팔척의 풀들,
> 몇몇은 11월 하늘에 바람 소리 깔고 누워
> 골 빈 돌중처럼 누워
> 살 씻어내리고 살의 피도 씻어내리고 실꾸리 투명한 신경도 씻어내려
> 시간의 홑옷 입힌다
> 그리고 몇몇은
> 앙상한 촉루
> 공허에게 간질간질 핥이는 간지러움에
> 우수수우수수 마른 재채기를 쏟아낸다.
>
> 누군가 씻겨내린 가을들을 무심히 쓸고 있다.
>
> 낯선 흙 속에 아프게 뿌리 넣고
> 쭈뼛거리는
> 갓 옮겨 심은
> 시누대 하나,
> 삶의 화엄을
> 그 잔잎들의 서슬 푸른 깃발로 쳐든
> 건너편에.
> ―「시누대 옆에서」 전문

이 시도 두 개의 정경을 대비적으로 보여주고 있다. 첫 부분은 11월 들판에 시들어가는 키 큰 풀들을 보여준다. 마치 세속의 욕망을 버리고 육

탈의 길을 걷는 것처럼 그 풀들은 살과 피와 신경을 다 걷어내고 '시간의 홑옷'만 입고 흔들린다. 그런가 하면 어떤 풀들은 앙상한 촉루만 남아 주위의 풀들과 부딪치며 서걱이는 소리를 '마른 재채기'처럼 쏟아낸다. 시간의 흐름에 세척되어 살과 피와 신경이 사라지고 촉루만 남은 풀들의 모습은 시간의 작용에 순명하며 퇴락의 길로 순순히 나아가는 모습으로 비쳐진다. 둘째 단락은 퇴락의 장면에 대비되어 연약하나마 '푸른 깃발'을 쳐든 시누대의 모습을 보여준다. 그 시누대는 갓 옮겨 심었기 때문에 낯선 흙 속에 간신히 뿌리내리고 '쭈뼛거리고' 있는 모습으로 제시되어 있다. 그러나 간신히 뿌리내린 시누대의 잔잎들은 하나의 푸른 깃발이 되어 '삶의 화엄'을, 그 순연한 생명의 기운을 그대로 받쳐들고 있는 것이다. 이 장면은 그 건너편에 쇠락의 길을 밟고 있는 '팔척의 풀들'과 대비된다. 묵은 논에서 활개 치던 키 큰 풀들은 시들어 촉루가 되고 갓 옮겨 심은 작은 시누대는 생명의 푸른 기운을 떠받치고 있다.

이 대비적 장면은 그 둘 다 자연의 이법을 따르는 모습이기 때문에 가치의 우열은 없다. 다만 생명의 움직임을 대비적으로 보여주고 있을 뿐이다. 그리고 그 두 장면은 상호 융합 속에서 또 하나의 '삶의 화엄'을 이룩해 내는 것이다. 이것이 바로 이중적 대비의 구도 속에 심상을 배치하고 시상을 전개한 홍신선 시문법이 창출해 낸 독창적인 성과다. 그리고 이 이중 구도의 미학을 통하여 시인이 보여주려 하는 내면의 그림이 섬세하게 떠오르는 것이다.

그가 내면의 세계에 집중하고 있다는 것은 그의 「마음經」 연작에서도 확인된다. 특히 「마음經 9」는 내면의 움직임을 싸락눈 내리는 풍경과 관련지어 시각적인 양태로 묘사하고 있다. 사락사락 내리던 싸락눈이 멎고 저물녘에 환해지자 자신의 마음도 환해지며 얽힌 생각들이 갈피를 잡아 하나하나 떠오른다. 개울물 소리가 무어라 두런거리는 듯 먼 곳으로 돌아나가고 겨울의 잔광(殘光)이 주위에 둘러 퍼질 때 아직도 싸락눈은 자신의 "등짝을 가벼이 가벼이 치며" 천지에 가득 울며 떠다니는 것이다. 잔광 속에 흩날리는 싸락눈의 정경이야말로 겨울 저녁 몸 둘 바 없이 외로워하는 자신의 내면의 모습이었는지 모른다.

이처럼 홍신선의 시는 자신의 마음의 상태와 정경의 외관을 대비적으로 제시하거나 몇 개의 서로 다른 장면을 병치해 보여주는 방법을 통하여 내면과 세계의 상호 교통을 도모하고 있다. 그 방법은 더 나아가 그 두 측면의 조응과 융합을 통하여 새로운 의미의 창출까지도 지향하고 있다. 그럼으로써 그 독자적인 시문법은 한국시의 새로운 지평을 조심스럽게 엿보고 있는 것이다.

현실과의 맞섬과 물러섬

—시집 『우리 이웃 사람들』(1984) 해설

장석주

　시가 정치·경제·사회 구조의 변혁과 재편성에 직접적이며 물리적인 기능을 행사할 수 있다는 미신적인 믿음에 깊이 침식되어 있는 사람들이 가장 먼저 부딪히는 장애는 시가 결국은 언어를 매개로 한다는, 그 조건을 벗어날 수 없다는 숙명적인 시의 조건이다. 거칠게 축약한다면, 언어란 경험의 객관화·명증화의 도구이다. 따라서 시의 최종적 쓰임새를 즉자적 실천 행위로 목표하는 사람들은, 시적 언어를 선동·구호화의 단계 이상으로는 증폭시킬 수 없다는 그 도구의 한계성 안에서 좌절할 수밖에 없다. 시의 목표는 즉자적 실천행위가 아니라, 삶의 경험에 대한 새로운 해석의 양식의 모색과, 그 모색이 열어 가는, 어둠 속에서 터져나오는 새벽의 빛과도 같은, 인간의 꿈과 미래, 그 가능성과의 대화에 있는 것이다. 이 지면이 매우 논쟁적인 이 명제를 더 펼쳐놓을 자리로서는 지나치게 협소하고 부적절하므로, 여기서 우리는 이제 시가 삶의 경험에 대한 해석의 한 양식이라는 결론만 차용하기로 하자.
　인간의 경험은 그 자체로서는 즉자적 이해를 거부하는 혼돈의 덩어리라고 할 수 있다. 단편적으로 조각나 있고 혼돈 그 자체인 경험에 사유의

질서라는 무형의 메스를 들이대어 최초의 이해의 틀을 구축하여 그 의미
와 본질을 객관화하려는 내면의 꿈틀거림이 생겨났을 때 시인은 이미 양
식의 획득을 위한 싸움의 과정 안으로 들어서 있는 것이다. 그것은 경험
-양식 사이에 가로놓인 공간을 최소화하려는, 아니 벽을 허물어뜨려 일
체화하려는 싸움이다. 따라서 한 편의 시란 미분화된 경험의 객관화에 적
절한 양식을 부여하려는 시인의 상상력의 싸움의 생생한 흔적에 다름 아
니다. 인간의 경험이란, 어원 에드만의 정의를 빈다면, "생체의 자극과 그
반응으로서, 다섯 개의 작은 오관이 기쁘게 놀라고 근육이 행위에 응답하
는 경련이고, 손이 쉬임없이 갈망하며, 혀가 발음하려는 움직임"이다. 그
경험의 총체가 인간의 삶이고, 시는 바로 그 인간의 삶이라는 대지 위에
뿌리를 내리고 피어나는 식물이다. 그렇다면 한 시인의 시집 속에 응축·완
결되어 있는 세계란, 그가 어떤 삶의 경험을 거느리고 있는가, 그 삶의 욕
망의 확장과 축소, 도전과 모험, 희망과 실패, 그것의 시행착오, 변모와 굴
절의 자취, 역정의 총체적 모습과, 그것의 드러냄의 양식을 위한 시인의
싸움이 복합적으로 엉겨붙어 이룩한, 초시간화한, 개인사의 출렁이는 바다
이다.

홍신선의 시 세계를 일별하고 나서 우리가 쉽게 눈치챌 수 있는 몇 가
지의 사실들은 그의 시들이 소시민적 관점에 의지해 있으며, 그의 현실 의
식이 암울하며(그 암울성은 우리의 정치나 사회 구조가 삶의 경영에 억압
적인 힘으로 작용하고 있다는 관찰에서 비롯된 것이다. 그러나 그의 시는
그것을 직접적으로 항의하거나 거부하는 저항시의 영역으로 나아가지는 않
는다. 한 구석에서 조심스럽게 응시할 뿐이다. 지식인의 자기 방어적 소심
함!), 시의 방법론적 측면에서 생략과 절제에 기초한 객관적 묘사의 기법을
즐겨 차용하면서도 수시로 시인의 주관적 감정의 삽입이 이루어지고 있다
는 점이다. 홍신선의 시가 소시민적 관점에 의지해 있다는 말은, 시인으로
서 그의 시선이 개별적·분산적이며, 현실 상황의 핵심에서 적당히 옆으로

비켜 서 있는 자의 시선이라는 말이다. 부연하면, 이 말은 그의 시들이, 현실과의 능동적·적극적 교섭에서 비켜나, "각자 말없는 속셈들을 묶고"(「늦가을 벼를 베며」)ー이 묶음은, "쉬임없이 등 밝힌 질경이들"(「어떤 가야산」)이나, "뽑혀서는 옆구리와 끊어진 발목을/ 지릿한 피가 배어나오는/ 그곳을/ 움켜쥔"(「뿌리 박기」)과 같은 시행의 언표가 보여 주듯이, 현실과 시적 자아의 관계가, 짓밟힘/짓밟음, 뿌리 뽑힘/뿌리 뽑음의, 왜곡성 때문이다. 현실의 폭력에 대한 공포는 사람들의 속셈을 깊은 곳으로 감추게 만든다. 그뿐만 아니라 등 밝힌 질경이들은 그 밝힘에도 불구하고 예사롭게 부서진 등 내보이며 웃기도 한다! 이 웃음의 위선성과, 뽑히지 않으려고 그 근거를 움켜쥐는, 삶의 뿌리로부터 뽑히지 않으려는 안간힘 사이에서, 홍신선의 시적 자아 의식은 찢겨져 있다ー개인적 행복과 안녕에의 꿈조차 절단나 버린 소시민적 전망에 함몰되어 버린 자아의 의식에서 솟아난 비극적 세계 인식의 등가물이라는 말과 같다. 이 세계가 답답하게 막혀 있다는 시적 자아의 생각은,

여보, 쓰레기통이 막혔어
(아래? 위? 몇 층?)

답답한가봐
힘 약한 냄새들이
안 보이는 입을 딱딱 벌리고 있어.

봐, 목젖 너머 꼭꼭 숨은
무슨 소리들의 정수리가 보여
게울 때 게워지지 않는
그놈이 보여

여보, 뚫어 봐, 뚫어야지
그냥 이렇게 살 거야.

연탄집게로 안 되면 상상력을,
아픈 표정이라도 집어넣어봐 모른 척하지만 말고
여보

-「여름이사」 전문

라는 시를 낳는 상상력의 원천이 되기도 한다. 이 시는 시적 자아가 화자
가 아니라 청자의 위치에 서 있는 특이함을 보여 준다. 시의 표층 구조는
화자의 질책에 가까운 목소리로만 이루어져 있고, 시적 자아는 청자로서
그 뒤에 숨은 채 "여보, 뚫어 봐, 뚫어야지/ 그냥 이렇게 살 거야"라는 목
소리를 듣고 있다. 이때 시적 자아의 침묵, 혹은 숨어있음은, 그 막힌 상
황에 대응할 만한 힘을 갖고 있지 못하다는 자괴감과, 해결책 없는 소시
민의 무력감을 적나라하게 노출시킨다. "연탄집게로 안 되면 상상력을/ 아
픈 표정이라도 넣어 봐, 모른척하지만 말고"라는 시인의 아내라고 짐작되
는 화자의 안타까운 호소 속에서 탄핵되는 나의 '모른 척'함은, 이 시대의
소시민의 보편적 현실 반응, 상황의 핵심과 적당히 비켜서서, 무력하게,
그 상황이 자신의 삶에 큰 마찰 없이 빗겨 나가기만 바라는 소극적 심성,
소심함을 보여 준다. 이 시는 그것에 대한 뼈아픈 자기 성찰이다.

홍신선의 시 세계 속에서, 공포스런 상황에 직면할 때 시적 자아가 대
응하는 방법은 자기 축소, 도피, 자신의 아이던티티에 대한 물음 따위이다.

나를 줄이고 다시 더 줄여
하나 남은 일에 맞춘다.
(일은 살아야 하는 일)

-「하숙에서」 부분

이 시에 의하면, 시적 자아의 축소 행위의 배면에 그 행위의 동기로 자
리하고 있는 생각은, 어쨌든 살아야 한다는 생각이다. 생존에의 의지가 삶
의 어떤 명분보다 선행된다는 사실은, 생존의 자리로서의 이 세계의 절박

한 궁핍성을 증거하는 것이다. 그 자아를 둘러싸고 있는 세계가 확실한 전망을 보여 주지 않기 때문에, 나는 자신이 거주하는 좁은 공간으로 돌아와(홍신선의 시에서 시적 자아가 현실과 관계하는 방법은 거의 모두가 맞섬이 아니라 물러섬이다. 차라리 이 물러섬은 그의 시에서 하나의 일관성으로 굳어져 있다고 말할 정도이다), "덧문 닫고 커튼 내리고/ 뒤집어 입은 마음 바로 껴입고" 눕는다. 누워서 지난 삶의 궤적을 부끄러운 마음으로 반추하고 "행복, 한탄, 사랑"에 대하여 생각하기도 하고, "안 보이게 뛰는/ 지난 시간들의/ 희끗희끗한 뒷등"을 보기도 한다.

①
1977년 사른 태 시린 발 거듭 시리고 줄여 입을수록 밀들이 아름다운 때 동화 관제로 꼭꼭 각자 의견 달을 때.

1980년, 그냥 살아 있음. 감격.

희망 사항 무無. 이후 살아 있음과 감격의 작은 징검돌들 건너뛰어 미래에 지至함.
- 「이력서들 씁시다-조모열전」 부분

②
틀리면 안 돼, 아귀가 잘 맞아야 해 돌들을 쌓으며 이 악물어 면상 없는, 무표정하게 굴러내리다 내리지 않고 등으로 온 사업장 지고 있는, 큰놈 궁둥이에 작은 얼굴 깔린 돌을 쌓으며 맞춰 쌓은 돌들 사이 무슨 생각들 숨어서 지렁이로 쑤시고 다녀. 쑤시고 다녀 관절 결리고 가슴 결리고 불쑥불쑥 죽은 자식 생각 고개 쳐들어. 틀리면 안 돼, 아귀가 잘 맞아야 해 결리면 안 돼
- 「우리이모」 부분

③
도핍니까 네, 도핍니까 네.
도피 뒤에 바짝 몸을 붙이고 선 네 소리들.

삶의 안전이 위협받는 상황에 대한 응전 방법은 여러 가지가 있을 수 있다. ①에서는 말수를 줄이거나, 자신의 생각을 노출시키는 것을 기피하는 방법, ②에서는 "아귀가 잘 맞아야 돼"라는 시행이 강하게 시사하고 있듯이 상황과 타협하거나, 상황이 요구하는 틀에 적극적으로 자기의 삶을 맞출 수 도 있고, ③에서처럼 상황과의 싸움에서 멀리 도망가는 방법이 있다. ①에서의 침묵이나 의사 표현의 기피는 대체로 유동적인 상황 속에서의 소극적인 자기 보호책이다. 살아 있는 것 자체가 감격의 까닭이 될 수 있고, 희망 사항이 전무하다는 것은 살아냄의 눈물겨움을 보여 준다. 시행의 앞에 붙은 연도 표시와 관련하여 정치적 패러디로 읽을 수 있을 것이다. ③에서는, "도핍니까"라는 거듭되는 물음을 통하여 도피하는 행위에 대한 시적 자아의 반성적 망설임을 잘 보여 준다. 때로는,

삶 거듭 살아도
시간들이 느닷없는 도둑처럼
거듭 털어 가는
삶

(중략)

소원은 없어요
사는 일 피하지 않고
사는 일 만나보고 싶어요

-「삶 거듭 살아도」 부분

처럼 싸움에서의 도피가 아니라 당당한 맞섬을 희망하기도 하지만, 이것은 그의 마음 아주 깊은 곳에 자리잡고 있는, 그래서 밖으로의 분출이 억제되어 있는 생각일 뿐이다.

주민등록표의 어디쯤서 말소된 기쁨 말소된 꿈, 붉은 두 줄 밑에 숨기고 붉
은 두 줄로 그어져버린 나는, 아득히 다시 살아보려고 더듬거리는 나는 마른
공기의 떠돌이일까요
집 버린 칠남매의 막내일까요

(중략) 부귀영화에 미지에 끊임없이 물결로 떠오르는 나는, 혼신으로 떠오르
는 나는 누구일까요

－「미스 이」 부분

이러한 나는 누구일까라는 물음－자신의 아이던티티에 대한 강한 의문
은,

꿈들이
보이지 않고 읽혀지지 않을 때

－「어떤 가야산」 부분

생겨나는 내면의 자연스런, 안쓰러운 반응이다.
이미 기쁨도, 꿈도 말소되어 버린 상태 속에서 "아득히 다시 살아보려
고 더듬거리는" 생에의 의지가 보여 주는 눈물겨움, 그 눈물겨움의 끝간
데가 바로 「어떤 가야산」에서 말하는 '더운 삶'일까. 소시민의 꿈으로서의
'더운 삶'이란,

큰물져 흙물 누렁천 뒤집어쓴
갈대 기웃이 작은 머리 들고 선 곳,
사람과 흙들 살겠다고 몸 주고
뒤섞인 곳,

－「일영서 송추까지」 부분

처럼 수난과 곤핍의 상황 속에서 사람과 자연이 살려는 의지로 몸을 뒤섞
고 있는 풍경이 보여 주듯이, 서로가 서로를 끌어당기는 친화력의 세계

안에서의 사람다운 삶이다. 홍신선의 『우리 이웃 사람들』은 그 '더운 삶'을 꿈꾸는 이웃들에 대한 연대 의식이 행복한 사회의 도래를 가능케 하는 힘이라는 확신이 이룬 세계이다.

홍신선의 가장 성공한 작품 사례에 드는 「물」은 그 확신을 생경함과 상 투성을 넘어서서, 「물」이라는 자연의 이미지의 섬세한 변주를 통하여, '소 시민적 삶의 전망의 편협성으로부터 어떻게 벗어날 수 있는가'하는 주제 로 연결시켜 선명하게 드러내 보여 주고 있다. 조금 길지만 그 전문을 인 용하고 작품을 분석해 보기로 하자.

> 흘러, 멈춘 것들 사이에서
> 공사장 철주 H빔보다 더 깊이 삭아 멈춘 것들 사이에서
> 혼자 흘러, 안 보이게
> 뒤 끊고 좌우 끊고 혼자
> 숨어 숨어 흐르다 보면
> 늙은 회양목들 길 죄어 가는
> 단양, 낯 모르는 남한강 지류에
> 그는 당도해 흐른다
> 눈도 귀도 아예 내놓지 않고
> 복면覆面으로 엎드려 흐른다.
>
> 흐르다 갈라지는 마음 몇 굽이째 돌려 합치며,
> 혼자 행복하리라고 행세하리라고
> 기어오르다 쉼 없이 미끄러져 내리는,
> 다 닳은 손톱으로
> 돌아선 이 사람 저사람 공간의 등 밀치고 할퀴어
> 멍도 내비치게 하는 나를
> 지명도 없이 떠도는 나를
> 웃으며 돌려 합쳐 주며
> 혼자 흘러 그는

귀때기 때리는 모랫바람
덤덤히 낡은 깃 올려 막고 섰는
담배밭 담배줄기 옆에
모습 드러낸다, 같이 어깨 대고 서기도 한다
침묵 부수고 더 큰 침묵으로 솟는
빙폭氷瀑 같은 대머리의
고요
마주 보고 선다.

이윽고 아래로 아래로
발과 발, 다리와 다리 서로 부딪치며
몰려 내려가, 몰려 내려가다
무슨 신바람 만들어 뛰고
솟구치는지

뉘었던 소리, 감추었던 힘,
고요 허공에서
그는 일제히 일으켜 끌고 나온다.
돌밭 나루에
남은 침묵 햇불 잡고 도리깨 들고 달려가던
그 침묵
먼저 떠올라 간 저들은 어디서 무엇이 되어 살아 있나.

솟구치기 위해 얼마나 더 낮추어야 하는지
힘없는 자갈돌 하나로 누군가
눌러놓은
그의 잇새로 낮아지는 소리
신음처럼 낮아지는 소리
멈춘 것들 사이에서
혼자 흘러
더 낮추고 낮아지기 위해
상동上東서 단양까지 침묵으로

누워있는 그는
솟구치고 뛰기 위해
얼마나 더 낮추어 가야 하는지
연안의 싸리꽃들
섭섭한 생각에 외면한 채 지고 있다

　　　　　　　　　　　　　　　　　－「물」 전문

　「물」은 홍신선의 시 세계가 지향하는 그 위치점을 잘 보여준다. 물은,
낮게, 숨어서, 흐른다. 그러나 이 물은 언젠가는 높게 솟구쳐 뛰어올라 드
러나기를 꿈꾸고 있는 물이다. 이러한 흐름/멈춤, 숨김/드러남, 엎드림/솟구
침, 개별성/집단성의 대위법적인 구도 속에서의 물은, 저 혼자 숨어서 낮
게 흘러가는 자신의 삶에 대한 반성을 담고 있는 이미지이다. 시적 자아
의 생각 속에서 저 혼자 엎드려 낮게 흘러가는 삶에 대한 부정이 숨어 있
다. 조금 더 면밀하게 검토해 보기로 하자. 처음에 물은, 뒤 끊고 좌우 끊
고 혼자 숨어 흐르는 물이다. 눈도 귀도 아예 내놓지 않고 복면으로 엎드
려 흐르는 물이다. 이때 흐름은, 멈춤이 활동의 정지, 더 나아가서 죽음과
상관되듯이 살아 있음의 표상이다. 그 살아 있음은 "기어 오르다 쉬임없
이 미끄러져 내리는"이라는 구절에 의지하면 실패와 좌절이 연속되는 행
복하지 않은 삶이다. 행복하기는커녕, 그 다음에 이어지는 "다 닳은 손
톱"(!)－우리는 쉽게, 닳은 손톱에서 피·고통을 연상한다－을 보면 그것이
감내하기 힘든 고통의 삶임을 알 수 있다. 그 고통은 저 혼자 겪는, 개별
적·분산적 경험이며, 혼자 행복해지려는 혼자 행세하려는, 삶의 움직임과
관련된다. 그러나 그 물은 이윽고 합쳐져서, 같이 어깨 대고 서는 물이 된
다. 침묵 속에서 엎드려 흐르던 물이, 연대 의식에 대한 각성과 함께 솟구
쳐 일어서는 것이다. 그리하여 무슨 신바람으로 솟구쳐, 뉘었던 소리, 감
추었던 힘을, 고요에서 일제히 일으켜 끌고 나온다.
　그 솟구쳐 일어섬은, 돌밭 나루에 횃불 잡고 도리깨 들고 달려가던 선
인들의 이미지로 환치된다. 물의 솟구쳐 일어섬에서, 불의에 항거하여 봉

기한 조상들로의, 자연스런 이미지의 전환은, 물이 꿈꾸던 수직적 상승이 소시민적 삶의 전망으로부터 벗어나와 공동체적 삶의 이념의 실천에의 몸 바침이었음이 드러난다. 그때,

솟구치기 위해 얼마나 더 낮추어야 하는지

라는 구절은, 홍신선의, 상승을 예비하는, 하강의 시학을 간결하게 압축하여 보여 준다. 이것은 그의 시에서 보여지는 현실로부터의 물러섬이, 단순한 도피를 위한 도피가 아니라, 현실과의 더욱 치열한 맞섬―싸움을 위한 물러섬임을 보여 주는 것이다.

마음의 길을 찾아서

―연작시 「마음經」과 최근 발표시를 중심으로

전해수

1. 마음이라는 감옥

1991년 「마음經 1」을 발표한 이후 현재까지 지속적으로 발표되고 있는 「마음經」 연작시는 시력 40년의 시맥을 유지해 온 중견 시인 홍신선의 시 세계를 이해하는 중요한 시편들이다. 시인이 근 20년이란 세월을 「마음經」 연작에 마음을 놓지 못한다는 사실이 이를 입증하는 것이기도 하지만, 「마음經」 시편에서 보여지는 시의 외연과 내포가 홍신선 시의 총체적 이해와 더불어 그의 1990년대 이후의 시를 자리매김하는데 보다 적확한 텍스트로 사용될 것이기 때문이다.

하면, 그는 왜 유독 '마음의 길'을 서성이며 '마음'이란 비실체에 집착하는 것일까. '마음'과 '경(經)'은 어떻게 닿아 있을까. 필자는 「마음經」 시편에서 '마음'의 구도 못지않게 '경(經)'의 의미가 보다 명징하게 규명되어야 한다고 본다. 이 '경(經)'의 의미는 '경(景)'의 모습과는 사뭇 다르다. 그것은 '경(景)'과 '경(經)'의 한자 음독의 차이로도 쉽게 구분되는 것이지만 무엇보다도 「마음經」 시편들에 내장된 고통의 소리, 죽음의 소리, 적막의

소리, 한의 소리가 너무나 비통하고 서글퍼서 '풍경'이라는 심미적 수사로
는 부적합할 것이기 때문이다. 그것은 오히려 '도(道)'에 가까운 의미를 가
진다. 사물의 이치나 방법을 일러주는 올바른 '길(道)'로서의 '경(經)'의 이
미지가 저 '마음'이라는 불확실하고도 심층적인 세계와 맞닿아 '삶'과 '죽
음'이라는 인간사의 필연적 양 갈래의 길을 잇고 있는 것이다.

①
오늘부터는
단칸방에 삶과 죽음을
혼숙으로 세 치는
마음이라는 감옥.

　　　　　　　　　　　　　　　　　　　　　　　　－「마음經 7」 부분

②
알고 보면 삶도 죽음도 한 깡통 속에 담겨 있었다

　　　　　　　　　　　　　　　　　　　　　　　　－「마음經 19」 부분

　왜 시인에게 '마음'은 '감옥'인가. 인용시 ①의 표현처럼 우리의 인생은
고작 "단칸방" 하나 얻어 "세"들어 사는 것에 지나지 않으며, "삶"이란 그
저 "죽음"과 혼숙하며 사는, 내일을 모르는 오늘일지도 모른다. 그러나 소
외된 빈민층에서 나고 자란 여가수 '에디뜨 삐아프(Edith Piaf)'가 여전히
고단하고 불우했던, 이후 삶의 여정을 '장미빛 인생'으로 찬사한 것을 떠
올려 본다면, 현대문학상 수상의 경력을 가진 교수 출신의 시인에게 왜
삶은 외관만큼 아름답지도, 유쾌하지도, 행복하지도 아니한 지, 왜 늘 '죽
음'과 마주하며 사는 불편한 '마음의 감옥'인지 되짚어 볼 문제이다. 시인
에게 "삶과 죽음"이 "한 깡통 속"에 담겨 '공존'한다는 인식은 「마음經」 시
편에 떠도는 홍신선 시의 '마음'의 실체를 찾는 중요한 화두가 될 것이다.
　이에 필자는 홍신선의 「마음經」 시편의 연장선상에서 발표되었다고 본
최근의 시 몇 편을 아우르면서[1] 홍신선 시의 1990년대 이후 시편들에 나

타나는 '마음의 길'을 따라가 볼까 한다.

2. 마음의 병, 죽음, 적막, 생각의 시체들

홍신선의 시가 스스로 '마음의 감옥'에 갇히기를 자청한 것은 치매를 앓은 아버지와, 갑작스런 동생의 사고와 죽음, 일가친척 당고모의 사망 소식, 죽마고우 정의홍 시인의 사고사 등 연이은 죽음의 그림자를 목격한 이후로 보여진다. 누군들 삶과 질병과 죽음의 단계를 벗어날 수 있을까마는 목전(目前)에서 사랑하는 이의 병과 죽음을 수차례 지켜본 이의 '마음'은 어떨 것인가. 치매로 인해 아들을 알아보지 못하는 칠순의 아버지를 돌보는 머리 희끗해진 아들이자, 일가(一家)를 이룬 책임을 두고 세상을 등진 동생의 주검을 하관한 형으로서의 그는 자식의 죽음을 감내하는 어머니의 우울증마저 지켜봐야 했다. 그러므로 시인이 체득한 죽음이란, 마침내 '삶'이라는 '깡통'을 따는 순간 함께 열린, 삶의 언저리에서 옹송크리고 있다가 불현듯 저승의 감옥으로 밀어 넣는 눈빛 사나운 간수였을 터이다.

아들이 죽은 뒤
홀어머니는 절에 다니기 시작했다.

텅빈 내부가 무시로 털썩털썩 떨어져 내리는
대문 닫힌 집에는
저 혼자 섬돌가로 주저앉은
핏기 얇은 꼭꼭 다문 채송화의
검은 씨앗들 속에 핵이, 뉘만한 무덤들이 차오르느라 부산한 소리

---

1) 필자가 연구 텍스트로 삼은 「마음經」 연작시는 『홍신선 시전집』(산맥, 2004)에 수록된 시를 대상으로 하며, 이 전집에 실리지 않은 「마음經」 연작시와 최근 발표 시는 그 출처를 밝히기로 한다.

투명한 가을볕 속의
누군가 오랫동안 은밀히 마련해온 이별 같은
먼 독경.

―「마음經 13」 전문

　'자식'의 죽음은 '어미'에게는 "텅빈 내부가 무시로 털썩털썩 떨어져 내리는" 가없음이다. 더구나 예상치 못하고, "은밀하게 다가온 이별같은" (자식의) 죽음은 저 삶의 "투명한 가을볕"과 대조적이어서 더욱 비극적이다. 결국 "대문"은 육중한 무게로 닫히게 되었으며 오가는 이 없는 "대문 닫힌 집"에 "채송화"가 핀들 지켜보는 이는 없는 것이다.

　어머니는 "절에 다니기 시작"한다. 절에서 새어나오는 "독경"소리는 산 자 즉 '삶'이란 이름으로 이 세상에 남겨진 자들에게는 "먼 독경"이다. "저 혼자 섬돌 가로 주저앉은" "꼭꼭" 입 "다문 채송화"를 보라. "무덤에 차오르느라" 저 혼자 "부산한 소리"를 내며 피는 "채송화"는 '죽은 자'와 '산 자'의 '먼' 거리를 조롱하듯 태연히 '꽃 피우는' 제 할 일을 다 할 뿐이다. 위 시는 '투명한 가을볕'과 '채송화' 등 '자연'이, 부산한 소리를 내며 들썩이는 '인간'의 생사와 대비되어, 극한의 인간적 '이별'의 슬픔을 절실하게 묘사하고 있다.

당고모가 죽었다고
이른 새벽 전화가 왔다.
수화기 내려놓고 내다본
베란다 창 밖에는
6·25전쟁의 질퍽거리던 피 훔쳐내고

바닥 무늬결도 윤나게 닦아놓은
육칸 대청마루만한
하늘
샛별이 마지막 잠자리 막 개키고 떠난

낯빛이나 잡생각 한 토막 묻지 않은
투명한 적막.

옥색 허리띠 허리에 동여맨
어떤 삶이
몸 바꾸어 떠 있다

—「마음經 14」 전문

    지인(知人)의 사망 소식을 접해 본 사람은 공감할 것이다. "잡생각 한 토막 묻지 않는" 그 "투명한 적막"같은 느낌을. 위 시를 통해 짐작해 볼 수 있는 것은 시인의 당고모는 "6·25의 질퍽거리는 피"의 험난한 시절을 건너왔으리란 점이다. 당고모로 명명된 척박한 '삶'의 모습은 청춘을 전쟁통에 바쳤거나 전쟁통에 남편을 잃은 "질퍽한" 고난의 길을 건너 왔을 것이다. 시인이 기억하는 "옥색 허리띠"를 동여맨 억척 당고모의 "삶"조차도 부질없이 죽음과 한통속이 되어 결국엔 "몸 바꾸어 떠 있다"는 사실은 삶과 죽음이 언제라도 손바닥을 뒤집듯이 가볍게 뒤집어지는 무상한 것임을 보여주는 것이기도 하다.

누구에게 입힐 사랑인가
누구에게 업혀 보낼 적멸인가
경산부처럼 아랫배 살가죽이 툭툭 튼
늘그막의 매화나무
봄날 허공 속에 구부정하게 서서
올해도 입힐 옷 마르듯 생각 몇 벌 골똘히 짓고 있다
아니다 뼘가웃씩 재어보기도 한다
회임 서너달 가량의 나날이 부푸는
그 하복부에
은밀히 커오르는 죽음의 씨방들을.

—「마음經 22」 부분

시인의 '죽음'에 대한 집착 혹은 피해의식은 생명의 시작점 즉 회임한 여성의 배를 바라보는 순간마저 빈틈을 주지 않고 다가온다. 그것은 시인이 "늘그막의 매화나무"의 "구부정"한 자태와 연결되어 소멸을 예고하는 "늙음"과, 생성을 연상케 하는 "생명의 잉태"가, 한 깡통 안에서 몸 바꾸어 있는 것과 다르지 않은 것으로 받아들인다는 사실을 보여준다. 여기서 "생명의 잉태"는 "죽음의 씨방들"과도 같은 것이다. 이처럼 생성과 소멸이 이토록 소멸에 가까워지고 밀착되는 것은 그가 "사랑"과 "적멸"을 별반 다르지 않은 것으로 인식하고 있기 때문이다. "허공 속에 구부정하게 서서" "생각 몇 벌" 짓고 있는 시인은 어느새 "늘그막의 매화나무"가 되어 버렸다.

> 나에게서 몸을 왼통 독채로 빌려쓰고 있는 너는 누구냐
> 이제는 마모된 장기들 틈에서
> 부패도 묵은 눈 녹은 물처럼 스미고 스며서
> 비어져 나오는
> 늙은 질병, 죽음아.
>
> −「마음經 24」 부분

그것은 시인이 어느 순간 인식하고 만 "늙음"이거나 "죽음" 때문이다. 세월은 누구도 비껴가는 법이 없지만 유독 죽음의 그림자를 많이 엿본 시인에겐 "늙은 질병"과 "죽음"이 '마음經' 즉 '마음의 길'을 서성이게 만든 원인이 된 것이다. 내 "몸을 왼통 독채로 빌려쓰고 있는 너"는 "늙은 질병"이었다가 마침내 "죽음"에 이른다. 하면, 시인은 죽음이 두려운 것일까 아니면 부질없는 삶이 권태로운 것일까.

> 정선을 禪에
> 때때로 푹 절였다 꺼내놓는다.
> 햇볕 속 한나절
> 간국은 흘러서 빠지고
> 비로소 후줄근히

본래의 바탕대로 비실비실 퍼지는
꾸겨 던진 호적등본처럼 퍼지는
내다 넌
마음
한 벌.

벗어든 생각들이 사물의 팔에서
제각각 20세기 빨래처럼 삭아가고 있다

-「마음經 18」 전문

시인에게 '노구(老軀)'는 "빨래처럼 삭아가는" '생각의 시체'이다. "때로
는 폭 절였다가 꺼내놓"은 "간국이 흘러서 빠진" 부질없는 "마음 한 벌"
인 것이다. 그는 그것을 "벗어든"다. "내다 넌"다. 그리고 "햇볕 속 한나
절"을 "본래의 바탕대로 비실비실 퍼" 말리려 한다. 그것이 결국은 삶 속
에서 '죽음'을 인정하고 받아들이는 선(禪)이 된다.

이렇듯 시인이 병마와, 죽음을 바라보며 터득한 삶의 궁극성은 처연한
생각의 시체들을 배태하기도 하지만 최근 시를 보면 선(禪)의 경지로 나아
가 '죽음'을 '삶'으로서 껴안으려는 역설적 모습을 보여주고 있다.

3. 삶 되돌아보기 혹은 죽음 껴안기

그렇다. 홍신선의 시가 병마와 죽음으로 가득하여 음울한 탄식만으로
가득찬 것은 결코 아닌 것이다. 그는 오히려 인간이라면 피해갈 수 없는
늙음과 병, 죽음에 이르는 과정을 인정하고 삶을 되돌아보며 죽음을 껴안
아 보다 높은 차원의 '귀의(歸依)'를 이룬다.

①
밤 새워 낡은 잡고기들 놓아준다
중환자실인양 밑바닥에 죽은 듯 엎드렸던 참붕어나

배때기 뒤집고 혼절해 뜬 몇몇 누치들
비실비실 빠져 나간다
올 밴 어망이 목숨 가지고 놀던 그 손아귀를 힘껏 열어주었다.
놀이판에는 부가가치 큰 목숨놀이가 제일이라고 했나
대안병원에 일단 입감하면
결국 죽어서야 풀려난다는데
다섯 칸짜리 낚싯대 접으며 나는 수금했던
잡어들 공으로 쉽게 풀어준다

　　　　　　　　　　　　　　　　　　　－「죽음놀이」2) 부분

②
소낙비 그친
목멱산 와룡묘 밑 배수로에는 웬 말문들 난데없이 터졌는지
칠 벗겨진 헌 문짝 열고 나온 수수 백 만 마디 말들이 빠져 내려간다
너무 오래 서 있었다는 듯 허리 삔
저 건수乾水들 누워서 누워서 누워서만 내려가는데
김포 지나 황해까지는 너덜너덜 해진 입들만 고작 들고 갈 것인데……
케이블카 올라간
뒤 공중의 철거된 구름마을에는
문 앞 쓸었는지 문 뒤 쓸었는지
앞뒤없이 그냥
누군가 잘 비질해 놓은
대규모의 푸르른 한 마당

나옴이 없으니 들어감도 없다는
없다 항렬 공부를
갓 시작한
선들바람 속 이 여름 망초대의
내관으로 돌아들어가는 길이 까닭 모르게 환하다

　　　　　　　　　　　　　　　　　　　－「마음經 34」3) 전문

───────────────

2) 홍신선, 『현대시』, 2007, 7호, p.171 참조.
3) 홍신선, 『우리시』, 2007, 2 참조 (『시평』, 2007, 여름호 재수록)

2007년에 발표된 두 편의 인용시는 시인이 더 이상 '죽음'의 그늘에 휩싸여 있거나 참담한 슬픔에 빠져 있지 않음을 보여준다. 인용시 ①은 밤낚시에 거둬들인 생명들(참붕어, 누치들)을 놓아 주는 행위를 통해 죽음을 '놀이'방식의 유희로써 긍정적인 극복을 꾀하고 있으며, 인용시 ②는 "없다" 항렬 공부를 통해 "나옴"도 "들어감도 없"는 즉 "문 앞을 쓸었는지 문 뒤를 쓸었는지/ 앞 뒤 없이 그냥/ 누군가 잘 비질해 놓은/ 대규모의 푸른 마당"이 '삶'도 '죽음'도 아닌 혹은 '삶'이거나 '죽음'인 "내관"이며 이곳으로 돌아 들어가는 길은 "환하"다고 말하는 것이다. 그는 이제 죽음으로의 외길을 두려워하거나 비관하며 걷는 것이 아니라 죽음을 그저 "선들바람 속"의 "여름 망초대"로 여기게 된 것이다.

유마힐이 그토록 귀의하려한 대중들 누구누구인가.

목멱산 순환로에는
안면 모두 쏟아버린 시각장애인과
긴 겨울 고사한 풀자리마다 용수철처럼 튀어나온 싹과
연일 과로에 입 불어터진 벚꽃,
탁발 내 보낸 듯
길가에 등짝만 내놓고 엎드린
암석……
맨 얼굴 면면들을 봄볕 속에 환하게 내놓고 있다.
경전의 대문大文인지 견고딕체 돌을새김들이
띄엄띄엄 헐겁게 떴다.
                                    −「마음經 43」[4] 부분

최근 시인의 마음의 길은 이제 "경전"에 가 닿아 있다. 그 경전은 "시각장애인" "겨울 동안 고사한 풀 자리에 나온 싹" "과로에 입 불어터진 벚꽃" "탁발을 나온 길가의 암석" 등과 다르지 않은 소소한 것들이다. 경

4) 홍신선, 『현대시학』, 2007, 5, p.67 참조

전이란 결국 이 모든 것 즉 "대중들"로 시인이 표현한 것들이며, 마음이 혼란한 일체를 이끌고 지혜로서 지혜가 없는 것들을 제도하는 대중들의 유마힐(인도의 유마거사)이며, 그 유마힐의 깨우침인 것이다. 유마힐이 두려움이 없는 '자신'을 얻어 악마의 재앙을 물리쳤듯이 모든 가르침은 기억하는 힘에 숙달되는 것이며 이 기억이란 중생들이 바라는 바를 잘 아는 것을 말한다.

그러므로 시인은 '귀의'를 꿈꾼다. 그것이 비록 "경전의 대문인지 견고딕체 돋을새김"인지 밝혀진 바 없이 "띄엄띄엄 헐겁게" 스스로 터득한 '미완'의 것일지라도 그 "면면들을 봄볕 속에 환하게 내놓"게 된 사실이 보다 의미있는 홍신선 시의 변화인 것이다.

4. 마음의 길, 그 길 위에 서기

얼마나 범속한 재능에 속고 속아왔는가
얼마나 열정에만 눈멀어 미련없이 달려왔는가
그동안 나는
허공에서 허공을 꺼내듯
시간 속에서 숱한 시간들을 말감고처럼 되질로 퍼내었다
말들을 끝없이 혹사시켰다
아직도 미뤄둔 잔업처럼 방치해 놓은,
독자도 없는 시들을
폐농지처럼 황량한 그 내부문맥들을 폐관하는 일,
처자식 입에 풀 바르느라
이골 난 호구질에 늘 무릎 꿇었던 일
막 나주볕들이 제 심중에 돋우고 있는 십지 끝에
막바지 불똥처럼 해맑게 앉는
지난 시간 초심이나 되돌아보는 일
....
이제 다시

어디에다 무릎 꿇고 환멸의
더 깊은 이마 조아려야 하는가

—「퇴직을 하며」5) 전문

회갑이 넘은 시인은 이제 퇴직을 앞두고 있다. 그것이 '퇴직의 힘' 때문이 아니라 '마음의 감옥'에 갇히기를 자청한 20여 년 전처럼 스스로 자원하여 '얻은' 마음의 길이란 점이 주목된다. 위 싯구의 표현처럼 이제 "범속한 재능에 속"아 "달려"온 길, "허공에서 허공을 꺼내듯/ 시간 속에서 숱한 시간들을" "퍼낸" "혹사"의 길을 시인은 스스로 "폐관"한 것이다. 그는 아마도 남은 여생을 "해맑게 앉"은 "초심"으로 돌아가 "지난 시간"을 되돌아보게 될 것이다.

어느 때는 처마 끝 녹슨 풍경 안에 은신한 청동물고기로
후, 다, 닥 튀어 올랐다가 잠적하는

어느 때는 엉뚱하게 도청길 바쁘게 날리는 낙화들 틈새
잠깐 뒷모습 두었다가 잠적하는

그렇게 잠적에서 잠적으로
뭇 현상들의 뒷길로만 경공술로 나는 듯 자취없이 달리는
천길 깊숙한 잠행이여   .

텅빈 허공에서도
그립다 마음 쏟으면 불쑥 나타나 보이는
보이다 불쑥 안 보이는
누군가의 가뭇없는 발자국 소리

시작도 끝도 없이 흐르고 흐르는 바람이여 인연이여

—「마음經 45」6) 전문

5) 홍신선, 『문학수첩』, 2007, 여름, p.124 참조

이제 「마음經」 이후의 시인은 '나는 누구인가'라는 시인 자신의 마음 찾기의 시적 수행을 전개하기 위해 '은신'할 지도 모른다. 그것은 삶과 죽음의 두 길을 오르내리며 기웃거린 시인의 허무주의에 대한 이별을 뜻하는 것이 아니다. 오히려 그것은 "시작도 끝도 없이 흐르는" "인연"들을 찾아 나서는 여행자로서의 "깊숙한 잠행"이 될 것이고 "텅빈 허공 속에서도" 그리움으로 뭉친 "누군가의 가뭇없는 발자국 소리"를 따라가는 귀의 로서의 "잠적"이 될 것이다. 다만 그것이 "은신한 청동물고기"들의 "훅, 다, 닥 튀어"오르는 명랑함과 즐거움을 동반하길. "천길 깊숙한 잠행"과 더불어 "불쑥 나타나 보이는" 삶의 경이로움과도 동행하길.

그리하여 필자는 시인의 「마음經」이후 시를 지금부터 기다리는 것이다. 홍신선의 시에서 "폐허가 화엄"(「마음經 15」) 이 되는 것은 '필연'이기 때문이다.

---

6) 홍신선, 『현대시』, 2007, 7, p.173 참조

한이 살아 있는 자리

— 홍신선론

정효구

1 .

홍신선은 1965년 월간 『시문학』지를 통하여 시단에 나온 이래 네 권의 시집—『서벽당집』 『겨울섬』 『우리 이웃 사람들』 『다시 고향에서』를 독자들에게 선보인 바 있다. 그의 시 창작 경력에 비추어 볼 때 결코 많다고 할 수 있는 분량은 아니지만, 이 네 권의 시집을 통독해 보면 그동안 그가 매우 성실한 자세로 창작에 꾸준히 임해 왔다는 사실을 확인할 수 있다.

지금까지 홍신선이 보여준 작품 세계는 크게 두 가지로 대별된다. 그 하나는 1973년에 발간된 첫 시집 『서벽당집』의 세계이고, 다른 하나는 이 시집 이후에 발간된 세 권의 시집에 담긴 세계이다. 이처럼 크게 두 가지로 구분되는 홍신선의 시 세계에 대하여 간략하게 언급하자면 홍신선은 전자의 세계에서 관념적인 1960년대적 난해시 혹은 현대시의 특성을, 그리고 후자의 세계에서는 구체적인 현실 세계의 사실적인 삶의 풍경들을 그려내고 있다. 이와 같은 그의 변모는 일면 1960년대 이후 지금까지 우

리시사가 걸어온 길을 거칠게나마 반영하고 있으며, 홍신선 자신의 시적
깨달음의 과정이 어떤 것이었는가를 드러내고 있다.

2.

홍신선의 첫 시집은 앞에서 말한 바와 같이 그 세계가 관념적이고 추상
적이며 난해하고, 어느 면에서는 현학적인 냄새까지도 풍긴다. 이것은 말
할 것도 없이 1960년대 우리 현대시의 일반적인 문법이며 보편적인 관습
과도 같은 것이었기에, 특별히 홍신선의 시 세계에만 해당되는 것은 아니
다. 그만큼 홍신선은 이 첫 시집을 통하여 1960년대의 시단 풍경의 가장
전형적인 특성을 드러낸 셈이며, 동시에 1960년대의 관념시 혹은 내면시
의 한계를 함께 나타낸 것이기도 하다.

그러나 홍신선이 이 시집 앞부분에 수록한 작품들, 그러니까 거의가
1972~3년의 작품으로 표기된 제1부의 작품들로 오게 되면, 그가 등단 직
후부터 드러내기 시작했던 관념시나 추상시의 한계가 상당 부분 사라지면
서 제2시집부터 집중적으로 탐구된 구체적 현실의 세계가 얼마간 그 얼굴
을 미리 보이기 시작한다. 이를 테면 홍신선은 「논」 연작의 하나인 「논 1」
에서 다음과 같이 그의 관심을 현실적인 삶의 바닥으로 내려놓고 있다.

> 쑥대밭머리에
> 앉아서
> 논바닥 검불 더미에 쓰러진 가난을 퍼 던지겠다.
> 변변한 이웃들은
> 타관으로 모두 빠져나가
> 저희들 세상에서
> 끝없는 등을 보이더라만
> 그렇다 아직도
> 지평에

허리 동아리 퍼렇게 드러난
허공으로 서서
퍼 던지겠다
대대로 쓰러진 가난을 퍼 던지겠다.

—「논ㅡ내 아버지께」 전문

시인은 '내 아버지께'라고 부제가 달린 위 작품에서 논으로 표상된 고
향의 가난을, 가족사의 가난을, 그리고 역사의 가난을 한탄하며 그 가난과
맞대결하겠다는 의지를 보여준다. 이런 그의 시작 태도와 그 정신은 등단
직후에 창작된 관념적인 내면의 시와는 그 성격을 상당히 달리하면서 첫
시집 이후의 시집에서부터 본격적으로 전개될 이 시인의 창작 방향을 예
고해 주는 것이라는 점에서 그 의의가 인정된다.

3 .

홍신선이 제2시집 『겨울섬』부터 보여주기 시작한 구체적 현실의 세계
는 제3시집 『우리 이웃 사람들』로 가면서 더욱 더 구체성과 절실성을
띠기 시작한다. 홍신선은 이 제3시집에 이르러 시집 제목이 시사하는 바
와 같이, 그야말로 구체적인 우리 이웃 사람들 하나하나의 삶에 대하여
현실적인 접근을 해나가고 있는 것이다. 따라서 홍신선의 제3시집 『우리
이웃 사람들』에는 시인 자신처럼 느껴지기도 하는 "홍씨"를 비롯하여
"임동댁" "둠벙이 처" "거간군 이씨" "김 하사" "우리 이모" "미스 이"
"이주민촌 병철이" "먼촌 아우 병선이" "위토말 김서방" "나무쟁이 최씨"
"영천뜸 경식이" 등, 이른바 우리 이웃 사람들이라고 지칭할 수 있는 개별
적이며 구체적인 인물들이 탐구의 대상으로 등장한다. 이와 같은 사정은
그의 제4시집 『다시 고향에서』로 이어지고 있는데, 홍신선은 이 제4시
집에서 주로 고향의 인물들 하나하나를 관심의 대상으로 삼고 이들의 삶
을 형상화한다. 이처럼 우리 이웃 사람들 혹은 고향 사람들 하나하나의

개별적인 삶에 관심을 두고 이들의 삶을 통하여 우리의 현실 세계를 읽어내려는 그의 노력은 우리 시단의 몇몇 시인들에게도 발견되는 모습이다. 이를테면 1만 명의 사람들을 하나하나 형상화하고자 마음 먹고 출발하여 『만인보』라는 제목으로 몇 권의 시집을 발간한 고은의 경우, 그리고 이야기시의 형태로 역시 이웃의 개별적 인물들을 시적 탐구의 대상으로 삼은 시집 『대꽃』과 『성애꽃』의 시인 최두석 등의 경우가 이런 실례에 속한다. 이런 유형의 시가 그간의 우리 시단에서 나타나게 된 까닭은, 이른바 민중에 대한 관심이 이처럼 개별적인 인물마다의 고유한 삶으로 이어지지 않은 경우 한낱 그 관심이 전체적이고, 도식적이며, 획일적이며, 관념적인 차원으로 떨어지고 말 것이라는 인식이 있었기 때문이다.

홍신선은 이와 같이 그가 잘 알고 있는 개별적인 인물들의 삶 하나하나를 존중하며 그들이 지닌 삶의 의미를 지속적으로 찾아내려는 노력을 첫 시집 이후의 제2시집부터 본격적으로 보여준 것이다. 그러나 홍신선이 관심을 부여한 그 인물들 하나 하나의 삶이 형상화된 그의 시집을 보게 되면, 홍신선이 형상화한 모든 인물들, 아니 홍신선의 시에 등장한 모든 인물들의 성격과 그 삶의 모습은 이른바 한국인의 원형에 가장 충실한 사람들의 모습이라는 공통성을 드러내고 있다. 그것은 홍신선의 이 시집들에 포착된 인물들이 하나같이 내면적인 한을 안고 있는 사람들이기 때문이다.

주지하다시피 한이란 가장 한국적인 원형 혹은 집단무의식 가운데 하나이다. 한을 문자 그대로 풀이하면 마음이 속에 머물러 있는 상태를 의미한다. 바로 이와 같은 뜻글자로 구성된 한이 형성된 데에는 여러 가지 원인이 복합적으로 작용하지만, 그 중에서도 가장 중요한 한의 근원적 원인은 외부적 충격이나 고통을 당했을 때 그 충격이나 고통에 정면으로 대결하지 못하고, 그것을 수동적으로 수용하거나 체념적으로 내면화시키는 데서 비롯된다. 본래 우리 민족에게는 언제 어디서나 합리적인 대결을 하는 것보다 무슨 일이 있어도 참고 수용하는 것이 오히려 미덕으로 여겨졌다. 그리고 충격과 고통 앞에서는 물론 기타 다른 경우라도 인간의 적나라

한 내적 본능이나 욕구를 직설적으로 표출하는 것이 부덕시되고 언제나 그것을 외적 형식으로 처리하는 것이 권장되었다. 그런가하면 이와 같이 두 가지 사실 이외의 것으로 한 가지 지적할 수 있는 것은, 엄청난 외적 폭력이나 충격 앞에서 왜소한 개인이 적극적으로 대결을 하거나 그가 지닌 내적 욕망의 소리를 따르려고 하는 일이, 마치 달걀로 바위를 치는 것처럼 얼마나 무모한 행위인가를 우리 민족들은 역사 속에서 암암리에 체득하고 그것을 체질화시키고 말았다는 점이다. 그 결과 한이 우리 민족의 원형 가운데 하나로 정착된 것이며, 우리 시사에 존재하는 어느 시인의 작품에도 이 한의 기미는 그 정도의 차이가 있을지언정 그 모습을 드러내고 있다. 더욱이나 시라고 하는 것이 본래 인간과 그들의 삶 속에 맺히고 응어리진 자리를 찾아나서는 장르라는 점을 생각해본다면, 한의 내면구조는 어느 것보다도 시인의 관심을 끌기에 알맞다. 이런 점에서 홍신선의 시에 한이라는 한국인의 원형이 담겨 있다는 점은 그리 특별하거나 놀랄 만한 것이라고 말하기 어렵다. 그러나 그 정도에 있어서 홍신선은 어느 시인보다 강하게 우리 민족이 지닌 한의 실상을 집요하고도 절박한 태도로 표출하고 있으며, 그가 자신의 고향 사람들은 물론, 자신이 함께 살고 있는 이웃 사람들 하나하나의 삶에서 찾아낸 한의 실상은 매우 다양하고 구체적이다.

①
일어선 것들은 다 잘려 있다 경기도였다 잘리다 남은 인가 몇 채 몸 헐고 불어 있다. 붙어 있다가 어디쯤서 다시 잘리울까.
　　　　　　　　　　　　　　　　－「부끄러움 또는 서오릉 내려가서」 부분

②
기고 기면서
가장 낮게 마음 붙이고 있는 건 누군가
다리 줄이고 허리 줄이고
다 줄이고 죽치고 얼굴 하나로

죽치고 붙어 있는 건
누군가
아득히 기는 이 뿐인 이 땅에

　　　　　　　　　　　　　　　　　　－「호박꽃」 부분

③
더듬는 손끝에도 붙어나지 않는
저 죽인 소리 거듭 죽인 슬픔만이
우리들 거예요. 더듬으세요

　　　　　　　　　　　　　　　　　　－「불볕」 부분

④
소리 죽인 것들
소리 죽인 것들
소리 죽이는 일만을 몸에 하나 가득 기르며
남수원 땅이
소리 죽여 있다.

　　　　　　　　　　　　　　　　　　－「고향」 부분

　인용시 ①처럼 홍신선은 일어선 것들이라면 모조리 다 잘려 있는 현실
을 본다. 그런가 하면 잘리다 만 것까지도 머지 않아 잘려나갈 것임을 보
고 있다. 따라서 그는 인용시 ②처럼 "아득히 기는 이뿐인 이 땅"을 발견
하고, 이 땅에서 우리가 기며 산다는 것은 곧 "다리 줄이고 허리 줄이고/
다 줄이고" 사는 일이라고 말한다. 이렇듯 머리를 잘리고, 몸을 줄이며,
기면서밖에 살아갈 수 없는 이 현실에는, 그러므로 인용시 ③의 한 구절
이 보여주듯 "저 죽인 소리 거듭 죽인 슬픔"만이 묻어 있다. 한편 시인은
방금 언급한 인용시 ①, ②, ③의 내용을 인용시 ④에서 압축적으로 표현
하고 있는데, 그것은 곧 수원으로 표상된 이 땅에는 '소리 죽인 것'들이
"소리 죽이는 일만을 몸에 하나 가득 기르며" '소리 죽여 있다'는 사실이
다. 바로 민중들의 이런 삶, 다시 말하자면 몸을 위로 일으키지도 못하고,
다리와 허리를 펴지도 못하며, 서서 당당히 걷지도 못하고, 내면의 소리를
밖으로 토해 내지도 못하는 상황 속에서, 한은 그 폭과 깊이와 무게를 더

해갈 뿐이다.

앞에서 인용한 작품들은 모두가 제2시집 『겨울섬』에서 골라 본 것이다. 우리는 여기서 홍신선의 시적 관심사와 그의 시정신이 머물러 있는 자리를 확인할 수 있으나, 무엇이 변두리 사람들에게 이와 같이 진하고 어두운 한을 유발시켰으며, 그 한의 구체적인 모습이 각각의 대상에게서 어떻게 나타나는가 하는 점을 제대로 만나보기는 어렵다. 제2시집의 이런 한계는 제3, 4시집에서 확실하게 극복되고 있거니와, 논의를 위하여 먼저 몇 편의 시를 부분적으로 인용하고자 한다.

①
남은 것 없다.
빚잔치로 농협 빚, 사채돈, 일수돈,
다 갈라주고
남은 건
잿빛 하늘 둘러쳐 놓고
등 박고
밥 팔고 밥 치우는 일로 낑겨 있는 것.

―「임동댁」 부분

②
살아보니 그렇네유
괜히 이 구녁 저 구녁 쑤셔 박고
넣었다 뺐다 뒤슬려야 사는 것인데
맨날 이 모양이니
뭐가 잘 안 돼유
잘 돼유

―「거간꾼 이씨」 부분

위의 두 인용 작품은 홍신선의 제3시집 『우리 이웃 사람들』에서 뽑아 본 것이다. 이 시집에 등장하는 사람들은 다 그마다의 한을 품고 살아가는 소외된 인물들인데, 그중에서 인용시 ①의 임동댁은 가난과 힘겨운 노동을 운명처럼 내면화시킬 수밖에 없는 처지에서 한으로 얼룩진 삶을 살아가는 사람이고, 인용시 ②의 거간꾼 이씨는 왜곡된 자본주의의 핵심이라고 할 수 있는 이른바 재테크에 눈이 어두워 "맨날 이 모양"으로 "뭐가 잘 안돼" 한탄하고 있는 사람이다. 시인은 인용시 ②의 그와 같은 임동댁에게서 "낑겨 있는" 그의 모습을 발견하고 있으며, 인용시 ②의 거간꾼 이씨에게서는 순박한 사람이 소외되는 현실을 지적하고 있다. 이렇듯, 각자의 모양대로 한을 풂고 살아가는 이들의 삶은, 그 자체가 어쩌면 시인이 표현한 언어적 세계로서의 작품보다 더 시적인 감동과 의미를 내면에 품고 있는 것인지도 모른다.

그런데 홍신선은 그의 제4시집 『다시 고향에서』로 오게 되면, 제3시집에서 관심을 가졌던 우리 이웃 사람들로부터 이른바 고향이라는 공간 속의 사람들로 그 반경을 축소시키면서 동시에 그들에게 관심을 집중시키고 있다. 그에게 있어서 고향과 고향 사람들은 한 맺힌 삶이 모여 있는 대표적인 자리인가 하면, 그의 시적 출발점이자 그의 시가 도달하고 하는 한 부분이기도 하다. 따라서 홍신선의 작품은 제4시집에서 한결 힘을 얻고 있으며, 그 세계도 더욱 인상적이며 드라마틱한 긴장미까지 풍기고 있다.

홍신선에게는 우선 그의 고향 자체가 하나의 한이라는 울림을 전해 주는 공간으로 살아서 다가온다. 여기서 고향은 가스통 바슐라르의 말처럼 하나의 물리적 공간이 아니라 차라리 물질이다. 이런 사실을 그는 「우리 동네」 연작을 통하여 특히 강렬한 인상으로 표출하고 있는데, 그의 이 작품들에 나타난 및 구절을 빌려 표현해 보면 다음과 같다. 홍신선의 눈에 비친 그의 고향은, "근기의 변두리로 숨어" 있는 곳이며 "뽈빠진 용"들이 모여 사는 곳이고, 낙백(落魄)한 사람들이 겨우 시든 갈대를 수상기처럼 설치하고 물속에 무심히 잠겨 있는 곳이다. 그런가 하면 그의 고향은 하늘로 오르는 길이 없어지고, 대신 물속에서 끙끙 앓다 끝나 버리고 마는 곳이며, 신개발의 엄청난 세력 앞에서 속속들이 파랗게 멍든 가슴만을 움켜쥐며 살아가는 사람들의 자리이다. 따라서 그의 눈에는 작품 「우리 홍씨」의 첫 연에 나타난 것처럼 '오목내 약국, 자전거포, 미니슈퍼, 능참봉' 등에 고향 사람들이 살아가는 모든 삶의 모양들이 '낮고 깊이 몸 숙인 것들'로 보일 뿐이다.

그는 이와 같은 고향 속에서 한을 품고 살아가는 '장삼이사'와 같은, 보통 사람들을 무수히 만난다. 그 사람들 속에는 "간 봄에 계모와 논 두 마지기 다투다/ 농약마신 학철이", "전라도 어디 월부책장사로 떠밀리다/ 연탄가스에 죽은 길웅이", 6·25때 국군에게 잡혀서 즉결처분 당한 인민군의 주검, 자식들 모두 대처로 내보내고 홀로 살아가는 두만네 노인, 힘겨운 인생의 끝자리에서 죽음을 맞이하고 있는 따라지 김서방 등이 들어 있다. 하지만 이 사람들은 침묵으로 그들의 고통을 절규할 뿐 현실적으로는 그들의 삶을 어쩌지 못한다. 홍신선은 바로 이들의 삶을 시대와 세계의 의미를 풀어가는 이른바 암호이자 상징으로 생각한 것이다. 따라서 그가 한을 품고 살아가는 그의 고향 사람들을 만난 것은, 곧 이 시대의 의미를 풀어보고자 하는 그의 노력과 이어진다.

이런 노력 속에서 홍신선은 다음과 같은 몇 가지 화두를 마음속에 간직하며, 그 소리를 듣고 있다.

①
하늘 문턱쯤에 산다랑치 두어 마지기 있는데, 그 논은 논이 아니라 토박이 김민기씨였다. 꾸부정하니 허리 오므린 채 40줄 전반까지를 끌어안고 있는 그, 읍내에서 교통사고로 죽은 맏아들도 끌어안고 바람 빠진 풍선 같은 빈 나이만 끌어안고 있는 그,
하릴없으면
끌어안은 것들 눈물로
터놓고는 한다.
"살려다오 살려다오"
누군가 저 아래에서 차가운 물소리로 소리친다.
－「두메 김민기씨」 부분(강조는 인용자)

②
볏짚 두른 배추가리 옆에서
침 칠한 연필로 치부책에 외상거래 적는
얼얼이 추운 소주에 취한
수염자리 꺼실꺼실한 저 사내,
아랫뜸 살던 창식이 혹은 혀 짧은 말더듬이 돌남이인가
실밥 터진 등솔기가 어둠 속에 쓸쓸히 환하구나.

배반하지마라
배반하지마라

-「김장밭에서」 부분 (윗점 필자)

　한맺힌 수많은 민중들의 삶을 이 시대의 암호처럼 해독하고 있는 홍신
선에게는 인용시 ①에 반복되고 있는 말, 곧 "살려다오 살려다오"라는 말
과, 인용시 ②에서 반복적으로 나타나는 "배반하지마라/ 배반하지마라"라
는 말이 하나의 강력한 화두로 박혀 있다. 그는 이 말의 상징과 울림을
통하여 고통을 속으로 운명처럼 내면화시키며 살고 있는 사람들의 가장
깊은 무의식적 욕망의 목소리를 전달하고 있는 것이다. 그런가 하면 그는
이 말의 상징을 통하여 그들의 소리를 우리 모두가 귀 기울여 듣기를 소
망하는 것이다. 그러나 무엇보다도 중요한 것은, 이 화두가 시인 자신에게
고통의 울림이 되어 소나기처럼 달려들고 있음을 그가 고백하고 있는 것
이리라.
　홍신선은 세계를 이해하고자 하는 자신의 이와 같은 암호 해독 방법이
자기 스스로에게 "어떤 허위를, 덫을 놓고 있는지 모를 일이기도 하다"고
스스로에게 경고하며, 독자들에게 그것을 고백하기도 한다. 그러나 홍신선
이 사용한 이 암호 해독의 방법은 적어도 한이 하나의 민족적 원형으로
작용하는 우리 시대, 우리 이웃 사람들의 실상을 파악하기에는 매우 효과
적인 방법이 될 수 있다는 게 분명하다. 다만 그가 이들의 삶과 세계를
바라보는 데, 자칫 끼어들기 쉬운 값싼 동정과, 이에 맞물린 자신의 선민

의식을 철저히 제거한다면, 홍신선의 이 방법과 그것을 통한 세계 이해의 노력은 충분히 그 가치를 인정받을 수가 있을 것이다.

우리 시대 시인을 찾아서

조 정

1. 긴 걸음, 먼 시선

선생은 다리가 길었다. 성큼성큼 걷는 선생의 뒤를 따라가며 그의 걸음을 읽었다. 그가 오른발을 서울에 디디면 왼발은 고향인 화성 동탄에 머물고, 그가 왼발을 서울에 디디면 오른발이 멀리 화성 동탄으로 옮겨간다고 읽었다. 계간 『시선』의 요청으로 만나게 된 시인은 도회와 농촌의 삶이 이인삼각처럼 서로 부축하고 가는 시를 많이 보여준 홍신선 선생이었다.

인터뷰를 위해 테이블을 사이에 두고 마주 앉으니 선생의 시선 또한 멀었다. "단좌하듯 앞자리 지켜 앉은 험상궂은/ 삶의 시간 앞에"(「냉면을 먹으며」) 앉으신 바도 아닌데, 앞에 앉은 사람을 관통하여 벽이나 모서리나 어느 허공 같은 어딘지 모를 데로 시선이 가 있었다. 선생이 만나는 사람은 내가 아니라 정작 허공인 모양이었다.

허위허위 달려서 한동안도 끝나는가

지나온 어스름 속에는
땀 흘려 퍼내버린 하늘이며 절망이며
갈대의 얼굴이
사위어버린 한 마지기 시간으로 떨어져 있다.
광대한 어두운 입으로 땅거미들도
허망을 울고 있다.
이제 앞에는
귀때기 하얀 달빛이 쓸다 놓은
한두 마당의 허공이 희부옇게 걸려 있다.
마저 쓸어가야 할
희뿌연 죽음만이 보인다.

—「서른 나이에」 전문

1973년에 간행된 선생의 첫 시집 『서벽당집』 첫머리에 걸린 시 「서른 나이에」다. "허위허위, 허망, 허공"이 "사위어버린, 귀때기 하얀 달빛, 희부옇게, 희뿌연 죽음"을 거느리고 한눈에 들어온다. 겨우 서른 나이를 말하는 시인데 말이다.

편집부 측에서 제안한 질문지가 있음에도 불구하고 인터뷰는 질문지에 없는 질문 즉, 선생이 첫 시집에서 자주 사용한 '허(虛)'자에 대해 묻고 싶어진다.

초면에 첫 질문으로서는 무거운 것이었다. 그러나 친구의 은사이기도 한 선생을 내 나름대로는 처음 뵌 것 같지가 않고 해서 기본 공식을 무시하고 궁금증부터 해결하기로 했다.

2. 허虛에서 공空으로

조: 선생님 시를 읽을 때면, 특히 초기시의 경우 여러 정황이나 수사의 근저에 늘 허무의 그림자 같은 것이 짙게 느껴집니다. 선생님 속에 담긴 허무가 무엇에 연유하는지 궁금합니다.

홍: 그렇게 느꼈어요? 하! 이거 어려운 질문인데. 논리나 이론을 만들어 놓고 시를 쓰는 게 아니기 때문에 개인적인 감각이나 정서적 차원에서 저절로 스며 나오는 것이었겠지요. 아마 자기 나름의 정체성이 분명치 않은 데서 나왔던 정서적 반응인 것 같습니다.

나라는 개인의 어떤 삶에 있어서 이것이라고 내놓을 수 있는 게 없었다는 측면도 있겠지요. 현실이나 역사에 있어서도 의미 있는 것이 과연 있는가라는 회의가 늘 있었어요.

최근에 와서는 선불교 쪽에 관심을 갖게 되었어요. 선불교가 말하는 '공(空)'에 관심을 가지고 선을 만나다 보니 초기에는 '허무'로 드러났던 정서적 반응이 '선'쪽으로 심화되었다고 생각합니다.

조: 선생님께서는 교단에 서신 세월이 긴데요. 고등학교 국어교사 시절에는 학생들에게 어떻게 시를 가르쳐 주셨는지, 선생님께서 처음 시를 쓰시던 나이와 비슷한 또래인 문예창작과 학생들을 어떻게 가르치고 계신지 궁금합니다.

홍: 교사로서 첫 부임지가 영등포공고였습니다. 그때 졸업생들을 가끔 만나는 데 마음 한구석에 미안한 마음이 늘 있어요. 교사로서 자기 철학이 없었거든요. 교사로서나 시인으로서나 아이들에게 제대로 가르치고 보여주지 못 했습니다. 소설가 구효서 씨가 제가 교사 시절에 중학생이었다고 해요. 나중에야 안 일이지만요.

대학에서 학생을 가르치기 시작한 건 1980년이니까 이제 25년이 되었네요. 문예창작과에서 학생들을 가르치면서 여러 가지를 생각하게 됩니다. 예술이라는 것이 과연 교육으로 이루어질 수 있는가 하는 것입니다. 그렇지만 기분 내키는 대로 쓰는 것이 시가 아닌 것도 분명한 사실이어서, 글쓰기에 대한 기본적인 태도를 가르치고 상상력을 계발하고 훈련하는 데 중점을 둡니다.

정확한 문장 쓰기 역시 매우 중요하다고 봅니다. 작품 전체의 유기적 짜임에 맞고, 시적 허용의 범위 내에서가 아닌 한 오문이나 비문을 절대 허용될 수 없으니까요. 학생들의 상상력이 풍부해지고 언어를 다루는 솜씨가 능숙해지기를 바라지요.

조: 얼마 전에 만난 소설가께서 요즘 젊은 작가들에게 문학 정신이 결여되어 있다는 말씀을 하시더군요. 무슨 말씀인지 알 것 같으면서도 딱히 제 안의 문학 정신에 대해 물으면 무엇이라 대답하기 어렵다는 생각을 했습니다.

홍: 글쎄요. 문학 정신이라는 용어 자체는 문학을 하는 근본적인 자세라는 뜻으로 이광수, 김동리, 서정주 시대를 이어 1960년대까지 많이 썼던 말이지요. 생의 어떤 근본적 의미를 문학을 통해 탐구한다는 말로 쓰였지만 요새 누가 그런 말을 씁니까.

조: 소년 시절부터 문학에 뜻을 두셨다고 들었습니다. 젊은 시절 선생님은 시인이란 어떤 사람이라고 생각하셨기에 전 생애를 걸고 시에 투신하실 수 있었는지 궁금합니다.

홍: 시인은 미의 신전에 사는 사제쯤으로 생각했습니다. 작품을 통해서 완벽한 아름다움을 구축하는 것을 시인의 큰 미덕이라고 여겼기 때문에, 시인은 반드시 장인의 면모를 갖추어야 한다고 믿었습니다.
이 같은 생각은 젊은 날 특유의 예민한 감각과 부응하여 작품 속에서 이미지를 생산해 주었습니다. 그러나 이때 드러냈던 시의 감각성은 당시 시적 사고의 취약성을 감추기 위한 방법론이 아니었을까 생각되기도 합니다.
처음 작품 활동을 시작한 1960년대는 시의 실험성이 유난히 강조되었던 시대였고, 그것도 내면 심리를 그리면서 쉬르적 기법 운운하는 말들이 횡행했던 때거든요. 범박하게 말하자면 모더니즘의 자장 속에 대부분의 시들이 잠겨 있었지요. 아마도 이 같은 당시 시의 분위기 속에서 나는 '미의 사제' 운운하는 생각에 갇혀 있었을 것입니다.

조: 1990년대 이후 다른 분야와 마찬가지로 우리 시도 다원화 된 경향이긴 합니다만, 요즘 주목 받는 몇몇 젊은 시인들의 시에 대해 의견이 분분하기도 합니다. 한편에서는 자의식 과잉이며 치기어린 이미지즘이라 하고 한편에서는 새로운 형식이 도래하고 있다거나 새로운 시대에 맞는 양식으로 호평을 하기도 합니다. 선생님께서 보시는 우리시의 현재 위치에 대해 말씀해 주십시오.

홍: 1990년대 들어서면서 시의 흐름이나 성격이 다극화, 다양화 되었습니다. 사회 전반에 문학의 영향력이 줄어든 상황에서, 키치적인 도시일상이 담긴 시, 환경시, 생태시들과 더불어 신서정이라고 이름 지은 시들이 등장했지요. 2000년대는 더욱이나 개인주의 미학이 꽃피고 있다고 봅니다.
예술은 언제나 새로워지려 합니다. 그러나 어떻게 새로워질 것인가라는 질문 앞에서 우리 시는 현재 답보 상태입니다. 1990년대 초에도 해체시를 열심히 시도하는 사람들이 있었지만 별로 새로운 것 같지는 않습니다. 1960년대의 내면 심리 그리기나 초현실주의적 시각과 스타일에서 그리 벗어나지 못 했다고 봅니다. 시단의 일각에서는 거기 끼지 않으면 뒤처지는 것으로 여기는 분위기도 있는데, 하나의 유행이자 거품이라고 생각합니다. 초현실주의풍 시들이 1960년대를 광풍처럼 휘몰아쳤지만, 40년이 지난 지금 몇 편이나 남아서 읽히고 있습니까.
제 경우는 근래 젊은 시인들 중에서 장석남, 전동균, 이홍섭 등이 과거 서정시의 영역을 나름대로 지키면서 개성 있는 서정시를 보여주어 관심을 갖고 즐겁게 읽습니다.

조: 선생님에 대한 기사가 나갈 때마다 빠지지 않는 질문 중 하나여서

어쩌면 식상도 하시겠습니다만, 부인이신 노향림 선생님에 대해 여쭤보지 않을 수가 없습니다. 두 분이 전혀 독자적으로 자신의 시를 쓴다는 기사를 여러 번 읽었습니다. 상대방의 시 세계에 서로 간섭하지 않는다고는 하시지만, 선생님이 좋아하시는 노선생님 작품은 있으실 것 같은데요.

홍: 뭐……(웃음) 첫 시집이지요. 시집 내기 어려웠던 시절이라 자비 출판으로 힘들게 냈던 시집인데, 초기시라 할 짤막짤막한 시들에서 그 사람의 개성과 좋은 특성들이 나타난다고 생각해요. 그것이 그 사람의 본령이 아닐까 생각합니다. 제가 썩 팔불출인 건 아니지요?(아내 자랑이 될까 싶어 난감한 표정을 감추지 못하며 웃음으로 마무리.)

조: 시를 읽는 대중 독자들이 흔히 시가 어렵다는 말을 합니다. 현재 생산되는 시들이 모두 어려운 것도 아닌데 의아하다는 생각도 듭니다. 해결책이라는 말이 좀 우습긴 합니다만, 대중 독자들이 시를 이해하기 위해 어떤 방법이 있다고 생각하시는지요.

홍: 독자들도 기본 소양을 길러야 하겠지요. 축구가 되었건 야구가 되었건 운동 경기를 재미있게 보기 위해서는 그 운동의 룰을 알아야 합니다. 그것이 기본 소양입니다.
자본주의 사회의 유통 구조에 기대어 생각할 때, 시 역시 고급한 독자와 초보적인 독자층이 있습니다. 생산자인 시인들도 물론 소통을 전제로 시를 써야 하겠지만, 고급한 이해가 필요한 작품을 맛보기 위해서는 독자들 역시 어느 정도 기본 소양을 기르는 노력을 해야 합니다.

조: 선생님께서는 『문학·선』이라는 잡지를 발행하고 계십니다. 반 년 간이라고는 하지만 상당히 많은 분량의 논문이나 글들을 실으시더군요. 원고료도 지급하시는데 경제적 부담이 크지 않으실까 멀찍이서 은근히 걱

정스러웠습니다. 『문학·선』을 어떤 잡지로 이끌고 갈 계획이신지 말씀을 듣고 싶습니다.

홍: 대중문화와 대중문화 사업의 규모가 어마어마한 크기와 힘으로 사회를 압도해 가는 세태에, 보존해야 할 질 좋은 문학마저 그러한 홍수에 떠내려가는 것 같아 안타까웠습니다. 인문학과 논문적 상상력의 소산들을 건져내 보자는 생각을 했습니다. 10년 정도만 지속해도 한 시기를 마무리할 수 있지 않을까 합니다.

사실 통상적 원고료 개념으로는 그 많은 분량을 싣기 어렵습니다. 게재료 수준으로 글을 주시는 필자들에게 고맙게 생각합니다. 경제적으로야 출혈을 감안하고 일하는 것이고, 그보다 더 어렵고 안타까운 것은 안 읽어준다는 것입니다.

그러나 아무리 어려워도 창간 취지는 변함이 없을 것입니다. 창간 취지만 제대로 구현하면 아주 느린 속도겠지만, 독자의 눈에 들지 않을까 생각합니다. 솔직히 살고 있는 아파트를 팔아서는 못하지만, 제가 일을 하고 얼마간 용돈이라도 버는 한은 해 나갈 수 있습니다. 재정적으로 쉽지 않은 일이라고 해도, 옛날에 비해 책 만들기가 얼마나 쉬워졌습니까. 우리나라에 문학잡지가 200종이 넘지만 자기 목소리, 자기 개성을 가진 잡지가 많아진다는 것은 바람직한 일입니다.

조: 선생님께서는 1965년에 『시문학』으로 추천을 완료하고 등단을 하셨으니 시를 쓰신 지 40년이 되셨습니다. (사진 촬영을 위해 자리를 함께 한 이성배 시인이 혼잣말로 "제가 태어나기 전부터 시를 쓰셨네요" 해서 다들 웃는다.) 시론집을 비롯해 여러 저서를 내시고 시집도 6권을 내시는 동안 문학적 변화를 겪으셨으리라 생각합니다.

작년에는 시선집도 내셨는데 선생님께서는 자신의 시 창작에 대해 어떤 계획과 꿈을 가지고 계시는지 궁금합니다.

홍: 좋은 서정시를 몇 편 쓰고 싶습니다. 일반적으로 서정시라 하면 뭔가 울먹이는 듯한 시로 알고 있기도 한데, 단지 그뿐이라면 좋은 서정시가 아니지요. 통념이나 상식을 벗어나 내면으로 깊이 있게 들어가면서도, 읽는 이에게 창문을 새로 내어 주는 것과 같은 서정시를 쓰고 싶습니다.

산골 소년이 읍내에서 난생 처음 버스를 보았을 때 너무나 신기하고 충격을 받는 그 마음처럼, 늘 새로운 발견을 하며 충격을 회복하려고 합니다. 시는 낯선 세계나 삶의 새로움에 대한 탐색이기 때문입니다. 그 탐색도 신대륙과 같은 미지의 대상에서 탐색하는 것이기보다는 여느 일상에서 이루어져야 하리라 생각합니다. 나의 시에 일상에서 발견된 삶의 새로운 모습이나 의미를 담고자 합니다. 독자들은 시에 제시된 삶의 모습이나 새로 발굴된 의미를 통하여 대리만족 내지 간접체험을 할 것이고, 자신이 굳이 시를 읽는 이유를 찾게 되겠지요.

3. 남몰래 휘두르는 황금 채찍

선생의 마지막 답변 속에 들어있던 '내면'과 '깊이'라는 두 개 단어야말로 선생의 시 전반을 받치는 기둥이라고 이해했다. 시인 치고 내면을 응시하지 않는 이가 없고, 정신적 깊이를 추구하지 않는 이도 없지만, 선생에게 있어서 그 두 가지는 남달리 체질화 된 것이라 보인다.

1960년대, 모더니즘과 내면 심리 묘사를 세례 받는 풍토에서 몸을 일으켜, 정치적 억압에 의한 현실적 관심 때문에 대부분의 시인이 직설 화법을 시적 수사로 사용했던 1970년대를 지나, 1980년대에는 시골 학교에서 학생들을 가르치며 시골의 삶을 진솔하게 시에 담는 서사 구조의 시를 써왔던 선생은 이제 그의 내성적인 자해의 채찍을 선(禪) 사상을 기저로 한 '좋은 서정시' 몇 편을 얻기 위해 휘두를 모양이다.

> 그는 혼자 제 등짝에 채찍질을 가한다

일몰과 지친 땅거미 직전
박모의 때에 그는 남몰래 황금채찍을 꺼내 휘두르고는 한다
사정없이 옥죄어오는 서너 가닥 새삼기생덩굴풀로
등이나 종아리를 철썩철썩 내려치며
동통을 온몸의 감각으로 수납하며
그가 이 시간 지피려는 것은 감각의 잉걸불인가 어느 홋세상의 정신인가
　　　　　　　　　　　　　　　　　　　　－「자화상을 위하여」 부분

　시간 맞춰 학교에 들어가시는 선생을 배웅했다. 예의 긴 걸음으로 안국
역을 향하는 선생과 헤어지며, 앞으로 선생이 쓸 시들의 새 잎사귀도 "꼭
실밥만큼씩"(「마음經 27」) 푸른 몸을 드러내주지 않을까 생각했다. 선생이
40년간 보여준 시의 궤적이나 시인된 태도가 현란하지도 젠체하지도 조급
하지도 웅크리지도 않는 것이기 때문에 그런 생각이 들었을 것이다.

적막한 은유

—시집 『황사 바람 속에서』(1996) 서평

진순애

홍신선의 시집 『황사 바람 속에서』는 겹겹한 은유의 숲으로 이루어져 있다는 점으로, '말 다루기로서 시'와 '사물로서 시'라는 그의 시학의 근간을 집적해 보이고 있다. 은유의 신선함 속에서, 그리고 빼곡한 은유의 숲 속에서 그의 언어들은 파닥이는 물고기의 싱싱함을 토해낸다. 그러나 그러는 중에도 그의 은유들은 싱싱하면서도 적막하다. 이는 삶이 적막하기 때문일 것이며, 그러므로 홍신선 시의 은유의 숲은 적막한 삶의 숲에서 비롯된 은유이리라. 이제 지천명을 넘어선 그의 시선이 비록 황사 바람 속이 아니라 황사 바람 밖에서 황사 바람 속을 관망하고 있다 해도, 그 관망의 적막함은 여전히 삶의 바람 가운데에 자리하고 있는 것이다. 이를 뒷받침해 주는 것이 시의 긴장이며 은유의 빼곡함이다. 그래서 그의 시는 이완과 긴장, 긴장과 이완의 번복을 반복한다.

삶의 중앙에 서 있을 때는 급경사적으로 이어졌던 갈등과 긴장이 삶을 살만큼 살아온 이후의 후감(後感)으로 남는 적막의 지점에서는 완만하게 나타날 수밖에 없어 보인다. 욕망의 뒤안길에 서서 지나온 욕망의 그늘을 관망하는 자세는 인간적인 것의 본질에 해당하는 자아성찰에 해당하므로 그러하다. 그러므로 흔히들 논란거리로 삼는, '문학이 삶을 인식하는 방법으로서 예술'이냐, 혹은 '삶을 교화하는 방법으로서 예술'이냐의 양립은 자아의 본질적 행위인 성찰의 자세에서는 아무런 의미가 없게 된다. 때문에 현실 교화를 향한 주체의 교화일 때, 곧 인간의 존재론적 본질 탐구에 있어서는 교화로서의 태도와 인식으로서의 태도가 동일한 현실 대응의 방법이라는 이유로 일치된다. 거기에는 지양의 세계와 지향의 세계를 향한 의도가 동시에 내재되어 있는 것이다. 이와 같이 문학 논리의 양립성을 포괄하여 은유의 숲을 적막히 걷고 있는 홍신선의 『황사 바람 속에서』는 그 적막이 때론 현실 초월의 세계로 향하기도 하지만, 은유의 역동성은 이를 다시 현실 안으로 끌어온다.

> 생각의 고압 전류에 새카맣게 숯이 된 말처럼
> 물길 마른 뻘밭이
> 엎어진 잔등만으로 남았다.
> 앞하늘에는 촘촘한
> 목통 큰 바람 소리들.
>
> 벼랑 위 외톨이 횟집에 자리를 잡았다.
> 밑반찬들을 깔고
> 회膾를 기다리는 동안
> 냉장고 문이 못 참고 열렸다 닫힌다.
>
> (중략)
>
> 싱싱하게 튀는 생살들
> 기쁨들
> 건너온 시멘트 간석길이 뼈 발리어 치워졌다. 빗독촉에
> 좌석과 손님이
> 함께 행방불명
> 　　　　　　　　　　－「사는 것은 일장춘몽 말에 빗지는 일이니」 부분

산다는 것은 자아와 세상과의 대립이며 갈등이요, 아주 가끔은 융합이다. 홍신선은 이러한 삶에 대하여 일장춘몽이라는 일반적 원리와─고대의 종교나 사상은 현대에 이르러 전통이라는 이름으로 사회 일반적 인식의 토대가 됐으므로─말에 빚지는 일이라는 시인으로서의 원리를 아우르고 있다. 그것은 사는 것이 일장춘몽이라고 하기에는 너무 긴 고통이기 때문에, 말에 빚질 수밖에 없는 이율배반적 구도라는 인식이다. 그러므로 일장춘몽이라고 끝내버리기에는 일생 내지는 인생이라는 시간이 적막한 허무로 남으므로 삶이란 말에 빚질 수밖에 없다는 자조이기도 하다. 산다는 것은 "생각의 고압 전류에 숯이 되어야" 비로소 말이 빚어지는 형국과 같다는 인식인 것이다. 그러나 그 말은 "물길 마른 뻘밭에 드러난 잔등처럼 왜소하고 흉상스런 자학의 뻘밭"을 보일 수밖에 없으므로, 일장춘몽 뒤에 남는 것이라고는 일그러진 삶의 자국일 뿐이라는 자조를 빚는다. 그래서 "심약하게 매맞은 섬 하나를 나를 싣고 돌아나온다"라고 '나를 심약하게 매맞은 섬 하나'에 비유하여 자조하게 된다.

> 운명은 결코 뛰쳐나갈 수 없다는 것
> 장대 높이뛰기로도 시대의 담벽은 넘을 수 없다는 것을
> 알기까지는
> 얼마나 오랜 시간이 걸렸는가
> 그렇게 생각 안채로 들여보내고 하루를 네 귀 맞춰 개어 깔고
> 무심히 흑백 TV의 풀온을 당기면 떠오르는 화면,
> 꽂발 딛고 아득히 넘겨다보는
> 흐린 화면 너머의 더 흐린 화면 그곳엔 무엇이 있었는가
> 황사 바람이여 지난 시절 그 4·19, 5·6, 5·17 속에
> 누가 장대 높이뛰기를 하였는가
> 나는 어디에 고개 묻고 있었는가
> 비닐 씌운 두둑에 고추모 옮겨 심도 명석딸기꽃 밑에 마른 짚깔기
> 젖먹이 기저귀 갈아주듯 깔아주며
> 언젠가 풋딸기들이 뾰족한 궁둥이로 편히 주저앉을 것을 생각하는

나날의 이 도道와 궁행躬行은 얼마나 사소한가 거대한가
풀먹여 새옷 입듯이
마음 벗고 껴입는.

—「황사 바람 속에서」 부분

때문에 자조적으로 혹은 참회록적으로 "생각 안채로 들여보내고 하루를
네 귀 맞춰 개어 갈고" 마주한 TV화면, "흐린 화면 너머의 더 흐린 화면
그곳엔 무엇이 있었는가", 그리고 그때 "나는 어디에 고개 묻고 있었는가"
라고, 화면 속의 과거와 화면 앞의 현재의 나 사이에 운명·시대·하루·세
월·삶의 시간들을 펼치고 있다. 나아가 "풀먹여 새옷 입듯이 마음 벗고 껴
입는, 나날의 이 도(道)와 궁행(躬行)은 얼마나 사소한가 거대한가"라고 하
여, 하루는 도이기도 하고 궁상스런 행태이기도 한 극과 극 사이라는 인
식을 펼친다. 그래서 산다는 것, 역사라는 것은 사소하기도 하고 거대하기
도 하다는 이완과 긴장의 번복을 반복하게 되는 것이다.
　"운명은 결코 뛰쳐나갈 수 없다는 것/ 장대 높이뛰기로도 시대의 담벽
은 넘을 수 없다는 것"이라고 하여, 자못 결정론자로서의 인식을 보이기
도 한다. 그러나 이처럼 결정된 운명이 절대적이라고 단정짓지는 않는다.
삶이 결정적이라면 인간의 사고 작용이란 무의미한 행위일 뿐이기 때문일
것이다. 때문에 홍신선은 이를 일상과의 대비를 통해 되새김하면서 번복
한다. 그렇다고 되새김의 번복이 앞의 인식을 무화시키지는 않는다. 그것
은 사실일 수도 있고 아닐 수도 있기 때문에, 그래서 산다는 것은 도이며
동시에 궁행이고, 사소하며 동시에 거대한 것이라는, 곧 의미로운 행위이
기도 하며 무의미한 행위이기도 하기 때문이라는 성찰적 탐구를 보이는
것이다.

　그 오랜 시간들을 낮술로 벌컥벌컥 들이켜고 이리 비틀 저리 비틀 오로지 위
로 위로만 걸어올라간 것, 걸어올라가서는 늘푸른 세월의 무덤을 만들어 무시
로 바람과 햇볕들의 시신을 묻었다. 오 누가 오늘 그 눈부신 삶의 遺跡들을 파

헤쳐놓는가 에굽어 휘청이는 네 까마득한 무릎 아래엔 낙장落張처럼 흩어진 하늘이며 적막. 너는 이것이 골똘한 춤인 줄 모르는가 무슨 興엔가 취해 홍얼홍얼 홀로 고매한 노래를 기르는 누구인 줄 아는가

　　　　　　　　　　　　　　　　　　　　－「노송 옆에서」 전문

　이제 삶의 뒤안은 그 유적들을 적막의 낙장으로 흩뿌리는 노송을 닮아 있다. "낮술 들이켜고 이리 비틀 저리 비틀 위로 위로만 걸어올라 갔던", 그리고 "늘 푸른 세월의 무덤"이었던, 그래서 "무시로 바람과 햇볕들의 시신을 묻었던" 노송은 이제, "그 무릎 아래에 낙장처럼 무한한 적막을 흘어 내리고" 있다. 그 적막은 무미건조한, 또는 무의미한 세월의 뒷자락이 아니라, '그만의 골똘한 춤'으로서, 그리고 '홀로 고매한 노래'로서 다져진 세월의 흥인 것이다. 더욱이 노송을 향한 자연숭배 사상과 노송 닮은 인간의 고매한 적막이 은유의 언술로 치장되어 돋보인다. 그 적막은 허송세월의 뒤안에 이르렀기 때문에 비롯된 것이 아니라, 위로 위로 올라간 뒤에 더 이상 오를 수 없어 내리닫는 자연의 원리를 닮은 적막이다. 인간 역시 이 원리에서 멀리 갈 수 없는 까닭이다. 그러나 그 적막이 모든 인간의 공통사항일 수는 없다. 여기에 단순한 자연 예찬이 아니라 성찰의 매개물로서 자연 친화가 의미 부여되는 이유가 있으며, 홍신선의 은유의 자연이 의미 있는 이유가 있다.
　이와 같은 홍신선의 자연 친화 또는 자연 회귀 의식은 계속된다. 지리산의 반야봉, 월출산의 천황봉 등 산상에 올라 서서 "사전 약속도 없이 모여든 부산의 이가와 이리의 김가"라는 등산객들을 "모든 것 망해 먹고 빈손의 허공들로나 웅성인다"(「마음經 3」)고 은유하기에 이른다. 자연 친화력은 인간을 반추하기 위한 거울로서의 기능인 까닭이다. 때문에 무소유한 자연의 적막이 나르키소스의 수면처럼 자연 닮은 인간을 유혹하는 힘으로 자리한다. 그러나 홍신선의 자연은 침잠을 위한 자연이 아니라 되돌아 나오기 위한 자연이다. 그래서 그의 적막은 교화적 은유인 것이다.

장삼이사의 세계

— 홍신선의 1970~80년대의 시

채 은

1. 타오르는 말

『겨울섬』에 실린 박제천의 글[1]을 읽어 보면 『서벽당집』(한얼문고, 1973) 이후 홍신선의 시적 행보는 꽤나 충격적이었던 듯하다.[2] 그도 그럴 만한 것이 『서벽당집』 4부에 실린 「밤에 본 베아트리체의 초상」 「오필리아 연시」 「희랍인의 피리」 「비유를 나무로 한 나의 노래는」 「이미지 연습」 「목판화」 「꽃 소묘」 등 그 시 제목이 직접 알려 주듯 홍신선은 등단 초기엔 세련된 감각과 인문학적 교양을 바탕으로 시를 쓰는 이미지스트였기 때문이다. 그런데 『서벽당집』 1부에 실린 시들 예컨대 「논」 연작을 비롯해 「능안 동리 — 서벽당에서」 「달빛」 「한낮이여」 등은 그의 관심이 등단 초기와는 사뭇 달라졌다는 사실을 입증하고 있다.[3] 특히 14편에 달

---

1) 박제천, 「홍신선을 말한다」, 『겨울섬』, 평민사, 1980.
2) 이 글에서 시를 인용할 때는 『홍신선 시전집』, 산맥출판사, 2004(이하 『전집』으로 표기)를 따르고, 작품명 뒤에 원래 수록되었던 시집명을 부기한다. 한편 이 글은 『시문학』 2004년 9월호에 실린 것을 부분 수정한 것임을 밝힌다.
3) 『서벽당집』은 발표 혹은 시를 완성한 시기로 볼 때 그 역순으로 짜여져 있다. 즉 1부에

하는 「논」 연작4)은 1970년대 이후 파행적으로 진행된 산업화와 도시화에 의해 피폐해진 농촌(『겨울섬』 이후의 시들을 보면 아마 그의 고향인 듯싶은)의 실상을 여러 각도에서 직핍하게 조망하고 있다. 이처럼 홍신선은 첫 시집 『서벽당집』에서 『겨울섬』 이후의 세계를 이미 예고하고 있었던 셈이다. 물론 이런 사실이 그 자체로 특기할 만한 가치가 있는 것은 아니다. 『서벽당집』은 홍신선이 1965년 『시문학』을 통해 등단한 이후 1973년까지 쓴 시들을 엮은 시집이고, 『겨울섬』은 그 직후부터 쓴 시들을 모은 시집이기 때문에 두 시집 사이에 상당한 친연성이 있으리라는 사실은 누구라도 짐작할 만한 일이기 때문이다. 그러니 첫 시집과 그 다음 시집 사이의 간격이 그다지 멀지 않다는 사실을 지적하는 일보다 왜 홍신선이 초기의 감각적인 이미지스트로서의 면모를 버리고 저 "절망과 환난"(「논」: 『서벽당집』)으로 가득한 고향 마을로 돌아갔느냐에 관심을 두어야 할 것이다. 「회귀」는 이쯤에서 그 제목만큼이나 시사하는 바가 크다.

상징이여
자네와 헤어진 뒤로
나는 보았네
서른 번째의 어둠을 밀고
들어선 나는 보았네
황량한 어느 늪가에서
윤회의 너겁을 들치다
문득 보았네
수궁 천 길의 깊이에서

실린 시들은 1971~73년 사이에, 4부에 실린 시들은 1963~68년 사이에 발표 혹은 완성한 것으로 적혀 있다.
4) 『서벽당집』에는 14편의 연작으로 구성되어 있는데 비해 『전집』에는 「논—내 아버지께」라는 제목 아래 1편으로 처리되어 있다. 그리고 예컨대 열두 번째 편의 경우 『서벽당집』에는 "三월달"로 적혀 있는 부분이 『전집』에는 "6월달"로 수정되어 있는 등 약간의 개작이 보인다. 그러나 몇몇 단어들과 문장 부호들을 수정한 것에 지나지 않아 그 대의와 흐름은 크게 다르지 않다.

무언의 산맥들을 등에 지고
헤엄쳐 나오는
거북이 낯바닥을 한 구름과
그 삐걱이는 길마질 소리.
길마 위에 앉아 끄덕이는
산맥을 어거하며
자욱한 풍경이 떠오르고
나는 보았네
그 너머
어둠에 매달려
타오르는 말, 최후의 나의 말.

―「회귀」 전문

1970년 작으로 적혀 있는 「회귀」는 그 이후 홍신선 시의 여러 측면을 함축하고 있다는 점에서 재음미할 만하다. 이 시에서 눈길을 끄는 대목은 홍신선이 '상징'과 결별을 고한다는 사실이다. 상징의 사전적 의미는 구체적인 대상을 통해 추상적인 관념을 표현하는 것이다. 따라서 상징에서 중요한 항목은 관념을 드러내는 대상이 아니라 그 대상에 의해 전달되는 관념이다. 상징에서 추상적인 관념과 그 관념을 전달하는 대상은 주종 관계라고 할 수 있다. 그만큼 상징을 통한 세계 인식은 현실 세계를 부차적인 수단으로 활용할 따름이다. 즉 상징을 통한 세계 인식에서 현실 세계는 그 자체로 의미를 지닌다기보다 관념을 실어 나르는 도구이자 체계에 불과하다. 좀 과감하게 말하자면 상징은 추상적인 관념이 현실 세계를 폭력적으로 지배하고 재편하는 방식이다. 상징과 결별한다는 말은 이러한 관념중심주의를 버리고 구체적인 현실 세계로 회귀하겠다는 의미인 셈이다.
  그런데 그 후 홍신선이 직면한 풍경은 대단히 암시적이고 모호하다. 윤회의 늪에서 지푸라기들을 들치다가 그가 "문득" 목격한 풍경은 아무리 읽어도 무엇을 뜻하는지 도통 알 도리가 없다. 뿐이랴. 그 풍경 "너머/ 어둠에 매달려/ 타오르는 말, 최후의 나의 말"이란 대체 무엇인가. 혹 누군가는 이 장면을 두고 홍신선이 보편적인 상징에서 개인적인 상징으로 거처를 옮긴 것에 지나지 않는다고 말할지도 모른다. 이런 판단은 사태를 단순하게 파악하는 것이다. 상징의 소거는 그렇게 간단한 문제가 아니다.

상징을 통한 세계 인식이 추상적인 관념에 따라 구체적인 현실 세계를 폭력적으로 재구성하는 방식이라면 다른 한편 상징은 그만큼 현실 세계를 매끄럽게 다듬는 역할도 한다고 말할 수 있다. 이런 의미에서 상징만큼 현실 세계를 자신의 기획과 의도에 따라 투명하게 이해하는 방법도 드물다. 상징 속에 거주하는 일은 편안하다. 상징과의 결별은 그처럼 주관적이고 편의적인 세계 인식 태도를 버리겠다는 뜻이다. 보편적인 상징의 폐기는 지극히 불안하고 불투명한 현실 세계 속으로의 결연한 잠입을 의미한다. 따라서 홍신선이 난해하다고 느낄 만큼 불편한 장면을 제시하는 일은 어쩌면 당연하다. 그러니 홍신선 앞에 "문득" 닥친 「회귀」의 풍경은 매끄럽고 명백한 상징적 세계 인식과 결별한 시인의 시야에 이제 막 희뿌옇게 솟아오른 당혹스러운 현실이라 할 수 있다. 홍신선은 그 현실 세계를 하나하나 자신의 체험으로 짚어 나간다. 그런 과정을 통해 홍신선이 마침내 체득한 사실은 "몸과 생각으로 끝까지 겪은 일 아니면 믿을 수 없다"[5] 철저한 경험주의다.

> 안동에서 만 4년에 걸친 생활을 하면서 나는 그동안 내가 만들어 가졌던 논리와 이념이 얼마나 현실과 어긋나게 만들어진 것이었던가를 깨닫고 확인했다. 현실 따로, 논리와 이념 따로의 이 괴리는 나 자신을 완전히 해체하도록끔 만들었으며, 내가 결국은 아무것도 아니었음을 절감하도록 했다. 이 완전한 무(無) 위에서 천천히 아주 천천히 나는 현실의 실체들을 확인해 나가기 시작했다. 그 실체는 '거간꾼 李氏'이기도 했고 '미스 李'이기도 했으며 알게 모르게, 삶의 처참하나 아름다운 실체를 보여준 무수한 옆사람들이었다. 그들은 시대와 삶을 풀어가는 암호이자 상징이기도 했다. 어느 때는 나 자신이 암호이자 상징처럼 보이기도 했다.[6]

5) 홍신선, 「自序」, 『우리 이웃 사람들』(이하 『이웃』으로 표기), 문학과 지성사, 1984.
6) 홍신선, 「불가능을 위한 몇 편의 단상—詩에 관한 몇 편의 글」, 『다시 故鄕에서』(이하

『전집』의 연보를 참조하자면 홍신선이 안동대학교에 자리를 잡은 때가 1981년이니까 인용문은 1984~5년에 쓴 것이다. 이 기간 동안 쓴 시들은 『우리 이웃 사람들』에 실려 있는데, 인용문에 등장하는 거간꾼 이씨나 미스 이 또한 각각 한 편씩의 시를 차지하고 있다(「거간꾼 이씨」「미스 이」). 인용문에서 눈여겨보아야 할 대목은 "몸과 생각으로 끝까지 겪"으면서 확인해 나간 "현실의 실체들"이 "시대와 삶을 풀어가는 암호이자 상징"이라고 적은 부분이다. 이를 축자적으로 읽는다면 홍신선은 다시 상징으로 돌아간 것 아니냐고 물을 수도 있다. 그러나 여기서 말하는 상징은 추상적인 관념의 대체물이 아니라 현실 세계를 끝까지 경험한 자에게만 주어지는 삶의 비의 혹은 본질이다. 이런 점에 비추어 말하자면 추상적인 관념이나 논리 혹은 이데올로기에 의해서는 결코 파악되지 않는 "현실의 실체들"이 "문득" 보여주는 그 너머의 세계가 「회귀」의 마지막에 적힌 "타오르는 말"의 세계인 셈이다. 이 "타오르는 말"의 세계가 곧 시라면, 시는 홍신선의 말 그대로 "불가능을 꿈꾸는 것이다."7) 시는 현실 세계 너머, 그러니까 "말로써밖에는 만져볼 수 없는 공간, 그러나 말이 닿으면 곧 스러지는 그런 공간"8)이기 때문이다. 시어가 항상 '최후의' 말인 소이연은 바로 이것이다. 시와 시어에 관한 홍신선의 이러한 사유가 불교적 맥락과 밀접하게 닿아 있다는 점은 설명할 필요가 없을 것이다. 따라서 1991년부터 근래까지 지속적으로 발표하고 있는 「마음經」 연작은 이미 「회귀」에 내재해 있었다고 말할 수 있다. 요컨대 홍신선에게 시어는 마치 뗏목과 같다. 홍신선은 그 뗏목을 타고 현실 세계를 주유하다 저편 어느 강기슭에 "문득" 닿길 희구한다. 이런 맥락에서 홍신선은 "타오르는 말"을 통해 현실 세계 바깥을 꿈꾸는 지극한 낭만주의자다.

『고향』으로 표기), 문학아카데미, 1990, p.118.
7) 홍신선, 앞의 글, p.118.
8) 홍신선, 위의 글, p.118.

2. 시적 절대성

돌이켜 보건대 1970~80년대는 낭만적 열정에 사로잡힌 시대였다. 고통
받고 억압 받는 자들을 형상화하고 그들의 꿈을 대변하는 것이 당시 시가
해야 할 가장 중요한 그리고 시급한 책무였다. 짧게 말해 당시 시는 상처
로 얼룩진 생을 치유하는 꿈꾸기이자 현실 세계를 넘어서고자 하는 미적
기획이었다. 때로 그 꿈의 내용과 형식이 미숙하거나 상투적이었을지라도
꿈꾸기를 그치지 않았다는 점만으로도 1970년대와 1980년대의 시는 충분
히 그 가치를 인정받을 만하다. 홍신선이 1970~80년대에 쓴 시들도 크게
보아 이 범주 안에서 따져볼 수 있다. 즉 앞서 말한『서벽당집』1부에 실
린「논」연작 이후 최근까지 자신의 몰락한 고향에 관한 시를 지속적으로
발표해 온 홍신선은 시력 40년을 바쳐 수탈당한 농촌과 그곳에서 힘겹게
생을 견디는 농민의 절망적인 삶과 그럼에도 불구하고 그들의 포기할 수
없는 꿈을 위로하고 복원키 위해 노력한 대표적인 시인이라 부를 만하다.
뿐만 아니라 특히『우리 이웃 사람들』에 수록된「임동댁」「거간꾼 이씨」
「김하사」를 비롯한 숱한 시들은 이 땅 곳곳에서 수척한 나날을 끌어안고
살아간 사람들의 이야기를 고스란히 담고 있다. 그렇지만 홍신선의 시는
1970~80년대에 제출된 통상적인 민중시와 다른 지점에서 출발하고 있다
는 사실을 기억해야 한다.

일반적인 의미에서 말하자면 홍신선의 낭만적 면모는 앞서 언급한 바처
럼 현실 세계 저 너머를 강렬히 열망한다는 점에서 찾을 수 있다. 이런
모습은 1970~80년대에 생산된 여느 민중시들에서도 흔히 발견할 수 있는
미적 방법론이다. 그러나 홍신선의 최종적인 관심이 최후의 말 곧 궁극적
인 언어의 추구에 있다는 점은 당대의 일반적 민중시와 다른 특징이다.
시는 고도로 조직된 언어 예술이다. 즉 언어를 통해 대상을 표현하는 최
첨단의 예술이 시다. 그런데 언어로 세계를 인식하고 대상을 재현하는 일
이 홍신선의 말처럼 언제나 완전하지 않다면 시 쓰기는 미완의 작업이거

나 좀 더 나아가 말 그대로 도로일 따름이다. 그런데도 홍신선은 시를 써야 한다고 말하며 또 시를 쓰고 있다.

미완 혹은 도로에 지나지 않는 시 쓰기를 지속해야 하는 소이를 명확히 이해하기 위해서는 「회귀」와 「불가능을 위한 몇 편의 단상─시에 관한 몇 편의 글」을 겹쳐 읽어야 한다. 홍신선은 「회귀」에서 상징을 넘어선 세계를 꿈꾼다. 그가 결별코자 한 상징은 상투적이고 관습적인 논리와 이념이다. 이를 통해 홍신선이 회귀한 장소는 현실 세계다. 그런데 이 과정 동안 그는 자신이 "완전히 해체"되는 경험을 겪는다. 「회귀」에 알 듯 모를 듯 제시한 장면은 홍신선이 체험한 완전한 해체의 과정을 함축하고 있다. "황량한 어느 늪가"와 "윤회의 너겁"은 기존의 언어로는 도무지 포착할 수 없는 "완전한 무"의 생생한 현장인 것이다. 이곳에서 그가 더듬거리며 체험한 장면은 이후 "현실의 실체들을 확인해 나가"는 과정의 예고편이라 할 수 있다. 이제 홍신선은 현실 세계를 아주 천천히 하나하나 다시 살핀다. 그 결과가 『겨울섬』과 『우리 이웃 사람들』『다시 고향에서』에 기록된 장삼이사의 세계다.

홍신선은 이들이 일종의 "암호"였다고 말한다. 장삼이사란 그저 평범한 사람을 이르는 말이기도 하나, 불교에서는 사람에게 인성(人性)과 천리(天理)가 있는 줄은 알지만 그 모양이나 이름을 지어 말할 수 없음을 빗대어 사용하는 단어다. 거간꾼 이씨든 미스 이 든 혹은 김 하사든 졸부든 장삼이사가 "시대와 삶을 풀어가는 암호"라는 말은 이들이 당대를 해명할 수 있는 중요한 열쇠이기도 하지만 다른 한편 그들 자체가 설명을 요하는 세계라는 뜻이기도 하다. 따라서 이들을 통해 한 시대를 간파하겠다는 혹은 해독해 낼 수 있다는 믿음은 재삼 말하지만 미망(迷妄)에 지나지 않는다. "시대의 암호"(「부여 가는 길」:『고향』)인 장삼이사는 당대의 본질을 언뜻 감지케 하는 순간을 경험하도록 해 주지만, 특정한 개념으로 그들을 명명하는 순간 장삼이사는 사라지고 말 것이기 때문이다. 이렇게 말할 수 있는 까닭은 시대의 본질을 꿰뚫어 보는 일이 완전한 시 쓰기라면, 암호와 같은 장삼이사는 시어와 동일한 자리에 놓이기에 그렇다. 따라서 장삼이사는 타오르는 언어이자 최후의 말이라고 할 수 있다. 그러므로 홍신선의 궁극적인 관심사는 장삼이사 속에 숨어 있는 시대의 비의를 알아채는 것이 아니라(그것은 시가 그렇듯 불가능한 일이다) 이들이 펼쳐 보이는 형형한 삶의 무늬들을 기록하는 쪽에 있다. 이 무늬들이 교차하고 길항하면서 그려 내는 복잡한 지형이 홍신선의 시인 셈이다.

이제 홍신선이 지극한 낭만주의자라는 사실에 대해 말할 수 있을 듯하다. 사실 앞서 말한 홍신선의 낭만적 면목은 그다지 중요하지 않다. 홍신선과 그의 시를 적절히 설명할 수 있는 항목은 현실 세계 너머의 절대적 세계를 지향하는 낭만주의자의 초상보다 불타오르는 암호들 그러니까 장삼이사의 삶 자체에 대한 그의 간단없는 질문과 시 쓰기라고 할 수 있다. 단적으로 말하자면 홍신선은 암호의 해명 혹은 궁극의 언어로 구성된 시 쓰기를 추구한다기보다 암호를 그 자체로 보존할 수 있는 시어의 끊임없는 발굴과 폐기를 갈망하는 시인이다. 현실 세계를 더듬더듬 짚어 나가는 그의 시어들이 언제나 발굴과 폐기의 과정 속에 있다는 점은 대단히 중요하다. 이 발굴과 폐기의 과정은 홍신선의 시를 그리고 그의 세계 인식을 항상 미완의 상태에 남아 있도록 만들지만, 그런 결핍감이 역으로 시를 완성하고 세계의 숨겨진 본의를 완전하게 만들고자 하는 도정이자 기획으로 작동하기 때문이다. 암호의 생명은 비밀의 유지에 있다. 암호에 의해 세계가 유지되듯 불완전한 언어에 의해 시는 이룩된다. 홍신선에게 시가 절대적인 이유는 이 때문이다. 그러니까 시가 절대적이라면 그 이유는 시 자체가 절대적이기 때문이 아니라 최종적으로 시가 불가능하기에 그런 것이다.

이런 맥락에서 홍신선의 시 쓰기는 발굴과 폐기의 과정 안에서 그 의의를 찾아야 한다. 그리고 발굴과 폐기의 과정은 무엇보다 지속적으로 자기 자신 즉 과정 자체를 생산한다는 점에 주목해야 한다. 발굴과 폐기의 과정은 과정 자체가 목적이자 실체인 영구혁명의 시나리오다. 필립 라쿠 라바르트와 장 뤽 낭시가 지적한 낭만주의의 핵심 즉 자기 생산으로서의 문학적 절대성[9]을 떠올려 보면 홍신선의 시적 사유는 전형적인 낭만주의자의 모습에 해당한다. 장삼이사에 대한 홍신선의 집요한 탐색은 현실 세계의 본질이 그들 속에 이미 내재해 있어서가 아니라, "낯선 저들을 만나면 막혔던 정신이 뚫리"(『겨울섬』 p.9의 시작 노트)기 때문이다. 그들을 탐구하고 시로 쓰고 다시 폐기하는 과정이 현실 세계를 '풀어가는' 경로이자 새롭게 기획해 나가는 작업이기에 홍신선은 장삼이사를 찾아 떠도는 것이다.

3. 그러나 나는 누구인가

홍신선의 시 쓰기가 끊임없는 발굴과 폐기의 과정을 통해 이 세계를 차근차근 갱신해 나가는 작업이라면 기존 언어에 의해 구축된 관념이나 이데올로기는 당연히 배척 받아 마땅하다. 이런 점 또한 홍신선의 시와 1970~80년대의 통상적인 민중시 사이의 간격이라 할 수 있다. 홍신선의 시각을 존중한다면 1950년대 말부터 제출된 지식인의 사회참여론 및 1960년대의 순수참여문학논쟁을 거치면서 촉발된 참여문학론, 시민문학론, 제삼세계문학론, 민중문학론, 민족문학론, 노동해방문학론 등은 그리고 이들 문학 담론들에 근거를 둔 시 쓰기는 현실 세계를 재편하려 했던 강렬한 열망만큼이나 무용한 일이다. 이들 문학 담론들을 구성하고 있었던 지식인, 시민, 민중, 민족, 노동자 등등의 개념어들은 현실 세계를 단단하게 고정하는 역할을 담당했다. 이 용어들이 당대의 참혹한 현장을 고발하고 새로운 주체적 삶의 가능성을 제시하는 데 긴요한 몫을 한 점은 인정해야겠지만, 현실 세계를 단일한 시선 아래 편성해 버렸다는 사실도 기억해야 할 것이다.

---

9) 필립 라쿠 라바르트·장 뤽 낭시 저, 박성창 역, 「지금 우리에게 낭만주의란 무엇인가—문학적 절대」, 『세계의 문학』, 2002.겨울, pp.142~143 참조.

사람 사는 일의 나아짐이란 무엇일까. 그 나아짐은 엄밀한 뜻에서 실현될 수 있는 것일까. 사는 일이 어려울수록 그에 따른 이상론, 낙관론들이 더 강경하게 솟구쳐 오른다. 그것들은 시대와 사람들을 뜨겁게, 그리고 들뜨게 만든다. 그러나 사람들에 대한 근원적인 회의가 전제되지 않는 한 이상론이나 낙관론은 텅 빈 소리로 들린다.

(중략) 어떻게 우리는 이 상대성을 떨쳐버린 절대의 가치를 이룰 수 있을까. 실제로 그와 같은 일은 가능한가. 이를 검토하기 위해서는 들뜬, 텅빈 낙관론보다는 절망이 먼저 진지하게 검토되어져야 한다.[10]

홍신선에 의하면 "사람들에 대한 근원적인 회의"는 무엇보다 "이상론이나 낙관론"에 따라 이 세계를 손쉽게 마름질했던 들뜬 관념주의에 대한 반성에서 시작되어야 한다. 이는 1970~80년대를 송두리째 뜨겁게 달구었던 집단적 주체에 대한 신뢰와 그들에게 부여되었던 변혁의 책무 및 역사적 정당성에 관한 본원적인 질문인 셈이다. 예컨대 흔히 민중으로 호명되었던 그들은 정말 어떤 사람들이었을까, 민중을 호출한 자들은 누구였으며 그 방식은 무엇이었을까, 그리고 호명하는 자와 호명당한 자들 간의 관계는 어떤 형식이었을까 등등에 대한 진지한 검토 말이다.

면사무소 가는 길로 경운기 몰고 내려간 창수와 길남이, 농협 장기채를 얘기하고 사월싸움을 얘기하고 새로 온 다방 미스 김도 전량수매 할까 말까 기웃거리고, 간 겨울 팔아먹은 텃밭 너머 서울사람 논에는 개밥풀만 활개를 치지 내 논 땅 없고 자투리땅이라도 보러 오는 외지 낯선 사람들 비포장길 차 몰고 왔다 가고
"데모도 있는 놈들 거지 우리네야 상관있냐"
"즈이들 데모지 우리 데모냐, 우리라는 말 속에 든 속임수도 알아야 해"
─「창식이의 드난살이」 부분

홍신선이 포착한 농민의 모습은 1970~80년대 민중시에 빈번히 등장했던

10) 홍신선, 앞의 글, p.114.

농민과는 거리가 한참 멀다. 아니 거리가 먼 정도가 아니라 함량 미달의 존재들이다. 「창식이의 드난살이」에 등장하는 창수와 길남이만 해도 그렇다. 이들의 대화를 가만히 들어 보면 농협에 진 장기 채무로 인한 긴 한숨 소리와 "사월싸움" 이야기, 새로 온 다방 아가씨에 관한 음탕한 농지거리가 한데 뒤섞여 있다. 그리고 이들은 "데모도 있는 놈들 거지 우리네야 상관있냐" "즈이들 데모지 우리 데모냐, 우리라는 말 속에 든 속임수도 알아야 해"라는 어사에서 금방 알 수 있듯 모종의 원한의식(ressentiment)과 분노로 가득한 냉소적인 세계관을 지닌 자들이다.[11] 게다가 아마 창수와 길남이의 이웃일 거간꾼 이씨의 말에 따르면, 이들은 이미 약삭빠르게 변해 버린 시골 물정을 제대로 모르는 서울 사람에게 객토를 한답시고 덤터기나 씌울 것을 공모하는 자들로 등장하기도 한다("어시룩한 놈 하나 엉구렁텅이 먹여야지/ 고스톱 하루 죙일 치다가/ 얘기들 나왔어유/ 서울서 온 그 사람/ 덤테기 좀 씌우자고/ 즈이들 써봤자 뻔하지유"(「거간꾼 이씨」:『이웃』).

창수와 길남이 그리고 거간꾼 이씨는 한때 민중문학에서 공들여 가꾸었던 농민, 그러니까 갖은 환난과 역경 속에서도 삶의 터전인 농토를 꿋꿋이 지키며 땅의 끈질긴 생명력을 자신의 생 곳곳에 체현했던 건강한 농민의 전형을 완벽히 위배하는 인물들이다. 이들에게서 체계적인 역사의식이나 건강한 민중의식, 혹은 사회의 구조적 모순에 대한 진지한 성찰 등의 덕목을 발견하기란 어렵다. 물론 이들이 이처럼 끝 모를 나락에서 헤어나지 못하는 까닭은 그다지 오랫동안 따져보지 않아도 알 수 있다. 논은 물

11) 이런 맥락에서 이들이 자신들을 가리켜 "우리"라고 표현하는 것은 어떤 동류의식 혹은 연대감의 표출 때문이라기보다 '우리가 아닌 자들'과 "우리"를 구별하기 위한 이항 대립적 사유의 결과이며, "우리"는 '우리가 아닌 자들'을 향한 증오와 경멸이 역투영 된 단어라고 할 수 있다. 흥미로운 사실은 이러한 이항 대립적 구도가 첫 시집의 주조음이라 할 수 있는 허무주의 및 패배의식과 무관치 않다는 점이다. 즉 (『서벽당집』의 일부와) 『겨울섬』 『우리 이웃 사람들』 『다시 고향에서』 등에 실린 1970~80년대에 발표된 홍신선의 시 가운데 상당 부분에서 "우리"/'우리 아닌 자들(주로 도시민들)'에 대한 이항 대립적 시선을 곧잘 발견할 수 있는데, 이는 허무주의와 냉소주의로 둘러싸인 르상티망에 의해 형성된 것으로 보인다.

론이고 텃밭마저 팔아넘길 수밖에 없었던 당시 농촌의 피폐한 현실을 떠올려 보면 창수 등에게 어떠한 의미에서든 민중의식 따위를 요구하는 일은 무리라는 사실을 금방 느낄 것이다. 그리고 그런 만큼 이들이 들려주는 세상살이의 법도는 당대 사회 구조 내에서 농민과 농촌에 거주하는 자들의 처지를 실감나게 전해 준다고 볼 수 있다. 이들이 처한 상황을 간명히 요약하면 1970~80년대 전체가 그랬듯 "아득히 기는 이 뿐인 이 땅에" (「호박꽃」:『겨울섬』) "그냥 살아 있음"이 "감격"인 삶이다(「이력서들 씁시다―조모열전」:『이웃』). 그냥 살아 있다는 것만으로도 감격적이라는 말은 곧 어떠한 희망도 가능치 않은 삶이라는 의미다. 이들은 말 그대로 절망뿐인 나날을 견디는 자들이다. 창수를 비롯한 고향 사람들이 이러한 상황에까지 이른 이유를 계급적·정치적·구조적 맥락에서 찾는 일은, 다시 말하지만 쉽다. 그러나 홍신선은 바로 이때 "혼신으로 떠오르는 나는 누구"인가라는 질문을 던진다.

> 하루에도 몇 번 이제 돈이나 벌자고, 벌다가 까먹다가 사는 일 그런 반복이라고 스스로를 동여 묶다가 주민등록표의 어디쯤서 말소된 기쁨 말소된 꿈, 붉은 두 줄 밑에 숨기고 붉은 두 줄로 그어져버린 나는, 아득히 다시 살아보려고 더듬거리는 나는 마른 공기의 떠돌이일까요
> 집 버린 칠남매의 막내일까요
>
> 한 달의 끝 접었던 마음 다시 꺼내 날개로 먼지 털어 달 때 시간 앞에 떠밀리는 물결로 놓일 때 어디로 가나, 떠밀려가 닿을 기스 안 난 아다라시…… 부귀영화에 미지에 끊임없이 물결로 떠오르는 나는, 혼신으로 떠오르는 나는 누구일까요
>
> ―「미스 이」 부분

미스 이는 1970~80년대에 민중의 대표적인 사례로 자주 호출되었던 다방 아가씨다. 당시 민중시의 소임은 미스 이의 구구절절한 인생 역정을 기술함으로써 험난한 인생살이의 한가운데로 그녀를 내몬 당대의 구조적

모순을 드러내는 일이었다. 「미스 이」 또한 그녀가 "집 버린 칠남매의 막내"라는 점을 은근슬쩍 밝힘으로써 다방 아가씨로 전락하게 된 과정을 요약, 암시하고 있다. 그렇지만 홍신선의 궁극적인 관심은 미스 이를 민중으로 호출하는 일이 아니라, 그녀를 통해 삶이란 그리고 나란 본질적으로 무엇인가를 질문하는 데 있다. 이에 대해 손쉬운 답안을 마련할 수도 있을 것이다. 예컨대 "마른 공기의 떠돌이"이거나, "부귀영화에 미지에" 그러니까 허욕에 붙들려 "집 버린 칠남매의 막내"라고 말이다. 혹은 계급적인, 정치적인 맥락에 따라 그녀를 해석할 수도 있을 것이다. 그러나 미스 이에 대한 이러한 풀이들은 "혼신으로 떠오르는 나는 누구일까요"라는 질문을 감당하기에는 매번 부족할 뿐이다.

그렇다면 미스 이가 제기한 질문 즉 나는 누구인가라는 물음에 대해 홍신선은 어떻게 답안을 작성하는가. 홍신선은 이에 대해 직접 들려주기보다 끊임없는 되물음의 과정을 제시한다.

> 나는 누군가
> 나는 집에서 맏이다
> 나는 작업반장이다
> 나는 또 학생이다
> 나는 사람이다
> 나는 한국인이다
> 나는 황인종이다
> 나는 남자다
> 나는 청소년이다
> 그러나 나는 누군가 그러나……
>
> −「두만네 부자」 부분

두만이는 "맏이"고 "작업반장"이고 "학생"이고 "사람"이고 "한국인"이고 "황인종"이고 "남자"고 "청소년"이다. 그러나 그는 가족 관계 혹은 신분, 국적, 피부색, 성별만으로는 설명할 수 없는 존재다. 다시 말하지만 "맏이"

나 "작업반장"이나 "학생"이나 "사람"이나 "한국인"이나 "황인종"이나 "남자"나 "청소년"이라는 규정은 한 인간의 본질을 제시하기에는 턱없이 모자란 개념들이다. 좀 더 생각해 보면 두만이를 "작업반장"이나 "황인종"이라고, 미스 이를 다방 아가씨라고 호명한 것은 그들 자신이 아니다. 그러한 명칭들은 외부자의 응시의 결과다. 미스 이와 두만이가 자신이 누구인가라고 묻는 것은 누군가 이들을 바라보았던 시선에 대한 질문인 셈이다. 자기 자신이 누구인가에 대한 끊임없는 두만이의 되물음은 그를 "맏이"고 "작업반장"이고 "학생"이고 "사람"이고 "한국인"이고 "황인종"이고 "남자"고 "청소년"이라고 호명한 자들에게 향해 있다. 따라서 "사람들에 대한 근원적인 회의"는 홍신선의 시 속에 기록된 장삼이사가 아니라 이들을 자신의 관점에 따라 재편하고 분절했던 당대와 당대의 거대 담론에 대한 의심이라고 할 수 있다.

4. 유장한 암호들

그렇다면 나는 누구인가라는 장삼이사의 끝없는 질문은 그 자체로 마침내 생의 감춰진 비의에까지 다다를 수 있을까. 지금까지 살펴본 바에 따르면 질문은 질문을 생산할 따름이다. 그리고 그 질문들은 곧장 이들을 특정한 이름으로 호명했던 이데올로기를 향해 있다. 이데올로기는 숭고한 만큼 거짓이다. 홍신선이 기록한 장삼이사와 그들의 삶은 지난 연대 내내 주조했던 이념들로는 파악할 수 없는 세계다.

> 아버지는 자전거포 했어요 점방에 놓고 온
> 보상도 못 받은 배곯던 때와 꿈이 보고 싶어요 체인,
> 핸들, 바퀴살, 페달, 고놈들 차가운 물에다 눈 뜬 얼굴들 꺼버리고
> 꺼진 몸이나 챙겨
> 가으로 떠밀리는지, 아버지는 지금도 더듬더듬 과거를 더듬어
> 그놈들을 수리해요

틀렸어요 아버진
엉뚱한 델 때우고 붙여봐야 될 일 없어요
세상 한복판, 뚫린 곳 정통으로 때워야죠.

이주민촌 사람들
누구나 흉터를 뚫린 델 감추고 있어요
소금배 부리던 손 놓고 소주나 주야장천 마시는, 소주에 반편이 녹은
창천 아재도 다아
낚싯배 몇 척 놓고 붙어 있지만
보여 주나요 어디 다아 숨기고 있어요

어쩌다 보이는 건
잠긴 기슭들의 시커먼 육괴들이 삭아 한 시절의 허리통이
물 빠진 아침이면 시신처럼 드러나는 것.
삭다 만 행길이 진흙에 묻히고 묻히다 다시 고개를 쳐들고 있는 것뿐
　　　　　　　　　　　　　　　　　　　－「이주민촌 병철이」 부분

　자전거포를 운영하는 병철이 아버지는 자신의 과거나 더듬으며 수리할
뿐이다. 병철이가 그런 아버지에 대해 불만을 토로하는 것은 당연하다. 그
런데 병철이가 아버지와 이주민촌 사람들을 향해 터뜨리는 불만 속에는
중요한 사실 하나가 숨어 있다. 아버지와 고향을 떠나 타향살이를 하는
이주민들은 세상의 한복판 뚫린 곳을 "정통으로" 때우기보다 "누구나 흉
터를 뚫린 델 감추고" 살아가는 사람들이라는 지적이 그것이다. 흉터란
자신의 실수에 의해서였건 타인에 의해서였건 한때 상처를 입었지만 이제
는 아문 흔적이다. 그러나 그 흔적은 흉하게 얼룩진 삶의 내력이다. 그렇
기에 그 흉터를 굳이 드러내는 일은 오히려 과거에 집착하는 것이다. 마
찬가지로 과거를 애써 감추는 것 또한 과거에 대한 윤리적 자세가 아니다.
과거는 불쑥 "어쩌다 보이는" 것이다. 과거란 원래 "작은 문 꼭꼭 닫은 자
들의 거대"한 "침묵"과도 같다(「여름일기」:『겨울섬』). 문득 "시신처럼"
고개를 쳐드는 끔찍한 과거를 제대로 맞대면하기 위해서는 홍신선의 말대

로 어쩌면 "침묵"하고 "무감각"해지려는 수련이 필요한지도 모른다. 흉터
는 그리고 흉터로 얼룩진 생이란 정말이지 "아픔이 지나쳐 아프지 않은"
"아픔"이라고밖에는 말할 도리가 없기 때문이다(「면촌아우 병선이」: 『이
웃』).

　결국 홍신선이 장삼이사를 통해 말하고자 했던 바는 "너두 당해보구 겪
어봐라" "무슨 수가 있는 줄 아니"(「김철민 또는 이철민 - 이산가족 찾기」:
『이웃』)라고 절규할 만큼 도무지 어찌해 볼 수 없었던 흉터 자국들이 곳
곳에 새겨진 생의 아픔을 견디는 자세. "색깔 모두 죽은 빈 밭에 혼자
서 성깔 있는 푸른색으로 질려 있는 청무우잎"(「가을 들녘에서」:『고향』)
처럼, 혹은 "더러는 패이고 더러는 뒤집혀진 채 혹은 뒤집혀서도 생을 이
뤄 사는" "눈치 수상한 마거리트꽃들"(「마거리트꽃」:『겨울섬』)처럼 온몸
으로 절망을 감내하고 그래서 스스로 세월의 흉터가 되는 그런 생의 자세
말이다. 홍신선은 그러한 태도가 삶을 형성하고 지탱해 나가는 힘이라고
적는다.

　　소원은 없어요
　　그냥 살아요

　　삶 거듭 살아도
　　시간들이 느닷없는 도둑처럼
　　거듭 털어가는
　　삶

　　털어서 가는 미래 어디쯤서
　　축소된 풍경으로
　　우리 살았던 일 붙잡힐까

　　소원은 없어요
　　사는 일 피하지 않고

사는 일 만나보고 싶어요.

—「삶 거듭 살아도」 부분

"그냥" 산다는 말은 아무런 생각 없이 혹은 의지 없이 그냥저냥 세월을 흘려보낸다는 뜻이 아니다. "그냥"이라는 단어는 지금까지 살핀 바에 따르면 "그냥 살아서 죽기로 한다"(「친구와 잠자며」: 『겨울섬』)라고 할 만큼 지극한 절망과 아픔을 견딘 자만이 지닐 수 있는 간투사다. 이 간투사에 삶을 향한 커다란 "확성기"(「폐농지에서」: 『이웃』)가 내장되어 있다는 점은 새삼 말할 필요가 없을 것이다. 그런데 홍신선의 미덕은 이 확성기를 "들뜬, 텅빈 낙관론" 혹은 타인을 향해서 사용하지 않는다는 점에 있다. 그는 자신의 목소리를 한껏 낮추고 "사는 일"의 의미를 찾아 다시 장삼이사의 세계 속으로 걸어 들어간다. 그리고 바로 그때 홍신선은 "사는 일이 사는 일로 투명하게 보이"(「겨울섬」: 『겨울섬』)는 순간을 경험한다.

막힌 마음 터놓아 흐르게 하고
흐르는 마음 뒤밟아
백제로 주소 없는 나라로
굽은 길 굽이굽이 펴며 내려갔다.

황산벌 지나
엉성한 산문처럼 풀어진 시범부락 지나
보고 싶은, 안 보이는 시간을
찾아서 내려갔다.

뒤져봐도
민둥산이 산과 논들
골목과 생각들 구석구석
샅샅이 뒤져봐도
보이지 않는 현주소,

보이는 것은
시장통 밥집의 찌개 속 고만고만 모인
속알 놓친 민물조개
또는 김양, 미스 이로
떠밀려 다니는
흐리디 흐린 시대의 암호들

예나 이제나
그렇게 삶을 이룬 자만이 유장하구나
태연하구나

-「부여 가는 길」 전문

    고향을 떠나 시장통에서 하루하루 살아가는 장삼이사의 태연함은 "깨어져서 저 자신을 지킨/ 사람"(「정토사 지」: 『이웃』)들만이 보여줄 수 있는 삶의 "유장"함이다. 만약 역사가 유장하다면 그것은 역사 자체가 그렇기 때문이 아니다. 역사는 "잔설들로 끝까지 버티는" 혹은, "19공탄재들"처럼 "김모, 이모"(「연탄재를 밟으며」: 『고향』)이 으깨져 뒹군 흔적들의 총합이다. 그 흔적들이 비록 때로는 비굴하거나 소심하고 제 잇속만 따지는 시정잡배의 이야기에 지나지 않을지라도 이들의 속내에 귀 기울여야 하는 까닭은 이들이 당대를 증거하는 "섬세하게 망가진/ 다면체 마음"(「나이」: 『고향』)이기 때문이다. 홍신선이 발굴한 장삼이사는 이처럼 삶 도처에 흉터를 간직한 사람들이다. 요컨대 이들은 시대를 해명하는 암호로 호명된 자들이 아니라 "흐리디 흐린 시대"에 스스로 흉터가 됨으로써 암호가 된 사람들이다.

    이제 우리에게 남겨진 과제는 홍신선이 시집 가득 적어 놓은 암호들을 그 자체로 받아들이는 작업이다. 이 "남루한 목숨들을" 읽는 동안 우리는 자꾸 발목이 빠지는 듯한 경험을 겪을 수도 있다.[12] 그때 기억해야 할 사실은 이들이 다름 아닌 장삼이사라는 점이다. 이미 홍신선이 말하지 않았

---

12) 홍신선, 「철원벌에서」, 『자화상을 위하여』, 세계사, 2002.

는가. 성급한 논리나 이데올로기로 세상살이의 이치를 그리고 생의 본질을 따지는 일은 헛된 망상이라고 말이다. "행간 사이 없는 길 찾는 마음"(「허공을 처부수니 안팎이 없고」: 『고향』)으로 "이편도 저편도 아닌/ 맹물의 맹물로서의/ 외로움,/ 혹은 그 어여쁨"(「맹물」: 『고향』)을 느낄 때, "오목내 약국, 능참봉, 면서기"가 비로소 그들 자신이 되는 모습을, 그래서 우리에게 "따뜻한 체온이 되는 것을" 감득할 것이다(「우리 홍씨 3」: 『이웃』). 재차 강조하지만 장삼이사는 장삼이사다. 장삼이사를 장삼이사로 받아들이고 기록하는 것, 홍신선의 표현을 그대로 쓰자면 그것은 "흔히 '사이'라고 부르는 제3의 '허공'"[13]을 걷는 일이며, 모든 분별지(分別智)를 넘어 진정한 중도(中道)를 실현하는 생의 자세다.

13) 홍신선, 「어느 石手와 落鄕—독자를 위하여」, 『다시 고향에서』, p.11.

자기 투기投企의 꿈과 어둠

하현식

1.

홍신선은 1965년에 『시문학』을 통하여 「희랍인의 피리」 「비유를 나무로 한 나의 노래는」 「이미지 연습」 등이 추천되어 문단에 등장한다. 그리고 첫 시집 『서벽당집』(1973년)을 비롯하여 『겨울섬』(1979년) 『삶 거듭 살아도』(1982년) 『우리 이웃 사람들』(1984년) 『다시 고향에서』(1990년)을 간행하는 한편으로 『현실과 언어』(1982년) 『우리문학의 논쟁사』 등의 이론서를 통하여 비평 활동을 겸하고 있다.

황동규는 「일관성과 복잡성」이라는 제하의 홍신선론에서 이 시인을 지사적인 것과 민중적인 것과 전통적인 것의 복합성으로 진술하고 있다. 여기에다가 예술적인 성향을 감안할 때 30년 시력의 다양한 측면을 추량하게 된다. 시간의 다단한 변화 속에서 한 시인이 걸어온 다양한 모습 외에도 개인사적 의식과 시대정신의 양상을 통하여 적응되어진 현상을 인식하게 한다.

그러한 의미에서 홍신선의 초기적 특성은 사물과 세계에 대한 새로운 의미의 추구가 현저하게 드러나고 있으며 특히 그러한 세계에 대한 미적 접근 내지 형상화에 몰입되어 왔음을 간파하게 된다. 그러나 사물에 대한 관심은 곧 인간에게로 옮겨지고 있음을 볼 수 있다. 그것도 문명이 야기한 비인간화의 세계에 대한 비판을 통하여 상처받은 자아의 외로움과 비애를 노정하는 데 한 연대의 정력을 집중한다. 아울러 이웃사람들의 삶에 대한 긍정적 자세와 포용력을 통하여 종래의 비판과 냉소로 점철되었던 시각을 전환시키는 것을 볼 수 있다. 한편 가까이는 한 시대의 삶에 대한 집요한 관심과 그 시간 속에서의 존재 내지 존재하기의 의미와 가치에 대한 탐구 자세를 보여 준다.

> 창유리를 닫으면 누런 벌레들로 굴러 떨어지는 햇볕들. 사진틀 속에 끼워 꿈틀거리는 나를 비워내는데 더듬이로 나이를 헤집어가며 야망의 강물 바닥에 꽂힌 흔들리는 수초의 잎 끝에 기포의 형태로 올라오는 많은 얼굴들 자꾸자꾸 잃었던 얼굴들을 건져올리는데, 아니 정수리에서 예감의 그물을 풀어내리는 바람들은 패각 위 나선형의 층계에 홈턱마다에 갇힌 바다를 일으키는데 아하
>   나는 보겠다. 바다들이 색색깔의 얼굴들을 깨뜨릴 때 튀어 오르는 물고기의 몸뚱이마다 선[立] 중량들을. 저것이었을까 이승에 떨구는 발소리마다에 머무는 내 무거운 뜻이, 내 무거운 뜻이.
>
> ─「비유를 나무로 한 내 노래는」 부분

이 시는 데뷔 작품의 한 편이다. 홍신선의 초기의 특징적 유형으로 살펴볼 만한 의미가 있다. 이를테면 사물에 대한 의미의 추구가 집요하게 드러나는 예인 것이다. 사물에 대한 형상화를 위하여 관형구라든가 부사구가 많이 동원되어 문장이 길어지는 폐단을 도외시할 정도로 치밀한 묘사형태를 취하고 있다. 시인의 시적 기준에 의거한 의도적 작업의 일단을 절감하게 된다. 언어를 통하여 규명해 낼 수 있는 한계까지를 드러내 보임으로써 대상의 미적 의의와 더불어 존재 의미를 구체화하려는 노력을 대면하게 된다. '햇볕=벌레'라는 비유적 등식에 바탕을 두고 과거의 현재화에 기여하는 한편 표현 자체는 대단히 관념화되어 1960년대가 겪어야

했던 특징들을 잘 부각시키고 있다. 그리고 묘사의 틀을 지니면서도 일면 사변적 인상을 던져주는 측면도 1960년대적 표현의 한 양식에 값한다고 보겠다. 궁극적으로 사물의 진의 규명이라는 관념화에 도달되고 있다.

홍신선의 1960년대적 특성은 '비유'라든가 '이미지'라는 표현 기법상의 과제에 많이 몰두되고 있는 것을 볼 수 있다.

가령 시의 표제로서의 「비유를 나무로 한 나의 노래」의 '비유'라든가 「이미지 연습」에서의 '이미지'도 그러하지만 시의 전반에 걸쳐 이미지와 비유가 활용되면서 묘사가 되기도 하고 서술이 되기도 한다. 이는 곧 사물이 지닌 미적 가치에 집념하는 한편으로 관념의 나열에도 함께 효용되는 특징을 낳고 있다.

그리고 서구적 재제에 대한 관심도 간과하지 못한다. 추천작의 하나인 「희랍인의 피리」라든가 「오필리아 연시」라든가 「밤에 본 베아트리체의 초상」 등이 그것이다. 이들 제재들은 그 자체로서 시에 활용되기보다는 시인의 내적 구조를 통하여 재구성되어 전혀 피상적인 제재에서의 질료와는 판이한 형태로서 직조되어진다.

이러한 홍신선의 시적 본질에 대한 집념은 1970년대를 넘어서면서 그 긴장이 풀려가고 관심 또한 자아와 고향 또는 자신의 삶의 터전인 향토로 돌아오게 된다. 지나치게 본질 문제에 얽매여 난해하였던 어투도 순화되고 서정적인 인상을 함축하게 된다. 그의 시에 대한 탐구가 습작의 티를 탈피하고 개별성이 진작되는 시인으로서의 언어 구사의 기능에 의존되어진다.

쑥대밭머리에
앉아서
논바닥 검불 더미에 쓰러진 가난을 퍼 던지겠다
변변한 이웃들은
타관으로 모두 빠져나가
저희들 세상에서

끝없는 등을 보이더라만
그렇다 아직도
지평에
허리 동아리 퍼렇게 드러난
허공으로 서서
퍼 던지겠다
대대로 쓰러진 가난을 퍼 던지겠다

―「논 1―내 아버지께」 전문

연작시로 쓰여진 「논」은 15편에 이른다. 시인이 생명을 얻어 성장했던 향토에로의 시선의 투영은 시의 본질로부터의 도피이기도 했다. 이는 자신을 둘러싸고 있는 불합리한 상황을 도외시할 수 없는 비판적 의식의 발로에서 출발되고 있다. 시의 본래적 사명에 대한 시인 나름의 변화이면서 동시에 시적 효용가치의 기준에 대한 의식의 변화이기도 한 것이다. 「논」 연작 외에도 첫 시집 『서벽당집』에 수록된 90편의 시편 중 60여 편이 척박한 향토에 대한 연민으로 점철된 측면은 더욱 이러한 시 의식을 강조하고도 남음이 있다. 돌이킬 수 없는 농촌의 빈곤은 1970년대의 산업화 정책에 의하여 더욱 심화되면서 이에 대한 비애와 분노가 자연발생적으로 시적 관심과 표적이 될 수밖에 없는 당위성을 홍신선은 절실하게 느끼고 접근하지 않을 수 없게 된 것이다.

2.

홍신선은 1970년대를 관통하면서 두 번째 시집 『겨울섬』을 남겼다. 『겨울섬』은 그 표제가 암시하는 바대로 황량한 내면의 시와 풍경을 펼쳐 보이고 있다. 군사정권의 경제개발계획이 진척되어 성숙의 단계에 접어든 시점에 맞추어 볼 때 시인의 눈은 여전히 산업화 정책의 열매가 가져다주는 편리한 삶의 성과에 있기보다는 오히려 침울하고 퇴락한 뒤안길에 착시되는 특성을 띠게 된다. 1960년대의 시적 본질에 대한 관심을 지배하면서 가장 헐벗은 삶과 을씨년스런 삶의 현장을 조명함으로써 상실한 꿈에 대한 동경심을 촉구하는 어법을 취택하고 있는 것을 볼 수 있다.

> 그렇지 노래도 황량한 그해 빈벌에서는 마들가리 불로 죽어 떨어졌어. 한 두름의 노래, 한 두름의 말이 남북강산에 떠서 벌거벗은 온몸을 태워 밝혀도, 밝혀도 끝이 없는 등화관제의 어둠뿐이었어. 남아 있던 사람들이 괭이날로 어둠과 논밭을 찍어 열었어.

> 일어나보면 엎드렸던 논이 얼음투성이의 얼굴을 내밀고 아침 햇볕 속에 있었어. 교전 끝난 도랑에 공기들이 흰배를 내놓고 쑤셔 박혀 있기도 했어. 밭으로 마을로 두럭 채 남아있는 풍문 끝없이 밀리는 남북의 풍문 속에 홀씨처럼 우리는 떠돌았어. 불티도 재도 없이 타오르는 세월을 황홀한 노래를 보았어. 그 노래도 끊겨 이제는 침묵이 논두럭들로 이어져 있고 바람만이 대지를 잠재워. 노래를 지피는 우리 가슴을 빠져 나간 연기만이 떠돌고 있어.
> ―「노래도 이제는」 전문

이 시는 분단의 한가운데서 신음하는 산하를 통하여 민족적 비극의 일단을 암시하는 구조를 취하고 있다. 홍신선의 주관적 시각이 추구하는 법칙으로부터 다분히 객관화된 대상 보기의 자세를 파악케 하는 단서이기도 하다. 그리고 소아적 시각에서 보다 대아적 시각으로 사물 관찰이 전환되는 근거에 값한다고 볼 수 있다. 그것은 끊임없이 보기의 대상에 대한 인식을 부정적 관점으로 접근함으로써 변증적 과정에 의한 시각의 변화를 기대하는 구도로 드러나기 때문이다. 이른바 '어둠'에 대한 포착이 아닐 수 없다. '노래'가 '불'이 되어도 '등화관제'로 인해 '어둠'으로 결과 되어 '어둠'을 '괭이날'로 찍는 행동에서 숙명적 '어둠'의 비극성을 노정한다. 이 '어둠'의 시각은 이 시기의 한 특징적 관점으로 풀이 될 수밖에 없다. 가령 "자욱한 하류의 어둠을 내가 끼고 돌아간다"(「제 2한강교에서」)든가 "긴 가스락들 등판에 박힌 어둠을 쫓아오며"(「달」)라든가 "광막한 어둠만이 끝없이 자기 한몸을 내세우며 서 있다"(「더 작은 힘을 위하여」) 등등이 그것이다. 이외에도 부지기수의 시편에서 예시될 수 있는 이러한 '어둠'의 제시는 단적으로 시대적 위상을 상징하기도 하지만 궁극적으로는 홍신선의 시인 의식 일단으로 파악하지 않을 수 없다. 노래가 "불로 죽어 떨어져도 등화관제에 의하여 어둠이 될 수밖에 없는" 어둠에 대한 표적은 역사이며 시대이면서 동시에 시인 자신의 정신적 자장인 것이다. 그리하여 「노래도 이제는」의 '어둠'이 분단의 비극성을 암시했다면 「제 2한강교」의 '어둠'은 노동자들의 착취와 고달픔인 것이다. 또한 「달」에서의 '어둠'은 '농민'들의 서글픈 삶이며 「더 작은 힘을 위하여」에서의 "어둠"은 지식인으로서의 시인의 무기력함이 아닐 수 없다.

이와 같이 1970년대에 있어서의 홍신선의 시선의 범위는 보다 절실하게 '나의 삶'에서 '우리의 삶'으로 확대된다. 그래서 분단의 아픔도 노동자와 농민의 고달픔과 서글픔도 바라보게 되었으며 그들의 삶에 대한 진지한 접근을 위하여 시인으로서의 무기력한 '말'을 버리고 보다 힘 있고 강직한 '말'을 바꾸어 잡고자 하는 욕구에 떨게 되는 것을 볼 수 있다.

> 대교를 건넜다 피난민 몇이 과거를 버린 채 살고 있다.
> 마을 밖에는
> 동체뿐인 새우젓 배들
> 빈 돛대 몇이 겨울한기에 가까스로
> 등 받치고 기다리고
>
> 물빠진 갯고랑, 삭은 시간들 삭은 물에 이어져 잠겨 있다.
> 일직선, 버려진 마음들로 쌓아올린 방파제까지
> 나문재 나무들 줄지어 나가 있다
> 뻘에 두 발 내리고 붙어 있는 목에 힘준 저들.
> 쏠리지 않으면
> 개흙으로 삭는 일
> 더러 쏠리면

닻으로 일생 내리는 저들의 일.

힘 힘 풀어놓고
공판장 매표소 회집들로 선착장에 힘 풀어놓고
두어 걸음 비켜서서
말채나무 오그라든 두 손에
저보다 큰 겨울하늘 든 채 있다.
사는 일이 사는 일로 투명하게 보이고 있다.

-「겨울섬」 전문

시간적 의미에서의 '겨울'과 공간적 의미에서의 '섬'으로 구축된 대상으로서의 「겨울섬」은 시인이 직면하고 있는 시대상의 한 축도이면서 척도이기도 하다. 크게는 분단의 비극성을 체휼하면서 작게는 노동자와 농민, 또는 지식인으로서의 자신의 애환을 비판의 시각으로 대면하게 되는 상황이야말로 '겨울섬'으로써의 부정적 정서로 반영되기에 적합할 수밖에 없다. 거기 '피난민'의 삶이 반영되어 분단의 아픈 자국이 드러나 있고 '동체 뿐인 새우젓 배'의 '빈 돛대'가 '겨울한기'에 시달리는 풍경들에서 이 땅의 가난한 서민 계층의 고달픈 삶의 잔영이 드러나 있기 때문이다. 그리고 "버려진 마음"과 "힘 풀어 놓은" 각종 삶의 현장과 "말채나무 오그라진 손"에 들려있는 "큰 겨울하늘" 등이 가지지 못하고 배우지 못하고 온전히 사람대접 받지 못하는 고달픈 인생의 한 전형으로 그려진다. 그러나 홍신선의 비극적 구도는 결코 비극 자체로 끝나지 않는 특성을 통하여 여타 현실 비판론자의 의식과 차별화 되어진다. 그것은 곧 「겨울섬」의 마지막 행이 시사하고 있는 "사는 일이 사는 일로 투명하게 보이고 있다"는 진술에서의 '투명'때문이다. 그것이 암시적 비판이 될지는 몰라도 고발이나 저항적 역학까지를 포용하지 않는다. 삶의 뜻에 대한 추구에 이어서 미적 탐구라는 시적 본질의 순수성을 지키는 한계 안에서 그의 시학은 온건하게 자기 보편성을 창출한다. 가령 「제 2한강교」에서의 끝 행에서 "한때의 앞날이 너희들이 보인다"로 마무리 지음으로써 노동자의 삶이 극적 일관성을 지니기

보다는 '앞날'을 제시함으로써 비극성에 대한 경계를 기도하는 것이다. 그리고 「더 작은 힘을 위하여」에서도 '더 작은 힘' 자체가 역설적 심도를 지니면서 끝행의 "더 작은 힘, 더 깊은 어둠, 시의 말"을 통한 밝음으로의 지향성을 의도하고 있다. 「노인」「쌓이는 눈 속에」「옛마을」「폐촌에 서서」 등의 부정적 시각으로 선택된 시편들이 한결같이 부정적 이미지로 일관되기 위한 취택이 아니라 변증적 구조를 통한 긍정적 인식에로의 활로를 위한 방편임을 인지케 만드는 것이다.

3 ·

홍신선의 세 번째 시집 『우리 이웃 사람들』은 이 시인의 1980년대 전반기의 모습을 잘 드러내고 있다. 이 시기 역시 1970년대에 걸쳐 그가 전개하였던 서민적 삶의 비극성과 애환을 중심으로 함께 아파하고자 하는 내면을 표출함에 다름 아니다. 그러나 그의 서민적 삶에 대한 관점은 여전히 객관적인 것이며 등거리의 시각으로 점철되고 있다. 그러면서도 그는 매우 따뜻한 시선으로 삶의 처절성을 포용하는 데서 개별적 의의를 구축하기도 한다.

> 2월의 덕소德沼 근처에서
> 보았다 기슭으로 숨은 얼음과
> 햇볕들이 고픈 배를 마주 껴안고
> 보는 이 없다고
> 녹여주며 같이 녹으며
> 얼다가
> 하나로 누런 잔등 하나로 잠기어
> 가라앉는 걸,
> 입 닥치고 강 가운데서 빠져
> 죽는 걸,

외돌토리 나뉘인 갈대들이
언저리를 둘러쳐서
그걸
외면하고 막아주는
한가운데서
보았다
강물이 묵묵히 넓어지는 걸

사람이 사람에게 위안인 걸

-「사람이 사람에게」 전문

　이 시의 중심은 "위안"이다. 인간과 인간 사이에서 '위안'이 될 수 있는 전제를 이 시는 보여준다. 그리고 이러한 인간 사이에서의 '위안'의 문제는 '이웃 사람들'을 매개한 세 번째 시집 전체의 핵심이 되기도 한다. 홍신선은 냉혹하고 을씨년스런 겨울섬으로부터 다정한 이웃 사람들에게 돌아옴으로써 '위안'의 방도나 의의를 관심하게 된다. 그러한 '이웃 사람들'은 홍신선 나름의 "녹여 주며 같이 녹으며/ 얼다가 하나로 가라앉는" '낮추어진 사람들'을 통해서 '위안'의 대의를 규명하는 것이다.

　그렇게 '낮추어진 사람들'로는 "장돌뱅이"(「우리 洪氏 1」)도 있고 "밥장수"(「임동댁」)에다 "과일장수"(「둠벙이 妻」)와 "거간꾼 최씨"도 등장한다. 군인에다 "누님, 이모, 찻집 아가씨, 이주민촌 사람들, 시인, 노인, 아우, 친구" 등등 그가 다스리는 다양한 인간군은 어느 모로 잘난 구석은 하나도 없고 모조리 자기 삶에 몰두하느라 벅찬 군상의 나열에 다름 아니다.

솟구치기 위해 얼마나 더 낮추어야 하는지
힘없는 자갈돌 하나로 누군가
눌러놓은
그의 잇새로 낮아지는 소리
신음처럼 낮아지는 소리
멈춘 것들 사이에서

혼자 흘러
더 낮추고 낮아지기 위해
상동서 단양까지 침묵으로
누워 있는 그는
솟구치고 뛰기 위해
얼마나 더 낮추어 가야 하는지
연안의 싸리꽃들
난감한 생각에 외면한 채 지고 있다.

- 「물」 부분

　"낮추어야 하는 물"의 원리는 '우리 이웃 사람들'의 계층적 원리와 일치하고 있다. 떳떳하게 내놓을 것 없는 삶의 유형은 그것대로의 벅찬 뜻을 지니고 있다는 시적 논리를 강조한다. 「둠벙이 妻」에서의 "엇나가지만 말고 숙여봐 끼어 들어봐"라고 간곡하게 권유하는 삶의 이치라든가 「거간꾼 이씨」에서의 "괜히 이 구녁 저 구녁 쑤셔 박고/ 넣었다 뺐다 뒤슬러"라는 방법이라든가 「중년 누님」에서 "원칙 없는 터에 끼어 있다고 착각하"는 소박한 삶의 형태는 결국 "솟구치기 위해서 더욱 낮추어 가야 하"는 '물'의 생리와 연결되고 있다. 한편 그러한 '낮추어가야 하는' 인간군의 관심은 '물'처럼 '솟구치기 위해 낮추는' 시인 자신의 한 방편임직도 한 것이다.

　그러한 홍신선의 '이웃 사람들'은 삶의 비애라거나 탄식은 도외시하는 것을 철칙으로 삼고 있다. 여기에서 또한 현실 참여론자들의 시각과 차별성을 포착하게 되는 것이다. 가장 성실하고 정직하고 근면한 삶의 지표를 성취시키는 자세를 통하여 시인 자신의 성실과 정직 그리고 근면까지도 시를 매개로 하여 이룩한다고 보겠다. 이는 바로 물의 속성에 비견되어진다. 이를테면 홍신선류의 '물'의 철학인 것이다. 왜냐하면 '물'은 때로 노호하거나 파괴하거나 소멸하게 만드는 일반적 가치와 기준을 생각할 수 있기 때문이다. 그러나 그가 섭렵해 온 서민들이 한결같이 자기 운명에 길들여진 바와 같이 홍신선의 '물' 또한 홍신선적 의식에 걸맞게 우직할 정도로 '솟구치려'면 "낮아져 가야 하"는 원리에만 충실해 있음을 간과하지 못한다. '중년 누님'이 '착각' 속에 '빗장'에 대한 일말의 회의를 품지 않기도 하고 '우리 이모'가 "손자들의 지청구나 듣고도 옛날 그대로"인 것도 노호하고 파괴하는 '물'의 강팍한 성질과는 먼 거리에서 다만 '낮추어 감'으로서 '높이 치솟는' 삶이 된다는 이치에 영합하는 것이다.

1980년대의 정치적 격동기에도 홍신선의 이웃 사람들은 전혀 그러한 세월의 흐름에는 아랑곳하지 않는다. GNP가 얼마라든가 수출이 백억 불이 넘었다든가 하는 산업화의 정착에 상관없이 '우리 이모'가 "문득 처녀시절 홀려버린/ 꿈들"에 도취되어 있듯이 이 시인은 욕심 없는 이웃 사람들과 더불어 자기 세계의 '꿈'속에서 '소박한 낮춤'의 시에 몰두한 것이다.

4 .

1990년대를 지향하는 홍신선의 자세를 「나에게 있어 시란 무엇인가」란 산문을 통해 추량해 본다면 '쓰는 이의 자기다움'에 초점이 맞추어진다. 특히 '미문(美文)의식'에 대한 두드러진 특성으로 간파 되어진다. 그리하여 '유토피아를 꿈꾸는 암호와 상징'이란 부제가 달린 그의 네 번째 시집『다시 고향에서』를 일별해 본다면 역시 세 번째 시집에서 보여준 '이웃 사람들'에 대한 관심의 연장선상에 있음을 간파하게 된다. 그의 '자기다움'은 지속적으로 '고향'에 대한 집착을 통하여 절박한 삶을 바라보는 것으로 일관하되 '미문'보다는 또한 질박한 표현으로서의 자기구축에 전념하기를 멈추지 않는다. 다만 이 시점에서의 '이웃 사람들'은 세 번째 시집에서 드러나고 있는 발견으로써의 삶에 대비하여 확인으로써의 삶의 표정을 표출하는데 의의를 두고 있다.

추석날 자식들 다 떠난
집안이
너무 넓다

늦벼들이 고서 있고
그들의 초췌한 숙인 목덜미께
짧게 어린 저녁빛

호박고지처럼 마른
논둑과 밭둑들로
저문 들녘이
미닫이처럼 대문짝을 닫고

일손을 아직도 못 놓고

― 「두만네 노인」 전문

　세 번째 시집의 '이웃 사람들'은 자기만의 독특한 삶과 건강한 비전이
있었다. 그러나 네 번째 시집 『다시 고향에서』만난 '이웃 사람들'은 건
강한 꿈도 없고 미래도 없이 어둡고 처절한 절망 속에서 들리는 신음만을
함축하고 있음을 볼 수 있다. 소외와 고독, 그리고 피폐한 삶의 풍경을 확
인할 수밖에 없는 어둠의 극단을 투사하고 있다. 「길남네 모내기」에서는
'노사분규'와 '농사꾼'을 위한 시적 패턴의 파괴까지도 드러내고 있다. 게
다가 「연탄재를 밟으며」에서는 문명의 잔재인 '19공탄재'와 'TV'와 '삼교
대(三交代)'의 노동이 개입됨으로써 "눈 먼 눈으로 남 못 보는" 향토의 살
벌한 풍토마저 적나라하게 질박했던 시간에 대한 그리움을 노정한다.

쉰 목소리의 구호와
움켜쥐고 흔드는 주먹

무위도식으로 떠돌다 천지공사天地公事에 이 봄날에
모여 와서 흔들린다
어디선가 단순가담으로 훈방되어

훈방되어 기흥리器興里 얼음 풀리는 저수지 물가에까지

밀려와
바람 앞에
쉰 목소리의 구호와
부르쥐고 흔드는 주먹

간이매점 뒤꼍으론
역한 술냄새와
헛구역으로
끓아떨어진
한 점
늦은 눈·

-「억새밭」 전문

　이 시편을 보면 향토적 정취가 오히려 각박한 시대적 오점에 결부되어
비유적 효과를 극대화하고 있다. 다감한 풍경이 아름다운 정감으로 해석될
수 없는 치열한 삶의 일단을 대하는 예가 아닐 수 없다. 「두만네 노인」에
서 포착되는 절망적 심상이 오히려 화사한 체취의 취택을 통하여 심화되고
있음이 아닐 수 없다. 뛰어난 상상력의 발로에 앞서서 화사한 자연 앞에서
삭막한 세속적 결함을 떠올려야 하는 동기 자체의 비극성을 도외시 할 수
없는 것이다. 시각적 대상으로서의 '억새'의 외양에서, 청각적 이미지로서
의 '구호'를 추출해 내는 한편 '억새'의 외양이 나타내는 시각적 특성의
'주먹'에 연결하는 감각적 날카로움을 절감하게 된다. 또한 군집(群集)으로
서의 양적 현상은 곧 시대적 부조리의 산물에 결연되어 그대로 형상화의
절묘한 기술에 대한 감탄을 지우지 못한다. 아울러 색채 감각에 의존된 스
산한 대상의 의미 진작에서 '미문의식'의 타기에 대한 홍신선의 시적 진의
를 적확하게 간파하게 된다. 이른바 장식적 의도의 '미문'이 지니는 언어적
댄디즘에 대한 경계를 확인하는 의의에 값한다고 보겠다.
　궁극적으로 한 세대의 소모를 통하여 홍신선은 비로소 탐미적 폐단의
언어적 자각을 보여준 셈이 된다. 적어도 이 시편은 그러한 시적 가치에

의 각성을 기대하고 있음을 볼 수 있다. 『서벽당집』의 치밀한 묘사가 저지른 '미문 의식'에의 반성을 충분히 간파하게 되는 소이가 아닐 수 없다. 그리하여 1960년대의 폐단에서 기인된 사변적 어조로부터 일련의 엑조티시즘과 비유와 이미지에 대한 관심으로 점철된 초기적 시학이 역사에 대한 시각으로 전환됨으로써 '자기다움'의 글쓰기의 행보는 한층 더 현실적 제재에 접근되는 것을 볼 수 있다. 군사정권이 자행한 역사의 왜곡을 좌시할 수 없는 비판에의 시각이 현실의 점검이란 대의를 환기시키면서도 타고난 본질에 대한 거부를 항상 유보하는 자세를 보여주었다. 장석주는 이를 "역사와 대결하기보다는 얼마만큼 역사에 비켜서서 있었다"는 표현으로 지적한 바 있다. 그것은 언제나 암시적이고 상징적 효용으로 일관되어 있었음을 부인하지 못한다. 그리고 그러한 현실에 대한 추구는 향토에서의 '이웃'에 대한 착목을 통하여 드러나고 있었으며 이러한 이웃에의 집념은 비극성보다는 비극을 통한 긍정적 인식으로 결과된 것도 사실이다. 그러나 변증적 전개의 귀착점은 산업화에 의한 반대급부로서 구제될 수 없는 '고향'의 절망을 포착하는 것으로 연장된 것이다. 앞서 인용된 바 있는 황동규의 '복합적 형태'로서의 홍신선의 '자기다움'의 글쓰기가 구축되는 것을 확인하게 된다. 이는 결국 현실과 예술의 중간적 위치에서 갈등했던 시적 특성을 증명하는 근거인 것이다. 이를 구태여 갈등적 양상으로 접근하기보다는 현실과 예술의 절묘한 조화로서의 판단으로 규정하는 것이 홍신선에 대한 가장 긍정적인 접근이라 인식된다.

홍신선 시에 나타난 생태주의적 인식 연구

허혜정

1. 서론

　동양에 있어 인간의 감정을 진솔하게 노래하는 시라는 장르는 문학의
여러 갈래 중에서도 특별한 장르로 여겨져 왔다. "자연계(自然界)의 음향
(音響)이라든지 서로 어우러지는 화음(和音)"[1]은 시의 이상과도 같은 것이
었고, 자연은 늘 문학이 모방하고, 영감을 끌어낼 잠재적인 근원으로 인식
되었다. 자연스러움을 가진 문학은 인간 심성의 바탕에서 자연스레 우러
난 문학이며, 문학의 지선한 이상이었다. 본래 '강호가도(江湖歌道)'라는
말이 생겨날 만큼 자연시가 주류를 이루었던 우리의 고전시가들은 '자연
미의 발견'이라는 역할을 담당했다고 할 수 있을 만큼 자연시가 주류를
이루었다. 고전시가에서의 자연은 개별적이고 구체적인 자연물의 아름다
움으로 발견된 자연이 아니고 대자연이라는 개념으로 흡수한 포괄적인 것
이다. 우리의 오랜 시가전통에서 발견되는 것은 전체로서 조화를 이룬, 우

---

1) 주희, 이상진·황송문 해역, 「시경집주서(詩經集註序)」, 『시경(詩經)』, 자유문고, 1994, p.5.

주적 대질서를 보여주는 자연에 대한 관심이다.

하지만 인간을 자연에 동화시키는 전통적 자연과는 본질적으로 대치되는 현대적 자연은, 인간과 무관한 객관자로서의 비정성을 가진다. 이러한 자연은, 전통시가가 노출하는 자연에 대한 지나친 낭만성, 즉 "엄밀히 말하여 언어의 수사성에만 가능한 낭만적 자연시를 낭만적 이데올로기의 한계 이내에 스스로를 가두는 결과를 초래했다"[2]는 비판을 가능케 할 '감상적 오류(The Affective Fallacy)'를 거부하는 대신 철저히 비인간화된다. 현대시가 다루는 자연은 자연 그대로가 아니라, 현대문명 전반에 내재된 비인간화, 물신주의 등의 문제를 역반영하고 있는 인공적으로 해체, 재구성된 자연이다. 1970년대 이후 기나긴 산업화의 역정을 거쳐온 우리의 현대시는, 오랜 동안 우리가 자연으로 인식했던 경험적 실재까지 '자연적'인 것으로 수용하길 거부하고, 인간에 의해 만들어진 '문화적'인 것으로 파악하면서, 자연을 비롯한 문화 전반의 전통적 신념과 상식에 회의를 보여왔다. 비록 정도의 차이는 다소 있을지라도 현대시인들은 자연이 아니라 도시적 체험과 일상, 인공으로부터 자연에 대한 시적 탐구를 역으로 수행해왔다. 이는 오늘날 우리 모두가 받아들일 수밖에 없는 삶의 양식과 가치에 대한 전방위의 비판적 성찰로 진행되어 왔는데, 특히 오늘날 '생태시'라고 하는 일군의 시경향은 이러한 흐름을 압축적으로 대변한다고 할 수 있다.

생태시라는 명칭이 처음 사용된 것은 생태학자이자 문학 연구가인 마이어-타쉬(P.C.Mayer - Tasch)가 쓴 논문 「생태시는 정치적 문화의 기록물」(1980)에서이다. 본래 생태시라고 불릴 수 있는 시적 경향의 등장은 서구에서, 특히 독일어권의 나라들에서 1950~60년대의 태동기를 거쳐 1970년대에 들어 하나의 뚜렷한 문학적 흐름을 형성하게 된다. 우리나라의 경우도 예외는 아니다. 본 논문은 1980년대 이후 두드러진 생태시의 흐름[3]에서 자주 거론되

---

2) 이미순, 「1920年代 韓國 浪漫的 自然詩 硏究」, 서울대학교 박사학위 논문, 1994, p.139.

3) 1970~80년대 산업화를 거치며 발아한 환경에 대한 인식으로부터 출발하는 것이 옳을 듯하다. 인간의 유용한 도구적 가치로서 파괴, 능멸되어가는 자연에 대한 적극적인 관심은 1980년대 후반부터 어떤 위기의식으로 시적으로 환기되기 시작한다. 1990년대 초반에

는 시인들[4])에 비하여, 홍신선 시의 생태주의적 인식에 관한 논의는 상대적으로 충분히 이루어지지 않았다는 판단에서 기획되었다. 이 논문은 홍신선 시인이 밟아온 중요한 시적 궤적과 상상력의 모티프들을 제시하고, 특별히 그의 시에 생태주의적 인식이 중요한 지세로 드러나는 불교적 사유의 양상들을 드러내보려 한다.

2. 쓰여진 것의 여백

1965년 월간 『시문학』으로 데뷔한 이후 홍신선의 시는 우리의 문명과 도시가 자연을 지배하고 파괴하고 길들여온 연대를 따라, 그의 가슴과 영혼이 파괴되어온 아픈 기록들을 담고 있다. 존재의 상처와 고통의 정경들을 의미심장하게 제시함으로써, 세계에서 우리가 잃어버린 진정한 가치들이 무엇인가 하는 질문을 끝없이 던지게 했던 홍신선의 시는 2004년 『홍신선 시전집』으로 묶여져 나왔다. 총 365편의 시가 수록된 그의 시전집은 총 9부로 이루어져 있다. 『서벽당집』, 『겨울섬』, 『우리 이웃사람들』, 『다시 고향에서』, 『황사 바람 속에서』, 『자화상을 위하여』의 여섯 권의 시집을 비롯하여, 「허기놀」(2003), 「마음경」(1991~2203), 「내가 만난 사람들」(1997~2003)이 각기 한 부로 독립되어 묶여있다. 그의 시적 탐색이 진행되어온 시기를 따라 시편들은 배치되어 있기에 우리는 그의 시에 안개처럼 깔려있던 유장한 흐름을 선명하

는 이미 '생태환경 시집'이라는 부제가 붙은, 고진하와 이경호가 함께 엮은 『새들은 왜 녹색 별을 떠나는가』(다산글방, 1991)가 출현하게 된다. 여기에 수록된 시인의 수는 무려 22명에 이른다. 이후 고형렬의 『서울은 안녕한가』(삼진기획, 1991), 최승호의 『회저의 밤』(세계사, 1993), 이승하의 『생명에서 물건으로』(문학과지성사, 1995), 이하석의 『고추잠자리』(문학과지성사, 1997) 등의 시집이 출간되면서 생태주의적 경향의 시들은 우리 현대시의 강력한 한 흐름을 형성하기에 이른다.

4) 이러한 생태시의 흐름에서 가장 중요한 시인은 아무래도 최승호라고 해야 할 것이지만, 일찍이 이하석, 김광규, 송수권, 정현종 등을 거쳐, 서림, 고재종, 신진, 고진하, 최창균, 서창원, 문태준, 장옥관, 강남주, 장석남 등 오늘날의 수많은 시인들이 생태적 문제를 시적 화두의 중심으로 끌어들이며 다양한 시 세계를 형성해하고 있다.

게 짚어볼 수 있게 되었다.

1960년대의 모더니즘의 세례를 받은 초기시에서부터 출발하여 홍신선의 시는 역사적 현실적 격변과 맞물려 몇 단계의 시적 변모를 보여왔는데, 이미 "황량한 어느 늪가에서/ 윤회의 너겁을 들치"(「회귀」)던, 「노자(老子)」와 같은 초기시편에서 희미하게 포착되던 불교적 관심은, 1990년대 이후의 「마음經」 연작에서 뚜렷하게 그 지세를 드러낸다. 불가나 도가가 강조하는 자연으로의 '회귀의식' 혹은 무위무욕(無爲無慾)의 사유는, 시대적 탐구에 집중해온 1970~80년대의 시를 거쳐, '문명적 삶'에 대한 반성과 인간주의적 전망에의 추구를 관통하며 심화되어왔다.

그의 시를 가로지르는 미학적 뇌관은 이미 2002년 한국시협상을 수상한 그의 여섯 번째 시집 『자화상을 위하여』(세계사)에서 '문명적 삶'과 '시대적 폐허의식'으로 확연하게 드러난다. 이는 그의 이전의 작품들에서보다 한층 더 공고하고 치밀한 시선으로 문명적 현상들과 결부된 인간주의적 전망을 담아낸 시집이었다. 『자화상을 위하여』 '자서'에는 "하릴없이 농경문화세대의 맨 후미에 처져 있으면서 다른 한편으로는 산업사회를 힘겹게 통과해온 흠집 많은 나를 발견하고 싫든 좋든 IT사회의 변두리에까지 떠밀려온" "나는 과연 누구인가"라는 존재론적 질문이 던져져 있다. '농경문화세대의 맨 후미'에서 출발한 그의 입장에서 본다면 그는 "너무 늦게 태어났거나 너무 일찍 태어난" 존재이다. "나는 누구인가"라는 이러한 질문은 농경문화시대에서 산업사회, 첨단의 탈현대사회를 거쳐온 세대의식에서 배태된 사유, 그리고 자아의 의미를 규정해온 시대적 배경과 중요한 연관을 맺고 있다는 점에서, 그의 시적 출발점이 존재론적/역사적 문제와 무관하지 않다는 암시를 준다.

여기서 그의 에세이집은 그의 시 세계를 살펴보기 위한 약간의 실마리가 되리라고 보는 데, 『품안으로 날아드는 새는 잡지 않는다』(1990)에는 고향의 상실과 함께 그가 겪어야만 했던 '실어증'의 경험이 암시되어 있다. 청년 시절 도시로 진입하며 그가 '실어증'으로 경험했던 민감하고 섬세한 영혼의 반응은 생의 근거지로부터의 이탈이 얼마나 그에게 깊은 상처로 각인되었는가를 시사한다. 그가 문명과 맺었던 관계는 대단히 회의적이고 어두웠다. 특히 외적인 번영과 확장에만 관심을 두고, 인간의 자기중심적 진보의 법칙에 따라 생의 근거지를 끝없이 파괴해 온 한국의 근대화과정은, 자연의 본성을 왜곡하고 수탈을 가해온 탐욕의 논리이며, 인간 절멸의 이념이라는 것이 그의 근본적인 시적 출발점이다. 즉 농촌에서 도시로 이동해 온 그의 생의 이력은, 자연이라는 생의 근거지를 파괴해온 문명비판 혹은 한국의 잘못된 역사적 맥락과 겹쳐지는 데, 그런 의미에서 그의 시적 비전이 생명적인 사유를 강조한 불교와 맞닿는 것은 자연스런 귀결처럼 보인다.

인간의 존재가 자연의 전체로써 속하고, 연결되어 있다면, 현대도시의 뒤안에서 헐려나간 자연의 모습은, 바로 그런 자연의 부분으로 존재할 수밖에 없는 우리의 상처받은 모습이며, 그런 상처의 방식을 생존의 방편으로 끝없이 선택하고 존재할 수밖에 없는 왜곡된 세계상에 대한 탐색인지 모른다. 이런 존재론적 딜레마는 그의 초기 시집에서 확연하게 보이는 데, 우선 우리는 이러한 사실을 내면탐구에 집중했던 모더니즘의 세례 속에서 그의 시가 출발하고 있다는 점을 통해 확인해볼 수 있다. 그의 첫 시집 『서벽당집』(1965~73)에서 몇 편을 끌어내보자.

나는 보겠네, 논둑길의
하늘을 붙잡고 높이를 올려간 나무에서
나뭇가지에서
가지 중 어느 끝에 더러 하나 내 아이적 하늘
걸리는 수 있고
어디서 귓전으로 어깨 언저리로 모음의 소나기
쏟아져오고

—「이미지 연습」부분

흰 물결의 등뼈에 돋아나는 새 시간들을 골라내고 있다.

나무의 어린 손가락마다
깜깜한 생각을 그어오던 저무는 날이 서 있을 때
무량한 어둠 가운데 말들을 더듬어
돌아가신 어머님 옷고름께나 가서 쉬는 별들.

―「물긷기」 부분

　두 편의 시에서 도드러져 보이는 것은, 화자는 마치 드넓은 상상의 별판에 선 '아이'라는 낭만적 자아같지만, '모음의 소나기'같은 언어적 미감은 대단히 현대적이라는 점이다. 이는 그의 시적 감수성이 언어적 성상으로 대변되는 모더니즘의 실험정신, 그리고 낭만적 세계관에 동시에 뿌리 뻗고 있음을 시사한다. 시인이 선 현대라는 지점과 과거의 땅을 이어주는 지점은 '기억'이다. 기억은 시간의 단층 속에 잠겨진 사장된 시간이 아니라, 현재의 삶의 이미지를 밀어올리는 힘같은 것이다. 기억이란 억압된 시간의 세계에서 탄생의 장소로 문학적 서사를 돌아오게 하는 글쓰기의 가장 근원적인 유인력이다. '아이적 하늘', '나무의 어린 손가락', '돌아가신 어머님 옷고름께나 쉬는 별들'처럼 순연한 말들은 '물긷기'를 하듯 끝없이 노래가 길어올려야 할 무궁한 '이미지'의 근원이다. 존재가 세계와 동일화되어감으로써 파괴되어갈 수밖에 없는 이런 근원, 순수, 기억으로부터 그의 '이미지 연습'이 시작되고 있다는 점은 퍽 시사적이다.
　고향 혹은 유년의 추억을 배경으로 한 위의 시편들은, 이후에도 그의 시적 이미지의 중심이 된 물, 나무, 수풀, 바람, 공기 등 그의 언어가 전개될 방향을 암시한다. 이는 항상 '자연의 아들'로 머물 수밖에 없는 시인의 낭만적 무의식을 대변하며 그의 시적 이미지가 역사적 의미를 담기 시작한 『겨울섬』(1973~79) 이후에도, 문명적 삶에 대한 상대적인 지점으로 설정되어 있다는 점을 주목하는 것은 중요하다. 아울러 시인의 도시적 체험과 당대의 사회의 부조리를 부각시켜가는 『겨울섬』 이후의 시집에서, 이 자연과의 단절은 더욱 깊어지며, 치유할 수 없는 상처의 자리로 존재하게 된다. '희뿌연 죽음만이 보'(「서른 나이에」)이는 도시로의 이동은 현실의 논리로 보면 그의 세대적 경험과 깊이 결부되어 있는 진보와 성공의 길이다. 즉 머리는 진보의 길을 따라가지만, 가슴의 논리로 보면 그는 '유배의 길'을 떠나는 것이다. 세계의 아들로서 존재하기 위해, 고향이라는 뿌리를 잘라내고 떠나야만 하는 시인의 심리적 초상은 "우주의 칠판에다 유성들로 때로 생각의 금을 긋다가/ 지워버리며/ 이렇듯 크낙한 형편 위에 나는 엎질러졌구나"(「출정」) 혹은 "무수히 번득이는 그 허무의 칼날 아래/ 시든 언어들은 잘려 떨어지"(「겨울 강의실」)는과 같은 구절에서 선명히 확인되며, 이 언어적 조난 혹은 파편화의 경험은 그가 자연을 이탈하여 인공, 도시, 문자의 세계로 들어오는 중요한 표지이다.

여기서 『겨울섬』(1973~79)이 "피난민 몇이 과거를 버리고 살고 있는"(「겨울섬」) 정경의 묘사로부터 시작되는 것은 의미심장하다. 이제 "사는 일이 사는 일로 투명하게 보인다"는 자각은, 메마른 현실의 질서를 따라 끝없이 자신의 근원을 헐어내고 자아의 '연대기'를 구축해오는 도정을 보여주며, 이는 그의 시에 "연탄재", "빙판"(「광화문 골목길에서」)같은 삶의 이미지들이 밀치고 들어오게 된 주요한 배경이다. "4열 횡대로 맞춰 서 열 맞춰 생도 함께 맞춰, 이탈하는 건 걷어차 넣"(「우리 시대」)는 시대의 '야바위꾼' '운전기사' '양은장수' '브로커'같은 전체주의적이고 속악한 현실이 렌즈에 잡힌다. 이러한 이미지의 흐름에는 급박한 산업화와 군부독재로 치달았던 1970년대의 역사적 기류가 배경으로 깔려 있다. 당대의 말하기란 검열의 문제와 결부되지 않을 수 없다는 점에서, '수상'하도록 조용한 "침묵"(「이 빗속에서는」)의 문제는 그의 시의 중요한 시대비판적 의미로 조명되어야 하며, 자연을 개조하고 개발(파괴)하며 확장 일로로 치달았던 산업화, 혹은 독재와 유신을 관통하는 한국의 근대성의 문제를 다루고 있는 것으로 이해할 수 있다. 즉 '농촌에서 도시로의 이주'라는 그의 생의 이력은 바로 1960~70년대의 역사의 도정과 맥락이 겹쳐진다.

> 잘살겠다던, 외장外場으로나 떠돌던 젊은 날도
> 허옇게 마른 벼이삭 몇으로 꺾이고

사촌형들은
바짝바짝 집쪽으로만 등 들이미는 텃논들로
뜻 없음을 만들어 살고 있다

－「추석날」 부분

　도시로 떠나갔던 자들이 지위와 명성을 획득하고 사회적인 권력과 지위
와 더불어 '귀향'하는 것은 우리의 사회적 풍속이었다. 하지만 추석날 귀향
한 화자의 눈에는 희망도 '뜻'도 없이 무기력한 침묵의 영토 속에 거주하
고 있는 일가가 비친다. '잘살겠다'는 진보와 번영의 꿈을 가지고 "외장(外
場)으로나 떠돌던 젊은 날"의 희망은 '꺾이고', 실상 고향에 돌아와서 화자
가 보는 것은 가난하고 비루한 풍경이다. 위의 시는 시인이 한국의 근대성
논리에 대한 맹목적인 공감이 아니라, 대단히 회의적인 지점에서 현실을
관찰하고 있음을 암시하며, 그의 시가 자주 드러내는 '향촌적' 감수성이 분
명히 역사비판적인 의미를 지니고 있음을 시사한다. 『우리 이웃 사람들』
(1979~84)에서 유독 도드라지는 것은, 근대성의 부정과 그늘, 혹은 침묵의
공간에 남겨진 상처입은 풍경이다. 가령, '복면(覆面)으로 엎드려 흐'(「물」)
르는 행로, '폐농지'로 암시되는 황폐한 생의 정경들은, 경제개발논리가 강
력히 지배하고 있는 시대의 재현에서 누락되어 있는 생의 실상들을 압축해
서 보여준다. 그렇게 외각에 공백과 침묵으로 방치된 풍경은, 거창한 진보
의 캐치프레이즈에 의해 쓰여지지 못한 '상처'이며 응달진 의미들이다.
　1970년대 이후 그의 시는 주로 도시, 문명, 역사 등과 접속되어 있는
세밀하고 일상적인 소재와 더불어, 간난한 변두리의 삶을 중점적으로 포
착하고 있는데, 『우리 이웃 사람들』이 주로 다루고 있는 것은, 우리 현대
사의 뒤안으로 내몰린 '따라지'들의 생이며, 고향이라는 본원의 자리를
박탈당한 현대인의 상처입은 삶이다. 마치 『우리 이웃 사람들』의 쌍둥
이 시집같기도 한 『다시 고향에서』(1984~90)에는 도시화, 경제개발이념
이 낳은 부조리와 악습들, 처절한 싸움과도 같은 간난한 삶의 현장들, 뿌
리 뽑혀나간 존재들의 텅빈 구멍이 곳곳에 드러난다. 가령 '신개발지구'

로 편입된 (「우리 동네 2」) 향촌마을의 뜨내기 인생과 '졸부 김사장'(「세 사람 김서방」)은, 그의 시적 렌즈가 비판적으로 포착하고 있는 시대적 이미지를 잘 대변해주는 부분이라 할 수 있다.

경제개발의 논리 속에서 보면 자연이나 향촌은 개발되어야 할 '공터'일 뿐이지만, 그 향촌은 시인에게 돌아가야 할 근원지였다. "제자리에서 고요히 삶을 지킨"(「밤섬이 된 이수만(利秀滿)씨」) 이들의 삶은, 떠들썩한 역사의 구호가 아니라 "안에서 침묵으로 삭아서 떨어지는 시간의 소리들"(「못」)을 대변하며, 폐가같이 허물어진 제자리에 거멀박혀 있는 '못'들이다. "목공소 주인 노릇하는 아우" "반쯤 고개 처든 수건 쓴 어머니"(「가족」)와 같은 가족사적 정경 또한, '떡밥, 빈 라면컵, 찌그러진 콜라 깡통' 등으로 더럽혀진 '보통리' 저수지처럼 현실의 뒤안에 상처로 방치되어 있다. 역사의 행은 그 행의 뒷면의 상처와 겹쳐져 흐른다. 한국의 현대사에 가파르게 떠밀려간 이들의 무수한 상처들은, 우리의 역사의 배면에 비춰오는 침묵의 소리이며 망각된 시대의 '밑그림'이다.

> "응, 나 미칠 뻔 했어. 아버님이 말야, 동생 죽음 때문에 집이 시끌하니까, 내게 물으시는 거야. 얘, 집에 무슨 일이 났냐아? 예, 아버님. 둘째가 죽었어요, 둘째가. 무어? …그거 참 안 됐구나. 그러다가 3분도 안 되서 또 물으시는 거 있지. 애야, 무슨 일이 있냐아? …. 그래애? 그거 참 안 됐구나아."[5]

위의 구절은 아우를 잃어버린 극심한 재난조차 인식하지 못하는 아버지의 '치매증'에 대한 시인의 기록이다. 망각은 현실의 시간적 질서에 순종하는 것이지만, 그 현실이 어떤 불행과 상처를 위한 공간도 마련하고 있지 않다는 점에서 더욱 비극적이다. 시인이 겪어온 크고 작은 개인사적 불행, 지우 정의홍 시인의 죽음 등을 통해 볼 때, 실제로 그의 삶은 이별과 매장의 반복이었던 것으로 보인다. "살았던 날들 고비고비 되찾아 내

5) 김강태, 홍신선 시인 커버스토리 「체험에서 우러난 정신의 해방 — 선비정신, 그리고 溫氣 읽기」, 『현대시』, 1996, 11.

던지듯/ 한벌 한벌 태우고 끝내 메우지 못한 생흙구덩이 하나씩 묻고"(「아우를 묻으며」) "후미진 모랫길 한 귀퉁이/ 망가진 폐차처럼/ 외톨이로"(「고채(苦菜)」) 그는 서 있는 것이다. 바쁘고 지친 삶에 내몰려 제대로 돌아보지 못한, 그동안 갈갈이 찢겨져간 혈육이란 뿌리는, 바로 우리가 서 있는 문명이란 지점이 인간적 정리와 온정마저 파괴하는 기괴하고 일그러진 무엇임을 끝없이 암시한다. "정신은 어느날 가출하여 흉가처럼 텅 빈 그 옛날 기억세포에 가서 놀"(「치매의 노래」)듯, 그의 시 속엔 그가 '황사 바람'으로 암시한 역사의 난기류를 헤쳐온 가족사적 상흔들이 자주 겹쳐져 있다. 가령 "실종된 아들자식을 확인하는/ 어느 아비의 늙은 눈 한짝이 옹이구멍처럼 뚫려있는 대합실"(「대야미역 대합실에는」)은, 개인사적 고통이 역사적 의미와 중첩되어 확장되는 단적인 예이다. 또한 그의 시 속에 일관되게 깔려 있는 향토적 서정성이나 치열한 역사의식, 서민적이면서도 애환어린 목소리는, 망각과 억압으로 체험된 시대에 대한 심리적 저항과 상흔의 반영이다. 특히 가난하고 헐벗고 수탈의 세력에 복종해야 하는 땅은, 현대사의 세파를 뒤집어쓴 고행과 인욕의 자리였고, 역사적/사회적/개인사적 상흔을 온몸으로 감내해 온 대단히 유의미한 지점이다.

　　이팝나무 가지에 이밥꽃들로 꾸역꾸역 몰려나온 시위대들

　　6·25였던가
　　금남로였던가
　　사람이 사람에게 1회용으로 쓰이고서도
　　사람이 사람에게 1회용으로 쓰이지 않고서도
　　공중에 삐라들로 흩어지는
　　낙화落花들.
　　숱한 화염병 화염들로
　　박살난 생이 타오르는.
　　4·19 혹은 6·3
　　거기에 우리는 무슨 자유를 적었던가

금세기 마지막 세대인 너는
또 어떤 치기 많은 노래를 적을 것인가
이팝나무 가지 사이로 숨어서 숨어서 몰래 지는
작은 꽃들
소소한 꽃새끼들의 엉망으로 금간
내면이 깜짝쇼처럼 흘러나와 있다.

내면 있는 것들만이 세상을 이룩하고 있다.

　　　　　　　　　　　　　　　　　　　－「시골에 살리」 부분

「시골에 살리」는 1996년 겨울 발표된 작품이다. 지난한 자유의 싸움은, 바로 우리 역사의 가장 강렬한 도정이었다. 자연의 품에서 흘러나온 '작은 꽃'들은 마치 자유를 갈망해온 역사의 '삐라'처럼 흩어지고 있다. '깜짝쇼'처럼 터져나왔다 분분히 스러지는 '落花들'은, 우리 사회의 모순과 부조리를 혁파하기 위해 저항하다 죽어간 이름없는 이들의 모습과 오버랩된다. '6·25', '금남로', '4·19 혹은 6·3' 등을 통과해온 자유에의 싸움은, 억세게 땅 속으로 넌출을 뻗는 '이팝나무 가지'처럼, 고통과 침묵의 시간을 뚫고 나와 다시 '금세기 마지막 세대'에게 새로운 노래를 요구한다. 재미있는 것은 그 노래의 비밀이 바로 '시골'이라는 대지에 감추어져 있다는 점이다. 나무처럼 질기게 삶을 부여잡고, 말라가도, 병들어도, '박살'이 나도 다시 살아나는 나무의 무서운 소생력은, 어지러이 삶의 벌판에 널부러져, 시대의 상흔을 뒤집어쓰고 몸부림치는 민중들의 슬픔이 애잔하게 투영되어 있는 이미지이다. "엉망으로 금간/ 내면"에서 '시위대'처럼 터져나온 꽃잎들은 삶의 절망의 극복하고자 하는 대단히 의미있는 생명력의 암시이다. 자유에의 갈망은 우리의 내면에서 터져나온 생명의 표현과도 같은 것이다. 한 시대 혹은 역사라는 단위는 존재를 신고가는, 자연의 영고성쇠의 순환 속으로 밀어넣는 문턱일 뿐이다. 그 자연의 순환을 생의 궁극적인 섭리로 인식하는 순간, 죽음은 패배의 형식이 아니라 탄생과 재생의 표지로 받아들여지는 것이다. 그의 노래를 '시골'에서 찾는 것도 이런 자연의 힘에 대한 깊은 신뢰에 바탕하는 것이다.

이 시의 제목은 또다른 중요한 정보를 주고 있다. '시골에 살리'라는 낙향에의 꿈은 그의 시에 깔린 낭만적 무의식과 그만의 독특한 앙가주망적 태도를 대변해준다. 홍신선 시인이 즐겨 애기했던, "고산 윤선도, 그리고 추사 김정희·다산 정약용·매월당 김시습 등등"6)이 암시하듯, 그의 시집 전체에서 우리가 뚜렷이 감지해낼 수 있는 것은, 김강태 시인이 '선비정신'이라 언급한 '침묵'의 저항이다. 자연 속에서 안빈낙도(安貧樂道)하는 태도는, 현실에 대한 회의와 염증, 때로는 허무를 반영하는 시대에 대한 신랄한 유죄판결이다. 고향에 은둔하는 것은 추상적인 도피가 아니라 자아를 경작하기 위한 중요한 결단이었다. 그것은 쓸모없는 삶이 아니라, 그것보다 더 나은 삶이 없기 때문에, 시대의 유한성 속에서 선택한 최선의 방편이었다.

여기에서 우리는 홍신선 시인이 '시골'을 선택한 과정이 어떤 도정을 거쳐 왔는지를 주목해 볼 필요가 있다. 1970~80년대의 선택이 사회적 부조리에 대한 슬픔과 분노의 선택이었다면, 1990년대의 선택은 자신을 온전한 자유와 생명의 주체로서 방어하기 위한 선택에 가깝고, 실상 이것이 우리의 문명에 주어진 가장 절박하고 심각한 문제이다. '시골'이라는 문명의 '여백'은, 생의 가능성을 지시하는 공간적 은유이자 소멸과 소생의 위태로운 간극에 놓여있는 노래의 근원지라 할 수 있다. 그런 생의 근거지가 사라질 때 존재의 가능성은 소멸한다. 그에게 '시골' 혹은 '고향'은 인간의 심성과 바탕을 오염시켜 온 역사의 부정성에 대한 치열한 탐색의 소산이며, 자연이라는 더 거대한 생과 소통함으로써 스스로 자기갱신하는 역사에 대한 갈망은 그의 전작시집을 가로지르는 가장 중요한 주제 중의 하나이다.

---

6) 김강태, 홍신선 시인 커버스토리 「체험에서 우러난 정신의 해방─선비정신, 그리고 溫氣 읽기」, 『현대시』, 1996, 11.

3. 문명과의 싸움, 무기로서의 불교적 사유

지난 1990년대에 자연친화적인 선적 상상력을 구사해오기도 했던 홍신 선의 시적 수사는, 문명비판적 요소와 긴밀하게 결합되어 있다. 문명적 존 재가 되어간다는 것은, 자신의 가슴과 생의 근거지와 침략하는 무서운 질 서를 따른다는 것을 의미한다. 홍신선의 시집에는 이런 현대의 공포 앞에 무방비로 노출된 글쓰기라는 문제를 실존적 삶의 의미들과 결부시켜 물어 가는 수많은 시편들이 존재한다. 우리의 마음바탕을 송두리째 파괴해 버 릴 위협적인 현실의 힘에 맞서, 시를 쓴다는 것은 오늘날 그 자체로 고행 이다. 글이라는 것이 마음이 불러낸 세계상이라면, 탐욕스런 세계논리에 오염되지 않은 맑은 심성은 무엇에도 비할 수 없는 가장 소중한 자산이며, 강렬한 공감을 유도하는 근원이다. 간탐과 아집에 물든 자아상을 비우고 본래부터 있던 자아의 맑은 바탕을 되찾지 않고서는 마음의 사원일 수도 있는 한 편의 시는 쓰여질 수 없다. 글쓰기를 '생활'의 도구로 삼을 수밖 에 없는 현실은 시인에게 가장 부정적 조건으로 주어져 있지만, 그런 현 실에 들러붙어있는 문화적 가치들을 버림으로써 좀더 진실한 글쓰기로 다 가갈 수 있음을 그의 시는 암시하고 있다.

> 빈틈들은 조금씩만 끼워주고
> 그러다보면 얼굴 부석부석한 물오리나무들 그 사이 비겁하게 주저
> 앉은 강아지, 양 어깨 속에 고개 묻고 잠든 건너 마을도 끼워서
> 뷰파인더 프레임 밖으로 다리와 목이 끊겨져나간 것들도
> 역광 피해 거리 맞추고
> 한 커트에 밀어넣으면
> 마침내
> 허물린 절 한 채가 지어져 들어찬다
>
> —「정토사 지址」 부분

'빈틈'들은 물론, '물오리나무들' '강아지'같은 사물, 근경과 원경이 '한 커트'에 들어오는 그의 사진찍기가 새삼스레 글쓰기의 문제와 관련되어 언급되어야 하는 이유는, '프레임 밖으로' 무언가를 밀어내는 초점이, 우리의 삶을 관통하고 있는 사유의 관습과 깊이 결부되어 있기 때문이다. 늘 정신의 편집자는 '다리와 목이 끊겨져나간 것들'같은 쓸모없는 사물과 배경을 잘라내고 편집하여 모든 것을 덮는 인식의 지도를 만든다. 하지만 그것은 분별심에 사로잡힌 정신이 만들어낸 수사의 무대 외에 아무 것도 아니다. 하지만 위의 시는 주체와 타자, 사람과 짐승, 근경과 원경같은 경계와 구분을 버림으로써 언어의 사원으로 존재하는 시(詩), 즉 '정토사 지(址)'를 짓는다는 글쓰기의 알레고리다. 불교적 관점에 의하면 진실은 "즉각적이고 분별없는 사실에 대한 포착"[7]에 의해 가능해진다. 인간과 짐승, 근경과 원경같은 경계와 분별심을 버린 위의 시의 풍경은, 시 세계가 고수하는 재현의 초점에서 버려진 것들까지 여백의 의미로서 껴안고자 하는 시인의 미의식을 아름답게 구현한다. 이는 자연미와 조작미가 적절히 어우러져 있는 그의 시적 화법과 관련지어 살펴보아도 흥미로운 문제이다. 지나치게 장식적인 찬탄조나 실제보다 '과장'된 수사는 그의 시에 존재하지 않는다. 현란한 색채를 띤 미적 탐구의 제스처같은 것을 도드라지게 내세우지도 않는다. 자유로운 행갈이와 다양한 운율, 때로 거의 산문시의 호흡을 지니고 있는 그의 문체는, 소박하고 자연스런 불교적 직관과 깊은 연관을 맺고 있다.

하지만 그의 시는, 미학이라는 '헛것의 아름다움'을 확인하는 데 그치지 않는다. 그는 생활이라는 문명적 삶에 고통스레 묶여있는 글쓰기가 얼마나 절박하고 지난한 것인가를 시집 『자화상을 위하여』에서 더욱 선명하게 구체화한다. 결국은 세계의 문법이자 존재의 문법인 현실 속에 존재할 수밖에 없는 현대시인의 운명적인 조건은 문명의 문제와 결부되어 깊이있게 해부된다. 『자화상을 위하여』에는, 시인의 삶을 관통해온 현실과 역사 속

---

7) Nancy Wilson Ross, 『The World of Zen, Random House』, New York, 1960, p.197.

에서, 아프게 구축되고 변모해온 자아의 내면세계를 바라볼 수 있는 길목들이 여러 갈래 열려 있다. 특별히 현대에 있어서의 시인이란 존재는 무엇인지에 대한 존재론적 탐색을 이 시집을 통해 확인해볼 수 있는 데, 특별히 진보와 개발의 논리에 상처입은 풍경들은, 시인의 내면적 정경과 오버랩되며 우리 시대가 거쳐 온 행로를 보여준다는 점에서 우리의 '자화상'이 될 수 있다. 이러한 의미에서 그의 '자서'에서 화두처럼 던져진 '나'라는 말은, 그런 사회적인 기후를 거쳐 온 한 세대로서의 '나'라는 중층적 의미로 다가오는 것이다. 『자화상을 위하여』에는 날것의 대지를 파헤치고 녹슨 철근들의 도시를 일으켜 세우며 거대하게 방류된 욕망이 할퀴고 지나간 폐허며 잔해들이 널려있다. 그러한 공간에서 우리는 다시 현대라는 무서운 공간을 생각하지 않을 수 없게 된다.

> 그는 혼자 제 등짝에 채찍질을 가한다
> 일몰과 지친 땅거미 직전
> 박모의 때에 그는 남몰래 황금채찍을 꺼내 휘두르고는 한다
> 사정없이 옥죄어오는 서너 가닥 새삼기생덩굴풀로
> 등이나 종아리를 철썩철썩 내려치며
> 동통을 온몸의 감각으로 수납하며
> 그가 이 시간 뒤늦게 지피려는 것은 감각의 잉걸불인가 어느 훗세
> 상의 정신인가
>
> (중략)
>
> 이 세속에서의 실성실성하는 숨은 어디쯤서 끝나는가
> 노란 새삼기생덩굴풀로 현수포를 쓴 지빵나무
> 고사목 한 그루,
>
> —「자화상을 위하여」 부분

마치 '뒤쫓아라'라는 구호 속에 채찍질을 계속해 온 근대화 과정처럼,

숨가쁜 채찍질을 자신에게 가하는 한 시인의 모습은, "이 세속에서의 실성실성하는 숨"을 지탱하며 죽어가는 '고사목' 그 자체이다. 근대적 관념에 의하면 시인은 글을 생업으로 삼는 장인적 노동자이다. 현대시인의 비극은 글쓰기가 감정과 영혼 혹은 꿈의 작업이 아니라 '지빵'이라는 생존의 도구가 된다는 데서 발생한다. 하지만 '지빵'을 위한 것일 수도 있는 이 작업이 다시 세계를 비판할 수 있는 도구가 될 수 있다는 점에서 시인은 세계 안에서의 반동으로 존재한다. '사정없이 옥죄어오는' 현실에 내몰린 절박한 상황에서, 이런 피로와 고갈의 문제는 대단히 실제적인 것이다. "이 시간 뒤늦게 지피려는 것은 감각의 잉걸불인가 어느 홋세상의 정신인가"라는 시인의 질문은 죽음의 공포를 긴박하게 통과해가고 있는 존재의 미의 확인이라는 주제로 심화, 집중된다.

> 남산 순환도로의 수로 옆
> 골절된 억새의 마른 정강이뼈에
> 지난 60년대 서울역의 귀성객처럼 엎어지고 넘어진 그들의 참사
> 위에
> 바람의 앙가슴께에
> 손님 끊긴 휴게소 비닐로 덮어둔 포개 쌓은 의자들 틈에
>
> (중략)
>
> 아이엠에프 홈리스도 스모그도 개인파산도
> 몸 열어 아프게 받아들이는
> 늙은 작부인
> 지상
> 오늘은 이 폐허가 화엄이구나
>
> —「마음經 15」 부분

"아이엠에프 홈리스도 스모그도 개인파산도/ 몸 열어 아프게 받아들이

는/ 늙은 작부인/ 지상"은, 역사의 물줄기가 할퀴고 지나간 폐허처럼 펼쳐져 있다. '1960년대 서울역의 귀성객들'처럼 쓰러지고 넘어지며 밀려갔던 시대는, 진보와 번영의 거창한 현수막을 내걸었지만, '아이엠에프 홈리스 스모그 개인파산'처럼 우리의 역사와 현실을 관통해 온 부패와 모순을 이겨낼 수 없었다. 그 맹목의 낙관주의는 얼마나 유독하고 치명적인 환상이던가. "회한과 천식의 밭은기침 사이사이를 뚫고 가면서 '구휼미 받듯' 스모그를 폐 속에 퍼담았"(「남산순환로」)던 남산순환로와 같은 인공의 수로 옆엔, 골절된 억새의 마른 정강이뼈와 같은 부서진 삶의 잔해들이 흩어져 있다. "거제 내항 방파제 옆으로/ 탱탱한 사타구니 볼썽사납게 쩍쩍 벌린/ 저 무슨 죄목인가의 시신들"(「비행운」), "방파제 끝 밤출어나가는/ 멍텅구리배 한 척이 흐린 식칼로/ 소리없이 두 쪽으로 찢어 너는/ 강화도 망월리 바다"(「망월리 일몰」), "삭제된 물길"(「동강행」)에서 우리는, "선술집 안쪽에 버티고 들어앉은 단골 주정뱅이"(「전율」)같은 가난을 본다. 그의 시집을 가득 채운 황막한 공터들은, 귀향처도 미래도 잃어버린 우리 시대의 역력한 실상이자 "신흥 문명의 폐허"(「세기말을 오르다가」)들이다.

우리가 역사라고 믿어왔던 것은 자기파멸로 치닫는 비극적인 탐욕의 시간에 다름 아니며, 존재의 거소는 "문짝 떨어져 나간/ 먼 비구름떼의/ 환한 방 아랫목"(「철원벌에서」)에나 간신히 존재할 뿐이다. 하지만 상처는 노래가 흐르는 유로이다. 그런 상처를 더듬어감으로써 말은 스스로를 치유할 수 있는 힘을 또다시 길 낼 수 있다. 그가 짜낸 "몇 줄 시퀀스와 담론들"(「이사」) 혹은 '내 허무를 옷 입히기 위한 덧없는 스웨터들'은 인간 욕망의 논리가 파괴시킨 의미들을 복원하기 위한 지난한 작업이다. "폐기 직전의 500원 니켈 주화에/ 양각된 재두루미 한 마리"(마음經 24」)처럼, 돈의 논리 속에 사장된 생의 가치들을 복원하고, 물신적 가치들을 넘어서는 치유의 전망을 탐색하게 된다. 여기서 그의 시에서 불교적 사유는 파괴적인 문명의 논리와 역사에 제동을 걸 수 있는 강력한 저항의 함의를 가지고 있다. 그것은 어머니의 살처럼 흙과 물을 먹어치우며 괴물같이 성장한 문명에 대한 시적 저항을 보여주는 중요한 지점이다. 삶을 꿈으로 여기는 불가적 사유에 의하면 역사는 깨어나야 할 정신의 미망이자 백일몽같은 것이다. 그런 자기파괴적인 논리에 상처받아온 것들을 우리는 치유할 책무가 있으며, 어떤 다른 선택을 할 필요가 있는 것이다.

우리는 여기서 「마음經」(1991~2003) 연작이 확연히 보여주는 바와 같이, 그의 시가 지니는 불교적인 사유의 불가피한 함축에 주목해 볼 수 있다. 불교적 사유가 강조하는 것은 존재의 근원이자 뿌리이며, 존재의 자연인 '마음'이다. 존재의 뿌리만 남아있다면, 자연이라는 내면적 원칙에 의해 "새로운 시작"(「혁명」)을 꿈꿀 수 있다.

> 오오냐 오냐 다시 일어서마
> 오오냐 오냐 다시 일어서마
> 허공에 쏟아지는
> 그들의 멱을 따듯 수척한 노랫소리들
> 지난 겨울 폭설의 천톤 눈에
> 멀쩡한 팔뚝들 숱한 가지들 타악타악 부러뜨려 내리고
> 목숨 아픈 듯 아프지 않게 건사해온.
>
> 오늘은 또 무슨 일로 곡간 같은 하늘문 활짝 열렸는가
> 햇살이 수천 석 가마니짝들로 차곡차곡 들여 쌓인
> 그 휑뎅그렁 푸른 문이.
>
> ─「봄산」 부분

> 선산 양달 쪽 헐벗은 나무들이 아름껏 안고 선
> 누더기 허공에
> 막 안 보이게 박은 실밥이 툭툭 터져 나온다;
> 신품 재봉틀로 돌리는지
> 새 잎사귀들 꼭 실밥만큼씩만 박혀 나오는
>
> ─「마음經 27」 부분

"오오냐 오냐 다시 일어서마" 하며 그 휑뎅그렁 푸른 문을 열어젖힌 봄산은 "지난 겨울 폭설의 천톤 눈"에도 "아픈 듯 아프지 않게 건사해온" 생명력을 드러내보인다. 선산 귀퉁이에 "실밥이 툭툭 터져 나"오는 새 잎사귀들처럼 낡은 껍질을 벗어버린 자연은, 어떤 힘에도 굴하지 않는 인내와 극기를 가르쳐주는 '마음'의 경전이다. 안보이는 '허공'의 '재봉틀'이 박아낸 봄날의 '새옷'은 자연의 보여주는 영원한 혁명이며 창조요, 갱신의 표지이다. 이 위대한 자연의 힘만이 미래에도 보증될 생명주권의 상징이며, 인간이란 존재 또한 이 자연의 일부분이기에 "지나간 일은 모두 원인무효다/ 새로운 시작"(「혁명」)을 꿈꿀 수 있다.

『자화상을 위하여』에 첫 시로 수록되어 있는 「봄산」은 마지막 시편 「마음經」으로 돌아온다. 이러한 순환적인 구성은 "벌목 끝낸 굴형에/ 부관참시당한 듯 토막난 십몇 대째의/ 생 참나무 괴목들 수십 구가 널린"(「한식날에」) 을씨년스러운 풍경을 다시 환한 봄산의 이미지로 읽게 만든다. 그런 부관참시의 역사 속에서도, 우리는 상속된 것들 위를 끊임없이 걷는다. 태어나고 살고 죽어가며 끝없이 유전하는 자연의 한 부분으로 말이다. 때로는 무덤처럼 황폐하고 쓸쓸했던 기억조차, 언젠가는 생을 싸안고 있는 하나의 거대한 허공이란 무덤으로 돌아갈 것이다. 모든 목숨붙이들이 사라져간 아픈 자리에서, 시인은 늘 누군가 오랫동안 은밀히 마련해온 "이별 같은/ 먼 독경"(「마음經 13」)을 자연을 통해 듣는다. 왜곡된 세계와 미망의 굴레같은 탐욕스런 아상(我相)을 벗어던지고, 자신의 본래적 바탕이자 생의 아름다움을 발견하는 것이다.

「마음經」 연작 시편들이 선명하게 보여주듯 풍요로운 생을, 자기중심적 탐욕에서 피함으로써 획득할 수 있다는 불교적 정관은 그의 시의 밑에 고즈넉이 배어 있다. 홍신선의 시는 그것이 바로 수세기를 건너 우리가 돌아가야 할 미래임을 암시한다. 실제로 인간종족의 미래를 위해 이 무욕과 무소유의 정신은 현대의 자본주의적 관점에서 본다면 미친 짓이지만, 그렇게 미친 방식으로 존재하는 세계에서 삶의 가능성을 받아들이는 방법이다. 모든 풀과 짐승이 사라지고, 아무런 신념도 연민도 없이 먹이를 찾아 어슬렁대는 야수처럼 인간 종족 하나만 덩그러니 황폭하게 살아남은 황무지를 바라지 않는다면, 안보이는 것들과 연관되어 있다는 불교의 연기론적 상생적인 사고는 우리가 회복해야 할 우주의 가장 기본적인 철리이다. 그런 자각이 잘못된 환영에 대항하는 방법이고, 모든 세상을 짓는 환영에서 분리되는 길이다.

지난 시절의 퇴락한 적산가옥들이 철거되고 있다
뭉글뭉글 먼지구름 같은 새 녹음들 피어오르고
그 매캐한 철거현장에는
봄이 굴삭기로 쳐부수고 있다
녹슨 철근들은 앙상한 철근들로 휘고
생짜배가 햇살의 부러진 서슬이 서늘하게 빛난다
머지않아 칠월에는 2차 철거가 시작되고
회화나무나 상수리나무 우듬지들이
또 참새혓바닥을 빼물리라 마지막 분지넢럼 속잎들을 터뜨리고
결국 둥근 나무들 내부에서 철거작업 모두 끝내는
늦가을께나 숨은 현장이 드러나리라
몸속에서 하혈하듯 수수만점 낙엽들 쏟고 나서 비로소 공개되리라
뭇생명들이 모두 그렇다지만
살아서의 얼기설기 뒤엉킨 욕망들 철거하고 난 뒤에
그의 삶의 얼개가 제대로 드러나듯
육산肉山의 펑퍼짐한 등성이에
떼로 몰려선 나무들이 오랜 철거작업 끝에 보여주는
저 죽음이 휩쓸고 내려간 깊은 골짜기 밑
웬 유적처럼 드러난
쓰디쓴 무덤
시간의 종자들이 둥글게 묻힌.

—「녹음, 퇴락한 적산가옥들처럼」 전문

『허기놀』(2003)에 실린 위의 시는, 식민주의의 유산인 '적산가옥'처럼 잘못 지어진 과거를 부수는 '봄'이라는 자연의 힘을 힘차게 형상화하고 있다. 지난 시절의 '퇴락한 적산가옥들'이 철거되고 있다. 잘못된 역사의 잔재를 쳐부수며 '녹음'을 피워내는 봄의 힘을 시인은 '굴삭기'로 은유하고 있다. 끝없는 '철거'와 생산을 반복하는 자연의 힘은 "살아서의 얼기설기 뒤엉킨 욕망들 철거하"고 새로운 '시간의 종자들'을 키워낸다. 그것이 진실로 생을 위한 건설이며, 그런 자연의 소생력이 깃든 공간이 바로 우리 생의 근거지다. 온갖 아름다움과 풍요로 치장하고 있어도 우리의 생은 난만한 자기만의 아름다움으로 피어났다 스러지는 녹음처럼 빛나지 않는다. 불순한 장식은 늘, 근원을 잃어버린 자의 결핍일 뿐이다. 생의 근원이자 마지막인 것들, "가장 나중에 지니일 것"(「가을 告解」)에 대한 소중한 탐색은 이미 1984년 『우리 이웃 사람들』에서부터 엿보인 시인의 일관된 시선이다. 이러한 의미에서 그의 시는 이러한 근원의 뿌리에서 뻗어나온 가지처럼 각각의 수관을 따라 다양한 이미지를 피워 올리지만, 그의 시가 향하는 지점은 언제나 근원이다. 삶의 뿌리만 남아있다면, 자연이라는 내면적 원칙에 의해 존재는 소생할 수 있다. 하지만 우리는 그렇게 소중한 생의 뿌리를 끝없이 사회와 문명의 그물 속에 포획되어 양보해 왔다. 만약 시를 쓰는 마지막 이유가 있다면, 그 마지막 생의 뿌리같은 가치들을 되찾고자 함이 아닐까?

강한 것은 결코 절대적인 것이 아니다. 드넓게 펼쳐진 것이라고 해서 결코 전체적인 것은 아니다. 잘 만들어진 것이라고 해서 결코 아름다운 것이 아니다. 우리가 과거와 현재, 미래를 어떤 방식으로 논의하든간에, 문명이 자연으로부터 무언가를 훔치는 방식을 선택했다는 점을 부인하지 못한다. 그러나 자신의 안보이는 곳에서 잘못된 문명의 집을 철거하는 자연의 힘은, 생의 근거지를 파괴하며 과도한 주체를 구축해 온 자기중심적인 이기성에 아름다운 반격을 가한다. 그 이기성이 바로 문명이라는 '독의 뿌리'이며, 우리가 뼈아프게 관통해 온 1970~80년대의 정치적 속성이자 자기확장적인 자본주의의 속성이기도 하다. 그렇기에 결국 고통과 상처로 남을 수밖에 없는 잘못된 탐욕을 버리고 "마음에다 부처님 새기는 길"(「불사(佛事)를 하는 절에 가서」)을 찾아간다는 구절은, 시의 근원지인 순연한 마음, 생의 뿌리로 회귀하고자 하는 결단과 의지를 내보이고 있다. 생명의 조건을 스스로 말살하는 역사는 온당한 역사가 아니고 상처로 남을 수밖에 없는 잘못된 경험이다. 자신의 얼굴이 완전히 망가져 버리기 전에 악행을 멈추듯, 현대의 자본주의와 존재는 난폭한 속도와 파괴적인 확장을 멈출 필요가 있다. 그 '고요한 정지' 안에 또다른 존재의 혁명이 존재할 수 있기 때문이다. 어쩌면 그것은 시보다 더 거대하고 풍요로운 노래인 우주의 '법음'과 소통하는 방법이자, 진정한 윤리적 삶의 시작일 수 있다는 것이, 홍신선의 365편의 시 전체가 던지는 빛나는 메시지일 것이다.

4 · 결론

현재 전세계적으로 웰빙(well-bing)이 다양한 문화적 사유의 화두가 되어있다. 본래 웰빙이란 사회적 이념이나 관념에 의해 조작된 인간 삶의 미덕이 아니라 궁극적인 선으로 이르고자 하는 철학적 개념이다. 간략히 말한다면 그것은 특히 현대적 삶의 양식을 관통하고 있는 공리주의적 사유나 극단적인 이기성과 욕망의 분출로 점철된 쾌락주의를 극복하고자 하는 새로운 철학적 도전으로, 인간의 윤리적 정체성을 어떻게 다시 재조정해갈 것인가 하는 문제의식을 바탕에 깔고 있다. 현실의 논리대로만 살아간다면 우리는 비록 자신이 의도하지 않았다 하더라도 거대한 폭력의 일부로 존재할 수 있으며, 바로 그 때문에 어떤 궁극적인 지점에서의 윤리적 감각을 회복할 필요가 있다는 철학적 문제의식은 홍신선 시의 강한 자연지향성을 성찰하는 데도 상당히 중요한 사유의 지점을 제공한다.

본래 자연은 존재의 고독과 갈등을 치유해주는 위안처로서 오랜 동안 시인들이 노래해온 시적 이미저리의 중심이긴 하지만, 특히, 홍신선의 시에서 우리의 삶을 가동시키는 문명적 원칙들에 대한 반역적 함의를 띠고, 우리의 존재, 사회·문명에 대한 반면의 '자화상'으로 집중 재현되어왔다. 홍신선의 시는, 산업화로 인한 환경 오염, 생태계의 파괴에 대한 우려와 인식, 산업사회의 비인간화 현실을 재현하며, 문명과 인공의 논리가 모든 것을 장악하고 있는 시대의 음영, 불교적 사유를 통한 생명현상에 대한 본질적 탐구 등의 주제를 강력하게 내보이고 있다는 점에서 강한 생태주의적 인식을 보여준다. 그의 시에서 자연은 우리의 일상적 삶의 병폐와 독소를 을씨년스럽게 환기시켜주는 문명의 또 다른 얼굴이며, 자본주의의 물신화와 대량소비화의 귀결로서의 붕괴된 낙원, 인간파멸을 생생히 증거하는 현대성의 또 다른 기호로 등장하는 것이다. 특히 1990년대 이후 불교가 그의 문학에서 가장 중요한 시적 사유의 근원지가 되고 있는 것도, 강력한 현대문명의 발전에 조응하여 진행되고 있는 자본주의의 확장과 그에서 초래되는 온갖 존재의 문제를 직시하고, 본질적으로 자연과의 불화와 단절, 소외로부터 비롯된 현대적 삶의 윤리성을 회복하고자 하는 갈망의 표현이라 할 수 있는 것이다.

홍신선의 시적 변모의 양상을 총괄해 볼 때, 산업화 시대의 반생명적 질서를 사실적으로 묘사하거나 고발하는 데 집중되어 왔던 『서벽당집』, 『겨울섬』, 『우리 이웃 사람들』, 『다시 고향에서』, 『황사 바람 속에서』는 현대사회의 구조적인 문제와 제도, 인식의 전환과 전망을 모색하고 있다는 면에서 1980년대의 민중시나 현장시의 정신적 맥과 유사한 궤적을 그린다고 할 수 있다. 하지만 1990년대 이후 특히 여섯 번째 시집 『자화상을 위하여』 발간 이후 그의 시 세계는 강한 불교적 사유의 색채를 띠며 파괴된 자연, 현대인의 일그러진 일상성, 생태주의적 인식과 감수성의 장을 크게 넓혀왔다. 그의 시에서 자연은 단지 시적 화두로서 탐구되는 미적 충일성의 공간만만 아니라, 역사적 상흔과 문명적 이기성의 폭력이 동시에 재현되는 공간이며, 동시에 이 세속도시에서 거주할 수밖에 없는 존재의 상처와 치유력을 동시에 함축한 실존적 공간이다.

본 논문이 깊이 주목해 본 것은 바로 문명적 장소 한가운데서의 자연과의 만남, 그리고 그의 「마음經」 연작이 두드러지게 내보여주는, 불교의 사유, 존재의 이기성과 독단으로부터의 '떠남'을 통해 생태적 인식을 실천하고자 하는 홍신선 시의 여러 양상들이다. 그의 시에서 두드러지게 나타나는 자연친화적인 태도와 불교적 사유는, 문명과 도시가 부여하는 이기성과 탐욕, 물질적 원칙으로 자신을 정체화하지 않겠다는 거부의 표현이며, 파편화와 분열, 지배와 폭력으로 얼룩진 현대사회의 끔찍한 역사를 반복하지 않겠다는 문학적 결단의 표출이기도 하다.

허공 혹은 선연한 본색

—홍신선의 시 세계

홍용희

  홍신선은 삶의 근원을 향한 도저한 내성의 세계를 결곡한 언어미학을 통해 추구해온 대표적인 시인이다. 그의 시적 목소리는 외적 확산의 공격성과 화려함은 물론이거니와 스스로 자신의 깨우친 바를 서둘러 세상에 드러내고자 하는 조급함과도 먼 거리를 두고 있다. 오히려 그는 이러한 시단의 일반적인 세태 자체를 비난하듯이 고졸하고 순백한 감각과 태도를 지향해 왔다. 그는 스스로 "내 것이라고, 내가 겪은 것이라고 믿었던 사실들이, 사실이 아닌, 관념의 허깨비였음을 깨닫는 일이 얼마나 많았던가. 할 수 있다면 말과 사물에 자의적인 옷은 입히지 않을 일이다"('자서', 『우리 이웃 사람들』,) 라고 밝히고 있듯이 인위적인 관념을 경계하면서 본래 있는 그대로의 참모습을 추구해 왔다. 그렇다면, 그가 추구하는 본래 그대로의 참모습의 궁극은 무엇일까? 그의 다섯 번째 시집 『황사 바람 속에서』에 수록된 다음 시편은 이에 대한 해답의 실마리를 보여준다.

  사전 약속도 없이 부산 이가와 전북의 김가들

누구는 동에서 오르고
누구는 서에서 뛰고
누구는 남에서 오르고
누구는 북에서 치달린다

민대머리 지리산 반야봉이나 월출산 천황봉 정상에 가보면
동서남북에서 제각각 올라온
모두가 모든 것 망해 먹고 빈손의 허공들이나 쥐고 웅성인다.
                                        -「마음經 3」 전문

　사방에서 "오르고/ 뛰고/ 치달리"는 일련의 과정들이 공통적으로 '허공'에 이르기 위한 도정에 다름 아니었다. 이것은 '지리산' 뿐만이 아니라 '월출산'도 마찬가지이다. 모든 높은 산의 궁극은 "모든 것 망해먹고 빈손의 허공"만 남은 모습을 보여준다. 물론 여기에서 "망해먹"은 것은 세속적인 성과와 가치들을 가리킨다. 따라서 '빈손의 허공'이란 탈속의 세계, 인위적인 허상을 벗은 육탈의 정수를 가리킨다. 이렇게 보면, 산정으로 오를수록 스스로 '허공'이 된다는 것은 산정으로 오를수록 자신의 참모습으로 회귀한다는 것을 가리킨다.
　이와 같이 큰 산의 '허공'에 대한 지향성은 지상의 나무의 풍경에서도 그대로 읽을 수 있다.

해토머리 매표소 곁 헐벗은 조팝나무
간 겨우내 혹한에 그 관목은 제 내부기관에서
縮骨功 시전하듯 우, 두, 둑, 우두둑 몸피를
안으로만 우그려 붙였다. 무릎 꿇었다.
그렇게 힘 벅찬 시절마다 무너져 뒹굴다가
다시 등뼈 곧추 세우는
묵언의 운기조식.
그는 나이테 목질 깊은 곳에 골을 파고
그런 제 시신을 묻는다.

절정인 우듬지에 이르기 위하여
얼마나 무릎 자주 꿇어야 하는지
결국 우듬지에 이르는 길이
오를수록 발밑에 하늘 무너뜨리며
물컹한 고독에 닿는 일임을
느리고 그리고 배게
무슨 세부측량한 지적도처럼 부름켜 속에다 환히 박아넣는다.
주화입마에 정신 다친 집안 다른 나무들도 있다.
광릉숲 뭇나무들 늙는 냄새 지독하게 내뱉는
이 무렵쯤
그 관목 근처에 가면 쇠비린내가 난다.
축골공 기혈을
새 시체를 묻는 쇠비린내를 토악질한다.

　　　　　　　　　　　　　　　－「광릉 숲에서」 전문

　광릉 숲의 분주한 내면풍경이 묘파되고 있다. 물론 이 광릉 숲의 내면 풍경은 회화미학에서 일컫는 전신사조(傳神寫照)의 국면, 즉 정신이 전해 져 그림을 드러내는 방법론에 따라 전개되고 있다. 그리하여 광릉 숲이 도저한 내성의 도정을 추구하는 수행자의 모습으로 의인화되고 있다. '혹한'의 겨울에 '광릉 숲' 나무들은 '縮骨功'의 수행에 열중하고 있다. 뼈 사이를 안으로 좁히고 수축시켜서 몸을 견고하게 만든다. 겨울나무들 의 앙상하지만 어느 절기보다 견고한 내실을 갖춘 모습은 '縮骨功'의 수 행 덕분으로 이해된다. '縮骨功'에 이어 "묵언의 운기조식"이 진행된다. 안으로 수렴한 나무의 등뼈를 지절 높은 선비의 자세처럼 "곧추 세우는" 행위이다. 나무는 '縮骨功'과 '운기조식'으로 얻은 공력을 "목질 깊은 곳 에 골을 파고" 묻는다. 이러한 '시신'더미를 덧쌓으면서 나무의 신장은 조금씩 더 높은 '우듬지'에 이른다. '縮骨功'과 '운기조식'의 수행은 결국 '우듬지'의 절정에 오르기 위해 자신을 부정하는 극기의 과정이다. 그렇 다면, '우듬지'에 이르렀을 때의 모습은 어떠한가? 그것은 "오를수록 발

밑에 하늘 무너뜨리며/ 물컹한 고독에 닿는 일"이다. 광대한 허공 속에 놓이는 것이 나무의 자기 수행의 목표 지점이었던 것이다. 허공 즉 텅 빔은 나무의 삶의 회귀처였던 것이다. "민대머리 지리산 반야봉이나 월출산 천황봉 정상에 가보면/ 모두들 모든 것 망해먹고 빈손의 허공들로나 웅성인다"(「마음經 3」)는 것과 상응하는 정서이다. 그리하여 "광릉 숲뭇 나무들"에서 지독하게 배어나오는 '쇠비린내'들은 허공—"물컹거리는 고독"—을 향해 가는 '縮骨功'과 '묵언의 운기조식'의 수행에서 흘러나오는 '기혈'의 냄새이다.

이와 같이, 허공 즉 "물컹한 고독"이 삶의 근원이며 회귀처이고 본성이란 사실은 산과 나무의 경우처럼 수직적 상상력에서만 해당되는 것이 아니라 일상생활 속의 수평적 상상력의 층위에서도 동일하게 적용된다. 시적 화자는 이른바 허공의 생활 철학으로의 내면화를 추구하고 있는 것이다.

> 屍床臺로나 쓰려고 간수해온
> 구옥 마루에서 뜯겨나온
> 박송 한 쪽
> 벌써 다섯자 두 푼 살과 뼈는 부식되고 녹아서
> 다만 발굴된 미라처럼 한 매듭 옹이로만 살아 남았다.
> 이것도 조선 소나무의 생존경쟁 방식인가
> 깊이 감아둔
> 제일 긴 결은 꼭 풀어내야 한다고
> 겹겹이 안으로만 둥글게 두 무릎 감싸안듯
> 결 쫓아 들어간 옹이.
> 살아서 받은 것 모조리 되돌려주고 잔해마저 없어진 다음에야
> 가장 늦게 출토된
> 이 선연한 본색.
>
> ─「마음經 46」 전문

"박송 한 쪽"의 내력과 모양새를 그리고 있다. "살과 뼈는 부식되고 녹아서" "미라처럼 한 매듭 옹이로만 살아남"아 있다. "겹겹이 안으로만 둥글게 두 무릎 감싸안 듯/ 결 쫓아 들어간" 모습이 하염없이 겸손하다. "조선 소나무의 생존경쟁 방식"은 이처럼 자신을 낮추는 데 있었던가. "구옥 마루"의 "잔해마저 없어진 다음에야/ 가장 늦게 출토된" "박송 한 쪽", 그 없는 듯한 삶을 살아온, 가장 낮은 곳의 있음이 "선연한 본색"이다. 다시 말해서, 시적 화자는 허공처럼 살아온 삶에서 세상의 '선연한 본색'을 읽고 있는 것이다. 그리고 이러한 "선연한 본색"을 가리켜 화자는 '마음經' 이라고 하고 있다. '박송 한 쪽'이 자신의 마음 공부의 교과서인 것이다. 객관적인 사물에서 그 본질적인 생명력과 정신을 포착해내는 천상묘득(遷想妙得)의 한 진경을 보여주는 작품이다.

한편, 다음 작품 역시 시적 화자의 마음공부의 진면목을 형상화하고 있다.

> 일체 소리란 소리 다 꺼뜨리고
> 두 귀에 이어폰 꽂고 한밤 강아지풀은
> 무엇을 더 듣겠다는 것인가.
> 비로소 귀머거리 철벽 적요 속에
> 모양 없는 마음이나 꺼내 듣겠다는 것인가
>
> 바싹 야윈 그 풀의 앙상한 어깨에
> 가볍게 기댄
> 근처 산이 들어라 들어주거라 신명난듯 짖는다.
>
> ─「제1장 제1과」 전문

'강아지풀'은 모든 세상사의 소리로부터 귀를 막고 있다. 세상사의 소리로부터 귀를 막은 까닭은 "무엇을 더 듣"기 위함이다. 그것은 '마음'의 소리이다. '모양'도 색깔도 없는 그러나 세상의 모든 존재의 근원인 마음을 관음하기 위해 '강아지 풀'은 "귀머거리 철벽 적요 속에"에 들었던 것이다. 2연은 마음의 소리의 성격을 암시적으로 드러낸다. 세상사로부터 귀를 닫은 '강아지풀'에게 "근처 산이 들어라 들어주거라 신명난듯 짖는다". 마음의 소리는 '산'의 소리, 즉 자연의 소리라는 의미로 해석된다. 동양의 고전 전통에서 자연의 운행원리는 곧 도(道)를 가리킨다. 따라서 마음의 소리를 듣는다는 것은 도를 느끼고 체득하는 것을 가리킨다. 시인의 시적 삶의 「제1장 제1과」가 마음편이란 점은 삶에서 마음공부가 근간을 이룬다는 점에 대한 강조이다.

따라서 그에게 가장 절대적인 삶의 참회가 있다면 육신의 욕망과 감정을 마음으로부터 온전히 내려놓지 못한 것이다.

> 지나가거라. 남은 시간들은
> 퇴역한 무용수처럼 한 벌씩 목숨 벗어던지며 자진하리니
> 아직도 손으로 더듬더듬 짚어 가면 삭이지 못한 살피죽 밑 멍울선 죄들 만져지느니
> 지나가거라, 언제 나를 던져 피투성이로 너인들 껴안고 뒹굴었느냐 폭발한 적 있느냐
> 안전선 뒤에 남 먼저 뒷걸음질로 물러서지 않았느냐*
>
> ─「참회록」 부분

지금도 "살피죽 밑 멍울선" 죄를 떨치지 못한 자신을 향해 참회의 일갈을 던지고 있다. "살피죽 밑 멍울선"은 세상사에 대한 분노, 증오, 집착의 응어리가 몸속에 서식하고 있음을 암시한다. "나를 던"지기는 커녕 항상 "안전선 뒤에 남 먼저 뒷걸음질로 물러서" 있기만 했지 않았던가. 심약한 소시민의 일상성으로부터 스스로 벗어나 본적이 없다. 그래서 그는 스스로 "남은 시간들은/ 퇴역한 무용수처럼 한 벌씩 목숨 던지며 자진하"고자 다짐한다. 냉혹한 참회를 통해 없음[無]의 근원을 향한 회귀의 자기결의를 새겨 넣고 있다.

시적 화자는 특히 '문인의 초상'을 이처럼 세속의 허욕으로부터 자유로

---

* 고 임영조 시 가운데서 가져옴

운 허허로운 모습에서 찾는다.

> 受山이나 其常은
> 예술원 회원
> 그 평소 고집대로 가볍게 사양하며 밀쳐내었다.
> 5·18때 누구보다 고초 겪은 조태일은
> 결코 무슨 보상이나 유공자 신청을 하지 않았다.
>
> 너나 없이 제 그릇대로 한 세상 담고 살 마련이지만
> 가고난 뒤늦게서야 사람이 보인다.
>
> −「문인의 초상*」전문

*육명심의 사진집(열음사 2007) 제목

대부분의 사람들은 세속적 가치에 대한 성취와 집착의 욕망에 시달린다. 그러나 이와 무관하게 이 모든 것을 "가볍게 사양하며 밀쳐"내고 살았던 문인들도 있었다. 인생의 '그릇'에 대한 비움과 채움의 차이가 당장에는 표나게 드러나지 않을지라도 "가고난 뒤늦게"에는 '사람'의 본성을 지키고 있었는가, 그렇지 못했는가 하는 상반된 평가를 낳는다. 제각기의 "한 세상 담고 살" "제 그릇"은 비울수록 '그릇'의 본령이 유지되는 것이다. 이미 가득 찬 그릇은 그릇의 기능을 감당할 수 없는 것과 같은 이치다. 그릇에서도 허공의 본성이 적용된다.

여기에 이르면, 홍신선은 4편의 신작을 통해 집중적으로 자신의 본성을 찾고 지키기 위한 도정으로서의 비움 혹은 공(空)에 대해 추구하고 있음을 알 수 있다. 물론, 없음[無] 혹은 공은 "물컹한 고독"(「광릉 숲에서」)으로 먼저 다가온다. 인생사란 충만한 희열 보다는 고독이 본색이기 때문일 것이다. 그러나 선연한 본색으로서의 "허공"이 허무주의와 직접 연관되는 것은 아니다. 우리가 세칭 '무(無)에서 태어나서 무(無)로 돌아간다'고 하듯 허공은 회귀점이면서 동시에 시원과도 연관된 역동적인 창조의 무이기 때

문이다. 홍신선은 이처럼 깊은 존재론적인 근원의 문제를 초월적인 형이상의 언어가 아니라 내면화된 일상어를 통해 가까운 자리에서 노래하고 있는 것이다.

일관성과 복잡성

―시집 『겨울섬』(1979) 해설

황동규

1.

아마도 『겨울섬』처럼 한 시인의 한 시기를 뚜렷이 보여주는 시집을 달리 찾기가 힘들 것이다. 시대에 대한 그의 정신적인 자세가 분명하기 때문이기도 하겠지만, 보다는 홍신선이 일관성의 시인이기 때문일 것이다. 이 시집 앞 뒤 어디에서고 몇 편을 뽑아 읽어 보면 그 사정은 금세 드러난다.

그 일관성의 느낌은, 다른 시인에게서 흔히 그렇듯이, 소재 선택의 편협이나 목소리의 단조로움에서 오지는 않는다. 소재로 볼 때 공사장, 부두, 광화문, 고향, 이별 등등 그 어느 시인의 소재에 못지 않게 다양하다. 시대에 대한 개탄과 항거, 고향의 고향스러움에 대한 사랑, 혹은 고향스럽지 않음에 대한 고통스러운 항의, 헤어짐의 슬픔, 모든 것이 들어 있다. 목소리로 보더라도, 초기 작품에 속하는 「산판에 가서」 「12월에」 등등의 목에 힘을 준 목소리부터 「수원지방」 이후 유연해진 숨길의 목소리까지 변화있는 음성을 들려 준다. 아마도 별로 두텁지 않은 한 시집에서 이만한 변화를 보여주는 경우도 드물 것이다. 그리고 그는 그 변화와 함께 직접적인 정황묘사, 감각의 해부, 극적 독백 등등 여러 가지 목소리를 섞어 들려주고 있다. 그는 결코 단조로운 목소리의 시인이 아니다.

그럼에도 불구하고 그의 시는 총체적으로 하나의 집념 같은 자세를 돋보이게 내세운다. 가장 초기의 시들이 제3부로 묶이고, 다음에 제2부, 가장 최근의 것이 제1부로 묶여 있는 이 시집을 제3부부터 읽던가 또는 처음부터 차례로 읽던가 일관성 포착에는 별로 차이가 없다. 그런데 처음부터 끝까지 관통하는 그 완강한 자세는 언뜻 보기와는 달리 상당히 복잡한 구조를 가지고 있다.

오늘날 시에서 완강한 자세를 생각할 때 우리는 흔히 지사적인 시인이든가 민중혁명을 부르짖는 시인을 연상하게 된다. 혹은 전통적인 사대부 이념의 완고한 전수자를 생각하게 된다. 예술가 하나하나의 구체적인 집합이 아닌, 사회학적 집단 사이의 가치판단은 일단 접어두기로 하자. 그대로 잠시 보류하는 편이 홍신선을 더 잘 보여줄 것이다. 여하튼 홍신선의 특이함은 그의 자세가 위에 든 세 가지 유형의 복합이기 때문이라는 기이한 현상을 이야기해야 할 것이다.

그것은 선명의 결여로 풀이될 수도 있을 것이다. 혹은 이 시대가 예술가에게 강요하는 복잡성의 가장 꾸밈이 적은 한 표본으로 제시될 수도 있을 것이다. 또는 그 전체를, 그 복잡함의 전부를, 개인적인 것들을 배제하지 않는 공동체적인 삶의 총화를 사랑할 수밖에 없고 또 사랑하려 한 한 시인이 아직 예술의 논리성을 구축하지 못한, 니체의 말을 빌린다면, 아폴로적인 예술의 틀을 획득하지 못한 한 상태를 드러내 주고 있다고 볼 수도 있을 것이다.

그렇다면 이 시집 전체가 발산하고 있는 일관성이란 무엇인가? 자세의 구성요소가 복잡함과 그것은 무슨 관계를 가지고 있는가? 그것은 바람직한 상태인가? 등등의 질문이 으레 따를 것이다. 그 질문에 답하기 전에 우리는 그의 시를 자세히 살펴볼 필요가 있다.

2.

일관성의 정신적인 양상을 찾기에 앞서 그것이 구체적으로 시 속에 어떤 모습으로 나타나 있는가를 먼저 보기로 한다. 다음 시들은 제3부, 제2부, 제1부에서 각각 하나씩 뽑힌 것들이다. 편의상 제3부의 처음시, 제2부의 마지막시, 제1부의 처음시를 택했으나 다른 작품을 뽑아도 별 차이는 없으리라 판단된다.

아직도 깨지지 않은 사나이의 꿈이 서너 토막씩 허공에 뒹굴고 있다. 그것이 갈가마귀로 깨어나서 생의 반을 헤매고 있다 허기져 엎드린 산등에 흉포한 그 그림자 서넛이 찍혀 있다

한밤에 뒷산턱 산판을 뒤져내린다 뒤지다 달아나는 욕망의 흰 몸을 때려 죽인다. 부려져 나가는 소리, 뒤져내려온 저 뒤 솔밭에 부러진 욕망 토막들이 떨어져 있다 귀가 잘린 허망들이 뒹굴고 있다. 개굴창엔 억새풀에 베인 달빛이 피를 흘리며 고꾸라져 있다.

가도 가도 끝나지 않는 부끄러움을 벌목 가리로 쌓아놓고 있다 끝나지 않는 부끄러움의 끝에 삭지 않는 그의 전신이 떠 있다. 소리 없이 뜬 죽음이 그 하늘을 헤매고 있다 주린 이 산야에 그 그림자 서넛 찍혀 있다

— 「산판에 가서」 전문

비여
말없이 번쩍이는 회초리들을 들고
저 앞들을 만들며 서있다
가래질 논과 보리밭들
이름 없는 나의 잔등을 비비고 가는 비
오늘은 맞지 않아도 아픈 잔등으로
뒹구는
이 수원지방을 데리고 나는 누워 있다.

스쳐서 가는
비명 소리만이 들리지 않고 보인다
비 속에 사람모양으로 히뜩히뜩 누비며 뛰는
그 소리들이, 소리의 쓰러짐이 보이고
너무 많이 가둥거리지 않은
비탄이 아득하게 흐트러져 있다.

버린 진실도 허튼 말도
가볍게 썩지 않고
두엄논에 흐르는 빗물에 떠다니고 있다.
허튼 말과 흐르는 도랑물의
무심한 만남이
오늘 이 큰 수원지방을 이루고 있다.

―「수원지방」 전문

대교를 건넜다. 피난민 몇이 과거 버린 채 살고 있다.
마을 밖에는
동체뿐인 새우젓 배들
빈 돛대 몇이 겨울한기에 가까스로
등 받치고 기다리고

물 빠진 갯고랑, 삭은 시간들 삭은 물에 이어져 잠겨 있다.
일직선, 버려진 마음들로 쌓아올린 방파제까지
나문재 나무들 줄지어 나가 있다.
뻘에 두 발 내리고 붙어 있는 목에 힘준 저들
쓸리지 않으면
개흙으로 삭는 일
더러 쓸리면
닻으로 일생 내리는 저들의 일.

힘 힘 풀어놓고
공판장 매표소 회집들로 선착장에 힘 풀어놓고

두어 걸음 비켜서서
말채나무 오그라든 두 손에
저보다 큰 겨울하늘 든 채 있다.
사는 일이 사는 일로 투명하게 보이고 있다.

-「겨울섬」 전문

　자세히 살필 필요도 없이 우선 동일한 색채를 이 세 편 모두에서 느낄 수 있을 것이다. 「산판에 가서」는 "갈가마귀" "그림자" "때려 뉘인 흰 몸" 등등이 나타내고 있는 "흰"이라는 형용사에도 불구하고 잿빛이다. 그 색채는 「수원지방」의 빗줄기 속의 공간에도 주조로 들어가 있고, 「겨울섬」의 겨울 하늘과 삭는 시간의 "삭음"으로도 들어있다. 부연하지만, 이것은 위의 세 편에만 한정되는 이야기가 아니다. 이 시집은 한결같은 잿빛의 조명을 받을 뿐만 아니라 내보내는 빛도 잿빛이라고 할 수 있을 정도이다. 그의 시 가운데서는 희귀하게 드문 연애시라 할 수 있는 「작별」도 밤의 어둠 속에 행해지는 이별과 "식는 일"이 발산하는 잿빛으로 차 있는 것이다.

　한 시집의 색채가 한 가지로 되어 있다는 사실은, 그것도 어두운 잿빛으로 차 있다는 사실은, 홍신선의 젊음을 생각할 때 특별한 의미를 갖는다. 이 시대가 부여한 것이라고 치부할 수도 있을 것이다. 그러면 왜 다른 시인에게는 다른 색, 혹은 다양한 색을 주었는가고 되물어야 할 것이다. 그와 동년배의 시인들 예컨대 신대철이나 장영수는 다른 색채들을 지니고 있다. 그보다는 차라리 그가 적극적으로 세계의 구조 혹은 시대의 심층을 보려고 할 때 그의 비전에 비친 색깔이라고 판단하는 편이 옳을 것이다.

　또 하나는 그가 상황을 언제나 동적인 상태에서 정적인 상태로의 전환 속에서 그리고 있다는 점이다. 좀 높은 목소리이기 때문에 지나치게 동적으로 보일지도 모르지만 「산판에 가서」는 "그림자 서넛 찍혀 있다"로 정지된 회화를 보여준다. 「수원지방」도 마찬가지이다. 비 내리고 번개 치는 상황이 "무심한 만남이/ 오늘 이 큰 수원지방을 이루고 있다"로 끝나는 것이다.

　「겨울섬」은 "대교를 건넜다"라는 행위로 시작된다. 그리고 강화의 겨울을 사는 사람들의 삶이, 그 삶이 대조되는 풍경과 함께 펼쳐진다. 별 볼일 없는 섬, 별 볼일 없는 삶의 모습이다. 그러다가 삶의 묘사 자체가 "사는 일이 사는 일로 투명하게 보이고 있다"라는 확인으로 끝난다.

이런 정적인 확인으로의 방향은 초기부터 줄곧 그의 구조를 이루고 있다. 다음 인용은 모두 시의 마지막 한두 행들이다.

나는 돌
웃으며 있어요 웃음만으로 남아 있어요

－「왕십리」 부분

비겁하게 시간들만이
이 땅에 깊이 가라앉아 있다.

－「폐촌에 서서」 부분

같은 초기시부터

환한 대낮이 모든 것을 가리고 보여주지 않는다.

－「환한 대낮이 가리고」 부분

말짱한 대낮뿐이었다. 가도가도

－「고향」 부분

의 제2부를 거쳐

무심한 어둠만이 곳곳에 차고 넘쳤다.

－「부끄러움 또는 서오릉 내려가서」

의 최근에 이르기까지 면면히 이어 내려오는 특색이다. 「고향」의 "가도가도"처럼 동작이 들어가도 그 앞의 표현에 눌려서 정적인 상태로 남게 된다.

이런 방향의 구조 때문에 「산판에 가서」에서 보이던 "깨지다" "찍히다"

"부러지다" 등등 인체가 물체와 충격적인 접촉을 하는 동사들이 「수원지방」 이후에 "비비다" "맞지 않는다" "들리지 않고 보인다" 등으로 감각화되는 사실을 잘 드러나지 않게 해준다. 그것을 일종의 목소리 낮춤이라고 생각하는 사람도 있겠지만, 오히려 정적인 틀의 완성을 위해서는 필연적인 길을 밟았다라고 보는 편이 더 정확할 것이다. 최근 시가 특히 목소리가 낮지 않기 때문이다.

여하튼 잿빛 색채와 정적으로 향하는 틀이 그의 시 전체에 일관성의 느낌을 부여한다. 그것은 느낌뿐만 아니라 어떤 집념의 상태도 보여주고 있다는 것은 다시 부연할 필요도 없이 그의 모든 시가 뒷받침해 주는 사실인 것이다.

3 ·

그 집념은 무엇인가? 이제 앞서 제기된 질문에 돌아갈 때가 되었다. 거듭 나타나는 그의 "키맞춤"(「추석날」) "통제부의 사이렌 소리"(「우리시대」), "침묵"(「여름일기」) "부끄러움"(「부끄러움 또는 서오릉 내려가서」)들이 입고 있는 옷을 검토할 때가 되었다. 옷이라고 했지만 우리의 삶의 틀을 유기적인 것으로 바꾸는 작업의 성과라고도 볼 수 있는 옷이다.

우리가 지금 볼 때 성(城)은 미학적인 존재이다. 그러나 당시 성을 쌓은 자들에게는 자기 삶의 구체화였을 것이다. 처음부터 삶의 현장과 관계없이 미학적으로 성을 쌓는 시인들에게는 그의 일관성이 필요 없을지도 모른다. 혹은 총체적인 삶을 도외시하고 삶의 한 양상(비록 그것이 윤리적으로 옳은 것이라 판단된다 하더라도)에 전력을 다하는 시인에게는 그의 일관성 구축이 필요 없는 성의 구축으로 보일지도 모른다. 그러나 홍신선은 복잡한 시인이다. 그의 '고향'을 추적해 보면 농경사회의 이상인 사대부의 침묵을 보게 되고, 삶의 가능성이 축소되는 현장에 그를 따라가 보면 변혁의 필연성에 떨고 있는 그를 만나게 되며, 그리고 어둠에 분노하는 대목에 가면 지사의 소리를 들을 수밖에 없는 그런 시인이다.

잿빛 색채는 도처에서 그가 만나는 어둠과 그의 분노, 상황과 변혁, 현상과 이상 사이에 그가 설정한 하나의 출발점일 것이다. 그리고 정적인 상태로의 움직임은 그가 총체적인 포괄을 위해 마련한 하나의 성일 것이다. 지금 현재는 문을 다 열어 놓을 수 없는 성일 것이다.

그리고 위의 두 가지 모두 아폴로적인 틀의 대치물일 것이다. 어쩌면 우리는 대치물에 만족해야 할지도 모르는 시대에 살고 있다고 볼 수도 있다. 그리고 의식적이건 잠재의식적이건 우리는 그것으로 족하다고 생각할 수도 있다. 그러나 모든 것을 미학적으로 보는, 다시 말해서 예술을 골동품으로 보는 시인들과, 삶의 틀의 확대가 아니라 모든 틀의 파괴를 꿈꾸는 시인들(그들에게는 더 작은 틀이라는 보복이 있을 수 있다) 사이에서 그의 틀은 시대의 귀중한 예술적 증거의 하나라고 나는 감히 말하고 싶다. 그것이 대치물이라는 판단은, 대치물 자체의 가치여부는 생각하지 않더라도(지금 누가 생의 힘을 예술화할 아폴로적인 틀을 가졌다고 자신 있게 주장할 수 있겠는가?) 그나마 없이는 살 수 없는 공동체적인 슬픔의 한 응집일 것이다. 그것은 돋보이지 않는 그의 유연성 획득과 더불어 돋보이지 않는 가운데 그가 틀을 벗고 다시 획득하리라는 기대도 동반하는 판단인 것이다.

3부 대담·연보

체험과 중용의 미학

때 : 2008년 1월 16일 오후 5~8시
곳 : 동국대학교 홍신선 교수 연구실
참석자 : 홍신선 이원 박상수 전병준 채은(정리)

Season 1 _ Episode 1: 한문 공부

채 은 ┃ 오늘 대담은 홍신선 선생님의 문학적 연대기를 선생님의 생생한 육성으로 대신하고자 마련한 자리입니다. 물론 짧은 시간 동안 선생님의 삶과 선생님께서 문학에 공들여 오신 세월을 빠짐없이 담을 수는 없겠지만, 선생님께서 직접 당신의 삶과 문학에 대해 말씀해 주신다는 점은 이 대담의 더할 수 없는 가치라 생각합니다. 그리고 다른 지면들을 통해 접할 수 없었던 여러 이야기들을 들을 수 있길 선생님께 부탁드립니다. 먼저 선생님의 유년 시절은 어떠하였는지 그리고 중고등학교 시절은 어떻게 보내셨는지 듣고 싶습니다. 연보를 참조하자면 어린 시절(다섯 살 무렵부터 삼 년여 정도) 종조부로부터 한학 수업을 받으신 적이 있고, 대학에 다니실 때에도 1년 간 휴학하고 고향에 내려가서서 매곡 김학열 선생에게서 한학 수업을 받으신 적이 있다고 적혀 있습니다. 그리고 고등학교에서도 한문을 가르치신 적이 있는 것으로 알고 있습니다. 이처럼 어린 시절부터 한학 공부를 하셨던 게 선생님의 삶과 시에 어떤 영향을 끼쳤는지요?

홍신선 | 글쎄 그 영향 관계를 한마디로 정리할 재간은 없는데, 초등학교 취학 이전에 배웠던 한문 공부는 그저 글자 공부라고 할 수밖에 없고 그렇지. 천자문은 읽어 보아서 알겠지만 그 속에는 동양적인 세계관이 다 들어 있는데, 그걸 대여섯 살짜리가 이해했다는 것은 말짱 거짓말이지. 글자 공부나 좀 한 것에 지나지 않고 그리고 대학 시절에 일 년 정도 휴학하고 고향에 내려가서 공부를 했는데, 그때 마침 이웃 마을에 한학을 하시던 선생님이 계셔서 거기 가서 공부를 했던 거지. 『소학』이라든지 『논어』를 배우고 이제 『맹자』를 막 시작하다가 일 년이 다 갔어 사실은. 그런데 그때 그런 공부를 하면서 받았던 인상이나 느낌이라고 해야 하나 그런 게 뭐냐 하면 당시까지 막연했던 생활 문화 속의 이런저런 규범들이라는 게 결국은 그게 유교 쪽의 것이고 세계를 이해하고 해석하는 모든 틀이 거기에 다 있다는 거였어. 그러니까 생활의 패러다임이라고 해야 할까 그런 게 『논어』나 『맹자』에 들어 있다고 하는 걸 확인한 정도지. 그리고 또 하나 있다면 한문을 뜯어 읽을 정도의 눈을 떴다라고 얘기할 수 있는 거고 그때 서당에서 선생님께서 말씀하신대로 하자면 이른바 문리(文理)라고 하는 것이 트이는 건데 옛날 전통적인 서당에서의 교육 방법에 의하면 『서경』「반명편」까지 읽어야 문리가 튼다고 이야기를 하거든. 거기까지는 못 갔어도 옥편을 옆에 끼고 한문 문장을 뜯어 읽을 정도는 됐지. 그게 나중에 대학원 공부하는 거라든지에 상당한 도움이 됐고 그리고 대학 다닐 때 고전문학 시간 특히 한문 강독 시간 같은 땐 내 나름대로 좀 뭘 이러구저러구 하면서 다른 학생들보다는 좀 아는 척을 할 수 있었어. (웃음) 그리고 지금까지 내 나름대로 동양 쪽의 전적들

을 읽는 데 큰 도움을 받았다 뭐 이런 정도지.

Season 1_Episode 2: 대본집

홍신선 | 그리고 이제 초등학교를 마치고 서울로 유학 온 얘긴데 그때가 열세 살(1956년)이었지. 그런데 나는 생일이 음력으로 정월이어서 나이를 따질 때 굳이 만나이를 따지지 않아도 꽉 찬 나이로 살았어. 뭔 말인고 하니 일곱 살 때 취학을 했다는 거지. 그때 한국전쟁이 났고 그리고 이제 저기 행당동, 한양대 맞은편에 이모가 한 분 사셨는데 서울로 공부하러 왔을 때 이모 댁에서 기숙하면서 지냈어. 아까 말한 대로 열세 살에 유학 생활을 시작했는데, 뭐라고 해야 되나, 마음속에 갈등 같은 게 많았지. 그 갈등이라는 게 뭐 대단한 갈등은 아니었고 집을 일찍 떠나왔다는 생각, 집에 가고 싶다는 생각 그런 거였어. 서울에 와서 잘 적응이 안 됐거든. 중학교 수학 수업 시간이었는데 선생님이 나더러 나와서 문제를 풀고 설명을 하라고 했어. 했는데 그때 아이들이 막 웃고 그래. 나중에 알고 보니까 내가 경기도 남부 쪽의 사투리를 한참 쓰니까 서울 아이들이 보기에 우습기도 하고 신기하기도 하고 그래 가지구 낄낄거리고 난리가 난 거야. 그게 나한테는 상처가 됐지. 그런 비슷한 경험들이 있고 하니까 서울 생활에 적응하는 게 쉽지가 않더라고 그래서 그 도피처로 찾아간 데가 어디냐 하면 학교 앞에 대본집이라고 하는 게 있었는데 거기를 들락거렸지. 그 대본집이라고 하는 데가 그때는 주로 만화 빌려 주는 데였거든. 그리고 소설, 시집, 잡지 뭐 이런 것도 빌려 주고 거기 단골손님이 돼 버린 거야. 그때 만화 하난 실컷 봤지 뭐. 그 당시 한창 이름을 날리던 만화가로 코주부 김용환 그리고 박기정이 있었는데 다아 섭렵했고 중2 땐가는 김래성이라고 하는 사람의 소설들을 읽기 시작했고

이　원 | 그분이 참 유명하셨나 봐요 선생님들께서 그분 이야기를 참 많이 하시더라구요.

홍신선 | 유명했지. 『청춘극장』이나 『인생화보』 그런 게 김래성의 대표작들이지. 『청춘극장』이나 『인생화보』는 뭐 감상적인 것들이고 『마인』이라고 두 권짜리 탐정소설이 있었는데 좌우간 그런 것들을 이모 집 내 방에서 삼십 촉짜리 전구를 이불 속에다 끌어다 놓고 읽었다고 그때. 밤새우면서. 그런 책들을 읽으면서 어떤 전율 같은 것을 느껴 가지고 나도 소설이란 걸 써 봐야겠다 그런 생각을 했지. 그러면서 이제 문학 쪽에 관심을 갖기 시작한 거야. 그 뒤부터는 세계명작이라든지 그 비슷한 걸 열심히 뒤져 가면서 읽고 그랬어. 그리고 그때 박영사에서 나온 김소월 시집을 읽었는데, 삼색 정도로 인쇄된 소녀 취향으로 아기자기하게 잘 꾸며 놓은 그런 시집이었거든. 그런 걸 사서 읽고 그랬지. 그러다 보니까 어떤 결과가 왔느냐 하면 낙제에서 턱걸이를 하는 거라.

이　원 | 책만 열심히 읽어서요? 재밌는 거만.

Season 1_Episode 3 : 통학 열차

홍신선 | 그렇지. 공부는 완전히 뒷전이었지. 그러니까 이제 시골선 난리가 난 거야. 공부하라고 보내 놨더니 이놈이 앉아서 공부는 하지 않고 매일 대본집에 드나들면서 만화나 소설이나 읽고 있으니까. 그리고 이제 그럴 거 아냐, 이모가. 저놈이 공부는 안하고 맨날 엉뚱한 짓만 하니까 그래서 어쩌다 부모님이 서울로 올라오면 다 그런 얘기만 하는 거야. 그래서 안 되겠다고 생각하셔서 당신들이 나를 다시 끌어내리는 거라. "너 고향 집으로 다시 와라" "그럼 고향 집으로 가서 어떻게 하라는 말씀이냐" 그랬더니 통학을 하라고 그래서. 그래 기차를 타고

박상수 | 그래서 기차 통학을 하셨어요?

홍신선 | 그렇지. 그때 아마 중학교 3학년 1학기 내내 그랬을 거야. 천안에서 출발하는 통근 열차가 있었는데 대략 네 시쯤 일어나서 아침밥 먹고 나서면 병점역에 오면 다섯 시 사십 분, 오십 분 그 정도 됐어. 그렇게 한 반 년 통학했는데 정말 못하겠더라고. 그래서 학교 안 다닌다고 떼를 쓰고 그랬더니, 그럼 다시 올라가라고 그러셔. (웃음)

박상수 | 반항을 하셨어요? 안 다니시겠다고?

홍신선 | 그랬지. 이 비슷한 얘기가 뒤에 또 있어.

Season 1_Episode 4: 국가고시 1

홍신선 | 여하튼 그래서 동계 고등학교(성동고등학교)로 진학했지(1959년). 겨우겨우 들어갔는데, 그때는 그래도 그 학교가 일 년에 서울대학교에 육칠십 명씩 보내고 그랬어. 공립학교여서 서울사대 출신 젊은 선생님들이 교사로 많이 와 있었고 교장도 열심이었고 그랬는데 그때 참 문제가 뭐가 있었냐 하면 성적을 60점 만점으로 해서 내주는 거라. 그러니까 100점 만점이 아니고 60점으로 그러는 이유가 학생들에게 경각심을 불러일으키겠다는 취지에서였거든. 그러니까 시험을 아무리 잘 봐야 20점, 30점 이렇게 나오는 거야. (웃음)

박상수 | 그럼 집에서 이상하게 생각했겠네요.

홍신선 | 당연히 그렇지. 그리고 성적표를 본인에게 주었으면 보호자 도장이야 훔쳐서 찍든 어떻게 해서든 재주껏 찍어서 갔겠지. 그런데 이놈의 학교는 성적표를 꼭 내 집, 저기 시골집으로 방학 때 보내는 거야. 그러니까 아버지 어머니는 이제 노발대발하시는 거고 당연히 이해를 못 하시지. 그래서 아버지는 여름방학 내내 공부해라, 공부해라 나를 들볶으시다가 안 되니까 그리고 나도 뭔가

뻐졌고, 그래서 공부하지 않을 거면 농사나 짓고 살아야 하지 않 겠냐 그러시면서 여름 동안 농사일을 시키시더라고 나도 다 포 기하고 나름대로는 열심히 일을 했어. 그랬는데 방학이 다 끝나 갈 때쯤 해서 윗마을에 사시던 친할아버지께서 아버지하고 나를 호출하시는 거라. 그래 가 보니 나더러 공부 안 할래 물으시더라 고 안 한다고 그랬지. 그런데 야단은 치지 않으시고 오히려 나더 러는 그냥 알았다 그러시고는 아버지를 막 야단을 치시더라구. 그러지 말고 다시 서울로 보내라 그러시는 거야. 그래서 다시 서 울로 왔지. 그런데 그게 말하자면 약이 된 거라. 일종의 충격을 받은 거지. 그래 서울에 와서 이제 공부를 서서히 하기 시작했는 데 당연히 영어하고 수학이 뒤질 거 아니겠어. 그래서 지금 저기 제일은행 있는 자리에 EMI 학원이라고 있었는데 거기에 등록을 했지. 밤에는 학원 다녔어. 그런데 1961년도 5·16 후에 군사정권 에서 무얼 내걸었느냐 하면 대학을 완전히 정비한다는 거야. 그 때는 대학이 어떤 식이었냐 하면 출석부를 이중으로 관리하던 시 절이었어. 그러니까 등록금만 내는 사람들 출석부를 따로 만들고 그래 놓고 이제 수업을 다 받은 걸로 출석부를 따로 꾸며서 그렇 게 해서 졸업을 시켰지. 시골서 올라오는 학생들을 거의 제한 없 이 편입이든지 입학이든지 다 받아 줬다고 그때는. 그때 말로 대 학을 우골탑이라고 불렀는데 그야말로 시골서 소 팔고 논 팔고 해서 그렇게 해서 올려 보내는 돈으로 다녔던 게 대학이었어. 군 사정권에서 그런 대학을 정비하겠다는 거야. 그 정비안으로 나온 게 어떤 거냐 하면 대학 입학을 국가에서 관리를 하겠다는 거야. 그래서 국가고시를 시행하게 되었는데 내가 거기 1회로 딱 걸린 거야. 대학 입시도 그렇게 했고 졸업도 학사자격고시였던가 그걸 통과해야지만 졸업장을 주고 그랬어. 그리고 그때는 국문학과를 지원하는 학생들이 전국에서 몇 명이다 그러면 그 학생들을 대상으로 석차 순으로 끊어서 합격증을 내는 거야. 가령 전국의 국문학과의 정원이 100명이고, 지원자가 170명이다 그러면 70명은 떨어지는 거였지.

박상수 | 그렇게 석차 순으로 합격자를 뽑았어요?

홍신선 | 응 그랬어. 그리고 그때 또 뭐가 있었냐 하면 군사정권에서 국민들 체력을 향상시킨다고 해서 체력장이란 걸 만들어서 체육 교육을 강화시켰고 그리고 교련 수업이 생겼고 그랬지. 여하튼 국가고시가 있으니까 대학에 가려면 날밤을 새워 공부를 해야 했어. 고등학교 2,3학년 때는 학교 공부 때문에 거의 밤을 새웠지.

Season 1_Episode 5 : 난독의 시절

홍신선 | 고등학교 1학년 때까지는 아까 말한 대로 이 책 저 책 난독하고 그랬고 그런데 그 당시엔 문학동네에선 실존주의가 유행이었어. 그래서 까뮈의 『이방인』 뭐 그런 소설이 베스트셀러였고 그랬는데 무슨 소린지는 모르겠더라고 뫼르소가 왜 까닭 없이 사람을 죽였는지. (웃음) 실존이라는 말의 의미를 전혀 이해할 수가 없었으니. 그리고 동국대를 2차로 들어와 다녔는데(1962년), 동급생들 가운데 조정래, 문효치, 강희근이 있었지. 그 당시에는 저기 미아리고개 넘어 있던 서라벌예대하고 여기 동국대가 말하자면 글 쓰는 사람들의 온상이라. 그리고 서라벌예대에서 2년 마치고 나면 거의 다 동국대로 편입했고

이 원 | 그럼 시에 관심을 가지게 된 계기는 김소월 시집을 읽고서인가요?

홍신선 | 그렇지. 그때 엉터리 같은 시를 열심히 썼지.

이 원 | 고등학교 때도 그러셨어요

홍신선 | 고1 때까지는 시도 쓰고 소설도 쓰고 그랬어. 소설 쓴 게 그 무렵 성동고등학교 교지엔가 실렸지 아마. 그 얘기를 하자면, 우선

그 시절은 깡패들 천국이었어. 깡패라는 게 지금으로 말하자면 뭐 제대로 된 조폭들 그런 게 아니고 그냥 불량배들, 건들거리는 놈들이야. 그때는 학생 모자를 썼는데 그 모자의 챙을 개 혓바닥처럼 요렇게 만들어서 쓰고 괜히 주머니에 손 넣고 골목마다 어슬렁거리면서 담배나 피우고 지나가는 학생 불러다 시비 걸고 호주머니 털고 뭐 그런 거였지. 그런 놈들이 참 많았던 시절인데, 그래서 군사정권에서 폭력배 소탕한다고 했던 게 그런 이유 때문이라구. 사회 분위기가 그러니까. 학교에서도 말하자면 공부만하고 그런 놈들은 저 뒤편에나 있고 국도극장이다 어느 극장이다 해서 뭐 논다고 하는 놈들 있잖아, 이런 놈들만 맨날 설치구 싸움박질 하고 그러던 때야. 그런데 그때 4·19 있고 나서, 싸움 좀 하는 놈들끼리 두 패로 갈려서 싸우더라고 어느 선생님을 내쫓느니 아니니 그런 걸 가지고. 그래 하루는 학교를 갔더니 운동장에서 짱돌이라고 그러잖어 왜. 그걸 던지면서 두 패로 갈려서 신나게 싸워. 난 교실에 앉아서 한참 구경하고 그랬지.

박상수 | 선생님 보시기엔 그때 그런 장면이 어땠어요?

홍신선 | 한편으론 신기하고 한편으론 황당하고 그랬지 뭐. 그런데 왜 이 얘기를 하느냐 하면 그런 놈들 가운데 하나가 자기 여자 친구한테 자기가 뭘 좀 보여 줘야 한다는 거야. 그래 뭘 보여 줄 거냐 했더니 교지에 글을 하나 실었으면 한대. 그래서 내가 소설 하나를 줬지. 그러면 너 이거 내라 그러면서. 그런데 그걸 또 교지 편집하던 놈들이 싣더라고 (웃음) 또 하나 이야기할 거는 그 시절엔 학원파 운운하고 그럴 때였는데, 나는 『학원』에는 글을 보낸 적은 없지만 매달 사다 꼬박꼬박 읽었고, 또 그 무렵에 『현대문학』하고 『자유문학』이 있었는데 나는 『자유문학』을 사서 읽었어. 고등학교 때 그놈을 옆구리에 끼고 다니고 그랬지. 중2 때부터 고등학교 1학년 때까지 그렇게 나름대로 책 읽고 그랬고, 고2,

고3 때는 아까 말한 대로 꼼짝도 못하고 공부만 했지.

S e a s o n o

이   원 | 선생님 가정환경은 어땠나요? 부농이셨나요?

홍신선 | 부농은 아니고 중농 정도라고 할까 그 정도였지. 할아버지가 대단한 양반인 게 장돌뱅이처럼 소금 짐 지고 소금 장사도 하고 또 인천항에서 미두 장사를 하다 폭삭 망하기도 하고 그랬던 양반이야. 내가 나이 들어서 들은 얘긴데 할아버지 누님이 인천에 있었는데 거기 얹혀 살으셨대. 미두 장사라는 게 말하자면 요즘 주식 같은 건데 미곡 시장에서 쌀 가격을 들여다보고 있다가 오르면 팔고 내리면 사고 그러는 거거든. 그러다 다 털리고 다시 고향으로 돌아와서, 그때 인천에서 익혔던 현실 감각이겠지, 지금 말로 하자면 재테크 비슷하게 해서 농토도 자꾸 늘리고 그래서 중농 정도 된 거야.

이   원 | 그럼 유학 오신 건 칠남매 중에 선생님뿐인 건가요, 아니면 모두 공부를 하신 건가요?

홍신선 | 그때는 그랬잖아 왜. 여자 형제들은 안 가르쳤어. 내 밑으로 여자 형제가 셋 있는데 아버지는 결사적으로 안 가르쳤지. 그랬는데 가출 비슷이 다 날 따라 나와서 이러구 저러구 해서 공부를 했지. 집안에서 공식적으로 인정을 받고 후원을 받아서 순탄하게 공부한 사람은 나 혼자야.

이   원 | 장남이니까 공부를 안 한다고 떼도 쓰고 그러실 수 있었던 거 아닌가요? (웃음)

홍신선 | 그렇지 뭐.

이 원 | 그런데 선생님 말씀을 들어 보면 학창 시절에 4·19와 5·16을 겪었는데 사회적인 문제에 대해서는 그다지 관심이 없으셨던 듯해요. 그 이유가 기질적인 것인지 아니면 어려서부터 한학 공부를 하고 그래서 익힌 유교적 감각이라고 해야 하나요 그런 이유 때문인지요?

홍신선 | 기질적인 이유 때문인 듯해. 그리고 내가 좀 멍청해, 사람이. (웃음)

이 원 | 낙천적이시죠.

홍신선 | 아니 그렇게 좋게 미화할 건 아니고 지금은 다들 시골에서 농사 짓고 그러는데 동창회 가끔 가서 얘기를 들어 보면 난 바보였던 거 같애.

이 원 | 어렸을 때 순하셨을 듯해요.

홍신선 | 아니 그런 게 아니라 녀석들은 여학생들 꾀고 그랬던 이야기를 하는데 나는 전혀 모르겠더라고 그런 쪽엔 거의 뭐 백지 상태였지. (웃음) 그리고 4·19나 5·16의 경우도, 물론 그때 4·19에 가담했던 녀석들은 알았겠지, 그런데 나는 거의 생각을 못했어. 아까 얘기한 대로 국가고시를 통과해서 대학에 가야 한다는 생각이 앞서다 보니까. 그때 아마 다섯 시간 정도밖에 못 자고 그랬어. 공부에 매달리다 보니까.(참고로 연보에 따르면 4·19는 고등학교 1학년 재학 때, 5·16은 고등학교 2학년 재학 때 일어났다.)

이 원 | 그럼 문학에 본격적으로 관심을 두게 된 건 대학 입학 뒤라고 말

해도 되겠네요.

홍신선 | 그렇지. 아까 얘기한 그런 친구들하고 고등학교는 동긴데 동국대엔 일 년 늦게 들어온 박제천이하고 몰려다니면서 술 마시고 시 얘기하고 그랬지. 공강 때면 지금은 운동한답시고 올라가는 저기 남산순환로에 가 보면 들병장수들이 많이 있었는데, 호주머니 있는 거 다 털어서 막걸리 먹고 그랬지.

이　원 | 시 쓰신 건?

홍신선 | 시에 매달리게 된 건 대학 들어와서지. 『동대신문』에 콩트도 몇 편 쓰고 그랬는데 별 볼 일 없는 거였고. 좌우간 동국대에 들어와 보니까 3~4학년하고 갓 졸업한 사람들 중에 대개 7~8명에서 많을 때는 10여 명 정도가 등단하고 그랬거든. 학생 시인이라고 불렀는데 그런 이들이 많으니 여기는 완전히 시 분위기였지.

박상수 | 선생님도 일찍 등단하신 편인데요.

홍신선 | 그 시절에는 인문학 외에는 다른 게 없었어. 경상대학 쪽도 그때는 별로 인기가 없었고 법학이나 의학 쪽 아니면 인문학 쪽이었지. 그런 시절이니까 너나없이 글 쓴다고 아우성 치고 그러던 시절이었어. 그리고 중고등학교 시절에 문학에 대해 나름대로 열심히 읽고 습작도 했고 또 대학에 들어와 동기들하고 라이벌 의식이라고 그럴까 그런 게 있었고 왜 자꾸 밉보이는 놈이 하나둘은 있게 마련이잖아. 그놈 때문에 자꾸 시를 쓰고 그러는 거라구. 그때 그렇게 경쟁적인 관계에 있는 동기들이 몇 있었고 그래서 다른 쪽보다 시 쪽으로 더 몰입하게 되었고

채　은 | 그런 분들이 구체적으로 어느 분이신가요?

홍신선 | 나하고 비슷하게 학교 들어온 사람들.

이　원 | 등단하신 게 정확히 언제인가요?

홍신선 | 대학교 4학년 때(1965년 김현승·이형기 시인의 추천으로 『시문학』을 통해 등단함). 나는 당선 소감을 어디서 썼냐 하면 저기 논산훈

련소 침상 위에 쭈그리고 앉아 편지지에다 써서 보냈어.

박상수 | 투고하시고 입대하신 거예요?

홍신선 | 그랬지. 나만 그런 게 아니라 좀 전에 말한 대로 중고등학교 시절에 어느 정도 문학적 훈련을 쌓았기 때문에 대학에 와서 한 2~3년만 열심히 하면 그때 거의 대부분 등단을 하고 그랬지.

Season 2_Episode 2: "그래에, 별로 안 좋아 보인다"

채 은 | 그때 학교에는 어느 어느 선생님이 계셨더랬어요?

홍신선 | 언제?

채 은 | 선생님 학교 다니실 때요.

홍신선 | 아, 선생님들. 서정주 선생님하고 조연현 선생님 계셨고 아마 내가 동국대에 입학하기 한 4~5년 전쯤에 오셨을 거야.

채 은 | 예전에 조정래 선생님 뵀을 때 이런 말씀을 하시던데요, 우리끼리 공부하고 그랬지 선생님들께 별달리 영향을 받은 것 없다라고 (웃음)

홍신선 | 그때는 그랬지. 당연하지. 왜 그러냐 하면 요즘은 작품 가져오라고 해서 첨삭 지도도 해 주고 이건 이렇고 저건 저렇고 꼼꼼히 말해 주고 그러잖아. 그때는 그렇게 안 해 줬어. 시 써서 보여 드리면 쓰윽 한번 보고는 "그래에, 별로 안 좋아 보인다" 뭐 그런 정도였지.

이 원 | '좋아 보인다'도 아니구요?

홍신선 | 응. 인상비평도 아니었고 그저 한두 마디 해 주는 걸로 끝이야. 보여드리고 그런 얘길 듣고 나면 다시 돌아와서 낑낑거리면서 다시 고쳐 가고 그랬지. 소설 쪽으로는 오영수 선생님이 동국대에 자주 오셨더랬어. 그때 오영수 선생님 따라다니는 사람들이 여럿 있었지. 한용환이나 조정래가 오영수 선생님한테 추천 받은 게

그래서 그런 거야. 그런데 나를 포함해서 몇 놈은 오영수 선생님도 탐탁치 않다고 해서 장용학 선생을 따라다녔는데, 장용학 선생은 그때 전위적인 소설을 쓰는 사람이어서 젊은 사람들한테 한창 인기가 있었지. 그 선생님이 저기 불광동 지나서 연신내 어디쯤인가 싶은데 그쯤에 살았거든. 선생님 댁에 가니까 허허벌판 가운데 양옥 주택이 몇 채 들어서 있는데, 문화주택이라고, 거기 사시더라고 그래 소설을 써 가지고 몇 번 찾아가서 뵈었지. 그런데 작품을 놓고는 문장부터 안 되었다고 긁어대기 시작해서 뭐 코가 납작해져서 돌아왔지. 그런 것도 아마 그때 소설을 내 버리게 되는 요인이 됐을 거야.

Season 1 _ Episode 7 : 교과서

이　원｜선생님 습작 시절 때 영향 받은 시인이 있다면 누굴 꼽을 수 있을까요?

홍신선｜고등학교 1학년 때쯤부터 뭐가 있었냐 하면, 정음사라고 하는 데서 세계문학전집이 최초로 번역이 되어 나왔고, 그다음에 민중서관에서 한국문학전집이 막 기획이 돼서 순차적으로 나오기 시작했고 그랬었다고. 그런데 그 세계문학전집 가운데 세계 여러 나라 시인들의 작품들을 번역해 놓은 시인선 그놈을 사서 열심히 읽었지. 그리고 한국문학전집에 나와 있는 시들 그것도 열심히 읽었고 그다음에 하나를 더 들라고 한다면 신구문화사에서 나온 세계전후문학전집이라고 있었어. 그중에 『한국전후문제시집』하고 『세계전후문제시집』이던가 그걸 열심히 읽었고

이　원｜그 가운데 충격 받은 시인은 없으셨어요?

홍신선｜그때 제일 인상적이었던 게 조향 시인이 데뻬이즈망(Depaysement) 얘기를 해 놓은 거, 그리고 초현실주의 쪽의 얘기들이었지. 너나

없이 빠져들었지. 자동기술법 따위에 대해서는 책을 읽어서 좀 알았는데, 그때 그런 식으로 시를 쓰는 사람들로는 전봉건이라든지 김구용 그런 시인들이 있었어. 그런데 내가 보기에는 뭐 자유 연상법 비슷하게 말꼬리 잡아 나가면서 쓰는 그런 정도였고 좌우간 그런 것에 괜히 홀려서 교과서처럼 읽고 그랬지. 그리고 그때 제일 많이 회자됐던 외국 시인이 누구냐 하면 엘리어트지. 엘리어트를 두 사람이 번역했는데 김종길 선생이 번역한 게 당시엔 제일 인정을 받았어. 김종길 선생 번역본은 직역이 아니고 시를 전체적으로 이해한 뒤에 거의 창작 수준에서 번역을 한 거거든. 그러니까 영문학 하는 사람이 번역한 것하고 비교해 보면 금방 차이가 드러나지. 그런 책들 주로 읽고 그랬어.

Season 2 _ Episode 3: 앙가주망과 역사의식

이 원 | 선생님 등단하실 무렵에 순수-참여문학논쟁이 한창이었죠?

홍신선 | 난 그때 참여 쪽은 깊이 알지도 못했고 그리고 또 생리적으로도 잘 안 맞았어. 그때 당시 참여라고 하는 얘기는 앙가주망을 가지고 자꾸 얘기를 한 건데, 다들 잘 알겠지만 앙가주망은 사르트르가 얘기한 건데 우리 쪽으로 가져다 써먹을 이야기는 아니라고 앙가주망의 번역어를 '참여'로 썼는데 그게 온당한가 싶어. 그리고 엘리어트의 평론을 읽어 보면 '역사의식'이라는 말이 있는데 문학사 속에서 전통이라든지 그런 걸 인지하는 감각이거든. 그런데 참여 쪽 사람들은 그게 아니고 그냥 현실 감각 정도로 이해하고 한참들 이야기하고 그랬지. 그때 1955년도에 『현대문학』이 창간이 되면서 전후 1세대 비평가들이라고 할 수 있는 사람들이 많이 등장했는데, 그 사람들이 주로 참여문학에 대해 이야기했어. 좌우간 순수-참여로 갈라져서 한참 시끄러웠지. 그런데 그 뿌리

가 순수 쪽은 김동리의 순수문학론에서부터 시작하는 거고 참여 쪽은 좌파문학 쪽이니까 카프로 귀결이 되고 그렇지. 그런데 그때는 한국전쟁 직후다 보니까 다른 이데올로기는 용납이 안 되는 시대였거든. 반공이데올로기밖에 없었어. 그러니까 반공이데올로기 일변도에서 다른 이야기하면 다 공산주의로 몰려서 혼나는 시절이었지. 나는 아까 얘기한 대로 기질적인 면에서 참여 쪽 이야기가 잘 안 맞았고 그러니까 순수 쪽에 심정적으로 동조하고 있었다 그렇게 이야기를 할 수 있겠지.

Season 3 _ Episode 1: 미학적 자의식

이 원 | 그런데 선생님 시를 쭉 읽어 보면 무척 현실적인 문제에 대해 무게를 두고 있는데요.

홍신선 | 첫 시집(『서벽당집』, 한얼문고, 1973)을 내고 어느 날인가 느즈막하게 시내를 나왔다가 버스를 타고 집으로 돌아가는데 그때 생각에 첫 시집에 썼던 스타일로 시를 써서는 얘기가 안 되겠더라구. 그때가 1973년이니까 유신 직후고 정치적인 억압이 심화되어 가던 그런 시절이었는데 현실 저항적인 요소가 없으면 문학동네에서는 대단하게 생각하지 않았던 그런 때였어. 그리고 그때 공부도 좀 하고 산문도 좀 슬슬 쓰기 시작하고 그러다 보니까 생각의 변화가 왔지. 『겨울섬』(평민사, 1980)에 오면 완전히 현실 쪽의 얘기지. 그때 이성부나 조태일이 말하자면 그쪽 대표 주자들이었는데 그 사람들처럼은 쓰지 않겠다 하는 생각은 나름대로 가지고 있었어. 왜냐하면 문학 작품이라는 게 뻔히 하고 싶은 이야기를 직설적으로 드러내 놓고 말하는 건 아니라고 생각했기 때문인데.

이 원 | 오랫동안 교직 생활을 하셨는데, 시 쓰기와 무관하지 않은 직업을 택한 것이 시 쓰시는 데 도움을 주었다면 어떤 점을 말할 수

있을까요?

홍신선 | 도움을 받았지. 두 가지로 말할 수 있는데 하나는 우선 생활이 안정되었다는 거, (웃음) 백수 노릇하면서 시 쓰려고 해 봐, 힘들지. 두 번째는 대학에 와서 공부를 다시 하면서 자기 시에 대해 일목요연하게 정리할 수 있었다는 거. 그때 한창 시에 관한 산문을 썼더랬는데 전봉건 선생 때문이야. 시인은 자기 시론이 있어야 한다는 게 그분 지론이거든. 난 그때 그 말을 단순하게 받아들였는데 요즘 와서 생각해 보면 소위 모더니즘에서 말하는 미학적 자의식을 말했던 거야. 그걸 가지기 위해서는 자기 시론이 있어야 한다는 거지. 그래야 자기 시에 대해 옹호도 할 수 있고 변호도 할 수 있고 그렇다는 얘기야. 하여간 그분 주문에 의해서 수도 없이 글을 썼어.

이 원 | 당시 시평을 쓰시던 시인들이 꽤 있었지 않나요?

홍신선 | 이승훈 시인하고 그리고 나하고 연배가 비슷한 사람들은 다 그랬던 셈이지. 이론적인 글들을 쓰고 그랬어. 그리고 그때는 시평 같은 걸 평론가들이 잘 쓰지 못했어. 그 시절엔 선배 시인들이 다들 그렇게 얘기하는 거야. 뭐 평론가들이 시를 아냐.

이 원 | 지금도 간혹 그런 말들 해요. (웃음)

홍신선 | 그게 왜 그랬냐 하면 그때 모더니즘 쪽 계열의 시인들은 대개 초현실주의의 자장 안에서 시를 쓰고 그랬거든. 그러니 이미지를 자꾸 엉뚱하게 연결하고 그래야 새로운 것으로 인정받고 그러던 시절이었어. 김구용 시인이 쓴 작품 같은 경우는 알 턱이 있나. 그때 모더니즘 계열의 시인들이 가지고 있었던 최대의 악덕이라고 할 수 있는 게 난해성이라구. 자기 시를 세상에서 알아주지 않는다고 해서 이러구저러구 할 수 없으니 자기 나름대로 이론적 소양을 가져야 한다는 그런 시절이었지. 좌우간 시평도 쓰고 하니까 첫째로는 현장 감각이 확실해졌지. 그때는 잡지가 많지 않

앉어. 10여 종밖에 없었다고 뭐 월평을 쓰든지 연평을 쓰려면 일 년 내내 발표된 작품들을 다 읽어야 하니까 지형도라 그럴까 시적 흐름이라고 그럴까 그런 게 머릿속에 다 그려지지. 또 개별 시인들 가운데 관심을 가지고 있는 시인에 대해서는 '아, 이 작품은 예전 작품하고 이런이런 점이 달라졌구나' 그런 걸 금방금방 파악할 수 있었고 그렇지. 한동안 그래서 시평을 열심히 썼어. 그런데 대학에 와서는 원론적인 공부에 치중하다 보니까 현장 감각은 좀 떨어지게 됐지.

Season 3 _ Episode 2 : 생맥주집

이 원 | 4·19 세대 선생님들을 만나면 문학적으로 무척 풍성한 젊은 시절을 보내셨다는 느낌이 들곤 해요. 월평이 실리면 서로서로 읽고 토론하고 그리고 원고료 받으면 모두들 모여 술집에서 밤새워 이야기하고 그러셨다고 말씀들 하시던데 그렇게 시적 열정을 공유할 수 있었다는 점이 참 부러워요. 선생님께도 그렇게 함께 밤새워 이야기하신 분들이 있으실 텐데, 그런 쪽 이야기도 들려주셔요. 그리고 노향림 선생님과의 만남에 대해서도요.

홍신선 | 그때 제대를 하고 오니까 출신지가 없어져 버렸어.

이 원 | 『시문학』 말이죠?

홍신선 | 응. 친정집이 없어져 버린 거야. 황당하기도 하고 막막하기도 하고 그랬지. 그런데 1960년대에는 동인지가 범람했던 시절이기도 했거든. 그때 몇몇 사람들이 모여서 동인 활동을 했는데 그게 '한국시' 동인이지. 그게 아마 1969년부터 시작해서 1972년까지인가 1973년까지인가 아마 그 무렵인 거 같은데. 아니 우리 집 사람 이야기를 하려고 하다 보니까 그 얘기를 안 할 수가 없는데, '한국시' 동인을 그때 같이 했다구. 김현승 선생님 댁을 갔다가 우연

히 거기서 만났고 그런데 이 얘기는 여기저기 했으니 새삼스럽게 이야기할 거는 없는데. 그런데 그 무렵 서울 시내에 생맥주집이 막 생기기 시작했거든. 그전까지는 전부 다방이지 뭐. 다방에 가서 커피 마시는 게 유일하게 사람 만나는 방식이었고 그랬는데, 생맥주집이 종로2가에 처음 생겼을 무렵에 수색에서 시내버스를 타고 나와서는 거길 들어갔지. 그리고 이제 동인이랍시구 자주 만나고 그랬는데, 그런데 내가 가만히 생각해 보면 일종의 덫에 치인 거 아닌가 싶어. (웃음) 뭐 여하튼 동인들 몰래 연애하고 그랬지. 그때는 글쟁이들이 부부가 된다는 게 흔한 일은 아니었거든. 그래서 그때 사람들이 안주거리로 삼았는지는 알 수 없지. 그리고 서로 어떤 영향을 주고받았냐 하면 서로 달라야 한다는 게 강박관념처럼 있었지. 그 사람은 그 사람이고 나는 나고 그런 식으로. 초기에는 작품도 써서 서로 보여주고 그랬는데 한 5~6년 지나면서부터는 시들해지더라고 그다음부턴 서로 간섭도 안 하고 그래 왔어. 내가 칭찬도 좀 해 주고 띄워주기도 하고 그래야 하는데 자꾸 뭐라 그러니까 나중에 이 사람이 안 보여 줘.

이 원 | 저라도 그랬겠네요

홍신선 | 그래서 그다음부터는 줄곧 평범하게 생활하는 걸로 지내 오고 그렇게 됐지.

Season 3 _ Episode 3 : 사당파

이 원 | 문단에서 '사당파'라고 하면 유명하잖아요.

홍신선 | 그 얘기를 하려면 우선 황동규 선생님을 만난 게 첫 시집을 내던 1973년이었지, 아마. 황동규 선생님은 그때 남가좌동에 살았는데, 시집이 나와서 한 권 드리고 싶다고 말했더니 만나자 그래서 연세대 앞 복지다방이던가 거기서 처음 만났어.

이　원｜그 시절에도 황동규 선생님은 참 유명하셨더랬죠?

홍신선｜그 무렵에는 아니야. 이성부나 이런 사람들에 비하면 아니지. 선생님은 유학에서 막 돌아온 직후였지. 그런데 황 선생님 장기는 술이지. 지금도 그렇지만. 술에 대해서는 거의 독보적인 분이야. 그때는 주로 막걸리를 마셨는데 황 선생님은 꼭 소주를 마셨다고. 그리고 내가 소주를 한 병 정도 마시고 있으면 황 선생님은 두 병 마시고 있고 그랬어. 그래서 황 선생님하고 술 마시면 판판이 당하는 거라. 필름 끊어지는 경험도 황 선생님 때문에 했지. 황 선생님 만나서 주종도 바뀌었고 본격적으로 술 마신 것도 황 선생님 때문이고 그리고 양주가 흔해지기 시작하면서부터는 황 선생님은 양주를 마셨지. 나도 그래서 술에는 증류주하고 발효주 두 가지가 있다는 거 하나하고 양주가 가짠가 진짠가 구분할 때 향내 맡는 법하고 혀끝에 물고 한참 있어야 입 안에 향이 퍼진다는 거하고 그런 것들 배웠지.

박상수｜황동규 선생님으로부터 술을 배우신 거네요.

홍신선｜그런 셈이지. 그런데 지금도 그렇지만 황 선생님은 굉장히 집중력 있고 열정적인 분이거든. 황 선생님에 대해 이야기하라고 하면 나는 선생님 같다는 생각, 또 형님 같다는 생각, 어떨 땐 친구 같다는 생각 이렇게 복합적인데, 선생님 같다는 생각이 든 건 우선 나보다 독서량이 훨씬 많은 분이라는 점 때문이야. 그리고 김현 선생은 음담도 잘하고 그러는데, 황 선생님은 그런 게 전혀 없어. 얘기를 하면 온통 문학 얘기만 하는 거야. 지금도 그래. 지금도 그런데 우리 모임에 여자가 잘 끼질 못하는 게 그것 때문이라고 다 남자야. 좌우간 시 이야기만 하는데 이야기를 주도해 가는 사람은 황 선생님이시지. 그리고 또 여행 얘기를 하자면 황 선생님은 지도부터 시작해서 일일이 다 챙기는 분이야. 여행지 관련 정보도 다 수집하고 그래 같이 여행을 가면 있는 거 없는 거 다 설명해주고 그래. 재밌어. 그런 분인데 아까 얘기한 대로 1973년에 만났지. 그때 김정웅이가 끼어들고 그래서 셋이서 만나고 그랬지. 그때 황 선생님은 '평균율' 동인 활동을 하고 그러면서 문지 쪽 김현 선생하고 제일 친했고, 김병익 선생하고 가까운 친구고 그랬는데, 1979년도쯤인가 여행을 가자고 그러더라구. 그래서 그때 꾸려진 여행팀이 황동규 선생님, 김현 선생, 나 그리고 김정웅이 이렇게 넷이었지. 거기서부터 여행을 다니고 해서 대개 일 년에 한 번쯤 겨울방학에 다녀오고 그랬어. 잘 알겠지만 반도 치킨 거기가 아지트였고 그리고 뒤에 합류하는 사람들이 김명인, 김윤배, 이숭원 선생들 그랬지. 황 선생님이 정년퇴임을 한 뒤부터는 심심하시니까 더 자주 한 달에 두어 번씩 이 사람 저 사람한테 전화하시고 그러지. 술 마시자, 그러다 보면 뭐 여행 가는 거고 물론 술 마시러 가는 건 아니고 우리는 그 모임에 대해 별로 의식을 가지거나 그러지는 않았는데, 그저 서로 편하니까 문학 얘기하고 술 마시고

이 　원 | 하응백 선생님은?

홍신선 | 하응백 선생은 이숭원, 김윤배 선생 보다는 조금 먼저야. 하응백 선생이 경희대 있을 때 만났는데 여행팀에 같이 다녔어. 그러다 중간에 김정웅이 빠지고 아까 얘기한 멤버들이 지금까지 함께 여행 다니고 그래.

이 　원 | '사당파'라는 명칭은 그럼 어디서 나온 거예요?

홍신선 | 아니 그러니까 우리는 별 생각들이 없었고, '사당파'라는 건 우리가 붙인 게 아니야.

이 　원 | '사호선파' 뭐 이런 이야기도 들었거든요 선생님들이 사호선 라인에 사신다고 해서. 그런데 선생님은 사호선 쪽이 아니잖아요?

홍신선 | 나도 뭐 공덕동이니까 그랬을 수도 있겠지. 그때 그게 저기 조정권 선생이 상계동에 살았고 그다음에 최동호 선생이 그 근처에서

살았고 그리고 하응백 선생도 그쪽이고 그래서 그렇게 해서들 몰려 내려오고 우리는 몰려 올라가고 그랬지. 최동호, 조정권 선생은 중간에 들쭉날쭉 했고

이　원 | 전 선생님들께서 서로 무슨 도원결의라도 하신 줄 알았죠. (웃음)

홍신선 | 무슨.

이　원 | 황동규 선생님도 그렇고 김명인 선생님도 그렇고 여행을 다니시면서 쓴 시들이 꽤 있거든요. 선생님 시에도 간혹 있고요. 선생님께 여행이란 어떤 의미인가요?

홍신선 | 그 얘기를 하자면, 저기 내가 수원에 살면서 버스를 처음 본 것이 초등학교 6학년 땐가 그랬어. 내가 시골 동네에서 살면서 차라는 것을 본 것은 우리 고향 마을 건너편 동네에 미군 부대가 한동안 와서 주둔했는데 그때 미군부대에 들락거리는 지프차, 그리고 군용트럭 그런 거였어. 그런데 할아버지를 따라서 쌀 한 말을 걸머지고 수원 시내에 나와서 도매상에다 팔고 그럴 때 눈이 휘둥그레진 게 뭐냐 하면 버스데, 옛날엔 트럭의 엔진이 앞에 있었거든. 그런데 버스는 앞뒤가 똑같더라구. 그러면 저놈의 버스는 어디로 가는 건가 하고, 어디가 앞인가 된가 하고 그게 난 전혀 이해가 안 되는 거라. 그게 말하자면 새로운 세상에서 새로운 사물을 봤을 때의 놀라움 같은 건데 여행은 그것의 연장이지. 아까 얘기한 대로 여행지 가서 그곳 풍물을 들여다보고 음식도 맛보고 그런 것들도 중요하긴 하지만 사실은 감춰져 있거나 지금까지 몰랐던 것하고 서로 대면하는 게 중요하지. 새로운 세상과 대면하는 심정 그런 과정이 여행이지.

Season 4 _ Episode 1: 농경―모더니즘

채　은 | 대체로 선생님의 시 세계를 구분할 때 『서벽당집』을 초기로, 그리

고『겨울섬』과『우리 이웃 사람들』(문학과 지성사, 1984)『다시 고향에서』(문학아카데미, 1990)까지를 중기로,『황사 바람 속에서』(문학과 지성사, 1996) 이후부터 근래까지를 후기로 나누곤 하는데, 오늘은 한 권 한 권 짚어 나가면서 선생님의 시 세계에 대해 들어보고자 합니다. 우선『서벽당집』과『겨울섬』에 대해 여쭙자면, 선생님께서는 말씀 중에 기질적인 면에서도 맞지 않고 그래서 1960년대 당시 참여문학론 쪽에 관심이 없었다고 하셨는데 시를 읽어보면 그렇지 않거든요. 상당히 현실적인 문제들에 대해 날카로운 면모를 지니고 있고 더불어 지식인으로서의 부끄러움이라고 해야 할까요. 그런 모습이 시집 곳곳에 드러나 있는데, 예컨대 "죽음"이라든지 허망함이라든지 이런 단어들이 자주 등장합니다. 선생님께서 되돌아보시기에『서벽당집』과『겨울섬』의 세계에 대해 어떻게 기억하고 계신지요?

홍신선 |『서벽당집』은 농경문화에 상상력의 뿌리를 두고 있다고 할 수 있지. 농경문화하고 유년 시절. 그리고 청소년 시절은 물론 서울에 와서 지내긴 했지만 그때까지도 도시적인 감각보다는 시골의 감각, 농경 생활의 감각이 더 강했지. 그런 감각을 바탕으로 시를 쓴 건데 그 방법은 아까 얘기했던 데페이즈망이라든지 당시 모더니즘 쪽 시인들이 즐겨 쓰는 방법을 나름대로 습득해서 쓰려고 노력했고 그랬어. 농경 생활의 감각과 모더니즘적 방법이 결합이 되어서『서벽당집』의 세계를 구성했다고 말하면 되고 그리고 죽음이라든지 허망함이라든지 그런 단어들도 나오는데 나쁘게만 얘기하자면 멋 부리는 그런 측면도 없지 않아 있었어. 시인이라고 하면 괜히 왜 심각하게 자기감정에 대해 과장해서 쓰고 그러잖아. 포즈지. 그런 것들이『서벽당집』에 더러 있었어. 있었고『겨울섬』의 시들은 1970년대 초반 이후의 시들인 셈인데 그때 심취했던 사람이 김수영이었거든. 김수영의 시보다는 산문 쪽에 홀려

있었는데, 글쎄, 어떤 사람들은 그게 김수영의 치기라고도 이야기하는데 왜 공부를 열심히 해야 한다고도 그리고 자기 자신을 막다그치기도 하고 또 예술가로서 양심을 지켜야 한다고도 하고 일상 가운데서 그런 문제들을 발견해 내고 허위의식 같은 거 있잖아, 그런 자세들. 그런 데 많이 경도되어 있었지. 김수영의 산문에 빠져 있다 보니 당시 정치적인 상황을 전혀 생각하지 않았다고 말할 수는 없고 말하자면 유신 체제 아래의 억압적인 상황하고 맞물리면서 『겨울섬』의 이런저런 현실 관련 시편들이 나왔다고 얘기할 수 있다. 그리고 1960년대는 아까 말한 대로 동인지가 성행한 시기였는데 또 하나 성황을 이룬 건 모더니즘이었거든. 싸움의 형국으로 보자면 그쪽 사람들이 상대편을 올라타고 짓누르는 상황이었어. 그 밑에 깔린 사람들이 누구냐 하면 전통주의자들하고 참여론자들이었지. 그러다가 그 상황이 서서히 역전되기 시작한 게 1970년대고 좌우간 당시 모더니즘 쪽 자장에 서있었던 이들의 화두는 새로운 방법론 하나 발견하는 것하고 난해성 문제를 조리 있게 처리하는 문제였어. 내 딴에는 그런 문제들을 넘어서서 그저 고향 얘기나 농경 생활에서 익힌 감각에서 그치는 게 아니라 산업화 시대가 되어 가면서 뿌리 뽑혀 가고 그래서 피폐해지는 농촌 풍경을 그려내고자 했던 거지, 『겨울섬』에서. 그래서 그때 일부 사람들은 나더러 "너는 어째 시만 쓰면 사물들이 온전한 게 하나도 없냐" 그러곤 했어. (웃음) 어딘가 상처 나고 어디라도 한 군데는 깨져 있고 그런 이미지만 자꾸 사용한다고 타박을 받고 그랬는데, 그런 이유가 아마 지금까지 얘기한 것들과 관련이 있겠지. 그리고 『겨울섬』 쓰고 나서는 이제 경상도 안동으로 갔지(1981년).

박상수 | 그 무렵에 쓴 시들을 엮으신 게 『우리 이웃 사람들』인데, 자서를 보면 지금까지 써 왔던 시들에 대해 가짜라고 하는 자기반성의 목소리가 전면에 등장하거든요. 저는 그 점이 참 인상적이었습니다. 좀 전에 첫 시집에 대해 말씀하실 때 멋을 부렸다고도 하셨는데 가짜 혹은 미문에 대해 깊은 반성이 있었던 듯합니다. 이처럼 자신의 시에 대해 반성적 고백을 하게 된 계기가 있다면 들려주십시오.

홍신선 | 『서벽당집』하고 『겨울섬』에 실린 시들을 쓰던 시기가 10년인데, 내 개인사적인 면에서만 얘기를 하자면 화류계 생활 10년이었던 셈이야. 화류계라는 말은 별 뜻이 아니고 술 많이 마시고 좌충우돌하고 여기저기 부딪히고 다니던 때라는 건데. 그리고 『겨울섬』에서부터 현실에 대해 문제의식을 가지고 바라보기 시작했고 그걸 시로 어떻게 다듬어 내느냐 고민하고 그러던 때였지. 그런데 이제 경상도 안동 쪽으로 도망을 갔는데, 거기 가 보니까 다 우스꽝스러운 이야기로 느껴지더라고. 요즘 말로 하자면 당시는 거대 담론에 치여 살았던 시대인데, 안동에 내려가 보니까 전부 별 것 아닌 것 가지고 혼자 온 세상 걱정하고 사는 것처럼 과장된 포즈로 여겨지더라고. 그리고 거기 밑바닥 사람들 들여다보니까 내가 거대 담론에 춤춘 꼭두각시가 아니었던가 그런 생각도 들었고 그런 한편으로 자기 작품 속에 뭐라고 그래야 되나 자기 자신이 묻어 있지 않으면 가짜에 지나지 않는다 그런 생각이 들었고 그랬어. 그 생각은 『겨울섬』 쪽의 시들하고 연결이 되고 그렇지. 그런데 그 시절에 '자유실천문인협의회'가 생겼고 그런데 거길 교직에 있는 사람이 가서 얼쩡거리면, 뭐 하러 왔느냐, 당신 그러다 다친다 뭐 그랬다구. (웃음)

박상수 | 방금 '도망'이라는 표현을 쓰셨는데 안동에 내려가실 때 마음은 어떠셨나요?

홍신선 | 안동하고의 인연은 1979년 2월인가 아까 말한 여행팀하고 최초로 여행을 갔는데 그리로 갔어. 그때 어떻게 갔느냐 하면 원주, 제천으로 해서 죽령을 넘어 풍기에 가서 소수서원을 보고 소수서원에서 부석사 쪽으로 들어가서 부석사 보고 그리곤 아주 늦은 시간에 안동에 들어가서 거기서 일박하고 그 다음에 그 주변 도산서원이라든지 하회 마을, 그때 하회를 갔던가 뭐 그러구 거기를 한 바퀴 돌고 왔어. 몰라. 그때 가서 그랬는지 모르겠는데. 좌우간 안동 내려가기 전에 서울예전에서 전임강사로 있었거든. 그런데 그 학교는 워낙 손바닥만해서 사람을 편하게 놀려 가면서 월급을 주질 않아. 날더러 터무니없이 갑자기 교무과장을 하래. 그래 교무과장이랍시고 앉아 있었는데 어느 날 안동대 쪽에 자리가 났으니 내려가 보라고 여기 동국대 쪽 선생님이 이야기를 하시는 거야. 그래 안동대 쪽 사람을 만났는데, 그때 안동대가 2년제에서 4년제로 승격이 되던 무렵이었거든. 그래서 국문학과가 새로 생겼는데 고전문학 사람은 구했는데 현대문학 쪽에 창작하는 사람이 있었으면 좋겠다 해서 연락한 거래. 그러고는 내려가서 결정이 되면 일주일 내로 연락을 준다고 하고 가더니 정말 일주일 뒤에 연락이 왔어. 그런데 그때 나는 서울예대 입시 업무라든지 일을 다 끝내지 못했으니 개학이 되고 3월초가 지나서까지 여기 서울예대 일을 봐주고 조금 늦게 내려갔거든. 갔는데 정말 요만한 연고도 없으니 어떡해. 여관방 신세부터 지기 시작하는 거지. 여관방에서 며칠 묵다가 서울 올라가고 내려가고 그랬어. 그러니까 거기 안동대 있던 선생이, 대구 사람인데, 역전에 좋은 여인숙이 하나 있으니 소개해 준다고 그러더라구. 그런데 그 여인숙이 뭐 하는 데냐 하면 손님이 없으니까 장기 투숙자들을 들이는 그런

데였어. 지금도 잊혀지지 않는 사람이 거기 나무쟁이가 하나 있었는데, 『우리 이웃 사람들』에 보면 나와(「나무쟁이 최씨」). 이 사람이 어떤 사람이냐 하면 공무원 생활을 하다가 팽개치고 자기 사업을 하던 사람인데, 종일 여인숙 방에서 여기저기 물건 수배하고 철도청에 화차 수배한다고 전화만 돌리던 사람이야.

박상수 | 그곳에서 만난 분들 중에 또 기억에 남는 분들이 있다면 어떤 분들인가요?

홍신선 | 거기 나하고 그 사람하고 단 둘이 있었는데 뭘, 그러니 다른 사람은 만날 수 없었지. 그 사람 아침저녁으로 전화하는 소리에 잠 깨고 그랬어. 그러다 한 육 개월 정도 지나 학교 기숙사로 들어갔지.

Season 4_Episode 3: 거품들

박상수 | 그러면 시집에 등장하는 그 다양한 인간 군상은 어떻게 만나신 거예요?

홍신선 | 안동 있을 때 학생들하고 밤낮 돌아다녔어. 길안에도 갔었고… 별다른 얘기는 없는데 그저 학생들하고 몰려다니면서 술 마시고 사람들 만나고 그랬던 거지.

박상수 | 당대 시들과 비교해 볼 때 제삼자적인 관찰자의 입장이나 선도적인 위치에서가 아니라 동류의식이라고 해야 할까요, 함께 그 힘든 삶을 살고자 하는 그런 태도가 엿보인다는 것이 당시 선생님 시의 특징이라 할 수 있겠는데요, 선생님은 그때 어떤 입장이셨나요?

홍신선 | 아까 그 시절의 거대 담론에 대해 좀 이야기를 한 셈인데, 거품 같다는 생각이 들었어. 실체가 없는 거품. 그것에 대한 반동이라고 그럴까 일부러 더 그 동네 사람들을 꼬치꼬치 세밀하게 들여다보고 그랬지. 그리고 그때 생각한 것들 가운데 하나가 시에도 줄거리가 있어야겠다, 그게 실체를 드러내는 데 가장 알맞은 방법이다,

리얼리티를 만드는 데도 가장 적합한 방법이다 그런 거였고

박상수 | 정치적 입장이나 이념적 입장에 대해 이야기를 하자면 어느 한쪽에 치우치지 않는 제삼의 지점이라고 할까요, 그런 위치에 대해 무척 고심한 흔적이 보이는데요.

홍신선 | 그럴 수밖에 없었지. 그리고 내가 뭐 그리 별로 일탈적이거나 나대는 성격은 아니거든. 게다가 그때는 동국대 박사과정에 입학하면서 1988년까지 공부하고 논문 쓴다고 해서 정신없었지. 그래서 고등학교 시절에 난독했던 거 빼고는 그 시절에 아마 책을 제일 많이 읽었을 거야.

박상수 | 『우리 이웃 사람들』에 대한 세간의 평은 어땠나요? 『겨울섬』에 이미 『우리 이웃 사람들』에 실린 시들과 동일한 경향의 시들이 상당수 있었긴 하지만.

홍신선 | 『겨울섬』은 팔리기도 한 3천부 이상 팔렸는데 그래서 그때 재미도 좀 봤는데, 『우리 이웃 사람들』에 대해서는 다들 시큰둥하더라구.

박상수 | 아, 그랬어요? 지금 읽어 보면 여러 가지 생각이 드는 시집인데요.

홍신선 | 아냐, 그랬어. 내 나름대로는 의도가 있어서 그런 작품들을 내놨는데 읽는 사람들 입장에서는 별로 재미가 없었던 거 같애. 아니면 거기서 다루고 있는 세계가 도시적 감각에 젖어 있는 사람들에게는 별로 실감이 나지 않는 얘기가 아니었을까 싶기도 하고 재판 찍고 만 시집이 『우리 이웃 사람들』이거든. 그리고 시골 학교 선생으로 가면서 문학동네 출입도 멀어졌고 그런 이유도 있었지. 요즘도 마찬가지잖아. 술자리 가서 싸움을 하든지 어우러지든지 해야 서로 관심도 생기고 그러는 건데 거기서 자꾸 조금씩 멀어졌던 때지.

박상수 | 『다시 고향에서』에 실린 「우리 동네 1─용주사에서」라는 시를 보면 "강경과 환상, 급진과 보수, 아무 이름표도 없는 우리를 무엇이라 부를까" 이런 구절이 있는데, 한편으로 보자면 당시의 거대

담론에 대한 회의라든지 분노라든지 이런 게 느껴지는데, 또 다른 한편으로 보자면 정치적 허무주의도 엿보이거든요. 이런 점은 어쩌면 지식인의 자기 방어적 논리가 아닌가 하고 의심 받을 여지도 있는데 스스로 생각하시기에 이 점에 대해서는 어떻게 생각하시나요?

홍신선 | 내 개인적인 사정만 얘기하자면 그때가 아까 얘기한 대로 공부하고 논문 쓴다고 꼬박 매달렸던 기간이야. 1988년에 학위를 받았으니까 말하자면 제5공화국은 그걸로 넘어간 거야. (웃음) 그런데 그 시절은 잘 알다시피 학교만 오면 밤낮 데모지 뭐. 말하자면 그런 쪽에 대해 한편으로는 심정적으로 동조하면서도 쉽게 갈 수 없었던 거고, 또 한편으로는 거대 담론이라든지 당시 무수한 변혁 이론들에 대한 허망함도 있었고 그리고 또 내 나름대로는 이런 생각도 있었지. 문학이라는 건 처음부터 거짓말이라는 전제 위에 시작하는 건데, 사회라든지 현실 문제에 대한 학문은 거짓말 한번 잘못하면 수많은 사람들이 피해를 입는 거잖아. 자연과학에서처럼 옳고 그름을 엄격하게 따지지는 않는다 해도 사회에 대한 이론 자체가 잘못 되어 있거나 해석이 올바르지 않으면 막대한 피해가 생기는 게 그쪽 일인데, 그런 데 비해 문학 공부하고 창작하는 사람의 입장에서 생각해야 하니 어떤 한계라고 해야 할까 그런 점이 있었고 그리고 또 한편으로는 그때는 너나없이 입만 열면 정치 얘기하고 그랬는데 간혹 민중문학 쪽에 있었던 사람들의 이중성이라고 그럴까 그런 게 눈에 띄고 그러다 보니 내가 잘할 수 있는 일을 더 열심히 하려고 노력했던 거지. 그래서 양쪽에 다 신뢰를 가지지 않았어. 그리고 정말 민중 편에 선다면 그 사람들 삶 속으로 뛰어들어야 하는 거지. 당시 몇몇 민중문학 한다는 사람들 중에는 그런 감각조차 없었던 사람들도 꽤 있었어.

박상수 | 『서벽당집』부터 보면 선생님 시에서 한 축을 이루고 있는 게 역시 고향이라고 생각합니다. 다들 수긍하는 바인데, 강제로 뿌리 뽑힌 삶이라고 해야 할까요 어떤 유목민적인 혹은 떠돌이 같은 생에 대한 비애나 분노를 선생님 시에서 자주 접할 수 있는데, 선생님의 시 전집에 "허기놀"이라는 제하에 따로 묶인 시들 가운데서도 그런 면모가 보입니다. 예컨대 「돌모루 이장의 마지막 편지」 같은 경우가 대표적인데요, 이 시는 선생님 고향 이야기가 맞지요?

홍신선 | 맞어.

박상수 | 그 시를 보면 전 주민이 강제 이주를 당하다시피 내쫓기는 마지막 날의 술자리 풍경이 참담하게 그려져 있는데, 외람되지만 선생님 연배가 되면 좀 도통한 그런 모습도 보이고 하는데, 선생님께서는 여전히 일종의 저항 정신이랄까요 현실에 대해 깊이 천착하고 있는데, 그 이유는 아마도 고향에 대한 깊은 연민과 애정 때문이 아닌가 싶습니다. 이런 점에서 고향에 대해 어떤 생각을 가지고 계신지 말씀 부탁드립니다.

홍신선 | 『겨울섬』을 쓸 무렵 안동으로 갔다가 그 후에 다시 고향으로 온 건데, 고향에 와서 본 풍경들이라는 게 실은 안동에서 봤던 것들의 연장인 셈이지. 그리고 일례를 들어 말하자면, 미당 선생의 경우도 「동천」까지만 시가 좋지. 거기까지가 미당 선생 시의 정수라고 할 수 있고 나머지 『질마재 신화』부터 몇 백 편의 시는 모두 비슷비슷하고 긴장이 없잖아. 김춘수 시인의 경우도 그렇고 김춘수 선생도 「타령조」 「처용단장」 거기까지고 나중에 쓴 시들은 좀 의심스러운 데가 없지 않아 있어. 그러면 시 쓰지 말아야지. 몰라 나는 금년 말쯤 해서 시집 하나 더 엮으려고 하는데 얼마나 쓸 수 있을지 모르겠어. 왜냐하면 나이 때문에 자꾸 집중력

도 떨어지고 지구력도 자꾸 감퇴하고 그래. 그러니까 작품 하나 만드는 데 예전엔 빨리 만들 때는 일주일 정도 아니면 평소 생각을 가지고 있던 경우는 삼사 일이면 쓸 수 있었고 그랬는데 그게 안 되는 거야. 한 달 내지 빠르면 열흘 정도 되새기고 되새기고 해야 겨우 하나 만들고 그러는데 뭘. 그래서 시집 낼 수 있을 때까지만 작품을 쓰고, 정 안 되면 수필이나 쓰지 뭐. (웃음) 아니 농이 아니라 사실 수필만큼 무궁무진하게 열려 있는 장르도 없다고 형식이나 그런 것에 구애 받지 않고 자기 나름대로 생각한 게 있으면 써서 기록으로 남겨 놓고 정말 좋은 수필은 글 쓴 사람의 정신의 엣센스 같은 게 잘 드러나 있잖아. 그래서 시 못 쓰면 다시 수필 쪽에나 얼쩡거릴까 싶어. 자기 생각을 담는다는 측면에서는 제일 자유로운 장르지. 다시 본래 맥락으로 돌아가서 말하자면 지금도 좀 긴장이라고 해야 하나 그런 게 내 시에 있다면 고향 때문이겠지. 요즘엔 고향도 기획의 산물이라고, 네이션(nation)과 동격이라고 그러면서 정체성(identity) 이야기를 하고 그러는데 글쎄 내 경우엔 고향은 그런 게 아닐까 싶어. 내 정체성하고 연결이 되는 것인데, 직접 보고 들어서 제일 친숙하게 그리고 제일 자신 있게 이야기할 수 있는 것.

박상수 | 고향과 더불어 선생님 시에 자주 등장하는 단어들 가운데 "문중" 도 있습니다. 문중 혹은 가문에 대해서는 어떤 생각을 가지고 계시나요?

홍신선 | 가문에 대한 의식이라면 별다른 게 아니고 유교에서 말하는 전통적인 삶의 덕목 같은 것이지. 농경 사회에서 가꾸어 온 삶의 가치라고 할까 덕목들 가운데 좋은 게 굉장히 많다고 산업화 되면서 싹 다 없어졌지만. 과거 우리 농경 사회에서 질 좋은 가치라고 여겼던 것들에 대해 이야기해 놓은 게 더러더러 있을 거야.

채 은 | 질 좋은 가치라면 예컨대 어떤 것을 말씀하시는 건가요?

홍신선 | 뭐 상부상조라든지 그런 거하고 요즘 생태학 연구하는 사람들 곧잘 이야기하는 자연하고 인간의 관계도 그렇지, 전통적인 사고방식에 따르면 주체−객체도 아니고 지배−종속 관계도 아니고 같이 사는 거 아냐. 예를 들면 이런 거지. 한겨울에 눈이 오면 짐승들이나 새들이 먹이를 못 구하니까 인가로 내려온다고 그럴 때는 사람들이 그놈을 안 잡어. 잡는 게 아니고 먹을 걸 줘서 다시 산으로 돌아가게 만들고 그랬어. 그런 식의 삶이 말하자면 전통적인 농경문화 속의 덕목을 보여준다고 할 수 있지. 그런데 요즘 농촌 문제 얘기하는 사람들이나 농민 단체들에서 말하는 걸 보면 경제적인 아니면 사회적인 맥락에서만 접근하는데 그렇게 해서야 해결이 되나 안 되지. 제대로 하려면 예전의 생활 문화 속에서 좋은 덕목들과 가치들을 끄집어내고 자꾸 개발하고 그래야 해결점이 보이지 않을까 혼자 그런 생각하고 그래. 다소 막연하지만.

Season 5 _ Episode 1 : 반상합도反常合道

이　원 | 『황사 바람 속에서』와 『자화상을 위하여』(세계사, 2002) 그리고 「마음경」 연작까지를 편의상 후기로 나눈다고 하면, 우선 『황사 바람 속에서』는 초기의 미적 자의식과 중기의 체험적인 시론이 만나는 지점이 아닌가 싶습니다. 비평가들도 곧잘 지적하곤 하는데 감각적인 면모와 비판적인 사유가 영혼이나 마음의 눈으로 이동했다라고 말이죠. 이 무렵 변화의 계기가 있었다면 무엇인지 말씀해 주세요

홍신선 | 아까도 말했지만 1988년도에 학위를 끝냈거든. 그리고 내 딴에는 이것저것 논문들을 좀 쓰고 그랬는데 각주 달린 글이라는 게 사실 다른 사람들 논문에 인용이 되거나 자꾸 얘기가 되면 생명력을 갖는 건데 그것도 그래 봤자 4~5년이더라고 그리고 그런 형

식의 글을 쓴다는 게 왠지 자꾸 틀에 얽매이는 것 같고 재미도 없고 그래서 때려치우자 생각했지. 어쨌든 상상적인 창작물이 잘 됐든 못 됐든 그래도 그게 생명력이 있는 게 아닌가 생각해서. 그러고 나니까 홀가분해져서 그리고 시에 대해 다시 생각하면서 쓴 게 『황사 바람 속에서』에 실린 시들이야. 그리고 그때 옛날 시집들을 다 꺼내 읽어 보면서 뭘 자꾸 새롭게 만들어 가려고 생각도 했고 초기하고 중기엔 주로 외부 쪽에 시선을 두고 있었는데 내 내면 쪽으로 시선을 좀 돌리려고 노력했고 그랬는데 그때 힘을 보태 주었던 게 불교 쪽 공부였어. 그쪽 공부도 좀 그래, 옛날엔 겉멋으로 보고 그랬던 거지. 본격적으로 불교 쪽에 관심을 갖고 책을 읽은 건 『선의 황금시대』라는 책을 읽고부터였어. 그전에는 『선가귀감』이라든지 선사들 어록을 아무리 읽어 봐도 무슨 소린지 몰랐거든. 그런데 『선의 황금시대』 쓴 사람은 나름대로 서양 철학 공부도 하고 그런 사람이어서 어려운 얘긴데 논리적으로 설득력 있게 설명해 나가더라고 그게 우선 하나 계기를 만들어 줬고 그러고 나서 선 관계 쪽 책들을 좀 읽었어. 기억에 남는 건 별로 없는데, 첫째는 집착하지 마라 분별하지 마라 이런 거지. 또 재미있는 거는 『유마경』을 읽다 보니까 불교에는 삼귀의라고 하는 게 있는데 왜 불법승에 귀의한다고 그러잖어. 그중에 '승'이라는 게 스님한테 귀의한다는 뜻이 아니고 대중에게 귀의하는 걸 이르는 거거든. 예전 유행하던 식으로 이야기하자면 민중에게 귀의하는 거지. 뭐 그런 거. 그리고 선 쪽 공부를 하면서 얻은 다음의 것은 세계나 사물을 해석하고 인식하는 방법을 새롭게 좀 배웠다는 건데, 대만 사람이 쓴 책 중에 『선과 시』라는 책을 읽다 보니까 '반상합도(反常合道)'라는 얘기가 나오더라고 상식에는 전혀 어긋나는 얘기지만, 참이라든지 사실을 드러내는 데는 오히려 합당한 비상식적인 방법 그런 식의 사고 방법을 지향하는 게 선이라는 거지. 그런데 그런 걸 접하다 보니까 생각하는 방식이 좀 트이는 거야. 또 선사들의 어록을 읽어 가다 보면 고정관념 같은 것을 어떻게 깨느냐 하는 그런 문제를 해결할 힌트도 좀 얻을 수 있었고 그래서 거기서 좀 힘을 얻고 해서 작품을 만들어 본 게 「마음경」 연작이지.

이　원 | 『황사 바람 속에서』를 보니까 "마음"하고 "내면"이라는 단어는 좀 다른 맥락에서 쓰시더라구요.

홍신선 | 모르겠는데. 얼른 생각하기엔 내면이라고 하면 그건 공간 개념이 좀 더 강한 것 같고 마음이라고 하면 사고라고 그럴까 정신적인 태도 그런 거하고 좀 더 근접한 게 아닐까 싶은데.

이　원 | 제가 읽기엔 "마음"은 보이지 않는 것에 대한 총칭을 이를 때 쓰시고, "내면"은 가시적인 대상들일 경우에 자주 쓰시더라구요. 그런데 이 두 시어가 따로따로 존재하는 게 아니라 시집 안에서 호혜적으로 공존하고 있어요. 그래서 말씀드리자면 "내면"과 "마음"이라는 시어를 통해 이전의 세계를 지양하고자 한 것은 아닐까 생각했어요.

홍신선 | 작품은 내 손에서 놓여져 나가면 읽는 사람 몫이지 뭐. 나도 오늘 한 수 배웠네.

Season 5 _ Episode 2 : 마음공부

이　원 | 「세계의 한 모퉁이에서」라는 시는 선생님께서 그동안의 시업을 정리한, 시로 쓴 시론이라고 읽어도 무방하지 않나 생각하는데요 『자화상을 위하여』를 내실 때가 거의 예순에 가까울 무렵이었잖아요 선생님께서 좀 전에 말씀하셨던 불교적 세계와의 만남도 연관이 있었겠지만, 제가 볼 때는 나이가 주는 무게도 시에 상당한 영향을 주었겠다 싶은 생각이 들거든요 한 모퉁이를 돌았다라는 그런 느

낌 말이죠.

홍신선 | 나이 얘기하자면 쉽게 말해서 이목구비가 망가지는 게 그게 나이 드는 거여. (웃음) 잘 안 보이고 잘 안 들리는 거 그리고 치과 자주 가게 되는 거 그게 망가지는 거잖어. 그렇게 육체적인 변화가 오니까 생각도 자꾸 달라지겠지.

이 원 | 아까 박상수 시인이 얼핏 얘기하기도 했는데 선생님들 대부분 나이가 들면 세계와 불화하거나 충돌하는 모습을 보여주시기보다 화해하는 쪽으로 선회하시곤 하는데, 선생님의 시는 오히려 후반으로 갈수록 좀 더 세계와 충돌하는 장면들을 많이 보여주시거든요. 그러니까 『황사 바람 속에서』에서 어떤 합일의 지점을 모색하셨다면 『자화상을 위하여』에서는 그런 태도를 지속한다기보다는 한 걸음 더 나아가 폐허인 이 세계가 곧 화엄이고 그래서 그 화엄 속으로 좀 더 과감하게 돌진하겠다는 유의 시들이 꽤 있는데.

홍신선 | 세계와 화해하는 쪽으로 갔으면 누구누구라고 얘기하기는 미안하지만 나도 뭐 도통한 사람이 되었겠지.

이 원 | 「마음경」 연작도 그렇거든요. 이게 혹시 아버님이 편찮으셨다거나 아우가 먼저 죽었다거나 하는 가족사적인 고통과 관련이 있는지요?

홍신선 | 후기에 가면 꽃하고 나무하고 말하자면 식물이 많이 나오는데 그런 이미지들이 합일의 지점이나 화해를 지향하는 측면을 보여주었다고 말할 수도 있겠지. 그런데 그보다는 그런 식물들을 생각하다 보니까 생명이라든지 목숨이란 게 뭔가에 대해 다시 따져보게 됐어. 그런 한편으로 삶이라는 게 더 적나라하게 보이기 시작했다고 달리 얘기할 수 있겠는데 내 개인적으로는 그런 것들이지. 아버지가 한 십 년 동안 치매로 고생하시면서 보여주었던 모습을 곁에서 쭉 지켜보니까 인간이라고 하는 게 그렇게 미화하고 신비롭게 여길 게 아니다, 어떤 경우에는 수성(獸性) 같은 게 더

많아 보이기도 하고 그런 생각들을 했어.

이 원 | 「마음경」 연작에 대해 스스로 정리하신다면?

홍신선 | 쉽게 얘기하자면 마음공부하는 그런 얘긴데, 마음공부라고 하는
게 별게 있나. 아까 얘기한 불교 쪽의 힘을 좀 빌려서 하는 건데,
뒤집어 생각하는 것하고, 분별이나 집착을 버렸을 때 새롭게 보
이거나 만나게 되는 그런 정경 혹은 마음의 상태 그런 것들이 있
지. 그런 상태를 드러내 보이고 싶었던 거지.

Season 5_Episode 3: 시중時中

이 원 | 중용의 미학이라고 할까요, 보기에 따라 오해를 받을 수도 있겠
지만, 선생님의 삶이나 시를 보면 어느 한쪽에도 치우치지 않으
려는 마음 자세가 참 돋보이는데요, 삶의 자세로 중용에 대해 어
떻게 생각하시는지요?

홍신선 | 아까 순수-참여문학논쟁 얘기할 때도 잠깐 말했지만 나는 순수도
아니고 참여도 아니고 그랬어. 또 아까 강경-보수 얘기도 나왔었
는데, 그 어느 쪽도 아니고 그냥 나는 내 것을 만들려고 애를 썼
어. 달리 얘길 하면 온 동네 사람들이 다 장엘 가도 나는 장에 안
가고 산엘 간다라고 하는 (웃음) 그런 거고 그리고 중용을 제일
미덕으로 삼는 게 유교라고 『중용』이라는 책도 따로 있는데, 그걸
읽다 보면 시중(時中)이라는 말이 나와. 그게 제일 윗중이라고 할
수 있는데 시중이란 어디 이렇게 고정되어 있는 게 아니라고 상
황과 그때그때 변화되는 양상 가운데 중간을 짚는 거라고 그런
것도 내 나름대로 생각했던 것들의 일단이라고 얘기할 수가 있지.

이 원 | 지금까지 많은 이야기를 들려주셨는데 선생님 스스로 생각하시기
에 선생님의 시 작업의 시기를 구분한다면 어떻게 되는지 그리고
그 각각의 특징이 있다면 무엇인지에 대해 말씀 부탁드립니다.

그리고 앞으로 어떤 작업을 염두에 두고 계신지에 대해서도요.

홍신선 | 지금까지 다 얘기했는데, 시기 구분은 통상적으로 말하는 그대로 고 초기는 1960년대라고 할 수 있는데 그때는 모더니즘, 전통주 의, 참여문학 이렇게 세 갈래로 갈려 있었거든. 그 가운데 나는 모 더니즘 쪽에 치우쳐 있었던 게 사실이고 그리고 중기쯤 오면 현 실이라든지 사람살이의 여러 문제들이라든지 그런 쪽에 더 관심이 있었고, 이제 후기 쪽으로 오면 내 나름대로 내면을 들여다보는 쪽으로 가기 시작했고 그리고 요즘 들어 생각하는 것들 가운데 하나는 죽음인데, 나이 육십을 넘어 죽음이라는 걸 생각하지 않는 다면 그건 거짓말이야. 누구나 죽음에 대해 생각하게 마련인데 그 걸 그저 막연하게 관념적으로 생각해서는 안 되고 나이가 들면 죽음이란 건 자기 몸으로 체험하게 마련인 세겐데, 그 세계가 두 렵기도 하고 이걸 어떻게 견뎌낼 수 있을까 그런 생각도 들고 그 래. 그래서 요즘은 「마음경」에서 얘기했던 것과는 조금 다르게 기 독교식으로 얘기하자면 구원이라는 게 뭔가에 대해 생각을 좀 하 고 그러지. 물론 죽음 이후에 사후 세계라는 게 있어서 삶이 자연 스럽게 연장된다라거나 그런 관념적인 생각은 아니고 그리고 그 런 식의 이야기들은 이미 다 했잖아. 종교에서도 그렇고 문학에서 도 그렇고 그게 아니고 말하자면 이제는 죽음으로 내몰려 있는 상황인데 저놈을 저걸 어떻게 생각을 해야 하나 하고 그리고 깨고 뛰어넘고 그래서 그 속에서 길을 하나 열어 볼 수 있나 뭐 그런 건데 아직까지는 이거다라고 구체적으로 얘기할 정도는 아니고

S e a s o n 번외

채 은 | 지금까지 선생님의 시 세계에 대해 두루 이야기를 나누었는데, 선생님은 시뿐만 아니라 한국 문학 연구 쪽에서도 상당한 업적을

남기셨습니다. 특히 1990년대 중후반 이후 지금까지 근대성에 대한 논의가 학계의 중심 화두라고 할 수 있겠는데, 개화기 문학에 대한 선생님의 논문(「한국 근대문학이론 형성 과정에 관한 연구」)은 젊은 학자들에게 상당한 영감과 영향을 준 것으로 알고 있습니다. 이 점에 대해서는 전병준 선생이 이야기를 이끌어 주시죠.

전병준 | 선생님께서 쓰신 논문은 후배 학자들에게 귀감이 된 것이 사실입니다. 선생님 이전에 물론 전광용 선생님이나 송민호 선생님, 정한모 선생님, 김학동 선생님 등등 개화기 문학에 대해 연구하셨던 분들이 있었지만, 그다음 세대에서 개화기 문학 쪽에 관심을 가지고 집중적으로 글을 쓰셨던 분은 선생님이 가장 대표적이지 않나 싶습니다. 그리고 김동식이라든가 권보드래와 같은 젊은 학자들이 선생님의 논문에서 어떤 의미에서든 영향을 받지 않았을까 싶구요. 후학자인 저로서는 안동 시절 얘기에 덧붙여서 논문 쓰실 무렵의 이야기를 좀 더 듣고자 부탁드립니다. 그리고 동료 연구자들은 어떤 분야에 관심을 가지고 있었는지에 대해서도 들려주시길 부탁드립니다.

홍신선 | 주로 주문 생산이긴 했지만 시에 대한 이런저런 글들을 좀 쓰고 그랬어. 그런데 내가 한창 시평을 쓰고 그럴 때는 비평계를 거의 외국 문학을 전공한 사람들이 주도하고 있었거든. 그렇게 된 이유들 가운데 하나가 지금도 좀 그렇지만 그때는 번역이라는 게 거의 불모지나 다름없었어. 제대로 된 번역본이 없으니까 책을 좀 읽고 싶은 사람들은 결국 외국어를 공부해야 했고 그러다 보니까 어떤 결과가 오느냐 하면 글을 쓸 때 외국사람 이름들을 잔뜩 가져다가 각주 달고 또 그렇게 되니까 그런 게 이제 알게 모르게 그 사람의 지적 능력이나 공부한 정도를 가늠하는 잣대 비슷한 게 되고 그랬던 시절이 그 시절이야. 그런데 내가 그런 건 좀 아니다 이렇게 생각하게 된 계기가 있는데 그게 황 선생님과

의 만남이야. 황 선생님이 나더러 "글 쓰면서 뭐 그렇게 아는 척을 많이 해" 그러더라고 그러면서 황 선생님이 들려준 얘기가 김수영인데, 김수영은 동시대 사람들하고 비교해 보면 많이 아는 쪽이고 번역도 많이 했고 그런 사람이야. 그런데 산문 한번 읽어 봐라, 그 사람 외국사람 들먹인 거 하나 없다, 무슨 얘기든 자기 걸로 만들어서 써라, 자기한테 필요한 게 아니면 다 버려라, 김수영 산문 읽어 보면 자기는 책 읽고 나면 다 버린다는 얘기가 나오잖느냐, 그러니까 내 것이 아니면 다 버려야 하는 거고 아니면 내 얘기로 바꾸어서 해야 한다는 그런 얘기를 하더라고 그게 내 글에서 외국 사람들 이름이 사라지게 되는 계기야. 모르면 모르는 대로 얘기하는 게 차라리 낫다 싶어서 뭐든 내 식으로 정리를 하거나 만들어 내자 생각을 했지. 그리고 왜 김윤식 선생이 비평사(한국근대문예비평사연구, 일지사, 1976) 썼잖어. 그런데 그 책에서 다룬 시기가 1920년대부터라고 그러다 보니까 개화기 쪽 비평이 공백 비슷하게 떠서 연결이 안 되더라고 그래서 그때 개화기에도 분명히 문학에 관한 뭔가 얘기가 있을 텐데 싶은 생각이 들어서 5~6년 정도 자료를 찾았지. 내 나름대로는 그 시기의 신문·잡지의 자료들은 다 뒤졌어. 그리고 그 이전까지 또 어떤 폐단이 있었느냐 하면 자료 확인을 안 하고 재인용을 하고 그랬거든. 그러니 나중에 공부 안 한 게 다 들통이 나고 그랬어. 그래서 내 딴에는 완벽을 기한다고 열심히 찾아 읽었지. 쉽게 얘기하자면 실증주의지. 자료 섭렵하고 해석하고 그러는 일을 한 건데 그런 점에서는 김윤식 선생한테서 알게 모르게 많은 영향을 받았다고 할 수 있고 그리고 내가 각주 달린 글들을 조금 더 열심히 쓰고 했으면 아마 개화기를 내 식으로 재구성했을 거라는 생각이 들어. 그런데 시라는 게 내 본업이려니 생각했고, 또 아까 말한 대로 각주 달린 글이 이게 뭐냐 하는 생각도 들고 그래서 학위논문 그걸로 끝냈어. 한 가지 말하고 싶은 것은, 지금도 간혹 그렇지만, 그때까지 대부분의 사람들이 개화기 쪽이나 신문학 쪽 얘기를 하면 꼭 비교문학적인 시각에서만 얘기를 했다고 문학이라는 게 정말 그런 건가라는 생각을 내 나름대로 했어. 우리 문학은 우리 문학 나름대로 맥락이 있고 줄기가 있어서 흘러가는 건데 외국 문학이라는 건 충격의 한 요인이 될 수는 있겠지만 그걸 우리 문학의 전부인 것처럼 얘기를 하는 것은 아니라는 생각이 들어서 논문을 썼지.

전병준 | 논문을 책으로 엮으신 걸 보면 서문 격에 해당하는 짧은 글에 "이른바 민족지상주의나 국수주의와 같은 정신적 지명에 턱 없이 머물고 싶은 생각은 없"(『한국근대문학이론의 연구』, 문학아카데미, 1991)다라고 적혀 있는데요, 개화기는 말하자면 근대문학의 기원에 해당하는 시기잖아요. 따라서 민족이나 국가라는 문제에 대해 생각하지 않을 수 없었을 텐데 이처럼 그에 대해 반성적 위치에 서고자 했던 까닭이 있다면 무엇인가요?

홍신선 | 그런데 그 시절엔, 요즘엔 민족은 근대에 들어와서 기획된 것이다 그러는데 거기까지는 생각하지 못했던 때야. 그리고 논문의 대상으로 삼았던 시기도 식민지로 바로 이어지는 무렵이라서 지금 흔히 말하는 식의 국가 관념도 그렇게 뚜렷했던 시기는 아니라고 오히려 그렇기 때문에 그 당시 『황성신문』이라든지를 보면 여러 논설들이 실려 있는데 더 자세히 들여다볼 필요가 있어. 나는 그때 논문 쓸 때는 그저 문학하고만 관련 있는 단편적인 글들이나 엮어서 정리하는 수준이었는데, 사실 욕심은 그 당시 얘기들을 쭉 정리하는 거였지. 그러니까 그때 민족이라든지 국가라든지가 기획이 되고 있었다면 그 핵심 코드들이 있었을 테고 개념이 있었을 텐데 그걸 좀 정리해 보고 싶었지. 그리고 문학이라든지 후에 나오는 문단이라는 용어도 그 개념이 금방금방 바뀌고

그래. 그리고 사실 근대는 일본이 들어와서 만들었다고 해도 괜찮긴 하지만, 조금 더 힘들어서 생각해 보면 문학의 경우는 꼭 비교문학적인 입장에서 얘기를 해야 하나 싶기도 하고 그런 생각 끝에서 보면 카프 쪽 얘기도 사실은 김기진이라든지 몇몇 사람들이 일본 가서 누구누구 얘기를 조선으로 들고 들어와 가지고 씨앗을 뿌리기 시작한 거라고 되어 있는데 그 얘기를 좀 달리 생각하면 저기 동학 쪽에서부터 맥을 잡아 내려오면 충분히 인맥도 맺어지고 그러거든 거기가. 그렇게 되는데 그걸 왜 그렇게 임화 식의 생각을 하나 그랬지 뭐.

전병준 | 말씀을 듣고 보니까 선생님께서 어떤 문제의식을 가지고 논문을 쓰셨는지 이해가 갑니다. 요컨대 한국 문학 전체의 내재적 흐름을 일목요연하게 정리하고자 애쓰신 것이라 할 수 있겠는데요, 그래서 안확에 대해 상당히 관심 깊게 주목하신 게 아닌가 싶습니다. 논문을 쓰신 지 이미 20년이 지났고 그래서 자세하게 여쭤보는 게 저도 사실 외람되긴 하지만 한국 문학 연구가 선생님께 어떤 의미가 있었는지 여쭤보고 싶습니다.

홍신선 | 읽어 봤으면 알겠지만 안확이라는 사람은 한문학도 우리 문학이라고 이야기하는 사람인데, 이광수나 그런 사람들 글 읽다가 그 얘기 읽으면 색달라. 또 하나 말하자면 우리가 공부하던 시절에는 카프 쪽의 얘기는 거의 뭐 풍문처럼 듣던 시절인데 그걸 김윤식 선생이 한국 문학의 한 장으로 정리했잖아. 그 역시 똑같은 맥락이지. 그러니까 어느 한쪽으로 치우치거나 어느 한쪽을 배제하는 게 아니고 한국 문학이라는 큰 틀 속에서 보는 시각이 중요하지. 그런 측면에서 나는 고전문학, 현대문학 이렇게 시기 구분하는 것도 가능하긴 하지만 전혀 별개의 문학으로 보는 것에는 동의할 수가 없고 바람직하지도 않다고 생각해. 그래서 개화기에 더 관심을 두었다고 얘기해도 별로 틀린 말은 아니고 그런데 학

문 연구하는 학자라는 얘기는 나한테는 과분한 얘기고 이제는 이 얘기 저 얘기 다 한 듯한데.

채 은 | 저희 욕심으로는 조금 더 이야기를 듣고 싶긴 하지만, 그리고 조금 성기긴 했지만, 선생님의 삶과 문학에 대해 하나하나 되짚어 보는 좋은 자리였다고 생각합니다. 장시간 동안 선생님을 비롯해 모두 고맙습니다. 아쉽지만 그럼 이만 마치겠습니다.

홍 신 선 연 보

1944 | 2월 13일 경기도 화성군 동탄면 석우리 16번지에서 부 홍사효(洪思孝)와 모 송영건(宋榮建) 사이의 7남매 중 장남으로 출생.

1948~50 | 마을의 종조부에게서 한학 수학.

1950 | 동탄초등학교 입학. 조부가 읽던 세창서관본 『삼국지』(전5권)를 비롯하여 고소설 탐독.

1956 | 동탄초등학교 6년 졸업 후 서울로 유학, 성동중학교 입학.

1956~59 | 성동중학교 입학 후 김래성의 『마인』을 비롯한 숱한 한국 소설들을 남독하며 보냄. 시 습작 시작.

1959~62 | 성동고등학교 입학. 고교 시절 4·19와 5·16을 맞이함. 대학입학 국가고시 1회에 응시. 고등학교 시절은 주로 입시 준비로 보냈으나, 『자유문학』『학원』등을 구독하며 틈틈이 시와 소설을 습작함.

1962 | 동국대학교 국어국문학과 입학.

1963 | 1년 간 휴학하고 낙향. 간재(艮齋) 문하의 매곡 김학열(金學悅) 선생에게서 한학 수학.

1965 | 월간 『시문학』지에 시 추천 완료(김현승, 이형기 시인에게서 추천받음). 육군 입대.

1969 | 대한교원공제조합 출판부에서 근무.

1970 | 12월 시인 노향림과 결혼.

1970 | 3월 서울 소재 영등포공업고등학교 교사로 부임.

1972 | 동국대학교 대학원 석사과정 입학.

1973 | 제1시집 『서벽당집』(한얼문고) 간행.

1976 | 2월 동국대학교 대학원에서 「이육사론」으로 석사학위 받음.

1975 | 3월 서울 소재 홍익여자고등학교로 직장을 옮김.

1977 | 부인 노향림과 공동에세이집 『실과 바늘의 악장』(학원사) 간행. 칼

힐티의『잠 못 이루는 밤을 위하여』(갑인출판사) 번역.

1979 | 12월 홍익여자고등학교 퇴직 후 동대신문사로 직장을 옮김. 제2시
　　　집『겨울섬』(평민사) 간행. 황동규, 고 김현, 김정웅 등과 여행 시작.

1980 | 4월 서울예술전문대학 문예창작과 전임강사및 교무과장으로 부임.

1981 | 4월 안동대학교 국어국문학과 전임강사로 부임. 경북 안동으로 이
　　　주. 동국대학교 대학원 박사과정 입학.

1982 | 시선집『삶, 거듭 살아도』(문학예술사), 시론집『현실과 언어』(평민
　　　사) 간행.

1983 | 4월 안동대학교 국어국문학과 조교수로 승진. 한국현대시문학대계
　　　『박두진』(지식산업사) 엮음. 제3회 녹원문학상(시 부문) 수상.

1984 | 제3시집『우리 이웃 사람들』(문학과 지성사) 간행.

1985 | 4월 수원대학교 국어국문학과 조교수로 부임.『우리 문학의 논쟁
　　　사』(어문각) 엮음. 한국현대여류명시선『우리가 물이 되어』·『낮
　　　은 목소리로』(어문각) 엮음.

1988 | 2월 동국대학교 대학원에서「한국근대문학이론의 형성 과정 연구」
　　　로 박사학위 받음.

1989 | 시론집『상상력과 현실』(인문당) 간행. 김소월 시선집『사랑의 선물』
　　　(인문당) 엮음. 경기도문화상 예술 부문 수상.

1990 | 제4시집『다시 고향에서』(문학아카데미), 제1에세이집『품안으로 날
　　　아드는 새는 잡지 않는다』(청한문화사) 간행.

1991 | 4월 수원대학교 국어국문학과 부교수로 승진. 박사논문을 수정 보
　　　완한『한국근대문학이론의 연구』(문학아카데미) 간행.

1994 | 시론집『한국시의 논리』(동학사) 간행. 동국문학상(동국문학인회) 수
　　　상. 도서관장 보직.

1996 | 4월 수원대학교 국어국문학과 교수로 승진. 제5시집『황사 바람 속
　　　에서』(문학과 지성사) 간행. 제6차 교과과정『화법』교과서 공저.

1997 | 9월 동국대학교 국어국문학과 교수로 부임. 제42회 현대문학상 시

부문(현대문학사), 올해의 시인상(경기시문학협회) 수상.

2001 | 제1시집 『서벽당집』을 문학동네에서 재간행.

2002 | 제6시집 『자화상을 위하여』(세계사), 제2에세이집 『사랑이란 이름의 느티나무(와우출판사) 간행. 제7차 교육과정문학(상·하)(천재교육) 교과서 공저. 한국시협상(한국시인협회) 수상.

2003 | 『할!』(Human & Books) 간행. 『문학·선』 발행 현재까지 발행인 및 편집인으로 활동. 한국농민문학상(한국농민문학가협회) 수상.

2004 | 『홍신선 시 전집』(산맥출판사), 평론집 『한국시와 불교적 상상력』(역락출판사) 간행.

2005 | 제3에세이집 『말의 결, 삶의 결』(산맥출판사) 간행. 2007년까지 『펜문학』 편집주간으로 활동. 예술대학장 겸 문화예술대학원장

2006 | 제11회 현대불교문학상(대한불교조계종 총무원) 시 부문 수상.